문학생산의 이론을 위하여

POUR UNE THÉORIE DE LA PRODUCTION LITTÉRAIRE

Copyright © 2014, All rights reserved.

Korean translation copyright © 2014 Greenbee Publishing Company.

Korean translation rights arranged with Éditions La Découverte through EYA(Eric Yang Agency).

문학생산의 이론을 위하여

발행일 초판1쇄 2014년 10월 10일 · **지은이** 피에르 마슈레 · **옮긴이** 윤진

펴낸곳 (주)그린비출판사 · **주소** 서울 마포구 동교로17길 7, 4층(서교동, 은혜빌딩)

전화 02-702-2717 · **이메일** editor@greenbee.co.kr · **등록번호** 제313-1990-32호

ISBN 978-89-7682-232-1 93800

이 도서의 국립중앙도서관 출판시도서목록(CIP)은 서지정보유통지원시스템 홈페이지(http://seoji.nl.go.kr)와
국가자료공동목록시스템(http://www.nl.go.kr/kolisnet)에서 이용하실 수 있습니다.(CIP제어번호: CIP2014027505)

이 책의 한국어판 저작권은 EYA(Eric Yang Agency)를 통한 Éditions La Découverte와의 독점계약으로 한국어 판권을 (주)그
린비출판사가 소유합니다. 저작권법에 의하여 한국 내에서 보호를 받는 저작물이므로 무단전재와 무단복제를 금합니다.
책값은 뒤표지에 있습니다. 잘못 만들어진 책은 서점에서 바꿔 드립니다.

나를 바꾸는 책, 세상을 바꾸는 책 www.greenbee.co.kr

문학생산의 이론을 위하여

피에르 마슈레 지음 | 윤진 옮김

프리즘총서 016

형B
그린비

한국어판 출간에 부쳐

『문학생산의 이론을 위하여』가 한국의 독자들을 만나게 되어서 기쁩니다. 이 책이 다시 번역·출간되도록 애써 주신 모든 분들께 감사드립니다.

　『문학생산의 이론을 위하여』는 1966년 알튀세르가 기획한 마스페로 Maspero 출판사의 '이론'Théorie 총서로 출간되었습니다. 이 책이 처음 세상에 나타났던 때의 상황은 당연히 지금과 같을 수 없습니다. 그럼에도 불구하고 이 책이 여전히 현재적 의미를 지닌다면, 그것은 무엇보다도 문학이 갖는 고유의 힘을 밝혀내려 한 시도 때문일 것입니다. 문학은 이데올로기적인 토대 위에 자리 잡고 있고 그 토대로부터 기본적인 재료들을 가져오지만, 그렇다고 현실을 똑같이 재생산하는, 그대로 옮겨 오는 반영은 아닙니다. 문학의 거울이 이데올로기적 토대를 비추는 순간 변형이 일어나기 때문입니다. 이 가설은 우리 연구의 중심이라고 할 수 있는 '문학생산' 개념의 틀이 됩니다. 문학생산 개념은 두 가지 중요성을 지닙니다. 우선 상류에서 그것은 있는 그대로의 문학작품이 생산되는 물질적 조건, 그 저자의 창작 의도를 결정짓는 조건으로 연결됩니다. 그리고 하류에서는 문학적 형태에서 비롯된 생산력을 통해 문학작품이 갖게 되는 고유의 효과를 보여 줍니다.

바로 이러한 생각을 바탕으로 쥘 베른의 소설을 다시 읽어 가면서 우리는 이 책을 구성하는 데 있어서 중심이 되었던 생각을 발전시켰습니다. 지금부터 50년 전에만 해도 쥘 베른의 작품을 온전한 문학작품으로 간주하는 것은 당연한 일이 아니었습니다. 그의 소설들은 기껏해야 시대의 이데올로기(산업혁명과 정복적 부르주아지)에 대한 증언으로서의 역사적 가치를 지니는 일종의 문서로 간주되었습니다. 하지만 우리의 가설에 따르면, 쥘 베른이 쓰고자 한 '과학과 기술의 소설'은 다른 각도에서 읽을 수 있습니다. 쥘 베른의 소설들은 허구의 형상화 방식들을 통하여 시대의 지배적인 사상들을 재생산하지만 그럼으로써 사실상 그 사상들로부터 거리를 취합니다. 우리는 그 과정에서 숨겨진 것을 드러내 보이고 비판적으로 조명해야 합니다. 마찬가지로 발자크의 소설들이 19세기의 사회 변화를 가장 잘 이해할 수 있게 해주는 소설들이라면, 그것은 시대의 역사적 구조에 대해서 즉석 사진을 찍듯이 그대로 그려 내기 때문이 아니라, 발자크의 허구적 글쓰기가 갖는 고유의 방법을 통해서 외관상의 질서를 무너뜨리는 균열, 모순을 담고 있기 때문입니다.

우리가 '괴리'décalage라는 단어를 자주 사용하는 것은 그 때문입니다. 우리는 '괴리'를 통해서 문학이 그 시대의 정신이 제공하는 내용들에 어떤 작업을 행하는지, 그 작업이 내용들을 변형시키면서 무엇을 가져오는지 보여 주려 했습니다. 문학은 이데올로기의 지속적이고 충만한, 그래서 이의 제기의 가능성 자체를 완전히 소거하는 담론이 아닙니다. 문학은 부서지고 끊어진 담론, 그것이 참조하는 모델의 규칙성을 무너뜨리며 일상적인 명증성을 흩어 버리는, 분해하고 마침내 폭발시키는 담론입니다. 그리고 문학이 그 고유의 형태들을 사용하여 행하는 작업은 작가의 결정이라는 개인적이고 주관적인 기획의 적용을 넘어서게 됩니다. 따라서 우리는 문학이 그 생산의 복합적 조직을 통해서 객관성의 차원을 지닌다고 인정해야 합니다. 그렇게 문학의 객관성이 드러나면, 문학생산은 더 이상 재현에 머물지 않습니다. 문학생산은 실제 세계의 역동성 밖으로 쫓겨나지 않고, 세계를 바꾸는 데 효과적으로 참여하게 됩니다.

우리는 이러한 분석이 쥘 베른처럼 유형화할 수 없는 작가에게 적용될 때 두드러지게 부각될 수 있다고 생각했습니다. 사실 발자크와 달리 쥘 베른이 진정한 작가라 불릴 자격이 있는지에 대해서는 의견이 갈릴 수 있습니다. 하지만 우리가 제안한 관점으로 보면 상황이 달라집니다. 쥘 베른은 더 이상 주변적인 관심에 머무는 작가, 문학 고유의 힘을 지닌 작품으로서 탐색할 가치가 없다고 여겨지는 아동문학의 영역에 속하는 작가가 아니라 온전한 작가가 됩니다. 우리의 분석이 문학이 무엇을 할 수 있는지, 즉 문학의 힘에 대한 지식에 어떤 기여를 하는지에 대한 평가는 독자들의 판단에 맡기겠습니다.

피에르 마슈레

테리 이글턴의 영문판 서문

1966년 파리에서 출간된 피에르 마슈레의 『문학생산의 이론을 위하여』는 1978년 영어판이 출간되기 이전부터 영국의 좌파 문학계에 충격적인 파장을 던졌다. 프랑스 68혁명 직전에 씌어진 이 책은 그 이론적인 대담성과 명백한 탈신비화를 통해 급진적인 격변을 예고한 셈이다. 이 책은 맑스주의 비평이 가장 격렬하고 왕성했던 시기인 1970년대 초반 영국에 상륙하여 환대를 받았다. 정작 파리에서는 일개 대학 강사였던 마슈레의 연구서로 주목을 끌지 못했던 책이 급진적인 영국 비평가들에게서 환영을 받은 것이다. 루카치의 문학이론에 대한 대안을 모색하면서(사실 이 책은 루카치에 대한 명백한 반격이기도 하다) 마슈레의 스승이자 맑스주의 철학자인 알튀세르의 영향권으로 진입하기 시작한 급진적 영국 비평가들은 이 저서를 '결정적인 해결책'으로 받아들였다. 이 무렵 영국을 방문했던 마슈레는 갑작스러운 유명세에 기뻐하기보다는 프랑스 사람들 특유의 몸짓으로 어깨를 으쓱하며 오히려 어리둥절해했다. 그가 스스로를 낮추며 말했듯이, 마슈레는 문학이론가라기보다는 철학자였기 때문이다.

사실 마슈레는 알튀세르의 철학에 기반을 둔 최초의 문학비평가였다. 간단히 말해 이 책은 생산, 모순, 이데올로기, 과학적 지식과 같은 알튀세르의 주요 철학 개념들 —— 물론 이러한 목적을 위해 고안된 개념들은 아니다 —— 을 문학작품에 적용한다. 하지만 이러한 생각은 마슈레의 선구자적 독창성을 과소평가하게 한다. 『문학생산의 이론을 위하여』의 핵심은 문학에 접근하는 획기적으로 새로운 방법론에 있기 때문이다. 마슈레는 조용하고 신중한 태도로 모든 영역에 걸쳐 자유주의적 휴머니스트들의 우상들을 가차 없이 파괴한다. 문학 텍스트는 인간 주체의 '표현'이나 현실의 '반영'으로 간주되어서는 안 된다. 문학 텍스트의 깊이, 중심, 통일성 혹은 단일한 기원은 존재하지 않는다. 문학 텍스트는 작가의 의도의 산물이 아니라 생산과정의 산물이며, 그 과정은 셔츠나 스쿠터의 생산과 마찬가지로 생산자의 의도와 무관한 절차에 따라 이루어진다. 마슈레는 "저자야말로 자신이 생산해 낸 작품의 최초의 독자"라고 말한다.

비평의 개념 또한 급진적이다. 비평은 문학작품에 대한 고찰 혹은 복제가 아니라 작품에 '가해지는' 작업이다. 그 작업은 작품을 다른 공간으로 이동시키고, 그러면서 작품이 스스로 이해할 수 없었던 방식으로 작품을 이해한다. 비평의 분석은 작품의 자의식이라 부를 수 있는 것을 만들어 내거나 작품이 스스로를 보는(혹은 보려고 하는) 방식을 반영하는 것이 아니라, 마슈레의 여러 분석 방법의 토대가 되는 정신분석에서처럼 작품의 '무의식' 혹은 숨겨진 이면을 밝혀내려 한다. 환자의 말에 귀를 기울이는 정신분석가와 마찬가지로 비평의 분석은 진술되지 않은 것을 통해, 즉 텍스트의 징후적 억압, 회피, 미끄러짐, 자기모순 그리고 침묵 속에 담긴 것을 통해, 진술된 것의 의미를 포착한다. 문학작품과 역사의 관계는 작품이 주장하고 묘사하는 것 속에 드러나는 것이 아니라 '말해지지 않은 것'을 통해서 가장 명백하게 드러난다. 비평은 작품이 작품이 되기 위해서 필사적으로 억압하고 감추어야만 하는 것이 '말하게' 만드는 것이다. 비평의 임무는 작품으로부터 어떤 비밀스러운 진리를 추출해 내는 것이 아니라, 작품을 이루는 다양한 요소들 사이에 존재하는 역사적으로 필연적인 불일치 안에서 '작품의 진리'가 드러난다는 사실을 증명하는 것이다.

이 주장을 어떻게 이해해야 할까? 우선 마슈레가 말하는 이데올로기 개념을 파악할 필요가 있다. 이 책에서 마슈레는 전형적으로 알튀세르적인 관점에서 이데올로기는 명확한 관념의 구조물이 아니라 형태가 불분명하고 무정형 상태인 일상 경험의 자료라고 생각한다(이데올로기와 경험을 이렇게 간략한 등식으로 설정하는 것이 유효한지를 판단하는 것은 또 다른 문제이다). 문학은 경험의 교환이며, 그 점에서 문학이 다루는 것은 역사적 이데올로기에 속한다고 할 수 있다. 그러나 거친 맑스주의 문학비평이 주장했던 것처럼 문학이 단순히 이데올로기를 '반영'하는 것은 아니다. 문학은 형식의 문제 — 분명한 전략과 작전의 문제 — 이기 때문에, 작품은 이데올로기를 '배경'으로 반영하거나 '생산'하는 것이 아니라 이데올로기에 한정된 형태와 윤곽을 부여한다. 그렇게 해서 일상생활에서는 우리 시야에 너무 가까이 있어서 객관화되기 어렵고 뚜렷이 인식되지 않는 이데올로기의 한계와 부재, 그리고 모순이 드러나게 된다.

마슈레에 따르면, 문학작품은 이데올로기로부터 '자유롭지' 못하며, 그것은 또 다른 자유주의적 휴머니즘의 환상일 수 있다. 하지만 그렇다고 해서 작품이 이데올로기 안에 가라앉아 버린 것은 아니다. 오히려 작품이 안에서 이데올로기를 끌어내서 그 테두리를 정하고 무대에 올리고 '고정'시키고 객관화시키는 것이며, 그렇게 이데올로기의 경계와 모순을 드러내며 해체 작업을 행하는 것이다. 이데올로기는 스스로가 경계를 지니고 있음을 인정하려 하지 않으므로(보편성을 목표로 하기 때문이다), 경계를 '설정하는' 행위야말로 그 유한성을 드러내는 치명적인 타격이다. 결국 마슈레의 방법은 상당히 역설적이다. 문학적 형식은 형태가 없는 것(이데올로기)에 형태를 부여하지만, 그렇게 함으로써 그 모순과 모호함이 드러나게 만들기 때문이다. 결국 대립 관계의 기표들이 가득한 문학작품은 자기동일성을 지닐 수 없다. 예술은 단순히 이데올로기가 아니다. 또한 알튀세르가 말하는 과학, 즉 맑스주의 비평 분석의 방법과도 다르다. 예술작품은 그 둘 사이에 있다.

거리 두기, 소외, 인지 등의 개념이 주로 러시아 형식주의에서 비롯된 것이기에, 이 책에서 마슈레가 제시하는 것은 맑스주의, 형식주의, 그리고 정신분석(프로이트는 마슈레의 연구에 있어서 징후적인 침묵 중 하나임에도 불구하고)이 놀랄 만큼 독창적으로 혼합되어 있다. 프로이트가 환자의 꿈이라는 표면적으로 일관된 '텍스트'에서 징후적 침묵, 반복 그리고 전치轉置 현상을 포착함으로써 그것을 보다 복잡하게 얽힌 무의식적인 힘들의 움직임으로 해체한 것과 마찬가지로, 마슈레는 문학작품의 표면적 통일성에 기만당하기를 거부하고 작품에서 신경증이 발생하는 장소를 탐색한다. 그 지점이야말로 작품 안에 가려져 있는, 갈등하고 있는 역사적 힘들이 드러나는 곳이다. 말하자면 마슈레는 흐트러진 올 없이 깔끔한 양탄자 같은 텍스트의 표면을 뒤집어서, 그 표면을 만드느라 이리저리 바늘이 이동한 지저분한 뒷면을 보여 주는 것이다.

이처럼 미학적 통일성을 거부한다는 것은 실로 대담한 일이다. 그것은 아리스토텔레스로부터 미국 신비평New Criticism에 이르기까지 계속되어 온 예술작품의 본질에 대한 일련의 가정들, 다시 말해 예술작품의 통합적이고 '유기적인' 본질이라는 관점을 거부하는 것이다. 마슈레에 따르면 문학작품은 오히려 분산되고 내부로부터 밀려나 있다. 다시 말하면, 문학작품은 그 외부에 있는 것, 즉 문학작품이 대상으로 삼는 이데올로기적 세계와 관계를 맺음으로써 그로 인해 내적으로 파열되는 것이다. 문학 작품은 수많은 갈등의 요소들로 이루어져 있으며, 비평의 임무는 그것을 조화롭게 해결하는 것이 아니라 폭로하고 설명하는 데에 있다. 그러므로 비평가는 텍스트의 빈 곳을 적당히 메우고 보기 좋게 만들어 주는 텍스트의 하녀가 아니라 '징후적 독자'이며, 그 독자에게 주어진 일은 바로 텍스트의 필연적인 다원성을 이론화하는 것이다. 작품이 지닌 여러 갈래의 의미망 사이에는 어째서 필연적으로 불협화음이 존재하는가? 왜 텍스트가 '진술'하는 것과 '보여 주는' 것이 다를 수 있는가? 애초에 어떤 것을 말하고자 했으며, 그럼에도 왜 결국은 다른 것을 말하게 되는가? 작품은 자신에게 들러붙어 있는 어휘와 요소들을 왜 명료하게 표현하지 못하며, 그런데도 그것들은 왜 작품에서 사라지지 않고 남아 있는가? 마슈레에 있어서 이 같은 질문들에 대한 답은 텍스트, 이데올로기, 역사의 복합적인 관계망 속에 들어 있다. 그 각각의 '층위'는, 루카치와 골드만의 헤겔-맑스주의 문학비평에서 그렇듯이, 다른 층위들을 반영한다. 이 책에서 문제가 되는 관계들은 생산, 굴절, 변형, 부정否定의 관계이다.

이 풍요로운 탐구의 선상에는 여러 가지 문제들이 놓여 있다. 『문학 생산의 이론을 위하여』가 말하는 과학적 비평이 비역사적이고 대상과 유리되어 있는 것이 아닌가 하는 깊은 의구심도 있다. 이데올로기 개념 역시 논란의 여지가 있다. 막대한 양의 문학 형식을 — 마치 그 자체로 이데올로기가 인간에게 행사하는 힘을 파괴할 수 있기라도 한 것처럼 — 요구하기 때문이다. 또한 형식 그 자체가 이미 이데올로기라는 사실을, 역사적 의미가 충전되어 있지 않은 문학적 관습은 존재하지 않는다는 사실을 간과하고 있다. 다시 말하면, 형식과 이데올로기가 방정식의 양변에 놓이는 것은 아니다.

더 많은 질문을 제기할 수도 있을 것이다. 하지만 이 선구적인 저작의 힘은 바로 그러한 질문들을 촉발하고, 우리로 하여금 형식, 비평, 서사, 텍스트의 통일성, 이데올로기, '문학의 무의식', 그리고 기타 여러 개념들을 새롭게 생각해 보게 하는 것이다. 이 책을 쓰고 나서 마슈레는 스피노자 연구로 넘어갔다. 그는 스스로 지적했듯이 문학비평가가 아니라 철학자였다. 하지만 비평은 그에게 많은 빚을 지게 되었다.

차례

| 일러두기 |

1 이 책은 Pierre Macherey, *Pour une théorie de la production littéraire*, Paris: Maspero, 1966을 번역한 것이다. 단, 테리 이글턴의 서문은 영문판인 *A Theory of Literary Production*, London: Routledge & Kegan Paul, 1966에서 번역했다.

2 본문의 각주 중 옮긴이 주는 끝에 '— 옮긴이'라고 표시했으며, 표시가 없는 것은 모두 지은이 주이다.

3 단행본·정기간행물은 겹낫표(『 』)로, 단편·논문·기사 등의 제목은 낫표(「 」)로 표시했다.

4 외국어 고유명사는 2002년에 국립국어원에서 펴낸 외래어표기법을 따르는 것을 원칙으로 하되, 관례가 굳어서 쓰이는 것들은 관례를 따랐다.

1부
/
기본 개념

1
비평과 판단

문학비평이란 무엇인가? 단순한 질문처럼 보이지만 사실은 그렇지 않다. 비평이란 곧 어떤 문학작품이 무엇인지 '알기' 위해서 탐구하는 것이라고 대답한다면, 이것은 엄밀히 말해서 비평 행위의 대상이 아니라 영역을 제시하는 답이다. '알기'라는 말 역시 사용하기 전에 검토가 필요하다. 그러자면 비평이라는 용어가 어떤 의미를 갖는지, 그리고 어떻게 사용되어 왔는지 알아보아야 할 것이다. 사실 17세기 이후 '비평'critique은 다른 모든 용어를 제치고 문학작품 연구를 지칭하기 위한 표현으로 사용되어 왔다. 한동안 '문학사'histoire littéraire라는 용어가 제시되기도 했지만 '비평'을 대신하지는 못했다. 문학사는 이내 문학비평과 구별되었고, 두 용어는 서로 다른 것을 지칭하게 되었다. 그런데 비평이라는 용어는 양가적이다. 한편으로 비평은 무언가 잘못된 것을 알리는 부정적 판단을 한다는 점에서 거부의 의미를 지닌다. 하지만 또 한편으로는 긍정적으로 경계를 아는 것(사실 이것이 비평의 근본적인 의미이다), 즉 어떤 행위가 가능하게끔 하는 조건들에 대한 연구를 지칭한다. 이 두 의미는 서로 분리된 것이 아니다. 양립할 수는 없지만 그러면서도 연결되어 있는 것, 말하자면 같은 작업의 앞뒷면과 같은 것이다. 어떤 분야가 '비평'이라 불리기 위해서는 바로 이러한 양가성, 즉 이중의 태도를 지녀야 한다. 부정적 판단(비난으로서의 비평)과 긍정적 앎(우선은 설명으로서의 비평이라고 해두자)의 상이성에서, 서로 반대되는 것이 아니라 구별되는 두 입장이 생겨난다. 감정鑑定으로서의 비평(취향의 교육)과 지식으로서의 비평(문학생산의 과학)이 그것이다. 하나는 규범적인 행위이고 하나는 사변적인 행위로, 하나는 규칙에 대해 말하고 하나는 법칙에 대해 말한다. 기술art(엄격히 말해서 technique의 의미이다)로서의 비평과 과학으로서의 비평이 있는 것이다.

둘 중 하나를 선택해야 하는가? 아니면 두 가지가 함께 올 수 있는가? 그리고 이 기술이 발휘되는 영역, 이 과학이 연구하는 대상은 무엇인가?

2
영역과 대상

문학비평은 문학작품을 연구하는 것이라고 말하는 것은 사실상 문학비평의 대상이 아니라 영역을 제시하는 것이다. 그리고 처음부터 문학비평을 지식의 한 형태가 아니라 기술로 간주하는 것이다. 사실 이런 대답에 끌리게 되는 이유는 쉽게 이해할 수 있다. 기술이 발휘되는 영역은 반드시 경험적으로 주어지거나, 혹은 그렇게 주어진 것으로 간주되어야 한다. 그래서 그 영역을 시작으로 여기고 출발점으로 삼기 쉽다. 원래 모든 이성의 활동은 **처음에는** 기술로 나타나는 경향이 있다. 과학의 역사가 말해주듯, 이론의 대상은 먼저 있는 것이 아니라 나중에 나타난다. 앎의 대상으로 즉각적으로 주어져 있는 것은 없다. 단 한 가지, 지식은 현실을 지평으로 갖는다는 지극히 일반적이고 모호한, 따라서 불충분한 것이 주어져 있을 뿐이다. 물론 최종적으로 지식은 현실에 대해 말할 것이다. 하지만 그 경계는 미리 그어져 있지 않다. 나중에 현실의 영역에 경계가 가해질 것이고 그 안에 지식이 자리 잡게 될 것이다. 그러므로 하나의 과학이 현실의 영역을 갖는다는 것과 대상을 갖는다는 것은 별개의 이야기이다. 과학은 현실에서 **출발한다**. 그 말은 결국 현실로부터 멀어진다는 뜻이다. 그렇다면 어느 정도까지 멀어지는가? 어떤 길을 지나가며 멀어지는가? 이런 질문들은 바로 앎의 형태가 어떻게 성립되는가에 대해 묻는다.

이것은 엄정한 앎은 **원칙적으로** 모든 형태의 경험론을 경계해야 함을 의미한다. 이성적 탐구는 이미 존재하는 것을 대상으로 삼지 않고, 바로 그 탐구에 의해 대상이 만들어지는 것이다. 대상은 관찰을 기다리며 눈앞에 놓여 있는 것이 아니다. '알다'는 '보다'가 아니며, 과일이 쪼개지듯 갈라지면서 보여 주는 동시에 감추도록 되어 있는 **배치**의 지극히 일반적인 윤곽을 그대로 따라가는 것이 아니다. 안다는 것은 그런 식으로 미리 존재하는 말 —— 이것도 지어낸 것일 뿐이다 —— 을 듣고 옮기는 것이 아니다. 그것은 새로운 말을 창안하는 것이며, 본질상 침묵하고 있는 것, 즉 아무 말도 할 수 없기 때문에 안 하는 것이 아니라 **침묵을 지키는 파수꾼**이기 때문에 말하지 않고 있는 것에 발언권을 주는 것이다.

그러므로 앎은 잠재 의미, 즉 잊혀지거나 숨겨져 있는 의미를 찾아내거나 재건하는 것이 아니다. 앎은 **새로운** 지식, 즉 현실에서 출발해서 그 현실에 대해 무언가 다른 얘기를 함으로써 현실을 증대시키는 지식을 만들어 내는 것이다. 원이라는 개념 자체가 둥근 것이 아님을 기억하자. 원이 있기 때문에 원이라는 개념이 있는 것이 아니다. 또한 지식의 출현은 거리, 모종의 **벌어짐**을 설정한다는 것을 유념하자. 그 벌어짐을 통해 현실의 원래 영역에 경계가 설정됨으로써 그것은 측정할 수 있는 공간, 즉 지식의 대상이 되는 것이다.

그 벌어짐은 절대 피할 수 없다. 경험론적인 유혹의 속성은 모든 이성의 활동을 기술이라는 일반적 형태로 귀결시키고, 지식이 나아갈수록 대상과 그 대상에 대해 갖게 되는 앎 사이의 거리가 조금씩 줄어든다고 생각하는 것이다(결국 보여 주려 하는 것이 대상의 진실이라는 점에서, 대상이 바로 진실의 버팀목이 된다). 하지만 그때 '안다'는 것은 펼쳐 놓는 것이자 기술하는 것이다. 그것은 번역하기이다. 즉, 미지의 것을 주어진 것 속으로 흡수해 버리거나 혹은 그 역逆이다. 그것은 앎의 장場을 하나의 점(진실의 출현)으로 축소시키는 것이다. 그렇게 되면 진정한 지식은 일회적이며 또한 순간적인 것, 사물들을 한 번 쳐다보는 순간에만 지속되는 것이 된다. 결국 지식이 하려는 것은 잠정적이다. 그것은 현실을 해석할 뿐이며, 그런 후 여전히 변하지 않는 현실 속에 흡수되어 사라질 것이다. 지식을 하나의 기술로, 심지어 앞으로 보게 될 것처럼 읽는 기술로 축소시키는 이러한 관점에서라면, 지식은 과거와 미래, 그리고 현재라는 역사를 잃게 된다. 지식은 보편성이라는 기술적 기능에 종속되어 사라져 버린다.

지식이 가치를 지니고 어느 정도의 힘을 지니려면, 그것을 더 이상 진리 혹은 현실에 다가가 **접촉**할 수 있도록 인위적으로 만들어진 일시적인 것, 통로 혹은 매개체로 간주해서는 안 된다. 다시 말하면 전적인 자율성(독립성과는 다르다)을, 고유의 차원을 회복시켜야 한다. 지식이 새로운 것을 만들어 낼 힘, 즉 주어진 그대로의 현실을 **바꿀** 수 있는 힘을 지니고 있음을 인정해야 한다. 일의 도구가 아니라 일 그 자체로 간주해야 하는 것이다. 이것은 적어도 세 가지의 구별되는 용어를 상정한다. 재료, 수단, 그리고 생산물이다. 바슐라르 식으로 말하자면, 진정한 지식은 담론으로 존재한다는 특성을 인정해야 한다.

이제 이렇게 말할 수 있다. 만일 문학비평이 기법art이라면, 영역(문학 작품들)이 먼저 존재할 수밖에 없다. 그 경우 문학비평은 그 영역에 다가가 진리를 찾아내려고 노력할 것이다. 그리고 그 자체만으로는 존재 이유가 없기 때문에 종국에는 그 영역과 뒤섞일 것이다. 반면 문학비평이 지식의 한 형태라면 대상을 갖는다. 그 대상은 주어지는 것이 아니라 비평이 만들어 내는 것이다. 문학비평은 대상을 모방하고 복제품을 만들어 내는 데 머물지 않고 변형시키려 한다. 지식과 대상 사이에 거리가 존재하고, 지식과 대상은 분리되어 있다. 지식이 담론으로 표명되고 담론에 적용되는 것이라면, 담론은 그에 대해 말하기 위해 불러낸 대상과 **본질적으로** 다른 것이어야 한다. 과학의 담론이 엄정한 담론인 것은 그것이 적용되는 대상 자체가 다른 유형의 엄정성과 일관성으로 규정되기 때문이다.

진정한 담론으로 존재할 수 있게 해주는 충분조건이 되는 이러한 거리, 벌어짐은 필수적이며, 작품과 그 비평의 관계를 결정적으로 규정한다. 우리가 다 알고 나서 작품에 대해 말할 수 있는 것은 작품 자체가 말하는 것과 결코 같지 않다. 서로 겹쳐진 두 담론은 전혀 다른 종류의 것이다. 두 담론은 형식도 내용도 같을 수 없다. 비평가와 작가 사이에는 확실한 **차이**가 설정되어야 한다. 동일한 대상에 대한 서로 다른 두 관점이 아니라, 아무런 공통점을 갖지 않은 두 담론이 있는 것이다. 작가가 쓴 작품은 비평가가 설명한 작품과 같지 않다. 우선 이렇게 말해 두자. 비평가는 새로운 언어를 사용하면서 작품 속의 **차이**를 끌어내고, 작품이 **있는 그대로**와는 다른 것임을 드러내 준다.

3
질문과 답

비평이 하려는 것이 어떤 특성을 갖는지 말하기 위해서는 경험적으로 기술하는 것으로는 충분하지 않다. 비평 행위를 합리적으로 설명해야 하며, 필요할 경우 비평이 나름의 방식으로 연역적 형태를 취할 수 있음을 보여 주어야 한다. 비평은 불러내는 대상에 적합한 방법을 적용함으로써 특수한 유형의 연역을 수립한다. 하지만 처음에는 대상뿐 아니라 방법도 주어져 있지 않다. 비평의 대상과 방법은 서로가 서로를 결정한다. 대상을 세우기 위해서는 방법이 필요하지만, 어떤 방법을 택하느냐를 결정하는 것은 대상인 것이다.

그러므로 다음과 같은 질문이 나온다. 즉, 어떤 행위에 적절한 합리성의 형태를 정하기 위해서는 그 대상과 방법을 결정해야 하는데, 실행해 보지 않고서, 즉 어떤 형태의 합리성인지를 알지 못하고서는 결정할 수 없다. 돌고 도는 이 문제를 어떻게 벗어날 수 있는가?

대상과 방법을 통해 앎의 형태를 사후에 확인할 수 있겠지만, 그때의 앎의 형태는 학설doctrine이다. 다시 말하면, 일관된 지식을 제시할 뿐 지식의 형태를 만들어 내는 탐구 행위가 아니다. 일단 지식이 만들어지면 그것을 대상과 방법으로 한정할 수 있지만, 그 지식이 어떻게 생산되었는지, **생산 법칙**이 무엇인지, 다시 말하면 실제 어떤 조건하에서 생산이 가능한지 보여 줄 수는 없다. 적어도 직접적으로 보여 주지는 못한다.

지식의 형태를 확인하기 위해서는 그것이 얼마만큼 알게 해주는지가 아니라 그 지식이 등장할 수 있게 해준 조건들에 관심을 갖는 것이 중요하다. 지식을 하나의 학설로, 다시 말해 답들의 체계로 간주할 것이 아니라, 그 근거를 이루는 질문, 그에 대한 답들이 의미를 갖게 해주는 질문이 무엇인지 정확히 밝혀내야 하는 것이다. 사실 답들은 언제나 명백하거나 적어도 그런 경향을 보이지만, 그 답들을 지탱하는 질문은 대부분 **알지 못하는** 상태로 남아 있다. 질문은 답들에 가려져서 빨리 **잊혀진다.** 지식의 형태에 대해 이론을 수립한다는 것은 지식의 중심을 이루는 가려진 질문을 드러내는 것이다. 그러므로 비평의 학설들을 열거하기 전에 그 학설들이 제시하는 답을 불러낸 것으로 간주되는 질문을 밝혀내야 한다. 즉, 제일 먼저 해야 할 일은 "문학비평이란 무엇인가?"라는 질문을 정확한 용어들로 제기하기, 다시 말하면 질문을 **채워 넣기**이다. 채워 넣지 않은 채로 묻게 되면 그것은 비어 있는 질문, 가짜 질문, 경험적 질문에 지나지 않기 때문이다.

하지만 그러한 **최초의** 질문으로 되돌아가는 것은 쉬운 일이 아니다. 이어지는 답들이 우리를 원래의 질문으로부터 멀어지게 하고, 질문 자체도 한 가지가 아니기 때문이다. 그러니까 한 가지 질문이 아니라 몇 가지 질문이 있는 것이다. 개별 학설이 투사하는 이미지와 달리, 사변적 활동은 하나로 통합되지 않고 한 점으로 국한되지 않으며 한 가지 문제 주위에 모여지지 않는다. 그것은 오히려 역사(사변적인 역사가 아니라 실제의 역사), 다시 말해 **질문들의 역사**를 따라 분산되어 있고 펼쳐져 있다. 한 가지 질문의 '현 상태'(이 말을 진정한 의미대로 사용하자)는 —— 움직이지 않는 결정적인 상태로 간주될 수 없다는 점에서(만일 그렇다면 질문의 현실성이 영원성이라는 희미한 형태 속에 사라지게 될 것이다) —— 실제로는 몇 가지 질문으로 나뉘어져 있다. 결국 결정적인 질문은 존재하지 않으며 한 가지 질문이었던 적도 없다고 말할 수 있다.

이처럼 어떤 역사를 그것에 생명을 불어넣고 또 의미와 필연성을 부여하는 질문에 결부시키는 것은, 그 역사를 단순히 **주어진 하나의 질문**이 전개된 것, 즉 최초의 상태가 점진적으로 전개된 것으로 환원시키기를 거부하는 것이다. 한 역사의 기반을 이루는 질문은 단순하지도 않고 미리 주어져 있지도 않다. 그 질문은 필연적으로 복합적인, 그래서 **하나의** 답으로 사라질 수 없는 문제를 만들어 내도록 짜여진 몇 개의 용어들로 **구성되어** 있다. 야콥슨은 중요한 저서에서 "공시적인 것synchronique은 정태적인 것statique과 다르다"라는 것을 보여 준 바 있다.[1] 역사에 구체적인 형체를 부여하는 질문(이것을 '구조'라고 부르지 못할 이유는 없다)은 단순히 변화의 가능성을 포함하는 것이 아니라 바로 그 가능성으로 이루어지고, 그 가능성을 실제로 새겨 넣는다. 여기서 새기기inscription를 지금까지 흔히 사용된 대로 기재하기enregistrement라는 빈약한 뜻으로서의 쓰기와 혼동해서는 안 된다. 질문 혹은 구조는 이미 존재하던 의미가 추후에 형태를 갖추고 구현된 것이 아니다. 그것은 그 의미 가능성의 실제적 조건이다. 질문이 제기되었느냐 아니냐에 따라 역사가 있느냐 없느냐가 결정되는 것이다. 또한 질문이 어떤 방식으로 제기되느냐에 따라 역사가 어떻게 전개되느냐가 결정된다. 병존하는 용어들을 묶어 말하자면 질문은 순간성을 드러내는 지표가 아니고 선조적 연속성을 나타내는 기호도 아니다. 이

---

1 Roman Jakobson, *Essais de linguistique générale*, Paris: Minuit, 1963, p.36.

렇게 질문을 확립하고 나면, 이제 신화적인 기대를 평계 삼아 왜곡된 역사가 아닌 실제의 역사를 기술할 수 있게 된다. 이것은 이미 과학의 역사와 관련하여 증명된 사실이며, 원칙적으로 문학비평의 역사에 그대로 적용될 수 있다.

하지만 우선 용어들의 의미를 분명히 해둘 필요가 있다. 조건이라는 용어와 복합성이라는 용어가 그렇다. 어떤 역사를 그 **원래의** 질문의 조건과 결부시켜서 가늠해 보고자 한다면, 그때 **원래**라는 말을 최초 혹은 시작의 의미로 이해해서는 안 된다. 이전과 이후의 대립, 시작과 계속의 대립으로는 충분하지 못하다. 질문은 역사 이전에 주어진 것이 아니다. 그 자체가 역사적으로 구성된 것이다. 질문의 수립은 역사의 수립과 함께하며 단지 그 충위가 다를 뿐이다. **조건**은 한 과정을 발생시키는 경험적 원인이 아니며, 원인-결과의 관계에서처럼 선행하는 것이 아니다. 조건은 그것이 없다면 문제의 과정을 아는 것이 불가능해지는 원칙을 말한다. 한 과정의 조건들을 알기, 그것이 진정으로 이론적 탐구가 하는 일이다. 이런 식으로 우리는 변화 개념과 (질문을 구성하는 용어들의) 동시성 개념이 양립 불가능한 것이 아님을, 오히려 필연적으로 함께 오는 것임을 이해하게 된다.

'조건'은 이론의 대상이다. 하지만 그렇다고 해서 조건을 전적으로 사변적인 것으로 간주해서는 안 된다. 특히 그 **복합성**은 실제적이다. 조건은 **관념적인** 구분 원칙에 맞춰 정돈되어 있지 않다(헤겔 식의 모순은 관념적 구분의 가장 훌륭한 예인 동시에 가장 완벽하게 희화화된 모습이다). 비평의 질문이 단순하지 않고 복합적이라는 말은 질문이 내적인 모순을 지니고 있어서 (심화와 변형을 통해) 그 모순이 해결되면서 역사가 만들어진다는 뜻이 아니다. 이론적 원칙, 즉 우리로 하여금 실제 역사의 이론을 만들고 그 텍스트를 만들어 낼 수 있게 해주는 원칙은 조금 전 우리가 본 대로 역사 이전에 있는 것도 이후에 있는 것도 아니다. 이론적 원칙은 역사 안에 포함되는 것도 아니고 반대로 역사를 포함하는 것도 아니다. 이론적 원칙은 역사와 분리된 것이며(물론 역사로부터 독립적인 것은 아니다), 전혀 다른 층위에 자리 잡는다. 이 문제에 있어서 역사는 그에 대한 이론 없이도 있을 수 있음을 우리는 경험을 통해 잘 알고 있다. 역사 발달 과정에 대한 헤겔의 해석은 역사와 이론을 **혼동하는** 경향이 있다. 경험을 이론화한다는 명목으로(즉 경험을 관념이 드러난 것으로 간주하면서) 역설적으로 이론을 경험화하는 것이다.

요약해 보자. 비평 이론들의 역사는 바로 그 조건을 이루는 복합적인 질문을 결정한 이후에야 비로소 이해될 수 있을 것이다.

4

규칙과 법칙

작가의 작품은 지식에 속하는 용어들로 진술되지 않는다. 이 문제는 후에 다시 논의될 것이다. 하지만 작가의 행위는 지식의 대상이 될 수 있다. 적어도 이 두 문제를 분리하는 것은 가능하다. 이처럼 비평 담론이 작가의 담론과 관련하여 어떤 합리성의 조건을 새로이 요구하는 것이 사실이라면, 우리는 비평에 고유의 위상을 부여해야 하고 무엇보다도 문학의 경계 안에 두기를 포기해야 한다.

이 말은 결국 문학비평은 완성된 생산물을 기술하여 전달될 수 있도록, 다시 말해 소비될 수 있도록 준비시키는 데서 그치지 않고, 관심을 이동하여 그러한 산물의 제작 자체를 대상(기술하는 데 그치는 것이 아니라 설명해야 하는 대상)으로 한다는 것을 전제한다. 이것은 지금까지 존재했던 모든 문학비평 경향들에 대한 근본적인 변화를 의미한다. 그리고 그 중심에는 "문학생산의 법칙은 무엇인가?"라는 새로운 비평의 문제가 자리 잡고 있다. 여기서 우리는 비평을 합리성의 영역으로 다시 불러들이기 위해서 어떤 대가를 지불해야 하는지 알 수 있다. 즉, 비평은 **새로운 대상**을 부여받아야 하는 것이다. 그렇게 하지 않으면, 과거와 완전히 단절하지 않으면, 비평은 결국 대중의 취향이 어느 정도 정제된 형태, 즉 **기법**

에 지나지 않게 된다. 우리가 알고 있듯이, 합리적 지식은 성립 조건의 테두리 안에서 보편적이고 필연적인 법칙들을 정립해야 한다. 반면 이론적 지식이 아니라 실제적인 동시에 경험적인 지식인 기법은 일반적인 규칙들을 만든다(규칙들이 경험적으로 **주어진** 실재를 어떻게 사용할지 그 **용법**을 규정하는 것이 바로 그 규칙들의 법칙이다). 규칙들은 근사치의 평균적 가치를 지닐 뿐이며(흔히 사용되는 '일반적인 규칙에 따르면'이라는 표현이 잘 보여 준다), 그러한 제약적인 가치에도 불구하고 그 어떤 진정한 필연성도 증명하지 못한다. 예외는 규칙을 확인해 주지만 법칙을 무너뜨린다. **일반적인 규칙에 따르면**, 지금까지 취향의 기술자들로 정의되어 온 비평가들은 절대 오류를 범하지 않는다. 하지만 그들은 바로 취향이라는 평균적 현실을 고정하려 한다는 점에서 사실상 늘 오류를 범하고 있다. 그것은 피할 수 없는 일이다. 엄격한 의미의 지식을 생산하지 않는 그들의 작업은 합리성의 통제를 벗어나기 때문이다. 규칙은 규범적이면서 대략적인(이 두 가지는 결국 같은 것이다) 행위를, 모순적이라고도 할 수 있을(스스로 정당화할 수 없고 스스로 규범을 만들어 낼 수 없기에 다른 곳으로부터 규범을 **받아야** 한다는 점에서) 행위를 지탱한다고 말할 수 있다. 기법으로서의 비평은 결국 제 것이 아닌 태도를 특징으로 한다. 그것은 스스로 근거를 제시하지 못하는 외적인 원칙들을 적용한다. 그러므로 규칙들에 근거하는 비평은 그 대상을, 즉 '문학'을 소비 제품으로 다루게 된다. 그러한 비평은 다 만들어져서 경험적으로 주어진 현실이라고 간주되는 것의 사용법을 준비하고 '이끌어 가고' 방향을 잡아 준다. 그것이 어떻게 나타났고 어떻게 이루어졌는가의 문제는 창조라는 필연적으로 **신비스러운 사실** — 새로운 무지의 성역이다 — 을 통해 해결한다.

　기법으로서의 비평이 소비의 규칙만을 제시하는 것은 우연이 아니다. 엄정한 지식은 그와 반대로 생산의 법칙부터 정립해야 한다. 결론적으로 다음과 같은 출발 가설을 세울 수 있다. 읽기와 쓰기는 등가의 관계, 가역적 관계가 아니다. 두 가지를 혼동해서는 안 된다.

*　　*　　*

지금까지 우리는 전통적인 비평 방법이 갖는 근본적인 난점을 확인하였다. 경험적 환상이라는 자연스러운 환상에 빠져드는 경향이 그것이다. 즉, 비평의 대상인 작품을 실제로 주어진 것, 즉각적으로 재단되어 관찰하는 시선에 자발적으로 주어진 것으로 간주하는 것이다. 그 경우 비평 작업은 작품을 받아들이고, 작품에 대해 기술하고, 작품을 이해하는 것일 뿐이다. 비평의 판단은 전적으로 그 대상에 종속되어 결국 그것을 재생산하고 모방하며, 즉 분명할 수밖에 없는 선들을 따라가며, 결국 작품이 완수할 수 있는 유일한 **이동**이 이루어지도록 도와줄 뿐이다. 여기서 작품의 이동이란 작품이 소비되게 하는 것, 다시 말해 일시적으로 관계를 맺고 작품을 담고 있는 책으로부터 독자들의 의식 — 그것이 얼마나 명료하고 주의 깊고 정통한지는 매번 다를 것이다 — 으로 옮겨 가게 하는 것이다. **비평의 시선**이 바로 이러한 소통 모델을 제공하는 것이다.

　이 한 가지 환상이 전부가 아니다. 이제 상당히 다르게 보이고 심지어 대립되는 것처럼 보이는 또 다른 환상, 즉 규범적 환상을 검토해야 할 때이다.

5
긍정적 판단과 부정적 판단

가장 넓은 의미로 이해된 비평 행위는 대상의 변화를 포함할 것이다. 비평을 한다는 것은 실제로 바꾸지는 않는다 해도 변화의 가능성을 환기하며, 경우에 따라 그 가능성을 증명한다. 비평 행위의 기저에 깔린 "다를 수도 있었다 혹은 달라야 했다"라는 단언은 겉으로 드러나진 않지만 결정적이다. 그러므로 비평은 긍정적 측면과 부정적 측면을 동시에 지닌다. 비평은 주어진 것을 이상적인 규범에 비추어 파괴하며, 그렇지만 원래의 것 대신에 '고쳐진' '수정된' '적합한' 것을 제시한다는 점에서는 건설한다. 이상에 부합하는 희망 사항을 제시하는 데 그친다 해도 달라지는 것은 없다. 단순히 비평이 현실보다 가능태를 선호하는 것이 아니고, 현실 그 자체가 현실과 동시에 **주어진** 규범의 가능한(실패했을 수도 있고 반대로 성공했을 수도 있는) 형태가 되는 것이다. 일반적으로 말해서, 비평은 변화가 이루어지기를 원하는 의지에서 출발한다.

그러므로 비평이 주어진 것에 전적으로 만족하는 일은 불가능하다. 비평이 낼 수 있는 목소리가 다른 관점으로, 칭송의 언어(칭송과 거의 동일하지만 이미 그로부터 멀어진 언어)로 작품을 반복하는 것뿐이라면, 비평은 사라지고 말 것이다. 결국 비평은 본질적으로 처음부터 경험적 환상과 결별한다. 주어진 것 대신에 다른 가능성을 원하기 때문이다. 물론 작품을 그대로 옮기는 데 그치는 비평도 있을 수 있다. 그런데 작품에 손대지 않으려는 신중한 태도로 최소한의 변형만을 가하려 하는 그런 비평 역시 대상으로 주어진 것의 자리에 **다른 것**을 대체하고자 한다. 그 경우 비평이 행하는 변화는 자리 바꿈의 형태를 띤다. 하지만 그러한 작업이 이루어지려면 하나의 **장소**, 즉 대체가 일어나는 곳이 영속적이고 자율적으로 존재해야 하며(이 문제는 조금 후에 다룰 것이다), 그 때문에 일련의 공간적 은유에 빠지게 된다. 작품의 공간, 심지어 문학의 공간에 대해 말하게 되는 것이다.

그러므로 적어도 자발적으로 나타나는 비평은 늘 부정否定으로 시작한다. 비평의 기본 동작은 거부인 것이다. 그러면서도 비평은 앎을 가져온다고 주장한다. 그리고 그 권위는 결정적인 것으로 인정받아야 한다. 비평은 거짓을 고발하는 동시에 진실을 말하려 한다. 특이한 규칙을 따르는 지식, 주관적인 지식(사실 이 말 자체가 모순적이다)일지언정 어쨌든 하나의 지식을 말하는 것이다. 비평은 모순을 인정하려 하지 않는다. 그 시선 앞에서 버티고 저항하지 못하는 것을 버리거나 없애는 데 그치지 않고, 새로 세우고 생산하고자 한다. 그것이 불가능할 때는 아쉬워하며 그러한 생산의 유령을 세우기라도 한다. 결국 비평의 기획은 평가하기 혹은 드러내 보여 주기라는 긍정적 형태를 띠게 된다. 작품 안에서 긍정의 힘을 이루는 것을 드러내 보이면서, 작품의 진실을 복원하면서, 비평은 스스로 작품에 대해 힘을 지니고 있음을 보여 준다. 그리고 처음에 비평이 거부하고 내침으로써 생겨난 그 간격에 전혀 다른, 비평이 없었더라면 절대 우리가 가질 수 없었을 새로운 대상이 나타나게 된다.

있는 그대로의 작품이 결정적이라는 것을 거부하고 **달라진 상태**를 강조하면서, 비평적 판단은 작품 안에 작품을 판단하게 하는 규범의 형태로

다른 것이 들어 있다고 단언한다. 그렇게 해서 작품은 규범에 맞는다는 적법성의 원칙을 따르지만, 그 적법성은 작품이 지닌 것이 아니다. 그것은 오히려 작품이 **자족적이지 못하다**는 것을 드러내면서 작품의 자율성을 앗아 간다. 건설하면서 긍정적으로 판단하고자 하더라도 규범적 비평은 결국 그 파괴력을 드러내는 것이다.

규범적 비평이 말하는 적법성은 외적인 적법성이며, 사후에 개입하고, 그 생산에 참여할 수 없이 이미 주어진 대상에 적용된다. 미학적 적법성은 이론이 아니라 판단의 위상을 지닌다. 미학적 적법성은 기껏해야 규칙들을 통해 작가의 행위를 구속함으로써 제어할 뿐이다. 그것은 작품의 현실적인 한계를 고려할 수 없고, 다시 말하면 작품을 세울 수 없고, 그저 유감을 쏟아 낼 수 있을 뿐이다. 이 점에서 모든 비평은 책이 말하지 않은 나머지에 대한 가치판단으로 요약될 수 있다. 즉, "더 잘할 수 있었다"는 것이다. 그리고 그 '더 잘할 수 있었을 것'을 직접 하지는 않더라도 알고 있기 때문에, 비평의 시선은 실제의 작품을 넘어 그 꿈의 분신을 향한다. 분명한 사실은 그러한 적법성은 주어진 것에 대한 반응으로서의 의미만을 지닌다는 것이다. 그것은 방어의 가치밖에 지니지 못하며, 사실(작품)과 법칙(규범) 사이에 존재한다고 가정할 수 있는 거리에 끼어들어 그 자리를 차지해 버린다. 물론 경험주의는 그 정도의 타격은 버텨 낼 수 있다. (질문을 제기하지 않고) 음미하는 비평과 (망설임에 얽매이지 않고) 판단하는 비평은 사실상 비슷하다. 순진한 소비자나 준엄한 심판관은 결국 한편인 것이다.

그 둘 사이에 진정한 차이는 한 가지뿐으로, 그것은 나중에 분명하게 드러날 것이다. 경험주의적 비평가는 작가의 공모자가 되고자 한다. 그러한 공모의 요구가 있어야만 작품이 만들어진다고 믿기 때문이다. 심판관으로서의 비평가는 작가의 주인이 되고자 한다. **똑같은** 것을 앞에 두고서 작가보다 더 잘 볼 수 있고, 그래서 작가가 그것을 소홀히 하고 쓰지 않으면, 다시 말해 그것으로 작품을 만들지 않으면, 바로 말해 준다. 실제의 생산이 지체되는 것을 기다리지 못하고 **핵심**으로 즉시 가려 하는 것이다.

미학적 적법성의 규칙들이 부과한 작품의 목적은 지속적인 언급을 통해 실현하고 구현할 수 있다. 지칭하지 않고 겸허하게 보여 주기만 한 경우가 아니라면, 작품의 목적은 자율적 위상을 획득하게 될 것이고, 스스로에 대해 말하는 것이 가능해질 것이다. 그러한 목적은 바로 모델, 즉 얼마나 잘 맞는지 재어 보는 틀이다.

규범적 환상은 작품이 있는 그대로가 아닌 다른 것이라고 여기는 것이다. 작품은 작품이 끊임없이 마주해야만 하는 모델, 작품이 만들어지는 조건이 되는 모델과의 관계 속에서만 실재할 수 있고 유지될 수 있다. 작품은 모델을 전제로 하는 것이다. 그러므로 작품은 **수정될** 수 있다. 실제로 작품이 달라질 수도 있고 심사의 대상이 될 수도 있다. **독립적**으로 존재하는 모델, 극단적으로 말하자면 작품화를 거치지 않고 직접 만날 수 있는 모델을 전제로 하는 한, 작품은 판단에 매이게 된다. 비평은 판단을 하면서 작가의 작업을 수정하며, 그렇게 해서 작가의 작업을 이어 가고, 텍스트의 내면에 자리 잡으면서 깊숙이 개입하게 된다. 여기서 우리는 규범적 환상이 경험적 환상과 얼마나 비슷한지 알 수 있다. 비평의 권리는 모델이 수립해 놓은 재판권에 근거하며, 그 모델에 다가가게 하는 규칙들에 의해 규정되는 것이다. 완성된 작품, 완벽한 작품은 자신에 대한 비평을 모두 흡수해 버린 작품이며, 끝까지, 다시 말해 모델에 이를 때까지 스스로를 비평한 작품이다. 그 둘이 결합하는 순간에 모델과 비평 사이에 놓이는 있는 그대로의 작품은 사라지게 된다.

그것은 작품에 **앞선** 다른 것이 있다는 가설에서 출발한다. 텍스트의 전개는 가장 본질적으로는 허구적이다. 작품이 나아가는 것은 오직 원래 모델 안에 주어진 것을 되찾기 위해서이다. 작품이 어떤 접근 방식을 택했든 우리는 그것이 아닌 다른 것을 생각해 볼 수 있다. 제일 좋은 길은 가장 짧은 것이고, 모든 읽기가, 모든 에움길이 가능하다. 가장 직접적인 읽기는 비평적 읽기, 필연적으로 앞질러 갈 수밖에 없는 읽기이다. 다른 읽기보다 빠르고, 이야기 그 자체보다도 더 빠르며, 모델로 **되돌아가는** 읽기이다. 이야기의 내용을 즉시 인지하고 이야기 자체의 생각과 관계없이 그 내용을 파악하고자 하는 의지가 있어야만 그러한 비평적 읽기가 존재한다. 비밀을 감춰야 하기 때문에, 그 비밀이 드러나면 완성되어 사라져 버리기 때문에, 이야기는 핵심적인 것을 드러내지 않는다.

이야기가 드러나는 순간 사라져 버리는 경우를 비유적으로 가장 잘 보여 주는 것은 바로 탐정소설이다. 탐정소설은 앞을 내다보는 읽기의 가능성을 축으로 하여 형성된다. 읽기가 끝날 때 이야기는 그 존재 이유가 사라지면서 **마무리된다.** 진실을 찾아간다는 분명한 의미를 지니는 그런 이야기에서는 수수께끼의 답으로 직접 가게 해줄 단축키의 유혹이 있을 수밖에 없다. '결말부터' 읽는 독자들은 바로 그러한 유혹에 굴복한 것이다. 끝을 시작으로 삼는 것은 규범적 환상의 전형적인 특성이다. 스피노자가 『윤리학』*Ethica* 1부 부록에서 원인과 결과의 혼동으로 정의한 것이 바로 그러한 환상이다. 비평가도 그와 유사한 방식으로 모델에서 출발한다. 그러나 수수께끼 식의 이야기는 사실상 **질문과 답을 동시에** 주기 때문에 두 가지를 분리하는 것이 불가능하다. 게다가 이전과 이후의 구별은 이야기를 구성하는 한 가지 요소일 뿐이므로 그로부터 이야기에 대해 전체적인 판단을 내릴 수 없다.

읽기의 목표가 진실에, 심지어 상징적으로 책의 제일 끝 부분에 놓인 진실에 이르는 것이라면, 좋은 이야기의 기준은 **정직성**일 것이다. 문제가 정확하고 솔직하게 제시된다면, 인위적 방법 없이 첫 출발 때 주어진 방법으로 저절로 해결될 것이다. 그 어떤 것도 숨어 있지 않다. 숨어 있다 해도 일시적일 뿐이다. 진실은 이야기와 상관없이 모습을 드러낼 것이다. 진실된 진짜 이야기는 스스로의 전개 과정을 피해 갈 수 있는 에움길로 제시하는, 스스로의 경계를 허물면서 자신의 무용성을 세워 나가는 이야기일 것이다. 작품이 완성되기 위해 필요했던 지연 시간이 지나고 나면, 그때까지 이야기의 주름 안에 감춰져 있던 **대상**이 섬광처럼 모습을 드러낼 것이다.

작품을 작품의 **진실**에 대치시키는 비평 역시 유사한 방식을 쓴다. 그 진실은 작품을 부식시키는 본질적인 실체이기 때문에 그것이 **나타나는** 순간 작품은 본질과 멀어진 외관이 되어 사라지게 된다. 이야기는 안내자, 다가가는 수단일 뿐이다. 내용의 출현을 따라가고 때로 늦추기도 하지만, 실제로 내용을 구성하지는 않는 것이다.

모든 '미스터리' 문학은 이러한 이론을 잘 보여 준다. 래드클리프[2]의 여주인공들부터 셜록 홈즈까지 미스터리 문학은 이러한 **외관의 에움길**(이 것을 도덕의 교리에 가까운 비평의 교리로 삼는 비평도 있다)을 조금 변질되긴 했지만 지극히 분명한 형태로 보여 준다. 수수께끼가 풀리는 순간, 매개로 주어진 일화들의 유용성을 지탱했던 실제 의미도 파멸하고 만다. 이야기는 기교를 동원해 모험을 지연시킨다. 하지만 그러한 문학은 분명 이중의 의미를 지닌다. 한편으로 작품 안에 존재하는 괴리로 인해 작품이 그 진정한 의미로부터 분리되는 것을 보여 주며, 또한 작품이 작업하는

---

2 앤 래드클리프(Ann Radcliffe, 1764~1823)는 영국의 소설가로 공포소설과 로맨스가 결합된 고딕소설을 썼다.——옮긴이

것을, 작품이 결말에 다가가게 하면서 또 멀어지게 하는 긴 길을 만드는 것을 보여 준다. 작품의 이면은 모델, 작품이 그 안에 들어가 스스로 아무 것도 아님을 고백하는 그 모델일 것이다. 하지만 아무것도 아닌 바로 그 것이 작품 안에서 작품을 반복하고 **구성**하며 한 가지 이상의 의미를 지닌 길로 이끌어 간다.

지금까지 말한 것을 요약해 보자.

비평이 작품을 소비 제품으로 다루려고 하면 바로 경험적 환상(일차 적인 환상)에 빠지게 된다. 이미 주어져 있는 대상을 어떻게 **받을지**만을 생 각하기 때문이다. 그리고 경험적 환상은 혼자 오지 않는다. 이내 규범적 환상이 따라오는 것이다. 그렇게 되면 비평은 작품을 보다 더 잘 흡수되 는 상태로 **변화**시키려 한다. 작품이 지니는 사실상의 실재성이 거부되며, 작품은 더 이상 주어진 여건으로 간주되지 않는다. 작품은 아직 실현되지 않은 의도가 일시적으로 발현된 것에 지나지 않게 된다.

두번째 환상은 첫번째 환상의 변이일 뿐이다. 규범적 환상은 경험적 환상이 이동한 것, 다른 곳에 자리 잡은 것이다. 실제 규범적 환상은 작품 이 갖는 경험적 특징들을 독자적인 최종의 여건인 모델에 맞출 뿐이다. 모델은 작품과 동시에 존재하며, 작품은 모델 없이는 아무 힘을 갖지 못 하고, 읽힐 수도 없으며, 그 어떤 판단의 대상도 되지 못할 것이다. 돌이킬 수 없이 고정된 경계 내에서만 대상의 다양한 변이를 인정하는 규범적 환 상은 경험적 환상이 승화된 것이다. 규범적 환상은 경험적 환상과 같은, 하지만 좀더 '개량된' 이상理想을 지닌다. 그 원칙은 결국 동일하다.

이 두 유형의 환상과 관계된 세번째 유형의 환상, 즉 해석적 환상에 관해서는 나중에 다룰 것이다.

6
이면과 표면

앞에서 살펴본 것처럼 규범적 환상과 함께 '끝'과 '시작'이라는 문제틀이 나온다. 모델은 작품이 향해 가는 곳이며 따라서 작품의 종결이라는 문제를 제기하기 때문이다. 작품의 종결은 현실적인 혹은 관념적인 울타리 안에서 이루어진다. 작품은 겉으로 보기에는 닫혀 있지만 그 자체가 아닌 것으로 이어지느라 찢어지고 벌어져 있을 것이다. 작품은 '방'으로 가기 위한 긴 복도, 순전히 머리말인 셈이다. 작품은 보이는 것과 달리 고정된 것이 아니다. 반대로 스스로를 벗어나 다른 곳으로 향한다. 작품은 계속 그대로 있는 것이 아니라 지나가야 하는 길과 같은 것이다. 이 점에서 그나마 규범적 환상이 갖는 장점은 작품을 부동 상태에서 끌어내서 **유동성**을 부여하는 것이라고 말할 수 있다. 이렇게 해서 작품이 움직일 수 있는 힘을 갖는다는 것이(작품 그 자체로서는 아니라 하더라도 작품의 진실과 관련하여) 처음으로 확인된다. 따라서 규범적 환상은 전적으로 무익하지는 않다. 엄밀한 의미로 말하자면 그것은 아무것도 가르쳐 주지 못하지만, 적어도 새로운 것을 보여 준다.

작품은 보이는 모습 그대로가 아니다. 이 말은 이론적 가치를 지니지는 못하지만(실재와 외관의 이데올로기적 구분에 근거하기 때문이다) 검토해 볼 필요가 있다. 우리는 지금까지 이 말을 비평 담론과 관련하여 제시했지만 사실은 다른 차원에서도 나타날 수 있다는 점에서 더욱 그렇다. 그것은 작품 외적인 판단, 작품을 배반하는 판단(작품을 비난하는 데 사용된다는 점에서)에만 해당되는 말이 아니다. 작가의 담론, 즉 **작품에서도** 마찬가지이다. 작품이 보이는 모습 그대로가 아니라는 것은 작가의 담론을 바꾸는 데 기여하는 동시에 실제로 작가의 담론을 세울 수 있다. 그러므로 그것은 이데올로기적인 문맥을 벗어나서 다른 가치, 다른 의미를 부여받을 수 있다(여기서의 가치란 지식의 가치가 아닐 수 있다. 이미 말한 대로 작품 **안**에서 작품에 대한 지식의 요소를 찾아서는 안 된다).

예를 들기 전에 우선 한 가지 반론을 제기해야 한다. 즉, 그러한 원칙에 근거하여 만들어진 작품은 진짜 작품이라 할 수 없을 것이다. 그것은 무언가 말을 하고 있는 척하지만 사실은 그 말의 본질에 대해 질문을 제기하는 **비평** 작품이다. 변장한 비평가와 가면을 쓴 심판관이 깊숙한 곳까지 들락거림으로써 더 잘 알고 더 잘 파괴할 수 있게 된 셈이다. 에드거 앨런 포가 「시의 탄생」이라는 유명한 텍스트에서 **시작은 끝에 있다**라고 말할 때,[3] 그 말을 하는 것은 시인 포가 아니라 시를 해석하는 포이다. 결국 그의 시도는 원래의 방향을 벗어나 다른 길로 빠질 위험이 있다. 그는 자기가 하지 않는 것을 판단하고 있고, 오직 판단하기 위해서 하고 있다. 이는 시와 비평 모두에 '무용성'futilité을 끌어들여 성공한 폴 발레리와 같다. 하지만 포의 텍스트는 검토할 만한 가치가 있다. 우리는 포의 말이 비평

---

3 Edgar Allen Poe, "La genèse d'un poème", trans. Charles Baudelaire, *Edgar Allan Poe: Oeuvres en proses*, Paris: Gallimard, 1951, p.991. [이 글의 원본은 "The Philosophy of Composition", *Graham's American Monthly Magazine of Literature and Art*, vol.28, 1846이다. 이를 보들레르가 프랑스어로 번역하면서 '시의 탄생'이라는 제목을 붙였다.——옮긴이]

의 의미가 아니라 전적으로 시적인 의미를 지닌다는 것을 알게 될 것이다. 그 말은 작품에 대해 문제를 제기하는 근거가 아니라 지표로 사용되는 것이다. 그리고 래드클리프의 작품처럼 작품 자체에 대한 성찰이 담겨 있지 않은 작품에서도 같은 테마가 유사한 형태로 발견된다는 사실이 우리의 해석을 확인해 줄 것이다.

제일 중요한 반론이 남아 있다. 문학 텍스트에서 즉각적으로 어떤 테마를 도출한다 해도 그것이 바로 개념적 가치를 갖는 것은 아니라는 것이다. 이면과 표면은 그 자체로서는 무언가를 알려 주는 이미지로 간주될 수 있을 뿐, 그 이상의 가치는 없다. 이 '개념'들은 규범적 환상으로 오염되어 있음을, 그 환상과 인위적으로 분리된 것임을 기억해야 한다. 따라서 그것들은 앞으로 우리가 여러 개념들을 제시하는 과정에서 지나치게 큰 의미를 부여할 필요 없는 부수적인 자리를 차지할 것이다.

시의 탄생

그가 좋아하던 명제 중의 하나는 이것이다. "소설에서든 시에서든, 중편소설에서든 소네트에서든, 모든 것은 결말에 기여해야 한다. 좋은 저자는 첫 줄을 쓸 때 이미 마지막 줄을 염두에 두고 있어야 한다." 이 훌륭한 방법에 따르면, 글을 쓰는 사람은 자기 작품을 끝부터 시작할 수도 있고, 아무 때나 원하는 부분을 작업할 수 있다. 작가란 착란과도 같은 열정을 지닌 사람이라고 생각하는 사람들은 이런 규칙이 파렴치하다고 느끼고 분노할지도 모른다. 하지만 각자 좋은 대로 받아들이면 된다. 예술이 깊이 숙고함으로써 어떤 이익을 얻을 수 있는지 보여 주고, 세상 사람들에게 시詩라 불리는 사치품이 어떤 수고를 요하는지를 보여 주는 것은 늘 유용할 것이다.[4]

포가 **제시한** 시 생산의 기제는 분명 규범적 환상이 반영된 작가의 작업이다. 모든 것이 결말로 모이고, 작품 전체는 그 결말에 대해서 준비, 근사치에 지나지 않게 된다. 작품은 구성되는 동시에 축소되며, 외관을 축적해 가면서 핵심을 이야기하는 것이다. 보들레르의 표현을 빌리자면 "파렴치한" 죄인이 된 포는 냉혹한 심판관으로 모든 것을 미리 생각해 놓아야 한다는 입장을 변호한다. "글 전체에서 단 한 단어도 의도하지 않은 것, 직접적이든 간접적이든 미리 생각된 의도를 완성하는 데 쓰이지 않은 것이 있어서는 안 된다."[5] 시인은 자신의 작업 수단들을 늘어놓고서 그것들을 모두 한 가지 목적 ─ 실제적으로 이야기가 다다르는 종결 ─ 에 종속시킴으로써 매개적인 것임을 드러낸다. 이러한 제작 비결로 만들어지는 작품은 절대 보이는 모습 그대로가 아니다. 작품은 그 진정한 의미의 이면에 자리 잡고서 우리를 속이는 것이다. 이러한 고백을 통해 작가는 우리를 이후에 드러난 모든 것의 진실이 되는 최초의 현실로 데려간다. 그 진실을 듣는다는 것은 작품의 순서를 그대로 따라가는 다루기 쉬운 독자와 달리, 작품을 앞서가고 작품의 앞길을 열어 주는 것이다. 그것은 작품이 하는 대로 따라가는 것이 아니라 작품의 허구를 체계화하는 데 참여하는 것이다.

보들레르가 말한 대로 시인은 구성하는 사람이다. 작품은 그 본질상 짜여진 것이고 합성된 것이기 때문이다. 시인의 텍스트는 겉으로 연결되어 있을 뿐인 상이한 요소들로 이루어진다. 보들레르는 그처럼 **글자**lettre **의 다원성**을 강조한다. 텍스트는 한 가지를 말하는 것이 아니라 필연적으

---

4 보들레르가 「시의 탄생」에 붙인 서문의 한 대목이다. Poe, "La genèse d'un poème", p.979.
5 Charles Baudelaire, "Notes nouvelles sur Edgar Poe", Poe, *Oeuvres en proses*, p.1069.

로 동시에 여러 가지를 말하는 것이다. 텍스트는 순간적이기 때문에 더욱 상이한 요소들로 짜여진다. 포는 이러한 다원성을 심리적으로 설명한다. "심리적으로 볼 때 모든 강렬한 흥분은 필연적으로 짧을 수밖에 없다." 물론 이러한 설명이 겉으로 내세우는 **구실**일 뿐이라고 생각할 수 있다. 하지만 이 설명은 **균질적이지 못한 텍스트 전개**라는 지극히 중요한 개념을 제시하고 있다. 이 현상은 특히 긴 시들, 하나의 시가 되지 못하고 서로 다른 시들이 이어져 있는 경우에 분명하게 나타난다. "그렇기 때문에 서사시 『실낙원』 중에서 적어도 절반은 전적으로 산문이다. 시적인 흥분이 있을 뿐이고, 그 중간중간 어쩔 수 없는 침울한 기운이 깔려 있다. 지나치게 긴 탓으로 작품 전체가 총체성 혹은 효과의 단일성이라는 대단히 중요한 예술적 요소를 갖지 못한 것이다." 포는 균질적이지 않은 것을 결점으로 간주한다. 그리고 그러한 생각에서 필요한 법칙을 끌어낸다. 텍스트의 단일성이 유지되기 위해서는 짧아야 한다는 것이다. 하지만 이 생각은 전혀 다른 방향으로 나아갈 수 있다. 앞으로 보게 되겠지만, 바로 그 균질적이지 못한 차이가 **각각의** 텍스트를 구성하는 것이다.

포에 따르면 문학작품을 쓰는 것은 곧 제작하는 것이다. 이 주장에 대해 우선 두 가지를 지적할 수 있다. 우선 이러한 탄생 신화는 읽기(이 말의 일상적인 의미대로)와 쓰기의 분리라는 지극히 중요한 개념을 분명하게 제시한다. 포에 따르면, 그저 독자의 눈으로만 읽는 것은 작품의 의미를 결정짓는 조건들을 보지 않고 그 결과(이 말이 갖는 모든 의미에서)만을 보는 것이다. 작가의 작업을 알기 위해서는 작품의 의미를 결정짓는 조건들을 알아야 하고, 그 조건들에서 출발하여 그로부터 얻어지는 움직임을 따라가야 한다. 읽기와 쓰기는 서로 **적대적인 행위**이고, 그 두 가지를 혼동하는 것은 작품의 깊은 본질에 대한 심각한 몰이해에서 비롯된다.

다른 한편, 포의 주장은 이론적 가치가 없고 이론으로서의 지위도 지니지 못한다. 모든 신화가 그렇듯 포의 주장이 지니는 의미는 본질적으로 논쟁적이다. 이번에도 보들레르는 제대로 이해했다. 그는 자신이 번역한 포의 글을 "그로테스크하고 엄숙한 작품"으로 분류했다. 이야기(포의 글은 이론적 분석이라기보다는 사실상 이야기récit이다)의 첫째 목표는 창작이 저절로 이루어진다는 착각을 없애는 것이다. 너무 일상적으로 받아들여지는 그 착각에 맞서 작가의 작업을 **환상적**으로 표상하려 한 것이다. 작품을 단순하게 읽으면 작품 기획의 피상적 배경이 드러날 뿐이다. 하지만 '무대 뒤'에서 예기치 못한, 놀라운, 주도면밀한 일 ── 시의 **탄생** ── 이 일어나고 있다. 저자는 그저 따라갈 수밖에 없는 독자와 달리 철저한 논리에 따라 움직이며 합리적인 선택으로 결정을 한다. "시를 구성하는 과정에서 그 어느 것도 우연히 혹은 직감적으로 이루어지지 않는다는 것을 보여 주고 싶었고, 작품이 한 걸음 한 걸음 정확하게, 수학 문제처럼 엄정한 논리에 따라서 해결책으로 나아간다는 것을 보여 주고 싶었다." 수학 문제는 작품을 환상적으로 표상하는 이미지이다. 수학 문제에 답이 있는 것처럼 작품에는 결말이 있다는 것이다. 하지만 작품의 답은 작품이 사라지게 하는 원리이기도 하다. 결국 작품을 유지하는 힘은 전적으로 작품이 풀이야 하는 문제에 의해서 지탱된다.

포의 주장이 명백한 비평적 가치를 지닌다 해도, 사실상 그것은 지식의 환상 혹은 이미지, 다시 말해 **비非지식**이다. 포의 텍스트는 흔히 범하는 환상에 대한 풍자를 제하고 나면 아무것도 가르쳐 주지 않는다. 그는 단호하게 주장하고 있지만, 사실상 자기가 비난하고 있는 바로 그 환상의 기제를 재생산한다. 단지 읽기와 쓰기가 뒤집혔을 뿐이다. 지나치게 손쉬운 뒤집기는 경계할 필요가 있다.[6] 뒤집는 것은 순서를 바꾸는 것, 같은 것을 받아들이기 쉬운 다른 형태로 보여 주는 것에 지나지 않는다. 포는 작품의 악마적 분신(여기서 '악마'는 '신이 거울에 비친 상태'를 뜻한다)을 복원하지만, 그 두 부분(이면과 표면)을 여전히 유사 관계로 본다. 그 관계는 이번에는 결정적이기에 더욱 기만적이다. 이면 혹은 표면 중 어느 방향으로 가든 작품은 달라지지 않는다. 작품은 만들어져 있고, 따라서 안정적이고 지속적이다. 그것을 적극적으로 구성해 나가든 그냥 따라가기만 하든, 작품은 두 가지 방향(공간적 비유를 좀 달리 해보자면 앞쪽과 뒤쪽) 중 어디로든 같은 유형의 단일성, 연결 관계가 있을 뿐이다. 손쉬운 외관을 따라가느냐 엄정한 추론을 하느냐, 이것은 한 가지 현실의 두 가지 판본 혹은 측면일 뿐이다. 이 둘은 결말에 이르러 하나가 된다. 작품을 그 필연성의 조건과 관계 짓는 것은 바로 깊이 자리 잡은 그러한 **단일성**을 파악하는 것이다. 이면과 표면은 담론의 연결 원리를 보여 주기 위해서 일시적으로 구별될 뿐이다.

이어 포는 자신의 시 「까마귀」The Raven를 예로 들며 그 각 부분들은 최종적이며 핵심적인 한 가지 의도로 연결된다고 말하는데, 보들레르가 이미 "가벼운 방자함"이 담긴 글이라고 지적한 것에서 알 수 있듯이, 그것은 분명 패러디적 의미를 갖는 설명이다. "포는 고귀한 생각들 때문에만 위대한 것이 아니라 재담꾼으로도 위대하다."[7] 그에게 그로테스크한 것과 심각한 것은 별도로 존재하는 것이 아니라 동시에 온다. 포의 설명은 전적으로 진지하게 받아들일 필요가 없다. 아무리 처음에 의도가 있었다 하더라도 그것을 작품에 실현하기 위한 수단이 그대로 주어지는 것이

---

6 Louis Althusser, *Pour Marx*, Paris: Maspero, 1965 참조.
7 Baudelaire, "Notes nouvelles sur Edgar Poe", p.1063.

아니기에(이 문제는 나중에 길게 다루게 될 것이다) 사실상 불가능하기 때문이다. 더구나 작품을 이어 가는 선이 전적으로 한 가지인 것은 아니며, 그 선이 끊기지 않고 이어지는 것도 아니다. 심지어 포 스스로도 이 모든 것을 알고 있었다. 그는 작품의 담론은 고르지 않게 전개된다고, 전개 과정에서 모든 것이 하나의 의도로 연결될 수 없다고 단언한 바 있다. 하지만 포의 설명은 시적인 패러디를 담고 있어서 부분적으로 진지하게 받아들여질 수 있다. 이야기는 필연적으로(앞서 말한 필연성과는 다른 유형의 필연성에 따라) 중간중간 멈추고 그 자리에 다른 데서 빌려온 이데올로기적 성찰이 들어간다. 그렇게 해서 포는 허술한 플라톤주의('미美의 관조')를 거쳐서 전통적인 미학의 영역으로 되돌아간다. 그 지점에서 포의 분석에는 균열이 생기고, 결국 그 분석이 이론의 위상을 지니지 못한다는 것이 드러난다. '시'의 구성 자체가 결말을 위해 수단들을 배치함으로써 결말에 종속되는 것이다. 작품의 단일성을 지탱하는 의도가 외부의 모델을 만들어 내고 그로부터 형태를 얻기 때문이다. 시 담론은 '미'의 실현에 **전념한다**. 전적으로 (사실적인 용어가 아니라 신화적 용어로 지칭되는) 미의 실현에 바쳐진 시 담론은 총체성, 통일성의 위상을 부여받고 그 안으로 **사라진다**. 작품 안의 매 순간이 작품이 '영원히' 사라지는 결말을 예고한다. 결국 시는 스스로를 조금 쉽게 보여 주는 이미지가 되고, 텍스트와 그 대상의 이러한 일치는 시의 '탄생'이 시와 상관관계에 놓인다는 것을 잘 보여 준다. 시의 진실은 내재적인 것으로, 바로 그 시가 말하고 있는 진실과 같은 유형의 것이다. 다시 한번, 시의 진실이 이토록 분명하게 드러나는 것은 오직 그것이 지식의 이미지이기 때문이다. 이러한 이데올로기적 문맥에서 규범적 환상은 다시 장애물이 된다. 또한 미학적 합법성이 끼어들면서 심각한 모순이 발생한다. 작품은 작업을 통해 생산됨과 동시에 스스로를 내맡기고 관조하는 데서 생산되기 때문이다. 마찬가지로 포는 그가 주장하는 '이론'에서는 플라톤 식이지만, 작품에서는 환상적으로 표상하는 작가이다.

그러므로 포의 텍스트에서 확실해 보였던 것들이 이제 원래의 의미가 아닌 다른 의미로 **파악될** 수 있다. 개념은 절대로 그 문맥으로부터 분리될 수 없는 것이다. 결국 포가 말하는 것은 지극히 고전적인 한 가지 의미밖에 지니지 못한다. 작품과 그 해설(작품의 작동 원리에 대한 설명)은 등가의 관계(뒤집어진 관계라 할지라도)라는 것이다. 더 나아가서, 작품과 해설은 **같은 공간**을 서로 다른 방식으로 차지하고 있으며 동일한 구성 원칙에 따른다. 작품은 절대 중심을 벗어나지 못하고, 확고하게 고정된 구조의 틀 안에 이중으로 고정된다. 비뚤어지고 아마도 분열된 것처럼 보이는 작품의 결말은 또한 작품이 정지하는 지점이었던 것이다.

비유적으로 말해 보자. 작품의 이면은 오로지 그것이 어떤 지식을 보여 주기 때문에 흥미로운 것이며, 캐리커처처럼 다소간 단순화되어 주어진 그 지식은 다른 곳에서 분명하게 표명될 것이다. 포의 텍스트는 문학 분석을 제시하는 것이 아니라, 그의 '오귀스트 뒤팽[8] 시리즈'에 포함될 수 있을 이야기이다. 「시의 탄생」은 **분석**처럼 주어지고 있지만, 사실상 그 내용보다는 허구 이야기의 요소로서 더 중요한 의미를 갖는다. 그러므로 이야기 안에서 이야기를 지탱하는 받침대이고 결국 심각함에 이르게 되는 그로테스크의 소리를 들을 수 있어야만 그 진정한 의미를 알 수 있다. 작가와 그의 작품, 정확히는 작품 안에서 일인칭의 이야기가 작품 자체에 대해 말하는 대로의 작품의 관계를 그대로 믿어서는 안 된다. 소설의 주

---

8 포가 창조해 낸 탐정으로서 「모르그 가의 살인」, 「마리 로제 미스터리」, 「도둑맞은 편지」에 등장한다. 이후 셜록 홈즈를 비롯한 수많은 소설 속 탐정들의 모태가 된다.—옮긴이

인공이라고 할 만큼 많은 얘기를 하면서 탄생 과정을 세세히 보여 주는 작가는, 포가 제시하는 다른 개념을 사용하자면, 진실을 그대로 말하기에는 기교가 너무 뛰어난 사람이다.

> 진실이 늘 한 우물 안에만 있는 것은 아니네. 요컨대 우리와 가장 밀접하게 연관된 개념들을 보자면, 난 진실이 언제나 표면에 올라와 있다고 생각하네. 우리는 깊숙한 산골짜기에서 진실을 찾지만, 실상 그것은 산꼭대기에 있단 말이지. (포, 「모르그 가의 살인」)

어떤 텍스트건 단순해 보이는 윤곽을 그저 뒤집어 놓았다고 해서 더 잘 알 수 있는 것은 아니다. 그 점에서 「시의 탄생」은 우화 혹은 신화이다. 하지만 우리는 그 신화를 활용해서 신화 스스로는 절대 말하지 못하는 진실에 다가갈 수 있다. 즉, 텍스트는 한 가지 이상의 의미로 읽을 수 있다는 것이다. 다시 말하면 이면과 표면은 적어도 공존하는 것이다. 그렇게 해서 텍스트의 담론(책을 감싸고 있는 윤곽)이 철저히 얄팍함에도 불구하고, 텍스트는 복합성과 **두께**를, 포의 표현대로 하자면 '풍성함'을 얻게 된다. 텍스트는 (읽기가 주는) 빛을 받는 표면에 그림자가 없을 정도로 단순하거나 직접적인 것이 아니다. 포가 기대고 있는 이데올로기와 달리, 텍스트의 원칙은 **다원성**이다. 포의 텍스트가 갖는 중요성은 이야기가 변화할 가능성(신화적으로 말하자면 이면으로 거꾸로 나아갈 가능성), 회전할 수 있고, 또 다른 환상적 작가가 말한 비슷한 이미지를 빌리자면 **비스듬히 돌아갈**(그래서 내적인 망설임 같은 것을 통해 안에 들어 있는 여러 목소리를 들려줄) 가능성이 새로운 '클리나멘'clinamen의 신화로 **환기**되어 있다는 것이다. 그리고 바로 이러한 다원성과 복수성 때문에 설명이 필요하다.

닫혀 있으면서 또 끝없이 열려 있고, 완성되었으면서 한없이 다시 시작되며, 비어 있는 중심에 감겨 있기 때문에 그 중심을 보여 주지도 가리지도 못하고, 흩어져 있으면서 또 한곳에 모여 있는 것, 이것이 바로 작품의 담론이다.

타우마스의 궁[9] : 『피레네 성의 정경』[10]

여기서 이야기할 새로운 예는 앞에서 다룬 예와 같지 않다. 같은 것을 보여 주기는 하지만 다른 방식으로 보여 주는 것이다. 이번의 예는 작가의 담론에 생명을 주는 움직임을 다르게 그려 낸다. 즉, 이전처럼 아이러니하게 그리고 **모호하게** 스스로의 진실을 흔드는 비평 텍스트가 아니라, 순진하고 자연스러우며 더없이 쉬운 소설이다. 이면과 표면의 테마는 책의 움직임 속에서 나타난다. 그것은 이제 중간에 끼어드는 부자연스러운 해설이 결국 작품을 되풀이하고 있지 않은가 하는 가장 중요한 의심을 벗어나서, 시적인 의미를 갖는 것이다. 앞으로 여러 번 말하겠지만, **순진한 책**이라는 것은 존재하지 않는다. 즉시 소비될 수 있는 쉬운 책이 자연스러워 보이는 것은 검증된 확실한 방법, 대부분 정교한 문학에서 빌려와서 작품에서 작품으로 은밀하게 전승된 방법을 사용했기 때문이다. 「시의 탄생」과 『피레네 성의 정경』은 그 정도는 다르지만 사실상 모든 미스터리

---

9 타우마스는 바다의 신 폰토스와 대지의 여신 가이아 사이에서 태어난 신으로, 그 이름은 그리스어로 신비, 경이로움을 뜻한다.──옮긴이
10 『피레네의 로맨스』(*Romance of the Pyrenees*, 1803)는 캐서린 컷버슨(Catherine Cuthbertson)의 소설이지만, 프랑스에서는 1809년 래드클리프의 이름으로 『피레네 성의 정경』(*Les visions du château des Pyrénées*)이라는 제목으로 번역 출간되었다.──옮긴이

소설 장르에 들어 있는 동일한 테마가 다른 형태로 — 하나가 순진한 형태라면 다른 하나는 공들인 지식의 형태이다(두 텍스트 중 어느 것이 어느 형태에 해당하는가?) — 나타난 것일 뿐이다. 그런데 『피레네 성의 정경』이 분명하게 보여 주듯이 전적으로 순진한 책이 존재하지 않는다면 반대로 전적으로 **정통한** 책, 즉 책이 되기 위하여 스스로 어떤 수단을 사용하고 있는지 그 수단의 본질을 자각하고 있는 책, 스스로 무엇을 하고 있는지 알고 있는 책 역시 존재하지 않는다. 그래서 이번에도 이면과 표면의 테마는 **작품**에 있지만, 그것은 개념이 아니라 기껏해야 드러내 보여 주는 단서일 뿐이다. 경험적 환상에 다시 빠지지 않는 한(이제는 그런 환상을 극복해야 한다), 그 테마들이 무언가를 완전하게 **가르쳐 준다**고 간주할 수 없다. 그저 책의 진행에 따라 주어지고 배열되어 있을 뿐이다.

　과거에는 널리 알려졌던 래드클리프의 작품은 지금은 아쉽게도 잊혀진 상태이다. 앙드레 브르통은 래드클리프가 전통적인 누아르 소설의 틀에 갇혀 있다고 주장하면서 월폴, 루이스, 매튜린[11] 같은 어둠의 대가들을 더 좋아했다. 브르통은 래드클리프가 "진정한 경이"라는 금지된 영역 안에 "판매대를 차려 놓고" 손님들을 끌어모아 번창한 정복적 합리주의를 보여 준 "전율의 여왕"일 뿐이라고 했다(브르통이 매튜린의 『방랑자 멜모스』 프랑스어 번역본에 붙인 서문을 볼 것). 이러한 판단 뒤에는 두 가지 비난이 있다. 사실상은 구분되는, 하지만 브르통이 혼동하고 있는 두 가지 비

11　세 사람 모두 영국의 작가로서, 호레이스 월폴(Horace Walpole, 1717~1797)의 『오트란토의 성』(Castle of Otranto)은 영국에서 고딕소설이 유행하는 계기가 되었다. 매슈 루이스(Matthew Lewis, 1775~1818)의 『수도승』(The Monk)은 살인, 성, 폭력, 공포가 어우러진 고딕소설로 큰 성공을 거두었으며, 찰스 매튜린(Charles Maturin, 1782~1824)은 『방랑자 멜모스』(Melmoth the Wanderer)를 썼다.——옮긴이

난은 바로 래드클리프의 작품이 저속한 합리주의를 담고 있다는 것과 대중의 취향에 지나치게 영합했다는 것이다. '위대한 문학'이라는 마법과도 같은 개념에서 지극히 전통적인 다른 개념으로 너무나 손쉽게 옮겨 간 것이다. 즉 래드클리프는 단순한 상상력을 내세워 진정한 현실을 배반했고 (말 그대로 적어도 가설로서는 받아들일 수 있다) 독자를 한정된 범주의 애호가들에 국한시키지 못했기 때문에 훌륭한 작가가 아니라는 것이다. 다시 말해, 래드클리프는 많은 사람을 만족시키려고 한 장르를 대중화함으로써 그것을 배반했다. 사실 이런 비난은 뜻밖이다. 래드클리프가 많은 사람을 위한 문학을 시도한 것은 의심할 여지가 없다. 하지만 훌륭한 문학의 표현 수단에서 그렇지 않은 문학으로 혹은 그 반대 방향으로 그렇게 간단하게 옮겨 갈 수는 없을 것이다. 또한 그러한 변화가 꼭 타락이나 쇠락을 포함하는 것은 아니다. 오히려 대부분의 경우에 새로운 의미를 획득하게 되고 옛 수단들을 새로운 목적을 위해 조정하게 된다. 그렇기 때문에 훌륭하지 않은 문학이 훌륭한 문학에 영감을 줄 수 있는 것이다. 실제 포의 작품에는 월폴보다 래드클리프의 흔적이 더 많다.

우리가 살펴보게 될 책은 흔히 하는 말로 '잘난 척하지 않는' 책이다. 그것은 결점이 아니다. 오히려 우리는 그 이유 때문에 그 책을 골랐다. 『피레네 성의 정경』은 중요하지 않은 작품의 부류에서조차도 부차적인 위치에 있는 책이다. 아마도 래드클리프가 쓴 것도 아닐 것이다. 누군가 래드클리프 스타일로 쓴 것이 그녀가 죽은 후에 그대로 이름을 달고 나온 모작인 것이다. 모작의 대상이 된 원작자의 흔적이 얼마나 드러나는지는 조금씩 달라도, 이런 부류의 텍스트들은 어쨌든 한 장르 혹은 한 스타일의 특징들을 극명하게 보여 줄 때가 많다. 문제의 장르를 가장 잘 정의해 줄 수 있는 특징들이 (처음 생겨나던 상태 그대로는 아니라 해도) 적어도 순수한 상태로 드러나 있는 것이다. 그래서 훌륭하게 모방을 해낸 모작이라면 원작보다 더 많은 것을 말해 줄 수 있다.

다시 한번 말하지만, 미스터리 소설 장르에 속하는 이 책이 흥미로운 것은 텍스트가 진행되는 동안 이중의 움직임을 통해 앞으로 나아가지만, 동시에 반대 방향으로 갈 수 있기 때문이다.

더 이상 할 얘기가 없습니다. 그 사람이 조건을 걸었고, 나는 그것을 꼭 지키겠다고 약속했습니다. 언젠가 당신이 이 모든 비밀을 알게 될 날이 올 겁니다. 내가 그날을 내가 앞당길 수 없으니, 할 수 있는 말은 오직……

(『피레네 성의 정경』, 2권 10장)

소설은 두 가지 방향으로 동시에 진행된다. 결국에는 비밀을 밝혀야 하지만 그전까지는 감춰야 하기 때문이다. 마지막 순간까지 비밀이 주인공의 상상력과 이성을 짓눌러야 한다. 이야기의 전개는 그 기다림을 그려 내면서 동시에 만들어 간다. 이야기하기, 그것은 숨겨진 것의 건축물을 세우는 것과 같다. 숨겨진 것의 건축물은 실제의 건축물(둘 중 어느 것이 먼저 있어 다른 것을 불러냈는지 말하기 어렵다), 즉 성이라는 어두컴컴한 거처와 신기할 정도로 일치한다.

알게 되는 순간이 없어진 것이 아니라 연기되고 있으며 착란에 빠진 듯한 상태 역시 일시적인 것임이 처음부터 드러난다. "빅토리아는 초자연적 환상을 믿지 않았다"(2권 1장). 기적에 대한 설명이 있을 것이라는 약속이 매 순간 주어진다. 중간에 몇 가지 수수께끼가 풀리면서 해결(환상이 깨지는 순간)을 예고하는 전조가 나타나기도 하지만, 그것은 마지막까지 남아 있어야 하는 비밀을 건드리지 못한다. 그렇게 해서 독자는 늘 신비

뒤에 무엇인가가 있고, 그것이 결국에는 드러날 것임을 알고 있다. 그러므로 마침내 알게 될 것이 무엇인가보다는(그것은 전혀 신비스럽지 않다) 어떤 조건에서 처음 나타나는가가 중요하다. 보이는 것 너머의 것보다는 무너지기 쉽고 끊임없이 속이는 표면에 더 끌리는 것이다. 소설의 시간은 환상이 생기는 것과 구원의 약속인 진실(무지의 시간은 위험의 시간이다)이 솟아오르는 것을 분리시킨다. 이야기는 그 안에 자리 잡은 진실이 미처 부화하지 않았을 때에만 앞으로 나아갈 수 있다. 따라서 진실이 빨리 나타날 수 있도록 서두르기보다는 오히려 그 순간을 늦추려 노력하며, 따라서 움직임이 모호하다. 소설은 겉으로 보이는 외관을 지탱해야만 지속될 수 있으며, 그런 식으로 소설의 진정한 본질이 드러난다. 소설은 임시로 주어지는 틈새에서 솟아오른 매개자, 중개자, 막간의 여흥인 것이다.

주인공의 삶은 소설의 이야기를 기준으로 둘로 나뉜다. 하나는 소설에 앞선 때로, 이야기 이전에 자리 잡은 행복한 과거, 유년기이다. 이어지는 때는 앞의 것의 완성이다. 운명이 끼어들면서 줄거리가 탄생하고, 줄거리는 미완성의 운명에 형태를 부여한다. 어느 날 누군가의 삶이 유예되는 일이 생긴다. 이야기는 바로 이 기본적인 일화를 반복할 것이다. 즉, 급격한 변화가 이어지면서 — '경이로움들' 사이에 감금된 불안정한 막간 동안에 다른 운명은 들어설 여지가 없다는 듯 — **납치**라는 최초의 단절을 되풀이한다. 모험은 그렇게 시작된다. 한 삶의 여정이 연속적으로 이어지는 것이 아니라 끊임없이 찾아오는 만남으로 새로워지는 것이다. 자기 삶의 두 순간 사이에 운명적으로 멈춰 선 사람에게 이후의 모든 것은 계속 그 단절의 순간을 환기할 것이다. 성 안에서 정원을 산책하던 빅토리아는 "특이하게도 반밖에 완성되지 않은" 아폴로의 동상을 보게 된다. 그리고 그 동상을 만들던 젊은 남자가 갑자기 숨을 거두면서 미완성의 상태로 남았다는 것을 알게 된다(1권 7장). 이것은 상당히 특징적인 일화로, 삶이 중단된 주인공은 그 조건을 드러내 주는 기호들밖에 만날 수 없음을 보여 준다. 미완성의 조각상은 무너짐의 이면이다. 하지만 또 다른 운명, 즉 완성의 예고이다. 미완성의 조각상은 파손의 단계들을 관념적으로 되짚어 올라가는 것이다.

운명을 기다려야만 할 때 감정들 역시 제대로 작동하지 못한다. 사실 누아르 소설들의 해석에 있어서 가장 중요한 모티프는 바로 그 안에 그려진 성격과 감정들이 모호하다는 것이다. "삶은 신비로 가득하고 그 행동은 답을 알 수 없는 수수께끼" 같은 인물(한 번도 모습을 보이지 않고 사실상 존재조차 분명하지 않다는 점에서 '인물'이라고 하기에도 문제가 있다)인 프란시스코가 줄거리의 중심을 차지한다. 알 수 없는 힘인 프란시스코가 행운을 가져다줄지 아니면 불행을 불러올지, 더 높은 의도가 그 힘을 움직이고 있는지 아니면 아무런 의도 없이 즉흥적으로 움직이고 있는지, 모두 나중에 가서야 알게 될 것이다. 바로 그 때문에, 즉 온갖 변화를 기대하게 하기 때문에, 프란시스코는 이야기를 지키는 중요한 힘이 된다. 하지만 다른 사람들이 프란시스코에 대해 확실하게 판단하지 못한다는 것 역시 중요하다. 만날 때마다 현혹되고, 그래서 구원의 가능성이 있는 것이다. "고결한 해적"과 "정직한 강도"는 모든 존재 안에 들어 있는 그러한 이중성을 보여 준다. 행복과 미덕은 일시적인 것이다. 그러므로 불행 역시 일시적이다. 모험 중에는 무엇이든 힘이 될 수 있다.

주인공과 독자에게 주어진 선택은 현실과 외관 사이, 진실과 거짓 사이에서 고르는 것이 아니다. 이곳과 저곳처럼 서로 분리된 다른 곳을 선택하는 것이 아니라 진실 그 자체 안에서 그 어두운 면과 밝은 면이 나누어진 것이다. 소설의 모험이 시작할 때부터 모든 것이 노출된다. 신비 역시 속화되어 더 이상 놀라울 게 없을 만큼 친숙해진다. 악은 다른 곳이 아니라 바로 이곳에, 선에 뒤섞여 있다. 모든 것이 변장을 하고 있을 뿐이다.

래드클리프의 누아르 소설의 인물은 무한히 형태를 바꾸는 편안한 이중성을 넘어 모호한 다수성에 직면한다. 주인공은 불운과 행복 사이를 오가는 정도가 아니라 자기 자신이 어떤 상황에 있는지조차 정확히 알 수 없다. 상징적으로 성 안이라는 공간으로 그려진 환상 속을 헤매며 자기 자신에 대해서조차 아무것도 알지 못하고 자기 자신의 감정마저도 제대로 추스르지 못한다. 피난처인지 감옥인지 알 수 없고(대부분 두 가지는 뒤섞여 있다. 위협을 주는 것 안에서 믿음을 가지고 피난처를 구할 때 — 잘못 생각하고 있었다는 것이 갑작스럽게 드러나 그 피난처가 위험이 되어 버리지만 않는다면, 그래서 결국 함정이 되지만 않는다면 — 구원이 일어날 수 있기 때문이다) 결코 벗어날 수 없는 성은 끊임없이 다른 모습으로 나타나고 계속 새로운 구조를 드러내면서 깊어진다. 이중의 바닥은 결코 결정적인 모습을 보이지 않는다. 미완성의 자리, 끝없이 바뀌는 배경은 그곳에서 벌어지는 모험의 모습 그대로이다. 성 안에는 수없이 많은 장소가 있고, 매번 다른(늘 서로 적대적이지는 않다) 모험이 그 일부를 지나게 되고 그러다 본의 아니게 같은 벽 안에서 마주치기도 한다. 건물의 정면들은 모두 움푹 들어가 있고 그곳이 어디인지 알기 어렵다. 하지만 그조차도 분명하지 않다. 늘 서로 관련 없는 방법들을 동원해야만 알아낼 수 있다. 이 성을 벗어나는 유일한 방법은 절대적인 비밀이 숨어 있을 중심점에 이를 수 있으리라 기대하면서 직접 성 안을 찾아다니는 것, 이 길 저 길 모두 가보는 것이다. 그곳에 이르면 아무도 모르는 귀중한 물건이 숨어 있을 것이고, 그것을 발견하는 순간 지금 **살고 있는** 곳의 구조가 완전히 바뀌게 될 것이다. 그러므로 모험은 신비에 다가가는 통과의례이며, 모차르트의 「마술피리」는 이 점에서 누아르 소설적인 오페라라고 할 수 있다. 모험은 또한 여행이다. 그것은 모호한 것들이 만나는 지점으로 데려가며, 대조가 부각되면서 단순해 보이기는 하지만 나름의 통합을 내포한다. 모험을 통해 아름다움에서 공포스러움으로 넘어가는 것이다. 신비와 불안이 사라지는 피난처인 은밀한 계곡만이 예외이다. "협곡 저편으로 내리막길이 급류 반대편을 따라 반 마일 정도 이어지다가 넓고 풍요로운 들판에 이르렀다. 좁은 산길 안에서 얼핏 보았던 아름다운 산들을 마주하니 죽음에서 삶으로 옮겨 가는 것 같았다"(래드클리프, 『이탈리아인』*The Italian*, 6장). 그리고 새로운 위험을 드러내 줄 지표들이 다시 나타날 것이다. 신비로운 건축물의 폐허처럼 자연은 어떤 식으로의 변모든 다 가능한 것이다.

결국 자신감과 자포자기가 결정적으로 구별되지는 않는다. 누군가 누아르 소설의 주인공이 될 수 있을 정도로 달라질(자기 자신으로부터 뜯겨져 나올) 수 있었다면, 그가 만나는 다른 사람들 역시 이전의 그들이기를 멈추지 않은 채로 기이하게 스스로를 부수고 타락시킴으로써 지금 상태가 되었을 수 있다. 그렇게 해서 과거의 선함의 표시가 여전히 남아 있는 사람들, 현재의 모습 그대로가 아님을 분명히 알 수 있는 사람들(작은 성당 안에 있는 낯선 인물 디에고가 그렇다)을 믿지 않을 수 없게 된다. 반대로 어떤 사람들은 철저하게 타락한 인간임을 알아볼 수 있다(비첸차 공작). "이 순간부터 나는 당신의 타락한 마음을 알 수 있다." 그런 다음에는 어떤 설명도, 어떤 변화도 이 판단을 뒤집을 수 없다. 그러므로 사랑이 등장할 수 있다. 믿음으로 시작해야 하는 사랑을 위해 어느 정도 **분별**할 수 있는 요소들이 주어졌기 때문이다. 타락한 남자들에 둘러싸인 빅토리아는 알 수 없는 이유로 낯선 그들에게 마음이 끌린다. 그녀는 끊임없이 그 이유를 알아내야 한다. 결국 그녀의 애정은 끊임없이 위협받는다. 그녀가 사랑하기 시작한 남자가 다른 여자를 사랑하고 있다는 속내를 내비치지 않았는가? 그 연적이 야릇한 행복에 빠져 있는 광경을 자기 눈으로 보고 의심이 들지 않았는가? (이 이미지들의 진정한 의미를 알기 위해서는 그것을 제대로 읽을 줄 알아야 한다.) 모든 만남이, 모든 광경이 **시련**의 주제가 된다. 무엇이든 분명한 모습을 드러내는 순간 모호한 분신이 따라온다. 겉으로 가장 많이 드러난 인물들이 사실상 가장 잘 가려진 인물인 것이다.

빅토리아는 침묵을 지켰다. 저항할 수 없는 매력에 감정이 이끌렸지만, 그녀는 끝까지 신중했다. 그녀의 마음은 수많은 의심에 사로잡혔다. 낯선 남자의 눈길, 말, 억양에 믿음이 갈수록 그녀는 이성에 호소했다. 이전에 더없이 상냥하고 매력적으로 보이는 돈 마누엘이 사실은 아주 나쁜 사람임을 본 적이 있었다. 이 매력적인 남자의 말을 듣고 있는 것이 너무 즐거웠지만, 이 사람 역시 그런 위험한 부류인지 누가 알겠는가. 하지만 그녀가 열렬히 기원하는 대로, 그녀의 온 마음이 믿으라고 말하는 것처럼, 만일 이 남자가 정직하고 성실한 남자라면, 그의 고귀한 제안을 냉대하는 것이 얼마나 성의 없고 심지어 배은망덕한 일이 되겠는가. 민감한 그녀가 누구보다 잘 알고 있듯이, 솔직하고 인정 많은 사람들은 먼저 다가갔을 때 상대가 믿어 주지 않고 부당하게 의심한다면 지독한 상처를 받는다. 이렇게 힘겨운 싸움에 지치고 괴로워서 고개를 든 그녀의 눈에는 눈물이 맺혀 있고, 다정한 감정, 영혼의 혼란이 담겨 있었다. 그녀는 눈을 들어 사랑하는 미지의 남자를, 그리고 사원의 둥근 지붕들을 차례로 쳐다보았다. 자신이 어떤 선택을 해야 할지 가르쳐 줄 빛이 하늘에서 내려오기를 빌고 있는 것 같았다. (1권 14장)

타인의 은밀한 의도는 이 환상의 거처에서 걷어 내야 하는 중요한 신비이다.

혼란스러운 정념 속에서 망설이며 판단하지 못하는 상태(처음 생겨난 사랑은 스스로를 제대로 인정할 줄 모른다)는 이미지들의 침묵으로 나타난다. 타인은 위협하는 존재가 아니면 도와주는 존재, 오직 한 가지 모습뿐이며, 그에 대한 판단을 바탕으로 마음을 정해야 하는 것이다. 그래서 한 남자를 두고 사랑을 망설일 때 그의 초상화를 읽어 내야 한다. "그런데 우리가 그토록 찬미하는 것은 아마도 이상적인 완벽함일 것이다. 원래 모습은 아마도 평범하거나 아니면 그려진 것보다 못할 텐데, 예술가가 눈부신 상상력과 솜씨로 저 얼굴에서 우리 눈에 매혹적으로 보이는 것을 창조해 낼 수 있었을 것이다"(1권 14장). 이미지, 형태, 얼굴은 모두 모호한 기호로 정확하지 않기 때문에 판단하기 쉽지 않다. 소설에는 가면을 쓴 거인, 유령, 벽 속에서 나는 소리 같은 일련의 윤곽이 나타난다. 그것들이 진짜 모습을 보일 때, 다시 말해 사라져 버렸을 때 이야기가 끝난다. 그전까지는 나타났다 사라졌다 하기 때문에, 계속 반신반의하면서 잘못 본 게 아닌지 생각해 보아야 한다. 빅토리아의 유예된 삶을 채우는 사건들은 아마도 환영들일 것이다. "이런 상황만 아니었더라면 빅토리아는 자기가 착각할 리가 없다고 생각했을 것이다. 하지만 엄청난 불행에 시달리며 낯선 위험에 둘러싸인 빅토리아는 자신의 상상력이 길을 잃고 주위의 모든 대상의 유령을 만들어 냈다는 것이 별로 놀랍지 않았다"(1권 14장). 모험이 끝나야만 비로소 망령과 착각이 사라질 것이다.

적어도 래드클리프의 작품들에 나타난 바로는, 미스터리 소설은 두 가지 다른 힘이 만나서 이루어진다. 하나는 신비를 세우는 힘이고, 다른 하나는 신비를 걷어 내는 힘이다. 이야기의 모호성은 그 두 힘이 연속적으로 이어지는 것이 아니라(만일 그렇다면 마지막에 가서야 서로를 없애 버릴 수 있을 것이다), 서로 뒤엉킨 채로, 하나가(하지만 그 하나가 어떤 것인가?) 끝없이 다른 하나에 이의를 제기하는 상태로 함께 간다는 사실에서 비롯된다. 브르통이 생각한 것과 반대로 **모험**이 끝났을 때 **줄어든** 것은 비밀이 아니라 그 비밀을 드러내기인 것이다. 이야기의 시간은 막간극과 같아서, 그 **이후**에 모든 것이 **이전**과 똑같이 다시 시작될 수 있다. 하지만 이 막간극은 말 그대로 끝나지 않고 계속 이어진다. 비밀들이 끝없이 생겨나고, 역시 끝없이 사라진다. 그러므로 수수께끼를 풀 마지막 열쇠를 주는 결말("여기서 3권이자 마지막 권이 끝난다……")은 늘 진부하고 불확실하고 당혹스러울 정도로 거칠다. 근거 없는 허술한 결말(그게 전부라니!)은 이야기의 시간이 오직 그 자체의 진행뿐이며, 그 밖에 존재하는 이전과 이후가 없음을, 그 이전과 이후는 이야기의 시간 안에 포함되어 있음을 보여 준다. 텍스트는 완전히 투명하고(**마침내 모든 것이 설명된다**), 동시에 완전히 불투명하다(**처음에 모든 것이 모습을 감춘다**). 수수께끼는 결국 사라질 것이라는 약속, 즉 그 무효화 원칙을 스스로 포함하는데, 그것은 오로지 그 수수께끼로 인해 모든 것이 의문시되기 때문이다. 모든 것이 수수께끼처럼 알 수 없는 것이 되는 순간에조차도 수수께끼는 일시적이다. 누아르 소설은 우리에게 모든 것은 그 자체이면서 동시에 다른 것이라고 말한다. 그것이 두 개의 방향으로 전개되기 때문이다. 누아르 소설은 이면과 표면을 동시에 지니는 것이다.

수수께끼는 해결을, 그 수수께끼를 무너뜨리는 진실을 포함하고 있다. 하지만 진실은 이야기 밖에 있는 것이 아니다. 곧바로 진실로 가고 싶은 사람, 그 진실을 **알아맞히려** 하는(절대 어려운 일이 아니다) 사람은 사실상 핵심적인 것을 놓치게 된다. 심판하는 비평은 모델을 향해, 빛을 향해 곧장 가고자 하는데, 그렇게 결말에 의미를 부여하는 길을 거치지 않고 직접 만나는 빛은 어둠을 쫓아낼 필요가 없기 때문에 덜 반짝이는 흐릿한 빛이다.

홈즈의 추론은 일단 설명을 듣고 나면 간단하기 이를 데 없다는 점이 특별했다. 그는 내 표정을 보고 무슨 생각을 하는지 알아차렸다. 그의 미소에 쓸쓸함이 어렸다. 그가 말했다. "이렇게 설명을 하는 건 별로 안 좋은 것 같네. 이유는 모르고 결과만 아는 것이 훨씬 더 감명을 주거든." (코난 도일, 「증권거래소 직원」, 『셜록 홈즈의 회상』)

"물론이네." 그가 유머를 섞어 말했다. "모든 문제는 설명이 주어지는 순간 유치해지지." (도일, 「춤추는 사람 그림」, 『셜록 홈즈의 귀환』)

"브라보." 내가 외쳤다. ─"그 정도는 아주 기초적인 거라네." 그가 말했다. "추론의 기본이 되는 가장 사소한 것을 놓친 사람은 이걸 듣고 무슨 대단한 것인 양 놀라지. 이보게. 자네가 쓴 얘기들도 마찬가지네. 사실 그것들은 모두 억지스럽다네. 자네가 몇 가지 요소들을 혼자 손에 쥐고 절대 독자들에게 알려 주지 않기 때문이지. 그러니까 나는 오늘 자네의 독자들과 같은 상황이 된 걸세. 나는 몇 개의 실을, 지금까지 그 어떤 인간의 뇌도 혼란스럽게 한 적이 없는 제일 신기한 일들로 이어진 실을 쥐고 있으니까. 하지만 내 이론을 완성하려면 꼭 필요한 실이 한두 가지 더 있다네. 곧 손에 넣게 될 걸세. 왓슨! 손에 넣게 될 거라고." (도일, 「꼽추 사내」, 『셜록 홈즈의 회상』)

실제로 텍스트는 지체하지 않고 문제의 실을 만들어 내서 셜록 홈즈에게 건네 준다.

이 외에도 더 많은 예를 들 수 있다. 하지만 그 어떤 예도 우리가 이미 본 것 이상을 보여 줄 수는 없다. 단, 이번에도 역시 그 예들을 너무 심각하게 받아들이지 않는다는 조건, 그리고 그것들이 어떤 함정을 보여 주는지 알고 있다는 조건이다. 책은 시작과 끝을 나누는 틈, 특수한 경우에는 문제와 답을 나누는 틈 속에 자리 잡고 있다. 하지만 주어져 있어서 책이 그 안으로 들어가기만 하면 되는 그런 틈이 아니다. 책이 그 틈의 가능성을 미리 만들어야 하는 것이다. 책이 틈을 유지하는 것만큼이나 책은 틈에 의해 유지된다. 책은 수수께끼와 열쇠를 내놓기 전에 그 둘을 갈라놓는 거리를 만든다. 그 거리가 없다면 책이 있을 자리가 없다. 그렇다면 책은 결국 에움길 혹은 인위적 장치라는 뜻일까? 지름길을 끊임없이 미루는 도착적인 현상일까? 여기서 우리는 돌아가지 않고 직접 그 이상적인 선을 따라가는 책은 그 자명함 속에 사라져 버리고 말 것임을 이해해야 한다. 그러므로 시작과 끝이 원래 양립할 수 없는 것은 텍스트의 진정한 기원 중 하나이다. 그렇기 때문에 두 방향으로 읽힐 수 있다. 하지만 그 두 방향이 같은 가치를 지니거나 바로 겹쳐질 수 있는 것은 아니다. 두 방향은 영원히 서로를 지우지 못할 것이며, 오히려 함께 이야기의 복잡한 선을 만들어 낼 수 있다. 책이 보여 주면서 감추는 외적인 현실, 그 외관이 책은 아니다. 책의 현실은 온전히 책에 생기를 불어넣는, 책에 위상을 부여하는 갈등 속에 있다. 모든 것이 이야기의 시작 부분에 분명하게 주어지지 않으면서도 완전히 사라지지도 않은 것은 그 때문이다. 그렇지 않다면 아무 일도 일어나지 않을 것이고, 하찮은 것이라고 잘못 실망한 독자는 책이 말해 주는 것을 찾아내지 못한 채 밀쳐 버리게 될 것이다.

소설은 꼭 그 안에 비밀을 품고 있어야 한다. 읽기 시작한 독자가 이야기가 어떻게 끝나는지를 알아서는 안 된다. 나에게 무언가 변화가 일어나야 하고, 끝날 때 나는 이전에 알지 못하던 무언가를 알고 있어야 한다. 그게 어떤 건지 미리 알고 있어서는 안 되고, 다른 사람들 역시 소설을 다 읽기 전에 미리 알 수 있으면 안 된다. 당연히 이것은 탐정소설 같은 대중적 형태의 소설에서 가장 분명하게 드러난다.[12]

한 걸음 더 나아가 이렇게 말할 수 있다. 이야기의 진행을 논리적 추론(셜록 홈즈의 경우는 직접적인 추론이고 포의 경우는 간접적인 추론이다)에 비유하는 것은 전적으로 패러디이다. 사실상 이야기 안에는 아무런 연속성이 없다. 그저 지속적인 상이성이 있을 뿐이다. 그 상이성은 이야기의 필연성의 형태이다. 그러한 상이성이 없다면 이야기가 존재하지 않을 것이며, 그렇기 때문에 겉으로 드러나는 과정만을 따라가서는 이야기의 진행을 설명할 수 없다.

한 이야기 안에서 임의성과 필연성이 만나서 함께 작품을 만들어 낸다. 이 문제는 나중에 다시 이야기하게 될 것이다. 작품의 담론이 말하는 대로의 진실은 전적으로 그 담론의 전개에 달려 있다는 점에서 늘 임의적이다. 우리는 그 진실을 바로 알 수 있어야 하지만, 그것은 불가능하다. 수수께끼(모든 작품의 밑바닥에는 알 수 없는 수수께끼 같은 무엇인가가 있다)는 문제를 내고 알아맞히는 그런 수수께끼가 아니라 작품을 구성하는 것이기 때문이다. 얼핏 보면 풍경 같지만 자세히 보면 헌병 모자가 보이는

---

12 Michel Butor, "Individu et groupe dans le roman", *Cahiers de l'Association internationale des études françaises* 14, 1962, p.123.

이중 이미지를 본 적이 있을 것이다. 제대로 새 형태를 찾아내는 순간, 그림 속 요소들이 새로운 균형을 이루면서 다른 형태들은 모두 사라져 버린다. 말 그대로 모두 잊혀지고 헌병 모자만 남는 것이다. 새로운 실재가 모습을 드러내는 순간 이전까지 실재로 보이던 것은 모두 사라진다. 탄호이저를 미망에서 깨어나게 하기 위해 계시를 받은 자연의 소박하고 목가적인 세계가 펼쳐지는 순간 베누스 산의 이교도 세계는 그대로 무너지는 것이다. 마찬가지로 데카르트의『성찰』의 제2성찰에서 밀랍 조각은 한순간에 분명한 형태적 특성을 잃고 다른 것을, 본성이 다르고 그 옆에서는 다른 모든 것이 아무것도 아닌, 아니 아무것도 아닌 것과 마찬가지인 그런 것을 얻는다. 그리고 마술에서 변신이 일어날 때처럼, 마치 모자에서 토끼가 튀어나오듯이 갑자기 외연extension 개념이 나타난다. 이 제2성찰의 놀이를 이끌어 가는 마술사가 오페라의 주인공처럼 노래를 부르고 떠드는 것, 사람들을 **놀라게** 하면서 동시에 **미망에서 깨어나게 하는** 것은 탄호이저가 그랬듯이 한순간에 배경을 바꿔 버리기 위해서이다. 그렇지 않으면 줄거리의 행동이 진행되지도 못하고, 추론의 질서가 잡힐 수도 없기 때문이다. 추측하고 끌어내고 찾아낸 진실은 너무도 명백해서 그것이 나타나기 전에 있었던 모든 순간들을, 심지어 진실을 예고하는 것까지도 밀어내 버린다. 그것이 나타나는 순간 지금껏 그것을 가리고 있던 모든 형태들이 순식간에 사라지는 것이다.

특별히 아이러니의 의도를 지닌 게 아니라면 책은 답을 알아맞히는 수수께끼처럼 결말에 이르면 그때까지의 진행 과정이 폐지되는 것이 아니다. 책에 종결이 있다면('끝'이라는 말로 나타낼 수 있는 실제적 종결이든 '모델'이라는 말로 나타낼 수 있는 관념적 종결이든), 그 종결은 나머지 전부가 그에 대해 가상의 장애물에 지나지 않는 그런 형태가 아니다. 책은 실재도 경험도 아니며, 인위적 산물이다. 그것은 답을 알아맞히는 수수께끼가 아니라 진정한 수수께끼이다. 수수께끼는 온전히 풀이가 나아가는 길 안에 존재한다. 스핑크스의 질문이 그 자체로는 의미가 없고, 오직 그것을 오이디푸스의 이야기에 연결하면서 필연성을 부여하는 암시들로 인해 의미를 지니는 것과 같다. 그러므로 작품 안에서 비밀을 해독할 수 있다는(그리고 모든 작품 안에는 그런 비밀이 있다는, 그렇지 않다면 무엇 때문에 설명할 필요가 있겠느냐는) 생각은 전적으로 무의미하다. 어려움을 해결하는 것, 다시 말해 어려움에서 벗어나는 것으로는 충분하지 않다. 그 어려움이 어떻게 만들어졌는지를 보여 주어야 하는 것이다. 책의 투명성은 늘 이전으로 향한다. 그러므로 그것은 책의 특징이 될 수 없고 이야기 진행 중의 한순간일 뿐이다. 래드클리프의 말대로, 모든 것은 때가 되면 밝혀질 것이니 그 순간을 기다릴 줄 알아야 한다. 작품의 정합성과 진실은 바로 그러한 기다림 속에 주어질 것이다. 이야기 안에 혹은 이야기 뒤에는 끊임없이 스스로를 만들어 내는 이야기의 전개 외에 아무것도 없다. 빨리 이해하려는 노력, 투명한 독서는 오히려 불투명성과 지체를 조건으로 하는 것이다.

결국 작품을 검토하려면 그것을 외적인 혹은 작품 안에 숨겨진 진실과 대치시켜서는 안 된다. 초월적 비평과 내재적 비평은 똑같이 무의미하다. 두 가지 모두 작품의 실제적인 복합성에 대한 설명을 앗아 가기 때문이다.

7

즉석에서 만들기, 구조와 필연성

문학작품은 취약한 선을 따라 모험이 이어지다가 마지막 지점, 즉 그 결말에서 사라지는 방식으로 전개되지 않는다. 문학작품에 대담성과 신선함을 부여하는 그러한 단순한 선조적 진행은 가장 피상적인 양상일 뿐이다. 그와 함께, 문학작품을 구성하는 실제적 복합성을 보아야 한다. 또한 그 복합성 안에서 필연성의 기호를 식별할 수 있어야 한다. 문학작품은 아무 계산 없이 자유롭게, 그 어느 것에도 얽매이지 않은 상태로(이것은 문학작품이 전적인 창안이라는 것을 보증하는 논거로 쓰인다) 나아가는 것이 아니라, 반대로 다양한 것을 조정하여 형식과 내용을 만들어 간다.

결국 문학작품은 즉석에서 만들어지는 것처럼 보일 때가 있지만 사실은 결과이자 **생산물**이다. 작품은 절대 원인이 아니다. 아무런 의도나 법칙 없이 우연히 이루어지는 것이 아니라 매 순간 매 층위에서 정확하게 결정된다. 그렇기 때문에 작품에 나타나는 무질서와 우연은 혼란을 불러오기 위한 구실이 아니라 알려지지 않은 진실을 향한 지표이다. 작품은 그런 무질서와 우연을 통해서 다른 것이 아닌 바로 자기 자신이 되는 것이다. 디드로의 『라모의 조카』*Le neveu de Rameau*처럼 여러 가지 요소가 혼합된 양상이 확실하고 명백한 작품에서는 인물 묘사, 대사, 연극적 대화 등과 같은 전통적인 작품 구성 요소들을 쉽게 확인할 수 있다(물론 형식들만을 나열하는 것은 충분치 않을 것이다). 구성 요소들이 어떻게 필연적으로 결정되어 있는지를 아는 것이 중요하지만, 무엇보다도 일반적인 문학생산에서는 즉석에서 만드는 것 역시 그 자체로 하나의 장르임을 알아야 한다.

가장 순수하고 의도가 없는 것처럼 보이는 이야기 형식인 민담이 사실상 필연적인 제약에 따라 존재한다는 것은 이미 알려져 있다(프롭 Vladimir Propp의 작품과 러시아 형식주의의 연구들을 볼 것). 그러한 제약 없이는 이야기들이 형태를 갖추지 못하거나 아니면 아예 있지도 않을 것이다. 민담 이야기의 단순성은 불변의 요소들의 연쇄가 **만들어 낸 결과**이며, 그 단단한 연쇄가 바로 텍스트를 이루는 것이다. 하지만 그것은 미리 완성되어 주어져 있고 스스로 충족할 수 있으며 앞선 것이 없다는 점에서 장르의 '완전한' 상태라 할 수 있는 '모델'과의 관계에서 생겨나는 원형적 필연성이다. 우리가 이미 보았듯이 작품의 진정한 지식을 구성할 수 없는 외적인 필연성에 속하는 것이다. 하지만 우리는 프롭의 방법에 내재하는 이 결점을 일단 묵인할 것이다. 프롭의 방법은 체계, 규범, 모델이라는 이데올로기를 통해서이기는 하지만 어쨌든 작품이 아무렇게나 만들어지는 것이 아니고 반대로 어느 정도 강제적으로 요소들을 배열하여(그 배열이 바로 작품의 실재성의 표지가 된다) 얻어진다는 것을 잘 보여 준다.

그러므로 작품은 분명하게 결정된 상태이다. 작품은 그 자체일 뿐 다른 어떤 것도 될 수 없다. 이것을 이해하고 나면 작품을 합리적 연구의 대상으로 삼을 수 있다. 작품 안에서, 좀더 정확히는 작품 **위에서** 그 어떤 것도 바뀔 수 없기 때문이다. 또한 작품의 담론에 단순한 설명 외에 다른 것을 더할 수 없기 때문이다. 이렇게 **고정되어** 있기에(우리는 앞으로 단순히 고정된 것을 넘어 그 상태로 굳어 버렸다는 것을 보게 될 것이다) 문학작품은 비로소 일종의 이론적 사실이 될 수 있다.

하지만 필연성을 인정하고 받아들이는 것으로는 충분하지 않다. 그것이 어떤 유형의 필연성인지 확인하고 정의해야 한다. 사실 우리는 그러한 필연성을 '미리 계획하기'로 생각하게 된다. 필연성이란 작품을 처음부터 끝까지 지탱하고, 생기를 주고, 살아 있는 생명체의 위상을 부여하는 의도 혹은 모델의 단일성을 말한다. 그것이 주관적인 단일성(저자가 의식적 혹은 무의식적으로 선택한 단일성)이든 객관적인 단일성(뼈대 혹은 모델과 같은 근본적 조합을 나타내는 단일성)이든 어쨌든 그 단일성이 작품 안에서 작품을 결정하는 전부라고 보는 것이다.

그렇게 구조의 문제가 제기된다. 이때 구조는 작품을 낳은 필연성의 유형을 생각하게 해주는 것, 작품이 우연히가 아니라 분명하게 정해진 이유로 지금의 작품이 되게 해준 것을 의미한다. 하지만 구조라는 용어를 작품 안에서 혹은 작품 밖에서 우리가 이해할 수 있는 이미지로 나타내려 하면 이미 우리가 확인한 환상들 중 하나에 빠지면서 모호해진다. 구조 개념을 제대로 사용하려면, 구조는 대상의 특성이 아니고 그 표상의 특징도 아니라는 것을 이해해야 한다. 작품은 그 안에 들어 있는 의도가 **단일**하기 때문에 혹은 **하나의** 자율적 모델에 부합하기 때문에 작품이 되는 것이 아니다. 작품의 단일성이라는 가설은 새로운 형태의 환상(해석적 환상)을 낳고, 이 가설 역시 앞의 다른 가설들과 마찬가지로 무용하다는 것이 증명될 때 모든 문제가 좀더 분명해질 것이다.

우리는 앞에서(「이면과 표면」) 책은 하나의 의미가 아니라 여러 의미로 이루어졌음을 보았다. 책의 출현과 동시에 실제적 다원성이 나타나는 것이다. 책은 독자의 눈앞에서 이루어지는 동시에 스스로 해체되어 완전히 새로운 다른 의미로 나타날 수 있다. 그렇게 해서 거짓의 단일성 대신 실제적 복합성이 드러난다. 우의적으로 표현하자면, 어느 책에서나 무슨 일인가가 일어난다. 모든 책이 처음에 주어진 것과 관련하여 하나의 사건, 놀라운 사건이 된다는 점에서, 문학작품 자체가 하나의 모험 이야기이다. 모든 작품 안에는 그것이 가능성의 **분명한** 조건에 종속되어 있음을 드러 내는 내적 균열, 중심 이탈의 지표가 있다. 작품이 통일된 하나의 전체로 일관성을 지니는 것은 겉모습에 지나지 않는다. 작품은 즉석에서 만들어 진 것도 아니고 미리 정해져 주어진 것도 아니다. 작품은 **자유로운 필연성** 의 영역이며, 이에 대해서는 좀더 상세한 정의가 필요할 것이다.

문학작품은 온전히 미리 계획된 것일 수 없다. 설령 미리 계획되었 다 해도 여러 층위에서 계획된 것이며, 따라서 전체가 하나의 단일하고 단순한 사고의 실행에 속할 수 없다. 그러므로 작품이 구성된 것이라고, 계산되고 고정된 배치의 산물이라고 말하는 것만으로 문학작품의 형태 를 결정할 수는 없다. 몇몇 러시아 형식주의자들(특히 슈클롭스키Viktor Shklovski)처럼 **기법**procédé에 머물러서는 안 되고, 그 뒤에 있는 실제의 **과 정**procès을 보아야 한다. 과정이 없다면 기법들은 전적으로 인위적으로 꾸며 낸 것일 뿐이다. 작품은 **작업**의 산물, 다시 말해 만드는 기술의 산물 이지만, 만드는 기술 전부가 없는 것을 인위적으로 꾸며 내는 것은 아니 다. 그것은 마술사나 그림자극 배우와 달리 아무것도 없는 데서 기적처럼 완벽하게 선택된 형태가 솟아오르게 만드는 힘을 지니지 않는 직공의 작 품이다(따라서 **작품의 작가가 창조자라고 말하는 것은 아무 소용이 없다**). 또 그 직공의 작업장은 무대 장식을 임시로 설치한 연극무대가 아니다. 그렇기 때문에 되는 대로 아무거나 만들어 내는 것이 아니라 정확하게 정해진 작 품, 실제의 작품을 만들어 내는 것이다. **기법으로서의 예술**[13]을 주장하는 것은 예술, 즉 만들어 내는 기술이 무엇인지 제대로 **알지** 못하는 것이다.

텍스트를 만들어 내는 직공으로서의 작가는 무엇보다도 자기 작업의 재료를 스스로 만들지 못한다. 마음대로 가져가서 무엇이든 만들 수 있도록 재료들이 여기저기 돌아다니는 것도 아니다. 중립적이고 투명한 요소들이 있어서 무언가를 만드는 데 재료를 대준 후에 그 형태 혹은 형태들을 받아들이면서 사라지는 것이 아니다. 작품을 존재하게 하는 모티프들은 작품과 떨어져서 그 어떤 의미에나 쓰일 수 있도록 준비되어 있는 도구가 아니다. 앞으로 구체적인 예를 통해 보게 되겠지만, 그것들은 특수한 무게, 고유의 힘을 지니고 있어서 사용되어 전체 속에 섞여 버린다 해도 어느 정도의 자율성을 잃지 않으며 어떤 경우에는 되살아날 수도 있다. 형태들의 운명, 미학적 사실들의 절대적이고 초월적인 논리가 따로 있기 때문은 아니다. 그것들은 형태의 역사 속에 실제로 새겨졌고, 따라서 작품에 속한다는 것, 그 작품을 위해 사용된다는 것만으로 특징지어질 수 없기 때문이다. 뒤에서 우리는 그중 하나인 '섬'이라는 모티프의 모험을 쥘 베른의 소설을 대상으로 하여 좀더 깊이 다루게 될 것이다.

작품이 필연적이라고 말하는 것은 작품이 만들어져 있고 완성되어 있다는, 혹은 작품과 무관하게 결정된 모델에 부합된다는 뜻이 아니다. 작품의 필연성이 객관적으로 규정되는 특성이라면, 그 객관성은 작품이 원래 갖는 특성이 아니며, 작품 안에 하나의 모델 혹은 의도가 존재함을 알려 주는 지표도 아니다. 작품의 필연성은 원래 주어져 있는 것이 아니라 필연성의 여러 선들이 만나면서 생산된다. 중요한 것은 작품 안에서 그 단일성을 찾아 헤매는 것이 아니라 바로 변화를 간파하는 것이다. 예

---

13 슈클롭스키 이론의 핵심 개념이자 그의 저작의 제목이기도 하다.—옮긴이

를 들면 모순을 찾아내는 것이다. 단, 그 모순을 새로운 유형의 단일성으로 환원시키면 안 된다. 논리적 모순, 이념적 모순(헤겔의 논리가 이 모순의 순수한 형태를 제시한 바 있다)은 작품의 실제적 복합성을 해체해서 결국 (내적인 모순을 지니는) **하나의** 의미로 축소시켜 버린다.

문학작품에 대한 지식이 이론적인 것, 즉 엄정한 것이 되기 위해서는 일반적인 의미에서의 논리학에 속해야 한다. 작품을 구성하는 실제적 다양성을 지켜 주는 필연성의 형태를 제시하는 것은 바로 논리학의 몫이다. 그러한 논리학은 문학작품들만을 연구해서는 이루어질 수 없고, **복합적인 것의 조직화** 문제를 제기하는 다른 형태의 학문들의 발전에 기대야 할 것이다.

한 가지 예를 들어 다시 정리해 보자. 앞에서 보았듯이 문학작품 일반에 대한 비유로 제시될 수 있는 모험 이야기의 예이다. 모험 이야기는 본질상 사건이 많고 **예기치 못한 것으로 차 있다.** 처음 시작 지점에 모든 것이 주어지는 것은 모험 이야기 장르에 맞지 않는다. 그렇게 되면 아무 일도 일어나지 않을 것이고, 일화들의 연결은 능숙한 눈이라면 온전히 예측해 낼 수 있는 가짜 연쇄가 될 것이다. 그와 반대로 독자는 모험 이야기를 읽으면서 낱말 하나마다, 아니면 최소한 한 걸음 옮길 때마다 새로움과 놀라움을 만나야 한다. 독자는 모험의 전개를 **따라간다.** 그러면서 충격을 느끼고 끊임없이 살아나는 새로움을 느낀다. 독자에게 있어서 책의 매 **순간**은 벼락이 떨어지듯 주어지는 순간이고, 단절이며, 새로운 출현인 것이다. 아무 이야기나 하나를 우리의 분석이 일반성을 띨 수 있도록 이야기라는 제한된 장르에 속하지 않는 작품에서 골라 보자.

빅토르 위고는 뤼블라스[14]와 "그가 연모하는 왕비" 사이에 놓인 거리를 눈에 보이는 사물로 구체적으로 제시하기 위하여(진부한 상징은 줄거리의 모티프 자체가 되어 버린다), 물론 관객이 직접 볼 수는 없지만 왕비의 '정원'을 둘러싸고 있는 뛰어넘기 힘든 담이라는 이미지를 사용하였다(위고는 몇 차례 이런 담을 등장시킨 바 있다). 뤼블라스는 이 경계를 넘어 들어가서 꽃 한 송이를 놓아둔다. 하지만 워낙 위험한 일이었기에 도중에 상처를 입고, 벽에 피 묻은 레이스 조각을 남겨서 결국 이후에 두 사람의 연인 관계를 확인하는 징표가 된다. 여기서 담은 그저 상징이 아니다. 그렇게 보는 것은 너무 쉬운 해석이다. 담은 상징인 동시에 줄거리를 이루는 실제적 요소이다. 주인공이 길을 가로막는 장애물을 만나는 것이다. 주인공을 보고 있는 혹은 따라가는, 눈으로 따라가는 사람에게는 기다림이다. 주인공은 장애물을 넘어갈 것인가 넘어가지 않을 것인가. 뒤에서 따라가는 독자들 역시 같은 시련에 처하게 된다. 한 가지 차이는 독자들은 페이지를 넘기기만 하면 그 시련이 끝난다는 것이다. 결국 담을 넘거나 넘지 않거나 둘 중 하나일 것이며, 텍스트가 제시하는 답이 곧 **법**이 될 것이다. 페이지를 넘기는 것은 담을 넘는 것이고, 혹은 그 앞에서 결정적으로 멈추는 것이다. 그렇기 때문에 읽기는 모험이며, 그 모험을 통해 우리는 예기치 못한 형태로 불가피한 것을 경험한다. 혹은 그 역으로 경험한다. 이야기 안에서 주어진 상황들이 주인공에게 강요하는 것과 마찬가지로, 이야기는 우리에게 강요한다.

이러한 강요는 작가가 '말하는' 언어가 우리가 일상적으로 사용하는 언어와 완전히 다르다는 것을 보여 준다. 우리의 일상 언어 속에는 작가의 언어가 갖는 필연성(물론 그 법칙은 거의 알지 못하지만)이 주어져 있지

---

14 17세기 말 에스파냐를 배경으로 하는 위고의 낭만주의 희곡 『뤼블라스』(*Ruy Blas*)의 주인공으로, 왕비를 사랑하는 하인이다.——옮긴이

않다. 문학이 새로운 언어라고 말해서는 안 된다(엄밀한 의미로 언어는 하나뿐이다. 모든 표현 형태를 언어로 귀결시키는 것은 헤겔 미학의 특성이다). 언어가 특수한 용법으로 사용되면서 본질 자체가 바뀐 것처럼 보일 뿐이다. 그것은 본질을 감추고 변장한 언어, '장식된' 언어, 변형된 언어인 것이다. 작품에 나타나는 언어가 갖는 중요한 특징 중의 하나는 환상을 만든다는 것이다. 이것이 적절한 표현인지는 조금 후에 다시 이야기할 것이다. 지금은 일단 그 환상이 언어를 이루는 요소임을 이해하기로 하자. 환상은 외부에서 언어에 덧붙여지면서 새로운 용법을 가능하게 하는 것이 아니다. 그것은 언어에 깊은 변화를 가져오면서 다른 것이 되게 한다. 단어와 그 의미 사이, 말과 대상 사이에 새로운 관계가 형성되는 것이다. 작가가 다르게 바꾸어 놓은 언어는 스스로의 진실을 세우기 때문에(사변적으로가 아니라 재귀적으로 이루어진다) 진실과 거짓을 구별하는 문제를 제기할 필요가 없다. 작가의 언어가 만들어 내는 환상은 그 언어의 규범이 된다. 언어는 자신과 무관한 독립적인 질서가 존재한다고 말하지 않으며, 자신이 그러한 질서에 부합된다고 주장하지 않는다. 그저 진실의 질서를 제안하면 사람들이 그 둘을 연결시키는 것이다. 작가의 언어는 대상을 지칭하는 것이 아니라 대상을 새로운 형태의 언술 속에서 불러내는 것이다.

이 언어의 새로움은 스스로에게 부여하는 의미 외에 다른 의미를 갖지 않는다는 데 있다.[15] 뒤든 앞이든 아무것도 없고, 외부의 것이 전혀 들어와 있지 않으며, 깊이가 없고 모든 것이 그 표면에서 펼쳐진다는 점에서 자율적이다. 그러므로 새로운 낱말을 만들 필요도 없이 일상 언어와

---

15 이 대목은 모두 기술(記述)적이다. 그러므로 결정적인 분석으로 간주될 수 없을 것이다. 결정적인 분석은 나중에 다시 논의될 것이다.

구별될 수 있다. 즉, 단어들을 연결 지어 하나의 텍스트로 짜나감으로써 단어가 아닌 다른 것이 되게 하며, 그렇게 일상적인 관계가 끊어지고 다른 질서가 수립되면서 새로운 '실재'가 솟아나는 것이다. 나아가 우리는 이러한 변환이 결국 동어반복을 만들어 낸다고 말할 수 있다. 그것은 한 가지 전개선에서 한 방향으로 향하면서 얇아진, 그 자체로는 아무런 전망도 열어 주지 못하는 언어이다. 대신해 주는 언어가 없이 혼자서 끊임없이 스스로를 되풀이하고 재생산하고 이어 가는 것이다. 두 단어의 연결에 머물든 반대로 책이라는 무한한 한계까지 이어지든, 작가의 작품은 그것을 만들어 내는 작업 자체에 의해 스스로의 지평을 건설한다. 작품이 위치하는 '문학의 공간'은 결국 텍스트가 휘감고 있는 선일 뿐이다. 그것은 아무런 깊이를 지니지 못하지만, 절대 단순하지 않은, 복잡하고 다양한 선이다.

작품이 사용하는 언어는 다른 어떤 것, 외부의 어떤 것 — 의미 혹은 실재성 — 에도 대응할 수 없다. 하지만 절대적으로 처음인 순수한 언어, 독자적인 언어는 아니다. 초보적인 예를 들자면, 톨스토이가 『전쟁과 평화』에서 이야기하는 나폴레옹에 대해 역사가들이 비난을 해봤자 소용없는 일이다. 책을 제대로 읽으면 그 나폴레옹이 실제 인물을 가리키지 않는다는 것을 알 수 있다. 나폴레옹은 오직 그 이름이 등장하는 텍스트 전체와의 관계에 의해 의미를 지닐 뿐이다. 작가의 행위는 대상을 만들어 내는 동시에 그 대상을 판단하는 유일한 기준이 된다. 한 가지 용법 혹은 엄격한 정의에 얽매이지 않음으로써 언어가 특수한 자유를, 즉 즉석에서 만들어 내는 힘을 얻는 것이다. 흔히 이런 힘은 시에만 해당된다고 생각하는데, 그것은 옳지 않다. 이 힘은 모든 종류의 작가의 행위에 해당하는 특징이다. 이 점에서 『농민들』*Les paysans*의 발문은 일종의 선언문이다.

『군대신보』*Le moniteur de l'armée*로부터 군인이라는 직업의 명예를 떨어뜨렸다는 비난에 대해 발자크는 이렇게 대답한다.

작가는 정확하지 않은 대목들이 고의적인, 계산된 것이라고 **분명하게** 대답한다. 이제 라빌오페이, 아본, 술랑주가 어디 위치하는 지명인지 물을 것이다. 이 모든 지역들과 기갑병들은 레이븐스우드의 탑, 세인트로낸의 우물, 틸리에투들렘, 갠더클리프, 릴리푸트, 텔렘 수도원, 호프만의 추밀원, 로빈슨 크루소의 섬, 샌디 가족의 땅이 있는 세상[16]에, 세금이 없고 여행하는 사람들이 한 권당 20상팀씩을 내야 하는 세상에 존재한다. (오노레 드 발자크, 『농민들』, 발문)

부정확한 대목이 "고의적인, 계산된" 것이라는 대답은 과장된 말이고 동시에 부족한 말이다(작가의 작업이 갖는 특성을 제작 방식을 체계적으로 사용하는 것으로 환원시키기 때문이다). 그보다는 문제의 대목들이 부정확하다고 인식해서는 안 된다. 그러한 판단을 가능하게 해주는 일상적인 규범이 없기 때문이다. 발자크의 발문은 "분명하게" 하지만 지극히 특정적인 치환을 통해서, 책이 독자적인 세계를 구성할 수 있는 힘을 지닌다는 것을 예고한다. 그 세계가 글로 씌어진 세계, 언어로 이루어진 대상이라는 것은 별로 중요하지 않다. 발자크는 **세계와도 같은 책**을 쓰려는 시도

---

16 레이븐스우드(Ravenswood), 세인트로낸(Saint Ronan), 틸리에투들렘(Tillietudlem), 갠더클리프(Gandercleugh)는 모두 월터 스콧(Sir Walter Scott)의 소설들에 등장하는 가상의 지명들이다. 텔렘 수도원은 라블레(François Rabelais)의 소설 『가르강튀아』(*Gargantua*)에 등장하는 수도원이다. 샌디 가족은 로렌스 스턴(Laurence Sterne)의 소설 『트리스트럼 샌디』(*The Life and Opinions of Tristram Shandy, Gentleman*)에 등장한다.——옮긴이

를 통해 바로 그 거리를 해결할 것이다.

이렇게 해서 작가가 '말하는' 언어는 그 어떤 외적인 규범에도 부합될 필요가 없다('현실'에 가까이 다가가려 한 작가들의 예를 의도적으로 고른 것이다). 그 어떤 것에도 종속되지 않은 채로 한 줄 한 줄 마음 내키는 대로 나아가는 것이다. 바로 이러한 필연적인 독립성이 작가가 말한 언어를 다른 언어와 구별 짓게 해주는 특징이다.

하지만 즉석에서 만들고 멋대로인 것처럼 보이는 이러한 자유가 아무런 사심 없는 자유는 아니다. 문학작품은 그 진실성의 원칙을 동반한다는 점에서 어떤 식으로든 필연성을 수립한다. 이러한 필연성은 우선 **텍스트에서 한 단어도 바꿀 수 없다**는 사실에서 찾을 수 있다. 작품으로서의 텍스트는 우리가 그 자체로 효력을 받아들일 수밖에 없게 만드는 힘을 지녀야 한다. 책이 그런 힘을 지니기 위해서는 있음 직해야 한다는 말은 별 의미가 없다. 있음 직함은 무엇보다도 내용에 속하는 특징이기 때문이다. 그보다는 책에 그 내용을 표명하는 형태가 강제적이라는 것이 중요하다. 작품은 있음 직하지 않거나, 설득력이 부족하거나, 근거가 없을 수도 있다(세 가지는 분명하게 구별된다). 하지만 작품을 넘어서서 더 가는 것은 불가능하다. 작품은 그 자체의 경계 안에서 진실된 것이다. 그렇지 않다면 작품은 읽을 수 없는 것이 되고 작품으로 성립하지도 않는다. 우리는 그런 식으로 **작품이 부재하는 작품**의 예를 많이 들 수 있다. 그리고 한 가지 더 지적해야 할 것은 작가의 행위에 의해 작가의 언술이 부여해 준 형태로 세워진 언어를 원래 상태로 돌리는 것은 불가능하다는 사실이다.

이러한 진실성의 조건을 만들어 낼 수 없어서 외부에서 진실성의 근거 혹은 변명을 찾는 것은 타락한 문학이다(이 문학 역시 자신의 책과 독자를 만들어 낸다). 그러한 문학의 언어는 고유의 형태에 담겨 있지 않기 때문에 끊임없이 빠져나가 다른 것 속으로, 즉 전통, 도덕, 이념 속으로 들어간다.

작품의 언어를 작가의 언술 이전으로 되돌릴 수 없다는 특성은 그것이 읽힐 수 있게 하는 조건이며, 모든 종류의 글쓰기, 즉 환상적 글쓰기, 시적 글쓰기, 사실적 글쓰기 모두를 규정한다. 심지어 현실의 진정한 등가물을 제시하겠다고 주장하는 '사실적' 글쓰기 역시 완벽한 일치라는 이상에 쫓기면서 스스로로부터 멀어진다. 언제나 성공하는 것은 아니지만, 사실주의 작가는 글쓰기의 시도를 가장 멀리까지 밀고 가는 가장 훌륭한 작가이다. 작가로 남아 있기 가장 힘든 작가이고, 모든 것이 위험해지는 한계 지점에 자리 잡고 있는 작가이다.

그러므로 텍스트의 **진실**이라 부를 수 있는 것이 존재하며, 오직 텍스트만이 그 진실을 말할 수 있다. 하지만 우리가 텍스트를 읽으면서 만나게 되는 대상이 실재의 대상이 아니라는 점에서 그러한 진실은 불확실한 것이다. 담을 넘거나 혹은 넘지 않는 것은 자연적인 필연성의 결과가 아니다. 텍스트의 글자가 그것을 결정한다. 이야기는 사건을 한 가지 허구의 짜임새 속에 집어넣음으로써 독자를 구속한다. 모험은 인위적이고 일시적이고 자의적이라서 더 강렬하다. 그렇게 모험은 **위험**의 느낌을 만들어 낸다. 위험하지 않다면 더 이상 모험일 수 없다. 다른 출구를 선택하는 새로운 이야기가 매 순간 가능한 것처럼 보인다. 이야기는 매 순간 새로운 이야기이기 때문에 새로움의 인상을 주는 것이다. 다른 말들이 주어졌다면 그에 따라 달라졌을 것이다. 처음 보는 새로운 것은 바로 이야기 안에서, 가능한 이야기, 달라진 이야기 안에서 끊임없이 새롭게 되풀이된다. 그러므로 이야기의 구속은 동시에 어느 정도의 투명성을 포함한다. 이야기가 우리를 구속하는 것은 바로 그것이 바뀔 수 있는 것처럼 **보이기** 때문이다.

하지만 이러한 투명성은 나름의 불투명성의 형태와 연계되었을 때에만 존재할 수 있고 효과를 낼 수 있다. 우리는 가능한 이야기 전부를 읽는 것이 아니라 실현된, 보다 정확히는 **씌어진** 이야기만을 읽는 것이다. 이야기는 하나뿐이다. 이야기의 매 순간이 놀랍고, '자유롭고', 하지만 결정적이다. 단순해 보이는 모험의 선은 사실상 아주 복합적인, 심지어 모순적인 방식으로 구성되어 있다. 그것은 완성되었으면서 동시에 변화한다. **놀랍게도** 이야기의 본질 역시 동일한 대립 — 구속과 편안함, 임의성과 필연성 — 을 보인다. 텍스트가 이끄는 대로 편안히 따라가는 단순한 독서의 경우도 그러한 모순이 우리를 끌어간다.

결국 다음과 같은 질문을 하게 된다. 작품의 언어가 만들어 내는 환상은 어떤 힘과 효과를 갖는가? 이러한 완성된 형식 속에 포위된 이야기의 지평에 어떻게 무한한 가능성이 주어지는가? 이 질문은 두 가지 관점에서 동시에 제기될 수 있다. 즉, (이야기를 좋아하는 사람들의) 단순한 읽기의 관점, 그리고 (이야기란 무엇인지 알고자 하는 사람들의) 이론적 지식의 관점이다.

첫번째 관점에서는 이렇게 대답할 것이다. 이야기의 힘은 한 가지 의도, 결정, 의지의 산물이다. 그것은 모두 작가에게 달려 있다. 주인공에게 (그리고 그 주인공을 따라가는 독자에게) 담을 넘게 해준 것은 바로 작가이다. 담을 넘지 않게 되는 것 역시 작가만이 할 수 있는 일이다. 모험이 예측할 수 없다는 것은 바로 창작의 증표이다. 저자와 함께 새로운 이야기가 나타나기 때문에 이야기 속에 새로움이 나타날 수 있는 것이다. 완성된 이야기는 일련의 선택의 결과이다. 그리고 그 선택이 독자에게 주어진다. 독자는 선택에 참여하지 못하고, 결과를 받아들일 뿐이다.

이러한 **답**은 충분치 못하다. 물론 저자가 선택을 하지만, 우리는 저자의 선택 자체가 이미 **결정된** 것임을 알고 있다. 패러디적 의도라면 모를까, 주인공이 책 시작 부분에서 사라질 수는 없다. 넓은 의미로 볼 때 저자역시 답을 **만나서** 우리에게 전해 줄 뿐이다. 저자는 자기 이야기를 창안해내는 것이 아니라 발견한다. 마음대로 앞서 나가는 것이 아니고, 그의 앞에 몇 가지 방향은 결정적으로 닫혀 있기 때문이다. 결국 저자는 자기 책의 첫 독자라고 말할 수 있다. 우리에게 놀라움을 주기 전에 자기 스스로놀란다. 저자는 정해진 길을 따라가면서도 자유로운 선택을 즐기는 것이다. 결국 글쓰기는 이미 읽기라는 점에서 구속적이다(우리에게 강요한다). 이런 맥락에서 프롭은 한 개인이 아니라 집단이 만들어 낸 작품을 대상으로 이야기가 어떻게 결정되는지를 분석하였다. 민담 이야기의 진행은 필연적인 방식으로 이루어진다. 포의 말처럼 모든 것이 최후의 의도에 종속되어 있기 때문이 아니라, 이야기의 진행은 확정적으로 주어진 모델에 대한 **읽기**이기 때문이다. 주인공이 우리가 조금 전에 이야기한 비유적인 장애물을 넘어가는 것 역시 유사한 조건에서 이루어진다. 집단적 생산의 법칙을 개인적 생산에 대한 분석으로 옮겨 놓게 되면, 작가의 선택은 결국 **선택의 환상**일 뿐이다. 이야기는 그러한 공허한 결정이 아닌 다른 것에 달려 있다. 여기서 우리가 작가의 의식 대신 집단적 의식 혹은 개인의 무의식을 말하려는 것은 아니다. 그것은 답의 자리를 옮길 뿐 결국 같은 문제에 묶여 있는 것이기 때문이다. 생산하는 무의식은 존재하지 않는다(적어도 무의식은 작품을 생산하지 않는다. 무의식은 결과를 생산한다). 결국 결정하는 것은 있는 대로의 이야기라고 말할 수 있다. 이야기는 고유의 인과관계의 결과를 통해 스스로의 진행을 생산한다. **말해지지 않은 것을 말하기**, 그것을 조직해서 **읽기의 대상으로** 만들기는 이야기의 기능이다.

이러한 이론의 난점은 분명하다. 작품이 스스로를 벗어나면서 인격적 주체로서의 저자는 더 이상 작품의 주인이자 소유자가 될 수 없다. 작품의 한계를 정하고 작품을 낳는 구조가 어떤 것인지에 따라 정의되는 작품은 **이차적 실재**이고 신화적 산물이며, 작품 스스로 그에 대해 아무 말도 할 수 없는 제작 과정의 신비적 산물이다. 이러한 구조주의는 사람들이 흔히 생각하는 것보다 기계적 반영 이론에 상당히 가깝다. 여기서 새로운 질문을 하게 된다. 그렇다면 무엇이 모델을 만들어 내는가? 모델을 **절대적 조건**, 논리적 명증성과 마찬가지로 필연성을 특징으로 하는 절대적 조건으로 간주하는 것이 아니라면, 모델의 위상을 규명하고 그 효능의 법칙을 밝혀야 한다. 그렇지 않으면, 글쓰기와 읽기가 마찬가지라는, 앎과 그 대상의 관계에 대한 심각한 몰이해를 드러내는(쓰기가 곧 읽기라면, 역으로 읽기는 곧 쓰기이다. 즉 비평가는 작가이며, 그의 활동은 내적 반성의 다른 형태에 불과하다) 신화의 포로가 될 것이다.

　이러한 논리적 형식주의의 가장 큰 결점은 작품을 설명하기 위해서 **오직 한 가지** 계열의 조건들만을 고려하는 것이다. 모델은 원래 하나일 수밖에 없고 그 자체로 충분하다. 그렇게 작품의 **단일성**, 작품의 **총체적** 특성이라는 전제가 끼어들어 작품의 실제적 복합성이 더 잘 잊혀질 수 있도록 **축소**하고 **해체**한다. 이것은 **조건**이라는 개념의 의미를 상당히 잘못 이해하는 것이다. 조건이란 처음에 주어진 것, 경험적 의미에서의 원인이 아니라, 그것 없이는 어떤 작품도 측정할 수 없는 합리성의 원칙이다. 생산의 조건들을 알기 위해서는 생산을 씨앗이 피어나는 것으로 간주해서는 안 된다. 생산과정은 가능한 움직임을 이미 배아로 품고 있는 씨앗으로부터의 탄생 —— 이것은 분석이 뒤집힌 상태일 뿐이다 —— 으로 축소될 수 없다. 생산의 조건들을 안다는 것은 반대로 그 작품이 **조직되는** 실제적 과정을 분명하게 드러내는 것이다. 즉, 요소들의 실재적 다양성이 어떻게 작품을 구성하며 작품에 내적 일관성을 부여하는지를 드러내는 것이다. 필연성nécessité과 불가피성fatalité을 혼동해서는 안 된다는 것도 지적해야 한다. 작품은 아무렇게나 만들어지는 것은 아니며, 그러면서도 변화를 포함하고 있다. 작품의 **글자** 안에 변화가 **새겨져** 있는 것이다. 사건을 포함할 수 있게 해주는 이러한 유동성이 없다면 작품은 작품이 아닐 것이다. 작품은 한 가지 모델에 복종하지 않음으로써 견고성을 잃는다. 하지만 아무렇게나 있는 것은 아니고, 오히려 지식의 대상이 된다.

뒤에서 우리는 이러한 변환 과정을 잘 보여 주는 쥘 베른의 『신비의 섬』*L'île mystérieuse*을 살펴보게 될 것이다. 『신비의 섬』의 시작 부분은 책이 한 가지 **기획**(인간과 자연의 관계를 이해하기)을 그려 내기 위한 것임을 보여 주고, 끝 부분은 그러한 시도가 실패했음을, 그리고 처음 기획이 예기치 못한 다른 놀라운 기획으로 대체되었음을 암묵적으로 드러낸다. 역설적으로 책이 **방향을 틀어** 처음 모델로 삼았던 것으로부터 벗어나서 새로운 진실이 도래하게끔 한 것이다. 책은 한 가지를 말하는 것이 아니라 여러 가지를 한꺼번에 말하게 된다. 그리고 그 여러 가지의 대비를 제대로 표현하고 설명하지는 못한다 해도 적어도 드러내 보여 준다. 이러한 변화는 분명 저자가 의도한 것이 아니다. 심지어 저자의 의도를 **피해 갔다**고 말할 수 있다. 저자가 그 변화를 보지 못했기 때문이 아니라(우리로서는 전혀 알 수 없는 일이다), 그의 작업의 논리 자체가 그 변화가 **일어나도록 그대로 둘** 수밖에 없었기 때문이다. 그러한 놀라움은 의도적으로 만들어진 것이 아니다. 하지만 그것은 준비되어 있고 책의 진행 속에서 나타나면서 비로소 의미를 띠게 된다. 그렇지 않다면 우리가 그것을 알아차릴 수도 없을 것이다. 현대 소설가 한 명이 자신의 작품 전체의 중심으로 설정한 이미지를 통해 설명하자면, 책의 중심에는 물밑에서 **변경**modification ── 이것은 우연히 이루어진 것도 아니고 미리 숙고된 것도 아니다 ── 의 계획이 작동하고 있는 것이다.[17] 바로 이것을 **설명**해야 한다.

책이 어떤 유형의 필연성에 속하는지 밝혀낸다는 것이 책을 쓰고 읽게 해주는 모든 요소가 책보다 먼저 책의 밖에 **주어져** 있음을 보여 주는 것은 아니다. 그러한 필연성은 순전히 인위적인 기교일 것이며, 책은 **작동 원리** 같은 것이 될 것이다. 책이 어떻게 작동하는지를 알기 전에, 책의 생산 법칙이 무엇인지를 알아야 한다.

---

17 미셸 뷔토르의 소설 『변경』을 말한다.──옮긴이

8

자율성과 독립성

우리는 앞에서 텍스트가 고유의 진실을 지닌다는 것을, 진실을 **품고 있다**는 것을 보았다. 그 어떤 외적인 요소도 텍스트를 판단할 수 없다. 그러한 판단은 임의적인 변형을 동반할 것이기 때문이다. 그렇다면 우리는 **작품 안에** 고정되어 있는 진실을 찾아내야 하는 걸까? 그러려면 겉모습을 뚫고 들어가 비밀을 밝혀낼 수 있는 예리한 눈으로 **읽어야** 할 것이고, 그것은 **흐트러트림**이라는 부정적 의미의 비평이 될 것이다. 그러한 읽기는 작품을 파괴하게 되고, 작품이 무너진 그 자리에 작품에 둘러싸여 있던 것이 모습을 드러낸다. 이 문제는 다시 얘기할 필요가 없을 것이다. 이러한 시도는 적어도 다음 네 가지 이유에서 전적으로 부당하다. 즉, 그것은 첫째, 읽기와 쓰기를 혼동한다. 둘째, 구성의 법칙을 연구해야 할 지점에서 오히려 해체한다. 셋째, 작품 안에서 오직 그 안에 주어진 것들만을 찾아내야 한다고 생각한다. 넷째, 작품의 이해를 단일한 의미의 탐구에 한정시킨다. 결국 작품의 특수성이라는 문제가 완전히 해결되지 않은 것이다. 그 길 위에는 아직도 여러 가지 환상이 놓여 있다.

　문학작품의 진정한 특수성은 무엇인가? 우선 문학작품은 다른 것이 될 수 없다. 다시 말해 지금의 상태가 아닌 다른 것일 수 없다. 또한 문학

작품은 특수한 작업의 결과이며, 다른 성격의 과정을 통해서는 얻어질 수 없다. 나아가 문학작품은 단절의 산물이며, 그 단절과 함께 무엇인가 새로운 것이 시작된다고 말할 수 있다. 이전에 없던 새로운 것이 나타나고 솟아오르는 과정을 제대로 이해하려면, 그것을 외적인 것과 **뒤섞지** 말아야 한다. 오히려 **구별해야** 한다. 그로 인해 주위를 둘러싸고 있는 것들과 분리된다는 것을 보여 주어야 한다. 매우 전통적인 예를 하나 들자면, 작품의 영역이 아닌 다른 곳에서의 작가의 삶은 작품에 대해서 아무것도 가르쳐 주지 못한다. 물론 적어도 작가가 어떻게 작품을 통해 자신의 삶을 **변경할** 수 있었는지 보여 줄 수 있다는 점에서 절대적으로 상관이 없다는 뜻은 아니다. 프루스트의 전기 중에 널리 알려진, 상당히 역설적인 전기 한 편이 좋은 예가 된다.[18] 즉, 작가 프루스트의 삶이 그의 작품 『잃어버린 시간을 찾아서』를 잘 드러낸다는 것을, 그의 삶이 작품을 통해서 규정될 수 있다는 것을 보여 준 것이다. 따라서 작가의 삶을 그려 내기 위해서는 작품의 용어들로 표현하는 것이 가장 좋은 방법이 된다. 결국 이론적 분석의 관점에서 작품이 관심의 **중심**에 놓이는 것이다(이 말이 작품 그 자체가 **중심**이 있다는 뜻은 아니다).

작품은 또한 **자율성**이라는 특성을 갖는다. 작품은 **한계를 만들어** 스스로에게 부여한다는 점에서 자기 자신의 규칙이 되는 것이다. 그러므로 **작품에 있는** 규범이 아닌 다른 규범으로는 작품을 이해할 수 없다. 작품의 필연성이라는 원칙은 타율적인 것일 수 없다. 따라서 문학작품은 **고유한 과학**의 대상이 되어야 한다. 그렇지 않다면 문학작품을 제대로 이해할 수

---

18 George Painter, *Marcel Proust: A Biography*, 2 vols., London: Chatto & Windus, 1959/1965.

없을 것이다. 언어학, 예술 이론, 역사 이론, 이데올로기론, 무의식 형성 이론 같은 다른 분야들이 문학작품을 이해하는 작업에 참여해야 하지만(이러한 협력 없이는 미완성의 작업, 나아가 불가능한 작업일 수밖에 없다) 문학작품을 다루는 과학을 **대신**할 수는 없다. 무엇보다도 우리는 문학 텍스트가 언어와 이데올로기(서로 그다지 다르지 않다)를 그 이전에 없었던 새로운 방식으로 사용한다는 사실을 인정해야 한다. 문학 텍스트는 언어와 이데올로기를 그 자체에서 떼어 내어 새로운 방향을 부여해 주고, 그렇게 해서 주어진 계획을 실현하는 데 쓰이게 하는 것이다.

작품이 시작되는 곳에는 일종의 단절이 나타난다. 작품은 일상적으로 읽고 쓰는 방법을 버리고, 다른 모든 형태의 이데올로기적 표현과 갈라선다. 그렇기 때문에 작가의 행위를 겉으로 보기에는 유사하지만 사실상 완전히 다른 행태들로 비유해서는 제대로 이해할 수 없다. 롤랑 바르트는 『비평론』에서 글쓰기를 상황에 맞춰 써야 하는 편지에서 에둘러 표현하는 것에 비유하여 정의한 바 있다.[19] 그러한 단절은 정확하게 '예술'과 '현실'을 분리하는 단절이 아니다. 그것은 또한 이데올로기와 이론적 지식 사이에 자리 잡고 둘 사이의 거리를 지탱하는 **진정한 단절**도 아니다. 지식의 도구라는 층위에서 이루어지는 합리적 단절이 아니라, 표현의 수단을 특유의 방식으로 사용하는 것으로 정의되는 특수한 차이인 것이다. 작품의 자율성은 전통적인 의미에서의 인식론적 단절과 관계가 없다. 작품의 자율성은 자기만의 방식으로 분명하고 근원적인 분리를 만들어 내며, 그렇게 해서 작품을 알기 위해서는 다른 것과 비슷하게 생각할 수 없게 만든다.

---

19 Roland Barthes, *Essais critiques*, Paris: Seuil, 1964.

그렇지만 **자율성과 독립성을 혼동해서는 안 된다.** 작품이 차이를 세워서 다른 것이 아닌 것이 되게 하지만, 그것은 그 자체가 아닌 것과의 관계를 설정함으로써만 가능하기 때문이다. 그렇지 않다면 작품은 실재성을 지니지 못할 것이고, 읽을 수 없고 심지어 볼 수도 없을 것이다. 그러므로 작품의 자율성을 깎아내리려는 시도를 막는다는 구실로 문학작품 그 자체를 마치 **별도의 것인 것처럼, 완전한** 현실을 이루는 것처럼 간주해서는 안 된다. 그런 식이라면 작품은 모든 것으로부터 분리될 것이고, 작품이 출현한 이유를 이해하는 것은 불가능해질 것이다. 작품은 이유가 없는, 신의 현현처럼 한순간에 나타나는 신화적 산물이 되는 것이다. 물론 작품은 그 고유의 규칙으로 규정되지만, 그 규칙들을 세우는 방법은 밖에서 가져온다. 일반적으로 절대적인 독립성이라는 관념은 신화적 사고에서 비롯된다. 그것은 실체들이 이미 실현되어 있다고 보며, 그것들이 어떻게 만들어졌는지 설명하지 못한다. 자율적인 두 가지 실재의 차이를 이해하기 위해서는 그 차이가 **이미** 모종의 관계, 함께 존재하는 방식이라는 것을 알아야 한다. 진정한 차이는 고정된 것이 아니라 차이를 만드는 과정의 결과이며, 생겨난 이후에도 끊임없이 그것들을 없애려는 것에 **맞서야** 한다. 그러므로 차이들은 지극히 엄격한 관계 형태를 드러낸다. 그것은 경험적인 관계가 아니며, 하지만 작업의 산물이기 때문에 현실적인 관계이다.

그러므로 우리의 연구는 문학작품을 자족적인 총체로 다루지 않을 것이다. 문학작품은 하나의 총체로서 자족적일 수 없다. 문학작품의 단일성과 독립성이라는 가설은 자의적이다. 그것은 작가의 작업의 본질을 제대로 이해하지 못한 데서 비롯된다. 무엇보다도 문학작품은 있는 그대로의 언어와 관계를 맺는다. 그리고 그러한 언어를 통해 언어의 다른 사용,

이론적이고 이데올로기적인 사용과 관계를 맺고, 직접적으로 의존한다. 문학작품은 이데올로기를 매개로 하여 사회적 형성의 역사와 관계를 맺는다. 작가라는 특수한 지위, 그리고 개인적 삶이 제기하는 문제들도 같은 역할을 한다. 결국 개별 문학작품은 적어도 그 작업의 필수적인 수단을 전달하는 문학생산의 역사의 한 부분과 관계를 맺음으로써만 존재하는 것이다.

요컨대 책은 절대 **혼자** 오지 않는다. 책을 형성하는 것들 전부와 함께 오며, 책은 바로 그것들과의 관련 속에서 형체를 띠게 된다. 책은 그것들에 대해 명백한 **의존** 관계에 놓이며, 그 관계는 단순한 대조 효과의 생산에 그치지 않는다. 모든 산물이 그렇듯 책은 **이차적 실재**이다. 하지만 고유의 법칙에 근거하여 존재하지 않는다는 뜻은 아니다. 우리는 앞으로 이차적이라는 이러한 특성이 작가의 작품(그 기능이 패러디적이라면)을 정의하는 가장 중요한 요소임을 보게 될 것이다.

이미지와 개념: 아름다운 언어와 진실한 언어

작가의 일을 그 결과물만을 따라가지 않고 작가의 권한에 맞서 직접 **알기** 위해서는 우선 작가의 일을 작업으로 보아야 한다. 그것은 언어의 사실상의 존재에 근거하는 작업이다(접촉이 어떤 식으로 이루어지는지 분명히 살펴보아야 할 것이다). 작가는 언어 작품 ─ 언어의 형태 혹은 언어에 부여된 형태 ─ 을 만든다. 하지만 작가의 작품이 유일한 언어 작품은 아니며, 따라서 언어 작품이라는 말은 작가의 작품을 정의하기에 충분하지못하다. 공적인 연설, 사적인 편지, 대화, 신문 기사, 과학 논문 등도 언어작품이다. 모두 이미 주어진 언어의 존재에 의존하고 있기 때문이다. 하지만 그것들이 언어에 대해서 취하는 태도는 작가가 작품에 대해 취하는태도와 상당히 다르다. 즉, 성실성, 효율성, 나아가 전적으로 사회화된 예의의 요구에 부응한다는 점에서 문학작품과 다르다. 전통적으로 예술작품으로 분류되는 문학작품은 원칙적으로 상당히 전문화된 미학적 판단의 영역에 속한다. 그러한 미학적 판단이 적어도 아직까지 우리가 이론적으로 속해 있는 전통의 틀 안에서는 대상을 **아름다움**으로 평가한다 해도,[20] 그 아름다움이 르네상스 시기에 작가들이 만들어 낸 개념이라 해도, 그리고 우리에게 주어진 예술 이론의 핵심이 문학이론이라 해도(예를 들어 헤겔 미학의 열쇠는 문학이론이다), 아무것도 달라지지 않는다. 작가들이 적법성의 유형을 만들어 내서 그것을 따르기도 했고, 그들의 결정은 아직까지 우리를 구속한다. 자연(있는 그대로 그들에게 주어진 언어의 존재를 말한다. 물론 그들은 그것을 바꾸려고 한다)과 관습(아름다움에 대한 미학적 권한)의 교차점에 자리 잡고서 **아름다운 언어**를 만들기에 전념한 그들이 등장시킨 특수하고 독창적인 실재가 바로 문학작품인 것이다. 우리는 언어와 예술이라는 두 가지 축 — 같은 곳을 향하지만 꼭 서로 보완적이지는 않다 — 으로 작가의 행위를 분해하기보다는 그 특수성이 무엇인지 생각해 볼 것이다.

작가의 언어는 새로운 언어이다. 그 물질적 형태가 새로운 것이 아니라 용법이 새롭다. 일단 그 기능은 환상을 만드는 것이라고 해두자. 작가의 언어의 첫번째 특징은 **진실성**이다. 작가의 언어는 다른 어떤 기준으로도 측정될 수 없는 만큼 더욱더 **그대로 믿을** 수 있어야 한다. 그렇게 해서 다른 언어와 달리 무언가를 불러내는 힘을 갖는다. 의미를 세우는 것이다. 하지만 이러한 분석은 그저 기술記述 층위에 머물 뿐이다. 작가의 언어만이 유일하게 그런 환기력을 갖는 것이 아니기 때문이다. 문학작품에 **필연성**을 부여하는 **실재 효과**의 생산은 언어 일반에 속하는 것으로, 작가가 사용하는 언어만의 특징으로 간주될 수 없다.

문학작품은 필연적인 언어를 늘어놓는다고 말하는 것도 부족하다.

---

20 실제로 아름다움의 미학은 낭만주의와 초현실주의가 추(醜)의 미학을 수립하려 했을 때 쓰러지고 위상을 잃었다. 하지만 그것을 대체할 다른 이론이 나오지는 않았다. 초현실주의와 보들레르는 예술에 있어서 이론의 여지 없이 중요한 혁명적 변화를 실현했지만, 그럼에도 불구하고 플라톤주의(다른 세상)로 되돌아감으로써 이론적 퇴보를 초래했다. 그러한 퇴보가 유용할 수 있었겠지만 결정적일 수는 없을 것이다. 초현실주의의 혁명에 관한 이론은 아직 나오지 않았다. 그것은 초현실주의자들이 아닌 다른 사람들이 할 일이다.

사실 필연적인 언어에는 몇 가지 유형이 있다. 과학 담론 역시 그 엄정한 형식으로 필연성의 한 가지 유형에 해당한다. 과학 담론의 필연성은 사고의 훈련에 정확한 경계를 설정하며, 모든 학자들이 적어도 한 가지 점에서는 미리 합의가 되어 있어야 한다. 즉, 그들이 같은 영역에 속하고 같은 언어를 사용해야 한다는 것이다. 같은 곳에 속해 있다는 사실이 그들의 논의의 방향을 결정한다. 그들의 담론의 지평은 바로 합리성, 즉 분명한 정의定義 위에 세워진 개념의 합리성이다. 정의는 지속적이 되게 하는 힘을 지니기 때문에 아무리 멀리 떨어져 있는 학자들도 서로 같은 것에 대해 말하고 있음을 알 수 있다. 그러한 합리적 필연성은 아무렇게나 주어지는 것이 아니다. 그것은 분명하게 결정된 필연성이다. 과학과 이론의 언어는 **고정된** 언어이다. 하지만 고정된 것이 정지된 것, 완성된 것을 뜻하지는 않는다.

그런데 문학적 기획의 경계를 설정하는 지평은 이성이 아니라 환상이다. 문학 담론의 표면은 환상이 작동하는 자리인 것이다. 텍스트는 진실과 거짓의 구별 이편 혹은 저편에 촘촘하게 짜인 직물과 같고, 고유의 논리가 제시하는 규정들을 따른다(문체론은 이 논리의 한 부분일 수 있다). 이처럼 문학 담론이 짜여지는 자리를 확인하고 나면 작가의 작업을 기만 행위로, 즉 전적으로 환상을 생산하는 작업으로 보기 어려워진다. 진실과 거짓을 나누는 선이 그어져 있다면 모를까 무엇을 기준으로 판단할 수 있겠는가? 결국 다른 진실, 텍스트를 판단할 힘을 갖지 못한 외적인 세계 혹은 의도의 진실이 그 역할을 할 수밖에 없지 않은가? 텍스트가 '감춰 놓고' 있는 혹은 텍스트를 품고 있는 환상이 정말로 텍스트의 구성 요소라면, 그것을 분리하거나 환원하는 것은 불가능하다. 환상은 실재와 대립하는 것이 아니라 오히려 실재의 바탕 위에서 불안정하게 작용하고 있으며,

그 자체 안에 어느 정도 실재의 기능을 지닌다.

하지만 환상의 작동 원리가 지니는 특유의 엄밀함은 우선 환상의 움직임이 끌어들이는 대상들의 본질에 의해 규정된다. 그것은 정의된 개념들이 아니라 매혹적인 이미지들이다. **문체**(말, 기교 혹은 구성 기법)의 요소가 문학적 대상이 될 수 있는 것은 그것이 사라지지 않고 계속 나타나기 때문이다. 문학은 반복, 형태를 달리하며 나타나는 되풀이를 통해서만 가능하다. 가능한 한 중복을 피하고 생략적이 되려 하는 과학 담론과 반대인 것이다. 한데 모여 텍스트를 이루는 요소들은 독립적인 실재성을 지니지 못한다. (한 이론에서 다른 이론으로) 옮겨 갈 수 있는 과학적 개념과 달리, 문학의 경우는 요소들이 특별한 문맥에 연결되어 있고, 그 문맥에 따라 결정된 하나의 지평으로만 읽힐 수 있다. **이러저러한 책**의 테두리 안에서만 환기될 수 있고, 그렇게 무언가를 나타낼 수 있는 것이다. 우리는 한 가지 특수한 유형의 엄밀성(논리적인 엄밀성이 아니라 시적인 엄밀성)이 어떻게 형태와 내용을 연결하는지 알 수 있다. 말이 품고 있는 이미지는 그 자체만으로도 사라지지 않고 있을 수 있지만, 의미와 효과를 지니기 위해서는 텍스트의 관계망 속에 들어가야 하는 것이다.

기초적인 예를 들자면, 발자크의 『인간극』*La comédie humaine* 속의 도시 파리는 작가의 작업의 산물인 한에서만 문학적 대상이 될 수 있다. 그것은 절대 작가의 작업보다 앞서지 않는다. 그 대상 안에서 한편으로 대상을 구성하는 요소들, 다른 한편으로 그 요소들을 연결하여 특수한 응집력을 부여하는 관계, 이 두 가지가 서로를 규정하는 것이다. 그 둘은 오직 서로에게서 진실을 끌어낼 뿐, 다른 어떤 것으로부터도 끌어낼 수 없다. 발자크의 파리는 실제 파리의 표현expression이 아니다. 즉, 구체적인 보편성이 아니다(개념은 추상적인 보편성이라 할 수 있다). 발자크의 파리는 제작 활동의 결과이며, 현실의 요구가 아니라 작품의 요구에 부합한다. 그것은 현실이나 경험이 아니라 인위적 기법을 **반영**한다. 그 기법은 관계들의 복합적인 체계를 세우기 위한 것이며, 개별 요소(이미지)는 외적인 질서에 부합하기 때문이 아니라 오로지 책의 내적 질서에서 차지하는 자리를 통해 의미를 갖게 된다.

표현의 움직임은 그러한 책의 질서의 탐색이다. 즉, 각각의 이미지에 다른 이미지들, 그리고 그 자체와 관련하여 자리를 부여하고, 그것을 되풀이하고, 새겨 넣는 것이다. 바로 이러한 **되풀이**가 텍스트를 만든다(보다 단순하게는, 시를 그 제목 주위에 붙잡아 두는 관계가 좋은 예가 될 수 있다).

발자크는 신비를 캐낼 수 있는 광산을 대도시에서 찾아냈고, 호기심은 그에게 늘 깨어 있는 의미였다. 그것이 바로 그의 영감의 근원이다. 발자크는 절대 희극적이지도 비극적이지도 않다. 그는 호기심을 느끼고 알고 싶어 한다. 그는 뒤엉켜 있는 사물들 속으로 발을 들여놓고, 신비의 냄새를 맡고, 신비의 출현을 예고한다. 그리고 악착같이, 열렬히, 의기양양하게, 부품을 하나씩 만지며 기계를 분해하듯 나아간다. 새 인물이 등장할 때 그가 어떻게 다가가는지 한 번 보라. 희귀한 대상이 나타나기라도 한 듯 사방에서 훑어보고, 묘사하고, 조각하고, 규정하고, 해석하고, 이상한 점을 밝혀내고, 불가사의한 일이 일어날 것임을 예고한다. 그의 판단, 관찰, 장광설, 단어는 심리적 진실이 아니라 의심이며, 예심판사처럼 상대를 살피는 것이며, 밝혀내야 하는 신비를 향해 주먹질을 날리는 것이다.[21]

---

21 Cesare Pavese, *Le métier de vivre*, trans. Michel Arnaud, Paris: Gallimard, 1958, p.45 [*Il mestiere di vivere: Diario 1935-1950*, Torino: Einaudi, 1952].

캐내기 좋아하는 천재에 대한 이 설명은 사실상 심리적인 것이 아니고 그렇게 찾아진 '진실' 역시 심리적이지 않다. 여기서 호기심은 우의적 가치를 갖는다. 작가로 하여금 마치 신세계를 찾아가듯 앞으로 나아가게 하는 탐색의 움직임은 (슈클롭스키가 톨스토이에게 적용했던 생각을 되풀이하자면) 작품 성립의 출발점이 되는 **개별화** 과정이다. 소설적인 것은 혼자 떨어져서가 아니라 다른 것과 뒤얽혀서 텍스트 안에 새겨져 있다. 소설적인 것은 다른 무언가의 지표이며, 텍스트는 그것을 이어질 움직임에 대한 예고가 되게 하고, 끊임없이 다른 것으로 연장시킨다.

그 과정 이전에는 이미지가 고정될 수 없다. 지탱되지 못하고 미끄러지고 넘치고 뒤집어지며, 자기 안에서 찾을 수 없는 목적을 다른 곳에서 찾게 된다. 이미지와 이러한 제시, 탐색의 관계는 개념과 증명의 관계와 같다. 결국 발자크의 파리는 책과 유사한 대리물이 된다. 파리는 사람들이 돌아다니는 곳이고 그것을 다듬고 만드는 시선 앞에서 움직이며 새로운 탐색으로 인해 끊임없이 홈이 파인다. 그리고 그 탐색 자체가 결국에는 그 대상을 불러낸다는 점에서 구성에 참여한다. 소설의 현실은 그것을 파헤치는 시선에 대해서 의존 관계까지는 아니라도 적어도 불가분의 관계에 있다. 소설의 현실은 시선의 한계점에서 결정結晶된 대상이지만, 절대 **유한하지** 않다. 고정된 시선을 끊임없이 벗어나며, 항상 더 연장되어야 하기 때문에 그것을 완전히 장악하고 통제하고 밝혀내는 것은 불가능하다. 나중에 보게 되겠지만, 책은 불완전한 상태로 남아 있기 때문에 **지탱**될 수 있는 것이다. 그래서 책이 보여 주는 것은 끝이 없어 보인다. 책 속에 주어진 이미지는 그 자체 안에 혹은 다른 것 안에서 증식되어야 한다는 필연성을 통해서(이 필연성은 절대 충족되지 않는다) 실재의 환상을 만들어 낸다.

작가의 담론이 실재 효과를 만들어 내는 것은 현혹시키는 이미지의 힘을 극단으로 사용하기 때문이다(작가는 절대 이미지에 현혹되는 것이 아니라 그것을 사용한다). 그것이 끝날 수 없음을 이용해 작가는 끊임없이 되풀이하면서 텍스트의 윤곽선을 세워 나간다. 그러므로 텍스트의 윤곽선은 보이는 것과 달리 단순하지 않다. 그것이 만들어질 때의 뒤얽힘의 흔적이 간직되어 있다.

작가가 이미지를 이용하는 방식, 이미지의 불충분함마저 고유한 특성인 양 이용하는 방식은 작품이 갖는 환상적 성격을 드러낸다. 하지만 환상의 본질까지 드러나는 것은 아니다. 실제 여기서 분석을 끝낸다면 아마도 문학은 순전한 기교로 간주될 것이고, 몇 가지 기법의 작동으로 축소될 것이다.

우리는 순전히 기술적인 이러한 현실 뒤에서 그것을 사용하는 생산 체계를 확인해야 한다. 문학작품은 그러한 수단을 어떻게 사용하는가? 그 수단들은 어떻게 작품에 기여하는가? 다시 말하면, 어떤 유형의 엄밀성이 이미지들의 논리, 이미지들에 적용되어 그것들을 환상으로 만드는 논리를 수립하는가?

다시 정리해 보자. 작가의 행위는 온전히 하나의 언술의 층위에서 실현된다. 작가의 행위는 담론을 구성하고, 또 그 담론만이 작가의 행위를 구성한다. 작가의 행위는 외적인 그 어떤 것과도 **관련될 수 없다.** 그 진실 혹은 효능은 담론의 얇은 표면 안에 결집되어 있다. 하지만 이러한 정의는 충분하지 못하다. 무엇보다도 공허한 정의, 전적으로 형식적인 정의이기 때문이다. 모든 담론은, 심지어 일상적인 언어로 된 담론까지도, 그 대상이 된 것의 잠정적인 **부재**를 전제한다. 담론이 그것을 떼어 내서, 하고 있는 말의 경계의 침묵 속에 버려 두기 때문이다. 어떤 것을 말하는 행위는 그 행위가 적용되는 실재를 바꾼다. "꽃이라고 말하기"는 꽃을 따기와 유사한 행위이다. 그 순간 "모든 꽃다발에 부재하는 꽃송이"가 솟아오른다. 그것은 말의 희미한 윤곽을 지닌, 그리고 하나의 개별 이미지가 그 자체로 자족적이지 못하도록 다른 이미지로 옮겨 가게 해주는 추이성 transitivité에서만 그 깊이를 얻는다.[22] 말하는 행위를 통해서 어두운 지평으로 밀려난 실재는 그 자신에게서 떨어진 먼 곳에서 부재를 통해서만 말해진다. 언어로 말하는 순간 이전에는 존재하지 않는 대상을 만들어 내는 것, 그것이 모든 언어의 특성이다. 어떤 담론이든 그것이 말하는 사물들에 일치한다는 것은 환상일 뿐이다. 사물들이 말에서 적합한 담론을 찾아내서 표현에 이르는 것이 아니라 언어가 스스로에 대해, 자신의 형태들과 사물들에 대해 말하는 것이다. 사물의 편, 그것은 언어의 편이다.

결국 작가의 담론은 **다른 것**을 말하게 해줄 환상의 특권을 갖지 못한다. 모든 담론은 그 대상의 부재를 전제하며, 말해진 것이 비껴 나면서 생기는 홈 속에 자리 잡는다. 이것은 작가의 말과 마찬가지로 일상적인 말에도 해당되며, 과학적 언술 역시 마찬가지이다. 개념의 배열은 객관적인 구성 요소이며, 특수한 법칙에 따르는 자율적인(독립적이라는 의미는 아니다) 실재의 층위를 규정한다. 문학적 언술은 개념이 아니라 이미지(그 본질상 규정할 수 없는 요소이다)를 모은다. 하지만 우리가 이미 보았듯이 이미지의 현혹시키는 힘은 그 일상적 기능을 벗어난 것이다. 그 힘은 일상적인 말을 이끌어 가는 목적과는 다른 목적으로 **사용**되며, 우리로 하여금 문학작품이라는 자율적인 총체를 세울 수 있게 해준다. 그러한 변화는 이미지들을 엄밀하게 사용함으로써, 이미지들을 **필연적인 텍스트**의 경계 안

---

22 Stéphane Mallarmé, *Divagations*, Paris: Bibliothèque-Charpentier, 1897 참조.

에 배열함으로써 가능해진다.

　이제 우리는 작가의 담론이 갖는 자율성은 일상적인 말, 과학 언술 등과 같은 다른 형식의 언어 사용과의 관계로부터 이루어진다고 말할 수 있다. 문학 담론은 분명한 효력을 지니고 얇다는 점에서 이론적 언술을 흉내 낸다. 이론적 언술이 갖는 촘촘한 윤곽을 재생산한다고까지는 말할 수 없어도 적어도 되풀이한다. 하지만 문학 담론은 특수한 실재를 지칭하게 만드는 환기력을 통해 또한 일상의 언어, 이데올로기의 언어를 모방한다. 잠정적으로 문학이 이러한 패러디적 기능을 갖는다고 정의해 두자. 언어의 실제적인 용법들을 뒤섞어서 끊임없이 대치시킴으로써 문학은 결국 그 진실을 **보여 주게** 된다. 언어를 만들어 내지는 못하지만 언어로 실험을 하는 문학작품은 지식의 유사체인 동시에 관례적인 이데올로기의 캐리커처이다.

　우리는 늘 텍스트의 가장자리에서 잠시 가려져 있었지만 그 부재를 통해서 더 많은 말을 하는 이데올로기의 언어를 만나게 된다. 그리고 문학작품은 그 패러디적 기능으로 인해 명백한 자발성을 잃고 이차적인 것이 된다. 문학작품 안에 다양한 방식으로 존재하는 여러 요소들은 서로 보완하기보다는 충돌한다. 일상의 언어가 앗아 가고 그 반향이 문학작품 속에 나타나는 '생명'이 작품을 (실재효과를 동반하는) 비실재성으로 돌려보낸다. 또한 완성된 작품은 (아무것도 더해질 수 없다는 점에서) 이데올로기 안의 미완성을 **보여 준다**. 문학은 그 고유의 신화들에 대한 신화론이다. 예언자가 나타나 그 비밀을 찾아낼 필요가 없다.

10

환상과 허구

우리는 조금 전 문학 담론이 패러디적 기능을 갖는다고 정의하였다. 그
것은 현실을 재생산하는 것이 아니라 언어를 통해 이의 제기를 하는 것
이다. 문학 담론은 모방하기보다는 변형한다. 플라톤이 『크라튈로스』
*Kratylos*에서 제시한 것처럼 **유사성의 본질이 상이성**이라면, 제대로 이해된
모방 개념은 변형 개념을 내포한다. 원본에 완전히 일치하는 이미지는 원
본과 구별되지 않고 이미지로서의 위상을 잃게 된다. 이미지가 존재하려
면 그것이 모방하고 있는 것과 차이가 있어야 하는 것이다. 원본에서 멀
어질수록 더 많이 모방한다고 주장한 바로크 미학은 이러한 생각을 가장
역설적인 형태까지 밀고 나가 '과장된 묘사' 이론을 만들어 냈다. 이런 의
미에서 모든 문학은 바로크적인 영감을 바탕으로 한다.

하지만 이것은 전적으로 부정적인 규정이다. 작가의 담론이 갖는 기
능 자체가 본질적으로 부정적이라면 모를까, 이러한 규정으로는 충분하
지 못하다. 그대로라면 검증된 방식으로 만들어진 책은 긍정적인 실재가
아니라 인위적인 실재, 즉 환상(지금까지는 우리가 사용해 온 용어이다)을
만들어 낸다고 말할 수 있을 것이다.

그렇게 되면 문학은 신화가 되며, 부재하는 실재를 대신하는 기호들

의 배열이 된다. 무언가를 환기하고 표현한다는 점에서 문학은 우리를 속인다. 문학이 하는 말은 그 대상인 것 같지만 존재하지 않는 그것을 철저하게 밀어내며 한계점으로 나아간다. 우리로 하여금 말을 사물로 혹은 사물을 말로 여기게 하는 문학은 송두리째 이 거짓으로 짜여 있을 것이다. 그것은 무의식적인 거짓말이며, 글 쓰는 행위에 선행한다는 점에서(자리가 먼저 있어서 무엇이 그곳에 놓이는지 지켜보고 있는 셈이다) 더욱 철저한 거짓말이다.

이제 그러한 속임수가 작동되는 무대인 문학의 공간에 대해 이야기해 보자. 모든 글쓰기에는 사라진 것의 홈이 파여 있을 것이다. 말라르메의 경우 글쓰기가 부재의 진실을 통해 그 홈을 보여 주는 데 성공한 셈이다. 글쓰기들을 구별 짓는 차이는 결국 한 가지 동일한 본질의 문제로 돌아간다. 즉, 말하고 있지만 사실상 아무것도 말하지 않는다는 사실이 모든 글쓰기를 똑같이 제약하고 있는 것이다. 작가의 메시지는 대상이 없다. 메시지의 존재는 온전히 그것을 말할 수 있고 전달하게 하는 수단을 부여해 주는 특별한 코드 안에 존재하는 것이다.[23]

그렇다면 문학이론은 비난과 공모의 기반 위에서만 가능할 것이다. 앞에서 이미 보았듯이, 이 두 가지 태도가 꼭 서로를 밀어내지는 않는다. 작가와 비평가는 결국 언어의 신화라는 동일한 신화를 따른다. 비판적 객관성은 많은 것을 이야기하지만 결국 **불가피성**(혹은 존재 이유)에 순응하는 것으로 정의되기 때문이다. 이렇게 해서 **필연성**이라는 이론적 개념이 흔들리고 문학적으로 희화화된다. '문학'은 계속 조종을 울리며 자기 작

---

23 바르트가 『글쓰기의 영도』에서 주장한 것이다. Roland Barthes, *Le degré zéro de l'écriture*, Paris: Seuil, 1953.

품의 부재 혹은 덧없음을 말할 뿐이다. 작품들은 아무것도 아니다. 기껏해야 그것을 통해서 작동 원리를 연구할 수 있는 본질(문학)이 나타날 뿐이다.

문학작품들의 본질을 이렇게 이해하는 것은 충분하지 않다. 무엇보다도 작가의 작업에서 **허구**가 행하는 역할을 무시하기 때문이다. 허구는 환상들로 짜여 있어서 짜임을 **해체하면** 쉽게 그 힘을 알 수 있는 그런 것이 아니다. 작품 속의 환상은 전적으로 환상이기만 한 것은 아니며, 기만적이기만 한 것도 아니다. 그것은 중단되고, 실현되고, 완전히 변형된 환상이다. 그러한 변형을 보지 못하면 결국 작품의 **출발이 되는** 언어의 비문학적 사용과 작품이 언어에 가하는 작업, 오직 언어에만 해당되는 작업을 혼동하게 된다. 즉, 꿈을 꾸기만 하면 글을 쓸 수 있다고 생각하는 것이다.

작가의 작업의 재료가 되는 환상의 언어는 일상의 이데올로기의 근원이자 전달 수단이기도 하다. 늘 우리 안에 있는 일상의 이데올로기로 인해 우리는 사물이 된다. 논거를 지탱해 줄 공통항이 없이 이미지가 계속 바뀌고 끝없이 이어지는 무정형의 담론에 끌려가기 때문이다. 언어의 이러한 일상적 조건을 제대로 이해하기 위해서, 스피노자가 정념을 묘사한 대목을 보자. 욕망은 **상상의** 대상을 찾는다. 부재하는 것을 추구하면서 자기 자신의 존재로부터 무한히 벗어난 욕망은 장황한 말로 표현된다. 축출된 중심을 찾아나선 그 말은 적합하지 않고 무력하고 미완성이고 찢겨진 공허한 담론으로, 완결된 형태의 모순을 세우는 것조차 불가능하다. 그것은 잘못된 전망을 따라가며 끝없이 이어지는 선이다. 욕망은 처음부터 대상을 빼앗긴 채로 그 공허함의 끝자락을 쥐고 있다. 욕망은 결코 충족되지 않으며, 오히려 채워지지 않아야 하기 때문에 필요하다. 언어는 부정적으로밖에 규정할 수 없는 실재를 따라가며, 질서, 자유, 완전성, 아름다움, 선함에 대해 말하면서, 또한 우연과 운명에 대해 말하면서 사라진다. 그것은 헛소리, 즉 대상을 빼앗긴 말, 분명한 의미에서 어긋난 말, 말하는 주체가 없는 말이다. 횡설수설하고 자포자기하며 지리멸렬한 말, 흐리멍덩한 추락에 스스로를 내맡긴 말이다. 개인에게 실존은 지극히 원초적인 환상, 진정한 꿈의 형태로 다가온다. 그리고 그 환상이 인간, 자유, 신의 의지 같은 필요한 이미지들을 만든다. 인간의 실존은 그것을 무정형의 구멍 난 텍스트, 아무리 해봐야 흔적을 남기지 못하는 텍스트, 어차피 무언가를 말하기 위해 만들어진 게 아니므로 **아무것도 말하지 않기** 위해 애쓰는 텍스트로 만드는 언어의 사용으로 정의된다.

스피노자의 해방 개념은 언어에 대한 새로운 태도를 정립한다. 상상력의 공허한 말을 멈추고 고정시켜야 하고, 완성되지 않은 것에 형태를 부여하고 규정해야 하는 것이다(물론 미결정된 것이라 해도 우리가 알 수 있다는 점에서 나름의 필연성에 속하지 않는 것은 아니다). 이 변화를 실현하기 위해서는 두 종류의 활동을 생각해 볼 수 있다. 하나는 이론적 활동, 즉 언어를 고정하여 개념들을 사용하여 말하게 함으로써 정확한 지식으로 옮겨 가는 것이다. 스피노자는 바로 이것을 했다. 하지만 스피노자가 거의 언급하고 있지 않은 미학적 활동 역시 완성되지는 않았다 해도 언어에 한계가 결정된 형태를 부여하면서 언어를 **붙잡아 둔다**. 상상력의 불확정적인 언어와 여러 의미에서 그 말이 **맡겨지는**(동시에 떨어지고 버림받고 주워가는) 경계를 이루는 텍스트 사이에는 근본적인 차이가 있다. 상상력의 언어는 말들을 움직이게 하며(나아가게 하지는 못한다), 문학작품은 그 움직임을 **응고**시키고 붙잡는다. 그리고 상상력의 언어가 스스로와 대면하게 되는 그러한 간격 속에 바로 실제적 진행, 즉 책의 담론의 조건이 되는 진정한 거리가 세워지는 것이다. 그것은 응고된 꿈, 정해진 끝을 향해 가는 필연적이고 진정한 허구이다. 그러므로, 다시 한번 말하지만, 책을 생명체처럼 보이게 만드는 신화를 비난하는 것은 의미가 없다. 책은 무정형의 언어가 주는 환상**으로부터** 구성되기에 바로 그 신화 주위를 돈다. 하지만 책은 그렇게 형태를 취하는 동시에 그 신화에 대해 **입장**을 취하며 그것을 보여 준다. 책은 바로 그 신화의 표시인 것이다. 그렇다고 책이 스스로에 대한 비평이 될 수 있다는 뜻은 아니다. 이데올로기에 끌려가서 그 **결정된 표상**이 되지 않기 위해서라도, 책은 자기 안에 들어 있는 이데올로기의 내용을 암묵적으로 비판한다. 허구(환상과 혼동하면 안 된다)는 '앎'의 등가물은 아니지만 그 대용물이다. 문학생산의 이론은 우리에게 책이 무엇을 '알고' 있는지, 그리고 어떻게 그것을 '알게' 되었는지를 가르쳐 주어야 한다.

따라서 책은 미결정 상태의 모호한 말이 촉발하는 환상 대신 허구의 분명한(하지만 단순하지는 않은) 윤곽을 세운다. 허구는 결정된 환상이다. 문학 텍스트의 본질은 바로 그러한 결정 속에 존재한다. 고정된 정도는 매번 다르지만 어쨌든 그렇게 해서 언어의 **힘**은 작품의 경계 안으로 옮겨간다. 그러므로 문학 텍스트가 무엇인지 알기 위해서는 허구의 작업이 출발하는 새로운 중심을 보아야 한다. 물론 그 중심이 실제로 존재하는 것은 아니다. 환상이 이데올로기적으로 탈중심화시킨 자리에 책이 구성의 중심, 즉 그 주위로 언어 체계가 결정적으로 배치될 수 있는 중심을 놓는 것은 아니다. 책은 그러한 체계를 허용하지 않는다. 허구는 환상과 마찬가지로 **진실**이 아니다. 더 나아가서, 허구는 앎의 자리를 차지할 수 없다. 하지만 부적절한 곳에 자리를 잡은 허구는 움직임을 촉발하고 우리가 이데올로기와 맺는 관계를 변형시킬 수 있는 방법을 찾아낼 수 있다. 이데올로기 자체를 바꾸는 것이 아니다. 그것은 불가능한 일이다(본질적으로 언제나 **다른 곳에** 있는 이데올로기는 진정한 자리를 차지하지 않는다. 그러므로 실제로 이데올로기가 다른 것이 되게 할 수는 없다). 허구는 꾸며 낸 것이라는 점에서 우리를 기만한다. 하지만 허구가 먼저 기만하는 것이 아니라, 보다 근원적인 기만을 겨냥하는 기만이라 할 수 있다. 허구의 기만은 근원적인 기만을 드러내 보임으로써 우리가 그로부터 벗어날 수 있게 해주는 것이다.

작품은 무정형의 '삶'이 끝나는 지점에서 시작한다. 그러므로 삶과 작품은 서로 구별되고 대비된다. 하지만 서로 분리될 수는 없다. 같은 내용에 서로 다른 형태의 옷을 입혔기 때문이 아니라, 끊임없이 대립을 새롭게 이어 가라는 필연성을 부여받았기 때문이다.

작품은 허구를 포함한다. 그러므로 허구를 내적 언어, 이데올로기적 언어 혹은 집단적 언어 같은 다른 용법의 언어로 **환원**시키려고 하는 비평의 시도는 전적으로 헛된 일이다. 작품의 본질은 환상이 아니라 허구이기 때문에 우리는 작품을 **해석**할 수 없고, 즉 다시 말해 비문학적인 표현 형태로 귀결시킬 수 없다. 앞으로 보게 되겠지만, 안다는 것은 해석하는 것이 아니라 설명하는 것이다.

결국 언어에 대한 상이한 세 가지 용법이 만들어 내는 세 가지 형태를 구별해야 한다. 환상illusion, 허구fiction, 이론théorie이 그것이다. 이 세 담론은 거의 같은 언어로 이루어져 있지만, 그 언어들은 완전히 다른, 하나에서 다른 하나로 넘어가도록 이어 주는 연결 고리조차 없는 분리된 관계이다.

11

창조와 생산

작가 혹은 예술가가 창조자라는 주장은 휴머니즘 이데올로기에 근거한다. 휴머니즘 이데올로기는 인간이 외적인 질서를 벗어나면 창조자로서의 힘을 되찾게 된다고 말한다. 오직 스스로의 능력만을 따르는 인간은 자신의 법과 질서를 창안해 낸다는 것이다. 작가는 그렇게 창조한다. 무엇을 창조하는가? 인간이다. 모든 것이 인간에 의한 것이고 모든 것이 인간을 위한 것이라는 휴머니즘적 사고는 순환적이고 동어반복적이어서, 한 가지 이미지를 열심히 반복한다. "인간이 인간을 만든다"(이런 의미에서 아리스토텔레스야말로 휴머니즘 이론가이다). 즉, 인간은 지속적인 탐색을 통해 자기 안에 이미 주어져 있는 작품을 밖으로 내보낸다. 창조는 분만인 것이다. 이때 신학에서 인간학으로 넘어오면서 분명한 변화가 있는 것처럼 보인다. 인간은 연속성 안에서만 창조하고 힘을 실현할 수 있으며, 새로운 것을 실현하는 것은 인간의 본질을 벗어나는 것이다. 하지만 이러한 변화는 사실상 각색에 지나지 않는다.

결국 인간학은 신학이 빈약해지고 뒤집어진 것이다. 신-인간 대신 '자기 자신의 신'인 인간이 나타나서 이미 자기 안에 품고 있는 영원성과 운명을 끝없이 되풀이하는 것이다. 이렇게 뒤집어 놓으면, 창조하는 인간의 반대는 소외된 인간, 자기 자신을 빼앗기고 다른 것이 된 인간이다. 다른 것이 되기(소외되기), 자기 자신이 되기(창조하기), 이 두 개념은 동일한 문제틀에 속한다는 점에서 같은 가치를 지닌다. 소외된 인간은 인간 없는 인간이다. 신 없는 인간, 인간에게 있어서는 바로 인간이 신이라고 할 때의 신이 없는 인간인 것이다.

'인간'의 문제는 결국 해결할 수 없는 모순들 속에 발을 들여놓게 된다. 즉, 인간이 어떻게 해야 다른 것이 되지 않으면서 바뀔 수 있는가? 인간을 지켜 내고 그대로 있게 해주어야 한다. 그 위상이 변하지 말아야 한다. 휴머니즘적인 이데올로기는 이론이든 실천이든 그 원칙이 상당히 반동적이며 그럴 수밖에 없다. 인간-신이 나서서 할 수 있는 일은 정체성, 영속성을 유지하는 것뿐이다. 정식으로 인간을 바꿀 수 있는 것은 단 한 가지이다. 인간 소유의 것, 인간의 재산 —— 실제로 단 한 번도 인간이 소유한 적이 없는 것이라 해도 —— 을 돌려주는 것이다. 휴머니즘의 기념비를 이루는 「인권선언」은 제도가 아니라 선언이다. 그것은 인간과 인간의 보편적이고 필수적이고 영원한 권리를 구별하는 거리를 소멸시켰다. 인간이 원래 자기 자신을 떠나 다른 곳으로 갔고(휴머니즘 이데올로기는 '종교적 소외'를 이렇게 설명한다), 그러니 반대 방향으로 다시 자리를 바꾸면 **모든 것이 정리된다.** 소외 자체가 해로운 것이 아니라 그 방향이 해로운 것이다. 그러므로 방향만 바꾸면 그 안에 들어가 있는 진리, 잘못 들어 있는 진리가 풀려난다고 보는 것이다. 종교 이데올로기에 대한 휴머니즘의 비판은 이처럼 지극히 피상적이다. 종교 이데올로기 안에 들어 있는 이데올로기적인 것 자체를 비난하지 않는다. 그저 한 특수한 이데올로기를 비난하면서 그것을 다른 이데올로기로 바꾸려 할 뿐이다.

휴머니즘의 가장 순수한 산물은 바로 예술에 종교적 의미를 부여하는 관점이다. 로제 가로디Roger Garaudy는 인간이 무한한 공간으로 향한 여정에 뛰어들어 '미래의 전망'을 되찾기를 바라며(이것만 해결되면 다 된다!), 예술은 창조라는 생각을 절대적으로 지지했다. "미학은 미래의 윤리학이다"라는 막심 고리키의 경솔한 말(아무런 논거가 없고, 이론적 측면에서 볼 때 말이 안 되기 때문이다)에서 영감을 얻은 가로디는 인간을 해방시키기 위해서 종교에서 예술로 돌아와야 한다고 말한다. 그는 자신이 찾고 있는 예술이 결국 궁핍해진 종교에 지나지 않는다는 것을 모르고 있다. 예술은 인간의 창조물이 아니라 생산물이다(예술의 생산자는 자기가 하고 있는 창조에 집중하고 있는 주체가 아니라 어떤 상황 혹은 체계의 요소이다). 자발성에 대한 모든 자발적 환상이 차지하고 있는 자리에 놓이는(그것은 우연이 아니다) 종교는 일종의 창조일 수 있지만, 예술은 그렇지 않다. 인간들은 우선 작품을 **생산해야** 하고, 그런 다음에 여러 우회로를 거쳐 비로소 작품을 손에 넣을 수 있다. 작품은 마법처럼 등장하는 것이 아니라 실제로 생산 작업을 통해서 만들어야 한다. 인간이 인간을 창조한다면 예술가는 작품을 **결정된 조건** 속에서 창조한다. 인간은 자기 자신을 가지고 일하지 않는다. 인간이 가지고 일하는 것은 여러 가지로 인간을 벗어나며, 나중에야 인간의 것이 된다.

다양한 창조 '이론들'은 제작 혹은 생산의 가설을 배제한 채로 생산 과정의 문제를 다룬다는 공통점을 갖는다. 영원히 창조할 수 있다면, 역설적으로 창조한다는 것은 이미 주어져 있는 것을 내보내는 것이다. 그게 아니라면 저절로 출현한다는 뜻이고, 결국 창조는 분출, 현현, 신비가 된다. 두 경우 모두 변화를 설명할 방법이 없다. 한쪽에는 아무것도 일어나지 않았고, 다른 쪽은 설명할 수 없는 것이 일어났기 때문이다. 창조하는 인간에 관한 사변은 실제로 존재하는 지식을 제거하려 한다. '창조 작업'

은 작업이라 할 수 없으며 실제적 과정이 아니다. 그것은 기념비를 세우고 장례식을 거행하게 해주는 종교적 절차이다.

마찬가지로, 천부적 재능, 예술가의 주관성(내면성이라는 의미에서)은 **원칙적으로** 우리의 관심 밖이다.

이제 우리가 왜 창조라는 용어를 버리고 생산이라는 단어로 바꾸었는지 이해할 수 있을 것이다.

12
——
규약과 계약

작품은 허구로 짜여 있다. 엄밀히 말해서 작품 안에 포함된 것 중에 정말인 것은 없다. 하지만 정말이라고 믿는 환상이 아니라 거짓임을 알고 있다는 점에서 작품은 진실하다고 할 수 있다. 작품은 아무래도 좋은 그런 환상이 아니라 분명히 결정된 환상이다. 작품은 주어진 그대로 받아들여져야 한다는 점에서 독자로부터의 지속적인 믿음을 전제한다고 말할 수 있을 것이다. 그러한 신뢰가 없이는 작품은 절대 읽히지 않을 것이므로 작가는 그 신뢰에 의지할 수밖에 없으니 결국 규약이 성립한다고, 허구가 주어진 그대로 받아들여져야 한다는 암묵적인 약속이 성립한다고 말할 수도 있을 것이다.

이렇게 규약 개념을 끌어들이게 되면 작품의 생산 조건들에 대한 연구를 포기하는 대신 작품이 독자들에게 전달되는 문제에 다가가는 것처럼 보인다. 그런데 두 문제는 사실상 다른 것이 아니다. 작품을 처음에는 그 자체 안에 가두었다가 나중에 풀어 주며 세상에 내던지는 것은 엄밀성을 흉내 낸 인위적 기교일 뿐이다. '안과 밖'이라는 문제틀(이것은 뒤에서 다루게 될 것이다)은 시간 순서에 따른(작품은 읽히기 **전**에 쓰어졌다) 것이 아니다. 그러한 방식은 너무 초보적이라 아무것도 말해 주지 못한다. 작품이 처음에는 그 자체로 존재하고 이어 다른 사람들을 위해 존재한다고 보는 기계적인 구분은 받아들일 수 없다. 사실 문학생산 연구가 텍스트의 전달 문제를 피해 갈 수는 없다. 두 문제를 방법적으로 구별하는 것, 뒤섞기(작가의 본질을 자기 작품의 첫번째 독자로 정의하는 것이 바로 이 경우이다)를 거부하는 것이 두 문제를 임의적으로 그리고 절대적으로 나누는 것은 아니다.

사실 책의 전달 조건(적어도 가장 중요한 몇 가지 조건)은 책과 동시에 생산된다. 따라서 미리 주어진 것 혹은 앞서는 것으로 간주해서는 안 된다. 책을 만드는 것이 또한 독자를 만든다. 물론 그 과정은 다르다. 그렇지 않다면 책은 알 수 없는 무언가를 받아 적은 것이 되고, **보여 주기** 기능밖에 갖지 못할 것이다.[24] 그러므로 작품이 제기하는 문제들을 작품의 전달 문제로 귀결시키지 않아야 한다. 한마디로 말해서, 창조자의 신화를 독자들의 신화로 바꾸어 놓아서는 안 된다.

문학작품은 단순히 객관적인 역사적 상황의 표현이 아니다. 그랬다면 생겨나기도 전에 한정된 독자를 위한 것이 되어 버릴 것이다. 우리가 알고 있다시피 문학작품은 그러한 결정을 벗어난다.

그리스 예술과 서사시가 사회 발전의 형태들과 연관되어 있다는 것은 이해하기 어렵지 않다. 이해하기 어려운 것은 그것들이 여전히 우리에게 미

---

24 이 대목은 정확히 이해해야 한다. 책이 어떤 신비스러운 힘을 발휘해서 독자를 만드는 것이 아니다. 책의 생산을 결정짓는 조건들이 책의 전달 형태 역시 결정짓는 것이다. 이 두 가지 변화는 동시에 일어나며 서로 연결되어 있다. 따라서 이 문제는 특수한 이론적 연구가 필요하다. 맑스의 지적에서 이에 대한 방침이 될 원리를 찾을 수 있다. "소비의 대상뿐 아니라 소비의 방식 역시 생산의 산물이며, 객관적으로나 주관적으로나 모두 그렇다"(Karl Marx, "Introduction à la critique de l'économie politique", *Contribution à la critique de l'économie politique*, Paris: Sociales, 1957, p.157 [*Zur Kritik der politischen Ökonomie*, 1857]).

학적 즐거움을 준다는 것, 그리고 몇 가지 점에서 다가갈 수 없는 규범과 전범으로서의 가치를 지닌다는 것이다.[25]

호메로스의 시들은 영원성을 사칭하며 등장하지 않았다. 그렇지만 여전히 읽히고 있다.

이어서 맑스가 암시적으로만 제시한 답 — 그리스 예술의 매력에 빠지는 근대인은 자기 자신 안에 들어 있는 스스로의 유년기를 사랑하는 아버지이다. 곰브로비치[26]가 좋아할 만한 용어로 말하자면, 미성숙, 미완성을 추구하는 성숙이다 — 은 만족스럽지 않지만, 어쨌든 이것은 핵심적인 문제이다. 맑스의 답은 명백히 이데올로기적이다. 작품은 그것이 의도로 하는 사람들이 아닌 다른 사람들에 의해서도 이해될 수 있다. 작품은 직접적인 독서가 작품 주위에 긋는 한계 안에 갇히지 않는 것이다.

여기서 저자로 하여금 한정된 상황의 통제에 따르도록 묶어 두는 객관적 규약 개념 대신에, 그 구속력이 덜 직접적인 주관적 규약 개념을 생각할 수도 있을 것이다. 즉, 작품이라는 매개가 실현되기 이전에 이미 저자와 가능한 독자들 사이에 일종의 암묵적인 신뢰(개별적인 신뢰가 아니라 일반적인 신뢰)가 성립할 것이라는 규약이다. 저자의 말은 그대로 믿어질 것이다. 독자는 그대로 믿을 것이다. 작품이 나타나기 전에 이미 저자의 말과 그 말을 받는 사람 사이에 관계의 가능성이 작품의 주위에 추상적인 공간을 그려 내는 것이다. 앞에서 보았듯이, 사실 책은 외적인 것에 얼마나 부합하는가를 기준으로 평가될 수 있는 진실을 말하지 않는다. 책은

---

25 Marx, "Introduction à la critique de l'économie politique", p.175.
26 비톨트 곰브로비치(Witold Gombrovicz, 1904~1969)는 폴란드의 소설가로, 미성숙을 이야기한 소설 『페르디두르케』(Ferdydurke)가 대표작이다.—옮긴이

그 자체로, 다시 말해 책과 함께(책에 의해서라고는 할 수 없다 해도) 고정된 경계 안에서 진실인 것이다. 좀 진부하게 말하자면, 독자는 다른 세상에 들어가듯이(어쩌면 세상이 아닌 다른 것으로 들어가듯이) 책 속에 들어간다. 독자는 책을 읽기 위해서 몇 가지 명시적 혹은 암묵적 명제들을 받아들여야 한다. 그중에서도 "이것은 책이다. 다른 것이 아니라 책이다"라는 명제가 가장 핵심적일 것이다. 그것이 없다면 독자는 더 이상 책을 읽지 않을 것이고, 그 대신 꿈을 꾸거나 그냥 따분해할 것이다. 하지만 일부러 이런 태도를 취할 필요는 없다. 암묵적으로 알고 있기만 하면 된다. 그러한 분석의 논리에서는, 책의 특수성과 자율성을 보장하는 것은 미리 마련되어 있는 총괄적이고 막연한 규약이다. 그 규약을 통해 작품이 자리를 **잡는** 상상적인 것의 **장소**가 세워질 것이다. 그러한 합의의 지평 안에서 모든 것이 가능해질 것이고, 자의적인 것이 진실한 것이 될 것이다.

그러한 합의를 가정하면서 쌍방향의 타협의 가능성이 드러난다. 한쪽은 자기의 작품을 독자에게 내놓는 저자이고, 또 한쪽은 책을 펼치는 순간 그 행위를 통해 작가를 신뢰하면서 작가를 받아들이는 독자이다. 결국 규약 관념은 앞에서 보았던 비평의 환상으로 귀결된다. 그것은 작가와 독자 사이에 잘못된 대칭 관계를 설정한다. 작품이 존재하게 될 자리가 작품에 앞서서 먼저 있다고 생각하는 것이다(그렇게 해서 문학비평 속에 아리스토텔레스의 물리학 원칙을 다시 끌어들인다). 결국 규약 개념은 환상과 허구를 혼동하는 것이다. 그에 따르면 저자는 임의적인 것을 세우고, 독자는 믿을 뿐이다.

규약 '개념'은 그 근거를 이루는 질문 자체가 부당하므로 부당한 개념이라는 것을 알아야 한다. 믿음이라는 문제틀은 도덕적인 것이다. 따라서 규약 개념은 작품을 문학 활동의 산물로서가 아니라 다른 의미를 부여해서 연구한다. 책을 읽는 것이 아니라 책의 가장자리에 머무는 것이다. 작가가 풀어야 하는 것은 "독자들이 신뢰해 줄 것인가?" 같은 모호한 문제가 아니라, "독자들이 읽게 하려면 어떻게 해야 하는가?"라는 분명하게 결정된 문제이다. 결국 우리는 설령 책과 그 책을 받아들이는 사람 사이에 공모 관계가 성립한다 해도 그것은 어차피 한 가지 효과밖에 없다는 것을 이해해야 한다. 즉, 독자는 저자의 주도권(혹은 '저자가 주도권이라고 여기는 것'이라고 말해야 한다. 앞에서 보았듯이 사실은 그렇지 않으며, 또 글쓰는 행위는 단순히 개인적인 결심으로 결정되는 것이 아니기 때문이다)에 끌려가고 있다고 느끼고, 좋든 싫든 참여하게 되는 것이다. 그 역은 사실이 아니다. 저자는 독자에게 믿으라고 제시하는 것(정확한 표현은 아니지만 일단 이대로 사용하자)을 정작 스스로도 믿지 않는다. 흔히 하는 말대로, 저자가 자신의 '창조'의 흐름에 휩쓸려서 그것을 믿는다고 해도 충분하지는 않다. 세워진 허구인 책은 그 생산 조건들에 의해 외부로부터 다양하게 결정되지만(책은 독립적인 것이 아니라 자율적이다), 그럼에도 불구하고 그 자체로서의 책에 앞서서 구체적인 어떤 것이 먼저 존재할 수는 없다. 책이 자리하는 곳에는 아무것도, 심지어 책이 앞으로 차지할 자리에 대한 약속마저도 먼저 올 수 없다. 만일 규약이 존재한다면 그것은 독자와 자기 자신 사이, 혹은 독자와 처음이자 가장 훌륭한 자기 자신에 대한 독자로서의 저자 사이의 규약일 것이다.

이렇게 해서 이미 언급했던 원칙, 즉 읽기가 어떤 태도를 필요로 하는지에 관한 설명은 그것이 아무리 훌륭하다 해도 문학생산의 이론을 대신할 수 없다는 원칙으로 되돌아온다. 저자가 자기 작품의 독자라면, 그 말은 결국 작품이 생산 이전에 독립적인 모델의 형태로 존재했다는 뜻이 될 것이다. 마찬가지로 작품의 수립 조건을 밝히는 면밀한 비평은 읽기와는 전혀 다른 것이다. 작품 안에서 모델에 부합하지 않는 것을 판단하는 데 그치지 않고 작품 안에 어긋나 있는 것과 전개가 고르지 못한 것을 드러내려 하기 때문이다.[27]

물론 비평이 책을 해체하는 데, 책 안에 있는 환상적인 것을 파괴하는 데 기여한다는 의미는 아니다. 문학작품을 연구하는 데는 맹목적 신뢰도 원칙적인 불신도 필요하지 않다. 신뢰와 불신은 동일한 선입견이 극단적으로 나타난 두 가지 형태일 뿐이다. 작품을 아는 것은 믿음-경계심의 대립항으로 결정되는 것이 아니며, 마찬가지로 신뢰와 지식도 대립하지 않는다. 작품은 진정한 앎이 아니라 그저 유사한 것을 줄 뿐이라 하더라도 지식의 대상일 수 있다. 따라서 작품은 **그대로 받아들여져야** 한다. 작품을 전적으로 잘못 아는 것은 있을 수 없는 일이다. 만일 책이 규약을 통해 마련된 추상적 공간에 자리 잡은 임의적인 것에 지나지 않는다면, 잘못 아는 것이 가능할 수 있다. 그런데 **허구를 구성하는** 것을 가짜로 꾸며 내는 것으로 생각해서는 안 된다. 작가는 모방하는 사람이 아니고 플라톤 식으로 가짜를 만들어 내는 장인도 아니다. 만일 그렇다면 작품을 잘못 이해하는 독자들의 취향과 무지에 복종하게 될 것이다.

자기가 다루고 있는 것들을 잘 아는 예술가가 제대로 모방할 수 있겠

---

27 이 책에서 다루지는 않지만, 독서의 태도에 관한 연구는 상당히 중요한 문제이다. 아마도 문화 사회학의 대상이 될 수 있을 것이고, 그로부터 인식 형태로서의 문학적 소통이 이루어지는 실제적·이데올로기적·'문화적' 조건을 추론해 낼 수 있을 것이다. 그러한 조건이 없다면 작가는 작품을 생산할 수 없다. 하지만 그와 같은 생산이 초기 조건들을 변화시킬 수도 있다(물론 그러한 변화가 이루어지는 길을 혼자서 만들어 내는 것은 아닐 것이다). 인접 분야에서 부르디외와 다르벨이 집필한 『예술의 사랑』은 이 문제에서 어떤 것을 얻을 수 있는지 아주 잘 보여 준다. Pierre Bourdieu and Alain Darbel, *L'amour de l'art: les musées et leur public*, Paris: Minuit, 1966.

군! …… 각각에 대해서 어떻게 해서 그것이 좋고 나쁜지 알지 못한 채로 모방할 테지. 분명 대중과 무지한 자들의 눈에 아름다워 보이는 것을 모방할 거네. (플라톤, 『국가』, X, 602b)

작가는 글을 쓰는 척하지 않는다. 작가는 실제 글을 쓰는 행위에 들어선다. 설사 작가가 해놓은 것이 착란 상태로 보일지라도, 그 시도는 작품 안에서 이루어졌다는 이유만으로도 착란이 아니다. 비평은 임상진단이 끝나는 지점에서 시작한다. 책이 지시하는 '현실'은 임의적인 것이 아니라 합의에 의한 것이다. 따라서 법칙들에 의해 고정될 것이다. 이제 규약이라는 모호한 개념 대신 '계약' 개념을 제시할 수 있다. 그러면 작가의 행위가 진정으로 작품을 **구성한다**는 것이 드러날 것이다.[28]

---

28 여기서 말하는 계약 개념은 이미지로서의 가치밖에 지니지 못한다는 것에 유념해야 한다. 문제를 풀지는 못하고 그저 문제가 존재한다는 것을 가리키기만 하는 개념인 것이다. 더구나 이 개념은 자발적인, 그리고 개인적 혹은 집단적인 결정을 환기한다는 점에서 허위라고까지 말할 수 있다. 작품과 독자들을 이어 주는 혹은 대립시키는 관계들에 대한 객관적인 연구만이 의지를 신뢰하는 이러한 신화를 무너뜨릴 수 있을 것이다.

13

설명과 해석

깊이를 지니고자 하는 비평은 텍스트 설명이라는 낡은 신화를 거부하고
의미 결정을 목표로 한다. 그리고 스스로 넓은 의미의 해석적 성격을 지닌
다고 자처한다. 설명("작품이 어떻게 만들어지는가?"라는 질문에 대한 대답)
이 해석("작품이 왜 만들어지는가?")으로 바뀌면 어떤 점이 좋은가? 우선
비평의 적용 영역을 확장할 수 있을 것이다. 더 이상 수단들을 연구하는
기술에 한정되지 않고, 그동안 탐구되지 않았던 목적의 영역을 다룰 수
있게 되는 것이다. 그렇게 되면 문학 행위의 형태뿐 아니라 그 의미 작용
까지를 문제 삼는 **본질적** 질문들을 제기할 수 있게 된다.

해석하는 사람은 중앙에, 좀더 정확히 말하면 둘 가운데 자리 잡고서
교환 작업을 수행한다. **제대로** 하는 경우라면, 주어진 것 대신 동등한 가
치를 지닌 다른 것을 제시한다. 그것을 문학작품에 적용한다면, 무엇의
자리에 무엇을 놓는가? 해석이 행하는 교환은 바로 작품이 놓인 **자리**에
그 의미를 대신 세우는 것이다. 그렇게 한 동작으로 두 가지, 즉 작품이 있
는 곳과 그곳을 채우는 내용을 모두 보여 준다. 다시 말하면 작품이 있는
곳에 있으면서 작품에 자리한 의미를 보여 주는 것이다. 사실 해석은 작
품과 동등한 작업을 역방향으로 행한다. 작품에 대해 해설하면서 작품을

이동시키고, 그러한 이동을 통해서 작품의 내용이 원래의 모습 그대로, 그것을 가리고 있던 장식을 벗어던지고 분명하게 나타나도록 하는 것이다. 해석하는 사람은 작품의 분신을 실현하고, 그러면 놀랍게도 바로 그 작품을 분신으로 삼는 것이 나타나게 된다.

해석하기는 반복하기, 하지만 **덜 말함으로써 더 말하는** 흥미로운 방식으로 반복하기이다. 그것은 정화시키는 반복으로, 그 반복이 끝나면 그때까지 숨겨져 있던 의미, 혼자만의 진실을 담은 의미가 나타나게 된다. 작품은 바로 그 의미의 표현일 뿐이다. 다시 말하면, 작품은 그러한 의미를 가두는 외피이기도 해서, 그것을 깨뜨려야만 안에 들어 있는 의미를 볼 수 있다. 해석을 하는 사람은 그 껍질을 깨뜨려 의미를 해방시키는 일을 한다. 작품을 부수고 그 **의미에 따라** 다시 만들어서, 그때까지 간접적으로 표현하던 것을 직접 지시하게 **만드는** 것이다. 해석은 또한 다시 쓰기이다. 모호하고 불완전한 언어가 담고 있던 것을 분명한 용어로 말하는 것이며, 겉으로 드러난 다양성을 유일한(단 하나이고 다른 것으로 바꿀 수 없는) 의미 작용으로 환원시키는 것이다. 이러한 환원은 빈약하게 만드는 것이 아니라 역설적으로 오히려 풍부하게 만든다. 텍스트가 원래 갖지 못했던 명료성과 진실을 부여하기 때문이다. 하지만 그러한 '심화'는 분녕 비판적 의미를 지닌다. 그것이 밝혀내는 풍부함은 동시에 작품의 빈약함을 드러내기 때문이다. "그것이었다"는 곧 "그것일 뿐이었다"인 것이다. 플라톤 역시 같은 말을 한다.

시인들의 작품에서 시의 색깔들을 벗겨 내고 자체만을 낭송하면 그 모습이 어떨지 잘 알겠지. …… 신선한 생기 외에는 다른 아름다움이 없는 그런 모습은 젊음이 사라지고 나면 더 이상 사람들의 눈을 끌지 못하는 얼

굴에 비유할 수 있다네. (플라톤, 『국가』, X, 601b)

한 가지 의미의 표현으로 귀결된 작품은 그 생기를 잃어버릴 위험이 있다. 작품의 매력을 되살리기 위해서는 해설을 하는 사람이 자기 고유의 스타일로 장식을 덧붙여야 하는 것이다.

이렇게 해서 **내재적** 비평의 원칙들이 제시된다. 즉, 작품 안에는 하나의 의미가 붙잡혀 있으며, 그것을 풀어 주어야 한다. 드러난 대로의 작품은 바로 그 의미를 장식하는 가면, 하물며 말이 많고 눈을 속이는 가면이다. 작품을 안다는 것은 곧 단 하나의 본질적 의미로 거슬러 올라가는 것이다. 이러한 해석적 비평은 우리가 이미 확인한 몇 가지 환상에 근거한다. 우선 그것은 작품을 심오한 전망을 부여받은 공간 속에 위치시킨다. 또한 작품이 의미를 나타내는 동시에 감추는 모호한 기호로서 즉각적으로 기만적인 성격을 지닌다고 본다. 마지막으로, 작품 안에 단 하나의 의미가 작용한다고 전제하고, 아무리 다양한 형태로 나타나는 작품이라도 바로 그 의미 주위에 모여 있다고 본다. 무엇보다도 해석적 비평은 작품과 비평 사이에 내재성의 관계를 정립한다. 해석적인 설명은 작품의 심장부에 자리 잡고서 작품의 비밀을 드러낸다. 대상(문학작품)과 그에 대한 앎(비평 담론) 사이의 거리는 힘과 행위, 의미와 의미를 드러내기 사이의 거리일 뿐이다. 해설은 작품 안에 들어 있다. 혹은 그 역도 가능할 것이다. 앞에서 이미 보았듯이 해설과 작품을 혼동하는 것은 경험적 방법의 특징이다.

그러므로 핵심을 밝히는 비평, 내재적 비평의 이상理想은 중요하지 않다. 그것은 반복이고 해설이며 그저 독서일 뿐이다. 텍스트의 선을 펼치는 것만으로는 텍스트 안에 새겨진 메시지를 찾을 수 없다. 그렇게 새겨질 수 있는 것은 경험적 사실들뿐이다. 진정한 앎은 그것을 말하는 담론과 그 담론의 대상을 구별하며, 이미 말해진 것을 반복하려 하지 않는다. 내재적 비평은 그러한 구별 원칙을 무너뜨리면서 시작하기 때문에 모호한 비평이 될 수밖에 없다. 그런데도 가장 엄밀한 비평으로 보일 수 있다. 의미에 **충실**하고자 하는 단호한 의지를 내세워, 변화나 혼란을 가져오는 모든 불순함을 벗겨 내서 결국 작품과 독자가 본질적으로 합치될 수 있도록 해주기 때문이다. 해석의 시도 앞에서 뒷걸음질 치는 것은 작품을 배반하기 혹은 작품 속으로 사라지기를 받아들이는 것이 된다. 그것은 가짜 객관성에 마음을 쓴 나머지 핵심적이지 않은 것에 특권을 부여하는 것이며, 작품의 근간을 이루는 비밀, 절대 떠나지 않고 남아 있는 비밀에 귀 기울이기를 거부하는 것이 된다.

합리적 기획으로서의 비평 활동이 해결해야 하는 근본적인 난점은 다음과 같다. 우선, 예술의 규칙과 지식의 법칙을 혼동하지 않는 한, 비평은 그 대상을 경험적으로 주어진 것으로 간주할 수 없다는 것이다. 비평적 지식의 **대상**은 명백한 경계 속에 놓여 있지 않다. 대상을 처리한 후에야 그 경계를 파악할 수 있다. 다시 말하면, 대상의 **자리에 그 대신** 이상적이고 추상적인 모델을 제시하는 것이 아니라, 자체 내에서 대상의 **자리를 옮김으로써** 합리적 위상을 부여해야 한다. 또 한 가지는 비평이 규범적 환상에 빠져서 판단(이 말이 갖는 순진한 의미대로)하지 않기 위해서는 있는 그대로의 작품을 고려할 수밖에 없다는 점이다. 어떤 방식으로든 작품이 변하기를 원해서는 안 된다. 그렇게 한다면 작품은 새로운 유형의 규칙(합치하는가를 따지는 기술적 규칙이 아니라, 적합한가를 따지는 도덕적이고 정치적인 규칙)에 종속될 것이다. 결국 비평은 작품에서 나와서 작품을 설명해야 한다. 작품이 말하지 않는 것, 삼각형의 내각의 합처럼 작품이 말할 수 없는 것을 말해야 한다. 하지만 작품 밖으로 아무렇게나 나와서는 안 된다. 경험적 환상을 피하기 위해서는 규범적 환상에 빠지지 말아야 하고 작품의 **자리**에 다른 것을 놓아서도 안 된다(비난과 해석적 풀이는 그러한 착각의 가능한 두 형태이다).

설명하기는 이해의 신화를 거부하면서 작품 안에서 작품을 결정하는 필연성의 유형을, 절대 하나의 의미로 귀결될 수 없을 그 유형을 밝혀내는 것이다. 따라서 작품을 외적인 진실의 원칙과 대치시키지 않는다. 작품에 대해 규범적 판단을 내리기보다는 작품을 구성하는 진실, 작품이 의미를 지니는 기준이 되는 진실이 어떤 종류의 것인지를 확인하는 것이다. 그러한 진실은 과일의 씨처럼 작품 안에 들어 있는 것이 아니다. 진실은 역설적으로 안에 있으면서 동시에 없다. 그렇지 않다면 작품은 말 그대로 **알 수 없는 것**, 기적 같고 신비로운 것이 될 것이고, 비평의 기획은 무의미해질 것이다.

결국 우리는 해석적 환상을 피하기 위해서 작품의 본질에 관한 방법적 가설을 수립하게 된다. 작품은 만들어져야 하고 **처리되어야** 한다. 그것이 없다면 절대로 지식의 대상인 이론적 사실이 될 수 없을 것이다. 하지만 작품은 또한 있는 그대로 **있어야** 한다. 그렇지 않으면 작품은 이론적 판단이 아니라 가치판단의 대상이 될 것이다. 작품은 그 자체의 고유한 경계 안에서 세워지고 지탱되어야 한다. 다시 말하면 체계를 구축하려는 시도에 종속되지 않아야 한다. 이러한 이중의 요구가 실제로 의미를 지니려면 작품의 본질에 부합하는 것이어야만 한다. 작가의 작업의 산물은 내적인 괴리가 있어야 하며, 그렇지 않다면 지식의 대상이 되지 못하고 소비의 대상으로 남을 뿐이다. 즉, 그저 수사학적인 아부를 위한 구실일 뿐, 결코 합리적 탐색을 지탱하는 기반이 될 수 없을 것이다.

비평적 환상들의 순환을 벗어나기 위해서는 이론적 가설을 제시해야 한다. 그것은 작품이 하나의 의미 위에 닫힌 것이 아니라는 가설이다. 작품은 하나의 의미에 완성된 형태를 부여하면서 가려 버리지 않는다. 작품의 필연성은 의미의 다수성에 근거한다. 작품을 설명한다는 것은 그러한 다원성의 원칙을 인정하고 **구별하는** 것이다. 이제 정도는 다르지만 어느 비평 작업에나 깔려 있던 가설, 즉 작품이 단일성을 지닌다는 가설을 버려야 한다. 작품은 (객관적이든 주관적이든) 하나의 의도에 의해 **창조되지** 않는다. 작품은 결정된 여러 조건들로부터 **생산된다.** 사르트르에 따르면 "씌어진 모든 것은 하나의 의미를 지닌다. 설사 그것이 저자가 그 안에 담아내길 원한 것과 전혀 다른 의미라 할지라도 말이다".[29] 그렇다면, 작품은 뜻으로 충만할 것이고 비평은 바로 그 충만함에 대해 물어야 할 것이다. 하지만 그러한 질문은 아무런 의미가 없다. 어차피 작품 안에 감춰져 있다가 웅변적으로 솟아오르는 말에서 형태를 얻을 것이고, 결국 그 말을 표현하는 데 그칠 것이기 때문이다. 그런 모호한 가짜들은 진정한 물음의 대상이 아니다. 진정한 물음은 이상적이고 환상적인 충만함보다는 홈이 파인 말, 작품이 조심스럽게 털어놓는 말을 대상으로 하며, 그 안에서 **몇** 가지 **의미들** 사이의 **거리를** 측정하는 것이다.

그러므로 작품 안에서 불완전성과 무정형(이 두 용어를 부정적이고 경멸적으로 사용해서는 안 된다)을 밝혀내기를 주저해서는 안 된다. 이상적인 정합성을 제공할 수 있을 **충족성**보다는 실제적으로 책에 형상을 부여하는 분명한 불완전성을 밝혀내야 한다. 작품은 **그 자체** 안에서 불완전한 것이어야 한다. 그 불완전성이 작품 밖으로부터 와서는 안 된다. 만일 그렇

---

29 Jean-Paul Sartre, "Présentation des *Temps Modernes*", *Les Temps modernes* 1, 1945.

다면 그냥 채우기만 하면 작품을 '실현시킬' 수 있을 것이다. 작품 안에 서로 다른 의미들이 대치하면서 드러내는 불완전성이 바로 작품 구성의 진정한 이유인 것이다. 담론의 가느다란 선은 일시적으로 드러나는 겉모습일 뿐이며, 그 뒤에서 텍스트의 결정된 복합성을 보아야 한다. 물론 그것은 '전체성'totalité이라는 환상적이고 매개된 복합성이 아니다.

작품을 설명하는 것은 작품에 생명을 부여하는 숨겨진 중심으로 거슬러 올라가는 것이 아니라(해석적 환상은 유기론적이고 생기론적이다), 작품의 중심을 해체하는 것이다. 즉, 인위적으로 작품을 닫아 버린 후에 그것이 **온전한 전부**라는 사실에서 '**전체성**'의 이미지를 추론해 내는(이미지들도 추론된다) 내재적 분석(혹은 내재적 비평)의 원칙을 거부하는 것이다. 작품을 설명할 수 있게 해주는 구조는 바로 내적인 괴리 혹은 단절이며, 작품은 그렇게 해서 하나의 현실(이 현실 역시 불완전하다)에 **상응한다**. 작품은 그 현실을 반영하는 것이 아니라 보라고 내놓는다. 문학작품은 차이를 알려 주고 그렇게 결정된 부재를 보여 준다. 작품이 말하는 것은 —— 거의 말할 수는 없지만 —— 바로 그 부재인 것이다. 그러므로 우리가 작품 안에서 보아야 하는 것은 그 안에 있지 않은 것, 결여된 것이다. 그 결여가 없이는 작품이 존재하지도 않을 것이며, 아무 할 말이 없고, 말할 방법도 말하지 않을 방법도 없을 것이다.

레닌이 톨스토이에 대해 보여 준 것처럼, 그리고 우리가 뒤에서 쥘 베른과 발자크를 다루며 보여 줄 것처럼, 작품 속에서 설명을 필요로 하는 것은 작품의 의미가 단일성을 지니는 것처럼 보이게 만드는 가짜 단순성이 아니다. 그보다는 작품 안에 드러나는 요소들 혹은 구성 수준들 사이에 존재하는 관계 혹은 대립, 즉 작품이 **의미의 갈등** 위에 세워졌음을 보여 주는 괴리의 특성을 설명해야 한다. 의미의 갈등은 작품의 변질을 드러내는 표시가 아니다. 그것은 작품 안에 새겨진 **타자성** ── 작품은 이 타자성을 매개로 해서 자기가 아닌 것, 자기 경계 밖에서 일어나는 것과 관계를 맺는다 ── 을 간파하게 해준다. 작품을 설명하는 것은 곧 작품이 드러난 모습과 달리 그 자체로 혼자 존재하는 것이 아님을, 반대로 결정된 부재 ── 작품의 동일성의 원칙이기도 하다 ── 의 징표를 지니고 있음을 보여 주는 것이다. 다른 책들과의 대립 관계 속에서 구성되는 책은 그 안에 그 다른 책들이 암시적으로 존재함으로써 파인 홈을 가지고 있다. 책은 자기가 말할 수 없는 것의 부재 주위를 돌아다니면서, 부재하는 말들을 떨쳐 버리지 못한 채 끊임없이 그 말들로 되돌아온다. 책은 하나의 의미가 연장된 것이 아니다. 책은 반대로 몇 가지 의미의 공존 불가능성에서 생겨난다. 이 공존 불가능성은 계속 되풀이되는 팽팽한 대치 관계 속에서 책을 현실과 연결시켜 주는 가장 튼튼한 끈이기도 하다.

책이 어떻게 만들어지는지를 보는 것은 또한 책이 **무엇으로** 만들어지는지를 보는 것이다. 책은 그 안에 결여된 것으로 만들어지고, 바로 그 결여가 책에 역사를 부여하고 책을 역사와 관계 짓는 것이 아닐까?

그렇지만 해석의 이데올로기를 설명의 이데올로기로 대체하지 않도록 조심해야 한다. 그러기 위해서는 문학작품에 대한 이론적 몰이해를 포함하고 있는 몇 가지 가정들을 제거해야 한다. 즉, 아름다움(작품은 모델에 부합된다), 순수함(작품은 그 자체로 자족적이며, 담론이 수립되는 순간 자기가 아닌 것에 대한 기억까지 모든 것을 지운다), 조화 혹은 전체성(작품은 완전하다. 완성되어 있는 작품은 완전한 전체를 구성한다) 같은 가정이다. 이 외에도 덧붙여야 할 가정들이 더 있다. 작품이 열려 있다는 가정, 그리고 깊이를 지닌다는 가정이 있는데, 이것들은 때로 앞의 가정들과 충돌하지만 그럼에도 불구하고 우리에게 이론적 지식을 가져다주지는 못한다.

작품의 이론적 불완전성을 확인한다는 구실로 '열린' 작품의 이데 올로기 — 작품은 그 구성의 기교를 통해 무한한 변이의 원칙을 세운다 — 에 빠져서는 안 된다.[30] 그렇게 되면 작품은 하나의 의미가 아니라 몇 가지 의미를 지니게 되겠지만, 무한히 가능한 이 다양성은 독자가 수행해야 하는 고유의 특성 혹은 효과일 뿐, 작품의 구조라는 필연적으로 한정된 실제적 복합성과 관련이 없다. 작품은 그 닫힘의 원리를 생산하지 않고 담고 있지 않지만 결정적으로 닫혀 있고 경계 안에 담겨 있다. 작품이 경계를 스스로 부여하지는 않았지만, 어쨌든 그 경계는 작품에 속한다. 작품의 불완전성이 작품의 유한성의 원인인 것이다.

그와 동시에 불완전성으로 인해 울퉁불퉁한 작품의 선을 그대로 따라가다 보면 작품 뒤에 있는 또 다른 작품 — 작품의 숨은 비밀, 작품이라는 가면 혹은 번역 뒤에 놓인 것 — 이 드러날 수도 있다. 그렇게 되면 다시 해석적 환상에 빠지게 된다. 이 마지막 유혹은 전통적 비평에 큰 영감을 주는 깊이의 가정에 근거한다.

---

30 Umberto Eco, *L'oeuvre ouverte*, trans. Chantal Roux de Bezieux and André Boucourechliev, Paris: Seuil, 1965 [*Opera aperta*, Milano: Bompiani, 1962].

14

함축적인 것과 명백한 것

> 무엇이 진실로 그들의 견해인지 알기 위해서 나는 그들이 하는 말
> 보다는 그들이 하는 일에 주의를 기울여야 했다. 우리의 풍속이 타
> 락하여 자기가 믿는 것을 다 말하는 사람이 거의 없기 때문이기도
> 하고, 또 자신이 무엇을 믿는지 스스로 알지 못하는 사람들이 있기
> 때문이다. 사람들이 어떤 것을 믿는 사고작용은 그것을 믿는다는
> 것을 스스로 알고 있는 사고작용과 다른 것이며, 두 가지가 함께 오
> 지 않을 때가 많다. (데카르트, 『방법서설』, 3부)

작품을 무의미하게 피상적으로 되풀이하지 않는 비평의 담론이 이루어
지기 위해서는 책 안에 담긴 말이 불완전해야 하고, 그 말을 통해 모든 것
이 확인되지 않아야 하며, 그렇게 해서 다른 것, **다르게 말하는 것**이 가능
해야 한다. 작품 안에서 혹은 작품 주위에서 그런 어두운 지역을 알아보
는 것은 비평의 의도를 드러내는 첫 단계이다. 하지만 우선은 그 어둠의
성격을 확인해야 한다. 그것은 진정한 부재인가 아니면 존재에 가까운 것
인가? 우리가 이미 제기한 질문을 빌려 말한다면, 그 어둠은 설명을 뒷받
침해 주는가 아니면 해석의 구실을 제공하는가?

　우선 비평이란 그것을 받치고 있는 작품을 **명백하게 밝히는 것**이라고
말하게 된다. 명백하게 밝히기란 무엇인가? 명백한 것explicite과 함축적
인 것implicite의 관계는 설명하기expliquer와 내포하기impliquer의 관계와
같다. 이 두 대립항은 뚜렷한 것과 잠재적인 것, 드러난 것과 감춰진 것의
구별과 관련된다. 명료하게 설명되고, 진술되고, 심지어 끝이 난 것은 '명
백한 것'이다. 책의 끝에 오는 'explicit'는 책을 시작하는 'incipit'에 대응
하면서 "모든 것을 다 말했다"라고 알려 준다.[31] '설명하다'expliquer 동사
는 '펼쳐 늘어놓다'explicare에서 왔다. 설명하는 것은 늘어놓는 것이며, 무

엇보다도 펼치는 것이다. 문장紋章과 관련된 용어에서 "펼쳐진 새"는 날개를 편 새를 말한다. 결국 숨겨진 보물을 찾고자 하든, 그 보물이 자기 날개를 펴고 날아가는 것을 보고자 하든, 비평가는 책장을 열면서 책에 다른 위상을, 혹은 아예 다른 모습을 부여하고자 한다(물론 책이 완전히 다른 것이 되게 하지는 못한다). 비평 활동이 **진실을 말하기**를 목표로 할 때 그 진실은 책과 관계가 없지는 않지만 그렇다고 언표에 내용이 담기듯 책 속에 담긴 것은 아니다. 그러므로 책 속에 모두 말해져 있는 것은 아니다. 모두 말해지려면, 비평가의 '다 말했다'explicit가 필요한데, 그것은 아마도 끝날 수 없는 작업이 될 것이다. 하지만 비평의 말은, 물론 책이 한 말은 아니지만, 어떤 면으로 보면 책의 속성이기도 하다. 책은 비평의 말을 정말로 하지는 않지만 끊임없이 암시한다. 따라서 책이 직접 말하지 않는 침묵이 어떤 위상을 갖는지 정확히 파악할 필요가 있다. 우연히 주저하는 것일 뿐인가 아니면 본래가 그런 상태인 필연성인가? 여기서 질문이 제기된다. 비평서가 아니면서, 다시 말하면 하나 혹은 여러 권의 다른 책에 **직접적으로** 의존하지 않으면서, 말하려고 하는 바를 다 말하는 책이 있을까?

이것은 잠재적 의미에 대한 해석이라는 고전적 문제이기도 하다. 하지만 이번에는 새로운 형태를 취한다. 사실 책의 언어는 그 자체로 완전한 언어이고자 한다. **말하기의 근원**이자 그 척도이고자 하는 것이다. 책의 언어는 자기 자신 외에는 다른 지평을 갖지 않기에 그 첫 몸짓부터 이미 닫힘을 담고 있다. 즉, **폐쇄된 순환** 안에서 전개되면서, 자기 안에서 오직 자기 자신만을 꺼낸다. 책의 언어는 **그 자체의 내용**과 **그 자체의 경계**를

---

31 라틴어 'incipit'와 'explicit'는 중세 필사본들에서 시작 부분과 끝 부분을 알리는 말이다. 'incipit'는 '시작하다' 동사의 변화형이고, 'explicit'는 (두루마리처럼 말려 있는 것을) '펼치다'라는 동사의 변화형으로 '다 펼쳐졌다, 끝났다'의 뜻이다.—옮긴이

지닐 뿐이며, 매 순간 그 자체의 '다 말했다' 표시를 지닌다. 하지만 완성된 것은 아니다. 책이 새긴 말을 자세히 살펴보면 그것이 끝날 수 없는 것임을 알 수 있다. 하지만 그 말은 바로 그 끝맺음의 부재를 **끝**으로 삼아 그 안에 자리 잡는다. 결국 책은 파인 홈 안에서 전개되며, 바로 그곳에서 모든 것이 말해져야 하고, 그렇지만 결코 말해지지 않는다. 책은 또한 불완전한 상태가 주는 결정적인 경계 안에 갇힌 채로 다른 말이 자기를 바꾸어 버리는 것도 용납하지 못한다. 책이 말한 것에 대해서 비평이 그 어떤 것도 덧붙일 수 없다는 근거가 마련되는 것이다. 최대한으로 말해도 비평이 할 수 있는 유일한 일은 책으로 하여금 자신의 담론을 둘로 나누거나 계속 이어 가면서 더 많은 것을 말할 수밖에 없게 만드는 것이다.

한 가지 분명한 것은, 문학작품은 작품으로서 자족적일 수 있지만 그 자체에 대한 이론을 갖지 못한다는 것이다. 문학작품은 그러한 이론을 포함하고 있지도 않고 생기게 할 수도 없다. 그 어떤 방법으로도 문학작품은 **스스로의 모습을** 그대로 **알지** 못한다. 그러므로 비평의 시점으로 문학작품에 대해서 말하는 것은 문학작품을 되풀이하거나 복제하는 것이 아니라 다시 만드는 것이다. 그것은 작품 안에 들어 있는 모호한 지점들을 밝히는 것도 아니며, 주해를 달아 가면서 여백을 채움으로써 분명하지 않던 것을 분명하게 밝히는 것도 아니다. 결국 비평 담론은 작품의 말이 불완전하다는 것을 최초의 가설로 세울 뿐(이 가설은 비평의 언술의 조건이다), 그 말을 **채우거나**(마치 작품이 자기 **자리**를 완전히 채우지 못해서 비평 담론이 그 자리를 차지해야 하는 것처럼) 그 안에 부족한 부분을 **줄여 나가지** 않는다. 앞에서 보았듯이, 작품을 아는 것은 작품과 같은 자리에서 이루어지지 않는다. 반대로 거리가 필요하다. 그 거리가 없이는 앎과 대상이 뒤섞여 버릴 것이다. 작가가 무슨 말을 하는지 알기 위해서는 그냥 **말하게**

두는 것으로, 발언권을 주는 것으로 충분하지 않다. 작가의 말은 말하는 행위 자체로 인해 홈이 파여 있고 스스로 그 홈을 채우는 것은 불가능하다. 이론적 탐구는 심지어 작품이 위치하는 자리라는 관념 자체가 환상이라고 주장한다. 비평 담론의 기능은 책을 완성하는 것이 아니다. 비평 담론은 반대로 책의 불완전성 안에 자리 잡고서 그것을 이론으로 만든다. 책은 철저하게 불완전한 것이어서 절대로 자리를 가질 수 없다.

따라서 책의 '말해지지 않은 것'은 채워야 할 공백, 메워야 할 결핍이 아니다. 잠정적으로 말해지지 않는 것이라면 완전히 제거할 수 있을 테지만, 이 경우는 그렇지 않다. 작품 안에서 말해지지 않은 것은 필연적인 위상을 갖는다. 예를 들어 작품에 형태를 부여하는 것은 바로 몇 가지 의미가 작품 안에 병치됨으로써 혹은 작품 안에서 갈등함으로써 만들어지는 근본적인 타자성이다. 책은 그러한 갈등을 해결하지는 않는다. 그저 보여준다.

결국 복합성의 정도는 다르지만 어쨌든 작품에 구조를 부여하는 대립은 작품이 말할 수 없는 것이다. 하지만 바로 그 대립이 작품의 언술을 구성하고 작품을 구체적으로 실현한다. 작품은 자신이 말하지 않는 것을 있는 모습 그대로 표명하고 드러내 보인다. 바로 그것이 작품을 이룬다. 이러한 침묵이 작품을 존재하게 한다.

15

말하기와 말하지 않기

책이 말하는 것은 침묵에서 나온다. 책의 출현은 말해지지 않은 것이 '있음'을 내포한다. 책은 그것을 재료로 하여 형태를 부여하고, 혹은 그것을 밑바탕으로 하여 출현한다. 그러므로 책은 자족적이지 않다. 책에는 필연적으로 **없음**이 같이 오며, 그 없음이 없다면 책은 존재하지 않을 것이다. 책을 안다는 것은 그 없음에 대해서도 파악하고 있다는 뜻이다.

그렇기 때문에 모든 생산에 대해 그것이 암묵적으로 내포하는 것이 무엇인지를 생각해 보는 것은 유용하고 정당한 일이다. '명백한 것'은 '함축적인 것'이 주위에 있기를 혹은 따라오기를 원한다. 무언가를 말할 수 있으려면 **말하면 안 되는** 것들이 있기 때문이다. 이러한 어떤 말들의 **없음**을 프로이트는 자신이 처음 자리 잡고서 역설적으로 '무의식'이라고 이름 붙인 새로운 곳으로 밀어넣었다. 말해진 모든 말은 말해지지 않은 것으로 둘러싸인다. 여기서 우리는 그 말이 어째서 말할 수 없음에 대해 말하지 않는가 질문할 필요가 있다. 말하지 않아도 알아볼 수 있기 때문일까? 말은 자기가 말하지 않는 것, 아마도 말할 수 없는 것에 대해서 **그것이 없다는 것조차 말하지 않는다.** 진정한 부인否認은 금지된 말이 음각적으로en creux 존재하는 것까지, 없음이라는 지위조차 허락하지 않고 쫓아내 버린다.

말은 그러한 없음을 불러일으키는 순간부터 작품이 된다고 말할 수 있다. 모든 말에 가장 핵심적인 것은 그러한 침묵, 말이 말하지 않게 하는 것이다. 침묵은 드러나 보이는 것에 형태를 부여한다. 진부한 이야기일까?

침묵이 숨어 있다고 말할 수 있을까? 그렇다면 그것은 어떤 것인가? 존재 조건(출발점, 방법적 시작) 혹은 본질적 근거(이상적 결말, 노력에 의미를 부여하는 절대적 기원)일까? 아니면 연결 수단 혹은 연결 형식일까?

침묵이 말하게 할 수 있을까? 말해지지 않은 것은 무엇을 말하는가? 그것은 무엇을 말하고자 하는가? 어떤 점에서 숨기는 것은 말하는 방법의 하나인가? 다시 말하면, 숨겨진 것을 우리에게 불러낼 수 있는가? 표현의 근원으로서의 침묵. 내가 말하는 것은 곧 내가 말하지 않는 것인가? 여기서 바로 모든 것을 말하고자 하는 사람들이 감수해야 하는 위험이 비롯된다. 더구나 작품은 말하지 않는 것을 숨기지 않는다. 그저 그것이 작품에 **없을** 뿐이다.

말의 없음은 다른 **수단**도 가지고 있다. 말의 없음이 말에 영역을 위임하고 지정해 줌으로써 정확한 상황을 부여하는 것이다. 말을 통하여 침묵은 표현의 중심, 극도의 가시성을 갖는 지점이 된다. 결국 말은 더 이상 아무것도 말해 주지 않는다. 우리는 침묵에게 묻는다. 말하고 있는'것은 바로 침묵이기 때문이다.

말이 침묵을 드러내든가, 그게 아니라면 침묵이 말을 드러낸다.

이렇게 잠재적인 것 혹은 숨겨진 것을 이용하는 두 가지 설명 수단은 그 힘이 다르다. 앞의 방법이 잠재적인 것의 가치가 더 적다. 없는 말을 통해 말의 없음이, 다시 말하면 일종의 있음이 드러나고, 그것을 **끄집어내기**만 하면 되기 때문이다. 말을 그것이 있게 한 반대항과 관련 지어, 즉 전경前景과 배경背景의 대립 속에서 보아야 한다는 필요성은 인정한다. 하지만 문제는 전경인지 배경인지 알아내려고만 하느라 그 균형이 무너진다는 것이다. 여기서 우리는 다시 기원과 창조 개념의 모호성을 발견하게 된다. 보이는 것과 숨겨진 것은 은밀하게 공존한다. 보이는 것은 숨겨진 것이 다른 모습으로 드러난 것일 뿐이다. 어떻게 **옮겨 가는가** 하는 것만이 문제이다.

침묵이 말을 드러내는 뒤의 것은 보다 깊이가 있다. 그것은 자리 바꾸기라는 기계적인 문제틀에 갇히지 않으면서 앞의 것의 형태를 취할 수 있게 해준다. 침묵이라는 배경은 표현을 위해 필수적인 수단이기에 계속 의미를 지닌다. 그것은 유일한 의미가 아니고, 의미에 의미를 부여하는 무엇인가이다. 물론 배경은 우리에게 아무 말도 하지 않는다. 그것이 원래의 존재 방식이다. 하지만 배경은 우리에게 말이 등장하는 조건을, 즉 그 한계를 정확히 알려 주고, 그럼으로써 직접 나서서 말하지는 않으면서 말에 실제적인 의미를 부여한다. 잠재적인 것은 매개 수단이다. 그렇다고 해서 배경으로 밀려나지 않는다. 다른 의미가 기적처럼 나타나서 첫번째 의미를 **지워 버리는** 것은 아니라는 뜻이다. 이렇게 해서 의미는 명백한 것과 함축적인 것을 나누는 벽의 어느 한쪽에 존재하는 것이 아니라, 그 두 가지의 **관계** 안에 존재하게 된다. 만일 의미가 벽의 어느 한쪽에 있는 것이라면 늘 그렇듯이 선택을 해야만 할 것이다. 즉, 번역하기와 해설하기 중에 말이다.

작품 안에서 중요한 것은 바로 작품이 말하지 않는 것이다. 빨리 언급하고 가는 것이 아니라 아예 말하기를 거부하는 것이다. 말하기를 거부한다는 것 자체가 이미 흥미로운 문제이고, 그에 대해 방법을 수립하여 (드러난 것이든 드러나지 않은 것이든) **침묵들을 측정**할 수 있다. 하지만 보다 중요한 것은 작품이 **말할 수 없는** 것이다. 바로 그곳에서 말이 만들어져 침묵으로 향하기 때문이다.

이제 남은 문제는 모든 말의 조건으로서 말에 앞서는 말의 없음을 검토할 수 있는가 하는 것이다.

유도성 질문들 ─ 한 인간이 눈에 보이게 내버려 두는 모든 것에 대해서 우리는 질문할 수 있다. 그는 무엇을 가리고 싶어 하는가? 무엇으로부터 시선을 돌려놓고 싶어 하는가? 어떤 선입견을 불러오고 싶어 하는가? 그리고 또 어느 만큼 교묘하게 감추는가, 또 어느 정도까지 잘못 알고 있는가? (니체, 『아침놀』*Morgenröte*, 523)

니체에게 이 질문들은 뒤에 숨은 뜻이 있는, 함정과 덫이 놓인 질문, 즉 유도성 질문Hinterfrage이다.

"우리는 질문할 수 있다." 그래서 니체는 묻는다. 그리고 어떻게 질문을 하는지 보여 주기도 전에 **질문해야 하는** 필연적 이유를 말한다. 사실 몇 가지 필연적 이유가 있다. 이 질문들의 목표 혹은 표적은 바로 "한 인간이 눈에 보이게 내버려 두는 모든 것"이다. "모든 것." 이 말은 니체의 질문이 ─ 잠시 후 보겠지만, 스스로를 문제 삼는다는 점에서 '심문'과 전혀 다르다 ─ 이론적 일반성을 지닌다는 뜻이고, 따라서 문학생산이라는 특수한 영역에 적용될 수 있는지 생각해 볼 수 있다. 그런데 "눈에 보이게 내버려 두는" 것은 결국 작품, 모든 작품들이다. 이렇게 우리는 일반적인 명제를 특수한 영역에 적용해 볼 것이다.

"한 인간이 눈에 보이게 내버려 두는 모든 것." 사실 여기서 프랑스어보다 독일어에 더 많은 것이 담겨 있다. 'Lassen' 동사는 '하기'faire, '하게 두기'laisser faire, '하게 하기'faire faire의 뜻 모두를 포함한다. 이 단어는 모호한 것이 아니라 복합적인 문학생산이라는 행위를 그 어떤 말보다도 잘 보여 준다. 문학생산 행위를 보이게 내버려 두는 동사인 것이다. 한 가지 조건은 문학생산 행위를 영감, 계시, 창조처럼 없는 것을 불러내는 마법의 흔적으로 보지 않는다는 것이다. 생산하는 것은 보게 하는 것이고, 보라고 내주는 것이다. "가리고 **싶어** 하는가?", "돌려놓고 **싶어** 하는가?", "불러오고 **싶어** 하는가?"라는 질문들에서 나타나듯, 그것은 박탈 상태가 아니다. 드러내 보이기는 하겠다는 결심이라기보다는 하려는 의지의 표명이다. 작용하는 힘, 하지만 드러내 보여진 것의 자율적인 작용을 배제하지는 않는 힘의 표현이다.

　니체의 질문을 통해 간파해 낼 수 있는 시도는 '가리기', '시선을 돌려놓기', 그리고 뒤에 나오는 '감추기'이다. 당연히 이 작업들을 이어 주는 질서가 있다. '가리기'는 '보이게 하지 않기'이다. '시선을 돌려놓기'는 '보게 두지는 않으면서 다른 것을 보여 주기'이며, 동시에 '주어진 것을 보지 못하게 방해하기'이다. 혹은 또 다른 의미에서는 '보게 하지 않으면서 보기'이다. '감추기' 역시 마찬가지이다. 감추면서 하는 것도 결국 하는 것이다. 결국 주안점이 이동하는 셈이다. 작품은 두 가지 다른 층위에서 나타난다. 보이게 하고 또 보이지 않게 하는 것이다. 우선 무언가를 보여 주기 위해서는 다른 것을 보여 주지 말아야 하기 때문이고, 하지만 정작 시신은 그렇게 보여 주는 것이 아닌 다른 것을 향하기 때문이다. 말하고 있는 것과 말하고자 하는 것이 겹쳐 있는 것이다. 저자가 하고 있는 말이 진짜 하려는 말은 아니고, 마찬가지로 하고자 하는 말을 꼭 말하는 것은 아니다.

　니체는 또한 '선입견'을 말한다. 선입견과 함께 기만, 속임수 개념이 나타난다. 그것은 이런저런 말(누군가가 보이게 내버려 둔 것을 이렇게 부를 수도 있을 것이다)에 의해서가 아니라 그저 **말이** 있기 때문이다. 즉, 모든 말에 해당한다. 선입견은 말이 판단한 것이 아니라 그 이전에 판단된 것이며, 그럼에도 불구하고 말이 판단으로 제시하는 것이다. 선입견은 어느 정도 말의 범위 너머에 있는 말이 판단으로 주어진 것이다. 하지만 "어떤 선입견을 불러오고 싶어 하는가"라는 질문의 의미는 이중적이다. 말은 판단으로서 선입견을 불러오지만, 그렇게 **불러온**다는 것 자체에 의해 그 판단을 편견으로 지칭하기 때문이다. 그 말은 말하지 않는다. 그것은 판단이다. 선입견을 불러온다. 판단의 알레고리를 만들어 낸다. 말은 바로 그러한 알레고리를 원하기 때문에 있는 것이고, 그렇게 알레고리의 등장을 준비하는 것이다. 그것이 바로 말 안에 들어 있는 보이는 것과 보이지 않는 것, 보여진 것과 가려진 것, 언어와 침묵의 몫이다.

이렇게 해서 마지막 두 질문의 의미를 알 수 있게 된다. "**그리고 또**"라는 말과 함께 체계적 질서의 새로운 측면으로 넘어가는 것이다. 사실상 뒤집기에 가깝다. 즉, 앞에 주어진 질문들에 대해서 질문을 하는 것이다. 함정을 마무리하는 마지막 질문은 작품의 구조와 그에 대한 '비평'의 구조를 동시에 그려 내면서, 앞의 질문에 문제를 제기한다.

말
질문1 $\Bigg\}$ → 질문2

우리는 이제 질문1이 어느 정도까지 **잘못 알기**에 근거하고 있는지 생각해 볼 수 있다. 그 감추기가 어디에나 적용된다고 해서 무한정 전체를 감추는 것은 아니다. 그것은 더 많은 것을 감추는 여백의 침묵에 달려 있는 상대적인 침묵이기에 직접 언어의 진실을 숨길 수는 없다.

물론 이러한 상태가 말이 말해진 것과 말해지지 않은 것으로 나뉜 것으로 보아서는 안 된다. 그러한 분리는 근본적인 진실성, 표현의 완전성 —— 이것은 헤겔 변증법의 반영이다(니체는 이 변증법을 받아들였지만, '우상들의 적'인 맑스와 마찬가지로 뒤집어진 상태로 받아들였다) —— 에 종속시켜야만 가능하다. 시적인 형태로 주어진 이 질문들에 대해 준거를 찾고 싶다면, 차라리 스피노자의 글을 보아야 할 것이다. "그리고 또"라는 결정적 순간에 '감추기'에서 '잘못 알기'로 옮겨 가는 것은 사실상 또 다른 세 번째 부류의 앞으로 옮겨 가는 것이다. 스피노자는 니체가 제기한 질문을 한동안 모든 책들의 전범으로 여겨졌던 '성서'를 향해 똑같이 제기한다.

말의 진짜 함정은 그 암묵적인 확실성이다. 바로 그것이 말로 하여금 진정 능동적인 힘을 발휘하게 한다. 그러므로 '잘못 알기'는 앞의 질문들을 하는 사람, 비평가라고 불리는 사람뿐 아니라 "눈에 보이게 내버려 두는 사람"에게도 해당된다.

결국 일반적 의미의 비평가(질문1에 머무는 비평가)와 작가는 똑같이 작품에 대한 진정한 평가와는 떨어져 있다. 그와 달리 질문2를 제기하는 비평이 가능하다.

두 가지 질문의 미로(결정적인 출구를 향해 간다는 점에서 전도된 미로이다)는 끊임없이 가짜 정밀함과 진짜 정밀함 사이의 선택을 불러들인다. 하나는 비평가에서 출발하여 작가를 보는 것, 비평가로서 보는 것이다. 다른 하나는 말의 표현적 진실성, 그리고 작가의 말의 표현적 진실성에 대해 검토한 후에 비로소 작가를 판단하는 것이다. 그렇게 되면 말은 경험적 현존이 만드는 가짜 경계를 벗어나 의미를 획득하게 된다.

16
두 가지 질문

그러므로 비평 작업은 단순하지 않다. 두 가지 질문이 꼭 겹쳐져야 한다. 작품을 알기 위해서는 꼭 작품 밖으로 나와야 하고, 그런 다음에 작품에 대해 질문을 해야 한다. 그것은 다른 관점, 다른 측면에서(작품을 다른 언어로 옮기면서 혹은 작품에 다른 척도를 가져다 대면서) 다루는 것이 아니다. 그렇다고 전적으로 안으로부터, 작품이 말하는 것, 말한다고 진술하는 것으로부터(작품이 스스로 충만하다고 주장하는 자리로부터) 다루는 것도 아니다. 우리는 작품이 가장자리 **여백** ─ 작품 안에 있지만 완전히 작품은 아닌 것 ─ 을 지닌다고, 그곳에서 작품의 탄생, 작품의 생산을 볼 수 있다고 가정해야 한다.

결국 비평의 문제는 두 질문 중 어느 하나에 놓인 것이 아니라 두 질문이 결합하는 곳에 자리 잡는다. 비평의 문제는 두 질문의 분화가 시작되는 원칙 안에 놓인다. 비평의 문제가 복잡한 것은 두 질문의 **분절 관계**가 복잡하기 때문이다. 그 관계를 파악하려면 우선 두 질문을 떨어뜨려 놓고 그 연결 관계를 세우는 것부터 해야 한다. 각자의 특수성을 지닌 질문들이 저절로 주어지거나 풀리지 않는 비밀 속에 담겨 있는 것은 아니다. 그러므로 판별하기에 앞서 우선 두 질문을 동시에 제기해야 한다.

가장 기본적인 것은 이렇게 한 질문이 다른 질문에 우선한다는 생각을 배제하는 동시성을 인정하는 것이다. 그렇게 해서 미학적 합법성이라는 성가신 유령을 쫓아낼 수 있다. 작가의 의식 속에 자리 잡고 있다고 여겨지는 질문은 단일한 것이 아니라 다른 질문과 연결되며 분열되어 있기에, **명백하게 풀려야 하는 문제**가 그저 한 가지 계획을 그 유효성(아름다움)과 부합성(일치)이라는 규칙의 경계 안에 옮겨 쓰는 것일 수는 없다. 표현에 부과된 형식적 경계에 대한 질문은 이 문제와 관련하여 더 이상 유효성을 지니지 못한다. 그것은 문제로부터 분리 가능한 요소이므로 완전히 배제될 것이다. 작품을 쓰려는 계획을 실현하고자 할 때 그 의식적인 의지는 규칙(다시 말하면, 무엇보다도 말하면 안 되는 것)에 대한 수용이 아니라 이데올로기적 요구(**말해야 할 것**)의 형태를 띠고 시작한다는 점에서 그 계획의 가능성의 조건들을, 다시 말하면 도구들, 그것을 실행하는 데 필요한 실제적 수단들을 지니게 될 것이다. **직접** 사용할 수 있는 것이라면 규칙들도 포함될 수 있다.

그러므로 진정한 문제는 규칙들에 의한 제한(혹은 그러한 제한이 없음)이 아니라, 표현 형태들을 창안 혹은 발견해야 하는 필연성이다. 그것들은 이상적인 형태 혹은 초월적인 원칙에 근거하는 형태가 아니라, 결정된 내용을 위한 표현 수단으로 즉각적으로 사용될 수 있는 형태이다. 그러므로 형태들의 가치에 관한 문제 역시 이 즉각성의 한계를 벗어날 수 없다. 하지만 형태들이 즉각적인 양태로만 존재하는 것은 아니다. 그것들은 사용된 이후에도 존속할 수 있으며, 바로 그것이 상당히 중요한 문제를 야기하게 된다. 형태들은 **다시 나타날** 수 있다. 단지 그 가치가 바뀔 것이다. 이때 예외적으로 바뀌지 않는 것이 전부를 결정하며, 우리는 바로 그것을 밝혀내야 한다. 사실 그 형태들은 단번에 주어지지 않고, 긴 역사 — 이데올로기적 테마들에 대한 작업의 역사이다 — 끝에 나타난다. 형태 — 앞으로는 **테마**(이 말의 엄격한 의미대로)라고 부를 것이다 — 의 역사는 이데올로기적 테마들의 역사에 상응한다. 두 가지는 정확히 평행 관계이다. 이것은 어떤 '이념'의 역사에서든 어렵지 않게 볼 수 있으며, 로 빈슨 크루소는 그 예이다. 형태는 이념의 새로운 요구에 부응하기 위해 서 분명해지기도 하고 달라지기도 한다. 혹은 독자적으로 변모하거나 혹 은 무력해져서 이데올로기의 역사의 흐름을 바꿀 수도 있다. 그렇지만 형 태가 어떤 방식으로 실현되든 그것은 언제나 이데올로기적 테마에 상응 하며, 따라서 자동적이라고 말할 수 있다. 이것은 형태의 역사와 이념의 역사가 한 가지 표면적인 질문 — 작품의 질문 — 의 표현들임을, 그러 한 평행 관계에 근거한다는 점에서 작품의 질문은 자족적일 수 없음을 드 러낸다. 형태의 역사와 이념의 역사의 평행 관계에 의해 결정된 해석 층 위는 오직 그것이 결정적인 관계를 맺게 되는 또 다른 층위, 즉 '그 질문에 대한 질문'에 의해서만 의미를 갖게 될 것이다.

작품을 가능하게 하는 조건들에 대한 탐색은 겉으로 드러난 한 가 지 질문에 대답함으로써 완수될 수 있다. 하지만 그와 같은 탐색으로는 그 조건들의 조건을 찾을 수는 없고, 대답이 사실상 질문이라는 것을 알 수 없을 것이다. 첫번째 질문 내부에서, 혹은 첫번째 질문을 거쳐서 필연 적으로 두번째 질문이 제기되는 것이다. 바로 그 두번째 질문이 우리에 게 역사의 장場을 한정해 준다. 즉, 작품을 역사와의 특수한 관계, 은폐되 지 않은(그렇다고 '순진'하다는 뜻은 아니다) 관계 속에서 제시한다. 그러므 로 이제 해야 할 일은 표현 작업에 대한 연구를 통해서 어떻게 그 작업의 조건을 드러낼 수 있는지 보여 주는 것이다. 표현 작업은 자기의 조건을 의식하지 못한다. 하지만 파악하지 못하는 것은 아니다. 작품은 질문들에 대한 질문을 장애물로 마주치는 것이다. 작업은 자기가 설정한 혹은 사용하는 조건들만을 의식한다. 필연적으로 존재하는 잠재적 인식은 — 만일 그것이 없다면, 겉으로 드러난 조건들이 실현되지 않았을 때와 마찬가지로, 작품은 실행될 수 없을 것이다 — **작품의 무의식**(작가의 무의식이 아니다)을 통해 설명할 수 있을 것이다. 그러나 이 무의식은 대역 같은 것이 아니고(오히려 작업의 내부에 솟아오른다. 그것이 바로 이 무의식이 작품에서 차지하는 자리이다), 겉으로 드러난 의도의 연장도 아니다(완전히 다른 원리에 속한다). 따라서 다른 의식(다른 사람, 사람들의 의식 혹은 같은 것에 대한 다른 의식)이 있는 것이 아니다. 창조적 의사pseudo-의식을 대신할 창조적 무의식을 생각해서는 안 된다. 무의식이 있다 해도 무의식은 창조할 수 없다. 모든 생산에 앞서는 생산조건이기 때문이다. 우리가 말하는 것은 의식이 아닌 다른 것이다. 그것은 맑스가 모든 이데올로기적 현상 뒤에서 사회의 하부구조에 속하는 물질적 관계를 보아야 한다고 말할 때의 관계와 유사하다. 하지만 그 현상이 하부구조로부터 나왔다고 설명하려는 것은 아니다. 그렇게 되면 이데올로기적인 것은 경제적인 것이 다른 형태로 나타난 것이 되고, 결국 이데올로기적인 것은 경제적인 것으로 **환원**되어 버리기 때문이다. 맑스와 엥겔스에게 있어서 이데올로기적 현상에 대한 연구, 다시 말해서 이데올로기 층위에서의 갈등에 관한 연구는 경제 층위에서 일어나는 일들에 대한 고찰과 불가분의 관계에 놓인다. 별개의 갈등, 다른 형태의 갈등, 그 갈등의 다른 형태가 아니라, 바로 그 갈등에 대한 갈등이기 때문이다. **하나의** 이데올로기의 수립은 이데올로기적인 것과 경제적인 것의 관계를 내포한다.

그러므로 작품의 문제가 존재한다면 그것은 작품 안에서 작품에 의해서 제기될 것이다. 하지만 그것은 문제에 대한 의식과는 다른 것이다.

그렇기 때문에 진정한 설명은 여러 층위에서 동시에, 하지만 각기 개별적으로 그 특수성 안에서 끊임없이 고려하면서 이루어져야 한다.

① 내밀하다는 의미에서 말 그대로 작품 내적이라 할 수 있는 첫번째 질문은 여전히 모호하다. 그것은 작품 안에 있으면서 또 없다. 여러 결정들 사이에서 나뉜 채로, 있으면서 없는 상태인 것이다. 우리는 흩어져 있는 그 질문을 다시 구성하고 통합하고 확인해야 한다. 하지만 그러한 작업을 해독 작업으로 생각해서는 안 된다. 그 안에는 숨겨진 비밀이 없기 때문이다. 어떤 경우에도 **비밀은 숨지 않는다.** 단순한 분류 작업일 뿐인 조사만 해도 알아낼 수 있다. 비밀은 기껏해야 형태를 바꿀 뿐이다. 성질은 바뀌지 않아서 그 선명함과 신비는 그대로이다.

그러므로 이 첫 단계는 구조의 문제라고 말할 수 있다. 하지만 미리 말하자면, 구조에서 멈추는 것은 잘려 나가 흩어진 팔다리를 한데 모아 놓는 것일 뿐이다. 그런 식으로 체계를 구성했다고 생각해서는 안 된다. 그것은 어떤 체계인가? 다른 체계들과는 어떤 관계인가? 그 체계에 속하지 않는 것과는 어떤 관계인가?

② 질문을 모호한 상태에서 끌어낸 다음에는 그 의미와 중요성을 밝혀야 한다. 다시 말하면 연쇄적으로 이어진 질문들, 즉 문제틀의 흐름을 제공하는 이데올로기의 역사 속에 그 질문을 새겨 넣어야 한다. 하지만 그러한 새겨 넣기는 질문이 다른 질문들에 대하여 관계를 맺는 상황만으로는 가늠되지 않는다. 개별 작품 바깥에 영역과 자리를 부여하는 역사로도 가늠되지 않는다. 이데올로기의 역사는 작품과 관련하여 단순한 외적인 상황에 있지 않다. 그것은 작품 안에 있다. 작품이 등장하기 위해서는 이데올로기의 역사가 필요한 것이다(그것은 작품의 유일한 실재 원리이고, 또한 작품 역시 표현 수단을 이 역사에 힘입어 찾아낸다). 바로 그 역사(그저

성격이 같은 작품들의 역사를 말하는 것이 아니다)가 작품을 온전히 결정한다. 그것은 작품에 실재를 부여하고, 더 중요하게는 작품이 아닌 것을 부여한다. 우리가 앞으로 분석하게 될 예를 미리 언급하자면, 쥘 베른은 어떤 이데올로기적 상태를 보여 주는 대변자가 되고자 했고, 하지만 그것은 실제로 그가 대변하게 된 것과 달랐다. 그는 분명 어떤 상태를 보여 주는 대변자가 되고자 했고, 그렇게 대변하여 표현했다. 두 가지는 서로 다른 작용이다. 그 둘의 만남이 특수한 시도를 이루면서 책들이 생산된 것이다. 이 두 가지 양상은 서로 다른 성격의 것이기 때문에 같은 기준으로 평가할 수 없다. 바로 그 둘의 괴리가 작품 안에 들어 있는 '작품이 아닌 것'을 측정하게 해준다.

그러므로 작품 고유의 성격을 존중하는 충실한 묘사에서 출발해서 작품에 대해 질문할 수 있어야 한다. 하지만 예를 들어 그 내용을 체계화해서 다시 늘어놓는 것이어서는 안 된다. 작품을 묘사하고 작품 안에 남아 있을 수 있기 위해서는 작품을 넘어가기로 결정해야 하기 때문이다. 예를 들면 작품이 말하고자 **하는** 것을 말하기 위해서 말할 **수밖에 없는** 것 ── 작품이 말하지 않기를 원했을 수도 있고(이것은 다른 문제다), 말하기를 원하지 않았을 수도 있다 ── 은 그렇게 해야만 드러날 수 있다. 그러므로 작품 외부에서 역사적 설명을 끌어들여 작품의 표면에 붙여서는 안 되며, 오히려 작품 안에서 일어나는 파열을 보여 주어야 한다. 그러한 갈라짐은 작품을 차지해 버린 **작품의 무의식**이다(작품의 경계에서 작동하고 그 경계를 넘어 밖으로 흐르는 역사가 바로 작품의 무의식이다). 결국 무의식이 차지한 작품으로부터 작품을 차지한 무의식으로 가는 길을 낼 수 있게 된다. 다시 한번 말하지만, 작품에 무의식을 덧씌우는 것이 아니라 작품을 표현하는 행위 속에서 작품이 아닌 것을 간파해 내야 한다. 그렇게 되면 씌어진 것의 이면은 바로 역사일 것이다.

따라서 우리는 작품에서 벗어나야 하는 이유를 작품 안에서 찾게 될 것이다. 겉에 드러난 질문으로부터, 그리고 그 질문에 주어진 답으로부터(질문의 형태를 이 대답 속에서 읽을 수 있다), 질문에 대한 질문을 제기할 수 있을 것이다(두 질문이 별도로 제기되는 것이 아니다). 이 시도는 놀라운 일로 가득 차 있다. 작품의 의미 — 작품이 스스로에게 부여하는 의미가 아니라 작품을 붙잡고 있는 의미이다 — 를 찾고자 할 때, 작품 자체가 바로 이미 준비된 재료, 우리가 제기할 질문으로 미리 투자된 재료임을 알게 될 것이다. 진짜 저항은 다른 곳에, 말하자면 독자 안에 있을 것이다. 하지만 그렇다 해도 작품은 여전히 조사의 대상으로 준비되어 있다(조사를 미리 알지는 못한다). 다시 말할 필요도 없이, 작품은 자기가 말하는 것 이상을 말할 수 없기 때문이다. 결국 그것은 일반적으로 통용되는 의미의 해석 혹은 해설, 즉 하나의 의미에 다른 의미를, 결국 처음의 의미와 동일한 또 다른 의미를 덧붙이는 것과 정반대이다. 해석이라면 **구실**을 찾아다니겠지만, 설명은 **이미 준비된** 대상을 찾아내고 그것을 **그대로 드러내는** 것으로 만족한다.

뒤에서 연구할 예를 직접 언급하자면, 쥘 베른의 '문제'는 **두 가지 질문**으로 분리된다(3부의 쥘 베른에 관한 연구를 참조할 것). 중요한 것은 그러한 분리가 문제의 내부에 위치하며 그 문제의 일관성을 해치지 않는다는 것이다. 말하자면 두 명의 쥘 베른을 찾아내서 그중 하나의 쥘 베른을 다른 쥘 베른보다 더 좋아해서는 안 된다. 이 문제는 문학적 대상이므로 '테마'라 부를 수 있는 것 속에 구체화된다. 즉, 추상적인 형태로는 '자연 정복'이며, **모티프**라는 형태를 부여하는 이데올로기적 실현으로는 여행, 혹은 로빈슨 크루소이다(이것은 베른에게 거의 이데올로기적 강박관념처럼 보인다. 암시적으로라도 거의 모든 책에 존재한다). 이 테마는 두 가지 다른 층위에서 연구될 수 있을 것이다.

① 테마의 사용: 우선 테마의 형태의 모험들(두 단어의 결합이 우연적이기는 하지만, 어쨌든 모험의 형태를 지닌다). 그렇게 해서 작업하는 작가의 문제가 제기될 것이다.

② 테마의 의미: 작품과 무관하게 테마 자체에 존재하는 의미가 아니라 작품 내에서 테마가 실제로 띠는 의미.

첫번째 질문: 작품은 옮겨 써야 하는 비밀에서 태어난다.

두번째 질문: 작품은 그 비밀을 드러내면서 실현된다.

두 질문은 동시에 오며, 따라서 둘 사이에는 단절이 있다. 두 질문은 너무도 가까이 있지만 절대 붙어 있지는 않다. 바로 이러한 단절을 연구해야 한다.

17

안과 밖

지금까지 우리는 작품 **안**에서 일어나는 일에 대해 많은 이야기를 했다. 작품의 경계에 대해서도 이야기했다. 어쩌면 공간적 비유를 비난하면서 사실상 똑같은 비유에 빠진 것인지도 모른다.

분명히 해야 할 것은 작품의 경계는 안과 밖의 매개, 통과하고 소통하는 지점, 이전과 이후(처음에는 그 자체로서의 작품, 다음에는 다른 사람들을 위한 작품)라는 시간적 교환이 이루어지는 자리가 아니라는 것이다. 작품의 경계는 나누는 선, 독립성을 지켜 주는 선이 아니라 자율성의 수단이다.

이 점은 대단히 중요하다. 경험론적 이데올로기에 빠지지 않을 수 있게 해주기 때문이다. 작품이 비밀의 뜨거운 내밀함을 간직하도록, 완성되고 중심을 갖는 하나의 전체를 구성하도록 요소들을 배열한다면, 그 어떤 비평도 내재적일 수밖에 없다.

비평의 꿈에서 그런 이미지들을 제거해야 한다. 작품은 안도 밖도 없다는 것을, 좀더 정확히 말하자면 작품의 안은 밖과 마찬가지로 드러나 있고 갈려져 있다는 것을 알아야 한다. 파헤치는 시선 앞에 작품은 유해처럼, 아니 **껍질이 벗겨진 시체**처럼 **내맡겨진다.** 배를 갈라 드러난 상태, 작품으로서는 그런 모습이 바로 닫혀 있는 것이다. 작품은 말하지 않는 것을 보여 준다. 들리지 않지만 보아야 하는 표지를 통해 보여 주는 것이다. 그렇게 해서 비평은 시각과 청각의 사용을 우의적으로 결합한다. 들리지 않는 것은 시선으로 확인해야 하는 것이다. 다시 한번 말하지만, 작품을 읽는 사람에게 작품은 단순한 방식이 아니라 복합적인 방식으로 뜻을 전한다.

특히 중요한 것은 작품이 '안'이고 그 '안'이 총체적으로 '밖'과 관계를 맺는 것이 아님을 이해하는 것이다. 이것은 인과적 설명이 빚어낸 잘못된 이해이다.

이제 우리는 작품 안에 있는 **분리 가능한 이데올로기적 언표**(이 표현은 알랭 바디우에게서 빌려온 것이다. 3부의 발자크에 관한 연구를 볼 것)의 문제를 — 그것들이 언표의 다른 층위에 속하는 것처럼 보임에도 불구하고 — 해결할 수 있게 된다. 분리 가능한 이데올로기적 언표들은 덧붙여진 것, 작품 생산의 영역이 아닌 다른 곳에서 다 만들어진 상태로 옮겨 온 것이 아니다. 그것들은 작품 안으로 그저 들어온 것이 아니고, 작품에 의해 재편성되면서 처음 지녔던 것과 다른 의미를 지니게 되고 진정으로 작품을 이루는 요소가 된다.

깊이와 복합성

작품의 담론은 그 집요한 선조성으로 필연성의 형태를 정립한다. 즉, 작품의 경계가 부여하는 틀 안에서 앞으로 나아가며 이어지는 것이다. 그 선은 약해 보이지만 사실은 그렇지 않다. 그 무엇으로도 중단하거나 바꿀 수 없고, 다른 담론을 수반함으로써 부족한 **옷감**[32]을 충당할 수도 없다. 텍스트는 철저하게 얇다. 두께를 확인하기 위해 텍스트를 그 자체에서 끄집어내거나 그 자체와 마주하게 할 수 없다. 규범적 환상에 빠지지 않는 한, 주어진 그대로의 책에는 단 한마디도 덧붙일 수 없고, 고칠 수도 없다.

그렇지만 무조건 따르는 시선, 다시 말하면 맹목적인 시선으로 텍스트를 보아서는 안 된다. 텍스트를 있는 그대로 정확히 보아야 한다. 얼마나 부합하는지에 따라 정해지는 기계적 정확성으로는 더 이상 충분하지 않다. 그 경우 텍스트가 **깊이**를 지닌다고, 즉 수수께끼나 가면처럼 뒤에 강박적인 존재가 숨어 있다고 보기 쉽다. 그 역시 텍스트를 매끈하고 장식적인, 완전해 보이지만 눈을 속이는 표면으로 보는 방법이다. 그런 식으로 문제를 제시할 경우 작품을 알기 위해서는 가면을 벗기거나 그 가면

---

32 '텍스트'의 어원은 '실로 짜임', '직물'이다.—옮긴이

의 필요성을 추론해야 한다. 글쓰기와 함께 작품의 담론 자체가 변질된다는 것을 — 보여 주면서 가리고, 모습을 드러내면서 사라지고, 그 자체이면서 다른 것이다 — 보여 주어야 하는 것이다.

하지만 이러한 숨겨진 진실 혹은 의미라는 개념은 우리에게 별다른 가르침을 주지 못하며, 빈약하고, 무엇보다도 기만적이다. 그것은 심층과 표면 사이에 교환이 이루어진다고 말하지만, 결국 추상적인 뒤집기일 뿐이다. 문제는 바뀌지 않으면서 용어들만 뒤집힌 것이다. 그렇게 되면 작품의 담론은 그 인위성을 훤히 드러내 보이면서 같은 것을 다르게 말하는 것이 된다. 실재-외관의 대립항에서 작품을 생각하면, 규범적 환상을 뒤집어 해석적 환상에 빠지게 된다. 드러난 텍스트 대신에 그 뒤에 **자리 잡고** 있을 진짜 텍스트를 보는 것이다. 그렇게 해서 텍스트의 공간(두 텍스트의 교환이 이루어지는 공간), 깊이라는 이미지가 세워진다. 하지만 그 새로운 차원은 이전 것의 반복일 뿐이다. 이 깊이는 결국 텍스트를 둘로 나누면서 생겨난 것으로, 이데올로기적으로는 많은 것을 낳을 수 있지만 이론적으로는 얻을 것이 없다. 작품을 깊이를 지닌 **투시도**로 보여 줄 뿐, 무엇이 작품을 결정하는지에 대해서는 가르쳐 주지 못하기 때문이다.

책은 그렇게 간단하게 바탕을 감추고 있는 형태가 아니다. 책은 아무것도 감추지 않고, 그 어떤 것도 붙잡아 두지 않으며, 그 어떤 비밀도 가지고 있지 않다. 책은 온전히 **읽혀질** 수 있고, 보일 수 있고, 맡겨져 있다. 하지만 그런 선물을 자발적으로 받아들이는 것은 쉬운 일이 아니다. 집요한 침묵으로 많은 것을 말하는 작품은 그저 있는 그대로 볼 것이 아니다. 모든 것을 **동시에** 말할 수는 없기 때문이다. 작품이 자기가 말하고 있는 것을 모으고 담아둘 수단은 오로지 자신의 담론밖에 없다. 이미 보았듯이 (「이면과 표면」. 하지만 보는 것은 이해하는 것과 다르다), 텍스트의 선은 한 가지 방향으로 가지 않는다. 끝과 시작이 텍스트 안에 복잡하게 뒤엉켜 있는 것이다. 다른 한편, 텍스트의 선을 그대로 따라가면서 생각하는 것과 달리, 그것은 단일한 선이 아니고 실제적 다양성의 배열 상태에 따라 구성되어 있다. 문학작품은 그 본질상 한 번에 한 가지를 말하지 않고, 적어도 두 가지 이상을 말한다. 그렇게 함께 오며 섞여 있는 것들을 혼동해서는 안 된다. 그러므로 문학작품은 형태가 복합적이다. 처음 보이는 것보다 훨씬 두터운 담론의 선에는 무의식적 기억, 고친 흔적, 다시 나타나기, 그리고 부재가 담겨 있다. 그 담론의 대상 역시 복합적이어서 수많은 모습 속에, 즉 분리되고 불연속적이며 적대적인 수많은 실재 속에 펼쳐진다. 이 담론은 한 가지(아마도 **자기**의 비밀일 것이다)를 말하거나 말하지 않는 것이 아니라, 대립되는 모든 결정들 사이에서 팽팽하게 당겨진 채로, 스스로를 벗어나서 더 이상 스스로에게 속하지 않는다.

그러므로 작품의 신화적 깊이보다는 실제적 복합성을 알아내야 한다. 엄밀한 다양성의 경계 안에 놓인 작품에는 가장 중요한 조건이 부과된다. 즉, 무언가를 말하기 위해서는 동시에 다른 것(같은 성질의 것일 필요는 없다)을 말해야 한다는 것이다. 작품은 단일한 텍스트의 관계 속에 서로 분리될 수 없는 여러 개의 다른 선들을 연결한다. 따라서 필연적으로 이어지는 것을 분리하지 말고 그 배열을 보여 주어야 한다. 작품이 **말하는** 것은 그 선들 중 어느 하나가 아니라 그 선들의 차이, 대조, 즉 그 선들을 나누고 이어 주는 홈이다.

우리는 이것을 기본적인 예를 통해 살펴볼 수 있다. 문체론은 저자가 특수하고 결정적인 몇 가지 선택 앞에서 풀어야 하는 문제들을 보여 준다. 가장 간단한 것으로, 단순과거와 복합과거 시제 사이에서, 일인칭 이야기와 삼인칭 이야기 사이에서 선택해야 한다. 그러한 선택은 설명될 수 있지만, 설명되기 전에 행해져야 한다. 그런데 작가의 행위는 그 자체를 위해 규정된 문체론 법칙의 '규제'만 받는 것이 아니며, 그나마도 직접적으로 받는 것도 아니다. 오히려 작가의 행위가 그 법칙들을 결정한다. 작가는 알고든 모르고든 '문체론을 행하는' 사람이 아니다. 그의 작품은 문체론이 엄격히 적용된 것이 아니다. 작가는 특수한 문제들을 만나게 되고, 글을 쓰면서 그 문제들에 답하는 것이다. 문체론이 제기하는 문제들과 달리 작가가 만나는 문제들, 그리고 실제적으로 그 문제들을 구성하는 해결책은 결코 단순하지 않다. 작가는 언제나 서로 다른 층위에 놓인 몇 가지 문제를 동시에 풀어야 하는 것이다. 그 어떤 문제도 독자적으로 존재하지 않는다. 해석한다는 것은 바로 설명을 그 선택들 중 하나에 대한 확인으로 축소시키는 것이다. 사르트르가 유명한 글[33]에서 카뮈의 『이방인』에 적용한 간단한 방식이 바로 그것이다.[34] 진정한 설명은 여러 결정들이 필연적으로 만나는 복잡한 현실을 다룬다. 즉, 현실의 서로 다른 영역에 속하는 법칙들의 효과를 조정하는 것이다. 그렇게 해서 우리는 늘 작품이라는 짜임 안에서 만일 그것이 없었다면 작품이 존재하지 않았을 구멍, 모순을 보게 된다. 그러므로 텍스트의 움직임은 체계적이고, 하지만 절대 단순하고 완전한 체계를 세우는 것은 아니다.

이러한 복합성의 근본적인 이유들 중 하나는 작품이 절대 혼자 오지 않는다는 것이다. 작품은 늘 다른 작품들, 생산의 다른 영역에 속할 수 있는 작품들의 존재에 의해 결정된다. 최초의 책, 독립적인 책, 절대적으로

---

33 Jean Paul Sartre, "Explication de l'Étranger", *Situations I*, Paris: Gallimard, 1947.
34 이 문제에 관해서는 카뮈의 『이방인』에 관한 르네 발리바르(Renée Balibar)의 강의(투르Tours 의 문학부 학생들의 협력으로 출간됨)를 참조할 것. [이후 Renée Balibar, "Le passé composé fictif dans l'Étranger d'Albert Camus", *Littérature*, vol.7, no.7, 1972, pp.102~119로 출간되었다.—옮긴이]]

순수한 책이란 존재하지 않는다. 다른 곳에서와 마찬가지로 문학에서 새로움, 독창성은 언제나 관계들 속에서 정의된다. 결국 책은 언제나 교환의 장소이다. 자율성과 일관성은 바로 그러한 이질성 ── 경우에 따라서는 변질일 수 있다 ── 의 대가인 것이다.

복합성에서 그 어느 것도 놓치지 않기 위해서는 진정으로 읽어야 한다. 즉 읽을 줄 알고, 또 읽는 것이 무엇인지를 알고 읽어야 한다. 무엇보다도 그 복합성을 구성하는 요소들을 열거하며 조사하는 데 그쳐서는 안 된다. 왜곡이며 관념화일 뿐인 관계, 조화 혹은 단일성이 아니라 그러한 **과정**의 이유를 보아야 한다. 다시 한번, 드러난 작품을 지표로 삼는 잠재적인 구조를 아는 것이 아니라, 실제의 복합성이 이루어지는 중심이 되는 **부재를 구성**해야 하는 것이다. 그렇게 되면 지금까지 이데올로기와의 관계 속에서 문학비평을 놓아주지 않던 환상들, 즉 비밀의 환상, 깊이의 환상, 규칙의 환상, 조화의 환상을 쫓아낼 수 있을 것이다. 탈중심화되고 노출되고 규정되고 복합적인 것. 그렇게 받아들여진 작품은 위험을 무릅쓰고 자신에 대한 이론을 받아들일 수 있다.

2부
/
비평가

1
레닌의 톨스토이 비평

맑스와 엥겔스는 문학생산 혹은 예술생산에 지속적인 관심을 보였다. 문
학생산을 꾸준히 언급하고 (참고 대상으로, 징후로, 혹은 비평해야 할 대상
으로) 예를 빌려왔다. 하지만 맑스도 엥겔스도 예술의 문제를 꾸준히 연
구하지는 않았다. 그저 문학의 예들을 암시적으로 소개하고, 다른 문제
를 다루는 도중에 언급하고(『신성가족』에서의 외젠 쉬[1]), 이론적 성찰의 토
대를 제시하기도 했지만(「정치경제학 비판 요강 서설」), 논의를 심화시킨
적은 없었다. 이 주제에 대해 지속적인 관심을 보이기는 했지만, 독자적
으로 다루지는 않은 것이다. 그 결과 20세기 초까지 맑스주의 미학을 정
립하려는 계획은 여러 번 있었지만 —— 플레하노프Georgi Plehhanov의 저
작과 예술과 사회적 삶에 관한 라파르그Paul Lafargue의 시론을 제외하
면 —— 실현되지는 않았다.

하지만 익히 알고 있듯이 맑스가 그것을 실현할 뻔한 적은 있었다.
『자본론』을 완성하고 나면 발자크 연구에 전념하기로 결심했기 때문이

---

1 외젠 쉬(Eugène Sue, 1804~1857)는 프랑스의 작가이자 정치가로서, 연재소설 『파리의 신비』(*Les
mystères de Paris*) 등을 썼다.——옮긴이

다. 맑스와 엥겔스는 문학에서 어떤 일이 '일어나고 있는지' 그 핵심을 알고 있었다. 또한 쉬지 않고 그 정보를 보완해 갔다. 그러면서도 저작을 남기지 않은 것은 시간이 없었기 때문이다. 그들은 이론적 에너지를 프롤레타리아 투쟁 원리들을 수립하는 데 우선적으로 바쳐야 했다. 문학 세계는 그러한 관심에 관련되는 일이긴 했지만, 간접적인 방식이었기에 일단 제쳐 둘 수밖에 없었던 것이다.

결국 레닌이 말년의 톨스토이에게 바친 글들[2]은 과학적 맑시즘의 역사에서 **예외적인** 업적이 된다. 정치 지도자이며 과학적 이론가인 저자의 글 전체가 일정한 경계 안에서 논증적 형태로 문학의 문제를 다룬 최초의 예이다. 물론 『유물론과 경험비판론』에서 과학적인 방법의 문제를 다룰 때처럼 책 전체가 한 가지 문제에 천착한 것은 아니다. 레닌의 톨스토이론은 1908년에서 1911년 사이에 부정기적으로 씌어진 글들을 묶은 것으로, 동일한 문제('러시아혁명의 거울로서의 톨스토이')를 여러 각도에서 다루고 있다. 그런데 그것은 한 가지 문제를 구성하는 요소들을 순차적으로 다루는 유기적 구성이 아니다. 여섯 개의 글이지만 사실은 한 가지 글을 되풀이하고 있기에, 그 구성은 자의적인(사실은 필연적인) 것처럼 보인다. 모든 글이 결국 같은 말을 하고 있지만 그 형태는 매번 달라서, 여섯 편의 글을 함께 읽어야만 하는 것이다.

---

2 레닌이 톨스토이에 대해 쓴 6편의 글을 일컫는다. 발표 순으로 ① "Leo Tolstoy as the Mirror of the Russian Revolution", *Proletary* 35, 1908 [「러시아혁명의 거울로서의 톨스토이」, 이하 본문에서 「거울」로 지칭], ② "L. N. Tolstoy", *Sotsial-Demokrat* 18, 1910 [「톨스토이」], ③ "L. N. Tolstoy and the Modern Labour Movement", *Nash Put* 7, 1910 [「톨스토이와 근대 노동운동」, 이하 「노동운동」], ④ "Tolstoy and the Proletarian Struggle", *Rabochaya Gazeta* 2, 1910 [「톨스토이와 프롤레타리아 투쟁」, 이하 「투쟁」], ⑤ "Heroes of "Reservation"", *Mysl* 1, 1910 [「'유보'의 영웅」, 이하 「영웅」], ⑥ "Lev Tolstoi and His Epoch", *Zvezda* 6, 1911 [「톨스토이와 그의 시대」, 이하 「시대」]. 이 장에서 레닌이 쓴 글의 제목은 모두 영문 번역 제목으로 표기했다.──옮긴이

우리는 그 글들이 서로 다른 텍스트로 쓰여졌음을 고려하지 않고, 유일한 하나의 텍스트로 간주할 것이다. 이러한 연구는 정작 톨스토이에 관해서보다는 정치적으로 레닌의 사상이 그 3년 동안 어떻게 변해 왔는지에 대해 많은 것을 알려 줄 것이다. 우선 간략히 언급하자면, 1908년에 씌어진 첫번째 글은 톨스토이 작품으로부터 당시의 시대적 문제들을 끌어내고, 반면 1911년의 마지막 글에서는 톨스토이의 시대가 지나갔다는 것을 강조한다("1905년 톨스토이주의는 역사적 종말을 맞았다").

레닌의 톨스토이론의 첫번째 특징은 그것이 문학적 혹은 이론적 작업이 아니라 정치적 작업의 산물이라는 것이다. 글들이 비정기적으로(즉 써야 할 정치적 필요성이 생길 때) 발표된 것은 그 때문이다. 레닌은 톨스토이론에 『유물론과 경험비판론』과 동일한 형식을 부여하지 않았다(『유물론과 경험비판론』의 경우 정치적이라는 의미는 동일하지만, 방식은 덜 직접적이다. 그래서 책이라는 형식을 택한 것이다). '러시아혁명의 거울로서의 톨스토이'라는 주제로 이어진 글들은 1908년에서 1911년 사이의 레닌의 활동에 상응한다. 여섯 편의 글은 그 3년 동안의 레닌의 활동을 그대로 따라간 것이다. 만일 레닌이 추구하던 정치적 성찰과 직접적으로 관련된 것이 아니었다면 씌어지지도 않았을 것이다. 그 시기(레닌 미학의 시대)는 1905년의 혁명에 뒤이은 시기이고, 혁명으로 새롭게 생겨난 조건들에 맞춰 레닌이 사회민주당의 활동을 조정하던 시기이다. 그러므로 당면한 이론적인 임무는 1905년의 의미를 분명하게 정의하는 것이었다.

1905년은 당의 역사에서 전환점이었다. 즉, 한 시기를 끝낸 해이며, 그 시기가 어떤 것인지 전반적인 정의를 내리는 것이 가능하고 또한 필요한 때였다. 1905년에서 1910년까지 레닌은 1861년에 시작되어 1905년의 '농민' 혁명으로 끝난 부르주아 민주주의 시기에 대한 이론적 성찰로 돌아갔다. 레닌에게 있어서 그러한 회귀는 궤도를 벗어나는 탈선이 아니라 당면한 정치적 과업이었다. 그 과업이 없이는 막 시작된 새로운 시기에 부합하는 새로운 목표를 설정하는 것이 불가능했을 것이다. 무엇보다도 농민혁명의 실패가 (새로운 무언가를 알게 해주었다는) 긍정적 의미를 갖는다는 것을 보여 줄 필요가 있었다. 톨스토이는 바로 그 과정에서 등장한다. 레닌은 톨스토이의 작품이 초역사적인 가치를 지니는 것이 아님을 (그러므로 이데올로기적인 가치를 지님을), 따라서 그의 작품과 이데올로기를 **생산한** 시기(1861~1905년)와 분명하게 결부될 때에만 의미를 지닐 수 있음을 보여 주고자 했다. 그 점에서 톨스토이는 '러시아혁명(1905년 혁명을 말한다)의 거울'로 불릴 수 있다. 마찬가지로, 1908년에서 1911년까지는 레닌이 톨스토이에 대한 비평을 생산하던 시기이다. 레닌이 맑스주의 미학에 공헌한 바는 과학적 사회주의 이론의 정립과 연결되어 있다. 문학에 관한 글들 역시 과학적 사회주의 이론의 정립에 기여할 수 있는 것이다. 구체적인 상황을 경험하는 과정에서 레닌은 총체적인 이론 활동 안에서 문학비평이 수행할 수 있는 새로운 기능을 발견한 것이다. 그러므로 레닌이 톨스토이에 관해, 그의 소설에 관해 글을 쓴 것은 심심풀이나 궤도 이탈이 아니었다. 그것은 단순히 위대한 작가에게 **경의를 표하는** 것이 아니라, 문학생산에 그 진정한 역할을 — 그것을 감당할 수 있게 되었을 때 — 되돌려주는 것이었다. 미학 이론과 정치 이론은 밀접하게 연결된다. 그리고 레닌의 톨스토이론은 **실천적인** 영향력을 지녔다.

블라디미르 일리치는 나에게 몇 번이나 레프 톨스토이의 작품을 면밀히 검토해야 한다고 말했다. 정본 전집뿐 아니라 이야기, 논설문, 발췌 선집까지 팸플릿과 작은 단행본 형태로 많이 출간해야 한다고, 몇백만 부를

찍어서 노동자들과 농민들에게 널리 배포해야 한다고 했다.[3]

이러한 기획은 레닌의 사상에서 점점 지배력을 갖게 되는 문화 정치 (행정이 아니다)라는 관념과 결부될 때 제대로 의미를 갖게 된다. 레닌은 나름의 방식으로 최초로 참여 비평이라 할 수 있을 비평의 완전한 모습을 제시한 것이다. 그는 '비평의 거울'로 불릴 자격이 있다.

* * *

레닌의 비평 방법을 특징짓는 전체적인 경향은 바로 문학작품이 역사와 의 관련 속에서만 의미를 갖는다는 것이다. 다시 말해 문학작품은 역사적 으로 한정된 시기에 나타나며 그 시기로부터 분리될 수 없다. 문학작품은 역사적으로 한정된 시기로부터 변별적 특성을 얻지만, 동시에 그 시기의 특성을 규정할 수 있게 해주는 것이다.[4] 결국 문학작품과 역사 사이에는 필연적인 관계가 있고, 그 관계는 처음에는 상호적인 것처럼 보인다.

따라서 문학작품을 역사와의 관련 속에서 해석하는 것의 의미는 분 명하다. 작품이 대응하는 역사적 시기를 파악하고, 다시 말하면 경계 짓 고, 일관성을 지닌 두 가지 형태, 두 가지 단일성 — 하나는 문학이고 또 하나는 역사이다 — 을 밝혀내는 것이다. 하지만 "이 시기는 작가의 삶 과, 적어도 그가 작가로 작품을 썼던 시기와 일치한다"라고 말하는 것만

---

3 Jean Fréville ed., *V. Lénine, Sur la littérature et l'art*, Paris: Sociales, 1937, p.211에 인용된 본치-브루에비치(Vladimir Bontch-Brouévitch)의 말.
4 Lenin, "The Heritage We Renounce", the miscellany *Economic Studies and Essays*, 1898에 서 대중작가 엥겔하르트(Alexander Nikolayevich Engelhardt)에 관한 주석을 참조할 것. 경제에 대한 과학적 연구는 문학작품의 증언에 기댈 수 있다.

으로 문제를 해결할 수는 없다. 그 시기를 구성해 내야, 다시 말하면 그것이 한곳으로 수렴되는 몇 가지 경향들에 의해 결정되는 하나의 역사적 전체를 구성하는 시기임을 보여 주어야 한다. 문학작품 속에서 말해진 것이 꼭 작가가 살아간 시대와 일치하지는 않는다. 작품과 역사적 현실의 관계는 자발성이나 동시성으로 환원될 수 없다. 어떤 작가들은 자기 시대의 부차적인 경향에 혹은 지나간 시대의 잔재에 이끌려 가기도 한다. 일반적으로 말하자면, 작가는 늘 역사의 흐름에 뒤처진다. 언제나 사건이 일어난 이후에 쓰기 때문이다. 작가는 (물리적으로) 가까운 것을 다룰수록 쓰기가 더 어렵다. 그러므로 **작가가 어떤 시대에 매여 있는가**라는 질문은 간단하지 않다. 쉽게 대답할 수 없다. 이것은 과학적 비평이 던지는 첫번째 질문이다.

　실제 레닌의 톨스토이론은 상당 부분 이 문제를 다룬다. 톨스토이의 시대는 1861년의 개혁부터 1905년의 혁명에 이르는 기간이다.

> 톨스토이는 **무엇보다도** 1861년에서 1904년까지의 시기에 속하며, 자기 작품 속에서 (예술가로서, 사상가로서, 그리고 설교자로서) 러시아의 첫 혁명이 갖는 특수한 역사적 성격을 놀라울 정도로 선명하게 그려 냈다. (「톨스토이」)

> 톨스토이가 속한 시대, 그의 신조 속에 또한 탁월한 작품들 속에 반영된 시대는 1861년에서 1905년까지이다. (「시대」)

　여기서 **무엇보다도**에 유념해야 한다. 이 말은 톨스토이와 '그의' 시대의 관계가 직접적인 것이 아님을, 조심스럽게 한정되어야 함을 말해 준다. 러시아 역사에서 중대한 시기인 그 시대는 사실 복합적인 성격을 갖는다. 그 시대의 특성은 다양한 영향이 결합되면서 얻어진 것이기에 몇 가지 층위에서, 즉 상이한 네 가지 층위에서 역사를 기술할 수 있다.

1861년의 개혁이 정치적으로 러시아 봉건제의 종말을 고했음에도 불구하고 봉건경제의 본질적인 특징들은 존속되었다. 지주 귀족들은 시골에서 여전히 지배력을 행사했고, 심지어 개혁으로 인해 그 세력이 더 커지거나 적어도 연장된 상태였다. 국가의 구조가 변하지 않았기 때문에 지배력을 유지할 수 있었던 것이다. 결국 농노제의 존속과 봉건 국가의 지배력으로 인해, 1861년 이후에도 러시아는 여전히 "지주들이 지배하는 러시아"였다(「톨스토이」).

그러나 이 같은 경제적·정치적 구조는 외관상으로 유지될 뿐 현실은 불안정한 상태로 와해되고 있었다. 구제도의 와해와 새로운 질서의 수립에 주안점을 둔다면(「시대」 참조), 1861년에서 1905년까지의 시기는 가부장적인 낡은 러시아가 '붕괴'하는 시기였다고 말할 수 있다. 경제적·사회적·정치적 체계가 무너지고(농민들의 도시 이주라는, 늘 지적되는 특징적인 사실에서 분명하게 드러난다), 동시에 자본주의의 발전이 **가속화**되던 시기이기도 했다. 그 혁명을 통해 부르주아 러시아가 세워지고 있었다.

그러나 정치 영역에서 가장 중요한 것은 농민들의 저항, 즉 중세적인 잔재에 대항하면서[5] 동시에 '자본주의의 성장'에 대항하는 봉기였다. 그런데 그것은 무엇에 맞서 일어선 것인지, 어떤 수단을 사용해야 하는지 알지 못하는 상태의 불충분한 봉기였다(「거울」). 농민 봉기는 사실상 부르

---

5 "지주들의 권력을 전적으로 쇄신하고 봉건 대토지를 폐지하기 위해서 투쟁하는 농민들의 평등주의적 혁명의 열망"(Lenin, "In Memory of Herzen", *Sotsial-Demokrat* 26, 1912).

주아의 지휘 아래 이루어졌으며, 따라서 부르주아 계급의 기본적인 이익을 보장하면서 그들을 도와 봉건 러시아의 잔재를 청산하는 데 기여했다는 점에서 잠정적인 승리를 거두었을 뿐이다. 특히 농민 봉기는 그 이데올로기적 수단 — 포퓰리즘적 모험일 것이다 — 을 부르주아지로부터 빌려왔다. 러시아 농민이 역사의 전면에 등장한 것은 맹목적인 타협에 기반을 둔, 잠정적일 수밖에 없는 연합을 통해서인 것이다(「톨스토이」). 그로 인해 (끝없이 항의와 포기 사이를 오가는) 모순적인 이데올로기가 생겼고,[6] 결국 레닌에 따르면 당대 농촌에서 이루어진 역사의 특징을 모두 담고 있는 1905년의 혁명은 실패로 귀착되었다. 농민 대중과 자본주의적 이해관계가 결탁한 이 시기는 전적으로 과도적이며, 결국 일종의 막간 역할을 했다. 1905년에 이미 레닌은 「당의 조직과 당의 문학」에서 이렇게 썼다.

혁명은 아직 끝나지 않았다. 차르의 통치가 혁명을 무너뜨리는 것은 이미 불가능해졌지만, 혁명 역시 아직은 차르의 제국을 무너뜨릴 수 없다.[7]

'아직'에서 '이미'로의 이동은 이 시기 농민 **구조**의 특성을 잘 보여 주며, 사실 레닌의 글에 자주 등장한다. "개혁 **이후**의, 하지만 **혁명 이전**의 시대"(「톨스토이」). 혹은 "**이미** 현실 생활의 주인들을 증오하지만 **아직** 의식적인 투쟁에는 이르지 못한 이 수백만의 사람들"(「투쟁」, 강조는 레닌이 직접 한 것이다).

---

6 러시아 역사에서 **민주주의** 시기, 즉 농민 민주주의와 부르주아 민주주의의 시기이다. 그로 인해 레닌이 자주 사용한 '부르주아-농민 혁명'이라는 복잡한 호칭이 생겨났다(「거울」과 「톨스토이」 참조).

7 Lenin, "Party Organisation and Party Literature", *Novaya Zhizn* 12, 1905.

1905년의 혁명, '위대한 러시아혁명', 농민혁명은 이렇게 과도적이고 잠정적인 성격을 지닐 것이다. 레닌은 바로 그러한 성격을 설명하면서 혁명의 긍정적 의미를 보여 준다.

그러나 이 설명들로는 부족하다. 이 시기 끝 무렵에 나타나서 다음 시기의 주도적 특성을 규정하는 네번째 항, 즉 프롤레타리아 계급이 고려되지 않았기 때문이다. 1861년부터 1905년 사이의 러시아 — 봉건 러시아, 부르주아 러시아, 농민 러시아 — 에서 일어난 일의 의미를 온전히 이해하기 위해서는 그 시기가 바로 자본주의의 발전으로 인해 농촌이 붕괴되면서 노동자계급이 성립되고 노동자 정당이 나타난 시기라는 점을 고려해야 한다.

1905년의 혁명이 확인해 준 대로, 프롤레타리아 계급은 사회민주노동당을 결성하면서 독자적인 세력으로 혁명 투쟁의 선두에 서게 되었다.[8]

러시아에서 1862년에서 1904년까지는 격변의 시기였다. 구질서가 모두의 눈앞에서 돌이킬 수 없이 와해되어 버렸고, 서서히 새로운 체계가 자리 잡아 가기 시작했다. 그러한 사회 변화를 주도할 세력은 1905년에 처음으로, 광범한 규모로, 전국적으로, 그야말로 여러 영역에서, 공개적인 대중행동을 통하여 모습을 보였다. (「시대」)

표면적으로는 여전히 봉건적 양상을 띠고 있었지만, 러시아는 이미 부르주아 국가가 되어 가는 중이었다. 농민혁명은 결국 노동자혁명으로

---

8 Lenin, "In Memory of Herzen".

이행하였다. 1905년은 노동자계급이 주도적인 역할을 담당할 수 있던 시기였다. 결국 역사의 한 시대가 끝나는 때였고, 또 톨스토이 시대가 끝나는 때이기도 했다.

1861년에서 1905년까지의 시기를 과학적으로 분석하려면 이 항들을 모두 고려해야 한다. 제일 처음 할 일은 그것들을 정확히 **확인하는 것**이다. 무엇보다도 혼동해서는 안 된다. 즉, 한 계급의 이익을 다른 계급의 이익으로 파악해서는 안 된다. 그렇게 되면 설명 전체가 환상에 빠질 것이며, 정치적 행동은 실패할 수밖에 없는 것이 된다. 상이한 네 계급의 영향력에 부합하는 네 항목은 구별되어야 한다. 그런데 같은 층위에 위치하지 않는 그 네 항목이 각자의 방식으로 똑같이 중요하다는 데서 어려움이 발생한다. 지주 귀족(여전히 권력을 잡고 있었다), 부르주아 계급(경제 분야에서 결정적인 힘을 획득했다), 농민층(사회적 저항 운동을 이끌어 가고 있었다), 노동자계급(조직화되기 시작했다), 모두가 이 시기에 주도적 역할을 수행한 것이다. 그중에서 어디에 초점을 맞추는가에 따라 이 시기는 다르게 설명될 것이다. 특히 러시아 문학에 등장하는 이 시기에 대한 묘사를 보면 잘 나타난다. 약간 도식적으로 정리하자면, 도스토옙스키의 러시아는 주로 봉건 러시아이고, 체홉의 러시아는 부르주아가 부상하는 러시아이다. 톨스토이의 러시아는 농민 정신이 두드러진 러시아임을 보게 될 것이며, 고리키의 러시아는 도시 프롤레타리아트가 '수립'되는 러시아이다. 분명한 것은, 진정으로 과학적인 분석은 이 모든 양상을 공정하게 고려해야 한다는 것이다. 어느 하나를 선택하기보다는 (비본질적인 것들로부터 본질적인 것을 끌어내면서) 그 양상들의 관계를 설정해야 한다.

그러므로 봉건 러시아, 부르주아 러시아, 농민 러시아, 프롤레타리아 러시아를 따로 이야기하는 것은 말장난일 뿐이다. 이 시기를 정확히 특징짓기 위해서는, 즉 이 시기를 단일한 하나의 시기로 만드는 것이 무엇인지 보여 주기 위해서는, 네 항목이 분리될 수 없고 서로 관련되어 있음을 보여 주어야 한다. 나아가 그 네 가지가 어떻게 하나의 전체적인 구조를 이루는지까지 보여 주어야 한다.

농민과 지주 귀족 사이에는 공개적으로 갈등이 있었고, 노동자계급과 자본가 부르주아지 사이도 마찬가지였다. 그리고 역설적으로 이 두 갈등 간에 모순이 있었다. 농민과 지주 귀족의 갈등, 노동자와 부르주아의 갈등은 독자적으로 진행되지 못하고, 매개항의 힘을 빌려올 수밖에 없었던 것이다. 즉, 농민 세력은 투쟁 수단을 부르주아에게서 빌려와야 했고, 프롤레타리아는 농민층과 연합해야만 투쟁할 수 있었다. 농민층은 이중 플레이를 할 수밖에 없는 역사적 상황이었던 것이다. 그들은 부르주아적인 형태의 투쟁을 선택함으로써 객관적으로는 부르주아지의 편에 서게 된다.

> 혁명 동안에 이 집단 ─ 특히 농민층 ─ 은 구질서에 대한 증오가 얼마나 큰지, 당대 체제의 속박을 얼마나 생생하게 느끼고 있는지, 그것을 벗어던지고 더 나은 삶을 찾기를 얼마나 강렬히 욕망했는지를 보여 주었다. (「투쟁」)

> 1905년의 혁명이 분명히 확인해 주었다. …… 다른 한편, '토지의 사유권 철폐'를 포함하여 모든 형태의 폐지를 위해 싸운 혁명파 농민들('트루도빅스'Trudoviks, '농민연합')은 소자작농으로, 그리고 소규모 기업가로서 싸움을 한 셈이다.[9]

---

9 Lenin, "In Memory of Herzen".

그러므로 농민층은 정신적 상태뿐 아니라 그 **상황**이 모순적이었다. 그들은 갈등이 공개적으로 불거졌을 때 부르주아지 편에 섰지만, 토지 소유에 반대하는 투쟁은 필연적으로 자본주의에 반대하는 투쟁이었다. 그러므로 이 시기는 현실적 **갈등**의 시기라기보다는 잠재적 모순(경제적·정치적·이데올로기적 모순)에 근거하는 근본적인 **담합**의 시기이다. 이 시기의 전반적 구조의 중심에는 바로 이러한 모순 — 가장 중요하지만 직접적으로 드러나지 않는 모순(물론 그것이 유일한 모순도 아니고 또 가장 일반적인 형태의 모순도 아니다) — 이 자리 잡고 있다.

이 시기의 종착점을 이루는 1905년의 혁명은 그러한 구조가 잠정적인 것임을 보여 준다. 그리고 봉건제에 맞서는 투쟁과 자본주의에 맞서는 투쟁은 그때까지와는 전혀 다른 조직 형태에 따라(이즈음 사회민주당이 투쟁을 이끌어 갈 지도력을 나타내기 시작했다) 동시에 수행되어야만 승리를 거둘 수 있음을 보여 준다. 노동자계급이 농민층을 이끌어 가며 단일 전선을 이루어 투쟁할 때, 봉건국가에 맞서는 정치적 투쟁과 자본주의 사회에 맞서는 경제적 투쟁을 동시에 수행할 수 있게 될 것이다.

물론 개략적이기는 하지만, 이러한 분석을 바탕으로 비로소 톨스토이에 대한 연구가 가능해진다. 톨스토이의 작품을 연구하는 것은 이와 같이 결정된 역사적 구조와 작품이 어떤 관계를 맺는지를 보여 주는 것이다.

분명 톨스토이의 작품 자체가 이러한 분석을 포함하고 있는 것은 아니다. 한편으로 톨스토이의 작품이 그 시대에 대해 우리에게 알려 주고자 하는 것, 다른 한편으로 그 시대에 대한 분석이 실제로 우리에게 알려 주는 것, 이 두 가지는 별개의 것이다. 물론 톨스토이와 역사의 관계는 처음부터 분명하다. 하지만 (자발성이라는 용어를 잘못 사용하지 않는다면) 자발적이지는 않다. 그것은 어느 정도 숨어 있다. 그렇다고 해서 톨스토이가 자신의 시대를 이해하지 못했다는 뜻은 아니다. 톨스토이가 우리에게 전해 주는 그 시대의 이념은 선험적으로 잘못된 것이 아니라, 부분적인 것이다. 레닌에 따르면, 톨스토이는 역사에 관하여 어떤 '관점'을 제시한다 (특히 「투쟁」 참조).

이러한 사실은 작가의 **상황**을 개략적으로 말해 준다. 작가는 자기 시대의 움직임에 **참여**하고 있지만, 우리에게 그 시대를 완전하게 보여 주지는 못하는 방식으로 참여한다. 사실 완전하게 보여 주는 것은 불가능한 일이다. 만일 그럴 수 있다면 작가는 더 이상 작가가 아니고, 지식과 역사에 새로운 관계를 맺게 될 것이다. 작가는 한 시대의 총체적인 구조를 제시하는 것이 아니라 그 한 가지 **이미지**, 다른 것이 대신할 수 없는 특권적인 개요를 제시하는 것이다. 그러한 특권은 작가가 사회에서 차지하는 자리에서 비롯된다. 즉, 작가는 사회 안에서 두 가지 형태로, 개인으로 그리고 작가로 존재한다. 작가의 역할은 이야기를 통해 역사적 구조를 '살아 있게' 하는 것이라고 말할 수 있다. 정치적으로 보자면 잘못된 관점이라 하더라도 문학적 가치를 지닐 수 있는 것이다. 레닌이 혁명 이후에 쓴 유쾌한 글에서 반동 작가 중에도 훌륭한 작가가 있을 수 있다고 말한 것이 순전히 빈정거림은 아니다.[10] 톨스토이가 고리키보다 훌륭한 작가라면 혹은 그 반대라면, 그것은 문학과 역사와의 관계가 아니라 전적으로 문학적인 이유에 의해 판단되어야 한다(상당히 난해한 이 문제는 다음에 논의할 것이다). 우리가 말할 수 있는 것은 고리키의 작품은 1905년 이후 세대에 상응하고, 따라서 그 시기의 독자들에게 톨스토이보다 더 잘 '맞는다'는 것이다. 작가는 자기 시대(기계적으로 작가가 사는 시대와 같은 시대를 말하는

---

10 Lenin, "A Capably Written Little Book", *Pravda* 263, 1921.

것은 아니다)에 대해 어떤 지식을 가져다줄 수 있어야만 관심의 대상이 될 수 있다(예를 들어 레닌은 몇몇 대중작가들의 가치를 인정했다. 그들이 시골 생활을 생생하게 묘사해 냈기 때문이다). 하지만 그 지식이 독자들의 지식과 반드시 일치하는 것은 아니다. 작가의 자리는 작가에게 몇 가지 권리, 무엇보다도 오류를 범할 수 있는 권리를 부여한다.

이제 작가 톨스토이의 자리를 규명해야 한다. 우리가 앞에서 밝힌 전반적인 역사적 구조가 진정으로 톨스토이의 작품을 결정할 수 있으려면, 그 구조를 통해서 톨스토이 자신의 관점을 말할 수 있어야 한다. 개인으로서의 톨스토이의 관점은 그의 사회적 혈통으로 결정된다. 즉, 톨스토이 백작은 태생적으로 지주 귀족을 대변한다. 하지만 작가로서, 다시 말해서 작품과 신조의 생산자로서(나중에 알게 되겠지만, 이 두 양상은 구별되어야 한다) 그는 사회구조 안에서 자기 자리가 아닌 다른 곳으로 이동할 수 있었다. 톨스토이는 작품 속에서 '원래' 자기의 것이 아닌 이데올로기 — 농민층의 이데올로기 — 의 힘을 빌림으로써 시대의 역사에 대하여 (그로서는) 처음으로 새로운 관계를 맺는다.[11] 개혁 이후의 러시아 사회에 대한 그의 생각은 지주 귀족의 그것이 아니다. 다른 사회계층에 속하는 신조를 받아들였고, 그렇게 '톨스토이주의'가 태어난 것이다. 고리키에 따르면, 레닌은 이렇게 말했다. "톨스토이 백작 이전에는 문학 속에 진정한 '무지크'muzhik(농민)는 존재하지 않았다."[12]

무지크의 영혼(그들의 사고방식, 레닌이 '농민의 아시아적 특징'라 부른 것)을 지닌 백작 톨스토이는 그의 내면에서 일어난 사상적 **교환**을 통해 시

---

11 "톨스토이는 출신과 교육으로 보면 지주 귀족에 속했다. 하지만 그는 그러한 계층에 통용되던 생각들과 결별했다"(「노동운동」).
12 Maxim Gorky, "V. I. Lenin", ed. Fréville, *V. Lénine, Sur la littérature et l'art*, p.212.

대의 명백한 갈등의 중심에 서게 된 것이다.

톨스토이의 신조가 갖는 특성, 모순적이라기보다는 불완전한 특성은 이처럼 사회구조에 대한 특수한(엄밀히 말해서 개인적이지는 않다) 관계에서 비롯된다. 톨스토이는 자기 시대의 특징들을 잘 간파해 내기는 했지만 다소 비껴 갔으며, 관점 자체가 불충분했다. 자신의 시대를 격변의 시대로 보았지만, 그러한 무질서의 이면에 내재하는 질서를 파악하지는 못한 것이다. 톨스토이는 (무지크로서의 삶과 또한 백작으로서의 삶을 위협하는) 자본주의의 발전이 가져올 결과를 의식하고 있었지만, 부르주아지의 힘은 간파하지 못했다[13](사실 그의 작품 속에 그려진 부르주아지의 힘은 암암리에 드러나기 때문에 더욱 위협적이다). 그는 또한 잠재적 갈등의 두번째 항인 프롤레타리아 질서가 성립되고 있다는 것을 파악하지 못했다. 결국 톨스토이는 보아야 할 것을 보지 못한 부재를 통해서 역사 안에 있는 것이다. 세력들이 힘을 키워 가는 과정을 파악하지 못했기 때문이다. '관점'이란 무엇을 드러내 보이는가보다는 무엇을 감추는가에 따라 결정된다. 이러한 제한은 분명 시대의 특징이며 또한 근본적 구조의 특징이기도 하다. 결국 힘들의 관계를 아는 것만으로는 소용이 없고, 그와 동시에 하나하나의 힘들이 그 관계 속에 어떻게 진입하는지를 알아야 하는 것이다. 그 각각의 '진입' 과정이 관계를 정의하는 데 기여한다. 이런 식으로 관점들이 세분화되면서 시대의 총체적 구조에 대해 각기 부분적 관계를 맺고, 개별

---

13 이러한 '결여'가 바로 톨스토이 사후 그의 작품의 운명을 결정하게 될 것이다. 부르주아지는 이후 단계에서, 즉 프롤레타리아와의 갈등이 가장 전면에 나서게 될 시점에 톨스토이의 작품을 자기들 편으로 끌어들여서 프롤레타리아 혁명에 맞서는 무기로 쓸 수 있었다. 레닌은 부르주아지가 가진 그 무기를 빼앗고 톨스토이의 작품을 그 진정한 독자에게 돌려주려 한 것이다. 이 문제에 관하여는 특히 다섯번째 글(「영웅」)을 참조할 것.

적인 이데올로기들이 생겨난다. 그 이데올로기들은 내용은 다르지만 형식에 있어서는 모두 반동적이다(프롤레타리아 이데올로기 역시 사회민주당의 강령이라는 틀 안에서 과학적으로 조직화되기 전까지는 그런 성격이었다). 요약하자면, 하나의 역사적 시기는 하나의 자연발생적인 이데올로기를 생산하는 것이 아니라 힘들의 총체적 관계에 의해 결정되는 일련의 이데올로기들을 생산한다. 그리고 각각의 이데올로기는 그것이 대변하는 계층에 가해진 압박 전체에 의해 결정된다.

톨스토이는 "자신의 세계관을 송두리째 뒤집으며" 문학 속에 "가부장적 농부의 순진한 관점"(「노동운동」)을 도입했다. 그렇게 해서 전적으로 자신의 것인 하나의 작품을 생산했다. 그 작품을 연구하기 위해서는 다른 어떤 작품과도 뒤섞지 말아야 한다. 하지만 그 작품의 바탕이 되는 신조는 근본적으로 **다른 사람들**의 것이다. 톨스토이의 작품은 바로 그 다른 사람들을 매개로 하여 역사적으로 정의된다.

이 시대는 톨스토이의 신조를 개인적 현상, 변덕 혹은 독창성의 욕망으로서가 아니라 일정한 기간 동안 수백만의 사람들이 실제로 처해 있던 실존조건의 이데올로기로 산출했을 것이다. (「시대」)

톨스토이가 자기 시대의 역사에 대해 맺는 관계는 그의 개인적 상황이 직접 결정한 것이 아니다. 그것은 매개를, 다시 말해 관계가 형성되게 해주는 공통항을 이루는 개별 이데올로기를 거쳐서 에둘러 간다. 톨스토이의 작품과 그것이 '반영'하는(우리는 잠정적으로 이 용어를 사용할 것이다) 역사적 과정 사이에는 농민층의 이데올로기가 있다. 그러므로 '톨스토이주의'를 독창적인 신조로 해석하는 것은 중대한 오류가 될 것이다(실제 1910년대 부르주아 비평가들이 이러한 오류를 범했다). 작가는 자기 작품에 들어 있는 이데올로기를 만들어 낸 것처럼 보이지만, 사실 그 이데올로기는 작가와 무관하게 이미 이루어져 있다. 물론 작가가 자신의 삶에서 그 이데올로기를 **발견했던** 것처럼 우리는 작가의 책에서 그 이데올로기를 **발견할** 수는 있다. 그러므로 톨스토이 작품의 독창성은 톨스토이가 없었더라도 존재할 수 있었을 그 이데올로기가 아닌 다른 곳에서 찾아야 한다. 작가들이 이데올로기들을 만들어 낸 것은 아니기 때문이다.

문학작품은 두 가지 관계 속에서 연구되어야 한다. 즉, 역사와의 관계, 그리고 그 역사에 대한 한 가지 이데올로기와의 관계가 그것이다. 문학작품 연구는 둘 중 어느 하나로 축소될 수 없다. 실제로 우리는 톨스토이의 작품 속에서 그가 살았던 시대의 모순을 발견할 수 있고, 또한 그 모순과의 관계가 부분적이기에 빠져 있는 것이 있다. 톨스토이의 작품이 그것이 태어난 시대의 조건들을, 그 조건들의 일부를 반영한다는 레닌의 말은 바로 이런 의미이다. 그렇기 때문에 톨스토이를 '러시아혁명의 거울'이라고 부를 수 있는 것이다.

* * *

하지만 '러시아혁명의 거울'이라는 칭호는 분석의 시작에 불과하다. 이미 살펴본 바와 같이, 톨스토이의 작품은 그 안에 포함된 이데올로기로 **환원될 수 없다.**[14] 그의 작품 안에는 분명 다른 것이 있다. 즉, 톨스토이의 신

---

14 이러한 환원은 특수한 상황 속에서만 정당하다. 레닌이 강조하듯이, "정치적 자유를 박탈당한 민중에게 있어서 문학은 그들의 분노와 양심의 소리를 듣기 위해 올라갈 수 있는 유일한 연단"이라는 헤르첸의 주장은 옳다. 그 경우 문학은 이데올로기적 표현을 대신한다. 하지만 아무리 전적으로 정당하다 해도, 그것은 문학을 정의하는 문제를 미해결의 상태로 버려 둔다.

조와 함께 작품이 관계로서 존재할 수 있게 해주는 다른 무엇이 들어 있다. 그 두 항을 혼동하는 것은 부르주아 비평의 맹목적 방식이다. 책 속에서 이데올로기는 엄밀하게 문학적인 수단과 만나야만 설 자리를 갖는다. 따라서 **형태로 실현**하는 문제가 제기되어야 한다. 그것은 단순히 기계적인 번역이 아니다(사실 번역을 하려면 처음부터 **두 가지 언어**에 통달해야 한다. 그렇지 않으면 그저 한 언어를 다른 한 언어에 포개는 것밖에 되지 않을 것이다). 예를 들어 이데올로기로 소설을 쓴다는 것은 소설이란 무엇인가에 대한 개념을 포함하는데, 그것은 이데올로기적인 규범으로 정의되는 것이 아니다(심지어 부르주아 비평도 특히 순수문학, '예술을 위한 예술'이라는 개념을 주장할 때 이데올로기적 규범을 사용하고, '참여'문학을 다룰 때도 이데올로기에 대해 유사한 환원을 행한다). 우리가 조금 전에 살펴본 바와 같이 이데올로기가 어떤 점에서 늘 불완전한 것이라면, 문학적 형태들은 나름의 방식으로 **그것을 채울** 것을 가지고 있다. 레닌은 무엇보다도 문학작품을 이데올로기적인 내용으로부터 분리하는 것이 인위적인 것임을 보여주려 했지만 그 말은 이미 문학작품이 이데올로기적인 내용과 구분될 수 있음을 내포한다. 레닌은 글렙 우스펜스키Gleb Uspensky와 관련하여 문학작품과 이데올로기적 내용의 구분을 제시한 바 있다. 우스펜스키가 "농민에 대한(즉, 농민의 문제와 농민의 정신에 관한) 완벽한 지식 **그리고** 사물의 핵심에 파고들 수 있는 탁월한 예술가의 재능"[15]을 지녔다고 본 것이다. 이제 이 "탁월한 예술가의 재능"이 무엇인지 분명하게 밝혀야 한다.

하지만 문제는 필요성이 주어졌다 해도 그 구분이 여전히 모호하다

---

15 Lenin, "What the 'Friends of the People' are and How They Fight the Social-Democrats (A Reply to Articles in *Russkoye Bogatstvo* Opposing the Marxists)", 1894.

는 것이다. 작품은 이데올로기적인 내용을 지니지만, 그것은 이데올로기적 관점에서 출발하는 것이 아니라 특수한 형태의 작업을 통해서 이루어진다. 그리고 그 형태 — 덜 '훌륭한' 작가나 나쁜 작가와 구별되는 '훌륭한' 작가를 규정해 주는 예술가의 '재능' — 는 역사적 과정과 이데올로기적 동기 부여를 '인식'하는 방식에 있다. 훌륭한 작가는 현실에 관해 명확한 '인식'을 제시하는 사람이라고 할 수 있는 것이다. 그런데 여기서 '인식' 개념은 많은 문제를 야기한다. 그것은 물론 이론적 지식 개념과 다르다. 작가가 현실에 대해 알고 있는 것은 맑스주의자들이 그 현실을 과학적으로 설명하는 것과는 다르다. 무엇보다도 작가는 자기 고유의 수단을 사용하기 때문이다. 작가의 지식은 영향력과 근거를 알지 못하는 암묵적인 지식이라고 말할 수도 있겠지만, 정말로 그 흔적들로부터 재구성될 수 없는 것이라면 그것은 더 이상 지식이라 할 수 없다. 마찬가지로 만일 문학이 이데올로기와 **토론하면서** 그 이데올로기와 별도로 정의되어야 한다면, 그것은 이데올로기적인(즉 이데올로기를 통해 파악되고 전달되는) 지식이라 할 수 없다. 문학적인 인식이 지식의 **유사물**로, 지식의 한 가지 **방식**으로 정의될 수 있다 하더라도, 그 지식이 무엇에 관계되는지, 현실을 이데올로기적으로 파악하는 것인지 혹은 현실 그 자체인지 말할 수 있어야 한다. 전자라면 문학은 (이데올로기적 재료들을 전달하는) 정보의 기능밖에 지니지 못할 것이고 후자라면 문학은 물질적으로 주어진 것들을 담는 그릇일 뿐이다. 예를 들어 레닌은 (시골 생활을 그려 낸) 대중작가 엥겔하르트의 작품이 어떻게 사용될 수 있을지 연구하면서 그 작품 안에서 신조(사물들을 보고 해석하는 방식)와 주어진 자료(통찰력을 가지고 관찰해서 재생산할 수 있는 현실의 요소들)를 구별해야 하며,[16] 신조가 그 자료들에 적합하지 않기 때문에 작품이 모순적인 구조를 갖게 된다고 말한다. 작품 안에서 이데올로기로부터 빌려온 것을 모두 제거해 버린 후 남는 것으로서의 문학이 갖는 기능은 진정한 지식의 바탕이 될, 관찰에서 얻어진 소견 — 이것은 신조와 구별된다 — 을 생산하는 것이 아니겠는가?

> 엥겔하르트가 제공한 자료와 관찰을 기반으로 하여 농촌을 판단하는 것은 …… 흥미롭고 유익할 뿐 아니라 경제 연구자들에게도 정당한 방식이 될 것이다. 많은 지주들이 대답하고 증언한 것들, 대부분 편파적이고, 무능하고, 합당한 개념을 만들어 내지도 확고한 기반을 가진 의견도 세우지 못하는 것들을 조사 결과로 모두 믿는 학자들이 정작 놀라운 관찰력을 지니고 흔들림 없는 진정성을 지닌 사람, 스스로 완벽하게 연구한 것에 대해서 말하는 사람이 11년 동안 모은 관찰을 왜 믿지 못하겠는가?[17]

문학 텍스트의 과학적 이용의 단초가 되는 이러한 제안을 하면서, 레닌은 작가가 아니라 그 작가의 내면에 존재할 수 있는 과학적 관찰자에 대해 말한다. 책은 투명한 상태로 존재하며, 그것을 작품화하는 전적으로 문학적인 수단들은 "훌륭한 양식良識", "현실을 그려 내는 단순하고 직접적인 수단", 그리고 뒤이어 나오는 말처럼 "현실을 가차없이 벌거벗기는"[18] 수단이 될 것이다. "재능 있는" 작가는 바로 "가차 없는 관찰자"이다. 그런데 이 "가차 없는 관찰자" 개념은 검토가 필요하다. 관찰이 "가차 없는" 것이어야만 진정할 수 있는 것은 아니기 때문이다. 그리고 그러한 직접적 관찰이 모습을 바꾸지 않은 그대로 어떻게 이론적 지식의 대상이

---

16 Lenin, "The Heritage We Renounce".
17 Ibid.
18 Ibid.

될 수 있는지 말하기 어렵다. 그러한 관찰이 어떻게 책 속에 **주어질** 수 있는지 역시 마찬가지다.

만일 문학 텍스트가 과학적 정보로 직접 사용될 수 있는 요소들을 제공한다면, 그것은 직접적으로 현실에 상응하는 어떤 자발적인 자료들이 책 안에 있기 때문일 것이다. 그렇게 되면 레닌이 1908년 고리키에게 보낸 편지에서 제기했던 문제 — 잘못된 신조로부터 어떻게 '올바른' 문학 작품이 나올 수 있는가 — 가 쉽게 풀릴 것이다. 그것은 신조와 실제 기억들이 만나는 과정에서 실제 기억들 중 일부가 신조의 검열을 통과하기 때문에 가능한 것이다. 이렇게 해서 우리는 반동적 리얼리즘이 존재할 수 있음을 이해하게 된다.[19] 즉, 이데올로기적인 꿈 속에 바로 그 꿈이 파괴하고자 하는 현실이 들어오는 것이다. 하지만 현실이 기계적으로 재생산된다는 이러한 개념은 모호하다. 게다가 레닌이 수립한 지식 이론과도 맞지 않는다. 현실이 마치 유령처럼 책 안에 들어와 있다는 생각(현실에 사로잡힌 책)은 비현실적인 환상이다.

책은 역사적 현실에 직접 접근할 수 없고, 역사적 현실과 책 사이에는 일련의 영사막과 매개물이 끼어든다. 앞에서 우리는 이데올로기(하나의 이데올로기)가 일차적으로 매개 작용을 수행한다는 것을 보았다. 또한 이데올로기와 책 사이에 새로운 관계가 수립된다는 것도 보았다. 하지만 그러한 관계가 현실 요소들의 존재에 근거한다고 말하는 것은 부조리하며 동어반복에 지나지 않을 것이다. 책은 현실의 직접적인 반영이 아니며, 따라서 저절로 주어지는 의미의 자발성 같은 것은 존재하지 않는다(이 문

---

19 Lenin, "A Capably Written Little Book"에서 아베르첸코(Arkady Averchenko)에 관한 언급을 참조할 것.

제는 나중에 좀더 길게 다루게 될 것이다). 책은 다음과 같은 이중의 변증법적 과정에 의해 이루어진다.

① 역사적 과정
② 이데올로기 } → (1)

③ 이데올로기
④ ? } → (2)

이제 우리는 (책 속에 있는 특수하게 문학적인 것이 어떤 것인지 질문함으로써) 네번째 항을 확인하려고 한다. 그것을 첫번째 항과 같은 것으로 보아서는 안 된다.

다시 말하면 역사적 과정을 기술하는 데 쓰이는 과학적 개념들이나 이데올로기적 개념들만으로 문학작품을 분석할 수 없다. 문학작품의 분석을 위해서는 책 속에 있는 문학적인 것을 말해 줄 수 있는 새로운 개념들이 필요하다. 레닌이 가장 취약하고 개념상 빈약한 부분이 바로 이 지점이다(걱정할 필요는 없다. 부르주아 비평은 이데올로기적 개념밖에 갖고 있지 못하기에 더 빈약하다). 레닌은 역사적 현실과 이데올로기에 대한 작가의 특수하고 가차 없는 시선에 대해 "재능 있는 예술가", "비길 데 없는 화가", "부각하는 법을 안다" 등으로 말했고, 존 리드John Reed의 책에 대해서는 "정확하고 대단히 생생한 묘사를 한다"라고 말했다.[20] "톨스토이는 위대한 작가이기 때문에" 다른 어떤 이보다 더 잘 알고 있었다고도 했다. 엥겔스의 말 역시 같은 맥락이다.

---

20 Lenin, "Introduction to the Book by John Reed: *Ten Days That Shook the World*", 1919.

사회주의 경향 소설은 — 작가가 아무런 답을 제시하지 않는다 해도, 분명하게 입장을 취하지 않는다 해도 — 실제의 관계들을 충실히 묘사함으로써 관계의 본질에 대한 환상을 파괴할 때, 그렇게 부르주아 세계의 낙관주의를 흔들 때, 기존 질서의 영속성을 의심하게 만들 때, 그 임무를 완벽하게 수행한다.[21]

작가는 **구현하고, 표현하고, 번역하고, 반영하고, 돌려준다.** 이 용어들은, 얼마나 적합한지는 각기 다르지만, 이제 모두 우리의 문제에 해당된다. 이 문제는 우리가 앞에서 다룬 문제와 다르지 않을 것이다.

거울 속의 상

이제 레닌의 비평 텍스트들을 새로운 관점에서 완전히 다시 분석해야 한다. 지금 우리가 가진 것은 톨스토이의 작품에 대해 나름의 방식으로 완전한, 즉 불충분한 한계 안에서 완전한 설명이다. 우리는 톨스토이의 작품 안에서 무엇을 찾아야 하는지 알고 있지만 그런 연구가 **어떻게** 이루어질 수 있는지, 실제로 **어디에** 적용되는지는 알지 못한다. 앞에서 본 해석에는 작품의 내용을 위해서 작품 자체가 제거되어 있다. 톨스토이의 책들, 그 책들 고유의 특성만 빼고 전부 다 알려 주는 것이다. 톨스토이의 작품 안에 무엇이 있는지 안다고 해서 그 작품이 무엇으로 만들어졌는지 아는 것은 아니다.

그러므로 레닌의 시도에서 **작가의 작업**을 알게 해주는 것들을 찾아내

---

21 엥겔스가 1885년 11월 26일 민나 카우츠키(Minna Kautsky)에게 보낸 편지.

야 한다. 이 새로운 설명은 편의상 첫번째 설명과 분리되어 있지만 사실은 두 가지가 섞여 있다. 톨스토이에 관한 레닌의 글은 몇 가지 중요한 개념을 도입한다(그 의미를 밝히고 근거를 규명하면 과학적 비평의 기본 개념이 될 수 있을 것들이다). 문제는 레닌이 자신이 사용하는 개념들을 이론적으로 어떻게 정당화할 수 있는지의 문제는 제기하지 않았다는 것이다. 그는 『유물론과 경험비판론』에서 자신이 사용하는 개념들을 이론과 연결한 것과 달리 비평 텍스트에서 사용한 개념들을 문학이론과 연결하지는 않았다. 물론 레닌은 문학비평의 개념들을 정치 이론의 장에서 사용했지만(이미 보았듯이 레닌의 글은 본질적으로 정치적이다), 그것은 정치적 용법의 장 밖에서 연구될 수 있다. 주어진 상황에서 정당하게 적용될 수 있는 것이라도, 다른 상황으로 확장되기 위해서는 이론이라는 에움길을 거쳐야만 한다. 지금 우리는 바로 그 에움길을 가볼 것이다.

레닌의 글들이 갖는 효용성이 집약되어 있는 비평 개념은 바로 **거울, 반영, 표현**이다. 레닌은 "작품은 하나의 거울이다"라고 말한다. 결국 그것은 문학에 대한 레닌의 정의이기도 하다. 이 말을 듣는 순간 리얼리즘 문학을 지칭하기 위한 비유로 통용되는 '길 위의 거울'이 떠오를 것이다.[22] 하지만 레닌에게 있어서 거울은 '상'이 아니라 '개념'으로 연결된다. 따라서 적어도 정의를 내려 그 한계를 설정할 필요가 있다. 실제 레닌은 곧이어 그 '사물'은 스스로를 위해 존재하는 것이 아니라고 분명히 말한다. "어떤 현상을 정확하게 비추지 않는 것을 그 현상의 거울이라고 부를 수 없다"는 것이다(「거울」). 그런 거울은 그저 표면이 — 적어도 자기만의 방

---

22 스탕달의 소설 『적과 흑』(Le rouge et le noir)에 나오는 '소설-거울'을 말한다. "소설이란 큰 길을 가면서 둘러메고 다니는 거울 같은 것이다."—옮긴이

식으로 비추기는 하니까 — 거울일 뿐이다. 레닌의 거울은 그저 비추는 표면, 뭐든지 반사해서 그 모습을 그대로 다시 만들어 내는 표면이 아니다. 레닌이 생각하는 것은 일그러짐이라는 손쉬운 개념보다는 상의 파편화 개념이다. 그렇다면 거울이 깨진 것일까?

사실 거울과 거울이 비추는 대상(역사적 현실)의 관계는 **부분적**이다. 거울은 전체가 아니라 주어진 현실 중에서 고르고 선별하여 비춘다. 그것은 무작위의 선택이 아니며, 바로 그 선택이 거울의 특성을 설명해 주고 거울의 본질을 이해할 수 있게 해준다. 우리는 이미 그러한 선택의 이유를 알고 있다. 개인적으로 그리고 이데올로기적으로 톨스토이는 자기 시대의 역사에 대하여 불완전한 관점밖에 지니지 못했다. 특히 우리는 톨스토이가 자기 시대의 역사를 **혁명적** 단계로 파악하지 못했다는 것을 알고 있다. 톨스토이가 혁명의 거울로 불릴 수 있는 것은 혁명을 반영했기 때문이 아니다. 작품이 거울이라고 할 때, 그것은 작품이 그 안에 '반영된' 시대와 명백한 관계를 맺고 있기 때문이 아니다. 톨스토이는 그의 작품에 반영된 시대를 "확실하게 이해하지 못했고", 심지어 그로부터 "확실하게 벗어났다"(「거울」). 사람들이 톨스토이 작품의 거울에서 보게 되는 것은 작가가 개인으로서 또 이념적 대변자로서 본 것과 똑같지 않다. 거울에 비친 역사의 상은 그대로 되살린다는 엄격한 의미에서의 반영이 아니다. 더구나 우리는 그러한 재생이 불가능하다는 것을 알고 있다. 톨스토이의 작품에서 시대를 그대로 알아볼 수 있다고 해서 그 사실이 톨스토이가 그 시대를 제대로 **알았다**는 것을 증명하지는 못하는 것이다. 자신의 거울에 대한 톨스토이의 관계는 그 시대의 몇몇 혁명가들, 즉 혁명에 직접적으로 참여하고 효과적인 역할을 수행했지만 스스로 그 유효성과 근거를 알지 못했던 혁명가들과 같다(적어도 유사하다).

이것은 무엇보다도 혁명이 **복합적인** 현상이라는 사실에 의해 설명될 수 있다. 하나의 단순한 갈등이 아니라, 다양한 결정 과정들로 규정되는 투쟁이 있는 것이다(앞의 분석을 볼 것). 역사의 과정은 동시에 여러 차원에서 진행되고 여러 가지 방식으로 얽힌다. 그러므로 그 **부분들** 중 하나만으로 혁명에 참여하고 나머지에 대해서는 전혀 알지 못하는 것이 가능하다(하지만 겉으로만 그런 것임을 곧 알게 될 것이다). '대혁명' 안에 농민이라는 요소(사실상 가장 명백한 요소이다)가 존재했고, 바로 그 요소를 통해서 톨스토이와 그의 작품이 역사 속에 자리 잡는다. "톨스토이는 혁명의 핵심적인 측면들을 **적어도 몇 가지** 반영해야 했다"(「거울」). 하지만 우리가 말할 수 있는 것은 한 가지뿐이다. 직접적인 관계는 필연적으로 그 내용뿐 아니라 형식까지도 불완전한 상태이다. 이 혁명 속에 자리 잡았던 사람들 모두가(누가 안 그랬겠는가?) 상황을 이루는 요소들 중 적어도 하나와 관계를 맺었다. 하지만 그 관계는 겉으로 직접적인 것으로 보일 뿐 사실은 상황 전체에 의해 결정된다. 결국 **상황의 요소**, 상황에 대한 입장 같은 개념들이 **기계적인** 분석으로 이어진다면 그것은 속임수일 것이다. 반영이라는 요소는 직접 그대로 보여 주는 것 같지만 사실은 그것이 받는 영향력들(단기적인 것뿐 아니라 장기적인 것까지)에 의존한다. 복합적인 구조 속에 어떤 자리를 차지하느냐에 의해 결정되는 것이다. 따라서 그 요소가 있다는 것 자체보다는 외부로부터 파여 있다는 것이 더 중요하다. 그 요소를 집어넣기 위해서는 간접적으로 그것을 낳은 모든 조건들을 거쳐 가야 하기 때문이다. 작품은 부분적으로 반영하는 거울이며, 또한 불완전한 — 오직 자기 요소들의 층위에서만 파악되었으므로 — 현실을 반영한다. 또한 그것을 위해 모든 조건들을 거칠 필요가 없다는 것이 작품의 특권이다. 작품은 작품 안에서 읽을 수 있는 필연성을 **보여 줄** 뿐이다. 그리고 그것을 읽는 것이 바로 과학적 비평이 할 일이다. 거울이 우리에게 그러한 필연성을 보여 줄 수 있는 것은, 거울이 하는 일이 기계적으로 상을 재생하는 것이 아니고(그런 상은 맹목적일 수밖에 없고 비난의 대상이 될 것이다), 지식의 수단으로서의 역할을 하는 것도 아니기 때문이다(지식은 그 자체의 수단을 가지고 있고 그것으로 충분하다). 거울은 오로지 혼자만이 할 수 있는 일, 드러내 보이기를 한다. 그리고 거울에 비친 상들을 해독할 수 있도록 우리를 도와주는 것이 바로 비평의 기능이다.

따라서 거울의 비밀 — 역사적 현실을 입증하지는 않지만 그 맹목성을 폭로하지 않으면서 나타나게 하는 방식으로 보여 주는 과정이 어떻게 이루어지는가 — 은 거울 속에 나타난 상의 형태에서 찾아야 한다.

그러므로 거울 개념은 (반영된 상이 부분적임을 규정해 주는) 분석 개념으로 보완될 때 새로운 의미를 띠게 된다. 하지만 분석이라는 개념 자체가 모호하다. 현실을 조립에 의한 기계적 산물로 제시하는 경향이 있기 때문이다. 현실에 대한 해석이 현실의 실제적 복합성을 없애서는 안 된다. 사실 거울을 통해서 현실의 파편이 모습을 드러낸다는 말은 충분하지 않다. 거울의 상은 파편이 아니다. 거울의 상은 그 자체의 복합성에 의해서 현실의 여러 층을 환기한다. 톨스토이의 작품은 동질적이지 않다. 반영된 상이 상정하는 연속성도 투명성도 존재하지 않는다. 거울의 상은 한 덩어리가 아니다. 그런 식으로 인식하는 것은 이상화하는 것이고, 제대로 이해하지 못하는 것이다. 자유주의 부르주아 비평이 그런 식이다. 결국 거울은 단순한 반사면이 아니라는 생각으로 되돌아오게 된다. 톨스토이의 작품은 그 자체가 여러 요소들로 구성되어 있다. 프로이트에 따르면 꿈을 분석하기 위해서 우선 그 성분들을 분해해야 하는 것과 마찬가지로, 레닌은 문학작품 역시 그런 식으로 연구되어야 한다고 말한다. 즉 문학작품은 환상적인 총체성의 관점으로 보아서는 안 되고, 필연적이고 실제적인 분리 작업을 통해서 보아야 하는 것이다.

혁명가가 톨스토이의 작품을 거울 삼아 자기 모습을 비추어 보기 위해서는 반동적인 비평과 자유주의 비평의 왜곡을 경계해야 한다. 톨스토이의 작품 안에서 무엇이 거울인지 파악할 줄 알아야 하며, 작품 전체를 하나로 받아들여서는 안 된다. 그렇게 한다면 문학작품을 구실로 삼아 정치적 혹은 이데올로기적인 신념을 선언하는 것일 뿐이다. 톨스토이의 작품은 총체적 반영이 아니며 개별적 형태로서 완전하고 단순한, 기본적인 반영도 아니다. 이처럼 역사적 과정의 복합성과 마주하도록 **책의 복합성**을 세울 수 있어야 한다.

톨스토이라는 위대한 형상은 불순물 없는 한덩어리 금속으로 주조된 것이 아니다. 그를 찬미한 부르주아들이 모두 "기립 박수를 보내며" 그의 기억을 기린 것은 톨스토이가 '한덩어리'였기 때문이 아니라 그렇지 않았기 때문이다. (「영웅」)

톨스토이에 대한 부르주아 비평의 판단은 몰이해나 무지가 아니라 심각한 착각으로 인한 것이다. 톨스토이의 작품에 대한 부르주아적 읽기는 작품이 만들어 낸 산물 중 하나이며, 처음부터 톨스토이 작품의 불균형을 파악할 수 있게 해주는 징표이기도 하다.

그러므로 제일 먼저 해야 할 것은 톨스토이의 작품 속에 들어 있는 두 가지 유산을 세밀하게 구별하는 것이다. 한 유산은 내던져 버릴 것이고 또 한 유산은 보여 주어야 할 것이다. 그 두 가지를 종합할 수 있는 가능성은 없다. 즉 "톨스토이 안에서 그의 합리적 판단이 아니라 선입견을 나타내는 것, 그의 미래가 아니라 과거에 속한 것"과 "그의 유산 중에서 과거 속으로 침몰하는 것이 아니라 미래에 속한 것"을 구별해야 한다. "바로 그 유산을 러시아의 프롤레타리아가 거두어들였고 연구했다"(「톨스토이」). 이 모든 것은 그 자체로 많은 것을 말해 준다. 1910년에 이르면, 톨스토이가 부르주아의 유산과 프롤레타리아의 유산을 동시에 상속받았음이 드러난다. 그런데 우리가 이미 알고 있듯이 톨스토이는 부르주아적인 작가도 프롤레타리아적인 작가도 아니고, 오히려 농민적 작가이다. 이렇게 사용 가능성이 하나가 아니기에 그의 작품은 **탈중심화되고** 고유의 특성을 갖지 못하며, 그 자체로부터 비껴 나 있게 된다. 이러한 작품 내적인 분열은 흡사 남의 땅에 둘러싸인 고립된 땅처럼 작품 안에 놓인 이데올로기의 존재로 인한 분열이기도 하다.

> 예술가 톨스토이의 작품 **그리고** 사상가 톨스토이의 견해 속에 반영된 것은 바로 옛 러시아의 낡은 토대들이 급격하고 고통스럽고 격렬하게 변해 가는 과정이다. (「노동운동」)

> 노동자계급은 톨스토이의 예술작품들을 익혀서 그 적敵을 더 잘 아는 법을 배우고, 반면 러시아 민중 전체는 톨스토이의 신조를 이해해서 자신들이 어떤 약점 때문에 해방 과업을 끝까지 완수하지 못했는지 깨달아야 할 것이다. (「투쟁」)

우리는 이미 문학작품으로서의 톨스토이의 작품과 작품에 속하지 않고 전혀 다른 토양에서 생겨난 톨스토이의 이데올로기를 구별해야 한다는 것을 알고 있다. 하지만 이러한 구별은 이제 다른 의미를 띤다. 작품 안에서 작품 자체와 이데올로기적 내용 사이에 근접 관계가 아니라 갈등 관계가 설정되기 때문이다. 결국 작품이 동시에 서로 다른 독자층을 향한다는 사실(앞에서 우리는 새로운 예를 보았다. 즉, 톨스토이의 신조가 러시아 민중 전체에게 이해의 수단이 되었을 때, 그의 문학작품은 노동자계급에 속하게 된다. 「투쟁」 참조)에서도 역시 같은 생각을 보게 된다. 즉, 문학작품은 그 깊이가 불규칙하다. 거울이 여러 개 있고, 그 거울들이 비추는 상은 서로 이어지지 않는다. 책 속에서 여러 개의 거울이 여러 개의 빛을 반사하는 것이다.

문제는 이러한 특성이 작품에 모호성을 부여한다고 해석해서는 안 된다는 것이다. 곧바로 핵심적인 예로 들어가 보자. 레닌은 1908년에 씌어진 첫번째 글에서 이렇게 말한다.

그러므로 톨스토이의 견해들에 나타는 모순들은 당시의 노동운동과 사회주의의 관점에서가 아니라(이러한 판단은 물론 필요하지만 충분하지는 않다), 진행 중인 자본주의와 토지를 소유하지 못한 농민들의 몰락에 대한 저항, 즉 가부장적 러시아 농촌에서 나왔을 저항이라는 관점에서 판단해야 한다. (「거울」)

2년 후 두번째 글에서는 이렇게 말한다.

그러므로 톨스토이에 대해 정확한 판단을 내리기 위해서는 혁명 중에 그러한 모순을 해결하는 초기 과정에서 행한 정치적 역할과 투쟁을 통해 민중의 자유와 착취당하는 대중의 해방을 위한 싸움을 이끌어 갈 지도자로서의 소명을 증명한 계급의 관점에, 민주주의의 대의를 확고하게 따르고 또 부르주아 민주주의(농민 민주주의까지 포함된다)의 편협함과 모순에 맞선 투쟁 능력을 증명한 계급의 관점에 서야만 한다. 즉, 사회민주당의 프롤레타리아의 관점에서만 그러한 판단이 가능하다. (「톨스토이」)

두 의견이 너무도 분명하게 대립되는 것이라 얼핏 보면 난감할 정도이다. 사실상 레닌은 우리에게 톨스토이에 대한 '두 가지 정확한 판단'을 제시하고 있다. 하나는 톨스토이의 시선을 규정하는 관점에 의거한 판단이고, 다른 하나는 작품이 갖는 가짜 내면성을 부정하면서 결정적인 대조를 통해 작품을 드러내는 판단이다. 두 가지 중 한 가지를 선택하는 것은 불가능하다. 두 시도는 서로 대립하지만, 사실상 같은 가치를 지니면서 필연적인 관계에 놓인다. 우리에게 톨스토이가 작가인 것은 바로 "그의 작품이 (모호하다고 비난받을 만한 것이 전혀 없다는 점에서) 분명한 내적 변이를" 일으킬 수 있는 힘을 지니고 있기 때문이다. 톨스토이의 작품 내부에서 점진적으로 일어나는 관점들의 변화는 "이것 아니면 저것" 혹은 "어떻게 된 건지 알 수 없는" 것이 아니라, 그 갈등 내부에 **두 가지가 동시에** 있는 것이다. 다시 한번 우리는 이중의 읽기 개념을 만나게 된다. **정확한 두 가지 읽기가 가능하다.** 그리고 바로 그 두 가지가 만나면서 정확성이 얻어진다.

그렇기 때문에 톨스토이 작품의 진실(톨스토이의 작품 속에는 뭔가 진실된 것이, 우리가 진실된 것을 알 수 있게 해줄 무엇인가가 있을 것이다)은 갈등이 있다는 것에서 찾아야 한다. 좀더 정확히 말하면, 톨스토이 작품의 내용은 모순과 관련이 된다. 레닌은 톨스토이의 작품이 시대의 모순을 반영하기 때문에 위대하다고 말한다. 그 말은 톨스토이의 작품이 모순의 요소들을 하나씩 그대로 반영해서 모순의 상을 생산 혹은 재생산한다는 뜻인가? 그렇게 말하는 것은 톨스토이의 작품을 그 자체로 인정하지 않는 것, 지나치게 직접적으로 만족스러운 설명을 하기 위해서 작품을 감추는 것이다. 시대의 모순은 분명 작품 외적이며, 계속 외적인 것으로 남아 있어야 한다. 그것은 다른 성질의 것이기 때문이다. 작품 속에 있는 모순은 좀더 섬세한 전환 법칙에 따르는 다른 유형의 모순일 것이다.

레닌이 표명한 비평의 질문은 다음과 같다. 우리는 거울 속에서 무엇을 보는가? 대답은 이렇다. 거울 속의 물체는 모순과 관련된다. 다시 한번 말하지만, 거울은 **사물들**을 비추는 것이 아니다. 그렇다면 반영된 상과 물체 사이에 기계적인 일대일의 관계가 성립할 것이다. 거울의 상은 우리를 속인다. 거울은 우리로 하여금 모순 **관계들**을 파악하게 할 뿐이다. 모순적인 상들을 통하여 거울은 그 시대의 역사적 모순을, 레닌이 "우리 혁명의 결함과 약점"이라고 부른 것을 보여 주고 환기한다. 거울의 작동 원리는 다음과 같다.

책 속의 모순들 ⟵────────── 역사적 상황의 결여들

거울 속의 상

이제 이 항목들을 확인하고 어떤 모순이 문제가 되는지 알아보아야 한다. 역사적 시기의 실제적 모순을 결정하는 것은 또 다른 문제들을 제기하므로 여기서 다룰 필요는 없다. 하지만 톨스토이 작품 속의 모순들은 어떤 것인가, 그리고 그 모순들은 실제의 모순들과 어떤 관계인가?

레닌은 첫번째 글에서 세번째 단락 전체를 톨스토이의 작품(가장 넓은 의미로 톨스토이가 한 모든 것, 즉 그의 책, 신조, 영향 전부) 속의 모순들을 열거하는 데 바친다.

(1) 천재적인 예술가 　 } 　 (시골의 소박한) 지주

　　 항의 　　　　　　　　　 (온갖 형태의) 회피

(2) 비판 　　　　　 } 　 비폭력

　　 리얼리즘 　　　　　　 설교

　　첫번째 모순은 미학적 기준으로 정의되는 톨스토이의 작품과 그의 실제 상황 ── 그의 이야기의 주체(누가 말하는가?)를 규정하는 상황 ──을 관련짓는다. 하지만 이 첫번째 모순의 두번째 항, 즉 톨스토이의 실제 상황은 그 자체가 이미 모순적이다. 그의 자연적 상황(**출신**으로 결정된 역사와의 관계)과 이데올로기적 상황(역사와의 관계를 **이동시키게** 해준 것)의 갈등을 전제로 하기 때문이다. 책의 생산은 바로 이러한 갈등에 달려 있다. 톨스토이가 역사와의 관계를 바꾼 유일한 이유는 바로 작가가 되었기 때문이고, 또 그의 신조를 설파하는 일이 본질적으로 책을 통해 이루어졌기 때문이다. 그러므로 첫번째 모순은 책 자체와 그 생산의 (모순적) 조건들 사이의 모순이다. 두번째 모순 역시 마찬가지로, 몇 가지 다른 형태로 진술되면서 작품의 **내용** 자체를 규정한다. 모순은 안팎 모두에서 책을 공격하는 것이다.

　　이러한 모순들은 '소리 높여 외치고' 있다. 즉, 작품 안에 비밀을 감춘 구조가 될 수 없을 만큼 모순들이 겉으로 드러나 있다. 하지만 명시적으로 뚜렷하지는 않다. 톨스토이의 작품은 모순들에 대해 무엇인지 알려주지 않으면서 말하기 때문이다. 모순들은 작품 안에 있지만, 명시적인 내용으로 있는 것이 아니다. 명시적으로 주어진 것은 실제적인 모순 **몇 가지**뿐이다(예를 들면, 톨스토이가 비난한 바 있는, 정치적 폭력과 재판의 희극 사이의 모순). 모순들은 근본적인 상이성의 틀 위에서 작품을 만들면서 작품

전체를 구조화하는 것이다.[23]

이러한 모순들이 톨스토이의 작품을 규정한다. 한계들과 의미를 동시에 부여하는 것이다(이 의미는 한계로부터만 이해될 수 있다). 한계는, 톨스토이가 역사의 과정을 **완전하게 알지** 못한다는 것이다(완전하지 못하기 때문에 그것은 앎이 아닌 다른 것이다). 의미는, "모순들은 우연의 결과가 아니다"(『거울』)라는 말이 사실이라면 그 한계들이 필연적이라는 것이다. 한계들로 규정되는 의미와 외부로부터 결정되는 내용을 바탕으로 우리는 톨스토이의 작품이 **표현적**이라고, 그 자체가 아닌 다른 것과의 관계에 의해 정의된다고 말할 수 있다. 이렇게 해서 우리는 이미 알고 있는 것을 반대의 형태로 다시 만나게 된다. 즉, 우리가 이미 작품이 이데올로기 ─ 그 자체로는 작품에 속한 것이 아니다 ─ 를 포함하려면 그것은 작품 자체와 다른 것으로 설정해야 한다는 것을 보았다면, 이제 작품은 그 안에서 모순을 촉발시키는 낯선 항목을 끌어들이지 않고서는 존재할 수 없다는 것을 알게 되는 것이다.

결국 '모순된 조건들의 표현'인 작품은 단편적으로(구분되어, 혹은 적어도 분석 가능한 여러 항목들로 분산되어) 있는 것과 별도로 모순 전체 ─ 바로 이것이 역사적 상황을 '결여'로 정의한다 ─ 를 반영해야 한다. 그것은 개별적인 이러저러한 모순(예를 들어 톨스토이가 직접 묘사한 모순들 중 하나)이 아니며, 다른 모든 모순들의 산물에서 비롯된 일반적이고 단순한 모순과도 다르다. 결국 작품은 역사적 복합성에 대하여 자기만의 방식으로 **완전한 시각**을 제공할 수 있는 특권을 지닌다. 작품의 관점은 완

---

23 여기서 우리는 '거울 속의 상' 대신에 헨리 제임스(Henry James)의 유명한 소설에 나오는 '카펫 속의 그림'을 생각해 볼 수 있다.

전하게 의미를 갖는다. 우리는 앞에서 작품이 그 안에 없는 것을 통해서, 다시 말해 불완전한 특성을 통해서 작품으로 정의되는 것을 보았다. 이제 우리는 작품은 완전하다고, 다시 말하면 그 자체로 충분히 의미를 갖는다고 말한다. 이 두 단언은 서로 배치되지 않는다. 오히려 서로를 이어 준다. 작품에 결여가 있다는 것은 다른 작품, 빠진 것을 채우고 결함을 수정한 다른 작품에 대해서 그런 것이 아니다. 작품에 빠져 있는 것은 작품을 축소시키는 것이 아니라 오히려 — 다르게가 아니라 바로 그렇게, 즉 다른 것이 대신할 수 없게 — 존재하게 한다. 거울은 그것이 비추는 것만큼이나 비추지 않는 것을 통해 표현한다. 어떤 반영의 부재, 혹은 표현, 이것이 바로 비평의 진정한 대상이다. 거울이 보지 못하는 면이 있다. 하지만 보지 못하기 때문에 여전히 거울이다.

문학작품은 그것이 생산되는 모순적 조건으로 인해 거울에 비친 상이면서 **동시에** 그 상의 부재이다(두 가지의 결합이 중요하다). 그래서 문학작품은 그 자체로 모순적이다. 그러므로 작품의 모순은 역사적 모순을 **반영하는 상**이 아니라 그러한 상의 부재로 인한 결과이다. 다시 한번 우리는 물체와 그 거울 상이 기계적으로 상응하는 것이 아님을 알 수 있다. 표현은 직접적인 재생산(혹은 앎)이 아니라 빠진 것에 의해 촉발된 간접적인 형상화인 것이다. 따라서 작품은 자족적인 의미를 지니며, 다른 것으로 채워질 필요가 없다. 작품의 의미는 작품 속 부분적인 반영상들의 배치에서, 그리고 어느 정도 반영의 불가능성에서 비롯된다. 비평의 역할은 그러한 작품의 의미를 밝혀내는 것이다.

결국 부재에 근거하는 대비를 통해 작품의 전체 구조를 규정할 수 있게 해준다는 점에서 표현 개념이 반영 개념보다 훨씬 덜 모호하다. 모순 혹은 결여가 톨스토이의 작품을 **채우고** 있고 그 전체적인 뼈대를 그린다.

책 속의 변증법(브레히트가 말한 '연극의 변증법'을 기억할 것이다)은 책과 실제적 변증법(역사의 과정) 사이의 변증법적 관계에서 태어난다. 책 속에 나타나는 논쟁(대비, 갈등)은 현실의 논쟁의 한 항인 것이다. 따라서 책 속의 모순들은 현실의 모순이 될 수 없다. 그것은 현실의 모순이 만들어 낸 산물이며, 문학 고유의 수단을 개입시키는 변증법적 제작 과정을 통해서 얻어진다. 톨스토이는 역사적 모순들을 **해석하는** 사람이다. 해석하는 사람은 교환 관계의 중심에 자리한다. 톨스토이는 작품을 통하여 우리에게 역사를 건네준다. 하지만 그러기 위해서 역사적 논쟁의 내부에 자리 잡는다(혹은 자리 잡힌다. 결국 마찬가지이다). 교환의 가운데 자리 잡고서 새로운 경제의 길을 탐험하는 것이다.

이제 '해석'이 어떻게 이루어지는지 이해하는 일이 남았다. 다시 말하면 책 속의 변증법을 이루는 항들을 알아야 한다. 톨스토이의 작품은 무엇과 무엇 사이의 모순을 드러내는가? 이 질문에 대해서는 몇 가지 답이 있다. 즉, (포위된 상태로 다른 것 안에 끼어들어 가 있는) 이데올로기와 (문학과 관계하여 정의된) 작품 사이의 모순, 실제적으로 제기된 질문들과 관념적으로 주어진 대답들 사이의 모순, 주어진 자료들과 그것을 복원하는 관찰 사이의 모순이다. 이 답들은 역설적으로 단 하나의 답으로 귀결된다. 톨스토이 작품 속의 모순들에 대해 이야기할 때 레닌이 언제나 염두에 두고 있는 것, 즉 이데올로기의 모순들이다.

> 톨스토이의 **이념** 속의 모순들은 우리의 혁명이 진행되는 중에 농민 계층의 역사적 활동이 전개된 어떤 조건들 속에서 전개되었는지 비춰 주는 진정한 거울이다. (「거울」)

책은 그 안에 이데올로기적인 내용을 자리 잡게 하면서 동시에 그 이데올로기적 내용의 모순을 보여 준다. 그래서 이데올로기적인 내용은 언제나 반박의 형태로 주어진다. 이념 속의 모순이 있고, 그와 동시에 이념과 그 이념을 제시하는 책 사이에 모순이 있는 것이다.

이념 속의 모순은 매우 단순해서 굳이 강조할 필요가 없다. 가장 중요한 것은 격렬한 항의와 회피하는 태도의 접합과 대조이다. 톨스토이주의는 고발과 망각 사이에 찢겨져 있다. 우리는 이러한 이중성이 톨스토이 한 사람에게 속한 것이 아님을, "수없이 많은 사람들"에, 농민계급 전부에 해당된다는 것을 알고 있다.

톨스토이는 소박한 가부장적 농부의 관점에 위치하며, 그러한 농부의 심리를 그의 비판과 신조 안에 옮겨 놓는다. 톨스토이의 비판에 감정의 힘과 열정이 두드러지는 것은, 또한 "뿌리까지 가기를" 갈망하고 농민들의 불행의 진정한 원인을 찾기를 갈망하는 그의 비판이 설득력을 갖고 신선하고 진지하고 대담한 것은, 바로 수없이 많은 농민들의 생각 속에서 일어난 급격한 변화를 효과적으로 반영하고 있기 때문이다. 노예 상태에서 해방되어 막 자유를 얻은 농민들은 자유가 새로운 공포를 의미한다는 것을, 즉 몰락, 아사, 그리고 약삭빠른 도시 사람들 틈에서 피난처 없이 살아가는 삶을 의미한다는 것을 깨닫는다. 톨스토이는 그들의 심적 상태를 너무도 충실하게 반영해서 그의 신조 속에도 농민들의 특성, 즉 소박하고, 정치와 거리가 멀고, 신비주의적이고, 세상을 멀리하려 하고, "악에 저항하지 않으려" 하고, 자본주의와 "돈의 힘"에 대해 힘없는 저주만을 퍼붓는 특성이 들어 있다. 수없이 많은 농민들의 저항과 절망, 톨스토이의 신조 안에는 그런 것들이 녹아 있다. (「노동운동」)

거울은 농민들의 심적 상태를 이루는 요소들을 하나씩 그대로 반영하고, 그러한 반영상을 통해 항의와 회피라는 두 항이 모순적인 것으로 나타난다. 이제 이데올로기적 모순들에 대해 말하는 것이 어떤 의미를 갖는지, 그리고 어떤 조건 속에서 말할 수 있는지 알아보아야 한다.

이데올로기 일반의 본질을 살펴보면[24] 금방 알 수 있듯이, 이데올로기를 그 자체와 모순 관계로 놓을 때, 대화(이것 자체도 이데올로기적이다)의 틀로 **이데올로기에 모순을 유발할** 때 비로소 이데올로기적 모순이 가능하다. 본래 이데올로기는 모순적 논쟁에서 답을 내놓을 수 있다. 그것이 바로 이데올로기의 일이다. 이데올로기는 모순의 흔적을 지우기 위해서 존재한다. 그러한 이데올로기를 무너뜨릴 수 있는 것은 실제적인 물음들뿐이다. 하지만 그러기 위해서는 이데올로기가 그 물음들을 듣지 못해야, 다시 말하면 자신의 언어로 옮겨 쓰지 못해야 한다. 진정한 논쟁에 대한 가짜 해결책이라는 점에서, 이데올로기는 언제나 **답으로** 적합하다. 물론 핵심적인 것은 이데올로기는 결코 질문에 답할 수 없다는 것이다. 이데올로기는 그 미완성을 계속 연장할 수 있다는 점에서 완전하다. 그러나 **실재성의 상실**이라는 근본적인 위험에 쫓기는 이데올로기는 또한 언제나 결함 상태에 놓여 있다. 이데올로기는 그 기반을 이루고 구실이 되어 주는 질문에 맞는 답이 아닌 한에서만 스스로에게 충실할 수 있다. 이데올로기의 가장 중요한 약점은 바로 스스로의 현실적 한계를 인정할 수 없다는 데 있다. 엄밀히 말하면 이데올로기는 스스로의 한계를 다른 데서 알게 될 것이다. 즉, 그 내용에 대한 피상적 비난이 아니라 근본적인 비판이

---

24 이러한 연구에 대해서는 Louis Althusser, "Marxisme et humanisme", *Pour Marx*, Paris: Maspero, 1965를 참조할 것.

이데올로기의 한계를 드러내 줄 것이다. 이데올로기 비판이 아니라 이데올로기적인 것에 대한 비판이다.

따라서 이데올로기는 소외되거나 모순적이라기보다는 갇혀 있다고 말해야 할 것이다. 그렇다면 무엇에 갇혀 있는가? 스스로에게 갇혀 있다고 대답한다면 그것은 환상이고 가짜 모순이 된다. 결국 이데올로기는 그 한계에 갇혀 있다고 말해야 한다. 이것은 앞의 것과 같은 말은 아니지만 역시 분명하지 않다. 이데올로기는 갇혀 있고, 그런데 그 한계 안에서 무한한(무엇에나 답할 수 있는) 것으로 주어진다는 것이 바로 이데올로기의 결함이다. 그렇기 때문에 이데올로기는 체계를 형성할 수 없으며, 만일 체계를 형성한다면 그것은 모순의 조건이 될 것이다(모순은 오직 구조화된 체계 안에서 가능하다. 그렇지 않다면 그저 대립일 뿐이다). 이데올로기는 가짜 전체성이다. 스스로의 한계를 부여하지 않기 때문이며, 자기 한계에 의한 제한에 대해 깊이 생각할 수 없기 때문이다. 이데올로기는 처음에 이미 한계를 받았고, 하지만 그러한 사실을 결코 기억하지 않는다. 영속적으로 그리고 결정적으로 잠재 상태로 남아 있는 이러한 한계들이 모든 이데올로기를 구조화하는 불협화음, 명백한 열림과 암묵적인 닫힘 사이의 불협화음의 기원이 된다.

따라서 모든 표현 형태에, 이데올로기적 표명에 실제적인 버팀목이 되는 이데올로기의 가장 깊숙한 배경은 철저하게 침묵한다. 무의식적이라고 말할 수 있을 것이다. 하지만 그 무의식은 말이 없는 의식이 아니고 자기 스스로에 대한 완벽한 몰이해이다. 그것이 말이 없는 것은 말할 것이 없기 때문이다. 그러므로 "이데올로기적인 배경"이라는 표현은 전적으로 모호하다. 그것은 끝없이 이어지는 이데올로기적 지평, 끝없이 이야기되기 때문에 다 보여 주지 않는 지평을 가리킨다. 또한 이데올로기적인 것이 그 위에서 세워진 허공, 이데올로기에 위상을 부여하는 허공을 가리킨다. 이데올로기는 부재하는 커다란 태양 주위를 도는 세계와 같으며, 자신이 그에 대해 침묵하고 있는 바로 그것으로 이루어진다. 이데올로기는 말하면 안 되는 것들이 있기 때문에 존재한다. 레닌이 **톨스토이의 침묵은 웅변적이다**라고 말한 것은 바로 그런 뜻이다.

극단적으로 말하면, 이데올로기를 검토하고 **심문함**으로써 이데올로기의 한계를 확인할 수 있다. 바로 그 한계가 심문 과정을 가로막는 장애물로 나타나기 때문이다. 한계가 있기는 한데 그것들을 말하게 만들 수는 없는 것이다. 이데올로기가 무엇을 의미하는지 알고 그 **의미를 표현**하기 위해서는 결국 이데올로기를 벗어나야 한다. 외부로부터 이데올로기를 공격해서 무정형의 것에 형태를 부여하도록 애써야 하는 것이다. 이것은 이데올로기를 기술한다는 의미가 아니다. 약점의 징후는 그 대답들이 아니라(대답은 언제든 나무랄 데 없는 연관 관계 속에 배열될 수 있다) 대답 없이 남겨진 질문들 속에 있다.

그러므로 레닌이 "톨스토이의 이념은 약점, 결함을 비추는 거울이다"라고 말할 때(「거울」), 그 말은 거울의 상이 순전히 이데올로기적인 위상을 지니는 것이 아님을 의미한다. 이데올로기와 그 이데올로기를 표현하는 책 사이에 무엇인가가 일어난 것이다. 그 두 가지의 거리는 그냥 있는 것이 아니다. 이데올로기는 그 자체로는 충만하고 자신만만하며 풍요롭지만, 소설 속에서 가시적 형태와 치수를 부여받고 존재하게 되면 **자기에게 없는 것**들에 대해서 말하기 시작한다. 책을 거치면서, 책을 지남으로써, 자발적인 이데올로기의 영역, 그리고 역사와 시대에 대한 그릇된 자기의식에서 벗어나는 것이 가능해지는 것이다. 책은 그러한 이데올로기의 한 가지 상을 제공한다. 이데올로기에 **그것이 갖지 않은 윤곽**을 부여하고 이데올로기를 세우는 것이다. 그러므로 책은 이데올로기가 마치 의식 안에 있는 것처럼 안으로부터 만나는 것이 아니라 하나의 대상으로 암묵적으로 만난다. 책은 이데올로기를 탐사하고(예를 들어 발자크가 『인간극』에서 파리를 탐사하듯), 글로 씌어진 말의 시험, 망보는 시선(모든 주관성을 붙잡아 객관적 상황 속에 결정화하는 시선)의 시험을 거치게 한다. 인간들이 그 안에서 살아가는 자발적인(그 생산이 자발적인 것이 아니라 사람들이 자발적으로 다가갈 수 있다고 믿는다는 점에서 그렇다) 이데올로기는 단순히 책이라는 거울이 비추는 반사상이 아니다. 이데올로기는 ── 작품화되는 순간에 의식 상태의 위상이 아닌 다른 위상이 부여된다는 점에서 ── 책에 의해 깨지고 뒤집어진다. 원래 예술, 혹은 적어도 문학은 세상에 대한 순진한 관점을 경멸하며 신화와 환상에 가시적 대상의 역할을 부여한다.

톨스토이의 작품은 사회 비판의 영역에서 비생산적이었다. 하지만 이러한 관대하고 무의미한 답변 뒤에서 우리는 그 자리에 모습을 드러낼 수 있는 특권을 지니는 역사적 물음을 파악할 수 있다. 작품은 이데올로기와의 관계에 의해 결정되지만, 그것은 그저 (재생산과 같은) 유사 관계가 아니다. 그것은 언제나 어느 정도 모순적인 관계이다. 작품은 이데올로기로부터 출발하여 구성되기도 하고 또한 이데올로기에 반反하여 구성되기도 한다. 작품은 언제나 암묵적으로 이데올로기를 고발하는 데 기여하며, 적어도 그 한계를 고정하는 데 기여한다. 그렇기 때문에 문학작품을 '탈신비화'하려는 시도는 말이 안 된다. 문학작품 자체가 본질적으로 탈신비화 시도이기 때문이다.

하지만 책이 이데올로기와의 대화를 시작한다고 말할 수는 없다. 그것은 책의 게임에 걸려드는 최악의 방식일 것이다. 책의 기능은 반대로 이데올로기를 이데올로기적이지 않은 형태로 제시하는 것이다. 형식과 내용의 고전적인 구별을 다시 사용하자면(물론 이러한 사용이 일반화될 수는 없다), 작품은 이데올로기적인 내용을 가지고 있지만 그 내용에 특수한 형태를 부여한다. 설령 그 형태 자체가 이데올로기적이라 하더라도, 그 중복에 의해서 이데올로기 안에서 이데올로기의 이동이 일어난다. 이데올로기가 스스로를 비추는 것이 아니라, 거울 효과로 인해서 그 내부에 결여된 것이 도입되고, 그로 인해 차이와 불협화음이, 중요한 부조화가 드러나는 것이다.

이렇게 해서 예술작품과 진정한 지식(과학적 앎)의 거리가 측정될 수 있다. 그 거리는 예술작품과 진정한 지식을 가르고, 하지만 동시에 그 둘을 — 예술작품과 지식은 이데올로기로부터 같은 거리만큼 떨어져 있다 — 연결해 준다. 진정한 지식으로서의 과학은 이데올로기를 파기하고 지워 버린다. 문학작품은 이데올로기를 이용하면서도 거부한다. 이데올로기가 의미 작용의 총체, 체계적이지 않은 총체로 제시될 수 있다면, 작품은 바로 그 의미 작용들을 기호들로 배열하여 **하나의 독법**을 제안한다. 비평의 역할은 우리에게 그 기호들을 읽는 법을 가르쳐 주는 것이다.

*   *   *

거울 개념의 의미에 대해서는 모두 살펴보았다. 보지 못하는 표면 위에서 — 화폭 위의 색채들이 어느 순간 그림이 **되는** 것과 마찬가지로 — 반사상들이 형태를 취하는 것이다. 레닌은 우리에게 거울을 들여다보는 것이 단순하지 않다는 것을 가르쳐 준다. 거울을 엄밀한 시선으로 보고자 한 것이다.

『맹인에 관한 서한』*Lettre sur les aveugles*의 보론에서 디드로는 맹인인 살리냑 양에 대해 이야기한다. "이따금 그녀는 장난삼아 거울 앞에서 치장을 했고, 더없이 요염한 여자들이 하는 것 같은 표정들을 흉내 내보았다. 그 흉내가 어찌나 진짜 같은지 보는 사람이 웃음을 터트릴 정도였다." 이 웃음에 대해서는 **눈감**아 주도록 하자. 만일 이 상황이 게임이라면, 누가 속은 걸까? 앞에 있는 맹인의 동작에 응수하는 거울일까, 아니면 거울에 비친 맹인을 바라보면서 맹인을 보고 있다고 생각하는 사람일까? 여기서 주도권은 앞을 보지 못하는 여자한테 있다. 그녀는 거울 위의 자기 상 앞에 다가서서 그 상을 조종하고 있다. 그녀는 또한 "노랫소리를 들으면 갈색의 목소리와 금빛 목소리를 구분할 수 있다." 밤의 어둠이 시선을 가로막으면 그녀는 더 분명한 다른 시력을 찾는다. "밤이 다가오자 그녀는 우리가 다스리는 세상이 끝나고 자기가 다스리는 세상이 올 것이라고 했다." 그렇다면 상들 위에 군림하는 '제왕'인 밤은 상들을 사라지게 하는가 그대로 지켜 내는가 혹은 그 상들을 겪을 뿐인가. 여기서 『맹인에 관한 서한』은 — 이번에는 유명한 소더슨[25]과 함께 — 우리를 **반영상의 과학**으로 안내한다. "나는 그에게 거울이 뭐냐고 물었다. 그가 대답하기를, 사물들이 적절한 위치에 있을 때 사물로부터 떨어져서 그 사물들을 부각시키는 기계라고 했다. 손과 같지만, 한 물체를 느끼기 위해서 굳이 가져다 댈 필요가 없는 손이라는 것이다."

"사물로부터 떨어져서 그 사물들을 부각시키는 기계." 거울은 사물에 새로운 모습을 부여한다. 거울은 사물에 깊이를 부여하여 전혀 다른 것이 되게 한다. 거울은 세계를 확장한다. 하지만 붙잡고, 부풀리고, 떼어 내기도 한다. 거울 속에서 사물은 완성되면서 동시에 **분리된** 파편이 된다.

---

25 니컬러스 소더슨(Nicolas Sauderson, 1683~1739)은 영국의 수학자로서 태어나자마자 맹인이 되었고, 빛과 색에 대한 연구를 했다.—옮긴이

거울이 사물을 구성한다면, 그 구성은 생성의 운동과 역방향의 운동일 것이다. 거울은 펼쳐 놓는 것이 아니라 깨뜨린다. 그렇게 갈라진 틈에서 상이 나오는 것이다. 그 상들이 보여 주는 세계와 힘들은 나타났다가 사라진다. 즉 형태가 막 이루어지는 순간에 뒤틀리는 것이다. 어린아이들이 거울 앞에서 늘 같은 모습인데도 **다른 것**을 보는 것 같은 두려움을 느끼는 것은 그 때문이다.

이런 의미에서 문학은 거울이라 불릴 수 있다. 문학은 사물들을 이동시키면서 그 상을 간직한다. 문학은 그 얇은 표면을 세계와 역사에 투영한다. 문학은 세계와 역사를 뚫고 지나가며 갈라놓는다. 그 뒤를 따라, 그 발자취를 따라, 상들이 생겨난다.

2
─
문학 분석, 구조들의 무덤

문학비평은 문학의 영역에 속하는 작품들을 대상으로 삼는다. 그 작품들은 또한 분명하게 언어 작품들이다. 그렇게 문학비평 활동은 다른 형태의 예술비평과 명백하게 구별된다. '음악 언어'나 '회화 언어'라는 말도 사용되지만, 그것은 은유적인 표현일 뿐이다. 음악과 회화도 언어 일반과 관계가 없지는 않지만 여기서 **관계**라는 말은 엄밀한 의미로 받아들여야 한다. 관계는 연결되는 항목들 사이에 원래 존재하는 차이, 거리를 상정한다. 회화와 음악은 언어가 아니다. 회화와 음악의 작업 재료는 언어학에서 과학적으로 정의한 대로의 언어와 다르다. 모든 예술적 표현 형태 중에서 오직 문학만이 ─ 문학 역시 **언어**는 아니지만 ─ 언어와 직접적인 관계를 맺는다. 언어는 작가들이 다루는 재료이다. 따라서 언어 작품oeuvre de langage ─ 언어가 만들어 내는 산물이라는 뜻의 언어의 작품oeuvre du langage과 다르다 ─ 에 대한 지식을 세우려 하는 문학비평은 언어학 영역에 속하는 언어과학에 기댈 의무와 권리를 갖는다. 문학비평은 언어과학에 언어의 가설적 규칙들을 가르쳐 줄 것을 요구하고, 특히 "언어란 무엇인가"라는 질문에 대답해 줄 것을 요구할 것이다. 그런 다음에야 자신의 질문, 즉 "하나의 작품(바로 이 작품)은 어떻게 만들어져 있는가?"라는 질문에 대답할 계획을 세울 수 있을 것이다. 여기서 우리는 비평의 질문이 어째서 언어학의 질문과 **확연하게** 다른지, 어째서 "문학이란 무엇인가?"라고 묻지 않는지 생각해 보아야 한다.

하지만 우선 그 의무를 이루는 항목들을 분명하게 설정해야 한다. 즉, 하나씩 확인하고 분리해야 한다. 문학은 작품이며, 따라서 예술의 세계에 속한다. 그리고 문학은 작업의 산물이므로 작업 대상이 되는 재료와 작업 수단이라는 자율적인 항목을 상정한다. 작업의 재료와 작업의 산물은 반드시 구별된다. 작품에 대한 지식과 재료에 대한 과학은 — 논리적이든(연역) 경험적이든(추출) — 서로 연결되지 않는다. 두 가지는 서로 분리됨으로써, 그 분리에 기댐으로써 비로소 서로를 돕고 **서로를 가르칠** 수 있다. 여기서 이미 우리는 문학과 언어를, 문학비평과 언어학을 동일시하는 입장은 절대 옳지 못하다는 것을 알 수 있다. 어떤 지식이 한 분야에서 다른 분야로 옮겨 가기 위해서는 그 두 탐구의 자율성, 즉 대상의 자율성과 방법의 자율성이 인정되어야 한다(이 두 가지 자율성은 동일한 의무의 상호적인 측면이다). 다시 말하면, 언어학의 발견을 그대로 문학비평에 옮겨 와서는 안 된다. 과학적 차용은 식민화, 즉 모국에서 출발하여 새로운 세계를 건설하는 것과는 다르다. 우리가 이미 알고 있듯이, **언어학 영역에서 과학적으로 정의된** 구조 개념이 문학비평 활동에 새로운 의미를 밝혀 줄 수는 있는 것은 사실이지만, 그렇다 해도 문학비평의 모든 문제를 풀어 주는 것은 아니다. 설사 문학비평의 문제들을 모두 풀 수 있다 해도, **그 문제들을 스스로 제기했을 수는 없다.** 서로 다른 학문 분야들 사이에 이루어지는 접촉은 혼동을 일으키는 것이 아니라 새로운 명확성을 확립해야 한다.

그러나 언어와 문학에 대한 이러한 구분으로는 한참 부족하다. '문학'만이 유일한 언어 작품은 아니기 때문이다. 이데올로기, 신화, 문학작품, 과학적 지식, 사회적 표상의 명시적 체계(우리는 이것을 **코드**라고 부를 것이다)들이 모두 언어에서 출발하는 특수한 작업이다. 이들은 각기 구별되고 그 자체로 정의되어야 한다. 물론 하나의 공통된 장르 안에 정돈될 수는 있다. 그것들은 모두 하나의 동일한 우주에 속한다. 모두 ── 각자 고유한 방식으로, 하지만 언어에 속하지도 않고 언어에 직접적으로 의존하지 않으면서 ── 언어의 존재로 연결되기 때문이다. 즉, 모두 언어**로부터** 생산되었으며, 그런 다음에는 각자의 방식으로 언어로부터 멀어지는 것이다. 문학작품은 두 가지 결정이 만나는 곳에 위치한다. 즉, 한편으로 언어 작품이며, 다른 한편으로는 '예술작품'이다(사실 예술작품이라는 표현은 중복적이다. 어차피 예술art에 의해 만들어지는 것이 모든 작품의 본질이 아닌가? 유사한 방식으로, 과학적 지식이라는 말도 마찬가지이다. 이러한 중복 표현을 통해 우리는 지식의 본질에 대해서 자율적으로 성찰할 수 있다). 결국 문학작품은 두 가지 구별되는 활동이 만나는 지점에 자리 잡는다. 그러한 만남을 설명해야 하고, 그 만남이 '동질적'인지(즉 두 항이 똑같은 힘으로 만나는지) 살펴보아야 한다.

언어 작품과 예술작품이라는 두 항이 일단 제시되면, 문학비평이 언어와 관련을 맺는 것은 분명해진다. (언어로부터 생산된) 말 그대로의 담론들에 새로운 담론을 적용한다는 점에서 더욱 그러하다. 문학비평은 그 대상뿐 아니라 형식에서 "언어란 무엇인가?"라는 핵심적인 질문으로 연결된다. 문학비평은 씌어진 텍스트로부터 읽기로 나아간다. 하지만 그러한 읽기가 비평이 되기 위해서는 새로운 텍스트를 낳아야 한다. 결국 쓰기가 읽기를 만드는 것만큼, 읽기가 쓰기를 낳는 것이다. 읽기로부터 쓰기가 나오고, 반대로 쓰기는 읽기의 한 형태로 간주될 수 있으며 어떤 점에서는 이미 읽기이다. 여기서 구조주의 문학이론가들이 큰 중요성을 부여하던 개념을 볼 수 있다.

예술 비평가나 음악 이론가와 달리 문학비평가는 자신의 판단의 대상이 되는 사람들과 동일한 수단을 사용한다. 그것은 무엇보다도 비평가에게 위험한 혼동이 될 수 있다. 비평은 문학의 장 밖에 있으며 동시에 안에 있다. 즉, 글쓰기는 비평이 말하고 있는 대상이라는 점에서 그 밖에 있으며, 비평의 말은 글쓰기이므로 그 안에 있다.[26]

어떻게 보면 작품은 씌어지기 전에 읽히고, 혹은 씌어지는 동시에 읽힐 수도 있다. 예를 들어 보르헤스의 작품이 그런 교훈을 준다.[27]

헨리 제임스의 유명한 소설 「카펫 속의 그림」The Figure in the Carpet 역시 그런 생각을 중심으로 구성되지만, 이번에는 설명하는 것이 아니라 속이는 역할을 한다. 사실 신랄한 조롱의 효과를 제외하면 별로 심각하게 받아들일 필요가 없는 이 이야기는 작가와 그 비평가 사이의 관계를 일화의 형태로 제시한다. 즉, 모든 작품은 "숨은 보물"을 지니도록 짜여 있고, 비평의 기능은 바로 그것을 끄집어내는 것, 표현함으로써 실제의 위상을 부여하는 것이다. 결국 작가에게 작품이 가치를 갖는 것은 바로 그렇게 비밀을 간직하고 있다가 풀어놓기 때문이다. 작가는 읽히기를, 다시 말하면 **자기 자신이 작품 속에서 읽는 것**을 다른 사람들이 읽게 되기를 헛되이 기다린다.[28] 알려진 대로, 이어진 줄거리는 바로 한 집요한 비평가가 작가

---

26 Gérard Genette, "Réponse à une enquête sur la critique", *Tel Quel* 14, 1963.
27 Gérard Genette, "La littérature selon Borges", *Cahiers de l'Herne* 4, 1964를 참조할 것.

의 고백을 (직접이 아니라 전해서) 듣는 것이다. **비밀의 존재**를 말해 주지만 실제의 징표를 전해 주지는 않는 그 고백은 비평가를 부추기고, 비평가는 비밀을 찾아나서고 결국 찾아낸다. 그리고 자기가 보물을 찾아냈다는(다른 보물은 전혀 없다는) 것을 작가가 인정하게 한다. 하지만 비밀이 폭로된 것은 아니다. 단 한 사람에게만 전해진 비밀은 그 사람과 함께 완전히 사라진다. 이야기의 화자(이 사람도 비평가이고, 그러나 불행한 비평가이다)는 처음과 별다를 것 없이 여전히 비밀에 대해 알지 못한다. 논리적으로 모순된 이러한 결론은 아예 처음부터 비밀이 없었다는 생각을 받아들일 수밖에 없게 한다. 이 속임수가 눈에 띄는 것은 그것이 드러내는 생각 자체보다는 지속적이고 암묵적으로 주어지는 그에 대한 비방 때문이다. 이야기가 진행되는 내내 누군가를 조롱하고 있다는 게 분명하게 드러난다. 그것은 아마도 이야기를 읽으면서 **어떤** 의미를 찾고 있는 우리를 향한 조롱일 것이다. 헨리 제임스는 지극히 전통적인 스타일을 다시 사용하면서 우리가 작품을 읽으면서 무엇을 하는지에 대해서 말하는 작품을 만든 것이다. 그 책을 진행시키는 것은 책을 읽어 가는 우리들이다. 그것은 '구조주의적인' 멋진 모험이기도 하다.

　읽기의 주제로 돌아오자.

　그렇지만 무슨 일이 있어도 분명히 밝혀야 하는 문제가 남아 있었다.

　"그럼 당신은 펜을 쥐고 그 모든 것을 분명하게 흰 바탕 위에 검은색으로

28　이 '신화'는 곧바로 현실이 될 수 없다. 여기서의 작가는 구조주의자이다. 예를 들어 라신 (Racine)이라면 ── 참기 힘든 역설의 경우가 아니라면 ── 다를 것이다. 어쨌든 이 이야기는 읽기와 쓰기의 상호성을 분명하게 보여 준다. 그 상호성을 뒤집으면 구조주의 비평가(읽기를 쓰기로 만드는 사람)가 나온다.

쓸 수 있단 말입니까?" 내가 물었다. "이름을 달고, 정의하고, 주석을 달아서?"

"아!" 그가 열정적이라 할 만큼 크게 한숨을 쉬며 말했다. "내가 펜을 손에 쥐고 당신들 중 하나가 될 수 있다면 얼마나 좋겠습니까?"

"물론 당신에게는 정말 다행스러운 일이겠죠. 하지만 어째서 당신은 당신 스스로도 못하는 걸 우리가 못한다고 무시하는 겁니까?"

"내가 못하는 거라고요?" (그가 눈을 크게 떴다.) "어떻게 그런! 이미 스무 권의 책으로 하지 않았나요?" 그가 말을 이었다 "난 내 방식대로 합니다. 당신은 계속 당신 방식대로 하십시오."

"우리 일은 엄청나게 어렵습니다." 나는 기어들어 가는 소리로 말했다.

"나의 일도 마찬가집니다. 우리는 각자 자기 일을 고르는 겁니다. 절대 억지로 하는 게 아니죠……." (제임스, 「카펫 속의 그림」)

작가와 비평가는 각자 자신의 방식으로 같은 것에 대해 말하고 있다. 혹은 작가와 비평가는 같은 언어를 사용한다. 같은 것을 **말하는** 것과는 다르다. 우리는 이것을 두 가지 의미로 이해할 수 있다. 우선 작가는 이미 비평가이고, 비평가는 이미 말해진 것(분명한 의미)을 반복하고 다시 말할 뿐이다. 또한 작가가 이미 비평가인 것은 비평가 역시 자기 방식대로 나름의 작가이기 때문이다. 글을 쓰는 것은 사실상 읽는 것이기 때문에, 비평하는 것은 또한 글을 쓰는 것이 되는 것이다. 그런데 쓰기와 읽기를 이런 식으로 나타내는 것이 얼마나 황당한 일인지 예를 들어 보르헤스의 작품을 연구해 보면 드러난다. 즉, **읽기의 신화**는 문자 그대로 받아들여야 하는 것이 아니라 해석되어야 하며, 글쓰기의 문제가 읽기의 문제보다 먼저, 읽기의 문제와 무관하게 제시되는 것을 볼 수 있다(이 책 3부 보르헤스에 관한 연구를 참조할 것).

문학적 글쓰기와 비평적 글쓰기를 뒤섞는 것은 특별한 의미를 갖는
다. 그것은 구조주의 비평의 특징이다(그 이유를 질문해 보아야 한다). 바르
트는 『비평론』의 서문(상당히 '글쓰기적인' 글이다)에서 비평가의 활동은
작가의 활동을 이어 간다고 혹은 역설적으로 비평가의 활동에 앞선다고
말한다(별로 중요하지 않은 구별이다. 어차피 두 가지는 상호적이다). 비평가
는 "집행유예 중인 작가", 글 쓰는 작업을 끝없이 미루는 사람인 것이다.
비평가의 행위 속에서 읽는(쓰는) 행위는 막 발생한 상태, 그 진정한 본질
그대로 은밀하게 모습을 드러낸다. 거의 작가인 비평가는 더 이상 대역이
아니다. 비평가는 이를테면 최초의 모델이자 안내자이고, 새로운 징후를
알리는 사람이다. 다른 누구보다도 비평가 안에서 작가의 소명을 읽을 수
있다. 비평은 책 속에서 구조를 간파해 내면서 스스로 책의 구조가 되는
것이다.

말이 나온 김에 이러한 비평 개념은 몇 가지 특수한 대상에 선별적으
로 적용된다는 것에 주목하자. 이름이 거론되건 아니건 폴 발레리는 비평
가인 작가 혹은 작가인 비평가의 전범으로 제시된다(주네트는 계속 발레
리의 이름을 언급한다. 반면 바르트는 발레리에 대해 거의 언급하지 않는데, 그
렇다고 해서 발레리가 완전히 부재한다는 의미로 받아들여서는 안 된다). 발레
리는 **음각적으로** 글을 쓰겠다는 의지, 즉 쓰기 위해서 쓰는 게 아니라 읽기
위해서 쓰겠다는, 읽기 자체를, 다시 말해 아무것도 아닌 것을 쓰겠다는
의지를 표명한 바 있다. 또한 우리는 발레리가 변주 형태의 해설(『잡록』[29])
을 **스타일**로 삼으려 했음을, 자기 스스로에게 부여하고자 한 것을 다른 사

---

29 Paul Valéry, *Variétés* I-V, Paris: NRF, 1924~1944.

람들에게도 부여하려 했음을, 또한 어느 작품에서든 그 안에 새겨지기 이전에 반사되는(메아리로 말해지는) 형식적 엄격성을 듣고자 했음을 알고 있다. 이런 의미에서 발레리는 문학에 있어서 최초의 구조주의자이다. 구조주의적 방법이 발레리의 작품에 정확하게 적용되는 것은 전혀 놀라운 일이 아니다. 이제 남은 문제는 당연히 그러한 작품을 만드는 사람이 작가인가 위작자인가 하는 것이다. 발레리는 자기 스스로를 모방하고 싶다고, 다름 아닌 바로 그 모조품이 되고 싶다고 여러 번 말하면서 직접 두번째 가설의 손을 들어 주었다. 여기서 한 가지 지적하자면, 발레리의 가공된 작품에 더없이 적합한 구조주의적 방법이 **우리의** 문학사에서 핵심적인 사건을 이루는 초현실주의에 대해서는 아무런 힘을 발휘하지 못한다는 것이다.[30] 여전히 구조주의적 방법을 피해 갈 수 있는 것을 보면 초현실주의는 일부 사람들이 생각하는 것처럼 그렇게 빈사 상태는 아니다. 이제 구조주의적 방법의 이러한 **결함**을 실제 주어진 여건으로 간주하자. 분명 그 이유가 있을 것이다.

* * *

구조 개념은 언어학에서 와서 문학적 대상에 그대로 적용되는데, 사실 문학 분석은 그 구조 개념을 원래의 의미와 상당히 다른 의미로 사용한다. 즉, 문학 분석에서 구조 개념은 작품이 그 자체 안에 의미를 지닌다는(의

---

30 하지만 바르트는 '구조주의의 활동'을 초현실주의의 활동과 같은 것으로 본다. 하나가 다른 하나를 대신한다는 것이다(브르통이 이에 대해 어떻게 생각하는지 알아보면 재미있을 것이다). 『비평론』에는 신비로운 선언이 등장한다. "초현실주의가 아마도 최초의 구조주의 문학 경험을 낳았다. 이 문제는 언젠가 다시 다루어야 한다"(Barthes, *Essais critiques*, p.214). 이 추측성("아마도") 수수께끼에는 몇 가지 비밀이 담겨 있다. 즉, 우리가 이미 이런 생각을 한 적이 있는가? 그게 언제인가? 그리고 언제 다시 다루게 될 것인가?

미를 명시적으로 말한다는 뜻이 아니다) 전혀 과학적이지 않은 가설에 근거한다. 역설적으로 말하면, 작품은 쓰어지기 전에 미리 읽힐 수 있는 것이다. 그렇다면(다시 헨리 제임스를 보자) 구조를 추출하는 것은 수수께끼를 푸는 것, 묻혀 있는 의미를 파내는 것이 된다. 비평적 읽기는 글쓰기가 기호들(혹은 테마들)을 배열하면서 가하는 것과 동일한 작용을 작품에 가한다. 비평은 미리 주어진 진리를 생산할 뿐이다. 하지만 그러한 진리의 생산은 관념적으로 작품의 생산에 선행하므로 어느 정도 작품을 새롭게 바꾼다고 말할 수 있을 것이다.

그러한 '작업'에 주어진 분석이라는 이름은 의미심장하다. 비평가는 분석가이다. 비평가는 라캉, 레비스트로스, 마르티네André Martinet가 각자 자신의 영역에서 행한 것과 같은 구조 분석을 수행한다. 하지만 그러한 유사성은 분명 기만적이다. 안에 담긴 숨겨진 의미를 찾아내는 분석은 과학적 분석이 심각하게 왜곡된 상태보다 더 심한, 과학적 분석과 정반대되는 것이다.

문학에 특수한 처리를 가하는 이러한 분석은 그럼에도 불구하고 문학을 경험적으로 주어진 것으로 간주하지 않는다. 오히려 분석하기에 앞서 **분석의 대상**으로 삼을 수 있도록 문학을 재구성한다. 결국 문학작품은 하나의 메시지로 구성된다. 문학작품의 가치는 그것이 우리에게 **전해 주는** 정보 안에 있다. 비평의 분석은 메시지를 분리해 내는 것이다.[31] 그러므로 작품은 절대적으로 자율적인 가치를 지니지 않는다. 기껏해야 매개

---

31 여기서 우리는 구조적 방법과 전통적 방법의 차이는 ─ 양쪽 모두 시끌벅적하게 차이를 주장하고 있지만 ─ 결국 형식적인 것임을 알 수 있다. 두 방법 모두 작품을 해석하는 수단을 작품의 글자에서, 하지만 서로 다른 방식으로 찾는 것이다. 논쟁은 요란하지만, 핵심적인 것은 그대로이다.

물, 비밀을 전해 받기 위해서 지나가야 하는 길일 뿐이다. 메시지와 그 메시지를 푸는 데 필요한 코드 사이에서 작품은 하나의 혼합물, **결과물**에 지나지 않으며, 분석에 의해 그 요소들을 분리할 수 있다. 코드는 의사소통의 기반이 되는 공통의 재료로서, 그것 없이는 그 어떤 문학도 가능하지 않을 **공모**를 실현한다. 코드는 작품 안에 있고, 작품을 지탱하기만 한다면 숨어 있을 수도 있다. 하지만 코드는 자기를 번역해 달라고 요구하며 말 없는 웅변으로 청한다. 작가의 작업이 가능한 것은 바로 코드가 있기 때문이다. 비평 작업 **또한** 그렇다.

비평 작업은 제일 처음의 대상으로, 그것 없이는 읽기가 불가능하고 따라서 글쓰기마저 불가능할 수밖에 없는 대상으로 **되돌아가려** 한다. 이해하기는 **환원시키기**, 작품 내부에 놓여 있는 구조로 돌아가기이다. 문학 담론이 그 구조로부터 멀어진 것처럼 보이는 것은 그것을 더 잘 가두기 위해, 더 잘 지키고 있기 위해 모습을 바꾸어 놓았기 때문이다. 우리가 이미 살펴본 바 있는, 진리가 작품 이전에 있다는 신화에 이러한 내재성의 신화가 더해진 것이다. 그렇게 해서 '의미 작용signifacation의 비평'에 속하는(스스로 그렇게 말한다) 구조주의 비평은 거친 방식의 설명을 거부하면서(특히 역사적 설명을 거부한다.[32] 이 점에서 역시 발레리는 선구자이다) 그 자체로서의 작품으로 돌아가고자 한다. 이러한 사변적 여정의 모험은 작품의 원리를 찾아낼 때, 즉 "각 행을 구성하고, 각 단어를 선택하고, 모든 'i'자에 점을 찍고, 모든 쉼표를 찍는" 것을 찾아낼 때 끝난다(「카펫 속의 그림」). 분석하는 것은 대상의 근거(합리적이고 이해할 수 있는 비밀)를 발견

---

32 바르트의 『라신에 관하여』는 작품들의 '초역사적' 가치라는 개념에 다시 의미를 부여하고자 한다. Roland Barthes, *Sur Racine*, Paris: Seuil, 1960.

하는 것이다. 그것은 헤겔이 말하는 **정신적 동물의 왕국** 상태와 유사하다.

반성적이든 시적이든 구조주의적 작용의 목표는 언제나 대상을 재구성
하면서 대상의 작동 규칙들('기능들')을 보여 주는 것이다. 그러므로 구조
는 대상의 **모상**simulacre이다. 그것은 목적을 가지고 계획된 모상이다. 모
방된 대상은 자연적 대상 안에서 그때까지 보이지 않던 것, 혹은 이해되
지 않던 것이 나타나게 해주기 때문이다. 구조적 인간은 실재를 앞에 두
고 분해한 다음 합성한다. 겉으로 보기에는 대단치 않은 일이다(그래서 구
조주의의 작업이 "무의미하고 별다른 가치가 없으며 소용도 없는" 일이라고
말하는 사람들도 있다). 하지만 관점을 달리하면 대단치 않은 바로 그것이
결정적인 것이 된다. 두 대상 사이, 혹은 구조주의적 작용의 두 단계 사이
에서 무언가 새로운 것이 생겨나는 것이다. 그 새로운 것은 바로 일반적
인 이해 가능성이다. 모상은 대상에 덧붙여진 이해력이다. 그러한 덧붙임
은 —— 그것이 바로 인간이며, 인간의 역사, 인간의 상황, 인간의 자유, 그
리고 자연이 인간의 정신에 대치시키는 저항이라는 점에서 —— 인간학적
가치를 지닌다.[33]

이 대목은 —— 감동을 자아내기 위해서 생각을 뒤섞어 버린("대상에
덧붙여진 이해력"이라니?) 마지막 문장의 파토스까지 —— '구조적 인간'을
특히 잘 드러낸다. 결국 생텍쥐페리의 말처럼, 그리고 로제 가로디가 아
직 안 썼다면 **앞으로 반드시 쓰게 될** 것처럼, 구조는 바로 인간이다. 그리고
"반성적이든 시적이든" 상관없는 지극히 일반적인 작용의 조건이기도 하

---

33 Barthes, *Essais critiques*, p.215.

다. 이번에도 문학생산과 문학비평이 은근슬쩍 뒤섞이는 것이다. 그런데 새로운 결정이 더해진다. 구조는 '모상'이라는 것이다. 분석하는 것은 이미 말해진(씌어진) 것을 되풀이하는 것, 다른 형태(읽기)로 다시 말하는 것이다. 이러한 반복은 구조 비평이 이미 작품 안에 들어 있는 것 외에 다른 것을 말하지 않는다는 것을 확인해 준다. 그러한 반복이 전적으로 불모의 작업은 아니며 새로운 의미를 만들어 낸다고 하지만, 그것은 분명한 모순이다. 의미가 이미 그 안에 있어야만 **추출할**("그때까지 보이지 않던 것"을 나타나게 할) 수 있기 때문이다. 하지만 이러한 모순은 해석해 볼 가치가 있다. 그것은 구조를 보여 주기는 하지만 뒤집어서 보여 준다. 제대로 돌려놓기만 하면 바르트가 제시하는 대로의 구조 분석이 어떻게 진행되는지 알 수 있다.

사실 위에 인용한 바르트의 글에서는 ─ 아주 애매하게 나타나 있기는 하지만 ─ 어렵지 않게 **플라톤**의 흔적을 찾을 수 있다. 바르트가 말한 대로 분석이 작품의 모상을 만들어 낸다고 할 때, 작품 역시 모상인 것이다. 분석된 대상은 구조의 모상으로 간주되며, 구조를 되찾는 것은 그 모상의 모상을 만드는 것이 된다. 읽기와 쓰기를 뒤섞는 분석의 기술은 사실상 전통적인 **모델** 이론으로 연결된다. 구조의 존재는 결국 문학적 작용에 대한 이해로부터 전제된 것이다.

구조 비평이 문학을 모방 행위로 간주하는 것은 그 때문이다. 그러한 방법적 가설에서 출발한 구조 비평은 가공의 대상을 설정할 수밖에 없다. 그것이 좀더 발전하면, 작가는 쓰는 것이 아니라 쓰는 것처럼 보일 뿐이라는 생각에 이르게 된다. 그저 생산으로 보일 뿐이며 그 생산의 대상이 이미 그 뒤에 놓여 있는 것이다. 그래서 문학비평은 의사소통 이론의 한 측면으로 다루어질 수 있게 된다. 문학비평의 자율성은 환상이다. 문학비평의 대상은 문학적 활동이라는 특수한 영역을 넘어서서 메시지들을 전달하고 해석하는 기술이 되는 것이다.

이로 인한 결과 중 한 가지가 바로 문학을 현실을 벗어나는 활동으로 상정하는 것이다. 바르트가 어떻게 해서든 특별한 의미를 부여하면서 글쓰기 문제를 강조한 것은 그 때문이다. 작가는 현실을 그려 내기 때문이 아니라 특수한 코드의 힘으로 언어를 장악하기 때문에 작가로 규정되는 것이다(만능 열쇠로 등장하는 '작가'écrivain와 '필사자'écrivant의 구별을 다시 언급할 필요는 없을 것이다). 글 쓰는 것은 그 무엇이든 표현하는 것이 아니라, 반대로 표현하지 않는 것이다. 글 쓰는 것은 한 메시지를 독창적이면서 동시에 진부한(이해 가능한 코드를 기반으로 하므로) **스타일**로 전달하는 것이다. 작가의 글쓰기는 분명 비평적 연구의 핵심 대상이다(상당히 일반적인 문제이지만, 글쓰기를 통해 작가는 구성된 언어를 사용한다고 보면 그렇다). 하지만 글쓰기를 통해 얻어지는 언어는 가공의 대상(인위적인 것, 수단)이 아니며, 구조적 인간을 위한 거울이 아니다. 그것은 완전한 하나의 세계[34](하나의 실재, 어쩌면 실재 그 자체)이다. 문학생산이 가치를 갖는 것은 그것이 제공하는 말의 척도가 동시에 사물의 척도이기 때문이다. 구조주의 방법이 말하는 것처럼 둘 중 하나만을 선택해야 하는 것이 아니다.[35]

---

34 적어도 나름의 방식으로 완전한 세계이다. 나중에 보게 되겠지만, 문학 텍스트를 특징짓는 것, 문학 텍스트를 전혀 다른 의미 속에서 구조화하는 것, 그것은 바로 문학 텍스트의 '완전하지 못함'이다.

35 서로 연결되어 있는 두 항을 이렇게 (추상적으로) 분리할 경우 좋은 문학과 나쁜 문학을 상당히 쉽게 구분할 수 있게 된다. 메시지의 층위에 자리 잡고서 그 자리를 유지하는 것은 좋은 문학이고, 현실을 재현하고자 하는 문학은 나쁜 문학이 되는 것이다. 이렇게 구조주의 비평이 구조주의 문학과 겹쳐진다. 그 경우 문학생산은 비평이라는 전제 조건에서 나온다. 하지만 이러한 '증거'는 그것이 보여 주고자 하는 방법의 과학적 가치를 앗아 간다. 만일 **구조적 문학**이라는 것이 존재한다면 그것은 모든 문학이 구조적이지는, 즉 방법적으로 설명되지는 않기 때문이다. 그렇다면 그 방법은 영역 전체를 설명하지 못한다는 점에서 인위적이고 임의적인 것이다.

반대로, 순전히 메시지로서의 문학은 신화의 특수한 형태가 된다. 문학 고유의 기능은 '상상적인 것'l'imaginaire 일반의 기능으로 연결된다. 문학비평은 기호학의 여러 형태 중 하나가 되는 것이다. 그 경우 작품은 우

"소크라테스: 예를 들어 보세. 일반적인 미술이라는 것이 있는가? / 이온: 있습니다. / 소크라테스: 좋은 화가와 나쁜 화가, 수많은 화가들이 있고 또 있었지? / 이온: 물론입니다. / 소크라테스: 아글라오폰의 아들인 폴리그노토스의 그림 속에서는 무엇이 선하고 무엇이 악한지 보여 주면서 다른 화가들에 대해서는 그렇게 못하는 사람을 이미 보지 않았는가? 그는 다른 화가들의 작품을 보여 주면 잠이 들어 버리거나 할 말이 떠오르지 않아 입 다물고 있으면서, 폴리그노토스에 대해, 혹은 자네가 아무 화가나 골라도 되네, 어느 한 화가에 대해서 의견을 말해야 하는 상황이 되면 잠이 깨고 집중하면서 할 말이 많아지지"(플라톤, 『이온』Ion, 532e).

특수한 한 작품만이 비평을 깨울 수 있다. 구조주의는 일반적인 방법론이 아니며, 비평가를 전문가로 만드는 데 기여한다. 각각의 구조가 단자적 단위로서 그 자체로 닫혀 있는 것이다. 구조주의 비평가는 라이프니츠의 신처럼 이 단자에서 다른 단자로 옮겨 가면서 그 단자들의 보편적 조화의 근거들을 제시하고자 한다. 하지만 그러한 무한한 분석을 위한 수단은 갖지 못했다. 바로 이러한 이유에서 우리는 모든 작품들에 대해 자신의 개인적인 관심을 투사하는 강박적인 비평가(성공의 정도는 각기 다르지만 사르트르, 장 스타로뱅스키, 미셸 뷔토르가 그 예이다)가 구조주의 비평가보다 더 낫다고 말할 것이다. 그들에게 이데올로기는 형식적 체계가 아니라 명백한 내용의 역할을 한다. 설명이 모호한 상태를 벗어나지 못하지만, 그럼에도 불구하고 그 설명은 진정으로 문학적인 가치를 지닐 수 있다.

결국 작품은 —— 그 자체의 원리에 근거하는 한 —— 모두 좋은 작품이고, 각각의 작품은 다른 작품과 비교할 수 없고 같을 수 없다. 구조주의 비평가는 작품을 그 자체로, 오직 그 개별성 안에서 연구할 수밖에 없다. 아니면 작품을 특수한 개별적인 작품들을 넘어 문학에 대한 일반적인 정의(예를 들어 메시지로서의 문학)로 연결하는 수밖에 없다. 결국 알아낼 수 있는 일반성은 추상적인 일반성뿐이다. 이렇게 단편적인 독창성들이 무한히 이어질 때 모든 작품은 좋은 작품이고 모든 비평도 좋은 비평이다(바로 여기서 비평의 근거를 필요로 하지 않는 무상성의 특성이 나온다. 이것은 그 추상적 특성과 필연적으로 연결되어 있다). 비평가는 작가의 실제적 작업을 다루지 않고(바르트는 라신이 어떤 어려운 문제를 풀어야 했는지, 그 문제를 풀기 위해 어떤 수단을 가지고 있었는지, 스스로 자각하고 있을 필요는 없지만 어떤 실제적 조건에 처해 있었는지에 대해서 말하지 않는다), 일반적인 문학적 작업을 다룬다(글을 쓴다는 것은 어떤 것인지 묻는다). 그러므로 작품은 결코 그 생산의 실제적 조건들에 결부되지 않고, 오히려 그 원칙, 즉 이상적 가능성(그 역시 '모상'이다)에 연결된다. 작품과 작업의 관계는 헤겔이 '정신적 동물의 왕국'으로 묘사한 바로 그것이다. 그런데 이성의 형성 과정에서 '정신적 동물의 왕국'에 해당하는 이 순간의 특징은 바로 창작과 창작 이론이 하나가 되는 것이다. 저자는 자기 자신의 비평가이다(저자로서는 이것이 독창성을 보존하는 유일한 방법이다). 창작 역시 그 이론으로부터 자유롭지 못하므로 명제를 뒤집어 보면, 비평가는 자기 자신의 저자가 된다. 바로 여기에서 구조주의 문학이라는 개념이 나온다. 이미 헤겔은 그에게 '지적인 동물'의 범례를 제공했던 슐레겔 형제(August Wilhelm Schlegel & Friedlich von Schlegel) —— 당연히 바르트가 아니다 —— 를 생각하면서 구조주의 이데올로기를 확인하고 그 진정한 자리로 돌려놓았다.

리에게 무엇인가를 말하는 것처럼 보이지만, 사실상 아무것도 말하지 않는다. 그리고 비평은 바로 그러한 겉모습을 찾아내서 보여 준다. 그런데 그러한 가공의 겉모습이 나타날 수 있게 해주는 원칙은 작가의 행위가 갇혀 있는 개별적인 한계를 무한히 넘어선다. 작가는 좀더 일반적인 신비를 지키는 사제인 것이다. 해석한다는 것은 그 일반적인 신비에 직접 달려들고 그런 다음 비로소 그것이 드러나는 개별적인 길들로 돌아오는 것이다. 그러므로 글을 쓴다는 점에서는 작가와 똑같지만 비평가는 "문학이란 무엇인가"라는 질문을 제기할 수 있다(반면 작가는 그 스타일을 내세우며 끊임없이 그 문제를 피해 간다)는 점에서 더 유리한 입장이다. 해석한다는 것은 또한 수수께끼를 분석하고 푸는 것이며, 우리가 어떤 함정에 빠질 뻔했는지 보여 주는 것이다. 그러므로 비평은 고발이다. 수수께끼가 인위적으로 꾸며 낸 것이라는 특성은 그 답에서 나타난다. 우리는 신비를 밝힌다고 말하고 있지만, 사실은 바로 그 작업이 좀더 근원적인 신비를 만들어 내는 것이다. 인위적이고 잠정적인 문학작품은 포의 소설 「타원형 초상화」The Oval Portrait의 여주인공처럼 그 실재성을 송두리째 잃고 이미지, 모상 속으로 사라져 버린다.

비평에 대한 이러한 이해가 **논쟁적** 가치를 지니는 것은 분명하다. 문학생산은 미리 존재하는 체계, 즉 독자와 저자 사이에 공통으로 주어져서 그 자체로 의사소통을 가능하게 하는 것을 작품화하기, 다시 말해 이차적인 제작이 되기 때문이다. 생산된 작품은 결국 안에 있는 구조를 밝혀내야만 설명할 수 있는 **조합**이다. **창조**의 결과, 다시 말해 한 상황 혹은 의도를 나타내는 산물 — 순수한 표현 — 이 아닌 것이다. 실제로 문학적 구조주의는 창조라는 신화를 피할 수 있게 해준다. 즉, 문학작품의 제작에 대한 연구를 하면서(적어도 그런 연구를 하겠다는 계획을 세우면서) **'체험된**

것' — 사실상 가공의 것이라 정작 삶과 아무 관련 없는 것이다 — 이 갖는 왜곡된 불확실성을 추방하는 것이다. 이 계획은 긍정적 측면이 있지만 별로 새롭지는 않다. 플라톤은 이미 창작이라는 쓸데없는 신화를 비판하면서 개인으로서의 저자는 처음부터 자신의 작품을 박탈당한 상태라는 영감靈感의 신화로 대신했다. 그 분석은 저자와 해석자, 호메로스와 이온[36]을 동시에 대상으로 한다. 다시 한번 구조주의와 플라톤주의가 만나는 것이다. 또한 시인의 위상에 대한 이런 정의가 오직 외관만이 중요한 예술에 대한 비판과 함께 온다는 것 역시 기억해야 한다. 니체가 놀라울 정도로 플라톤적인 대목에서 말한 것처럼, "예술가는 사물들 주위에 불확실성의 베일을 드리운다".[37] 환상을 다루는 환상적인 예술인 것이다.

음유시인이 하는 일은 두 가지이다. 즉, 시를 낭송하고 시를 해설한다. 음유시인은 시를 들려주고, 이내 시를 바꾸어 놓는다. 그리스인들에게 그 두 가지는 같은 일은 아니라 해도 적어도 연결되어 있었던 것 같다. 즉, 작품을 보여 주는 동시에 그 복제를 보여 주었던 것이다. 여기서 해설 개념을 간단히 설명할 필요가 있다. 그 단순한 반복을 통해서 작품 안에는 무한히 분열할 수 있는 가능성이 나타난다. 결국 비평의 작업은 그 대상 속에서 이루어지는 거울의 작용을, 즉 책이 조각으로 파열되어 그 반사상들 속에 흩어져 버리는 것을 보여 준다. 작품들의 일반적 구조(문학)가 있고, 각각의 구조는 그 일반적 구조를 비추는 상이다. 눈길들은 작품을 향

---

36 플라톤의 『이온』에서 소크라테스가 호메로스를 낭송하는 음유시인 이온과 나누는 대화와 관련된다.—옮긴이

37 Friedrich Nietzsche, "Vermischte Meinungen und Sprüche", *Menschliches, Allzumenschliches: Ein Buch für freie Geister*, 1879, 32 [니체의 『인간적인 너무나 인간적인』 중에서 2권 1장을 이루는 「혼합된 의견과 잠언들」 부분을 가리킨다.—옮긴이]

하지만, 정작 그 작품은 신기루이다. 분석과 분석 대상은 뒤섞이고 포개져서 서로 자리를 바꿀 수 있게 된다. 그것은 과학적인 분석이 아니라는 표시이다.

이러한 해설의 운명에 대해서는 푸코가 그의 가장 훌륭한 저서 『임상의학의 탄생』에서 말한 것을 그대로 인용해야 한다.

우리는 정녕 해설이라는 용도 외에 말의 다른 용도를 알지 못할 운명인가? 사실 해설은 담론이 무엇을 말하고 있고 또 무엇을 말하고자 했는지를 담론에 묻는다. 해설은 말의 이중 토대 — 말이 진실의 모습에 보다 가깝다고 여겨지는 본래의 상태로 있는 곳 — 를 솟아오르게 하려고 한다. 이미 말해진 것을 말하면서, 한 번도 말해진 적이 없는 것을 다시 말하는 것이다. 오래되고 오그라든 상태로 침묵하는 담론을 말이 많은 다른 담론으로, 더 오래됐지만 동시에 더 현대적인 다른 담론으로 옮겨 놓으려는 해설의 활동에는 언어에 대한 기이한 태도가 숨어 있다. 해설한다는 것은 그 본질상 기표signifiant보다 기의signifié가 많음을, 언어가 어두움 속에 남겨 둔, 표명되지 않는 생각의 잔여물이 존재하며 스스로의 비밀 밖으로 밀려난 그것이 사실상 생각의 핵심임을 받아들이는 것이다. 해설한다는 것은 또한 그 말해지지 않은 것이 말 속에 잠자고 있음을, 기표 고유의 넘침을 통해서 우리는 분명하게 기의화되지 않은 것에 질문을 건넴으로써 그것이 말하게 할 수 있음을 전제한다. 이러한 이중의 과잉은 해설의 가능성을 열어, 우리로 하여금 절대로 한계를 설정할 수 없는 무한한 과업에 달려들게 한다. 언제나 남아 있는 기의가 있고, 그 기의가 말하게 해야 하는 것이다. 기표는 늘 풍성하게 주어져 있고, 우리가 원하든 않든 자기가 '말하고 싶은' 것에 대해서 우리에게 묻는다. 그렇게 해서 기표와

기의는 실체로서의 자율성을 지니게 되며, 각각 따로 잠재적인 의미 작용의 보물을 지닌다. 극단적으로는 기표와 기의가 따로 존재할 수 있다. 해설은 바로 그렇게 가정할 수 있는 공간에 자리 잡는다. 하지만 동시에 해설은 기표와 기의 사이에 복잡한 연결을, 표현의 시적 가치들과 관련된 모호한 틀을 만들어 낸다. 기표는 감추지 않으면서, 고갈되지 않는 저장고 속에 기의를 남겨 두지 않으면서 '번역'하는 것이 아니다. 기의는 스스로 통제하지 못하는 의미를 짊어진 기표의 세계, 가시적이고 무거운 그 세계 속에서만 모습을 드러낸다. 텍스트를 향하는 해석은 모든 언어를 상징적인 관계로 다룬다. 즉, 부분적으로는 자연스럽고 부분적으로는 자의적인 관계, 동일한 상징적 요소 안에 끌어모을 수 있는 것이 너무 많고 하나의 테마를 상징할 수 있는 형태들이 증식됨으로써 양쪽에서 모두 균형을 상실한 부적합한 관계이다. 해설은 다음과 같은 가설에 근거한다. 말은 '번역' 행위이며, 숨기면서 보여 주는 이미지의 위험한 특권을 갖는다. 또한 담론으로 되풀이되어 나타나면서 끝없이 스스로를 대체할 수 있다. 간단히 말해서 해설은 언어의 역사적 기원의 상흔을 보여 주는 심리주의적 해석에 근거한다. 즉, 그것은 금기, 상징, 구체적 이미지를 통해서, 계시의 모든 장치를 통해서, 언제나 은밀하며 언제나 스스로의 너머에 있는 신의 말을 들으려 하는 주해Exégèse이다. 옛날 오랫동안 말씀Parole의 결정을 헛되이 기다렸듯, 얼마 전부터 우리는 우리 문화의 언어를 해설하고 있다.[38]

푸코가 하고자 한 것은 사상사를 바로 이 운명에서 떼어 내고자 한

---

38 Michel Foucault, *Naissance de la clinique*, Paris: PUF, 1963, p.XIII.

것임을 우리는 알고 있다. 문학비평의 영역에서 그러한 시도가 가능하고 또 필요한 것이 아닌지 생각해 보아야 한다.[39]

* * *

해설이 아닌 비평, 즉 작품의 존재를 없애지는 않으면서 작품의 말에 진정한 지식을 더하는 과학적 분석인 비평이 있을 수 있을까? 혹은 이렇게 질문해 보자. **읽는 기술**이 아니라, 책이 어떤 조건에서 쓰어지는지 우리에게 말해 줄 수 있는 **실증적인 비평**이 가능할까? 과학은 엄밀한 의미에서 대상들을 해석하는 것이 아니다. 과학은 대상들이 가지고 있지 않던 의미작용을 부여함으로써 그 대상들을 변형시킨다. '낙하하는' 물체의 운동이 낙하의 법칙을 지탱해야 할 소명을 지니지는 않으며, 더구나 그 법칙을 따라야 할 소명은 더더욱 없다(자연은 왕의 법칙에 따라 다스려지는 왕국이 아니다). 물체들은 법칙에 대해 아무 말도 하지 않으면서 오랫동안 낙하해 왔고, 여전히 낙하하고 있다. 그 법칙을 **생산하는** 것은 지식의 소명이다. 다시 말하면, 법칙은 낙하하는 물체 **안에** 있는 것이 아니라 다른 곳에, 그 물체들 옆에, 과학적 지식의 영역이라는 전혀 다른 영역에 있는 것이다. 바로 여기서 경험으로부터 앎을 끌어내고자 하는 모든 경험주의의 실패가 비롯된다. 경험주의는 아무 말도 하지 않는 세상에게서 '세상의 이야기'를 끌어내려 하는 것이다. 과학이 행하는 변형은 실제적인 것이 아니라 이론적인 것으로, 그것이 적용되어도 현실은 그대로이다. 이론적 변형은 현실성을 빼앗지 않고, 현실을 그 기원으로, 깊은 의미로 끌어가지도

---

39 하지만 문학작품들에 대해서 말하면서 푸코는 해설의 유혹을 완전히 피하지는 못했다. 루셀에 관한 책 『레몽 루셀』(*Raymond Roussel*)이 모호한 것은 그 때문이며, 『말과 사물』(*Les mots et les choses*) 역시 그런 편이다.

않는다. 이론적 변형은 현실에 새로운 차원을 부여한다. 한 문학작품을 안다는 것은 그것을 분해하고 '신비를 벗기는' 것이 아니라, 새로운 지식을 생산하는 것이다. 즉, **작품이 말하지 않으면서 말하고 있는 것을 말해 주는 것**이다.

사실 진정한 분석은 그 대상 안에 머물 수 없고, 이미 말해진 것을 다른 말로 다시 할 수 없다. 진정한 분석은 '다르게 말해진 것'이 아니라(이것은 분석에 저항하지 않는다) '절대 말해진 적이 없는 것', 원래의 '말해지지 않은 것'과 마주해야 한다. 진정한 분석은 암묵적이고 예측 가능한 담론, 자기를 드러내는 말에 스스로를 내맡기는 담론이 아니라, 그것 없이는 작품이 존재할 수 없는 **조건**, 하지만 절대적으로 작품에 앞서기 때문에 작품 안에서 찾아낼 수 없는 조건과 마주해야 한다.

분석하기, 그리고 구조를 구성하기 혹은 좀더 평범하게 말해서 구조화하기, 이 두 가지는 동일한 작업을 지칭하는 두 가지 이름이다. 요소들의 배열을 통해서 추구되는 것은 현존 혹은 내재성이 아닌 다른 것이기 때문이다. 앎이 목표로 하는 것은 그와 같은 근거, 숨어 있는 비밀을 찾아내는 것이 아니다. 그것은 일련의 요건들을 통해 근원적인 타자성, 그것 없이는 어떤 대상도 동일성을 부여받지 못할 타자성을 찾고자 하는 것이다. 즉, 실재하는 모든 것을 제한하고 생산하는 차이, 모든 작품 뒤에 있으면서 작품을 구성하는 작품의 부재를 목표로 한다. 구조라는 용어가 의미를 갖는다면, 그것은 바로 이렇게 결정된 부재, 차이, 타자성을 지칭하기 때문이다.

프로이트는 '심층' 분석이라는 모호한 시도를 했지만, 어쨌든 의식적인 담론의 밑바닥에서 잠재된 의미를 찾지는 않았다. **다른 곳에서,** 구조들이 있는 곳, 그가 무의식이라고 이름 붙인 곳에서 그러한 의미를 찾았다는 점에서 그는 새로운 형태의 합리성을 수립하였다. 무의식은 엄밀한 의미로 실재가 아니라 개념이며(무의식 이론을 사실적으로 해석할 위험이 있다), 자기의 말을 소유하지 않는 언어이다. 무의식에서 아무것도 나올 수 없지만, 그로부터 담론의 이미지와 꿈의 말이 '정돈된다'. 한 언표를 분석하는 것은 그 언표의 표명과 탄생 원리를 그 안에서 찾는 것이 아니라 그것이 다른 어느 것으로부터 생산되었는지를 보여 주는 것이다. 그렇게 구조는 탄생과 근본적으로 구별된다. 무엇보다도 '구조화하다'라는 동사가 절대적인 타동사라는 사실에 주목해야 한다. 구조는 외부의 대상에 적용되는 것이다. 그것은 대상들을 (경험적으로) 주어진 것으로 간주하지 않고 직접 세운다는 점에서 대상을 변형시킨다. 예를 들어 마르티네의 과학적 담론에서 '이중분절'이 행하는 핵심적인 역할을 제대로 파악한다면, '기표의 구조'가 기표 **속의** 구조를 뜻하는 것이 아님을 알 수 있다. 마르티네가 말하는 기표의 구조는 모든 언표와 무관하게 정의되는 언표의 분절체 전체를 뜻한다. 언어를 이루는 그 전체가 없이는 기표도 기의도 언표도 존재하지 않을 것이다. 소쉬르가 이미 말했듯이, 그렇게 구성되는 언어학적 체계는 **존재하지** 않는다. 결국 구조는 그 대상들과 본질적으로 다르다. 따라서 구조는 대상들을 **베끼지** 못할 것이다. 그리고 분석은 그대로 반복하지 않고 새로운 지식을 생산한다.

구조를 이렇게 제시하는 것이 옳다면, 이제 문학적 언표의 구조들이 어디 위치해야 하는지 생각해 볼 필요가 있다. 구조가 있다면, 그것은 책 속에 깊숙이 놓여 있거나 숨어 있는 것이 아니다. 구조가 책 안에 담겨 있지 않고 책이 구조에 속하는 것이다. 그러므로 작품의 구조가 있다고 해서 작품이 그 자체로 통일성을 내포하는 것은 아니다. 구조는 작품이 다양하고 흩어져 있고 불규칙적이라서 작품을 더 잘 지탱한다. 따라서 구조를 본다는 것은 작품의 불규칙성을 보는 것이다. 그런데 예술작품에 대한 전통적인 이해는 '조화'라는 개념을 중심으로 형성된다(한 개념을 중심으로 정돈되는 것, 혹은 적어도 그렇게 보이고자 하는 것이 원래 전통적인 이해의 존재 방식이다). 그러한 조화는 —— 자연적 조화이든(라마르틴[40]처럼 장소 혹은 감정의 조화를 만들어 내는 경우) 인위적 조화이든(예술은 적합성을 보증해 주는 규칙들을 적용한 결과이다) —— 결국 질서를 통해 작품을 판단하게 한다. 작품은 하나의 **전체**를 실현하며, 배치의 산물인 것이다.[41] 작품은 정돈되고 조직되어 있다. 그 질서가 직관에 의한 것인지 추론에 의한 것인지는 중요하지 않다. 작품은 정합성을 지닌[42] 하나의 전체로 **나타날** 뿐이다(작품 안에 있는 것은 바로 그 '나타남'뿐이다).

정합성 개념을 비판하는 것은 어렵지 않다. 미학적 판단에 담긴 모순을 밝히는 것으로 충분하다. 하지만 전체성 개념은 좀더 깊은 선입견에 뿌리박고 있기 때문에 쉽지 않다. 그래서 고전 미학(간략하게 말하자면 '창조' 이론으로 소개할 수 있는 신학적인 미학)의 비판에도 전체성 개념은 살아남을 수 있었던 것이다.

전체성은 부분들이 관계로 **연결되어** 있어서 하나의 전체에 **속하는** 것이다.[43] 작품은 그렇게 하나를 이룰 수 있어야만 존재할 수 있다. 그렇지 않다면 작품의 그림자일 뿐이고, 실패가 된다. 이것이 바로 작품의 형

---

40 알퐁스 드 라마르틴(Alphonse de Lamartine, 1790~1869)은 프랑스의 낭만주의 시인이다.——옮긴이
41 모든 발생론적 분석이 결국은 이런 식으로 정돈된 대상, 따라서 불변하는 대상을 구성한다는 것은 의미심장하다. 따라서 구조 개념만이 **불규칙성**을 생각할 수 있기 때문에 진정한 시간성을 설명할 수 있다.
42 아이가 정상적인 신체를 가지고 태어나길 바라는 것과 마찬가지로, 책도 원래부터 제대로 형태를 지녔기를 바라는 것이다.
43 하지만 구조를 제대로 이해하게 되면 오히려 '분리'와 '박탈'이 드러날 것이다.

식이 갖는 특권이 된다. 형식은 작품을 **구체적으로 실현하며**, 작품으로 하여금 하나의 유기체로 존재하게 하는 것이다. 작품은 이러한 필연적인 관계를 통해 하나가 되며, 그렇게 존재해야 한다. 작품은 스스로 충만하다. 작품을 이루는 **요소들은** 작품 안에 자기 **자리가** 있기 때문에 그 안으로 들어가 작품을 구성하는 것이다(분석은 바로 이 요소들을 밝히려 한다). '문학적 공간'에 대한 이와 같은 생각은 온전히 아리스토텔레스의 자연학physics(대상들을 그 질質로 확인한다는 점에서 미학적 자연학이다)에서 온 것이다. 자연계를 구성하는 요소들의 다양성은 상대적이다. 요소들은 질서의 전제가 되는 재료이지만, 그 질서를 떠나서는 실재를 갖지 못한다. 이런 식으로 문학은 **상상적 유기체를 생산하는 활동**으로 정의된 예술들 속에 쉽게 재편입된다. 형식적인 조건으로부터 출발하여 작품을 구성하는 이러한 유기적 통일성은 또한 작품에 의미(내용)를 부여한다. 비평은 필연적으로 **해석적**이 된다. 통일성의 원리, 전체의 이치를 밝혀내야 하기 때문이다.

레비스트로스는 아스디왈Asdiwal 족의 신화를 연속적으로 분할하고 정리·통합하면서 그런 식으로 분석 혹은 해석한다(그에게 분석과 해석은 같이 움직인다).[44] 레비스트로스는 우선 "밑에 **숨겨진**, 그리고 모든 층위에 공통된 구조"를 지니는 상이한 여러 층위를 분리한다.[45] 신화는 "음악 악보"처럼 구성되어 있다.[46] 겉으로 보기에는 다양한 것 같지만 사실상 단일성이 숨어 있다. 신화를 이루는 요소들, 즉 가로축séquence과 세로축 schème이 한 가지 **메시지**의 텍스트를 형성하도록 배열되어 있다.

---

44 이 글이 레비스트로스의 방법을 가장 특징적으로 보여 주기 때문에 예로 든 것은 아니다.
45 Claude Lévi-Strauss, "La geste d'Asdiwal", *Les temps modernes* 16(179), 1961, p.1080.
46 Ibid., p.1101.

지리학, 경제학, 사회학, 심지어 우주론까지 지극히 다양한 측면에서 원주민들의 사고가 갖는 갈등들은 결국 좀더 모호하지만 상당히 실제적인 다른 갈등, 모계 사촌 여성과의 결혼을 통해 극복하고자 하는 — 하지만 그러한 시도는 성공하지 못하고, 그것을 **고백하는** 것이 바로 신화의 기능이다 — 갈등과 같은 것으로 볼 수 있다.[47]

그러므로 신화 안에 있는 한 가지 **의도**를 파악할 수 있어야만 신화를 분석할 수 있다. 역으로 말하면, 그 '구조'를 세워야만 무슨 말을 할지 알 수 있다. 신화는 여러 곳에 흩어져 있고 다양할 수밖에 없는 현실의 갈등들을 해결해 주는 관계이다. 그 점에서 신화는 상상적인 것의 영역에 속한다. 신화는 일련의 변형을 거쳐 실재를 나타낸다. 하지만 그렇게 변형되어 주어진 전체는 구조화되어 있고, 따라서 의미를 갖는다.

전형적인 실증적 분석을 통해 레비스트로스는 그 누구보다도 훌륭하게 신화 안에 무엇이 있는지 말한다. 하지만 적어도 이 경우에 레비스트로스는 **구조 안에 없는 것, 그것 없이는 아마도 신화가 존재할 수 없을 것**에 대해서는 알지 못한다. 의도와의 관계 속에서 생각된 구조는(구조는 그 의도를 생산할 수도 있고, 반대로 그 의도의 산물일 수 있다) 진정한 **논리**의 대상이 아니라 **심리 분석**의 대상이다. 논리는 항목들 간의 차이를 바탕으로 하여 어떻게 관계가 수립될 수 있는지 이해할 수 있게 해야 한다. 그런데 처음에(예를 들면 **의도** 안에) 통일성을 가정하게 되면 모든 문제가 사라진다. 사실 구조는 차이의 자리이다. 원칙적으로 구조는 자신이 설명하고자 하는 관계 안에 **있지 않다.** 레비스트로스의 글에서 구조는 일시적으로 침묵

47 Ibid., p.1107.

하고 있을지언정 필연적으로 그 안에 있다. 구조가 모순을 상상적으로 해결하는 데 사용된다면, 결국 구조는 모순의 영속성을 확인해 준다. 그러한 모순은 상상적일 수밖에 없다. 모순이 실제로 있다고 생각할 수 없다. 그러므로 모순을 없는 것으로 여길 수밖에 없다. 신화는 그러한 없음에 **형식**(**몸**처럼 구체적으로 실현된 것이 아니다)을 부여하기 위해 존재하는 것이다.

레비스트로스가 주장하는 구조(**진짜 없음**이 아니라 **없음의 있음**)가 신화 분석의 문제를 적절하게 해결한다 하더라도(여기서 길게 이 문제를 다룰 수는 없다), 그것을 문학 분석에 적용할 수 있는지는 생각해 보아야 한다.

질서, 전체성 등의 개념은 작품들을 만족스럽게 **기술**하게 해주고, 그 대상에 대한 해석 문제를 제기한다. 무엇보다도 그러한 개념들은 작품 안에 살고 있고 작품을 지탱하면서 또 작품이 절대 **빼앗길** 수 없는, 작품에 속하는 엄정성이 드러나게 한다. 작품은 생산되는 것이 아니라 스스로를 **생산한다**. 이렇게 해서, 우리가 이미 본 것처럼, 창조라는 문제틀은 배제된다. 하지만 이러한 엄정성이 필연적인 것은 전적으로 상상적인 것이기 때문이다. 그렇게 기술된 작품은 다른 작품들과 달리 존재하지 않을 수 있다.[48] 그러므로 그것은 근거를 갖지 않은 취약한 필연성이다. 이러한 기술은 모두 논점 선취에 근거한다. 즉, 작품이 한덩어리이고 단단한 물체이며 문학의 공간 안에 고유의 자리를 차지하고 있다고 보고, 분석은 작품이 그렇게 자체에 있음을 밝히면 되는 것이다.

이러한 가설 대신 아직까지 제시된 적이 거의 없는, 좀더 풍요한 결실을 낼 수 있을 다른 가설을 내세울 수 있다. 즉, 작품은 확실한 없음을 통

---

48 이러한 구별은 결국 유사성의 한 형태이다. '문학이란 무엇인가'라는 질문에서 출발해 보면, 모든 작품들은 서로 유사하다.

해, 그것이 말하지 않는 것을 통해, 자기가 아닌 것과의 관계를 통해 존재한다는 것이다. 엄밀히 말해서 작품이 무엇이든 숨길 수 있기 때문이 아니다. 작품은 의미를 깊숙이 묻어 두고 가리고 변장시키지 않는다. 그러므로 해석을 통해서 추적할 필요가 없다. 의미는 작품 안이 아니라 작품 옆에 있다. 작품의 외곽에, 작품이 스스로 주장하는 것이 더 이상 될 수 없는 경계에 있다. 바로 거기서 작품은 가능성의 조건들에 연결된다. 작품은 인위적인 필연성(의식적이든 무의식적이든 의도의 산물)으로 구성되지 않는다.

철학을 배우는 사람들이 잘 아는 어휘를 사용하자면, 구조주의 비평혹은 형이상학적 비평은 결국 신학적 미학의 변이일 뿐이다. 두 경우 모두 원인을 통하여 설명하고자 한다. 그 원인은 창조의 미학의 경우에는 개인적인 의도이고, 구조 분석의 경우에는 어떤 본질의 형태로 주어진 추상적 의도이다. 이제 원인들에 대한 탐구 대신 법칙을 탐구하는 실증적 비평을 수립할 때가 왔다. 비평이 제기하는 질문은 바로 **작품은 어떤 관계를 통해서, 자기 아닌 다른 어떤 것과의 관계 속에서 생산되는가** 하는 것이다. 알다시피 실증성positif은 부정성négatif의 반대이기도 하다. 오귀스트 콩트는 형이상학적 단계의 학자들이 행하는(이들은 절대적 본질, 즉 현실의 진정한 모방을 세우려 한다) '탈신비화하는' 분석과 반대로 실증적 지식을 제시하며, 오직 실증적 앎만이 실제적인 관계를 파악할 수 있다고 말한다. 또한 형이상학적 이데올로기와 실증적 과학은 동일한 질문에 대해 서로 다른 답을 제시한다. 실증적 단계로 넘어가기 위해서는 질문 자체를 바꾸어야 하는 것이다. 그런데 구조주의 방법은 미학의 오래된 질문, 작가들이 스스로 제기해 왔던 질문에 대답할 뿐이다. 비평의 진정한 질문은 문학이란 무엇인가, 즉 **우리는** 글을 쓰며(혹은 읽으며) 무엇을 하는가가 아니다.

진정한 질문은 바로 작품은 어떤 유형의 필연성을 지니는가, 작품은 무엇으로 만들어지는가, 무엇이 작품에 실재성을 부여하는가인 것이다. 비평의 질문은 비평이 다루는 재료, 그 재료를 다루는 수단에 관한 것이어야 한다.

그렇게 되면 구조는 작품의 가짜 내면성(작품에 내밀한 원인을 부여하는 것)을 바깥으로부터 무너뜨리고, 작품의 근본적인 결핍, 그것 없이는 작품이 존재할 수 없을 결핍을 드러내 보이는 것이 된다. 여기서 언어학과 정신분석의 연결이 의미를 갖게 된다. 문학작품 역시 이중분절되는 것이다. 우선 시퀀스(파블fable)와 테마(형상)의 층위,[49] 즉 질서를 수립하는, 보다 정확히는 질서의 환상을 주는 층위가 있다. 그것은 작품을 하나의 유기체로 다루는 미학 이론들이 위치하는 층위이다. 또 하나의 층위는 작품이 그 바탕을 이루는 현실과의 관계로 분절되는 층위이다. 경험적으로 주어진 '자연적인' 현실이 아니라, 인간들(글을 쓰는 사람들과 읽는 사람들)이 살아가고 있는 만들어진 현실, 즉 **그들의 이데올로기**이다. 작품은 이데올로기라는 이 근원적이고 암묵적인 언어의 바탕 위에서 이루어진다. 이데올로기를 말하고 드러내고 옮겨 쓰고 명시적인 형태를 부여하기 위해서가 아니라 말의 부재, 그것이 없다면 아무것도 할 말이 없을 말의 부재에 **자리**를 부여하기 위해서이다. 그러므로 우리는 작품이 말하지 않는 것, 말할 수 없는 것을 물어야 한다. 작품은 그것을 말하지 않기 위해서, 그러한 침묵이 있게 하기 위해서 만들어진 것이다. 작품이 질서를 감추고 있다는 것은 본질적인 문제가 아니다. 중요한 것은 작품의 **결정된** 실제적 무

---

49 파블, 테마, 형상 등의 개념은 이어지는 쥘 베른 분석에서 상세히 설명된다. 3부의 「쥘 베른, 혹은 결여가 있는 이야기」를 참조할 것. 특히 '파블'에 관해서는 260쪽 27번 옮긴이 주 참고.—옮긴이

질서(혼란)이다. 작품의 질서는 상상된 질서, 질서가 없는 곳에 투영된 질서일 뿐으로, 이데올로기적 갈등을 허구적으로 해결하는 데 사용된다. 그러한 해결은 그야말로 허구적인 것이기 때문에 그 취약성이 텍스트에 그대로 드러나고, 텍스트 안은 조화보다는 불일치와 미완성이 드러난다. 이제 문제는 안에 없는 것이 아니라, 그 무엇으로도 대신할 수 없는 징후들이다. 작품과 그 작품이 변형시키는 이데올로기의 거리는 텍스트의 글자 안에 있다. 그것은 작품을 만드는 동시에 해체하면서 작품을 그 자체로부터 나누는 거리이다. 이제 우리는 새로운 유형의 필연성을 정의할 수 있다. 그것은 바로 없음, 결핍이다. 작품이 존재하는 것은 그 작품과 함께 무질서, 즉 이데올로기의 무질서(이것을 하나의 체계로 조직하는 것은 불가능하다)와 관계된('부합된'이 아니다) 무질서가 생산되기 때문이다. 작품은 갈등이 작용하고 있음을 확인해 주는 그러한 미완성에서 형태를 얻는다. 그러한 분석에서 핵심적인 개념은 **구조** 개념이 아니라 **괴리** 개념이다. 작품이 그러한 결핍을 분명히 드러내기 때문에 새로운 진실이 나타나기 시작하는 것이다. 그 진실을 알고자 하는 사람을 위해서 작품은 현실과 독창적인 관계를 맺고, 지식을 드러내는 형태를 수립한다.

3부

작품

1

쥘 베른, 혹은 결여가 있는 이야기

1. 작품이 제기하는 문제

우리가 보기에 쥘 베른의 작품은 —— 그 독자들을 질적으로 어떻게 규정하는가에 달려 있기는 하지만 —— 직접적으로 역사적 의미를 지닌다. 우리가 아는 쥘 베른의 독자는 두 종류이고, 그 두 종류의 독자는 우리 역사에 나타난 새로운 질서를 대변한다. 하나는 프랑스 제3공화국의 부르주아지로, 그들은 쥘 베른의 작품을 불러냈고 또 '아카데미프랑세즈 수상작'이 되게 했다. 또 하나는 소비에트연방의 국민들로, 특이하게도 그곳에서 출간된 쥘 베른의 전집이 큰 성공을 거두었다.[1] 적어도 두 부류의 독자가 쥘 베른의 작품 속에서 만났고, 쥘 베른의 작품을 그들의 시대 —— 프랑스 제국주의의 식민지 정복, 우주 탐사, 수에즈 운하 건설, 신대륙 탐험 —— 에 확실하게 묶어 놓은 것이다. 물론 우리가 두 가지 독서를 같은

---

1 '에첼'(Hetzel) 판(그리고 '아세트'Hachette에서 다시 나온 판) 이후 프랑스에서는 쥘 베른의 전집이 출간되지 않았다. 이 글은 '리브르 드 포슈'(Livre de Poche)에서 쥘 베른의 작품이 새로 출간되기 전에 쓰여졌다. 이렇게 다시 출간되기 시작한 것은 반가운 일이며, 앞으로도 지속되기를 바란다.

것으로 보고, 그것들이 동일한 기획 안에서 형식적인 연속성을 보인다고 말하려는 것은 아니다. 역사를 살펴보면 한 기획에서 다른 기획으로 이행하는 과정을 알 수 있다. 또 그 이행의 선이 불연속적임을, 서로 이어지지 않음도 알 수 있다. 쥘 베른의 작품은 그 두 독자들 사이에서 흐릿한 일관성을 끌어내기보다는 **복잡한 이데올로기적 현상**(복잡하다는 것이 꼭 모순적이라는 뜻은 아니다)의 표현으로 나타나게 될 것이다. 그러한 현상은 사라지지 않으면서 다양한 의미로 채워지게 될 것이다. 바로 그 때문에 쥘 베른의 작품은 설명을 필요로 한다. 한 가지 질문이 제기되고 작품이 갖는 **한 가지** 의미(명시적으로 드러난 것일 수도 있고 숨어 있는 것일 수도 있다)가 확인되면서 작품이 축소되는 그런 식이어서는 안 된다. 반대로 베른의 작품이 가진 신기한 힘, **그 자체** 안에서 변화할 수 있는 힘, 즉 선험적으로 작품에 일관성을 부여하는 다양성을 설명해야 한다.

하지만 이때 설명한다는 것은 무엇을 말하는가? 복잡하게 얽힌 것을 풀기 위해서 작품을 그것을 감싸고 있는 역사와 관계 짓는 것으로 충분한가? 아니면 작품과 역사 사이의 숨겨진 관계를 밝혀야 하는가? 그리고 그 의미를 밝혀야 하는 것인가? 그렇다면 '자연 정복'이라는 이데올로기적 테마[2]의 역사를 기술해야 할 것이다. 자연 정복은 그때까지 역사의 비밀로 남아 있던 자연 에너지 탐사를 앞세워 놀라운 속도로 중요성을 획득하며 가속화된 역사적 현상의 표현이다. 자연 정복의 역사는 글로 씌

---

2 정말로 작품의 테마인 것은 **일반적인**(그리고 풍성한) 이데올로기적 테마들(주제sujet, 즉 기술記述의 기획을 구성하지만 그 구체적인 실현의 외부에 머무는 테마들)과 다르다. 엄밀히 말해서 테마로 간주될 만한 것은 그것을 구체적으로 작품 속에 실현하는 작업과 구별되지 않는다. 그러므로 작품의 비밀이 이데올로기적 테마들에 의해 주어지지는 않을 것이다. 이데올로기적 테마들은 기껏해야 작품의 실현과 무관한 일반적인 의미를 가리킬 뿐이다. 작품을 진짜 드러내는 것은 그 생산의 도구들, 그 실제 수단에 있다. 바로 그것들이 정당하게 테마라 불릴 수 있다.

어질 권리가 있으며(하지만 아직까지 이 권리를 행사한 예는 드물다), 쥘 베른의 작품, 혹은 적어도 작품의 한 측면은 그 개별적 발현으로 볼 수 있다. 하지만 쥘 베른의 작품은 자연 정복이라는 이데올기적 테마의 역사를 무한히 넘어선다. 한 테마의 역사보다는 그냥 역사가 우선하는 것이다(그렇지 않으면 그 테마는 지극히 이데올로기적인 고립 속에서 아무런 정합성을 지니지 못할 것이다). 이제 설명 — 이런 설명은 해석이다 — 이 실패할 위험은 없다. 대상을 먼 곳에서 붙잡아서 그것을 초월하는 움직임 속으로 끌고 가기 때문이다. 그 순간 흔히 말하는 대로 배반이 아니라 확대가 일어나면서 원래의 크기가 지워져 버린다. 작품이 그처럼 지나치게 넓게 자리잡게 되면, 작품이 스스로에게 부여한 것은 아니라 해도 완전히 관계없는 것은 아닌 작품의 진짜 자리가 사라져 버린다. 무엇보다도 그러한 조작을 통해 작품이 **단순화된다**. 작품은 의미가 차지하고 있는 자리가 된다. 즉 의미를 둘러싸고 의미에 자리를 부여하는 것이다. 결국 작품의 다양성은 그 뜻과 상관없이 단 한 가지 줄거리가 진행되기 위해 설치된 무대의 다양성에 지나지 않게 된다. 이러한 관점에서 보는 것은 핵심을 추출하는 것이 아니라 오히려 작품의 중심에 놓여 있는 실제적 복합성을 흩어 버리는 것이다.

지나치게 확대하는 이러한 해석에 반대하여 흔히 체계적인 묘사가 제시된다. 그러한 묘사는 구조와 특수한 일관성을 **추출하기**, 그리고 그 자체로 닫히는 원칙(작품을 구성하는 요소들의 관계만으로 **충분함**을 드러내며 작품을 그 자체에 이어 주는 원칙이다)을 명백히 하기, 이것만을 목적으로 하기 때문에 작품을 그 자체에 남겨 둔다는 이점이 있다. 따라서 구조화는 상대적으로 간단한[3] 조작으로 —— 분석(개별 테마들을 분리하기, 작품의 신화적 형상들을 개별화하기)이 있고 이어 재조립(요소들의 위계 혹은 엄격한 질서를 결정하기)이 있다 ― 역사적 분석과 정반대이다. 작품 구성[4]에 대한 연구가 형식이라는 문제틀의 좁은 경계를 넘어선다면, 작품은 **직접적으로 내재하는** 구성의 필연성밖에 갖지 못한다. 작품을 인위적인 것 혹은 우연적인 것으로 제시할 수 있을 모든 것을 일종의 환원 효과[5]를 통해 제거해 버린 단독의 전체성 ― 일관된 전체로서의 작품 ― 만 있으면 되는 것이다. 그러므로 이러한 단독의 전체성은 개별적인 본질과 정반대이다. 작품이 주어져 있지만 **작품이 있다는 사실과 무관하게** 오직 작품의 배열만을 보여 주기 때문이다. **작품의 근거를 수립하지 않고** 오히려 그런 식으로 모든 **관계**의 밖에서 개별성을 인정하는 것은 결국 절대적으로 추상화하면서 현실성을 없애 버리는 것이다. 동시에 앞에서 본 대로 한 가지 근거의 유일한 규모로 축소하면서 단순화시키는 것이기도 하다.

그러므로 철저하게 대립되는 두 가지 방법이 놓여 있는 셈이다. 하나는 가장 멀리서 작품을 향해 가면서 다루는 '해석'이며, 다른 하나는 작품에서 출발하여 작품을 그 자체로부터 떼어내는 '묘사'이다. 그런데 해석과 묘사를 나누는 거리 안에 자리를 잡는다면 아마도 이러한 모순을 **처음부터** 피해 갈 수 있을 것이다. 작품을 그 자체로부터 꺼내서, 스스로의 경계를 알게 하면서, 그렇게 작품에 대해 말하는 것이다. 더 이상 작품을 해설하거나 재구성할 필요가 없고, 단일성을 되살릴 필요도 없다. 그보다는 작품을 **설명해야** 한다. 그렇게 되면 작품은 자신의 의도를 실현하기 위

---

3 특히 작품 구성의 불투명성을 강조함으로써 작품을 최대한 투명하게 만들고자 한 쥘 베른 같은 작가의 경우가 해당된다.
4 구성(composition)이라는 말은 가장 넓은 의미로 쓰인 것이다. '조직화'(organisation)라고 할 수도 있을 것이다.
5 분석에서 출발하여 재조립에 이르는 움직임을 말한다.

해 그로부터 멀어져야 했던 거리만큼 스스로로부터 멀어진다. 또한 역사의 움직임 속에 끌려가는 상태 그대로 작품을 되찾는 것이 아니라 작품으로 하여금 진정한 목적을, 글로 씌어지기 이전에 이미 작품이 스스로 알고 있던 목적을 말하게 해야 한다. 그렇게 해서 전혀 다른 질문이 제기된다. 작품 속에 있는 **상이성**의 원리는 무엇인가? 널리 알려진 은유적 표현을 사용하자면, 결국 작품은 하나 이상의 공간에서 펼쳐진다는 것을 받아들여야 한다.

해석은 작품을 '상황'으로 명명하고, 묘사는 작품을 단 하나의 '배치'로 본다. 두 가지 방법이 서로를 배제하지도 가리지도 않도록 해야 한다. 그리고 작품의 배치와 상황을 나누는 실제적 거리를 통해서 작품을 측량해야 한다. 대립을 없애는 것이 아니라 이용하는 것이다. 다시 말하면, **문제를 푸는 매듭**을 바로 그 매듭 안에서 찾아야 한다. 두 가지를 같은 것으로 보는 것, 즉 뒤섞는 것은 안 된다. 배치에서 상황을 끌어내지 말아야 하고(숨겨졌던 것이 갑자기 나타나는 현현은 없다), 상황에서 배치를 끌어내는 것도 안 된다(연역도 없다). 두 관점은 본질이 다르기 때문에(사물들을 의도에서 멀어지게 하는 것은 거리뿐만이 아니다) 절대 타협이 불가능하다. 두 가지가 함께 완전히 새로운 **한 가지** 질문을 한정한다 해도 마찬가지임을 보게 될 것이다. 두 관점 사이의 이러한 차이가 문제 제기의 영역을 한정할 것이고, 그렇게 해서 우리가 작품을 볼 수 있게 해주는 가능성과 불가능성의 조건들을 고려하며 작품의 실재성과 한계를 동시에[6] 제시할 수 있을 것이다.

---

6 두 가지가 한꺼번에란 뜻일 뿐 섞인다는 뜻은 아니다. 작품은 이러한 복잡성으로 만들어진 이후에 나뉘었는데, 너무 쉽게 나뉘었기 때문에 곧바로 인위적 단일성으로 돌아갈 수 없다.

한 작품에 대한 개별 연구가 시작될 수 있는 유일한 지점, 즉 (그 연구의 기반을 이루는) 실제의 첫출발을 가능하게 하는 것은 바로 이데올로기적 기획의 타당성이다. 쥘 베른의 작품에서 그것은 자연 정복이라는 일반적인 테마이다. 그리고 일반적 테마들은 곧 개별적인 테마들(개별적 테마들은 일반적 테마들과 본질적으로 다른가? 어떤 방식으로 구성되는가?)로 특화될 것이다. 그것은 작품의 진정한 테마들이다. 쥘 베른은 우선 한 가지 질문을 제기한다. 즉, 자연 정복이 정말 동시대 세계의 역사의 내용을 규정하는가? 이 질문이 갖는 시사성에 민감했던 쥘 베른은 또한 이렇게 묻는다. 어떻게 그것을 알리고 어떻게 표현할 것인가? 그 대답은 바로 '허구를 통해서'이다.

무슨 일이든 일어날 수 있는, 아니 이미 일어났다고 말할 수 있는 시대가 되었다. 오늘은 우리 이야기가 전혀 있음 직하지 않아 보이지만, 내일은 미래의 몫인 과학적 수단에 힘입어 있음 직할 수 있을 것이고, 그 누구도 우리 이야기를 전설로 취급하지 않을 것이다. 실용적이고 실증적인 19세기가 저물어 가는 이때에 전설은 더 이상 생겨나지 않을 것이다. (『카르파티아 성』*Le château des Carpathes*, 1장)

미래는 현재 속에 잠겨 있다. "움직임 속의 움직임"Mobilis in Mobili이다. 이 이미지에 대해서는 나중에 다시 얘기할 것이다(이것이 그저 이미지가 아님을 보게 될 것이다). 무엇보다도 당대의 가장 중요한 특징은 바로 상상적인 것에 실재의 기능을 부여하는 새로운 유형의 이야기가 만들어질 수 있었다는 것이다. 역사적 전환기에 허구가 가장 적합한 표현 형태로 선택된 것은 그 때문이다. 그렇게 해서 문학작품은 **직접적으로** 실재의 기능을 부여받는다. 일상적인 것과 비일상적인 것의 연결 — 이것이 바로 사건이라는 문학적 형태이다 — 은 이야기의 특별한 대상인 '여행'과 함께 이루어진다(바로 이 여행이 작품에 제목을 부여할 것이다). 이렇게 진행 계획이 전부 수립되고, 한 출판업자[7]의 주문, '역사적' 계약의 대상이 될 수 있다.

베른 씨의 새 소설들이 연속적으로 출간될 것이며, 우리는 빠짐없이 그 소식을 전할 것이다. 이미 출간된 작품들, 그리고 앞으로 나올 작품들을 합하면, 저자가 '알려진 세계와 미지의 세계 속으로의 여행들'을 부제로 삼아 세운 계획을 포괄하게 될 것이다. 그의 목적은 지리학, 지질학, 물리학, 천문학을 한데 모은 현대 과학의 지식을 요약하는 것, 그리고 그만의 매력적인 형태로 세계의 역사를 다시 쓰는 것이다. …… 현대사회는 자신의 운명이 요동치고 있는 우주의 경이로움들을 드디어 알아야 한다는 고귀한 요구에 직면하고 있고, 베른 씨의 작품은 오늘날 생산되는 그 어떤 작품보다 그러한 요구에 잘 부응한다. (에첼이 쥘 베른 전집 1권 『해터러스 선장의 모험』에 부친 서문)

"알아야 한다." 다시 나오겠지만, 안다는 것은 행동하고 변형시키는 것이다. "드디어 알아야"에서 현대성을 규정하는 것은 바로 "드디어"라는 말이다. 그리고 이야기의 대상은 "경이로움들"과 동시에 여행들이 될 것이다. 여행은 '알려진 것'과 '미지의 것' 사이의 거리, 그 둘을 나누면서 어

---

7 편집자 에첼(Pierre-Jules Hetzel)은 프랑스 아동교육을 위해 유용한 책들을 출간하고자 했고, 그와 쥘 베른의 만남으로 '경이의 여행들'(Vogages extraordinaires) 시리즈가 기획된다.—옮긴이

느 정도 이어 주는 거리에 자리 잡는다.

이렇게 해서 우리는 작품의 전반적인 기획과 의미를 동시에 파악한 것 같다. 하지만 우리의 출발점이 되었던 질문이 유일한 질문은 아니다. 그 질문만으로는 작품의 문제는 온전히 기획의 외부에 머문다. 혹은 적어도 직접적으로 달려 있지는 않다. 많은 사람들이 글을 쓰고 싶어 하겠지만 실제 쓰지는 않고, 그들을 작가로 간주할 수는 없다. 그렇기 때문에 작품에 대해서 알기 위해서 작가에게 그의 의도를 물을 수는 없다. 그보다는 기획의 가능성의 조건들에 대해서, 그리고 기획을 실현하기 위해 사용된 방법들의 정당성에 대해서 생각해 보아야 한다. 또한 기획의 의미와 그 실제적 표명을 대립적인 것으로 보지 않고 오히려 그 연결(다시 한번 말하지만, 뒤섞기가 아니다)을 드러낸다면 다른 질문이 나올 수도 있다. 즉, **실제로** 쥘 베른은 무엇을 실현하였는가 하는 질문이다. 여기서 우리는 기획의 실제 결과(이것만이 작품이라 불릴 자격이 있다)를 어떻게 평가할 것인지, 그 결과와 처음 계획(작품이 수립되는 조건 혹은 구실)의 관계를 어떻게 이해할 것인지 생각해 보아야 한다. 그것은 결국 작품을 그 가능성의 조건들에서 출발하여 연구하는 것이다. 하지만 실제 작품의 제작을 가능하게 한 조건들은 동시에 다른 것의 조건이 되어 다른 것을 생산하기도 했음을 보게 될 것이다. 이렇게 해서 첫번째 질문과 겹쳐진 두번째 질문은 작품을 해석하거나 다른 언어로 다시 쓰지 않고, 한마디로 말해 작품에 대해 해설하지 않고, 그 자체와 대면하게 해준다. 바로 그 질문을 통해서 작품을 **설명할** 수 있게 될 것이다.

2. 작품 분석[8]

> 분명히 그곳에는 샘이 많을 것이다. 바위의 성질을 보니 그렇다. 직감이
> 논리와 맞아떨어지면서 나의 확신을 뒷받침했다. (『지구 속 여행』, 21장)

1) 출발점: 이데올로기적 기획

거리를 두고 떨어져서 작품을 파악하거나 그냥 가로지르는 것이 아니라
작품 자체에서 출발하는 것이 가능하고 또 필요하다. 심지어 작품이 시작
하는 곳 ── 작품이 출발점으로 삼는 지점, 작품의 기획, 혹은 작품 전체에
걸쳐 하나의 계획으로 읽힐 수 있는 의도들, 작품의 **제목**이라고도 불리는
것 ── 에서 시작하는 것은 불가피해 보인다.

제일 먼저 명백한 **일반적 테마**를 확인해야 한다. 일반적 테마는 작품

---

8 여기서는 가장 유명하고 또 쥘 베른이 새로운 문학 장르를 창안하는 작업에 부응하는 초기
(1863~1870) 작품들을 다룰 것이다. 단, 3항에서 다룰 『신비의 섬』(*L'île mystérieuse*)만은 1875년
에 출간되었다. 우리는 이처럼 경계를 설정해 놓고 그 영역을 중심으로 기술해 나갈 것이다. 특
징적인 것을 추출하는 것은 너무 간단하기 때문에 굳이 많은 예가 필요하지 않다고 생각했다.
쥘 베른의 후기작들에서 예를 찾아내서 반박을 하는 것 역시 불필요해 보였다. 물론 쥘 베른은
분명히 변화했고, 자기가 창안해 낸 테마들을 상당히 다른 방향에서 탐색하기도 했다. 특히 그
의 말기 작품들에 나타난 비관주의를 보면 잘 알 수 있다. 『정복자 로버』(*Robur le conquérant*),
『인도 왕비의 유산』(*Les 500 millions de la Bégum*), 『바르삭의 놀라운 모험』(*L'étonnante
aventure de la mission Barsac*), 『마지막 아담』(*Le dernier Adam*)은 모두 미래의 열림을 그려 내
기 위해 창안된 형상화 수단들을 사용해서 결국은 미래를 닫는 시도를 한다. 이 모든 것은 미셸
뷔토르의 『목록 I』에서 연구되었다(Michel Butor, *Répertoire I*, Paris: Minuit, 1960). 쥘 베른 작품
의 역사를 따져 보는 것 역시 흥미로운 일이 될 테지만, 역사적으로 중요한 것은 작품의 그런 측
면이 아니다. 변천 과정에 대한 연구는 다른 영역에 속한다. 과학에 대한 경시는 새로운 이데올
로기적 테마이다. 그것은 이전 작품을 부정하는 것이 아니라 그 실현 수단들을 재검토하는 것
이다. 우리가 행하게 될 쥘 베른 작품에 대한 기술은 그러므로 완전하지는 않지만 그 자체로 충
분하다.

전체를 한정한다. 쥘 베른에게 있어서 그것은 세계 역사에 언제나 있어 왔지만 오늘날 지배적인 현상의 성격을 띠게 된(여기에서 현대성의 테마가 나온다) 사회의 내적 변모, 즉 제조 기술을 통한 자연 정복이다. 이것은 쉽게 확인할 수 있는 이데올로기적인 테마이다. "베른은 진보주의 계열의 부르주아지에 속한다. 그의 작품은 그 어떤 것도 인간을 벗어날 수 없음을, 가장 멀리 떨어진 세계도 인간의 손안에 들어 있음을, 그리고 소유는 결국 자연을 총체적으로 지배하는 과정에서의 변증법적인 한순간일 뿐임을 보여 준다."[9] 제조 기술industrie이라는 개념은 솜씨와 노동이라는 개인적이고 사회적인 조건들[10]이 만나는 지극히 일반적인 의미를 띤다(이렇게 두 가지가 한데 모인 것을 '기계'라는 특별한 대상들에서 **볼 수 있다**).

우리는 이 일반적인 테마가 곧 여러 개의 개별적인 테마들로 특화되는 것을 보게 될 것이며, 그것들이 같은 성질인지 다른 것인지, 독립적인지 서열화된 관계인지 알아내야 할 것이다. 그런데 일반적 테마는 그저 테마로 보일 뿐 사실은 사회 혹은 사회의 이데올로기 층위에서의 어떤 움직임을 가리킨다. 그것은 책이 출현하는 데 있어서 가장 중요하지만, 일반적인 관념 속에서 단순화되고 왜곡된 상태가 아니라 움직임의 **고유의 층위**에서 이루어지는 움직임이다.

모습을 바꾸어 나타날지언정 쥘 베른의 모든 소설들의 **주제**가 되는 인간의 자연 지배는 정복, 움직임으로 제시된다. 즉, 자연 속에 인간의 존

---

9 Roland Barthes, *Mythologies*, Paris: Seuil, 1957, p.90.
10 쥘 베른에게 있어서 이 두 유형의 조건들은 인위적으로 구별될 뿐이다. 사회는 전형적인 개인들(학자 혹은 모험가. 하지만 이 둘은 사실상 마찬가지다) 속에서 완전한 상태로 나타난다. 그것은 쥘 베른에게 있어서 심리적 영역에 속하는 것처럼 보이는 것이 사실은 암시적일 뿐임을 뜻한다. '성격 묘사'와 유사한 모든 것이 늘 거슬리고 엉망인 것 같은 이유는 간단하다. 심리도 없고 성격도 없기 때문이다.

재가 퍼져 나가면서 자연 자체가 변형되는 것이다. 인간이 자연을 장악한다는 (의식적이고 의도되었고 투사되었기 때문에) **단순한** 강박관념이 늘 쥘 베른을 움직이고 있다. 완전한 정복도 가능하다. 인간은 자연과 완벽한 조화를 이루어야만 자연에 파고들 수 있다. 쥘 베른의 독창성은 바로 그러한 움직임, 말하자면 여행에 끝이 있으며 그 끝을 인식하고 묘사할 수 있다는 데 있다. 미래는 현재 속에 몸을 적시고 있고, 심지어 완전히 **담겨** 있다(앞에서 인용한 『카르파티아 성』의 시작 부분을 볼 것). 이에 대해서는 뷔토르가 『목록 I』에서 잘 보여 주고 있으니 다시 설명할 필요는 없을 것이다. 인간이 만들어 낸 대표적인 작품인 과학은 자연과 지극히 친밀하다.[11] 과학은 자연을 완전하게 알고 변형시키게 될 것이다.

> "그런 날이 올 겁니다. 마찬가지로, 언젠가 북극과 남극을 여행하게 될 거고요." 오드 대위가 말했다.
>
> "물론입니다."
>
> "바닷속 제일 깊은 곳까지도 들어가겠죠."
>
> "당연하죠."
>
> "지구 중심으로의 여행도."
>
> "브라보, 오드."
>
> "모두 이루어질 겁니다." 내가 덧붙였다.
>
> "태양계의 행성을 하나씩 다 가볼 수 있겠죠." 오드 대위가 대답했다. 이

---

11 그랍시는 이러한 친밀성이 평형의 산물일 뿐이라고 말한다. 웰스(H. G. Wells)나 포와 달리 쥘 베른은 허구 속에서 의도적으로 경계를 짓고 더 이상 나아가려 하지 않는다. 쥘 베른 소설의 노화는 그렇게 설명될 수 있을 것이다. 그러한 평형은 시기가 정해져 있고 새로운 균형으로 대체되어야 하기에 작품의 족쇄가 된 것이다. 그런데 정말 쥘 베른의 작품은 늙어 버린 걸까?

제 그는 거침이 없었다.

"그건 아닙니다, 대위님." 내가 대답했다. "지구에서 사는 인간이 지구의 경계를 넘지는 못할 겁니다. 그래도 지구 표면에 붙어 있으니 지구의 비밀을 전부 알아낼 수는 있을 겁니다."

"그럴 수 있습니다. 그래야 합니다." 뱅크스가 말했다. "가능한 모든 것이 이루어져야 하고 그렇게 될 겁니다. 그런 다음에 인간이 살고 있는 지구에 대해서 더 이상 알아야 할 것이 없게 되면……."

"인간에게 더 이상 신비로울 것이 없는 구체球體와 함께 사라져야죠." 오드 대위가 대답했다.

"그렇지 않습니다." 뱅크스가 말했다. "인간은 지구의 주인이 되어 지배할 거고, 최대한으로 이용할 수 있을 겁니다." (『증기기관으로 움직이는 집』La maison à vapeur, 2부 1장)[12]

"비밀을 전부 알아낼 수 있다." 네모 선장은 지구의 극점에까지 갈 것이다(앞으로 보게 되겠지만, 극점은 전체성의 가장 **극명한** 표상이다). 그를 지탱하고 또 부추기는 움직임의 장소는 무한성으로서의 세계가 아니라 인간들이 사는 지구이다. 바르트 역시 쥘 베른의 이러한 '가두기'에 대해 말한다. "베른은 가득 찬 것을 광적으로 좋아했다. 그는 늘 세상에 이것저것 들여놓았고, 가득 채웠다. 그의 움직임은 18세기 백과전서파 학자 혹은 네덜란드의 화가와 같다. 세계는 완결되었고, 세계는 결정되고 지속적인 재료들로 가득 차 있다."[13] 움직임은 결국 탐험이 되고, 그것은 상상적-실

---

12 Butor, *Répertoire I*, p.136에 인용된 대목이다.
13 Barthes, *Mythologies*, p.90. 이러한 '닫힘' 개념은 우주를 내부성으로, 내면성의 장소로 그린다는 점에서(근대 초기에 과학은 바로 이런 것에 대항해야 했다) 분명 흥미롭다. 이 주제와 관해

제적 완전성의 경계 안에 포함된 탐험이다. 이러한 합치(인간과 모험의 합치, 과학과 자연의 합치)는 작품 전체를 규정하는 경구 — '움직임 속의 움직임' — 가 드러난 첫번째 예가 될 것이다.

꿈을 꾸는 **자연적인** 힘을 보여 주기 위하여 뷔토르가 선택한 인용문들보다는 『지구 속 여행』에서 뽑은 다음 예문이 더 좋을 것이다.

현무암은 화산활동으로 생긴 갈색의 암석으로, 놀라울 정도로 규칙적인 형태를 띠고 있다. 자연은 기하학적으로 움직이고, 마치 인간이 직각자와 컴퍼스와 다림추를 사용해서 만들어 낸 것 같다. 자연의 예술이 커다란 덩어리들을 무질서하게 던져 버리고 대충 원뿔 모양을 만들고 그 기이한 선들의 연속으로 불완전한 모습의 피라미드를 만들기도 하지만, 현무암의 경우 자연은 최초의 건축가들에 앞서 규칙성의 전범을 보여 주며 능력을 발휘하여 바빌로니아의 찬란함도 그리스의 경이로움도 절대 넘어서지 못할 엄격한 질서를 창조했다.

나는 아일랜드의 자이언츠 코즈웨이에 대한 얘기나 헤브리디스 제도의 어느 섬에 있다는 핑갈 동굴 얘기를 들은 적이 있다. 하지만 현무암 지층은 한 번도 본 적이 없다.

그런데 스타퍼에서 너무도 아름답게 펼쳐진 그 현상이 나타났다.

마치 반도의 해안 전체를 따라 이어진 것 같은 피오르드 벽은 수직의 **기둥**

서는 Alexandre Koyré, *From the Closed World to the Infinite Universe*, Baltimore: John Hopkins Press, 1957; Pierre Francastel, *Peinture et société; naissance et destruction d'un espace plastique, de la Renaissance au cubisme*, Lyon: Audin, 1951을 참조할 것. 이렇게 해서 우리는 쥘 베른 작품의 첫번째 이론적 후퇴를 만나게 된다. 이러한 후퇴는 그 직접적인 결과로 쥘 베른 작품의 이데올로기적 특성을 나타낸다.

들로 이루어졌다. 곧게 균형 잡힌 **기둥들**이 **아케이드**를 이룬 가로 **기둥들**을 받치고, 그 윗부분 **돌출부**가 둥근 **지붕**처럼 바다를 내려다보고 있었다. 이 **자연의 빗물받이 지붕** 아래, 일정한 간격으로 멋지게 설계된 **고딕 식의 문들**이 눈에 들어왔고, 그곳으로 거친 바닷물이 거품을 일으키며 파도쳐 들어왔다. 거친 대양의 힘에 뜯겨 나간 현무암 **토막들**이 고대 **사원의 잔해처럼**, 세월이 가도록 상처 입지 않고 남아 있는 영원히 젊은 폐허처럼, 바닥에 늘어져 있었다. (『지구 속 여행』, 14장)

의미의 풍부함과 단순성에 있어서 더없이 뛰어난 이 묘사를 다른 문학 — 위대한 문학 — 은 절대 만들어 내지 못할 것이다. 테마화라기보다는 개념화된 이 묘사에서 우리는 불규칙적인 것의 규칙성에 관한 논쟁을 읽을 수 있다(논쟁이라기보다는 사실상 대화이다). 자연은 예술로 나타나고, 몇 가지 모호한 표현(토막tronçon, 기둥colonne)이 적어도 어휘 층위에서 두 영역의 경계를 흐리게 하는 것도 사실이다. 더구나 직접적인 묘사가 아니라 "영원히 젊은 폐허" 같은 예기치 못한 반전이 있다. 자연을 건축의 용어로 말하는 것은 상투적인 클리셰, 단순한 혹은 통속적인 방식이 아니라, 깊은 비밀을 드러내는 것이다. 묘사로 시작했지만 결국 (소설 속의) 자연의 기초 변증법에 대한 성찰이 되는 것이다.

자연은 스스로의 과거라는 투명한 형태로 인간의 미래를 꿈꾼다. 그러므로 역설적으로 미래를 현재 속에 끌어들이는 움직임은 실제 세계에서 출발하는 상상의 변주 형태로만 재현될 수 있다. 그 상상의 변주는 미래를 향한 거대한 움직임 — **상상적인 것은 곧 현실적이다** — 에 부응한다. 발명이 **있음 직한지**, 세부적인 것들이 정확한지, 허구가 진실된지에 관해 쥘 베른이 생각한 것 혹은 우리가 쥘 베른의 작품으로부터 생각할 수 있는 것은 모두 상상적인 것과 현실적인 것의 일치가 전개된 것일 뿐이다. 물론 그 뿌리에는 과학에 대한 개념이 있다(그것은 절대 신화적인 것이 아니고, 처음에 표상으로 **주어진** 것일 뿐이다). 현실적인 것과 상상적인 것의 일치에서 과학은 기호 '='의 표시이다. 과학은 현실적인 것과 상상적인 것이 결합하는 지점으로 정의되는 것이다.

『지구에서 달까지』에서 건클럽Gun-Club 회장 바비칸이 행한 연설을 보면, 실제의 계획을 알리기에 앞서 시라노 드 베르주락부터 에드거 앨런 포에 이르기까지 과거의 허구 작품들을 환기한다(『지구에서 달까지』, 2장을 볼 것). "지금까지 시를 충분히 살펴보았으니까, 드디어 직접 문제를 다뤄 봅시다"(7장). 이렇게 해서 라이프니츠가 '운명의 궁전'의 설계라고 말한 것과 유사한 설계 위에 몽상이 세워진다. 가능한 것 전부가 **더 나은** 현실적인 것을 예고하고 지탱하는 것이다. 현실적인 것은 바로 완성된 허구, 실행되고 보다 완벽해진 허구이다.[14]

극단적으로 말하면, 자연의 변화는 자연이 스스로 만들어 내는 작품이고, 자연의 작품과 인간의 작품(과학과 예술)은 **결코** 구별되지 않는다. 자연도 기계와 도시를 만들어 낸다. 자연은 에너지를 만들기만 하는 것이 아니라 직접 변환시킨다(단적인 예로, 마치 우연처럼 세계의 <u>끄</u>트머리를 장

---

14 그래서 과학소설은 과학적인 동시에 시적이다. 삽화가들이 제대로 이해했듯이, 기술적인 것은 장식되고 꾸며질 수 있다. 우리가 보기에는 놀랍지만 그렇게 **유행**을 따름으로써 첫 독자들에게는 더 친근할 수 있었고, 심지어 일상적일 수 있었다. 자기를 달로 데려가 줄 우주선 앞에서 미셸 아르당은 이렇게 말한다. "끝이 좀더 뾰족하고 원추가 좀더 세련된 모양이 좋을걸 그랬습니다. 끝에다 금속 꼬임 장식을 키메라의 형상으로 달든가, 석루조로 입을 벌리고 날개를 펼치면서 불길을 뿜고 솟아오르는 불도마뱀을 붙이면 좋았을 텐데……." / "그런 게 무슨 소용이 있죠?" 예술의 아름다움을 잘 모르는 실증적 정신의 소유자인 바비칸이 물었다. / "무슨 소용이 있냐고요? 바비칸! 그렇게 물으시다니 내 말을 절대 이해하지 못할 것 같군요." / "그래도 한 번 말해 보시죠." / "그래요! 내 생각은 무엇을 만들든 예술적인 것을 조금 가미해야 한다는 겁니다. 그게 더 좋죠"(『지구에서 달까지』, 23장).

식하는 화산). 자연은 변환시킬 수 있는, 다시 말해 길들일 수 있는 에너지를 만들어 내는 것이다. 인간의 작품들은 언제나 지극히 자연적이고,[15] 그래서 성격이 이중적이다. 길들일 수 있고 또 길들여진 에너지는 스스로 생산하면서 또 생산되기 때문에 괴물과도 같다. 예를 들어 전기는 이중의 힘을 전개한다. 고삐 풀린 자연이며 동시에 고삐 풀린 인간인 것이다(『카르파티아 성』과 『신비의 섬』을 볼 것). 모호한 힘을 지니면서 강박적으로 등장하는 몇 가지 대상들에 대해서는 나중에 다시 살펴볼 것이다.

상상적인 것은 현실적인 것이고, 마찬가지로 미래는 현재이다. 이 층위에서는 작품의 내용과 작품이 내용에 부여하는 형식 사이에 완벽한 일관성이 있다. 조화로운 창작의 조건을 부여하는 이러한 일관성은 심지어 **동일화**라는 절대적인 형태를 취한다. 하지만 그러한 조화로움은 어떻게 이루어지는가? 그것은 스스로에 정합성을 부여할 수 있는 수단을 미리 지니고 있는가? 실상 그러한 조화로움은 지극히 취약해 보인다. 자족적이지 못하기 때문에, 생산의 지극히 개별적이고 따라서 일시적인 층위만

---

15 "미개인 하나가 지평선의 경계 너머로 어슬렁거리다가 그것을 보았더라면, 플로리다 한가운데 새로운 분화구가 생긴다고 생각했을 것이다. 하지만 그것은 화산 분출도 회오리 물기둥도 폭풍우도 아니며, 자연계를 이루는 힘들이 싸우는 것, 그러니까 자연이 만들어 낼 수 있는 끔찍한 현상들 중 하나가 아니다! 그랬다! 저런 붉은 연기, 화산이 뿜어내는 것 같은 거대한 불꽃, 지진이 일어나는 것같이 시끄러운 진동, 뇌우와 돌풍에 견줄 만한 거친 소리를 만들어 낼 수 있는 것은 오직 인간뿐이다. 자신의 손으로 만든 심연 속에서 나이아가라 폭포와 같은 용해된 금속을 내던지는 것도 바로 인간이 한 일이었다"(『지구에서 달까지』, 15장).

정반대의 예도 있다. "하지만 이 가짜 스위스는 목동, 안내인, 호텔 지배인이 등장하는 평화로운 산업에 맡겨진 유럽의 스위스와 달랐다. 그것은 철과 석탄덩이 위에 암석층, 토양, 수령이 몇백 년 되는 소나무들이 자라는 알프스 식의 무대일 뿐이었다. 이 적막한 경치에 걸음을 멈춘 여행자가 자연의 소리에 귀를 기울인다 해도 베르너오버란트의 오솔길에서 들을 수 있을 거대한 산의 침묵과 함께 들려오는 생명의 조화로운 속삭임 같은 것은 없을 것이다. 그 대신 멀리서 절구로 내리찧는 것 같은 둔탁한 소리가 날 것이고, 발밑에서는 화약이 터지는 것 같은 소리가 들려올 것이다. 땅은 연극 무대의 밑 공간 같고, 거대한 바위들이 텅 빈 소리를 내고, 당장에라도 신비스러운 깊은 곳으로 무너져 버릴 수 있을 것만 같다"(『인도 왕비의 유산』, 5장).

을 결정하기 때문에, 그럴수록 더욱 절대적인 것으로 보이는 것이다. 그
것은 안으로부터 복제되어 이루어진 층위일 뿐이다. 이 층위에 작품 실현
의 모든 조건들이 모이는 것은 그 때문이다.

그러한 일반적 의도는 특수한 표현 양식 —— 상상 이야기, 즉 허
구 —— 속에서 그 재현 형태를 발견한다. 뷔토르는 어떻게 쥘 베른이 그런
양식으로 세계를 그려 내게 되는지를 잘 보여 준다.

쥘 베른의 꿈들이 그토록 '자연스러운' 것은 그가 자연 속에서 바로 그 꿈
들을 보고 듣기(이 말들의 엄격한 의미대로) 때문이다. 그에게 인간이 창
조한 것과 자연현상들 사이에는 확고한 차이가 없다. 현실적인 것은 말하
자면 상상적인 것이 가정된 상태일 뿐이다. 인간은 사물들과 깊이 화합
하며, 사물들은 인간이 만들어 낸 것의 초벌그림과 같다. 현실적인 것에
서 상상적인 것으로의 이동은 눈에 띄지 않게 이루어진다. 자연 그 자체
가 꿈을 꾸기 때문이고, 그 꿈을 인간이 실현하기 때문이다. 인간은 아마
도 규모는 더 작고 덜 위대하겠지만, 더 완벽하게 실현할 것이다. 인간은
꿈을 완수하고 그 꿈에 진정한 목표를 부여한다. 사물들 안에 새겨진 약
속을 완수하는 것이다. 아치, 기둥, 둥근 지붕, 성처럼 보이는 광경, 자연의
성당들은 놀랄 만큼 풍요롭다.[16]

이러한 첫번째 층위, 다시 말해 작품화를 위한 실제적인 도구가 아니
라 그 실현을 위한 일반적인 수단 —— 문학 장르, 즉 상상 이야기 —— 이 주
어지는 기획projet의 층위에서는 다음과 같은 것이 주어진다(이 층위로부

---

16 Butor, *Répertoire I*, pp.133~134.

터 작품 전체를 묘사하는 것이 가능하고, 흔히 거기서 더 나아가지 못한다).

① 주제: 세계관, 즉 이데올로기(그 자체로 완전하지만, 앞으로 보게 될 것처럼 실제로는 불완전하다)를 포함한다. 심지어 이데올로기를 **요약한다**는 점에서 이데올로기에 종속된다.

② 표상의 일반적 양태: 책은 **이야기**일 것이며, **상상 문학**의 영역에 속할 것이다.

이제 주제가 처음 특화되는 양상을 제시해서 핵심적인 테마적 대상들을 **직접적으로** 확인해야 한다. 그러한 확인은 잠정적일 수밖에 없다. 주제의 특화는 이미 말한 일관성의 층위 내부에서 이루어진다. 즉, 일관성에 문제를 제기하지는 않는다. 또한 다른 층위로 넘어가는 것을 용인하지도 요구하지도 않는다. 표상 체계 전체를 구성하는 몇 가지 요소들을 규명하고, 일반적 기획이 전개되는 과정을 처음부터 끝까지 볼 수 있게 해줄 뿐이다.

앞서 보았듯이, 정복은 움직임이고 투하이고 변형이다. 그러므로 쥘 베른이 즐겨 사용하는 다음 세 가지 테마를 통해 설명될 수 있을 것이다.

- 여행
- 과학적 발명
- 식민지 개척

이 세 가지 테마는 사실상 같은 것이다. 과학자는 동시에 여행자이고 식민지 개척자이기도 하다. 어떤 조합이든 다 가능하다. 쥘 베른의 작품에서 가장 일반적인 제목은 **여행**이다. 핵심 주인공은 학자이다. 학자는 반드시 무언가를 창안해 내는 사람은 아니다. 그보다는 그것을 이용하는 사람, 즉 과학적 대상에 생명을 부여하는 사람이다(쥘 베른에게 있어서 과학은 대상을 생산해 낼 때에만 현실성을 지닌다). 예를 들면, 뭐든지 만들 줄 알고, 심지어 (『카르파티아 성』 혹은 『해저 2만 리』에서처럼) 예술을 후원하기도 한다. 쥘 베른에게 있어서 과학 이론과 그 실천 사이에는 거리가 존재하지 않는다. 둘 사이에 통로가 있어서 지속적으로 오갈 수 있다. 그에 비해 식민지 개척이라는 테마는 별로 드러나지 않고, 일부러 감추기라도 한 것처럼 덜 부각된다. 하지만 학자는 정복하고, 탈취하며, 이미 알려진 것을 미지의 것 쪽으로 옮겨놓고, 자신의 힘을 쏟아서 세계를 자기 것으로 만든다. 이것은 『신비의 섬』과 『그랜트 선장의 아이들』*Les enfants du capitaine Grant*처럼 그러한 시도가 명시적으로 그려진 작품들에서는 핵심적인 양상이 된다.

이러한 구체적인 표상들(그 표상들만큼의 개별화된 주제가 있을 것이다)은 또한 이야기의 형식 층위에서 이루어지는 특화를 결정한다. 정복, 상상적인 것과 현실적인 것의 만남은 모험의 형태로 체험될 것이다. 허구의 존재 위에 세워진 이야기는 **모험 이야기**가 될 것이고, 모험 이야기의 전형적인 구조에 따라 일화로 나뉠 것이다. 『해터러스 선장의 모험』의 도입부는 움직임이라는 자연의 테마로부터 '환상적'인 기법으로 즉각적으로 이동하는 것을 보여 주면서 여행과 허구 이야기가 하나가 되는 비밀을 드러낸다. 소설의 내용으로부터 형식으로, 엄밀히 말하자면 연역이 아니라 미끄러짐이 있는 것이다. 여행은 이야기의 출발점, **매듭**의 역할을 한다.

출항을 앞둔 배만큼 사상가, 몽상가, 철학자의 가슴을 두근거리게 하는 것은 없다. 그는 상상 속에서 바다와 맞서 싸우고, 바람과 맞서 싸우고, 늘 항구에서 끝나지는 않는 모험의 항해를 한다. 그리고 조금이라도 심상치 않은 일이 일어나면 그 배는, 절대 환상을 즐기지 않는 사람에게조차, 환상적인 형태를 띠고 나타난다. (『해터러스 선장의 모험』, 1부 1장)

역으로 말하면, 여행자-과학자-식민지 개척자는 동시에 모험가일 것이며, 그렇게 해서 새로운 모습, 성격, 심지어 '저항가 네모'처럼 사회적 뿌리를 지니게 된다.[17] 네모 선장, 필리어스 포그, 글레너번, 사이러스 스미스, 파가넬, 해터러스……[18] 주위 사람들을 불안하게 하든, 허물없이 대하든, 그저 재미있든, 이들은 모두 모험가로 같은 얼굴이다. 게다가 쥘 베른의 인물 목록에 늘 존재하는 **괴짜**도 있다. 괴짜는 심리적인 혹은 문학적인(훌륭한 문학인지 그렇지 않은지의 문제는 중요하지 않다) 모티프에 그치지 않고, 신기한 모험을 즐기는 인간이라는 인물의 근원적인 **역할**을 지시하고 표시하는 방식이 된다. 예를 들어 필리어스 포그는 우스운 인물이면서 동시에 환상적인 영웅이다.

이렇게 해서 개별적인 표상들로 특화된 주제, 글쓰기의 형태, 특수한 일화들, 그 심리적 유형과 도덕 등이 주어진다. 모두 빌려온 것이고 한 장르(완전한 **형식**)의 일관성 속에 묶여 있다. 하지만 추론은 여기서 끝난다.

---

17 이것은 식민지 개척을 반박하기보다는 그 경계를 설정한다. 네모 선장은 자연의 소명을 거스르는 식민지 개척에 저항하며 아직까지 아무도 모르는 영역, 즉 바다를 **합법적으로** 자신의 식민지로 복속시킨다. 식민 지배로 착취당한 사람들의 대변인인 그랜트 선장 역시 저항하기 위해서 식민지를 개척한다. 이렇게 해서, 책의 주제가 되는 새로운 식민지 개척 시도(기이하게도 사이러스 스미스의 시도와 일반적인 형태가 동일하다)는 정치적 식민지화에 대한 비판과 양립 가능하다. "보다시피 영국인들은 정복을 시작할 때 식민지 지배를 위해 인명을 살상한다. 그들의 잔인성은 끔찍하다. 그들은 인도에서 500만 명의 인도인을 죽였고, 케이프타운에서는 100만 명의 호텐토트 족을 죽였다. 오스트레일리아에서도 마찬가지였다. 결국 10분의 1밖에 살아남지 않은 주민들은 학대받고 술에 절어 살아가다가 대륙에서 사라져 버렸고, 인간을 무참히 죽이는 문명만 남았다"(『그랜트 선장의 아이들』, 2부 16장). 새로운 유형의 소설, 즉 과학소설은 또한 새로운 유형의 식민지 개척을 그려 내려 하는 것이다. 이렇게 이데올로기적 기획이 그것이 비판하는 것까지도 포괄한다는 것만으로 쥘 베른의 문학적 시도가 일관되지 못하다고 문제를 제기할 수 없다. 반대로 그러한 불일치가 바로 그의 작품에 살을 붙여 준다.
18 네모 선장은 『해저 2만 리』와 『신비의 섬』, 필리어스 포그는 『80일간의 세계일주』, 글레너번과 파가넬은 『그랜트 선장의 아이들』, 사이러스 스미스는 『신비의 섬』, 해터러스는 『해터러스 선장의 모험』의 등장인물이다.—옮긴이

분석은 다른 층위로 옮겨 가서 새로운 **수단**을 찾아야 한다.

이것은 **일반적인 접근**일 뿐이다. 다시 한번 강조하지만, 여전히 **일반성**의 층위이다. 기획이 표상의 의도 속에 결정結晶되고, 그와 동시에 구체적으로 존재하는 다른 형태들 ── 편집자와의 계약, 독자, 배포 계획, 책 소개나 삽화처럼 책에 따라오는 것들 ── 속에 결정되는 것 역시 상당히 중요하다. 이 층위는 생산의 실제적인 혹은 **의식적인** 출발점이다. 따라서 작품을 묘사하는 데 출발점으로 쓰일 수 있다. 하지만 자족적일 수는 없다.

사실 이러한 이데올로기적 표상은 한 가지 이데올로기가 출현하는 일반적 조건들에 연결되어 있다. 또한 이데올로기는 사회적 의식(여기서 주제-계획이 나온다)의 형태로 사회의 상태를 그려 낸다. 그리고 문학 혹은 글쓰기의 상태를 이야기의 형태, 전형적 인물들로 그려 낸다. 작가의 상황(직업의 이데올로기로 연결되는 표상이라는 점에서), 독자들과 편집자도 해당된다. 이러한 이데올로기적 표상이 쥘 베른의 개인적 기획 속에 **도입된** 것이다. 즉, 이데올로기적 계획(자연 정복, 사회 속에서 과학의 상황)이 문학 속에 들어오고 문학 속에서 표현될 것이다. 하지만 적어도 선험적으로는 이데올로기적 계획이 문학 속에 있을 수 있는 필연적인 권리를 지니는 것은 아니다. 그것은 처음부터 소설석 위상을 지니지는 못하며, 심지어 원래 그대로는 문학작품의 영역을 지나갈 수도 없다. 적어도 몇 군데 먼저 손을 보고 이차적으로 가공한 다음에야 비로소 문학적 대상이 되는 것이다. 에첼 출판사와의 계약은 쥘 베른으로 하여금 규칙적인 리듬으로 '새로운 유형'의 소설을 쓰게 했다. 쥘 베른은 아버지에게 보낸 편지에서 '과학소설'을 쓰겠다고 밝혔다. 자신이 하고 있는 일을 분명히 알고 있었던 것이다. 그것은 새로운 작품 속에 새로운 형식과 새로운 내용을 결합하는 것이었다. 그러자면 이데올로기적 계획만이 아닌 다른 수단들, 작품화의 실제적 **실천**을 위한 조건들을 충족시킬 새로운 수단들이 필요하다. 쥘 베른이 그러한 수단을 꼭 이데올로기의 같은 영역에서 구하지는 않을 것이다. 오히려 전혀 다른 곳에서 찾게 될 것이다.

이데올로기적 기획으로부터 글로 씌어진 작품으로의 이행은 오직 그 실현 안에서, 즉 작품화 작업에 주어진 조건들로부터 정당성을 얻을 수 있다. 쥘 베른이 책을 쓰기 위해 **필요한 모든 것**을 가지고 있다고 말해서는 안 된다. 사실상 그는 아무것도 가지지 않은 상태이다. 다른 수단들을 더 찾아야 하는 것이다. 즉, 작품의 진정한 **테마들**이 필요하다. 그것은 개별화되고 개별적인 — 따라서 **글쓰기의 페이지**를 지평으로 하는 작품화 작업 단계로 축소된 규모로 **다룰 수 있는** — 테마이며, 이데올로기적인 주제와 달리 직접적으로 일반성을 표상할 수는 없는 테마이다. 우리가 보기에 그러한 테마들은 기술 과정의 다른 층위, 즉 실제 생산이 이루어지는 층위, **형상화**figuration라 부를 수 있는 층위를 규정한다. 이제 이 두번째 층위가 첫번째 층위의 일관성을 보존하고 이어 가는지, 아니면 그에 대해 문제를 제기하는지, 그 자체로 자족적인지 알아보아야 한다.

2) 기획의 실현: 형상화와 그 상징 체계

기호들　허구의 언어를 수단으로 하는 과학과 자연으로의 여행 — 현재 안에서 미래가 진행되는 역사적 과정이다 — 은 자연에 대한 인간의 완벽한 통제를 **형상화**해야 한다. 형상화하는 것은 표상하는 것에서 한 걸음 더 나아간다. 이 핵심적인 모험을 담은 가시적인 기호들을 창안해야, 적어도 수집해야 하기 때문이다. 그 기호들을 읽으면 기획을 어느 정도 그려 볼 수 있을 것이다. 하지만 우선 기호들을 찾아내야 한다. 뷔토르가 『목록 I』에서 제시한 목록(같은 목록에 들어가 있지만 작품화되기 이전에는 아무런 통일성이 없는 기호들이다)에서 시작해 보자. 우리는 그 기호를 다 다루지 않고 가장 중요한 것들만 뽑아서 서로 관계 지어 볼 것이다. 기호는 강박적 특성을 통해서 **나타나며**, 다양하게 되풀이됨으로써 효력이 생긴다. 그렇게 해서 필연적으로 제한된, 진정한 계열을 형성한다. 가장 분명한 기호, 가장 자주 **나타나는** 기호는 (지구의) 중심, 직선, 암호로 표시된 문서, 화산, 바다, 경로(또 다른 형태의 암호로 된, 지난 여행의 경로들)이다. '심리적' 기호도 있다. 조급함, 고정관념 같은 것이다(기호란 필연적으로 상징적이고 암시적이라는 점에서 심리 상태는 겉으로 드러난 것일 뿐이다. 그 의미는 다른 데 있다. 심리 상태가 도식적으로 보인다 해도 심각하게 고려할 필요가 없다).

이렇게 이미지들을 장악하고 소유하는 과정은 감각의 두 차원 ── 시간과 공간 ── 에서 보여지고 **이야기될** 수 있다.

시간 필리어스 포그가 작정한 80일은 시간적 정확성이라는 좁은 경계 안에 지구를 담아 버린다. 지구는 처음 출발할 때 주어진 **고정된** 시간 안에 지날 수 있기 때문이다. 모험은 지켜야만 하는 부동의 규칙, 어떤 장애물들을 야기하더라도 지켜 내야 하는 규칙과 관련하여 결정된다. 그러한 시도의 성공이 **한 바퀴 도는 일주**라는 닫힘의 운동 ── 결국 필리어스 포그가 지나는 여러 지점들은 지구의 극이라는 고정점의 등가물이자 그 점이 뻗어 나간 것일 뿐이다 ── 으로 드러나는 것 역시 같은 맥락이다. 유사한 방식으로,『지구에서 달까지』는 "97시간 20분 동안의 직선 여정"이다.

공간 필리어스 포그의 80일에 해당하는 것이 『그랜트 선장의 아이들』의 37도선이다. 인간과 자연이 만나는 과정에서 어떤 사건이 닥치더라도(장애물들 역시 모험을 결정하기에 사실상 모험과 같은 것이다) 직선으로 지구를 가야 한다. 『한 중국인이 중국에서 겪는 역경』*Les tribulations d'un Chinois en Chine*에서도 마찬가지로, 절대적인 혼란 속에도 나름의 규칙성이 있다.

"어디로 가는 겁니까?"

"앞으로 나갑니다."

"어디서 멈출 거죠?"

"어디서도 멈추지 않습니다!"

"언제 돌아올 겁니까?"

"절대 안 돌아옵니다." (『한 중국인이 중국에서 겪는 역경』, 11장)

미하일 스트로고프[19] 역시 곧장 이르쿠츠크를 향하며, 그의 길을 가로막기 위해서 사람들이 세워 놓은 장애물들을 자연의 장애물을 뛰어넘듯 뚫고 지나갈 것이다. 과학의 신화 대신 전적으로 소설적인 신화가 있는 것이다. 하지만 소설의 중심에는 언제나 실제적 **여정**이 있다. 언제나 세계 위에 곧은 직선을 긋는다는 점에서(『그랜트 선장의 아이들』에는 그러한 정복의 증인으로 지리학자 파가넬이 나온다), 여행은 정복이다. 선이라는 테마는 암호와 이어져 있다. 규칙성의 비밀은 잘려 나간, 즉 원래 모습을 드러내지 않는 문서에 숨어 있다. 바로 그 비밀을 해석해 내야 하고, 가능한 해석이 여러 가지이기 때문에(각 해석은 세계의 한 지역에 상응한다) 움직임이 생겨난다. 비밀을 간직한 암호는 역동적인 모티프인 것이다(『지구

---

19 쥘 베른의 동명 소설 『미하일 스트로고프』(*Michel Strogoff*)의 주인공. 국역본은 『황제의 밀사』라는 제목으로 출간되어 있다.──옮긴이

속 여행』에서도 같은 의미를 지닌다). 해석은 매번 달라지지만 그 뒤에는 늘 변하지 않는 상수가 있다. 절대 흔들리지 않는, 모든 해석들의 공통 요소로서 정확성을 보장하는 상수는 바로 37도선이다.[20] 그 선이 다 그어질 때 모험이 끝난다. 온 세계가 하나의 지배 원칙의 경계 안에 포함될 때 비로소 암호가 마지막 비밀을 알려 주게 된다. 모든 해석들이 수렴되는 극점이라 할 수 있는 그 경계는 한 바퀴 다 돌아야 완성된다. 여행이 완전하고 순수하면 모험이 성공한 것이다(이미 다른 아버지가 있는 아들이 진짜 아버지를 되찾은 것이다[21]).

그렇게 일직선을 따라 남아메리카를 지났다. 산을 만나고 강을 만나도 여행자들은 언제나 곧게 이어진 그들의 길을 벗어나지 않았다. 인간들의 악의와 싸울 일은 없었지만, 이따금 고삐 풀린 자연의 힘이 그들을 방해하였고 그들의 고귀한 용기에 가혹한 시련을 주었다. (『그랜트 선장의 아이들』, 1부 26장, 1부의 결말부)

같은 방식으로, 해터러스 선장은 "계속 북쪽으로만 나아가며", 그것은 선장의 광기를 보여 주는 기호이다. 이번에도 역시 심리적 테마들은 정복의 상징적 이미지 — 직선, 극, 지구 중심 — 에서 파생된 형태일 뿐이다. 그랜트 선장의 아이들의 여행이 끝나갈 무렵, 저자는 그들이 용기를 잃고 포기하기 직전이라고 말한다. 그것은 그들의 여정이 막바지에 이르렀음을, 곧 목적지에 이를 것임을 말해 주는 기호이다.

---

20 그러한 '모티프들'을 통해서 쥘 베른과 레몽 루셀의 관계가 명확해진다. [『로쿠스 솔루스』(*Locus Solus*)를 비롯한 레몽 루셀의 '환상적 소설'들은 쥘 베른의 영향을 많이 받았다.—옮긴이]
21 자연적 아버지와 문화적 아버지의 짝 역시 쥘 베른 작품의 상상적 상수들 중 하나이다.

직선은 역설적으로(이미지의 논리는 원래 역설적이다) 한 점으로 나타난다. 그렇게 해서 등위도선은 극점의 등가물이 된다. 모험의 여정은 결국 한 점 안에 있다. 모든 장애물을 제거하면서 결국에는 **거리**를 없애는 여정이기 때문이다. 그것이 미셸 아르당이 탬파타운의 주민들 앞에서 행한 연설의 핵심적 테마 중 하나이다.

여러분, 몇몇 편협한 ── 그 사람들에게 잘 어울리는 형용사죠 ── 사람들은 인류가 넘어설 수 없는 포필리우스의 원[22]에 갇히게 될 거고, 행성들이 있는 우주 공간으로 날아가 볼 생각은 하지 못한 채 이 지구 위에서 근근이 살아가게 될 거라고 말합니다. 절대 그렇지 않습니다! 지금 리버풀에서 뉴욕을 가듯이 쉽고 빠르고 확실하게 우리는 달에 가고, 다른 행성에 가고, 별에 갈 겁니다. 머지않아 대기의 대양을 지나고 달의 대양을 지날 겁니다! 거리는 상대적인 낱말일 뿐이고, 마침내 0이 될 겁니다. …… 그러고 나면 그자들은 태양과 행성들 사이의 거리를 들먹일 테죠! 그 거리가 존재한다고 주장할 겁니다! 틀렸다! 잘못 알고 있다! 제정신이 아니다!라고 할 겁니다. 태양에서 시작해서 해왕성에서 끝나는 그 세계에 대해서 제가 어떻게 생각하고 있는지 아십니까? 제 이론을 알고 싶으십니까? 아주 간단합니다! 저에게 태양계는 단단하고 동질적인 덩어리입니다. 태양계를 이루는 행성들은 서로 밀착되어 닿아 있고 붙어 있습니다. 그 행성들 사이에 존재하는 공간은 은이나 철 혹은 백금 같은 고밀도 금속을 이루는 분자들 사이의 거리와 같습니다! "거리라는 건 쓸데없는 말

---

22 로마의 집정관이던 포필리우스가 시리아의 왕과 교섭하면서 상대의 주위에 원을 그리고 그 원을 벗어나기 전에 로마 원로원의 결의에 답하도록 강요한 데서 나온 표현이다.──옮긴이

이다, 거리 같은 것은 없다!" 전 이렇게 말할 수 있고, 여러분 모두의 마음에 파고들기를 바라며 확신을 가지고 말하겠습니다. (『지구에서 달까지』, 19장)

우주는 직선으로 나아가는 모험의 줄들에 묶여서 그 **충만함**을 드러낸다.

* * *

여행, 자연, 기계 여행자는 자연의 불규칙성을 바로잡기 위해 그 위에 직선을 긋게 된다. 여행자가 하려는 일은 과학적 작업의 알레고리이다. 여행자는 줄을 긋는 엄격한 작업에 전념하며 스스로 그러한 생산의 도구로 변한다. 『80일간의 세계일주』에서 필리어스 포그는 여러 차례 기계에 비유되고, 완전히 운동의 기계적 규칙에 따르는 물체, 즉 천체로 제시될 때도 있다.

그는 여행을 하는 것이 아니라 원의 둘레를 따라가고 있었다! 역학법칙에 따라 지구 둘레의 궤도를 돌고 있는 무거운 물체나 마찬가지였다. (11장)

필리어스 포그는 실로 위엄 있게 초연한 시간을 보내고 있었다. 주위를 돌고 있는 소행성들에게는 아무 신경 쓰지 않고 그저 무심하게 자기 궤도를 따라 지구를 돌고 있었다. (17장)

마찬가지로 해터러스 선장은 나침반의 바늘이 된다. 또 '지구에서 달까지' 가려고 하는 우주여행자들은 인공 천체가 된다.

여행이 성공하면 탐험 과정에 들어선 인간이 바로 그 궤도가 된다. 여행이 실패한다 해도 개체성이나 주관성을 되찾지는 못한다. 움직임을 **멈춘** 물체의 관성 상태로 돌아갈 뿐이다. 『인도 왕비의 유산』 결말부는 그것을 더없이 잘 보여 준다. 탐험에 실패한 불행하고 사악한(두 가지는 필연적으로 함께 간다) 학자는 거대한 확대경의 대물렌즈 위에 **잡혀 있는** 벌레처럼 그려진다.

떡갈나무 바닥 중앙에 박혀 있는 둥근 창의 두꺼운 창유리를 통해 희끄무레한 불빛이 새어들지 않았더라면, 방은 칠흑 같은 어둠에 잠겨 버렸을 것이다. 그 창은 태양과 전혀 다른 모습으로 순수함을 뽐내는 달이 떠 있는 것 같았다. …… 렌즈 형태로 양쪽으로 볼록한 유리판 때문에 그 밑에 있는 물체들은 엄청나게 커 보였다. 그곳이 바로 슐츠 씨의 비밀 실험실이었다. 마치 등대의 굴절광학기를 켜놓은 듯 유리판 위로 올라오는 강한 불빛은 진공 상태의 유리통 안에서 강력한 건전지의 볼타 전기로 공급받는 램프의 불빛이었다. 눈이 부시도록 환한 방 안에는 렌즈의 굴절 때문에 리비아 사막의 스핑크스만 해진 사람의 형체가 돌덩이처럼 한가운데 꼼짝 않고 앉아 있었다. 그리고 유령 같은 형체 주위로 포탄의 파편들이 흩어져 있었다. 분명했다! 심하게 비죽거리는 듯한 입매무새와 번쩍이는 치아를 보면 알 수 있다. 슐츠 씨였다. 무서운 포탄이 터지는 바람에 질식해 버리고 순식간에 얼어붙은 것이다. 테이블 앞에 앉은 강철 왕은 창처럼 긴 거인의 펜을 들고서 무언가를 쓰고 있는 것 같았다. 허옇게 드러난 동공에 흐릿한 시선, 벌어져 움직이지 않는 입만 아니었다면, 아직 살아 있는 것만 같았다. 시체가 한 달 동안 이렇게 극지의 빙하에 파묻힌 맘모스들처럼 사람들의 눈에 띄지 않고 있었던 것이다. 그 주위의 모든 것,

병 속의 시약들, 용기 속의 물, 수은조 속의 수은까지, 모든 것이 얼어붙어 있었다. (18장)

모험이라는 위대한 상징적인 진보의 움직임에 들어선 개인들은 하나같이 개체성을 송두리째 상실한다.

다음날인 8월 27일 목요일은 땅 밑으로의 여행이 이루어진 바로 그날이었다. 그날을 생각할 때마다 나는 겁에 질려 심장이 뛴다. 이 순간부터 우리의 이성, 우리의 판단, 우리의 재주는 더 이상 등장하지 않을 것이고, 우리는 지구의 현상들에 내맡겨진 놀잇감이 될 것이다. (『지구 속 여행』, 41장)

같은 책에서, 악셀의 꿈 역시 중요하다.

지구상에서의 모든 삶이 내 안에 요약되고, 아무도 살지 않는 이 세계 속에 오직 내 심장만 뛰고 있다. (32장)

지구 중심을 향한 여행의 주인공들은 **되돌아오게** 될 것이다. 귀환은 그들의 뜻과 관계없이, 말하자면 그들 없이 행해진다. 그들이 자신들의 기능에 완전히 하나가 되어 탐험의 선만을 따라가는 데 실패했기 때문이다. 그들은 지구 중심에 접근하지 못했고, 선은 닫히지 않았기에 온전한 직선이 아니다. 자연을 정복할 수 없을 때, 다시 말하면 완전하게 자연에서 살 수 없을 때, 인간들은 자연이 가진 가장 유한한 것, 즉 자연의 다양성의 일부가 된다. 자연의 한 요소가 되고 사물이 되는 것이다. 이것은 끊어진 선 위에서 인간이 어떤 자리를 차지하는지 잘 보여 준다.

결국 인간들에게는 한 가지 가능성밖에 없다. 움직임이 완벽한 물체가 되는 것이다. 즉, 쥘 베른이 그 단어에 부여하는 강력하고 정확한 의미에서의 '기계'가 되거나(이번에도 역시 기계의 형태를 가장 잘 그려 내는 것은 직선의 궤도이다), 아니면 버려진 물체, 중단된 물체, 운동을 하다가 멈추고 그대로 남겨진 물체가 되는 것이다. 인간과 기계의 합치는 그저 계획된 과정이 아니다. 그것은 인물들의 개별적인 운명을, 이번에는 그들의 **형상**이라고 불러야 할 것을 자세하게 결정한다. 자연이 인간의 형상을 본떠 만들어진 것이 아니라, 인간이 자연의 물체들을 본떠서 만들어지는 것이다. 인간들은 사물들 안에 있다. '움직임 속의 움직임'.

그러므로 쥘 베른의 작품이 자연의 무질서에 맞서는 인간이라는 일종의 영웅적인 선악 이분법의 영향을 받았다고 생각해서는 안 된다. 오히려 자연은 변모의 모험을 할 **준비가 되어** 있고, 그러한 모험 속에서 인간은 그 움직임에 순응할 뿐이다. 즉, 수락하고 동시에 받아들인다는 점에서 그러한 움직임이 요구하는 모험에 동참하는 것이다.

인간, 기계, 자연, 이 항목들 사이에는 일련의 동일성이 있다. 인간과 기계의 관계가 복잡해 보이는 것은 사실은 너무 단순하기 때문이다. 그것은 진짜 관계가 아니라 그저 등가성, 심지어 일종의 모방성이다. 인간이 기계를 생산하는 것은 인간이 기계의 반사상처럼 보일 정도로 하나가 되기 때문이다. 그래서 기술을 구현한 물체는 특히 인간을 덮고 감싸는 특별한 형태를 취한다. 인간이 그 안에 사는 것이다. 가장 좋은 예는 아마도 '증기기관으로 움직이는 집'일 것이다. 기계는 인간과 분리되어 인간 앞에 놓여 있는 것이 아니라 인간을 둘러싸고, 온갖 닮음과 인접성의 관계로 인간에 달라붙어 있다. 결국 인간과 기계는 결정적으로 상호 보완적이다. 기계는 인간 없이 존재할 수 없으며, 인간 역시 기계 없이 존재할 수 없다. 네모 선장은 노틸러스 호와 함께 멈추며, 노틸러스 호와 마찬가지로 스스로 오랫동안 그 주위에 경계를 그었던 자연의 한 지점에서 움직이지 못한다. 심지어 그는 죽는 순간에도 노틸러스 호를 끌고 간다. 기계 안에 사람이 없다면 기계는 더 이상 존재 이유가 없기 때문이다. 그 점에서, 같은 시대에 같은 주제를 다룬 다른 소설 ─ 빅토르 위고의 『바다의 노동자들』*Les travailleurs de la mer* ─ 에 나타난 인간과 기계(증기선)의 관계와 비교해 보는 것도 흥미로울 것이다.

*   *   *

쥘 베른의 이야기는 전적으로 직선에 관한 긴 명상 혹은 몽상이다. 직선은 자연이 인간의 제조술에 대해, 그리고 인간의 제조술이 자연에 대해 무엇을 하는지를 그려 낸다. 그것은 탐험 이야기로 이야기된다. 제목은 '직선의 모험'이 될 것이다. 그 모험은 가혹하다. 불분명하기에 더욱 그렇다. 모험의 어느 지점에 와 있는지, 암호가 그 비밀을 드러낼지, 끝까지 흔들림 없이 곧게 나아갈 수 있을지 절대 알 수 없다. 사실 직선의 모험은 추상적인 것이 아니다. 반대로, 위협을 받는 순간마다 구체적으로 활기를 띠면서 한 점에서 다른 한 점으로 이어 간다. 직선의 모험은 장소와 사건에 있어서의 철저한 다양성 위에서만 가능하며, 그 장소와 사건을 묘사하는 것이 중요하다. 그러나 다시 한번 말하지만 그러한 대립은 지배적이지 않으며, 근본적으로 이중적인 표상에 근거하는 것도 아니다. 그것은 쥘 베른의 시학적 기획, 즉 원초적인 증식, 불규칙성('바다'라는 환경을 가장 잘 규정하는 특성이다)을 보여 주려는 의도이다. 그러한 불규칙성은 조직하려는 인간의 노력, 극단적인 경우 그 대상에 일체가 되려고 하는 노력을 더욱 두드러지게 한다(『그랜트 선장의 아이들』에서 오스트레일리아를 기하

학적으로 분할하는 것에 관한 성찰을 볼 것).[23]

자연의 무질서한 풍요는 일시적인 장애물일 뿐이다. 그것은 인간이 모든 자원을 개발해 낼 수 있는 거대한 **저장고**가 있음을 가리킨다. 더구나 직선이 그어졌는지는 완전히 다 긋고 난 후에야 판단할 수 있다. 그전에는 언제든 무너질 수 있다. "우리는 계속 무모하게 움직이며 나아갔다"(『해터러스 선장의 모험』, 1부 18장).[24] 바로 그 때문에 나아간 것이다. 항상 위험이 놓여 있지 않다면, 선이 끊어질 위협이 없다면, 움직임도 없을 것이다. "해터러스 선장은 결과와 상관없이 앞으로 나아갈 기회만 되면 뭐든지 다 이용했다"(1부 15장).

모험의 진정한 주인공인 다른 상징적 형상들 —극, 지구 중심— 은 모두 정확하게 닫힌 선, 그리고 세계를 결정적으로 스스로에게 돌려주게

---

23 여기서 쥘 베른에게 있어서 지도가 갖는 중요성을 이야기할 수 있다. 지도는 실제적인 물건이지만, 자연을 송두리째 옮겨 놓았다는 점에서 동시에 시적인 대상이기도 하다. 지도를 통해서 여행은 과학적 발명과 동일한 자격을 갖는 정복이 된다. 여행은 지도를 통해 자연에 자신의 고유한 규범, 질서를 부과한다는 점에서 자연을 창조한다. 목록은 구성의 한 형태이며, 결국 발명이다. 그것이 바로 지리적 소설의 의미이다.

"해도 위에 자기가 발견한 곳을 표시하는 항해사의 기쁨보다 더 실제적인 기쁨, 진정한 만족이 있을까요? 항해사는 자신의 눈 밑에서 섬과 곶이 하나씩 형성되는 것을, 즉 바닷물 한가운데 솟아오르는 것을 봅니다. 처음에 경계선들은 파도입니다. 부서지는 파도, 끊어지는 파도! 이쪽에 기지 하나가 뚝 떨어져 있고, 저쪽에는 고립된 포구, 그리고 더 멀리 덩그러니 놓인 커다란 만이 있습니다. 그런데 발견들이 더해지고, 선들이 닿고, 지도 위의 점선이 이어져 실선이 됩니다. 포구들은 경계를 이루는 해안을 더욱 깊게 파고, 곶들은 정해진 연안에 연결됩니다. 그렇게 해서 호수, 작은 강, 큰 강, 산, 계곡, 평야, 마을, 도시, 수도가 있는 새로운 대륙이 더없이 화려하게 지구 위에 펼쳐집니다! 아, 벗들이여, 땅을 발견하는 사람이 진정한 발명가인 것을! 정말 감동적이고 놀라운 일입니다! 이제는 그 광산에서 더 이상 파낼 게 없으니! 새로운 대륙 혹은 새로운 세계들의 모든 것을 보았고, 알았고, 발명했습니다. 지리학에 가장 늦게 뛰어든 우리는 이제 더 이상 할 일이 없습니다." / "아니, 있습니다, 파가넬 씨." 글레너번이 대답했다. / "그게 도대체 뭐죠?" / "지금 우리가 하고 있잖습니까!"(『그랜트 선장의 아이들』, 1부 9장).

24 이것은 과학 특유의 모습과 비슷하다(사실 놀라운 일이 아니다). "과학이 의심해 보지 못한 일입니다." / "그렇습니다, 과학은 오류로 이루어지죠. 그 오류를 겪는 게 좋습니다. 오류들을 거쳐서 조금씩 진실에 다가갈 수 있으니까요"(『지구 속 여행』, 31장).

될 중심점이 다양하게 표상된 것일 뿐이다.[25]

그는 늘 아무도 가본 적이 없는 곳에 첫발을 내딛고 싶다는 꿈을 꾸었다. …… 사실 그는 정말로 세계의 끝까지 가고 싶었다. (『해터러스 선장의 모험』, 1부 12장)

앞에 자리 잡은 해터러스는 그 신비한 점에 시선을 고정했다. 나침반의 바늘이 자석의 극에 끌리듯이, 그렇게 저항할 수 없는 힘으로 끌어당겨지는 것 같았다. (2부 21장)

그러한 대상 중 하나인 기차는 특별한 힘을 보유하고 있고, 따라서 별도로 다루어질 만하다. 기차는 자연을 가르고 나가며, 장애물을 뛰어넘고(『80일간의 세계일주』에 나오는 일화를 볼 것), 여행의 형태(지나온 흔적)와 동시에 인간 기술의 완벽한 실현을 그려 낸다. 게다가 기차의 경우 기계가 그 고유한 공간, 인위적인 공간 — 공장은 그 특수한 한 가지 예이다 — 속에 고립되지 않는다는, 자연의 다양성과 언제나 가시적인 접촉을 이어 갈 수 있다는 이점이 있다.

"어느새 알지도 못하는 새 문명국에 왔군요. 오늘이 가기 전에 머레이 강

---

25 꼭 심리를 지녀야만 주인공이 되는 것은 아니다. 흔히 쥘 베른의 인물들이 별로 두드러지지 않는 이유는 한 가지, 바로 **실물로 착각할 만큼** 사실적으로 그려져 있기 때문이다. 바로 그 인물들이 소설의 진정한 배경을 이룬다. 순진한 스타일, 민간의 지혜, 그리고 소설마다 장식품처럼 등장하는 희극적인 힘과 마찬가지이다(스스로는 아무 말도 하지 않는 것들이라서 쥘 베른은 다른 것으로 대체할 수 없었을 것이다). 쥘 베른의 인물들의 가치는 보잘것없음에서 나온다.

과 바다를 연결하는 철로를 가로질러 넘어갈 겁니다. 그래요, 여러분, 오스트레일리아의 철도를 말입니다. 아주 놀라운 일이잖습니까!"

"어째서 그렇죠? 파가넬 씨?" 글레너번이 물었다.

"어째서라니오! 평범한 일이 아니잖습니까! 뉴질랜드에 전신국을 가지고 있고 만국박람회를 여는 당신들이야 멀리 떨어져 있는 나라들을 식민지로 삼는 게 습관이 되어 있으니까 간단한 일이겠죠. 하지만 나 같은 프랑스인한테는 혼란스러운 일이고, 오스트레일리아에 대한 생각들을 흔들어 놓는단 말입니다."

"현재가 아니라 과거를 보기 때문에 그런 겁니다." 존 맹글이 대답했다.

"맞습니다." 파가넬이 말했다. "하지만 기관차가 굉음을 내며 사막을 말처럼 달려가고, 기차가 내뿜는 연기가 미모사와 유칼리나무 가지를 덮어 버리고, 빠르게 달리는 기차에 놀란 바늘두더지, 오리너구리, 화식조들이 달아나고, 미개한 원주민들이 3시 30분 급행열차를 타고 멜버른, 키네톤, 캐슬마인, 샌드허스트, 에추아로 가잖습니까. 영국인이나 미국인이 아니라면 다 놀랄 일이죠. 철로와 함께 이제 사막의 정취가 사라져 버린 겁니다."

"별로 중요한 일이 아니죠. 그 대신 발전하게 되는데." 소령이 대답했다.
(『그랜트 선장의 아이들』, 2부 12장)

잠에서 깨어나 밖을 내다본 파스파르투는 자신이 인도반도철도를 타고 인도인들의 땅을 가로지르고 있다는 사실을 믿을 수가 없었다. 꼭 꿈을 꾸는 것 같았다. 하지만 그것은 너무도 확실한 현실이었다. 영국산 석탄을 태우고 영국인 기관사가 조종하는 기관차가 커피, 육두구, 정향, 적후추를 재배하는 플랜테이션 농장을 향해 증기를 내뿜고 있었다. 연기는 소용돌이를 치며 야자나무 숲을 휘감았고, 그 사이로 아름다운 방갈로 식별장, 버려진 암자, 인도 건축의 화려한 장식으로 아름다움을 더한 화려한 신전들이 보였다. 이어 드넓은 벌판이 까마득하게 펼쳐져 있고, 밀림 속에 있는 뱀과 호랑이들이 기차 소리에 겁을 먹고 움츠렸다. 기찻길 때문에 여기저기 갈라져 나간 숲에서도 아직 떠나지 않은 코끼리들이 산발한 여인처럼 연기를 흩날리며 지나가는 열차를 물끄러미 쳐다보고 있었다. (『80일간의 세계일주』, 2장)

기차 뒤에는 언제나 같은 그림이 따라온다. 연기가 더없이 희귀한 이름을 가진 나무를 뒤덮고, 기차는 사원 혹은 새떼처럼 숲과 사막에 살면서, 그곳을 장식하면서, 결국 그곳을 차지한다. 더 나아가 기차는 다양한 모습의 세상에 자기 노선을 부과하면서 소유하고, 마침내 세상과 하나가 된다. 기차는 "자연이 만든 빗물받이"(『지구 속 여행』 14장의 피오르드 묘사를 볼 것)를 추억하며 "달리는 말처럼 윙윙거리며 나아간다". 이 쉬운 이미지는 아름답다고 할 수는 없지만 쥘 베른의 비유 규칙에 부합하는 것이다. 이러한 있는 그대로의 자연과 가장 완성된 상태인 기계와의 만남 — 정글을 지나는 '증기기관으로 움직이는 집', 지극히 친근한 풍경 위로 날아다니는 알바트로스, 자연 동굴 속의 잠수함 — 이 바로 쥘 베른이 가장 즐겨 사용했고 또 에첼 출판사의 삽화가들이 특히 잘 부각시켰던 효과이다.

이렇게 우리는 일반적인 테마가 개별적인 형상들 — 대상, 자연적 장소, 혹은 심리적 태도[26] — 로 구체화되는 것을 볼 수 있다(앞에 주어진

---

26 그중에서도 일화에 그치지 않는, 전형적이고 상징적인 두 가지 태도가 특히 중요하다. 즉, 중심의 상징(중심, 화산, 정확성)과 등가의 역할을 하는 고정관념(리덴브로크, 해터러스, 필리어스 포그 등)이 그 하나이고, 다른 하나는 **서두르기**(『지구 속 여행』의 리덴브로크)이다(이는 중요한 테마로 나중에 다시 언급하게 될 것이다. 우선 모험가가 그토록 서두르는 것은 우연이 아니라는 것만 말해 두자).

분석들은 예시에 그치지만, 이 책에서 전체를 열거하지는 않을 것이다). 그것은 개별적인 테마들이며 또한 상징적인 형상들이다. 바로 이 층위에서 우리는 진정으로 쥘 베른의 **작품**을, 그의 창작의 산물을, 적어도 내용 그대로 만나게 된다. 이것이 바로 쥘 베른이 **한** 것이며, 그의 작품을 글로 씌어진 다른 모든 작품들과 다른 것이 되게 하는 것, 가능한 모든 독서의 종착점을 이루는 것이다. 바로 이 테마들이 몇 세대에 걸쳐 독자들의 호기심을 채워 주었고, 자연 정복이라는 거창한 계획의 표상을 구체화한 것이다. 그런데 그 형상들이 어디까지 쥘 베른이 직접 만든 것인지(그가 만든 것이 아니라 해도 적어도 그가 모으고 수집하고 체계적 형태로 **조립한** 것은 분명하다), 또 어디까지가 허구의 언어가 점진적으로 만들어지는 과정이라 할 수 있는 **이야기된 상상적인 것**imaginaire récité의 역사(이에 대한 일반사는 몇몇 지점, 대부분 그 이면에서 씌어진 것이 전부이다)가 제공해 온 이미지들의 저장고에서 얻은 것인지 생각해 보아야 한다. 일반적인 기획은 그 기획 자체의 움직임으로부터 얻어 낸 것이 아닌, 다른 영역 — 이데올로기적 기획들의 영역이 아니라 현실성을 지니는 언어의 영역 — 에서 찾아온 이미지들로 구현되었다. 그래야만 상징들을 일련의 연속 속에, 나아가 이야기들 전체 속에 집결시키는 이야기의 연속성이 수립될 수 있다. 그것이 표상화 단계(이데올로기적 기획의 언술, 그 기획이 이야기의 일반적인 형태 속으로 옮겨 가기)와 구별하여 **형상화** 단계라 부를 수 있는 것이다.

그러나 개별 이미지들을 확인하는 것만으로는 주제가 **새겨지는** 과정을 설명할 수 없다. 지금까지의 분석만을 바탕으로 한다면, 실제적 다양성을 지니는 작품은 최초의 기획으로부터 연역되어 생산되었으며 따라서 그 층위에서 독립적인 실재로서 — 작품들과 무관하게, 그리고 작품이 존재하게 하는 작품화되지 않은 현실과 무관하게 — 연구될 수 있다고 생각할 수 있을 것이다. 이미지들의 저장고는 자족적으로 닫힌 전체를 구성하는 것처럼 보인다. 하지만 이미지들을 모으는 것만으로, 분석적 통일성 속에 모아 놓는 것만으로는 충분하지 않다. 그러한 통일성은 순전한 무질서와 마찬가지로 읽을 수 없으며, 결국 불완전할 수밖에 없기 때문이다.

이제 이야기에 그 내용에 부합하는 형식적 통일성을 부여해야 한다. 그 통일성이 이야기를 책임질 것이고 구성할 것이다. 그렇게 해서 다시 한번, 하지만 이번에는 이야기 진행의 층위에서, 이야기의 형식과 그 테마적인 내용의 **일관성** 문제를 만나게 된다. 개별적인 이미지들이 한정된 목록의 경계 안에 갇혀 있는 것과 마찬가지로, 우리는 이 형식이 체계적인 것임을 알게 될 것이다. 이제 모티프들의 일차적 결합으로서의 파블 fable[27]의 움직임을 연구해야 한다.

* * *

파블 대상들로부터 그것을 구성하고 움직이게 하는 형식으로 이동했을 뿐 문제는 달라지지 않는다. 즉, 이데올로기적 계획(인간의 완벽한 자연 지배를 미리 그려 내기)이 주어졌다면, 표현 수단, 다시 말해 그것을 옮겨 쓰게 해줄 형식을 찾아야 하는 것이다. 여기서 우리는 형식과 그 형식을 지탱하는 내용의 분리는 인위적인 것일 뿐임을 지적해야 한다. 우선 모험 이야기이기 때문이다. 즉 일화들과 만남들이 이야기에 움직임을 부여하는 혹은 부여하려 하는 이야기인 것이다. 그러므로 이번에도 주저 없이

---

27 파블은 쉬제(sujet)와 함께 러시아 형식주의의 주요 개념이다. 모티프는 이야기 구성의 기본 단위이고, 파블은 시간 순서에 따른 모티프들의 합계, 쉬제는 모티프들이 새로운 질서에 따라 결합한 것이다.——옮긴이

테마적 대상들이 내용 전개에 윤곽을, 적어도 그 **각도**를 만들어 준다고 말할 수 있다.

이제 그 대상들 중 하나로 지금까지 우리가 거의 언급하지 않은 것이 중요해진다. 곧은 직선의 이미지를 이루는 요소에 지나지 않던 흔적 혹은 푯말의 이미지가 그것이다. 여행은 앞으로 나아간다. 친숙하기는 하지만 멀리 떨어져 있는 어떤 전체성을 점진적으로 풀어 나가는 과정이기 때문이다. 그리고 암호들이 이어지면 그때마다 여행이 다시 시작될 수 있다. 새로운 암호는 여행을 진척시킨다. 해터러스는 앞서 북극을 향해 떠났던 탐험의 낙오자들을 하나씩 추월한다. 그들이 남긴 흔적들을 확인하는 것은 여행의 진척 과정에서 중요한 순간이다. 그 흔적들은 해터러스를 오직 그만이 도달할 수 있는 최후의 목표, 즉 극지방의 공해公海, 북쪽의 이상향을 향해 한 단계씩 나아가게 한다.

마찬가지로 ─ 이 예는 결정적이다 ─ 리덴브로크와 그 조카 악셀이 지구 중심으로 다가가는 것은 그들이 암호 메시지를 가지고 있기 때문이고, 길을 가는 중에 표시를 확인할 수 있기 때문이다. 그것은 여행자들에게 **선이 닫혀 있음**을 보장하는 가시적이고 확실한 징표이다. 두 가지 예는 유사하지만, 사실은 정반대이다. 해터러스는 다른 사람들이 실패한 흔적을 지나서 전진하고, 함께 가는 사람들의 눈에 "계속 무모하게" 나아가는 것으로 보인다. 반대로 리덴브로크는 앞선 영웅, **목표지에 도달했고** 하물며 되돌아오기까지 한 사람(해터러스와 네모처럼 끝까지 가서 스스로 선을 닫은, 성공한 사람), 즉 아른 삭녀셈이 지나갔던 길을 따라 나아간다. 지각을 뚫고 내려가는 여행은 '움직임 속의 움직임'의 새로운 형상화이다(모험가는 자연환경과 하나가 되기에 이른다. 이것이 악셀의 꿈이다). 하지만 『신비의 섬』의 네모가 그랬듯이, 안내자는 이미 그곳에서 살지 않는다. 그를 찾아내서 따라가야 한다. 삭녀셈은 시대만 다를 뿐 또 다른 네모인 것이다. 삭녀셈은 화형에 처해진 연금술사이며, 역시 **추방당한** 인간이다. 동시대인들에게 받아들여지지 않고 미래로 내던져진 그만이 지구 중심에 다다를 수 있었다. 정복을 완수하는 사람은 언제나 예외적인 인물이다. 해터러스는 결국 미치고, 네모는 정치적 반항자이며, 삭녀셈은 처형되고, 로버는 세상에서 완전히 쫓겨난다. 인류가 같은 길을 가기 위해서는 그들의 흔적을 되찾아야 하고, 없음을 통해서 있는(해독해야 하는 암호의 형태로 변장하고 있는) 그들을 따라야 한다. 따라서 그들 이후에, 혹은 그들과 함께, 더 이상 엄격한 의미의 탐험이란 불가능하다. 그들은 『정복자 로버』의 주인공이 잘 보여 주듯 이미 완성되어 영원히 사라져 버린 지식을 되찾으려 할 뿐이다.

여행은 한 단계씩 진행될수록 불가피하게 앞선 여행을 **뒤쫓아가는 것**으로 나타난다. 그렇게 해서 서두름의 테마가 끈질기게 나타나는 것이다(다시 한번 말하지만 쓸데없는 모방심리가 아니다). 쥘 베른에게는 아름다운 경치도 다른 이유가 있다. 리덴브로크는 자기 정원의 나뭇잎들이 빨리 자라게 하려고 잡아당긴다. 그것은 (괴짜 학자를 묘사하기 위한) 희극적 장치를 넘어, 늘 **늦었기** 때문에 바쁜 탐험가의 운명 때문이다.

결국 누군가가 모험가보다 빨리 **앞질러** 해놓은 것이다. 그런데 마지막까지 따져 보면, 성공의 징표를 지닌 저주받은 영웅 역시 그 누군가가 아니다. 그보다는 늘 앞서 가고 있는, 따라잡으려 할 수밖에 없는 **자연 그 자체**이다. 쥘 베른에게 있어서 학자로 등장하는 인물들이 하는 일은 바로 그런 의미를 갖는다. 서둘러야 하고, 시간을 거슬러야 한다. 필리어스 포그의 80일이 그렇다. 탐험하는 것은 **실제로** 이미 누군가 지나간 길을 새로운 조건 속에서 다시 가는 것이다. 탐험소설이라는 형태를 통해 탐험하는 것은 시간을 거슬러 가는 것이다. 앞서간다는 것은 잃어버린 시간을 조금 되찾는다는 의미이다.

이렇게 해서 우리는 쥘 베른의 작품에서 **엉뚱하지만 가장 중요한** 현상을 처음 만나게 된다. 즉, 앞지르기는 퇴행 혹은 회상의 형태로만 표현된다. **원래의 기획** 안에서 근본적인 관계인 현재-미래의 관계가 실제에서는 **현재-과거**의 관계 속에 반영된다. 원칙적으로 정복은 이미 이루어졌기에 가능한 것이다. 진보의 이야기는 거의 지워져 버린 과거 모험의 흐릿한 상에 지나지 않는다. 앞으로 나아가는 길은 사실상 되돌아가는 길이다. 그렇기 때문에 전진이 실패로 끝난다 해도 전혀 중요하지 않다. 리덴브로크는 지구 중심의 '대기실'까지밖에 못 간다. 옛날에 이미 누군가가 끝까지 가본 적이 있는 첫 복도를 보았을 뿐 절대 중심에 다가가지는 못하는 것이다. 결국 중심의 화산이 분출하면서 모험의 입구가 완전히 닫히고, 선은 아예 끊어져 버린다. 마찬가지로 네모는 자기가 만든 것들과 함께 자연의 카오스 속으로 돌아감으로써 그동안 행했던 모든 모험의 흔적을 없앤다. 로버 역시 하늘에서 완전히 사라진다. 해터러스도 자기 비밀을 다른 사람에게 전해 줄 수 있는 방법까지 잊어버린다. 결국 앞지르기는 획득의 과정을 따라가지 않는다. **곧 사라질 것을** 섬광과도 같은 한순간 보여 주고 나서 있었던 것의 흔적까지 모두 지워 버리는 것이다.

결국 완전히 놀라운 일이 일어난다. 탐험 이야기의 체계적 형태 속에서 일련의 테마 이미지들이 이어지면서, 첨단의 의미(**미래를 쓰려는** 기획)와 그 실제적 표명에서의 회귀, 후퇴가 공존하는 것이다. 미래는 오직 어제의 형태로만 이미지로 이야기된다. 여기서 우리는 서슴없이 마르셀 모레의 연구 결과 중 하나를 인용할 것이다.[28] 즉, 네모는 아버지의 상像이다

---

28 Marcel Moré, *Le très curieux Jules Verne*, Paris: Gallimard, 1960.

(모레의 논증 과정을 다 제시할 필요는 없다. 가장 중요한 고리는 바로 에첼이라는 인물이다). 앞질러가기의 목적은 기원 —— 자연이면서 저주받은 영웅이면서 아버지(여기서 우리는 처음으로 쥘 베른의 작품에 나타나는 아버지의 상이 갖는 중요성을 지적한다) —— 으로부터의 연역이고. 결국 앞질러가기는 처음 갔던 길을 되찾는 것일 뿐이다. 그래서 미래는 이미 **본 것**과 닮았다.

앞질러가기는 기원을 찾기이다. 이렇게 해서 파블의 구조는 지극히 단순한 모델로 귀결된다. 즉, 그것은 누군가 다른 사람의 발자취를 따라 걷는 것이며, 결국 귀환의 이야기이다.

* * *

이 첫 분석으로부터 여러 가지 결론을 끌어낼 수 있다.

① 이야기에 형태를 부여하는 파블은 원래의 기획이 뒤집어진 이후에야 그 기획에 부응한다. 미래는 결정적으로 지나간 과거(아버지의 상징적인 죽음)의 형태로 투사되는 것이다. 표상의 층위에서 쥘 베른이 보여 주고자 했고 또 보여 준 것은 전진이었지만, 그렇게 형상화된 것은 후퇴였다.

② 하지만 그러한 형태는 테마 이미지들로 채워지며, 테마들 간에는 개별적으로 연구하는 것이 인위적으로 보일 정도로 불협화음이 나타나지 않는다. 따라서 일반적 표상화의 층위와 마찬가지로, 형상화 층위 역시 **일관적**이다. 기획과 그 작품화 사이에 존재하는 **실제적** 불협화음이 반영되지 않은 것 역시 두 층위가 마찬가지다. 형상화의 순간은 자율적인 순간으로서, 표상화의 순간과 마찬가지로 동질적이다.

이렇게 분석적으로 기술하면서 우리는 역설적인 결과에 이르게 된다. 그것은 우선 **표상화**와 **형상화**라는 두 층위를 구별하게 해준다. 두 층위의 불일치를 보면 그것이 인위적인 구별이 아님을 알 수 있다. 하지만 이러한 분석으로는 부족하다. 나란히 놓인 두 층위 — 혹은 양상, 관점, 제시 요소라고 부를 수 있다 — 는 각기 나름의 정합성을 지니고(적어도 겉으로는 그렇다), 각기 고유한 적법성에 따라 평가될 수 있다. 두 실재는 내적으로 일관되고, 서로 간에는 **양립 불가능**하다. 지금까지 사용한 방법으로는 두 실재가 어떻게 공존하는지, 심지어 작품 안에 어떻게 동시에 올 수 있는지 이해할 수 없다. 하지만 분명 그것들은 작품 안에 동시에 존재한다. 말할 수 있는 것은 그뿐이다. 이러한 불일치는 실패의 표시가 아니라 **성공의 표시**이며, 그에 대해서는 설명이 필요하다.

동일한 층위에 위치한 항목들 사이에 모순이 성립한다기보다는, 기획의 표상화와 형상화 사이에 실제적인 양립 불가능성이 나타나는 것이다. 이 불가능성이 쥘 베른 작품의 약점이라고 보아야 할까? 쥘 베른은 자기가 말해야 하는 것[29]을 말할 수 있게 해주는 말들을 찾아내지 못한 것일까? 한 걸음 더 나아가, 테마 이미지들과 파블의 구조 사이의 실제적인 일관성이 표면을 이루고 그 아래 대립이 놓여 있다고 말할 수 있다. 다시 말해 '형식'이 내용을 배반한다. 테마들이 꼭 가질 필요가 없는 엉뚱한 의미를 줄거리가 강제적으로 부여한 것이다. 그렇게 해서 **기호들의 배열**이 달라지면서 새로운 일관성과 원래의 기획에 대한 충실성이 동시에 가능해진 것이다. 주어진 기획이 이미지로 결정되면 꿈꾸던 이데올로기적인 선이 무너지게 되는가? 이러한 질문 뒤에는 이미 답이 숨어 있다. 반작용으로 인한 뒤틀림은 불가피한 것이다. 그러한 뒤틀림은 쥘 베른이 설정한

---

29 말해야 하는 것이 말하고자 한 것과 선험적으로 혼동되지 않는다. 심지어 단절이 가능하다는 사실이 문제에 의미를 부여한다.

기획 자체에서 비롯된 것이며, 결국에는 작품화의 최종 조건인 이데올로기적 상황의 특징을 규정짓는 데 기여한다. 쥘 베른의 작품 속에서 형식과 내용의 모순은 이데올로기적 기획 속의 모순을 그대로 반영하는 것이다. 이제 작품의 구성은 필연적일 뿐 아니라 숙명적이라고 말할 수 있다.

하지만 쥘 베른의 작품을 **분해하고**, 쥘 베른의 원대한 기획이 그가 꿈꾸던 배열과 전혀 다른 배열을 유지하고 있음을 보여 주는 것 역시 상당히 매력적이다. 지속적으로 나타나는 테마들이 완벽하게 닫히는 엄정한 체계에 따라 구성된다는 것을 알 수 있고, 그렇게 해서 부르주아적 기획이 갖는 모순적 성격을 보게 되는 것이다.

바르트는 쥘 베른의 기획[30]과 그가 제시한 비유 사이의 명백한 **모순**을 암시하면서 바로 그런 지름길을 택했다.[31] 그렇게 되면 부르주아적 몽상은 손쉽게 정의된다. 그것은 숨가빠하며 쉴 자리를 엿보는 몽상이며, 순수한 순간을 구성하는 — '취한 배'bateau ivre를 몰고 가기보다는 그 배에서 솟아오르는 — 시적 몽상과 근본적으로 다르다. 앞선 설명 역시 바로 이러한 비평(이 경우 비평은 '반박'의 의미를 띤다), 즉 일련의 확인들(당연히 암묵적인 확인들이다)에 근거해야만 일관성을 지닐 수 있는 비평에 이르게 될 것이다. 바르트가 보여 주는 **신화론**의 기획은 쓸데없이 논쟁적이며, 언제나 일반적인 것을 특수한 것으로 축소시키기에 근거한다. 세계는 집과 같고, 집은 배와 같고, 거기서 쥘 베른의 작품이 나오는 것이다. 이러한 연쇄는 필요하다면 반대 방향으로도 이어질 수 있다. 그렇게 되면 쥘 베른은 진보라는 부르주아적 이상이지만 또한 유폐라는 현실적 그림

---

30 자연이 불가사의로 열려 있음을 보여 주려는 기획임을 기억하자. "정말 불가사의하군요." "아닙니다. 자연스러운 겁니다"(『지구 속 여행』, 31장).
31 Barthes, *Mythologies*, p.90.

이며, 바로 거기서 그의 시도의 실패 혹은 적어도 모순적인 양상이 비롯되는 것이다. 이러한 바르트의 설명은 유물론 중에서도 가장 기계론적인 방식이다. 모순이 있다고 단언하기 위해서 모든 층위가 철저한 일관성을 지닌다고 가정하고 그 층위들이 엄밀한 연쇄 관계로 이어진다고 정해 버리는 것이다. 결국 더 잘 뒤섞기 위해서 구별하는 셈이며, 그러고도 출발할 때 있었던 일치가 사라졌다고 불평하는 것이다. 여기서 동치同値의 합리성은 사냥감을 유인하듯 실패와 모순을 불러내는 데 쓰이는 방법적 도구일 뿐이다. 그리고 이러한 마녀사냥은 탈신화화라고 불린다.

이러한 방법이 갖는 가장 굳건한 — 동시에 가장 매력적인 — 힘은 그것이 말하는 것 중에 그른 것이 없다는 것이다. 하지만 분석은 언제나 불완전하다. 심지어 불완전한 분석은 그 방법의 기본적인 조건이라고도 말할 수 있다. 바로 그 불완전성이 작품이 제기하는 문제에 대한 답으로 주어질 것이기 때문이다. 따라서 실패와 모순을 만들어 내는 것으로는 부족하다. 그에 대한 설명을 해야 하는 것이다. 바르트가 작가의 역사적 상황을 언급하며 한 것이 바로 그것이다.[32] 역사적 상황은 날짜가 정해진 계

32 원래 바르트가 형태와 관계없이 역사를 통한 문학작품의 해석을 모두 비판한다는 점에서(바르트의 『라신에 관하여』 중 문학의 초역사적 본질에 관한 마지막 장을 볼 것), 이것은 놀라울 수밖에 없다. 그의 생각이 달라졌다고 해야 할까? 그보다는 바르트가 훌륭한 문학으로 꼽히지 않는 작품, 완전할 수 없는 작품, 결국 진정으로 문학적이지 않은 작품에 관해 말할 때는 역사적 상황을 언급해도 된다고 생각한 것 같다. 쥘 베른은 라신이 아니며(이에 대해 누가 반박하겠는가?) 따라서 작품이라는 이름을 받을 만한 자격이 없는 것에 대해서는 다른 곳에서는 허용되지 않는 것이 모두 허용된 것이다. 하지만 쥘 베른의 작품도 라신의 작품과 똑같고 혹은 그 이상이다. 쥘 베른의 작품 역시 그에 적합한 설명을 얻을 자격이 있고, 지나치게 남용되는 만사형통식의 규격화된 해석은 안 된다. 더구나 쥘 베른의 작품은 그 시대의 중심에 있었기에 더욱더 적합한 설명을 받을 자격이 있다. 우리가 이미 보았듯이, 쥘 베른의 작품이 시대를 대표代表한다는 데 대해서는 의심의 여지가 없다. 그러한 연구를 통해 우리는 아마도 역사의 전개에 전적으로 연루된 작품, 그로부터 벗어나겠다는 포부조차 없는 작품(새로운 대상을 이야기하기 위해서 새로운 유형의 소설을 쓰겠다는 의지를 그러한 포부로 볼 수는 없을 것이다), 영원성으로 가장假裝하려 하지 않는 — 이것이 무조건 약점은 아니다 — 작품의 작업 비밀을 알 수 있을 것이다.

획뿐 아니라 한 시대의 모든 모순들과 지배적인 이데올로기 ─ 이것들은 있는 그대로 작품 속에 옮겨진다 ─ 를 작가에게 부여하는 것이다.

결국 **모순**에 대해 말하는 것은 불필요하며, 심지어 상당히 위험해 보인다. 이러한 설명으로는 모순을 위치시킬 자리가 없기 때문이다. 표상화 층위에는 모순이 있을 수 없다. 모순은 형상화된 상징들의 모순 속에 투사되어 나타나게 될 것이다. 사실 이데올로기적 모순이란 존재하지 않는다. 이데올로기는 그 성격이 엄정하지 못해서 모순이 있을 수 없다(2부 「레닌의 톨스토이 비평」의 마지막 부분을 볼 것). 모든 이데올로기는 **화해**를 시도한다. 그러므로 이데올로기는 원래가 나름의 방식으로 일관성을 지닌다. 즉, 명확하지 않다기보다는 분명하게 규정되지 않은 일관성, 실제적 추론을 기반으로 갖지 못한 일관성이다. 그러므로 불일치는 이데올로기 **안**에 있는 것이 아니라 바로 이데올로기와 그 경계를 정하는 것의 관계 속에 있다. 이데올로기를 **모순 속에 넣을** 수는 있지만, 이데올로기 안에 모순이 있다고 비난하는 것은 소용이 없다. 결국 쥘 베른에게 주어진 이데올로기적 기획은 상대적으로 동질적이고 일관된 층위, 즉 일종의 유사성에 근거하는 엄정성을 통해 내적으로 연결된 층위를 구성한다. 작품이 갖는 **결여**를 이데올로기적 기획 속에서 찾아서는 안 된다. 마찬가지로, 이미지들의 목록, 선택된 파블 속으로의 이미지들의 삽입 역시 **그 자체**로는 모순이 없다. 쥘 베른은 과학의 이데올로기에서 출발한다. 그리고 그 이데올로기를 과학의 신화로 바꾼다. 이데올로기와 신화 모두 이론적으로 아무 결함이 없다. 질문은 그 둘을 잇는 길을 향해야 한다. 과학과 신화 **사이**(이 사이가 작품 속에 분명한 자리를 가지고 있음을 보게 될 것이다)에서 결정적인 만남이 이루어지는 것이다. 표상화 층위에서 형상화 층위로 옮겨 가면서 이데올로기는 완전히 **변모**한다. 마치 시선이 비판적으로 뒤집어지면서 이데올로기를 더 이상 안이 아니라 밖에서 보는 것 같다. 다시 말하면, 부재하는 환상적 중심으로부터가 아니라(이데올로기는 어느 지점에서든 중심을 향하며, 다시 말하면 중심이 비어 있기 때문에 완전히 **믿을 수 있다**), 경계로부터, 즉 이데올로기를 **붙잡고** 있고 어느 정도 윤곽을 부여함으로써 다른 이데올로기가 되지 못하게, 혹은 이데올로기가 아닌 다른 것이 되지 못하게 하는 경계로부터 보는 것이다.

쥘 베른의 작품에서 특히 흥미로운 것은 적어도 작품이 어느 한순간에는 이러한 장애물 — 이것은 결국 이데올로기적 기획의 **실재성**의 조건이다 — 을 만나게 되며, 작품은 그것을 있는 그대로, 즉 장애물로 다루게 된다는 사실이다. 물론 작품은 그 자체의 수단을 통해 장애물을 넘어서지는 못한다. 한계가 나타나는 순간 책은 저절로 혼자 가기 시작하고 그렇게 자기 뜻과 관계없는 곳을 향해 간다. 따라서 그것은 진정한 해결책이 아니다. 거의 자율적으로 그러한 과정이 전개되고 나면 갈등은 그대로 남고, 실제로 생산된 그대로의 작품과 작품의 출현 조건들을 가르는 심연은 더 깊어진다.

사실 제3공화국 초기의 부르주아 이데올로기가 처한 모순적 상황과 쥘 베른 작품을 분석할 때의 어려움은 전혀 다른 문제이다. 쥘 베른 역시 그것을 모르지 않았다. 만일 몰랐다면 작가라고 불릴 자격이 없을 것이다. 쥘 베른은 자기 시대를 특징짓는 모순들 중 일부를 알고 있었다. 물론 완전히 안 것은 아니지만[33] 바르트보다는 더 잘 알고 있었을 것이다. 쥘 베른은 그에 대해 숙고했고, 심지어 자기 작품의 진정한 주제로 삼았

---

33 만일 완전히 알았다면 쥘 베른의 작품은 존재하지 않았을 것이다. 알기 위해서 쓰든지 아니면 왜 쓰지 않는지를 알든지 해야 한다.

다. 그러므로 쥘 베른의 작품들은 사람들이 원하는 것처럼 단일하지도 순진하지도 않다. 쥘 베른이 자기 시대의 모순을 느꼈다면(우리는 곧 쥘 베른이 실제로 느꼈다는 것을 알게 될 것이다), 그럼에도 불구하고 그 시대에 대해서 비판적이지 않게 그리고자 했다면(이 말은 적어도 정치 비평에 있어서는 사실이 아니다), 그래서 그 그림에 결여된 것이 있다면, 그것은 역사적 모순의 총체와 그의 작품 고유의 결여 사이에 괴리가 있기 때문이다. 바로 이것이 쥘 베른 작품의 중심으로 간주되어야 한다.

그러므로 쥘 베른이 제3공화국 초기의 부르주아라는 말에 담긴 모든 함의(투기욕, 과학주의, 그리고 부르주아 혁명을 만드는 모든 것)대로의 부르주아이다라고 말하는 것으로는 충분하지 않다. 작가는 원래 자신이 '표상' 하고 있는 —— 설사 그것을 유일한 목표로 삼았다 하더라도 —— 이데올로기를 기계적으로 반영하지 않고, 엄밀하게 똑같이 반영하지도 않는다는 것을 우리는 알고 있다. 그 어떤 이데올로기[34]도 형상화의 시험에서 살아남을 수 없기 때문일 것이다. 그렇지 않다면 쥘 베른의 작품은 읽히지 않을 것이다. 쥘 베른은 우리에게 이데올로기적 환경과 관련하여 나름의 입장(주관적 관점의 입장만은 아니다)을 보게(혹은 읽게) 한다. 그에 대해서 특수한 이미지를 만들어 내며, 그 이미지는 주어진 대로의 이데올로기와 뒤섞이지 않고 오히려 그것을 배반하든가 문제를 제기하든가 아니면 변경시킨다.[35] 작품이 무엇으로 만들어졌는지 알기 위해서는 마지막으로 바로

---

34 다시 한번 말하자면, 이 단어의 의미는 '이론적 지식'이라는 개념을 배제한다.
35 이것은 모든 해석이 갖는 일반적 문제이다. 즉, 새로운 작품을 만드는 과정에서 옛것과 새것의 충돌을 어떻게 이해할 것인가의 문제는 결코 해결되지 않는 논쟁이다(바로 이 이중성으로 인해 작품이 정합성을 갖게 된다). 예를 들어, 모든 현대성(modernité)을 벗어나서 역사적으로 시대에 뒤진 형식들에 대한 연구를 통해 새로운 미술을 수립하려 한 히에로니무스 보스(Hieronymus Bosch)의 노력을 어떻게 설명할 것인가?(Jacques Combe, *Hieronymus Bosch*, Paris: Pierre

이 이미지를 설명해야 한다. 작가는 자신이 무엇을 하는지에 대해 전부 말할 필요는 없다.

그런데 시대에 뒤진 형식 안에서 미래를 구상하는 새로운 상황 특유의 이러한 갈등을 쥘 베른은 작품 속에서 체계적으로 다루었다. 즉, 그는 부르주아지가 그 자체의 과거, 역사와 어떤 관계를 맺는가 하는 질문에 답하려 하였고, 적어도 역사적 상황의 **한계들**을 (그 상황의 지배적 이데올로기를 검증함으로써) 밝혀내게 된다. 그의 작품 속에는 작품 생산의 최종적 조건들을 읽어 내게 해주는 한 가지 특별한 테마적 대상이 있기 때문이다. 그 모티프는 실제로 존재하면서 형식과 내용(기호와 파블)을 완전하게 이어 준다는 점에서 특별하다. 그것은 개별적인 한 테마이며, 동시에 하나의 대상을 통해 일련의 이데올로기적 연속을 **보여 준다**는 점에서 줄거리의 원리이다. 이데올로기적 연속은 이야기의 형태를 띠게 될 것이고, 파블에 형식을 부여할 것이다. 미리 말하자면, 바로 이 이야기의 전개 과정에서 지금까지 표상화와 형상화 사이에 나타났던 불일치가 다시 나타날 것이다. 이야기는 겉으로 단순해 보이지만 사실은 두 가지 대립되는 이야기, 심지어 절대 화해할 수 없는 두 이야기의 대치 혹은 만남이다. 이야기가 한 가지 모험의 일화들을 따라 진행되는 것은 그저 표면적일 뿐, 실제로 이야기의 움직임은 이데올로기적 문제들을 야기하는 것이다. 그러한 모티프는 바로 '섬'이다. 이번에는 비유가 아니라 그 물질성 속에 완

Tisné, 1946 참조). 혹은 알튀세르의 몽테스키외 작품 분석을 보면, 사회를 연구한 최초의 과학자인 몽테스키외는 동시에 ('봉건적'인 정치 이데올로기의 영향하에서) 가장 보수적인 이론들을 암묵적으로 지지했다. 이 경우 역시 모순을 찾는 것은 무용한 일이다. 그저 겉으로 모호하게 보일 뿐, 그 뒤에는 약간 혁명적인 작품들의 역사적 출현 조건이 숨어 있다. 즉, 그러한 작품들은 스스로 비판하는 대상에 기댈 수밖에 없다. 무엇보다도 그 개념적 틀의 핵심적인 부분 혹은 한 부분을 거기서 발견하기 때문이다.

전한 이데올로기적 연속을 지탱하고 있는 테마, 즉 **현시적 테마**이다. 지금까지 우리가 연구한 모든 **비유**들은 엄격히 따져 볼 때 표현적이라고 말할 수 없다. 그 자체로서 그런 것이 아니기 때문이다. 남은 질문은 작품의 배열이 달라지면 그 비유들이 **다른 것**을 보여 줄 수 있지 않은가 하는 것이고, 그것은 여전히 검토해야 할 사항이다.

하지만 이러한 질문은 쥘 베른의 특유의 테마인 섬과 관련해서는 아무런 의미가 없다. 그것은 완전한 테마이기 때문이다. 즉 한 점에 국한되지 않고 스스로를 넘어서는 의미를 위한 비유가 아닌 테마, 절대적으로 **객관적**인 테마로서, 가능한 전체를 한 번에 다 보여 주는 것이다. 시험을 거치더라도(『신비한 섬』이라는 실험적 소설에서 그렇게 될 것이다) 변주가 있을 뿐(그 결과 출발점으로 되돌아오게 된다) 교체되지는 않는다. 결국 세번째 층위인 표명formulation의 층위, 즉 의미를 담고 있는 것이 거기서 읽을 수 있는 의미 외에 다른 것을 암시할 수 없고 따라서 그 어떤 **해설**도 불가능하다는 점에서 상징적인 것과 현실(물론 이것은 작품이 규정하는 대로의 현실이다)이 결합하는 층위에 이른 것이다. 이러한 현시적 모티프, 지극히 표현적인 모티프를 통해서 우리는 앞에서 말한 '후퇴'를, 혹은 이야기의 특징을 이루는 '불일치'를 완전히 연구할 수 있을 것이다(이때 '완전히'는 '단번에' 이루어진다는 뜻이다). 우리는 이제 다음과 같은 질문에도 대답할 수 있게 된다. 즉, 파블이 뒤집어지면서, 기원으로 회귀하면서 이야기의 대상이 완전히 오염되는 것은 아닌가? 바로 여기서 비판적 관점과 상반되는 관점으로 쥘 베른 작품의 **결여**라고 부를 수 있는 것이 온전히 나타난다. 그것은 있어야 할 것이 **빠져 있는 것**이라기보다는 작품을 구성하는 결여인 것이다. 모순보다는 결여라는 말이 더 낫다는 것을 알 수 있을 것이다. 말해지지 않은 것은 말해질 수 없었던 것임을 잘 말해 주기 때문이다.

문학작품의 생산 속에 어느 정도로 **창조**가 들어 있는지 생각해 보는
것은 무의미한 일이다. 가능한 모든 신학의 잔재라 할 수 있는 신화론적 표
상은 작품에 앞서 이데올로기적 기획 —— 언제나 턱없이 거창하며, 그 존
재는 저자라는 개인의 개별적인 결정을 덮어 버리고 훨씬 넘어선다 —— 이
있다는 사실로 인해 부정된다. 또한 '글쓰기를 위한 재료', 즉 이미지와 파
블의 목록도 있다. 그 목록이 없다면 아무것도 만들어지지 못했을 것이고,
또 매번 새로 재료를 창안해야 했다면 목록이 존재하지 않았을 것이다. 이
렇게 작품의 **가능성의 조건**들이 작품에 **앞서 존재한다**는 것이(그 존재를 자
명하게 알아볼 수 있을 것 같지만, 수 세기의 비평이 보여 주듯이 그렇지 못했다)
창조적 영감에 대한 모든 심리학을 미리 그리고 철저히 비판한다. 새로운
아름다움을 만들겠다는 지적인, 다시 말해 의도적인 의지의 이론으로 표
현된 영감 역시 마찬가지다. 그러한 형이상학적이고 초현실적인 표상에
맞서 작가라는 직업에 대한 일관성 있는 개념을 제시해야 한다. 작가의 작
업은 글을 쓰는 작업이 아니다(문학 혹은 예술의 작업을 순전히 기술적인 것
으로 보아서는 안 된다). 작가의 작업은 역사적 요청('요청'이라는 단어가 환기
할 수 있는 모든 초자연적인 결정들을 제거해야 한다)에, 주어진 한 시점에 특
수한 조건들 속에서 일해야 하는 필연성에 응답할 때만 가능하다.

결국 작품은 필연적으로 그 출현 조건에 의해 한정되며, 결정적으로
한정된다. 그런데 이러한 생각은 보기보다 훨씬 놀라운 결과를 낳는다.
우리가 간단히 말한 것과 달리 어느 정도 모호한 생각이기도 하다. 작품
은 작품에 앞선 틀[36]을 채우기 위해 존재하며, 작품은 진정으로 생산된 것

---

36 여기서 다시 한번, 작품이 실현되기 전에 미리 존재하는 작품의 공간이라는 개념을 끌어들이
게 된다. 그렇게 되면 비평은 장소론이 되어 버린다.

이 아니라 그 외부로부터 호명된다는 생각이 되기 때문이다.

이렇게 해서 절대적 의미의 창조라는 개념에 대한 비판은 작품으로부터 자발성(이것은 비평적 개념으로 별 의미가 없다)이 아니라 독창성 혹은 특수성을 앗아 간다. 작품의 출현 조건들과 출현 그 자체가 동일한 것 혹은 반복이 되는 것이다. 그런데 쥘 베른 작품이 중요한 것은 오히려 그 두 순간의 괴리 때문이다. 작품이 존재하는 이유는 오로지 그것이 될 수 있었던 것, 되어야 했던 것과 정확하게 일치하지 않기 때문이다. 작품은 외부로부터 내적인 현실로 단계적으로 이끌어 가게 될 기계적 생산의 단순한 연쇄에서 나오는 것이 아니라 반대로 **자기의 존재 이유인 이념적 틀을 채우는 것이 불가능하다**는 것을 모호하게(분명 처음에는 의식하지 못했을 것이다) 이해하는 데서 생겨나는 것이다. 문학생산 작업에 저자가 개인으로 개입하는 지점이 바로 여기이다. 문학생산은 사회를, 간단히 말해서 전통을 개입시킨다는 점에서(이러한 결정에 머문다면 소통의 문제만을 다루게 된다) 집단적인 작업으로 시작하지만, 결국은 실제 작품과 이데올로기적인 정언명제 사이의 거대한 갈등 속에서 개인이 입장을 취하는 것으로 끝나게 된다. 그렇게 **표현** 혹은 현시라는 문제가 개입하는 것이다. 쥘 베른은 이 과정의 끝까지 갔다. 그의 소설들 중 적어도 한 작품에서 볼 수 있듯이, 그는 역사적 상황을 규정하는 그러한 불일치를 아예 작업의 **주제**로 삼은 것이다. 흥미로운 것은 그 시도가 어려움을 **해결**하고 갈등을 풀기 위한, 불일치를 없애기 위한 것이 아니라는 사실이다. 실제 쥘 베른은 문제를 제기하지만 해결책은 제시하지 않는다. 불일치는 바로 그 불일치를 언급하며 끝나는 소설의 구조 자체를 형성한다. 작가의 **상황**과 관련된 근본적인 문제가 이야기에 진정한 짜임새를 제공하면서 객관적으로 다루어졌지만, 너무 객관적이라서 저자가 그 상황을 실제로 인식했는지 아니면 저자도 모르게 직접 다루는 것이 불가능한 근본적인 모티프로 주어진 것인지를 알 수가 없는 것이다. 다시 말해 그것은 환원 불가능한 비유, 그 어떤 변화도 가해질 수 없고 '역사'를 부여해도 사라지지 않는 비유로 독자의 눈앞에 주어진다. 역설적으로, 바로 그렇게 해서 쥘 베른은 진정한 **작가**가 된다. 쥘 베른은 자신이 직접 개입할 필요도 없이 자기 작품에 문제를 제기하는 결정적인 질문이 작품 속에 **나타나게** 한다. 이제 우리는 비평가가 나서서 쥘 베른의 작품을 **분해**할 필요가 없다는 말을 이해하게 될 것이다. 쥘 베른의 작품 스스로가 분해의 원리를 제공하는 것이다.

3) 현시적 테마: 섬, 파블을 위한 이미지 혹은 이미지를 위한 파블 —『신비의 섬』

(1) 이데올로기적 수단으로서의 테마[37]

쥘 베른이 한 섬의 역사(섬의 탄생은 등장하지 않지만, 섬의 종말까지, 즉 섬이 바닷속에 잠기는 순간까지가 주어진다)를 쓰기로 했을 때, 그는 그저 일화적 의미의 **주제**를 선택한 것이 아니다. 섬에서의 삶은 18세기 이래 디포, 마리보, 루소 등이 보여 주듯 파블 혹은 몽상의 **모델**이었다. 쥘 베른의 진정한 기획은 그 모델의 변주를 만들어 내는 것, 정확히 말하면 그 모델의 범위 내에서 한 가지 형태를 다른 형태와 대조시키는 것이었다. 그러므로『신비의 섬』은 모험에 대한 이야기이기 이전에 로빈슨 크루소라는 상징적 인물에 대한 이의 제기이다. 다시 말하면 소설에 대한 소설인 것

---

37 여기서 '테마'는 일반적으로 이 단어에 주어지는 모든 결정을 벗어나 자유로운 의미로 사용되었다.

이다. 그러므로 우리는 다른 로빈슨, 즉 디포의 로빈슨이 쥘 베른의 책 행간마다 짓눌리고 반박되는 과정이 얼마나 성공적으로 이루어지는지를 보아야 한다. 소설은 로빈슨의 테마를 **평가**하면서 시작한다. 즉, 흥미진진한 이야기 혹은 실화가 완전한 테마, 모든 수단과 도구를 갖춘 경험의 묘사로 보는 것이다.

사실 『로빈슨 크루소』에서 파블과 그 이미지(섬)는 한 가지 **가르침**을 위한 것이다. 한 인간의 교육, 보다 정확히는 변혁(첫번째 삶으로부터 멀리 떨어진 바탕 위에서 형태를 취하는 **두번째** 인생이라는 점에서)의 이야기는 분명한 교육서이다. 심지어 이 책에서 너무도 완전한 교육의 수단을 본 루소는 에밀의 손에 다른 어떤 책도 쥐어 주고 싶지 않다고 말했다.

수많은 책들 속에 흩어져 있는 그 많은 가르침들을 끌어모아, 알기 쉽고 따라가기에도 재미있어 이 나이에도 자극이 될 수 있을 하나의 일반적인 주제 아래 모아 놓을 방법이 없을까? 만약 아이의 정신이 인간의 자연적인 욕구를 분명하게 볼 수 있는 상황, 또 그 욕구들을 채워 줄 수단들 역시 그렇게 쉽게 단계적으로 발달시킬 수 있는 상황을 만들어 내는 것이 가능하다면, 바로 그런 상태를 생생하고도 순수하게 묘사해 보이면서 아이의 상상력을 훈련시켜야 한다.

열정적인 철학자여, 당신의 상상력이 벌써 불타오르는 것이 보인다. 애쓰지 말라. 그런 상황은 이미 발견되었고, 당신한테 수고를 끼치지 않고서도 당신이 직접 묘사하는 것보다 훨씬 더 잘, 적어도 더 진실하고 소박하게 묘사되어 있다. 어차피 우리에게는 반드시 책이 필요하고, 내가 생각하기에 자연 교육에 관해 가장 만족할 만한 개론을 제공하는 책이 한 권 있다. 에밀이 읽을 첫번째 책이 될 것이다. 그 책 단 한 권만이 오랫동안

에밀의 서가를 채울 것이고, 언제나 각별한 위치에 놓일 것이다. 그것은 자연과학에 관한 우리의 대화가 모두 그 주석에 불과한 그런 텍스트이다. 우리가 진보하는 동안 우리의 판단력을 시험하는 시금석 역할을 할 책이다. 그리고 우리의 취미가 변질되지만 않는다면 그 책을 읽는 일은 늘 즐거울 것이다. 그렇다면 그 놀라운 책은 무엇인가? 아리스토텔레스인가? 플리니우스인가? 뷔퐁인가? 아니다. 바로 『로빈슨 크루소』이다.

다른 인간의 도움도, 온갖 기술적 도구들의 도움도 없이 섬에서 혼자 살면서, 그렇지만 자신의 생존과 자기 보존에 필요한 것을 충당해 가면서, 심지어 일종의 안락함마저 누리는 로빈슨 크루소. 이 인물이야말로 모든 연령의 사람들에게 흥미로운 대상이며, 수많은 방법으로 아이들을 유쾌하게 해줄 수 있는 대상이다. 로빈슨 크루소는 처음에 내가 비유로 사용했던 무인도를 어떻게 실현시킬 수 있는지 보여 준다. 그런 상태가 사회인의 상태가 아니라는 것에는 나도 동의한다. 필시 에밀의 상태는 그렇지 않을 것이다. 하지만 에밀은 바로 그 상태에 비추어 다른 모든 상태들을 판단하게 될 것이다. 편견을 넘어서는 방법, 자신의 판단을 사물들의 진정한 관계에 따라 정리하는 가장 확실한 방법은 고립된 인간의 위치가 되어 보는 것, 고립된 인간이 모든 것에 대해 그 유용성을 기준으로 판단하는 것과 마찬가지로 모든 일을 판단하는 것이다. 자질구레한 것들을 제하고 나면, 섬 근처에서 일어난 로빈슨의 난파에서 시작하여 배가 와서 그를 구해 주는 것으로 끝나는 이 소설은, 지금 문제가 되고 있는 교육 시기의 에밀에게 오락거리와 동시에 가르침을 줄 것이다. 나는 에밀이 로빈슨 크루소 이야기에 완전히 빠지길, 자기 저택이나 염소, 재배지를 살피느라 바쁘길 바란다. 또한 그런 비슷한 상황에서 알아야 할 모든 것을 책 속에서가 아니라 사물을 통해 상세히 배우기를 바란다. 자기 스스로 로빈슨이라고 생각하기를 바란다. 동물 가죽으로 옷을 해 입고, 커다란 모자를 쓰고, 장검을 차고, 필요 없을 양산만 제외하고는 로빈슨 같은 기괴한 차림새를 갖춰 보기를 바란다. 이런 혹은 저런 것이 부족하면 어떤 대책을 마련해야 할지 전전긍긍해 보길, 주인공의 행동을 검토해 보길, 빠트린 것은 없는지 또 더 잘해야 할 것은 없는지 찾아보길 바란다. 또한 주인공의 잘못을 주의 깊게 적어 두고, 비슷한 일이 생겼을 때 같은 일을 되풀이하지 않도록 그 잘못을 활용하기를 바란다. 당연히 에밀 역시 비슷한 거처를 만들러 갈 계획을 품게 될 것이다. 그것은 필수품과 자유 외에는 다른 행복을 알지 못하는 행복한 나이에 가질 수 있는, '에스파냐의 성城' 같은 진짜 공상적인 계획이다. (루소, 『에밀』, 3권)

여기서 우리는 구체적인 개인은 또한 발생론적 존재, 즉 가장 추상적인 것과 가장 구체적인 것의 공모를 통해 만들어지는 존재라는 생각을 볼 수 있다.

『로빈슨 크루소』는 플라톤 식의 진정한 허구이다. 쥘 베른이 글을 쓸 때까지 에밀은 자라나지는 않았지만, 역사적으로는 늙어 버렸다. 쥘 베른에게는 다른 로빈슨이 필요한 것이다.

그러므로 주제의 선택에 있어서 일화적이거나 쓸데없는 것은 전혀 없다. 이미 구성된 테마에 대한 작업, 변주, 즉 애초의 모티프에 대한 해체와 구성이라는 이중적 의미에서의 반복이 있을 뿐이다. 모험은 — 모험 소설이므로 — 처음 시작할 때부터 이론적 혹은 테마적 갈등으로 정의된다.

다시 말하면 새로운 로빈슨과 옛 로빈슨 모두 **표상적**이면서 **교훈적인** 형태로 파악된다. 스스로 틀 혹은 배경이 되어 이야기를 담고 있을 뿐 아니라 교훈 혹은 사상을 담아 보여 주는 것이다. 쥘 베른의 섬(그 윤곽이 공들여 만든 것처럼 치밀하게 불규칙하다)에는 아마도 나중에라면 모를까 일화적 사건을 불러오기 위한 것이 전혀 없다. 테마는 **이데올로기적 모티프**라고 부를 수 있을 것을 표현하고 증명하고(따라서 **증명하는** 테마라고 부를 수 있을 것이다) 전시한다. 특히 이 경우 그 모티프는 18세기에서 물려받은 것으로, 기원의 테마이다. 테마는 그것이 나타나는 순간 온전하게 읽히는 일회적인 배경이 아니다. 반대로 언제나 암시적이며, 일종의 추론성 — 테마가 펼쳐지는 역사 안에 존재하는 기호이다 — 이 테마에 생기를 불어넣는다. 테마는 그 자체를 위한 것이 아니고, 가시적인 형태로 나타나는 것이 아니라 그 의미의 역사를 제공하는 전통 안에 숨겨져 있다.

쥘 베른이 섬의 테마를 선택한 것은 그 테마가 갖는 깊은 역사적 의미를 보여 주기 위해서이다. 모티프는 그 **내용**만으로 가치를 갖지 않는다. 테마는 도구일 뿐이며, 테마는 다른 의미를 띨 수 있다는 특성을 지닌다(테마의 무게는 오직 그 의미들의 역사에서 비롯된다).

테마는 역사적으로 시기가 정해진 도구로서의 가치를 갖는다. 완성된 형태가 사라졌거나 기능에 맞지 않아서 새로운 조건에 따라 다시 만들어야 하는 도구인 것이다. 섬은 우선 **이데올로기적인** 계열의 함의를 펼쳐놓는 바탕으로 적합한 대상이다. 테마는 이데올로기적 계열의 형태이며 동시에 근거인 것이다. 즉, 그것이 가시적으로 드러난 이미지이며 연쇄의 법칙이다. 가시적 이미지와 연쇄 법칙은 조화를 이루며, 테마는 동시에 그 둘 모두인 것이다. 다시 말하면, 가시적 이미지이기 때문에 연쇄의 법칙이 되고, 그 역도 마찬가지이다. 앞에서 말한 구별로 되돌아가자면, 그렇게 해서 테마는 기호들과 파블의 결합을, 즉 작품의 배치를 실현한다. 그리고 반대로 그 둘이 분리되는 비밀, 즉 작품 안에 있는 결여의 비밀을 쥐고 있을 때도 있다.

섬은 이데올로기적 대상들 ― 자연, 산업, 과학, 사회, 노동, 나아가 어떤 점에서는 운명까지 ― 을 보여 주는 그리고 잇는(제대로 말하자면 정돈하는) 한 가지 방식이 된다.[38] 디포의 소설과 관련하여 이러한 체계적 특성을 밝혀낼 수 있다.[39] 쥘 베른이 신비의 섬을 **노출시키는** 것은 자기 고유의 테마들을 주어진 표상, 사상의 역사와 기원의 역사에 의해 기록된 표상과 결부시키기 위해서이며, 그렇게 해서 테마들에 진정한 차원을 부여하기 위해서이다. 결국 그러한 표상이 한 역사적 시기의 흔적을 담고 있음을 시사하는 것이다. 그러므로 문제가 되는 것은 단지 그 기원만이 아니다. 모티프가 반복되는 것은 그것이 지속적으로 존재하기 때문 혹은 시간이 가도 내용이 변하지 않고 동일하기 때문이 아니다. 그보다는 모티프가 관계의 항이 될 수 있기 때문이며, 연결하기보다는 분리하기 때문이고, 동일한 강박관념과 관련하여 두 이데올로기적 현실을 비교할 수 있게 해주기 때문이다.

그러므로 주어진 한순간에 테마가 도구로서 어떤 기능을 하는가가 테마의 가치를 그 시작점부터 결정한다. 진정한 로빈슨, '첫번째' 로빈슨은 진정한 기원의 통로들을 지날 수 있었다. 그 이후에 나타난 새로운 로빈슨들은 ― 첫번째 로빈슨을 판단하든 반박하든 모방하든 ― 결국 원래의 **다른 로빈슨**이 오로지 그들을 위해 존재했음을, 그들이 평가받을 수 있게 하려고 존재했음을 보여 준다. 혹은 적어도 다른 로빈슨도 동일한 기능의 틀 안에서 같은 것을 표상한다는 것을 보여 준다. 섬의 이미지가

---

38 다시 말해서 여러 이데올로기적 총체들에, 개별적인 배치 안에서만 의미를 갖는 요소들에 공통된 재료이다.
39 이 글의 부록으로 주어진 『로빈슨 크루소』 연구(330~341쪽)를 참조할 것.

다르게 변주되면서 계속 등장할 수 있는 것은 그 이미지의 역사에 있어서 어느 시점에나 동일한 **허구적** 가치를 지니기 때문이다. 쥘 베른은 그 허구적 용법에 대해 말하거나 이론을 만들 필요 없이 섬의 이미지를 시대를 표시하기 위한 장치로 사용했고, 그렇게 해서 18세기에 즐겨 사용된 표상이 자신의 표상과 같은 성질의 것이 되게 한 것이다.

어린아이, 미개인, 조각상, 최초의 인간, 맹인 등 기원에 관한 모든 상징적 표상이 그렇듯이, 테마로서의 섬은 이데올로기적 도구[40]이다. 기원과 함께 단절을 나타내는 순간, 즉 기원을 **벗어나는** 순간 —— 계약, 감각의 교육, 지적인 교육 —— 역시 제시되어야 한다. 18세기의 철학적 상징 속에서는 전적으로 심리적인 모티프들 역시 그런 역할을 수행할 수 있었다.[41] 루소에게서 익혀서 '제 것으로 삼는' 행위가 그렇고, 마리보에게서 인간 본성이 최초로 발현되었을 때의 조건을 복원하고 이후에 진정한 의식의 씨앗을 주는, 즉 기원을 떠나 나아갈 수 있게 해주는 '놀라움'이 그렇다.

이러한 모티프들처럼 쥘 베른의 출발점이 된 원래의 테마는 그 자체로보다는 반복되면서 활용되었다. 『로빈슨 크루소』는 그냥 들려주는 이야기는 아니었다. 돌발적인 어떤 사건들 뒤에는 **질서의 드러남** 같은 기원 개념이 놓여 있다. 그리고 기원 개념(이 역시 표상적 혹은 암시적인 개념이다) 뒤에는 특별한 추론 모델이 있다. 즉, 그에 따르면 탄생과 분석은 단일한 움직임 속에 묶여 있다는 것이며, 콩디약Etienne Bonnot De Condillac은 이러한 추론에 결정적인 형태를 부여한다. 진정으로 기원이 있기 때문에 그 기원으로부터의 탄생이 있고 또 탄생에 대한 분석이 있는 것이 아

---

40 이데올로기적 혹은 표상적 작품에서의 테마는 이론적 작품에서의 개념과 동일한 힘을 갖는다고 말할 수 있다.

41 우리는 이미 쥘 베른에게 있어 심리적 모티프들이 유사한 역할을 한다는 것을 앞에서 보았다.

니라, 오히려 기원을 분석해야 하기 때문에 그리고 분석의 대상을 낳아야 하기 때문에 기원이 있는 것이다. 그래서 기원 개념은 적어도 그 개념을 만들어 낸 사람들이 제기한 문제를 푸는 데 있어서 가장 좋은 **이론적 도구**가 된다. 여기서 자세히 이야기할 수는 없지만 또 한 가지 흥미로운 것은 디포에게 있어서 그리고 이후에 루소에게 있어서 그 모티프는 완전한 상태에 이르는 순간 이미 분석의 아이러니로 인해 그리고 그 씨앗의 아이러니로 인해 자기 안에 비판의 요소들을 지니는 이론적 도구라는 것이다.

그러므로 우리는 쥘 베른의 암묵적인(그리고 아마도 맹목적인) 통찰력을 지적해야 한다. 쥘 베른은 기원이 절대적인 것 혹은 시작을 보여 주는 방식이 아니라 질서의 기원, 연쇄의 기원을 결정하는 방식임을 잘 알고 있다. 물론 섬은 기원의 장소이기는 하지만, 한 점에 국한되어 시작하는 기원이 아니다. 기원은 이내 탄생의 형상화라 할 이야기 속에 펼쳐지며, 그러한 변형으로부터 자유로울 수 없다. 결국 섬은 가장 좋은 모험의 장소이다. 섬의 형태, 그 둘레까지, 섬의 모습은 이미 그 자체로 줄거리의 움직임을 내포한다.

쥘 베른이 섬의 테마에 어떤 변화를 가져왔는지를 상세하게 나열하거나 연구할 필요는 없다. 그가 가능한 모든 조건에서 그 테마를 시도하려 했다는 것만 알면 된다. 『로빈슨들의 학교』*L'école des Robinsons*, 『2년의 휴가』*Deux ans de vacances*,[42] 『신비의 섬』 등에서 그랬듯이 말이다.[43] 더 중요한 것은 로빈슨이라는 명백하게 상징적인 **인물**이 쥘 베른의 작품에 강

---

42 국내에는 『15소년 표류기』라는 제목으로 더 잘 알려져 있다.—옮긴이

43 쥘 베른 사후에 발간되었고, 그의 작품이 아닐 확률이 높은 『조너선 호의 조난자들』(*Les naufragés du Jonathan*)도 해당된다.[쥘 베른이 말년에 쓴 소설을 그 아들 미셸 베른(Michel Verne)이 제목과 내용을 고쳐서 새로 발간한 책이다.—옮긴이]

박적으로 존재한다는 것이다. 쥘 베른은 수시로 자기 소설들의 등장인물들이 하고 있는 일을 역사적 인물이라 할 수 있는 옛 인물 로빈슨과 비교하고 있다. 『그랜트 선장의 아이들』의 한 대목을 예로 들 수 있다.

"그러니까 로빈슨이 어디에나 다 있다는 말인가요?" 레이디 헬레나가 물었다.

"물론이죠, 부인." 파가넬이 대답했다. "이런 종류의 모험이 일어나지 않는 섬이 없을 겁니다. 운 좋게도 그 사람보다 먼저 부인의 동포인 불멸의 대니얼 디포의 소설이 실현된 거고요."

"파가넬 씨." 메리 그랜트가 물었다. "제가 한 가지 질문해도 될까요?"

"두 가지 하셔도 됩니다. 아가씨. 꼭 대답드리겠습니다."

"혹시 무인도에 혼자 버려지는 생각을 하면 무서우신가요?"

"제가요!" 파가넬이 큰소리로 말했다.

"이보시오." 소령이 말했다. "정말 그렇게 되어 보고 싶다고 말하진 마시오."

"그렇게 말하진 않겠습니다." 지리학자 파가넬이 대답했다. "그렇지만 많이 싫지는 않을 것 같군요. 새로운 삶을 살게 되잖습니까. 사냥하고, 낚시하고, 겨울에는 동굴을 여름에는 나무를 집으로 삼는 거죠. 수확물을 저장하고, 그래요, 섬을 나의 식민지로 만드는 겁니다."

"혼자서요?"

"그래야 한다면 혼자 할 수도 있죠. 어차피 누구나 이 세상에 혼자 아닙니까? 동물 종족 중에서 친구를 고를 수는 없으니까요. 새끼 염소나 수다쟁이 앵무새, 귀여운 원숭이를 데려다 길들일 수도 없고. 우연히라도 충실한 프라이데이 같은 동반자를 얻게 된다면 더없이 행복한 일이겠죠. 두 친구가 바위에 앉아 있는 모습을 생각해 보십시오. 그게 바로 행복 아니겠습니까? 한 번 생각해 보십시오. 소령님과 제가……"

"됐습니다." 소령이 대답했다. "난 로빈슨 역할은 전혀 흥미 없습니다. 제대로 해내지 못할 겁니다."

"파가넬 씨." 레이디 헬레나가 말했다. "다시 상상력에 끌려 공상에 빠지시는군요. 그렇지만 제 생각에 현실과 꿈은 전혀 다른 것 같아요. 파가넬 씨는 상상의 로빈슨들, 그러니까 잘 선택한 섬에 조심스럽게 던져진 로빈슨, 그리고 자연이 응석받이 아이처럼 대해 주는 로빈슨을 생각하시는 거랍니다! 좋은 측면만 생각하시는 거죠!"

"뭐라고요! 그렇다면 무인도에서 사람이 행복할 수 있다고 생각하지 않으신다는 말입니까?"

"그래요. 인간은 혼자 살려고 태어난 게 아니라 사회 속에서 살려고 태어났으니까요. 고독은 결국 절망을 낳을 거예요. 시간의 문제죠. 바다에서 막 살아나왔을 때는 우선 물질적으로 다가오는 삶의 걱정거리들, 사는 데 필요한 욕구들 때문에 다른 생각을 할 겨를이 없을지도 모르죠. 현재의 궁핍 때문에 미래의 위협은 생각하지 못하고요. 그럴 수 있어요. 하지만 그다음에는, 인간들과 멀리 떨어진 곳에서 혼자 살아가며 자기 나라와 사랑하던 사람들을 다시 보리라는 희망조차 없을 때, 과연 어떤 생각을 하고 어떤 일을 겪게 될까요? 그 섬이 자기 세상 전부인 거잖아요. 모든 인류가 그 안에 갇혀 있고, 그러다 죽음이 찾아올 테죠. 버려진 채로 끔찍한 죽음을 맞이하는 거예요. 이 세상 최후의 날에 혼자 남은 최후의 사람 같은 거죠. 제 말을 믿으세요. 파가넬 씨. 그런 사람은 되지 않는 게 좋답니다."

(『그랜트 선장의 아이들』, 2부 3장)

이어지는 것 모두가 이 대목에 대한 해설이 될 것이다. 우선 인간과 자연의 관계에 대한 쥘 베른의 성찰을 이루는 중요한 모티프들을 읽을 수 있다. 식민지 건설의 테마도 볼 수 있다. 핵심적인 생각은 간단하다. 즉, 로빈슨은 이 시대와 맞지 않는 인물이 되었고, 꿈꾸기 위해서는 이제 다른 이미지들이 필요한 것이다.

이 시대의 여행자들에게 로빈슨 크루소는 새롭게 나타난 **선구자**, 아버지의 새로운 형상이 될 것이다. 단지 아버지가 조롱의 대상이 되었다는 것만 다르다. 아버지의 성공보다는 실패가, 혹은 그 시도가 결정적으로 상대적이고 일시적이라는 특징(나중에 속임수로 드러난다)이 우선하는 것이다. 심지어 로빈슨 크루소와 함께 아버지의 본질적인 형태 ── **이데올로기적인 아버지** ── 를 보게 될 것이다. 과거와 현재의 갈등 ── 이 갈등을 통해 현재가 미래로 변환될 수 있다 ── 이 이데올로기적 형태들 사이에서도 나타나는 것이다. 바로 그 새로운 갈등이 쥘 베른의 책에 표현적 실재성을 부여한다. 이제 문제는 늙고 시대에 뒤처진 아버지를 확실하게 제거할 수 있는지, 과거를 지우고 미래를 세울 수 있는지 아는 것이다.

(2) 새로운 이야기

출발의 지형　섬의 모티프는 결국 이야기의 두 상태, 즉 옛 상태와 새로운 상태의 표면이 동일한 형태를 띠게 한다. 하지만 그 내적 구성은 **가변성**으로 규정되며 시작부터 심각하게 변형된다. 그렇게 해서 지형, 혹은 소설적 용어들을 사용하자면 현대적인 이야기가 펼쳐질 수 있는 새로운 상황의 경계가 한정된다. 디포의 섬이 기원의 순환적 질서를 표현한다는 점에서 이미 채워진 상태로 나타나는 것과 달리, 쥘 베른의 섬은 출발 지점에서 절대적으로 아무것도 없는 궁핍을 의미하게 될 것이다.[44]

대니얼 디포의 상상의 주인공들은 …… 이 정도로 절대적인 궁핍에 처한 적이 없었다. …… 처음부터 자연 앞에서 아무것도 없이 무장해제되지는 않았다. 하지만 여기는 아무런 도구나 연장도 없다. 그야말로 무無로부터 모든 것을 해내야 한다. (『신비의 섬』, 1부 6장)

18세기의 이데올로기가 받아들인 허구적 기원은 제대로 된 탄생이 아니다. 좌초한 난파선을 첫 재산으로 하여, 사회 **전체**가 씨앗 상태로 로빈슨에게 주어졌기 때문이다. 로빈슨에게 있어서 사회는 부여되는 것, '소유 재산' 같은 것이다. 그러므로 로빈슨은 사회를 완전히 다시 세우는 것이 불가능하다. 반면 쥘 베른의 시대가 세워 가던 역사의 새로운 시대, 새로운 사회는 그것이 완전히 새로 시작한다고 생각했고 작가들도 그러한 절대적 시작을 이야기할 수 있었을 것이다. 다시 말해 새로운 사회의 생성 과정을 완벽히 주관하는 것이 가능했던 것이다.

사실 식민지 개척자들은 말 그대로 '처음'부터 시작해야 했다. 연장 하나 없었고, "시간이 많으니 쉬어 가며 해도 되는" 자연의 상태에 있지도 않았다. 그들에게는 시간이 부족했다. (『신비의 섬』, 1부 8장)

결국 그들은 이미 지나온 자연 정복의 길을 되풀이할 것이고(바로 그

---

44 여기서 맑스와 엥겔스가 여러 번에 걸쳐 언급한 로빈슨적인 삶에 대한 비판을 기억해야 한다. 하지만 그것은 로빈슨 크루소 자체보다는 경제학자들의 허무맹랑한 몽상에 관한 비판이다. 우리가 보았듯이, 이미 탄생한 세계의 순환성 속에 자리 잡은 로빈슨 크루소는 새로운 시작이라는 함정에 빠지지 않는다. 몇몇 독자들 — 특히 데이비드 리카도 — 이 그러한 함정에 빠진 것은 디포의 잘못이 아니다.

들의 미래이다), 과거를 지배하기에 미래를 소유한다는 것을 보여 줄 것이다. 그들은 이 길을 시작부터 되풀이할 것이며, 하지만 그것은 백지상태에서 되풀이하는 것은 아니다. 그렇지 않다면 허구는 백일몽에 지나지 않을 것이다. 그것은 쥘 베른의 의도와 가장 먼 것이다.

모험의 첫 여정은 몇 가지 가능한 상징들을 대비시키면서 이데올로기적 기획의 순수성과 일관성을 복원하는 것처럼 보인다. 자연을 공격하러 나선 인물들은 옛날의 주인공 로빈슨과 근본적으로 다르다. 그들은 정복적 부르주아지의 계획을 수립하고, 모든 모호성을 지워 버린다. 이전에 그려졌던 기원은 가짜 기원이었다. 이제 기원의 본모습을 보여 줄 때가 된 것이다. 이러한 시작은 테마가 갖는 도구적 가치와 관련하여 우리가 앞에서 말한 것을 반박하는 것처럼 보인다. 쥘 베른은 로빈슨류의 이야기들이 갖는 인위적 성격을 폭로하고, 그런 이야기들 대신에 진정한 기원의 이야기를 제시하려 한 것이다. 진정한 기원의 이야기가 테마를 변주하는 것은 오로지 그 이미지에 더 잘 빠져들기 위해서인 것이다. 그런데 책은 정말로 우리가 책의 시작이라고 생각하는 곳에서 시작하는가?

조금 전에 (바로 앞의 인용문에서) 보았듯이, 가진 것이 부족하면 시간이 부족하다. 이제 기원의 순간을 회피하는 것이 불가능하므로 모험의 진행을 더 이상 미룰 수 없다. 이렇게 해서 기원의 두 가지 '형태' ― 섬이라는 공통의 형태를 빌려 나타난다 ― 의 대립은 서두름과 느림의 대립이라는 심리적 상관관계 속에 놓인다. 로빈슨 크루소는 시간이 얼마든지 있었고, 그의 노동은 아무런 연장도 없지만 그 대신 시간의 여유가 있었다. 로빈슨은 어떤 일을 하든 가장 오래 걸리는 길을 선택할 수 있었다. 기술적 자원은 부족하지만 절대 고갈되지 않을 **시간의 저장고**가 그것을 상쇄하기 때문이다. 결국 어떤 의미에서 『로빈슨 크루소』는 흘러가는 시간에 대한 소설이라고 할 수 있다. 반대로 쥘 베른의 인물들은 한결같이 급하다. 우리는 앞에서 서두름의 테마는 제조술이라는 일반적 개념을 정서적 인상이라는 특수한 측면에서 표현한다는 것을 보았다. 쥘 베른의 인물들은 모두가 정원의 식물이 빨리 자라도록 잎을 잡아당기는 리덴브로크와 같다. 자연이 이미 거쳐 온 여정을 그들은 **최대로** 빨리, 심지어 더 빨리 따라가야 한다. 그러한 조건에서만 쥘 베른의 인물들은 ── '움직임 속의 움직임'을 좌우명으로 삼고 있는 공통의 스승을 모델로 하여 ── 세상의 주인으로, 내일의 주인으로 간주될 자격을 갖는다. 그러므로 인물들이 서두르는 것은 단순히 그들의 위상을 기본적인 심리학의 용어로 나타낸 것이 아니다. 조급함은 더 많은 것을 말해 주는 기호이다. 쥘 베른은 모험의 의미를 완전히 뒤집어 버리는 급작스러운 **모험의 가속**을 보여 주는 것이다. 옛 로빈슨과 비교해 볼 때 단지 시도의 의도 혹은 형태가 달라진 것이 아니라, 조건까지 달라진 것이다. 모험의 가속은 역사의 가속을, 그리고 그와 함께 새로운 것의 출현을 표현한다.

필연적으로 주인공의 특성에도 큰 변화가 생긴다. 『신비의 섬』의 인물들이 로빈슨과 다른 것이 로빈슨은 사회적 노동의 산물을 지니고 있었고 그들은 아무것도 가지고 있지 않았기 때문이 아니다. 단지 가진 것의 목록이 달라진 것이다. 물론 절대적인 궁핍이 있지만, 그것은 오직 한 영역에만 해당된다.

그렇게 해서 사회를 세우려는 주체는 이제 자연과 직접 맞선(물론 물속에 가라앉은 사회가 남겨 놓은 최소한의 기술적 물건들이 매개를 형성하기도 한다) 고독한 주인공이 아니다. 이제는 처음부터 실제의 사회가 있다. 주인공의 자리는 여러 명의 무리가 차지하게 될 것이다. 그렇게 해서 문제가 완전히 뒤집어진다. 로빈슨은 사회적 행위의 **결과물**들부터 시작하여 혼자인 인간과 사회를 분리하는 거리를 지나야 했다. 그는 사회를 재구성해야 했고, 거의 새로 만들어 내야 했으며, 그러한 상황은 그가 무력할 수밖에 없음을 나타내는 징표였다. 하지만 『신비의 섬』에서는 사회 혹은 사회를 나타내는 무리가 과거의 사회적 행위의 흔적을 완전히 제어할 수 있다는 것을 보여 주면 된다.[45]

이제 우리는 쥘 베른이 '절대적인 시작'의 이미지에 '빠지지' 않았음을 알 수 있다. 그는 기원이라는 부당한(혹은 부당한 것이 된) 이미지 대신

---

45 처음부터 분명하게 드러나며 다른 책(『2년의 휴가』를 볼 것)에서 다시 되풀이되는 이 상황은 『로빈슨 크루소』와 『신비의 섬』의 차이일 뿐 아니라 고독하고 저주받은 주인공(해터러스, 네모, 로버)을 중심으로 구성된 쥘 베른의 다른 소설들과 『신비의 섬』의 차이이기도 하다. 결국 쥘 베른의 작품은 크게 두 부류로 나눌 수 있다. 하나는 주인공이 고독과 비밀 속에서 모험을 하는 부류이고, 다른 하나는 여러 사람이 함께 모험을 하는 부류이다. 『신비의 섬』과 함께 두번째 부류에 속하는 것으로는 『지구 속 여행』(이 소설에서 집단은 아주 단순한 형태이다. 즉, 하인, 아들, 아버지이다. 특별한 경우 아버지가 삼촌이 되기도 하는데, 그것은 언제나 그렇듯이 자연적인 아버지가 아니라 가짜 아버지, 양부임을 보여 주기 위해서이다), 『그랜트 선장의 아이들』이 있다. 이 모든 책들에서 몇 가지 고정된 요소로부터 출발하는 동일한 구조의 무한한 변이가 나타난다. 마찬가지로 '지구에서 달까지' 가는 대신 목표 주위를 영원히 맴도느라 정신이 없는 여행자들 역시 한 사회의 소우주를 형성한다. "난 그 사람들을 압니다. 독창적인 사람들이죠. 그 셋이서 기술과 과학과 산업의 모든 자원을 우주 공간 속으로 옮겨 놓습니다. 그렇게 되면 뭐든 다 할 수 있죠. 두고 보면 아시겠지만, 그 사람들은 분명 모두 헤쳐 나갈 겁니다"(『지구에서 달까지』, 28장). 여기서 한 가지 핵심적인 개별성이 상수의 가치를 지닌다. 무리 중에서 아버지의 역할을 하는 사람은 언제나 아버지에 가까운 근사치의 아버지이며, 결국에는 자연적인 아버지 혹은 자연적 아버지에 더 가까운 다른 아버지에 의해 쫓겨난다. 이런 점에서 '가족' 소설들(가족은 언제나 아버지를 중심으로 구성될 수밖에 없다)은 일반적으로 실패와 환멸의 소설들이다. 가족이 언제나 다른 아버지를 중심으로 구성되기 때문이다(『그랜트 선장의 아이들』은 예외이다). 이 세부적인 사항은 일련의 작품들을 이어 주는 구조적 연결점으로 결정적인 중요성을 지닌다. 즉, 그것은 최종적으로 여러 명이 무리 지어 자신들의 미래를 손에 넣으려고 시도하는 소설(자연 탐험이기도 하다)은 결국 다른 부류의 소설(혼자인 주인공이 다른 사람들에게 자신이 그들의 과거의 이미지인 한에서 그들의 미래의 주인임을 보여 주는 소설)에 대한 변주일 뿐임을 말해 준다. 두 부류가 있어서 서로 독립적이거나 모순적인 것이 아니라, 하나가 다른 하나를 감싸고 있는 상태인 것이다. 일행이 결국 아버지의 형태로 나타난 자연을 만나게 되는 두번째 부류는 단순히 첫번째 부류에서 파생된 것이 아니라 첫번째 유형들에 대해 고찰하는 방식이 될 수 있다는 점에서 더 중요하다. 또한 여러 명이 함께 하는 무리가 주인공인 소설들만이 (단순히 형상화뿐이 아니라) '표현' 혹은 '현시' 개념으로 정의될 수 있다.

에 완전한 한 가지 테마, 즉 그로부터 모험이 진정한 의미, 다시 말하면 시기적으로 정해진 **현대적** 의미를 띨 수 있는 테마를 제시한 것이다. 현대의 주체는 단 한 명의 사람, 추방당한 사람 —— 이것은 과거의 인물이다 —— 일 수 없으며, 개인들의 총체, 위계적으로 조직된 인간적 물질의 형태로 제시되는 것이다.

우선 가족이 있다. 당연히 생물학적인 가족이 아니라 남자들로 이루어진 가족이다.[46] 그것은 일반적으로 아버지, 아들, 그리고 그 두 사람에 직접적으로 매여 있는 하인으로 이루어지지만, 여러 가지 변화가 가능하다. 아버지는 현대적 아버지, 새로운 아버지이다. 신화적 조상인 로빈슨과

---

46 어째서 쥘 베른의 소설들은 몇 번의 예외를 제외하고는 여자들을 등장시키지 않는지 그 이유를 찾아보는 것은 상당히 긴 작업을 필요로 할 것이다. 더구나 그것은 우리가 여기서 다루고 있는 문제와는 관련이 없다. 이 문제와 관련하여 쥘 베른은 1895년 『스트랜드매거진』(*Strand Magazine*) 2월호의 인터뷰에서 상당히 고지식한 답을 내놓은 바 있다. 그의 말은 속내를 감추는 베일인 동시에 고백으로 간주될 수 있다. "사랑은 모든 것을 빨아들이는 열정이라 인간의 마음속에 다른 것을 남겨 두지 않습니다. 하지만 주인공들은 모든 능력과 에너지가 다 필요하죠. 주위에 매혹적인 젊은 여인이 있다면 그들이 거대한 계획들을 실현하는 데 걸림돌이 될 수 있습니다." 그래서 "기사도 정신이 투철한" 미셸 아르당이 절대 여자를 데리고 달에 가지 않으려 하는 것이다. "그는 달이라는 땅덩이에 터를 잡을 생각이 없고, 프랑스인과 영국인이 뒤섞인 인종을 달로 이주시킬 생각이 없었다. 그래서 거절했다. '달에 가서 이브의 딸을 데리고 아담 역할을 하라고요. 됐습니다! 그냥 뱀들이나 만나겠습니다'"(『지구에서 달까지』, 22장).

남자를 피곤하게 만드는 여자가 그려지지 않은 이유는 분명 다른 무엇보다도 쥘 베른의 책들이 겨냥한 독자들이 강요하는 조건들 때문이었을 것이다. 어린 소년들에게는 부적절한 계획이 아니라 거대한 꿈을 심어 주어야 했던 것이다. 하지만 쥘 베른의 작품에 여자가 아예 등장하지 않는 것은 아니다. 오히려 여자의 투명한 존재는 꼭 필요하다. 그러한 존재가 이차적 인물들(그랜트 선장의 딸, 필리어스 포그의 예기치 못했던 '약혼녀' 등)로 실현되기 때문이 아니라, 남자의 운명이 최종적으로 여자에 달려 있기 때문이다. 『검은 인디아 제국』(*Les Indes noires*)을 제외하면 쥘 베른의 소설 중 유일한 진짜 연애소설인 『카르파티아 성』을 생각해 보자. 거기서 여자의 중요성은 오로지 미래의 이브의 속성을 지니고 있다는 데서 나온다. 즉, 여자는 남자의 솜씨가 만들어 낸 산물이고 남자의 재구성력에 대한 궁극의 표현인 것이다. 그러므로 여자는 과학의 놀라운 힘으로, 그리고 과학이 만들어 낸 가장 완성된 산물로 그려진다. 그러나 과학은 —— 결국에는 움직이는 자연이므로 —— 또한 자연의 가장 완벽한 이미지이다. 역으로 쥘 베른의 모든 소설에서 여성 인물이 맡지 않는 역할은 모두 자연(바다, 지구 내부, 지구 표면)과 자연의 변화가 맡고 있다. 우리가 이미 보았듯이, 기계는 바로 남자의 육체이다. 자연과 여자는 남자가 탐험하는 혹은 투자하는 영역이다.

달리, 또 자연적 아버지 — 획득되는 아버지가 아니라 주어지는 아버지이다 — 와 달리 대용으로서의 아버지이다. 『지구 속 여행』과 『그랜트 선장의 아이들』을 참조하라.[47]

『신비의 섬』에서도 섬의 무리의 다른 사람들과 분명하게 구별되는 엘리트를 형성하는 최초의 집단은 뭐든지 만들어 낼 줄 아는 양아버지(제작하는 사람), 관찰하고 파악하고 또한 보살피기도 하는 기자, 처녀 상태의 자연(식물과 동물의 종種)에 대해서 불가사의할 정도의 지식(식별하는 형태의 지식)을 소유한 젊은 남자로 이루어진다. 분리된 개인들이 모인 것이 아니라 핵심적인 기능들을 분배하면서 그에 따라 조직된 진정한 집단인 것이다.

일행의 모험을 주도하는 이러한 최초의 집단 곁에는 그들과 분명하게 구분되는 보다 열등한 집단이 있다. 결정을 실행에 옮기는 사람, 그리고 일행을 즐겁게 하는 사람이다.[48] 그 집단에는 우선 선원이 있다. 선원

47 『그랜트 선장의 아이들』은 다른 소설들보다 훨씬 복잡하다. 우선 양아버지의 역할이 다정하고 진지한 아버지(글레너번)와 학식 있고 익살스러운 아버지(파가넬)로 나뉜다. 그리고 진짜 아버지는 찾기의 결말인 동시에 목표이다. 책의 주제 자체가 명시적으로 아버지 찾기이니, 이 소설은 자연에 대한 지배를 확인하는 것으로 끝난다. 이 부류의 소설들 중 유일한 예이다. 하지만 이러한 정복은 몇 가지 핵심적인 단계를 지난다. 특히 에어턴의 일화가 그렇다. 에어턴의 일화는 『신비의 섬』을 예고하며, 인간의 작품과 자연 사이의 거리와 불협화음을 복원시킴으로써 구조가 지나치게 단순해지지 않게 한다.

48 이렇듯 두 세부 집단의 분리는 사회를 이루는 요소로서의 집단은 설사 상징적이라 하더라도 추상적인 사회 개념(개인들의 총합)이 아니라 사회의 한 가지 구체적인 형태, 사회의 한 상태, 즉 쥘 베른이 "이러한 분리는 '기본 요소' 안에서의 개인들의 분류가 순전히 기능주의적 관점에서 이루어진 것은 아님을 보여 준다"라고 말할 때의 사회임을 말해 준다. 기능에 부여된 자리는 보다 근본적인 구분을 통해 결정된다. 쥘 베른이 글을 쓰기 시작하기 30년 전에, 그리고 『공산당선언』이 씌어지던 바로 그 시기에 콩트가 『실증정신론』에서 사용한 용어들을 빌리자면, 그것은 '기획하는 사람'(entrepreneurs)과 '조작하는 사람'(opérateurs)을 구별 짓는 분리이다. 쥘 베른에게 있어서 사회는, 무언가 한 가지를 잘라 내기만 해도 성립하지 못할 정도로 가장 기초적인 사회라 하더라도, 프롤레타리아가 포함되어 있다.

은 먹기를 좋아하고 사물들을 오로지 먹을 수 있는지에 따라서만 분류한다[49](이들은 지식을 이해관계에 종속시키기 때문이 아니라 그야말로 하찮은 규범에 집착한다는 점에서 진정한 지식의 캐리커처이다). 그리고 흑인, 즉 복종하는 사람이 있다. 또한 유순하지만 동시에 탐욕스럽기에 앞의 두 부류보다는 우월한 원숭이도 있다. 마지막으로 개가 있는데, 더없이 훌륭한 전달 수단인 개는 소설의 뒷부분에 등장하게 될 자연적 대상인 전기와 똑같은 기능을 행한다. 개는 일행 중에서 유일하게 알 수 없는 힘과의 연결을 이루고, 그렇게 형성된 예감은 소설의 뒷부분에 이르면 가장 중요한 역할을 하게 될 것이다. 개는 처음부터 네모를 알고 있고 적어도 네모가 있다는 것을 알아차린다. 하지만 그렇게 알고 있다는 것을 알 수 없는 몸짓으로밖에 전달하지 못한다.

후에 최초의 집단과 분명하게 구별되는 새로운 요소가 더해질 것이다. 그것은 바로 다른 역할을 해야 하기 때문에 집단 구별에 속하지 않는 인물인 에어턴이다. 또한 끝까지 모습을 드러내지 않는 네모가 있다. 일단은 네모는 섬의 화신이라고 말할 수 있다.

이러한 사회의 씨앗과 함께 쥘 베른에게 있어서 사회의 결집력과 그 뼈대를 의미하는 것이 주어진다. 즉, 지식, 기술, 다시 말하면 **과학적 상태**이다. 그것은 사물처럼 고정된 지식이 아니라 개인 —— 그 지식을 살려내기 위해서, 그것을 적용하기 위해서 존재하는 사람이다 —— 속에 구현된 지식이다. 그것은 바로 기술자이다. 정확히 말하면 뭐든 만들 수 있는 기술자이다(사이러스는 한 가지 영역에서 솜씨를 발휘하는 갇힌 전문가가 아니다).

---

49 쥘 베른의 작품 속에는 분류에 집착하는 강박관념이 있다. 『해저 2만 리』를 볼 것.

그들에게 기술자 사이러스는 작은 우주이고, 모든 과학과 인간의 지성의 복합체였다! 미국에서 산업이 가장 발달한 도시에서 사이러스 없이 있는 것보다는, 무인도에서 사이러스와 함께 있는 편이 나았다. (『신비의 섬』, 1부 9장)

사이러스는 '인간 이상의 존재'이다. 그의 안에 사회의 모든 역사가 모여 있기 때문이다. 그가 있음으로 해서 『신비의 섬』의 현대적 모험은 로빈슨이 겪은 "무언가를 만드는 것이 기적과 마찬가지이던" 모험과 다른 것이 된다. 사이러스의 능력에 들어 있는 개척의 약속은 허구나 신비의 작업이 아니라 역사적 확신에 근거한다. 사이러스가 자신만만한 이유는 한 가지이다. 그는 자기 안에 가장 실증적인 계열의 역사가 축적되어 있음을 알고 있다. 가장 중요한 것이 그의 안에 요약되어 있는 것이다.

당연히 이 모든 것에 변형시켜야 할 대상, 모험의 재료인 미개척지 자연이 더해진다. 즉, 일행이 "살아가는 데 필요한 모든 것을 그곳에서 얻게 될 섬"이다. 그렇다고 다른 것은 아니다. 자연은 과학의 이면일 뿐이다. 자연과 과학은 완벽하게 상응하는 조화(신비스러운 조화가 아니다)를 이룬다. 새로운 로빈슨들이 할 일은 바로 그 조화를 찾아내서 드러내는 것이다. 그것은 인간의 손이 절대 보이지 않는 완전히 새로운 시도이다.

기술자 사이러스는 자신만만했다. 자기와 동료들이 사는 데 필요한 모든 것을 이 야생의 자연으로부터 얻어 낼 수 있을 것 같았기 때문이다. (1부 11장)

따라서 인간에게 적대적인 자연이라는 신화는 사라진다. 오히려 자연은 인간이 하려는 모든 일에 협조한다. 자연은 이미 과학의 뜻을 알고 있으며, 자연은 실험실의 산물이 쌓여 있는 무한한 저장고이다.[50]

여러분, 이건 철광석이고, 이건 황철광, 이건 점토, 그리고 이건 석회, 이건 석탄입니다. 자연이 우리에게 주는 것이죠. 자연이 **공동 작업에서 제 몫을** 해낸 겁니다. (1부 12장)

그러나 출발의 진정한 대상 — 모험의 첫 재료 — 을 이루는 자연은 **신비**를 감추고 있기도 하다. 사실 섬은 신기할 정도로 **완전하다**. 그 섬에는 자연 전체가 들어 있고, 사이러스는 과학적 기술의 저장고를 전부 마음대로 쓸 수 있다. 모든 수단이 다 있기에 모험은 무엇이든 간단하게 증명할 수 있지만, 그러한 '다 있음' 역시 증명을 필요로 한다. 키릴 안드레예프가 러시아에서 출간된 쥘 베른 전집의 서문에서 지적한 대로, 그러한 충만함은 사실로 받아들이고 인정할 수 없는 것이기 때문이다.

식민지 개척자들이 링컨 섬이라 이름 붙인 섬은 신비롭고 놀라운 섬이다. 쥘 베른의 과학적 오류들을 '폭로'하는 것을 직업으로 선택한 비평가들을 위한 섬이 아니라면, 마치 난파한 주인공들이 등장하는 모험소설을 위해

---

50 마찬가지로 자연은 고갈되지 않는 예술품 저장소이다. 특히 『해저 2만 리』를 볼 것. 『신비의 섬』에서 역시, 섬은 자연이 모든 스타일을 한데 모아 통합된 풍요를 간직하고 있고 만들어야 할 모든 작품들의 박물관을 미리 보여 준다(앞에서 이미 인용한 글에 등장하는 "영원히 젊은 폐허"라는 표현을 기억할 것). "이 둥근 지붕은 비잔틴 건축, 로마네스크 건축, 고딕 건축이 인간의 손으로 만들어 낸 모든 것이 혼합된 아름다움을 보여 주었다. 하지만 그래도 결국 자연이 빚어낸 것이었다! 오로지 자연이 화강암 덩어리 속에 이 환상적인 알함브라 궁전을 파놓은 것이다"(『신비의 섬』, 1부 18장).

일부러 만들어진 섬 같다. 태평양의 섬에는 오랑우탄도, 발가락이 하나밖에 없는 야생 당나귀도, 캥거루도 없다. 풍부한 광물 역시 전혀 사실임 직하지 않다. 식민지 개척자들은 섬의 표층 가까운 곳에서 점토, 석회, 황철광, 유황, 초석을 찾아낸다. 쥘 베른은 자기 소설이 부정확하다는 것을 알고 있었다. 심지어 다 알면서 끌어들였다. 신비의 섬은 우주의 상징이며, 인간이 지배하게 된 지구의 알레고리이다. 『신비의 섬』은 자연과 마주보고 살아가는 이상적인 인간 사회의 소설이다.[51]

마치 자연 전체가 쌓여 있는 것처럼 섬을 가득 채우고 있는 힘의 규칙성에 놀라지 않을 수 없다. 그런데 이러한 **상징화**는 섬에 있는 사람들까지 놀라게 한다. 제일 높은 곳으로 올라가서 관찰하던 일행은 섬의 윤곽이 지나칠 정도로 분명하게, 마치 일부러 불규칙적으로 **다듬어진** 것 같다는 사실에 놀란다. 신비가 처음으로 출현한 순간이다. 섬은 자연과 지나치게 닮았다. 그들의 눈에 섬은 지나치게 섬처럼 생겼던 것이다.

결국 자연, 사회(가장 단순한 상태로 축소되었다), 그리고 과학이 결정적으로 주어졌다. 이제 노동을 추가하고 이 모든 **요소들**을 부여받은 인간이 어떤 일을 할 수 있는지 보여 주는 일만 남았다. 기원의 테마가 다시 등장하지만 신화적으로 사용되지 않았다. 그것은 문제 —— 쥘 베른이 그려 내는 진정한 사회 —— 가 제기된 조건들을 완벽하게 충족시키면서 증명된다. 이야기는 적어도 사회의 **의식**意識에 제기되는 대로의 문제에 충실할 것이다. 소설의 허구는 **실제로** 미래를 건설하는 데 있어서 표현의 역할을 해야 한다. 그리고 베른이 가르치려고 애쓰는 사람들(에첼이 교육적인

51 Cyril Andreev, "Préface aux oeuvres complètes en URSS", *Europe* 112/113, 1955, p.33.

내용을 담은 책들을 출간하고자 계획하고 그것을 실현하였음을 기억해야 한다) 역시 유사한 과제를 시도해야 하고 또 그래야 한다고 생각한다.

『신비의 섬』의 인물들은 무엇을 건설해야 하는가? 새로운 아메리카 다. 그러므로 흔히 통용되는 의미대로의 로빈슨적인 것(사실 이것은 실제 디포가 쓴 소설과 별 관련이 없다)과 상당히 멀다. 쥘 베른은 가능한 모든 형태의 이국 취향을 **축소**하려고 애썼다. 그의 독자들은 새로운 것을 발견하는 것이 아니라 오히려 새로운 것을 복속시켜야 한다. 섬의 주요 지점들에 이름을 붙이기로 한 일행은 떠나온 땅의 이름들을 그대로 사용함으로써 새 땅을 옛 땅의 그림자로 만든다. 예를 들면 '리틀온타리오'처럼 "아메리카를 떠올리게 하는" 이름들이 필요한 것이다. 그러므로 이것은 표준에 따라 재구성하는 것이며, 확인하는 노력을 통해 새롭게 하는 것이고, 결국 반복하는 것이다. 쥘 베른에게 있어서 식민지화는 바로 그런 것이다.[52]

이 섬을 작은 아메리카로 만듭시다! 이 섬에 도시를 건설하고, 철도를 놓고, 전신기를 설치합시다. 그리고 언젠가 이 섬이 완전히 달라지고 정돈되고 문명화될 때 이 섬을 연방정부에 바칩시다. (1부 11장)

결국 새로운 것을 발명하거나 만들어 내는 것이 아니라[53] 그저 주어진 조건으로부터 가능한 것을 다시 만드는 것이다(로빈슨의 경우처럼 가능한 것이 이미 실현되어 있고 그 실현된 것으로부터 출발하는 것과 다르다). 그러한 계획은 자연에 대한 지배와 소유라는 테마가 부르주아적으로 드러

---

52 이것은 처녀지를 정복하는 이상적인 식민지 개척이다. 정치적 식민지 개척과 혼동하면 안 된다. 정치적 식민지 개척은 분명하게 거부된다. 섬의 이름이 링컨이 된 것은 그 때문이다.
53 그렇기 때문에 쥘 베른의 작품을 유토피아 장르로 분류해서 해석하는 것은 옳지 않다.

난 것이다.

이러한 출발점으로부터 허구의 줄거리와 짜여진 이야기, 씨앗 안에 싸인 듯 이미 출발점 속에 들어 있는 것들이 전개되어 나갈 것이다. 이제 이데올로기적 기획을 표상하려는 결정과 그 기획에 형상을 부여하는 작업 사이에는 아무런 거리도 남아 있지 않다. 물론 여전히 약간 모호하기는 하지만, 그것은 때가 되면 예기치 못한 방식으로 해결될 것이므로 둘 사이에는 **불일치**가 발생할 가능성은 없다. 그래서 표현적 테마라고 말할 수 있는 것이다.

기술을 매개로 자연을 변형시키는 과정을 따라가기는 어렵지 않다. "숲속의 빈터는 공장으로 변했다." 도기 굽는 가마에서 시작해서 가장 원초적인 기술을 바탕으로 이루어지는 제철술을 거쳐 종국에는 전기를 사용하고 전신기를 만드는 단계에 이르는 것이다. 앞으로 보게 되겠지만, 전기와 함께 모험에 질적인 변화가 일어나면서 그때까지 이어져 온 과정이 끊어지게 된다.[54] 그렇게 해서 간격이 메워진다(그것은 결국 가짜 간격이다).[55] 연결해야 할 것들이 이미 전혀 떨어져 있지 않은 것이다. 동물들이 제 발로 찾아와서 길들여지듯이, 자연을 변모시키려는 모험을 자연이 기꺼이 받아들이기 때문이다.

---

54 이 발명품이 완성되면 식민지 개척자들은 다른 것과 관계를 맺게 될 것이다(네모는 전기를 매개로 하여 개척자들을 소환한다). 개척자들은 과학-자연이라는 단순한 선을 벗어나면서 결정적인 시험에 처하게 되는 것이다. 여기서 전기가 쥘 베른 작품의 중심적 이미지들 중 하나라는 것을 기억할 필요가 있다. 곧이어 카타르시스 역할을 하게 될 화산 역시 마찬가지이다. 결국 우리는 몇몇 이미지들에 분명하게 현시적인 의미가 결부되어 있음을 확인하게 된다. 즉, 그것은 계획과 실현 사이에 존재하는 필연적인 거리를 드러내는 것이다. 그러한 현시적 이미지들에서 결정적인 한 가지 이미지가 형성되면, 다른 상징들은 더 이상 아무 데도 쓰일 수 없게 된다.

55 "우리에게 없는 게 뭡니까? 하나도 없습니다!" "그렇거나, 아니면…… 전부 없거나죠!"(『신비의 섬』, 1부 14장). 전부는 아무것도 아니고, 또 아무것도 아닌 것은 전부이다. 이렇게 해서 영속성을 통해 변화가 드러난다.

결정적으로 펜크로프는 링컨 섬의 어휘에서 불가능이라는 말을 지워 버렸다. (1부 18장)

허구의 시험 그런데 책에 진정한 주제를, 그리고 의미를 부여하는 것은 바로 이야기가 진행될수록 이러한 도식이 심하게 흔들리고 심지어 뒤집어져 버린다는 것이다. 이데올로기적 실현이라는 선은 다른 줄거리의 진행을 만나는 순간 끊어진다. 그 다른 줄거리는 우리로 하여금 허구의 다른 형태가 지속적으로 존재한다는 것을 인정할 수밖에 없게 만든다는 점에서 더 **실제적**인 것처럼 보인다. 그 순간에 그때까지 독립적으로 보이던 책이 다른 책들과 끊었던 관계를 다시 맺는 것은 우연이 아니다. 새로운 허구와 과거의 허구의 관계는 비평적 관계가 아닌 실제적 갈등이 된다.

실제로, 모험이 펼쳐지는 첫 단계인 **시작**에 대해서 점차 문제가 제기된다. 식민지를 개척하려는 일행은 **새로운** 자연(이것은 사이러스의 지식의 등가물 혹은 보충물일 것이다)을 마주하고 있는 것이 아니라, '신비의 섬'의 표면에 — 하지만 역설적으로 그것을 알지 못한 채로 — 있는 것이다. 이제 문제와 관련하여 주어진 사항들을 완전히 재검토해야 한다.

새로운 시작이라는 생각은 교묘하게 생긴 섬의 모습 자체에 제시된다. 일행이 섬 중앙에 위치한 산꼭대기(이 역시 화산이다)에 올라가 섬의 윤곽을 가늠할 때 그 기묘한 모습이 분명하게 드러난다. 화산이 있다는 것은 섬이라는 자연의 조각이 비자연적으로 생겨났음을 말해 준다. 섬은 시작의 자리가 아니라 **종결**의 자리인 것이다(처음부터 등장하는 이 테마는 책의 끝에 가서야 온전한 의미를 갖게 된다). 섬은 사라진 대륙의 마지막 흔적이다. 자원이 풍부한 것은 그 때문이다. 섬은 어느 땅으로부터 남아 있는 모든 것을 축소되고 압축된 형태로 보여 준다. 대륙이 지니는 모든 양상들이 그 안에 '요약'되어 있는 것이다. 그렇게 신비가 설명되는 것처럼 보인다. 섬이 갖는 완전히 낯선 성격은 쥘 베른에게 있어서 근본적인 테마인 화산을 통해 형상화된다.

하지만 곧 섬에 누군가가 살고 있음이 드러난다. 인간의 손길이 닿아 더럽혀지지는 않았다 해도 —— 따라서 시험(실제적인, 다시 말해 생산적인 시험)을 위한 도구, "하늘로부터 떨어진 조난자"[56]들의 통과의례를 위한 도구가 될 수 있다 해도 —— 어쨌든 보이지 않는 형체, "알 수 없는 힘"이 살고 있는 것이다. 그 존재는 아주 일찍, 일행이 섬에 도착하자마자 드러난다(호수 속에서 일어난 싸움 일화를 볼 것). 또한 숲 속에 쓰러진 멧돼지의 몸속에서 납으로 만든 총알이 발견되는 순간 더 이상 의심의 여지가 없게 된다. 이 금속 조각은 ——『로빈슨 크루소』가 테마들을 환기시키는 방식과 유사하게 —— 그 자체로 인간의 존재를 담고 있다. 오직 인간만이 그런 기술품들을 만들 수 있기 때문이다.

이어 해독할 수 없는 신호들, "설명할 수 없는 사실들"이 이어지며(이상하게도 매번 일행이 하려는 일에 호의적이다), 그 출현 간격도 점점 더 짧아진다. 소설은 초자연적인 비유의 유혹에 넘어가기 직전까지 간다.

사이러스는 어떻게 생각해야 할지를 몰랐고, 혹시나 기이하게 복잡한 무엇인가가 있는 게 아닌가 생각하지 않을 수 없었다. (1부 22장)

일행은 종교, 신의 섭리를 생각하기 시작하지만, 지나치게 손쉬운 그

---

56 주인공들은 미국 남북전쟁에서 남군의 포로가 된 사람들로, 열기구를 타고 탈출하다 조난을 당한다.——옮긴이

해결책에 빠져들지는 않는다. 그들은 이 새로운 문제가 그들이 풀고 있다고 믿었던 문제와 어떤 관련이 있는지 밝혀내려고 애쓴다.

오직 사이러스 스미스만이 도저히 설명할 수 없는 사실을 마주한 것 같은 느낌으로 인해 끈질긴 이성이 격하게 흥분되었음에도 불구하고 평소와 똑같은 인내심으로 기다렸다. 그는 자신의 주위에, 그가 인지할 수 있는 것 너머에, 그가 이름 붙일 수 없는 어떤 영향력이 작용하고 있다고 생각하며 분노했다. (2부 6장)

그들이 겪은 일은 **속임수**라는 사실이 곧 드러난다. 황량하고 헐벗은 섬은 무대일 뿐이고, 그 무대를 통해서 인물들(연극의 인물들과 같은 의미이다)은 18세기의 사실화 같은 섬에 이르게 된다. 우리는 『신비의 섬』의 인물들이 로빈슨들의 조건을 완전히 벗어났다고 생각했지만, 신비스러운 "힘"이 다시 그들을 같은 조건으로 연결시키는 것이다. 그 힘은 결정적인 순간에 상자 하나를 해안으로 띄워 보내고, 그 작은 상자 안에는 로빈슨 크루소의 장비 일체가 정돈되어 있다. "그 안에는 없는 게 없다." 이제 그들의 모험은 대조를 이루며 구별되던 원래의 모티프와 같아진다.

하지만 『로빈슨 크루소』와 달리 해안으로 떠내려온 물건은 처음부터 **주어지지** 않았으며, 그것은 우연이 아니다. 이렇게 늦게 주어지는 것은 이 소설의 **이데올로기적 출발**의 인위성을 강조한다. 어쨌든 새로운 여건이 출현하면서 정복이라는 이념은 완전히 사라진다. 더구나 상자 속에는 메시지를 대신하여 책 한 권(성서)이 들어 있고, 책장을 펼치자 우연처럼 "구하라 그러면 너희에게 주실 것이요, 찾으라 그러면 찾을 것이요"라는 구절에 십자가 표시가 되어 있다. 이렇게 해서 부르주아 산업 기술을 통해 자연을 변화시킨다는 주제에 전적으로 다른 의미가 실리게 된다. 이제 탐색은 주고 있는 **것**과 받는 **사람들** 사이의 관계로 이해될 뿐이다. 인간과 자연의 관계가 새로운 방식으로 제기된 것이다.

바로 이 지점에 에어턴의 비유적 이야기가 자리 잡는다. 버려진 에어턴의 일화는 의미가 달라졌음을 말해 주는 반박할 수 없는 기호이다. 일행은 자기들이 사는 섬 옆의 다른 섬에 갔다가 그곳이 진정한 로빈슨의 섬임을 알게 된다. 그곳은 바로 그랜트 선장이 위대한 조상 로빈슨과 같은 일을 겪었던 곳이다. 그리고 또 배신에 대한 응징으로, 죗값을 다 치르면(그때가 언제인지는 당연히 말할 수 없지만) 다시 데리러 오겠다는 약속과 함께 유형수 에어턴이 버려진 곳이기도 하다. 에어턴 역시 그랜트가 이미 만들어 놓은 모든 것을 사용할 수 있었기에 처음에는 상당히 큰 기득권을 누렸다. 하지만 그는 완전한 고독을 감내하지 못했고 조금씩 동물이 되어 갔다. 처음 일행의 눈에 띈 에어턴은 말까지 잊은 상태였다. 그가 다시 문명화된 상태, 개척하고 식민지를 세울 수 있는 상태로 돌아갈 수 있을지 알 수 없을 정도였다. 그러자면 아주 오랫동안의 재교육이 필요할 것이다. 고립의 모티프를 중심으로 일어나는 이러한 변이는 개척자들에게 그들이 처한 상황의 비밀을 알려 준다는 점에서 흥미롭다. 에어턴의 실패를 통해 그들의 성공이 가늠되는 것이다.

그들에게 부과된 과제는 자연에 관한 것이 아니다(그들은 실제로 자연을 정복하는 중이 아니다). 그들의 과제는 실제로 바꾸는 것이 아니라 몇 가지 **능력**이 발휘되게 해주는 상징적 행동이다. 에어턴은 자연 속에서 정신적으로 파멸했고 버림받았다. 그러므로 윤리적인 속죄는 기술적 탐색을 위한 예증 역할을 할 수 있다. 두 경우 모두 시험대에 오른 것은 가치들이며, 실제 작업은 중요하지 않다. 무리에 속한 청년에게 모험은 완벽한 통과의례의 기회라는 점에서 실제의 작업은 기껏해야 교육적 기능을 지닐 뿐이다. 루소가 로빈슨 크루소를 원한 것처럼 이 책은 독자들에게 교육적일 수 있다. 그러므로 출발 때 하고자 했던 것은 변질된다. 섬은 미개척의 자연이 아니라 경험 혹은 실험을 위해 준비된 장소가 된다. 앞으로 나가는 걸음은 언제나 출발점을 찾아 미로를 헤매는 헛걸음인 것이다.

결국 자연과 과학이 합치한다는 생각 역시 재검토된다. 현실적이지 않은 몽상이라서가 아니라, 그러한 생각 안에 내포된 실험실(쥘 베른에게 자연은 '자연적 실험실'임을 기억하자)의 이미지가 모호하기 때문이다. 지식을 자연이라는 재료에 적용하는 것은 자연을 그 지식에 적용한 결과일 뿐이다. 여기서 두번째 종류의 적용, 즉 자연이 지식에 적용되는 것(이것은 결국 첫번째 것, 즉 지식을 자연에 적용하는 것이 된다)은 역사적인 신비이다.

> "사이러스 씨, 조난자들을 위한 섬이 있다고 생각합니까? …… 적당하게
> 조난을 당할 수 있게 되어 있고, 불쌍한 인간들이 언제나 곤경을 헤쳐 나
> 올 수 있도록 특별히 만들어진 섬 말입니다."
> "가능합니다." 사이러스가 미소 띤 얼굴로 말했다.
> "분명합니다." 펜크로프가 대답했다. "링컨 섬이 그런 섬인 것도 확실합
> 니다."[57] (2부 9장)

이처럼 스스로 하고 있는 일에 대한 식민지 개척자들의 생각이 서서히 변모하는 것은 상당히 중요하다. 그렇게 해서 일행은 **허구** 자체를 만나

---

57 여기서 농반진반으로 제시되는 이 생각은 『로빈슨들의 학교』에서는 조롱의 주제, 익살의 구실이 된다. 처녀지인 섬이 상징하는 자연 정복이 억만장자의 꿈과 소일거리가 되는 것이다.

게 되고, 다른 소설에 대한 모순적 해설이었던 소설이 스스로에 대해 생각하기 시작하기 때문이다. 허구는 더 이상 현실을 그려 내는 데 있지 않고, 그려진 현실 그 자체 안에 있는 것이다.

그날 이후 펜크로프는 걱정스러워 보였다. 그가 개인 소유로 삼은 이 섬이 온전히 자기 것이 아닌 것 같았다. 이 섬을 또 다른 주인과 나누고 있는 것 같았고, 그 다른 주인의 지배를 받는 기분이었다. (2부 20장)

"우리 스스로 할 수 있는 일을 우리를 위해 해주는" 사람의 도움은 양날의 검이 분명하며, 경탄과 거부라는 이중의 반응을 촉발한다. 경탄은 원래의 목표를 포기한다는 뜻이고, 거부는 그것이 존속한다는 뜻이다.

이 보이지 않는 보호는 그들의 행동을 아무것도 아닌 것으로 만들면서 사이러스를 화나게 했고 동시에 감동하게 했다. (3부 13장)

이처럼 없어도 좋을 도움[58]의 본질적 효과는 정복자들에게 사실은 그들이 행동의 주체가 아니라 자연과 마찬가지로 대상임을 보여 주는 것이다. 그렇게 되면 본래의 문제는 더 이상 의미가 없다. 그들의 모험은 에어턴이 겪은 상징적 시련과 겉으로 보기에 동기는 다르지만 완전히 같은 것이 된다. 에어턴 역시 자연으로 쫓겨나서 죗값을 치르다가 자연과 동일해진 것이다.

---

58 정말로 없어도 좋을 도움이라 하더라도 우리는 절대 그것을 알 수 없다. 바로 그것이 문제이다. 증명이 불가능해진 것이다.

섬이 가짜이고 모조이고 만들어진 것인 것은 그것이 사실상 **하나의 의지** — 화산 속에 숨어 있는 은밀한 무대감독인 네모의 의지 — 가 **가시적으로 드러난 형태**에 지나지 않기 때문이다. 따라서 네모가 죽는 순간 섬은 사라질 수밖에 없다. 바다에서 아주 잠시 빠져나와 있던 섬은 근원의 바다로 돌아가야 하는 것이다. 일행의 시련이 끝났을 때, 그랜트 선장의 배가 찾아와 버려진 에어턴의 속죄를 끝낼 때, 환상의 자연과 함께 그 위에 세워졌던 모든 것이 사라진다. 그동안 한 일의 흔적은 그 어느 것도 남지 않을 것이다. 일행은 자기들의 탐험 대상에 대해 아무것도 결정하지 못한다. 그들은 더 이상 스스로 생각하는 것처럼 현실적 변화를 이끌어내는 주체가 아니다. 식민지화의 시도는 실패로 끝난 것이다.

이제 이러한 방향 전환이 어떤 의미를 갖는지 이해하는 일이 남았다. 그리고 책의 형태가 책이 이야기하는 것의 진행 속에 끼어들면서 어떻게 모든 것을 재검토할 수 있는지, 또 왜 **허구에 대한 검토가 허구 자체에 의해 이루어지는지** 알아보는 일이 남았다. 다시 말하면, 새로운 기호들을 해독해야 한다.

네모의 잘못 신비롭고 효과적인 '힘'의 개입으로 모험의 조건 자체가 흔들리면서 이야기는 출발점으로 돌아간다. 이제 징표로 나타나는 것들은 새로운 해석을 필요로 한다. 개척자들은 자연과 싸우고 있었던 것이 아니라 다른 실체와 싸우고 있었던 것이며, 그것이 무엇인지 확인해야 한다. 바로 그러한 확인이 파블에 새로운 주제를 부여한다. 이제는 더 이상 '알아내기 위해서 일한다'라는 테마가 아니라 성공할 수 없는 순간에 어째서 자꾸 성공하게 되는지 그 이유를 찾아내야 하는 것이다. '자연적인' 자연은 이런 류의 문제를 제기하지 않는다. 능력의 확실한 근원, 진정한 실현의 저장고로서의 자연은 그 힘에 대한 지식을, 즉 필연적 숙명에 대한 설명을 동시에 만들어 내기 때문이다. 자연은 그 자체로서 과학이다. 즉, 자연은 모든 합리성의 원칙으로서, 자신의 힘을 정당화하기 위해 외적인 이유를 필요로 하지 않는다. 하지만 일들이 너무 쉽게 이루어지고 정당한 노력이 정복을 보장하지는 않는 '신비한' 자연의 경우 다른 지식이 필요하다. 그것은 자연에서 나온 지식이 아니라 초자연적인 힘을 읽어 낼 수 있게 해줄 외적인 열쇠이다. 이렇게 해서 쥘 베른의 다른 많은 소설에서와 마찬가지로 수수께끼를 푸는 체험을 매개로 하여 줄거리가 진행된다. 자연적인 것처럼 보이지만 그렇지 않은 최초의 여건을 다른 언어로 번역함으로써, 모험을 위태롭게 하는 인위적인 술책을 제거해야만 하는 것이다.

이 새로운 합리성의 탐구는 충분히 초자연적인 비유가 될 수 있었으며, 그럴 가능성이 적어도 한 번은 있었다. 또한 쥘 베른에게는 그런 결론이 놀라울 것도 없었다. 그는 1884년 봄에 교황 레오 13세의 승인을 얻기 위해 로마에 갔고, "작품이 순수하며 도덕적 가치를 지닌다"는 칭찬을 받았다고 전해진다.[59] 『신비의 섬』은 그렇게 인간 기술의 실패를 보여 줌으로써 혹은 인간 기술을 신의 섭리(하지만 무슨 섭리인가?)로 귀결시킴으로써(역사의 진보에 관하여 신의 섭리는 스스로 준비해 놓은 것만을 용인한다) 교회 교육(로마의 관점대로 엄격하게 과학적으로 세계를 설명하려는 모든 노력을 무시할 수 있는 교육)의 정통성에 충실한 가톨릭 소설로 간주될 수 있었다. 즉, 무엇이든 만들 수 있는 재주를 지닌 사람들의 지식이 눈앞에 벌어진 신비에 복종해야 한다는 것을 상기시켰더라면, 위스망스와 드뤼몽, 레오 탁실[60]의 편에서 싸우면서 그들이 이미 모아 놓은 무기들(탐미주의,

---

59 Margarite Allote de La Fuyë *Jules Verne, sa vie, son oeuvre*, Paris: Kra, 1928, ch. 18.

속임수, 광신)에 새로운 무기를 덧붙였다면, 그렇게 해서 초자연을 너무 많이 잊기 시작한 사람들의 의식 속에 초자연을 불러왔더라면, 그것은 부르주아 교황의 눈에 '도덕적 가치'를 보장하는 훌륭한 증거가 될 수 있었을 것이다. 그리고 '진보'에 바쳐진 작품 속에 새로운 모순(이번에는 전혀 신비롭지 않은 모순이다)이 더해졌을 것이다.

하지만 쥘 베른의 의도는 달랐다. 마르셀 모레는 쥘 베른의 삶과 **작품 전체**가 그러한 순응주의의 가능성을 어떻게 배제하는지를 설득력 있게 보여 준다.[61] 이 문제에 대해 쥘 베른은 조심스러울 수밖에 없었고, 자신의 세속주의를 부정적으로, 즉 공격하지 않음으로써 옹호할 수밖에 없었다. 하지만 그의 적들은 속지 않았다. 쥘 베른이 교황을 찾아가기 15년 전인 1868년 초에 뵈이오[62]는 에첼에게 이렇게 썼다.

나는 베른 씨의 '경이의 여행들' 시리즈를 읽지 않았습니다. 우리의 벗인 오비노[63]가 말하길, 그 책들은 단 한 가지가 빠진 것을 제외하면 아주 매혹적이라더군요. 그 한 가지가 없다고 해도 망쳐지는 것은 없지만, 모든 것에서 아름다움이 줄어들고, 이 세상의 불가사의는 수수께끼 상태에 머물게 됩니다. 아름답지만 생기가 없습니다. 생명을 불어넣어 줄 누군가가

---

60 위스망스(Joris-Karl Huysmans, 1848~1907)는 소설가이자 비평가로서 탐미주의적인 데카당 문학에 속한다. 드뤼몽(Édouard Drumont, 1844~1917)은 기자이자 정치가로 민족주의, 반유태주의 신봉자였다. 레오 탁실(Léo Taxil, 1854~1907)은 소설가이자 기자로 특히 프리메이슨에 반대하는 글들을 썼다.——옮긴이

61 Moré, *Le très curieux Jules Verne*.

62 루이 뵈이오(Louis Veuillot, 1813~1883)는 기자이자 작가로 종교에 기반한 사립교육을 옹호했다.——옮긴이

63 레옹 오비노(Léon Aubineau, 1815~1891)는 고문서학자로 종교를 옹호하는 저술을 많이 남겼다.——옮긴이

없습니다.[64]

아주 적절한 말이고, 완벽한 통찰력을 지닌 지적이다. 더구나 쥘 베른의 작품에 대한 이 '판단'에는 막 제기된 질문 —— 어떤 매개를 통해서 **수수께끼가 불가사의로**, 혹은 그 역방향으로 이동할 수 있는가? —— 의 용어들이 들어 있다. 그의 소설의 구조가 충분히 보여 준 것처럼, 쥘 베른은 그러한 매개 역할을 과학에 맡기지 않는다는 점에서는 뵈이오와 의견을 같이한다. 하지만 그는 사람들이 기다리는 대답 역시 거부한다. 그리고 그러한 이중의 거부가 소설에 진정한 의미를, 그리고 분명 **교육적**인 가치를 부여한다.

초자연적인 해결책이 언급되기는 하지만, 그야말로 대수롭지 않게 주어진다.

"난 별로 호기심이 많지 않은 사람이지만, 그 사람을 내 눈앞에 볼 수 있다면 내 눈 하나라도 내줄 수 있습니다! 분명 잘생겼을 겁니다. 키가 크고, 힘이 세고, 수염이 멋지고, 머리카락은 빛줄기 같겠죠. 그리고 손에 커다란 공을 들고 구름 위에 누워 있을 겁니다!"

"이봐요, 펜크로프 씨." 제데옹 스필렛이 대답했다. "지금 하느님 아버지의 모습을 그리는 거잖습니까."

"그럴 수도 있겠죠. 스필렛 씨. 하지만 떠오르는 모습이 그런 걸 어떡합니까." (3부 5장)

---

64 Antoine Parménie and Catherine Bonnier de la Chapelle, *Histoire d'un éditeur et de ses auteurs, Hetzel*, Paris: Albin Michel, 1953, p.489에서 재인용.

자기 모습을 드러내지는 않지만 계속 영향을 미치는 존재 — 숨어 있는 유능한 신 — 인 네모는 가짜 아버지이고 가짜 신이다. 개척자들이 절반은 존경의 마음으로 또 절반은 불손한 마음으로 쫓고 있는 네모는 실패의 캐리커처, 적어도 실패의 이미지로 드러난다. 그는 일행보다 우월한 수단을 가지고 있지만, 그렇다 해도 여전히 인간이다. 그의 엄청난 힘은 유추를 통해 가늠할 수 있다.

누군가 사람이 개입한 게 분명했지만, 그 사람은 인간이 보유한 수단이 아니라 그 너머의 다른 수단으로 움직이는 것 같았다. 그 역시 알 수 없는 신비였다. 우리가 그 사람을 찾아낸다면 신비 역시 밝혀지리라. (3부 5장)

그러므로 기호는 해독될 수 있다. 아주 짧은 순간의 만남으로 충분할 것이다. 이에 대해서는 군이 다시 말할 필요가 없을 만큼 훌륭한 설명이 이미 존재한다.

자연이 다른 사람들에게는 전혀 주지 않은 재능을 누리는 사람들이 있다. 하지만 (비길 데 없이 뛰어난) 그 재능이 인간의 본질로 정의될 수 없는 것이라면 모를까, 어차피 그들도 인간보다 위에 있는 것은 아니다. 예를 들어 거인은 키가 예외적으로 크지만, 그렇다 해도 인간이다. 즉흥적으로 시를 쓰는 능력이 모두에게 주어진 것은 아니지만, 어쨌든 인간의 능력이다. 상이한 물체들을 — 눈을 크게 뜨고서 마치 그것들이 눈앞에 있는 것처럼 바라보면서 — 상상할 수 있는 능력 역시 마찬가지이다. 반면 사상과 원칙을 파악하는 데 있어서 다른 사람들이 갖지 못한 방법들을 가진 사람이 있다면, 그가 누구든 간에 인간성의 한계를 넘어서게 될 것이다.

(스피노자, 『신학정치론』, 1장의 방주)

네모의 가장 큰 특징은 인간성을 넘어서는 재능과 원칙을 갖지 못했다는 것이고, 하지만 인류가 지닌 '자연의 이점들'을 사용할 줄 알았기 때문에 인간들이 발명하고 정복해 나가는 길에서 흔히 가는 것보다 더 멀리 나아갈 수 있었다는 것이다. 그는 **새로운 이미지를 형성하는** 힘을 누구보다도 잘 이용할 줄 알았다.

하지만 부정적인 길로만 나아가는 이러한 설명으로는 충분하지 않다. 확인을 위한 분명한 질문에 대답하는 일이 여전히 남아 있다. 즉, 네모는 누구인가? 이 질문에 대한 첫번째 진짜 대답은 네모의 위상이 에어턴, 즉 상징적 고독의 상황들을 감내하며 속죄해야 하는 버려진 인간의 위상과 유사하다는 추론을 통해 주어질 것이다. 네모 역시 — 마치 시험을 겪듯 — 판단을 받아야 한다. 그가 책의 제일 끝 부분에서 개척자들에게 묻는 것이 바로 그것이다.

여러분, 여러분은 나를 어떻게 생각합니까? 나는 틀렸나요? 옳았나요? (3부 16장)

이렇게 해서 소설은 처음에 그 본질적인 관심사로 여겨졌던 것을 벗어나게 된다. 정복의 테마 뒤에 시험의 테마가 가려져 있는 것이다. 여기서 제대로 이해해야 할 것은, 정복이 될 수 없는 이유가 앞서 정복한 사람이 있었기 때문만은 아니라는 사실이다. 개척자들이 그랬듯이 네모 역시 정복자가 아니다. 그는 그가 속이려 했던 사람들과 정확히 같은 상황에 있다.

이렇게 해서 초자연적인 해결책은 **쫓겨난다**. 네모는 자신에게 부과된 시험을 다른 사람들에게 옮겨 놓았을 뿐이다. 네모는 다른 사람들과 마찬가지로 로빈슨이다. 심지어 그중에서 로빈슨에 가장 가깝다. 그는 진정한 로빈슨이며, 다른 사람들은 모두 그를 따라했을 뿐이다.

네모는 가짜 신이면서 동시에 로빈슨이다. 그는 신성에서 고독이라는 배경만을 취한 것이다.

나는 인간이 혼자 살 수 있다고 믿었기 때문에 죽습니다. (3부 17장)

네모로 인해 개척자들의 시도가 전적으로 모조의 것 ─ 쥘 베른과 마찬가지로 맑스는 이것을 '로빈슨류類의 삶'robinsonnade이라 부른다 ─ 이 되어 버린 것은 네모가 과거로 역행하는 힘을 지니고 있었기 때문이다. 하지만 그것은 놀라울 만큼 앞으로 향하는 힘이기도 하다. 네모는 스스로 지니고 있는 무한한 합리적 수단들을 **거꾸로** 사용했다. 즉, 더 나은 사회를 건설하기 위해서가 아니라 고독한 삶을 살아가며 해저 2만리의 여정과 또 다른 여정들을 짜는 데 사용한 것이다. 그는 자연 정복의 길들을 **거닐었다**. 자신의 시도가 끝나는 마지막 순간까지 그는 아마추어였고, 또한 자기가 만들어 놓은 것을 평가할 수 있는 다른 아마추어들을 필요로 했다(일행이 네모의 일을 존중하기 위해서는 자신들이 한 일을 비하하는 수밖에 없다. 결국 네모의 일의 **반영일 뿐**이기 때문이다). 자신이 인류에게 제시하는 미래를 보기 위해서 네모가 만들어 낸 이미지는 이미 회고적인 것이었다. 즉, 진보를 무용한 것으로 보여 줄 수밖에 없었던 것이다.

네모는 인간의 미래를 위한 조건이 되거나 그 이미지를 미리 보여 주지 못하고, 오히려 과거의 형태에 매여 있다. 그는 내일의 형상이 아니라 과거의 형상이다. 그래서 최종적으로 사이러스는 그를 이렇게 **판단**한다.

선장, 당신의 잘못은 우리가 과거를 되살릴 수 있다고 믿고, 필연적인 진
보에 대항해 싸웠다는 겁니다. (3부 16장)

이 말들은 특별한 의미가 있다. 영국의 식민지 탄압 정책에 맞선 네
모의 투쟁을 환기하기 때문이다. 흥미롭게도 그러한 투쟁은 가장 앞서 나
가는 부르주아들(쥘 베른 역시 여기 해당한다)의 눈에 전혀 혁명적으로 보
이지 않았다. 하지만 네모에 대한 판단을 일반화하고(소설 자체에 대한 판
단이기도 하다), 그 안에서 전적으로 **반동적**인(설사 어떤 점에서는 진보적이
라 하더라도) 활동 형태에 대한 비난을 읽어 내는 것은 상당히 중요하다.
이것은 결국 유토피아에 대하여, 다시 말하면 아버지의 눈으로 본 미래에
대하여 유죄를 선고하는 판결인 것이다.

소설가가 그렇듯이 네모는 볼거리를 주어야 하고, 자기 자신에게 볼
거리로서의 실재성을 부여해야 한다. 이미 낡아 보이는 허구의 모델, 디
포가 그려 내고자 한 모습과 다른 전설의 로빈슨으로의 불가피한 회귀는
이렇게 설명된다. 산업혁명 —— 신비의 섬의 개척자들이 그 주체이며 동
시에 산물이다 —— 의 결과가 그 이전 시대의 전형적인 이데올로기적 표
상에 **적용된** 것이다. 결국 고독한 영웅이라는 위대한 이데올로기적 이미
지와 관련하여 네모는 개척자들과 같은 입장에 놓인다. 자기 작품의 의미
를 표현할 수 있으려면 네모는 그러한 영웅의 상과 하나가 되어야 한다.
즉, 실제적 정복이라는 기획을 포기하고 시대에 뒤진 모험의 허구적 주
체가 되어야 하는 것이다(자기 스스로를, 그리고 다른 사람들을 그려 내는 데
있어서, 행동과 결정에 있어서 그렇다). 네모가 오직 작위적인 체험을 통해,

다시 말해 그가 타인에게 부과하는 시험을 통해서만 구원을 받을 수 있는 것은 그 때문이다. 타인들의 매개를 통해서 네모는 그들이 **요약의 형태**로 — 섬이 자연의 요약이 되는 것과 같은 방식으로, 또한 네모 안에 모든 허구들이 요약되는 것과 마찬가지로 — 보여 준다고 간주되는 '인류의 나머지와 화해'할 수 있게 되는 것이다. 개척자들은 바로 그러한 **역할**을 부여받았다는 사실로 인해 모든 힘을 **빼앗기고** 더 이상 그들의 지식이나 노동으로 정의되지 않는, 그저 환상의 인류가 보낸 밀사가 되어 버린다.

그러므로 소설의 교훈은 명백하다. 이 땅이 어떻게 낙원이 되는지 보여 줄 수 있는 문학작품이 있다면, 그러한 변화가 인간의 노동을 통해 가능하다고 말하는 것이 아니라 오히려 이미 — 당연히 외적인 영향력이 아니라 **한** 인간의 행동에 의해서(역으로 적용되었다는 조건에서) — 이루어져 있음을 예견의 형태로 암시해야 한다는 것이다. 다시 말하면 쥘 베른과 함께(그가 원하든 원하지 않든) 노동 소설은 고독한 주인공이라는 이미지를 벗어던지게 해줄 새로운 표현 형태를 창안해 내야 하는 시점에 이른 것이다. 쥘 베른은 그 형태를 창안하지는 않지만, 이전의 형태들을 더없이 훌륭한 솜씨로 다루면서 그것들이 뒤처지게 하는 장애물임을 **드러내고**, 그 **퇴행적** 의미를 보여 준 것이다.

책의 등장인물들이 해독해야 하는 마지막 비밀 — 이것은 '섬에서의 모험'이라는 표현적 모티프의 궁극의 의미이기도 하다 — 이 있다. 즉, 그들은 자신들이 자연과의 관계를 풀어 가고 있다고 생각하지만, 사실은 다른 한 인물과 허구의 관계를 풀어 가고 있고, 또한 어떤 한 가지 양태의 허구가 이제는 역사적으로 지나가 버렸음을 보여 주고 있는 것이다. 결국 그들의 시도가 그렇게 허무맹랑한 것은 아니다. 설사 실제적인 것을 하나도 보여 주지 못한다 해도 이번에는 네모가 의도한 것과 달리 그의 계획이 헛된 것임을 드러내 준다는 점에서 전적인 설득력을 지닌다. 그리고 **긍정적인** 의미를 지니게 된다. 마찬가지로 쥘 베른의 작품은 신화를 수립하는 환상적인 것이 아니고, 오히려 역사적으로 증명된 신화에 정확한 지위를 부여하게 된다.

네모와 함께 섬, 그리고 개척자들이 해놓은 일의 흔적은 송두리째 사라져야만 한다.

> 그들이 처음 느낀 감정은 극심한 고통이었다! 그들은 자기들을 직접적으로 위협하던 위험이 아니라 그들에게 안식처를 제공했던 이 땅, 그들이 풍요롭게 일구어 낸 섬, 사랑하고 있고 언젠가 활짝 꽃피어나게 하고 싶었던 섬이 파괴되는 것을 생각했다! 그토록 힘겹게 일한 것이 아무 소용 없는 것이 되다니! 그렇게 많은 노동이 다 헛일이 되다니! (3부 19장)

결국 파블은 섬을 소유한 것이 철저하게 **덧없는** 것이었음을 드러내면서 정점에 이른다. 이 일화는 부차적인 것이 아니다. 그것은 쥘 베른의 마지막 소설인 『바르삭의 놀라운 모험』에 이르기까지 쥘 베른이 즐겨 사용하는 일화이다(이 소설에서 블랙랜드를 창조한 학자가 그곳에 불을 지르는 사건은 네모와 **그가 이룩한 것**들이 사라지는 과정을 직접적으로 환기한다).

결국 책은 정복의 이미지가 아니라 파괴의 이미지로 끝난다. 자연에 대한 소유를 환기하는 것이 아니라 허구를 통해 인간의 노동과 모험이 박탈되는 것을 묘사한다. 네모와 함께 미래로 향하는 지름길, 그리고 과거를 통한 에움길의 가능성이 사라진다. 책은 그렇게 해서 문학이 그것이 그려 내고자 하는 역사와의 관계 속에서 어떤 자리에 있는지를 잘 보여 준다. 책이 고정하려고 하는 이미지들은 환상적이거나 헛된 것들이 아니라 올바로 기억될 만한 것들이다.

> 그들이 궁핍하고 헐벗은 상태로 왔던 섬, 4년 동안 그들을 먹고살게 해준 섬, 이제 태평양의 파도가 몰려와 부딪히는 화강암 덩어리, 네모 선장이라는 한 사람의 무덤밖에 남지 않은 이 섬을 결코 잊지 못하리라! (3부 20장)

이것이 책의 마지막 문장이다.[65]

3. 소설의 기능

> 그러므로 이 바다에는 화석종들밖에 없는 게 확실했고, 가장 오래전에 생겨난 어류와 파충류는 그중에서도 특히 완전한 형태를 유지하고 있었다. (『지구 속 여행』, 32장)

'움직임 속의 움직임', 우리가 익히 알고 있듯이 이것은 네모 선장을 확인하는 기호이고, 또한 운명에 관한 역사적 몽상을 떠받치는 격언이다. 이 말 뒤에서 쥘 베른이 보여 주고자 한 일반적 원칙을 찾는 것은 어렵지 않다. 그 속에는 쥘 베른이 생각한 소설 작품의 가능성의 조건으로서의 이

---

65 흥미롭게도 이제 개척자들은 이 허구적 통과의례의 모험을 그대로 **되풀이**하기만 하면 아메리카에서 진짜 식민지 개척을 실현할 수 있을 것이다(하지만 다시 한번 보석 상자를 물려주고 죽은 네모의 도움이 필요하다). 결국 대조를 통해서일지언정 허구는 실제적 작업에 통과의례, 안내 역할을 할 수 있는 것이다. 허구는 실제적 작업의 반영이고, 뒤집어지기는 했지만 유일한 상(像)이다. 따라서 이어지는 실제의 작업은 묘사하지 않아도 된다. 그대로 되풀이할 필요가 없다. 그저 환기하기만 하면 된다. 그렇게 해서 쥘 베른의 작품은 허구 그 자체를 현실에 대한 잠정적 예시로, 하지만 동시에 시대착오적이고 터무니없는 전조(**필연적으로 앞선 다른 것이 있는 형태이다**)로 제시하면서 결국 동일한 의미를 드러낸다.

데올로기적 함의들이 모두 축약되어 있다. 그것은 역사적 사건에 대한 아직은 모호한 상태의 지각과도 같은 것으로, 과학은 자연을 바꾸는 핵심적인 수단이라는 생각이다. '움직임 속의 움직임'은 자연에 대한 과학의 상황이며, 결국 자연에 대한 인간의 상황이다. 지구 속으로 들어가서 지구 중심 주위에서 물에 들어갔다가 근원적인 바다와의 일치를 발견하는 악셀의 상태도 그렇다. 과학은 자연 안에 있고 미래는 현재 안에 있다. 노틸러스 호가 실재와 상징이 더 이상 구분되지 않는 자기 자리에 놓여 있는 것과 마찬가지이다. 미지의 것은 기지의 것 속에 잠겨 있다. 이러한 내밀한 관계, 결합conjonction(근대성을 그 무엇보다 잘 지칭한다는 점에서 사태conjoncture이기도 하다), 합치가 바로 쥘 베른의 작품을 **안으로부터** 가장 잘 특징짓는다. 즉, **쥘 베른이 무엇을 했는지** 말해 준다. 바로 그것이 그의 시도의 진정한 핵심이다. 그리고 그 제목이 될 수 있다.

하지만 가장 중요한 것은 이러한 생각이 **동시에** 작품의 결함 혹은 한계를 명명하는 데 쓰일 수 있다는 것이다. 그렇게 해서 과학-자연의 관계를 제시하는 데 꼭 필요한 혼동을 간파할 수 있고, 또한 실현된 작품 곁에서 실현된 작품에 대한 불가피하고 환상적인 상관항으로서의 불가능한 작품을 보여 줄 수 있게 된다. 미래에 대한 상상적 충실성이라는 원칙 역시 허구적일 수밖에 없다. 그러한 충실성은 뒤집어진 상태로, 즉 불충실한 말들로 말해진다. 여행과 만남은 귀환과 재회일 뿐이다.

이렇게 해서, **작품의 이면**이라고 불릴 수밖에 없는 것, 즉 작품이 말하려 했던 것의 뒷면을 읽을 수 있게 해주는 작품의 조건이 그려지기 시작한다.

그러므로 아무리 과학과 자연의 일치를 꿈꾸어도 그것은 절대적 일치일 수 없다. 왜냐하면 그러한 일치는 현실과 허구 사이의 무한한 거리에 위치하고, 그 거리 속에서는 앞질러 가는 모든 것이 시대에 뒤진 것이 되기 때문이다. 조금 전에 보았듯이, 쥘 베른의 작품은 바로 그것을 스스로 드러내기 때문에 미학적 의식의 한계에 도달하고 자신의 지식의 끝까지 간 것처럼 보이는 것이다.

따라서 미셸 뷔토르처럼 과학에 대한 쥘 베른의 태도가 변해서 비관주의가 강해지는 방향으로 나아갔다고 단언하기는 상당히 조심스럽다. 베른은 자신이 과학의 효율성을 **믿는다**고 보여 주려 하지 않았고, 그렇다고 그 반대를 믿는다고 보여 주려 하지도 않았다. 그런 문제는 쥘 베른의 주제가 아니다. 그는 **과학의 이미지**를 그냥 보여 주는 데 그치지 않고 그것에 대해 질문을 제기하고자 한 것이다. 물론 쥘 베른의 작품은 진보와 기술이라는 개념을 떠나서 이해될 수 없다. 하지만 그러한 개념 역시 정확히 말하면 쥘 베른과 상관이 없다. 작품의 내용과 직접적인 관련이 없기 때문이다. 쥘 베른의 문제는 **산업사회의 자의식인 이데올로기적 기획을 형상화하는 것**이 어떤 조건에서 가능한가 하는 것이다. 쥘 베른은 이러한 독특한 문제틀을 통하여 자신의 기획의 진정한 의미를 드러낸다. 그가 원한 것은 사회로부터 추방당한 외로운 학자의 문학적 초상화가 아니라,[66] 그 초상화와 인간 모험의 현실 사이의 거리를 밝히는 것이다. 또한 그 거리가 바로 그 초상화 안에서 나타나야 한다는 것이 바로 그의 시도의 독창성이다.

그렇기 때문에, **대표하기**가 무엇인지 미리 따져보지 않은 채로 쥘 베른이 사회의 한 이데올로기적 상태 혹은 사회의 한 계층을 대표한다고 말

---

66 게다가 네모는 아르당 씨와 마찬가지로 학자가 아니다. [미셸 아르당은 『지구에서 달까지』의 주인공으로, 과학자들이 달까지 쏘아 올리는 대포에 타고 가겠다고 자원한 모험가이다. —옮긴이]

하는 것은 충분하지 못하다. 흔히 대표성이라는 개념을 지나치게 회고적 의미로 해석하는 경향이 있다. 작품이 일단 만들어져야만, **만들어졌기 때문**에 무언가를 대표할 수 있다고 보는 것이다. 그렇게 되면 대표성은 작품의 완성에서 얻어지는 모호한 대가일 것이다. 즉, 선출된 후보와 같다. 지명되었기 때문에 대표자가 되는 것이다. 그렇다면 작품이 만들어지기 전에, 투표 결과가 나오기 전에는 대표 행위가 있는가 없는가? 대표성의 근원과 의미는 바로 그곳에 있다. 대표성은 작품의 출현 조건 —— 반드시 작품의 움직임에 속하지는 않는다 —— 속에서 찾아야 한다. 작품이 무언가를 대표하는 문제는 작품이 만들어지는 그 순간에 제기되어야 한다. 한편으로 작가가 대표하고자 하는 것 혹은 대표해야만 하는 것, 즉 그의 기획과 다른 한편으로 실제 대표하는 것이 연결되는 중요한 순간인 것이다. 그러므로 쥘 베른의 작업에서 가장 중요한 목표는 어떤 사상이나 계획을 옮겨 쓰고 보여 주는 것이 아니라 테마 이미지들과 파블의 **배치**를 실현하는 것이다. 쥘 베른 작품의 중요성은 그러한 배치 자체를 지정하는 대상을 발견했다는 것이며, 그것이 바로 '섬'이다. 테마 이미지와 **그곳에서 일어나는 일**(두 가지 형태의 허구를 상징하는 두 가지 가능한 이야기의 대치에서 얻어진 한 가지 형태의 줄거리)이 만나는 것이다. 바로 이것이 섬이라는 테마 이미지가 다른 모든 테마 이미지들과 근본적으로 다른 점이다.

　따라서 대표하려는 노력은 자기 것으로 삼는 움직임과 다르다. 한 개인은 한 사회계층의 이데올로기적 '풍토'에 대해 입장을 취함으로써 그 계층과 이데올로기를 대표한다. 그것 없이는 작가의 경우 아무것도 쓰지 못할 것이다. 소설 작업의 산물이 **작품**일 수 있으려면 고유의 기여를 해야 하고, 그것이 의존하고 있는 '정신'에 대하여 새롭게 창안한 부분을 담아야 한다.[67]

우선 한 개별적인 작품 안에 이데올로기 전체를 재생산하는 것은 불가능하다. 이데올로기의 여러 부분들 중 하나가 파악될 뿐이다. 그러므로 선택을 해야 하고, 바로 그 선택이 — 정도는 다르지만 대표성을 띤다는 점에서 — 의미를 갖는다. 작품 안에 있는 모순들이 작품이 의존하고 있는 모순들을 그대로 옮겨놓은 것일 수 없다. 저자의 삶에 있는 이데올로기적 모순들도 마찬가지이다. 쥘 베른에게는 뵈이오와 레오 8세도 있고, 동시에 아미앵 시의원 선거에서 급진좌파 후보였던 쥘 베른, 낭트의 학생이던 브리앙[68]과 편지를 주고받던 쥘 베른도 있다. 따라서 작품이 이러한 실제적 모순들의 반영으로 그려질 수 있다면, 그것은 재생산으로서가 아니라 고유의 수단을 통한 진정한 **생산**인 한에서이다. 이데올로기는 그러한 생산들의 총체로 이루어진다. 혹은 적어도 그 총체로부터 **이루어진다.** 작품 이전에 이데올로기는 재생산될 수 있는 체계가 아니다. 그것은 작품이 다루고 만들어 내는 것이며, 그러므로 독립적인 가치를 지니지 않는다.

따라서 작가의 행위는 근본적이다. 그것은 특수한 구체화, 재구조화를 행하고, 작업의 대상이 되는 자료들에 대한 구조화를 실현하는 행위이다. 그렇게 해서 집단적인 예감, 기획, 열망에 지나지 않던 모든 것이 한 순간 하나의 이미지 속으로 **돌진한다**, 그 이미지는 금방 친근해져서 우리에게 현실이 되며, 기획들의 살, 그것들에 실재성을 부여하는 유일한 것이 된다. 쥘 베른의 작품은 가장 훌륭한 예를 제공한다. 그의 작품은 이데

---

67 '정신'(esprirt)과 '풍토'(climat)는 무한한 것을 규정하려 한다는 점에서 충분하지 못한 표현이다(이 표현들에 신비적인 가치를 부여하지 말고 있는 그대로 보아야 한다).
68 아리스티드 브리앙(Aristide Briand, 1862~1932)은 프랑스의 정치가이다. 쥘 베른은 아들의 친구이던 브리앙을 학생일 때 처음 만나 상당히 아꼈다.—옮긴이

올로기에 새로운 형태를 부여하고, 나아가 가시적인 형태를 부여한다. 그 가시적 형태는 그 어떤 이상적 현실, 보이지 않는 형태와도 겹쳐지지 않는다. 하지만 그 위에서 우리는 변질의 흔적들을 찾아낼 수 있다. 그것은 허구의 시험이라는 피할 수 없는 변질로서, 실증성과 관련해서 지칭될 수는 없지만 기술될 수는 있다. 작품은 그렇게 **변경**된 것으로 나타나지만 그 어떤 실체도 그러한 변경을 지탱하지는 않는다. 작품은 스스로 되고자 하는 것의 이면에, 스스로의 이면에 존재한다. 그 이면은 어디인가?

지금까지 우리는 이데올로기적 기획이 읽을 수 있는 것이 되기 위해서 어떤 **처리**가 가해지는지를 기술하였다. 그러한 기술은 이미 보았듯이 쥘 베른의 소설에서 끈질기게 나타나는 '아버지'의 이미지로부터 체계화될 수 있다. 아버지는 작품의 중요한 인물들 중 하나이며, 강박적으로 나타나서 결국 일반적인 가치를 획득하는 테마이다(진짜 아버지도 있고 인위적인 아버지도 있다. 허구의 아버지이며 아버지의 허구인 네모도 있다. 또한 자연의 아버지인 화산도 있다). 아버지라는 테마는 소설의 대상으로 가장 특별한 위치를 차지하면서 다른 모든 대상들에 열쇠를 제시하는 것처럼 보인다. 하지만 그와 동시에, 항상 기원으로 돌아가려 하는 이야기가 **탄생의 신비**에 관한 질문을 다른 곳에서처럼 개인에 제기하는 것이 아니라 역사에 제기할 때, 아버지의 테마는 이야기 그 자체에 형상을 부여하게 된다. 결국 이렇게 지속되는 아버지의 존재, 많은 역할들이 부여되면서 되풀이되는 존재는 물질적인 형상 이상의 것, 혹은 의문의 형태 이상의 무엇인가를 가리킨다. 작품 자체의 층위에서 아버지의 현실을 환기하는 것이다. 문학적인 아버지, 책의 아버지 — 로빈슨 크루소, 즉 테마적 선조이며 결정된 이데올로기적인 모델을 넘어 상징적 이미지들과 이야기의 외양이 추론되는 근원으로서의 아버지 — 는 작품을 역사적 관계의 한 항으로 삼아 작품에 의미를 부여한다. 그 역사적 관계는 작품들과 테마들의 역사를 넘어, 언어의 역사를 넘어, 다른 몇몇 작가들이 그랬듯이 쥘 베른이 함께 논쟁하고자 했던 원래 의미의 '역사'를 암시한다.

현대의 로빈슨을 보여 주고자 했던 기획(더 이상 이데올로기적이기만 한 것이 아니라, 문학적 이데올로기의 영역에 속하는 기획이다)은 작가들이 있게 해준 바로 그 필연성을 표현한다. 새로운 시대에는 새로운 작품이 필요한 것이다. 작품들 사이의 관계는 각기 다른 시대들 사이의 관계와 유사한가? 쥘 베른에게 있어서 조상인 로빈슨은 상상적인, 전적으로 허구적인 존재일 뿐이고, 따라서 진짜 로빈슨을 창안해야 한다. 그것이 바로 앞질러 가는 작품이 해야 할 일이다. 새로운 로빈슨, 현실의 상징인 로빈슨을 그리는 것은 허구의 문제, 그리고 허구의 현실의 문제를 제기하는 것이며, 결국 허구의 오류와 비현실성의 문제를 제기하게 된다. 이 모든 문제들을 꼭 동시에 제기해야 하는 것이다.

하지만 새로운 로빈슨은 원래의 로빈슨이 있어야만 존재할 수 있다. 새로운 로빈슨은 원래의 로빈슨을 존속시키고 그 영속성을 확인한다(새로운 로빈슨의 거부가 없다면 이 영속성은 오히려 취약했을 것이다). 섬의 모티프는 그 내용의 현실성뿐 아니라 그것에 역사를 부여하는 현실성에서도 이야기의 퇴행적 형태를 드러낸다. 그것은 차용된 테마이며, 이데올로기적 대립을 드러내는 차용 이상으로는 거의 의미를 갖지 않는다. 쥘 베른의 문학적 기획은 단순할 수 없고 일차적일 수 없으며 그 자체에서 솟아난 것일 수 없다. 그것은 다른 기획들에 연결되어 있으며, 절대 벗어날 수 없는 그 다른 기획들이 쥘 베른의 기획에 형태와 의미를 부여한다. 한 작품의 문제틀은 바로 이러한 논쟁을 중심으로 설정되는 것이다(논쟁의 진정한 배경은 섬이 아니라 도서관이다). 여기서 우리는 그랑빌[69]이 디포의 작품을 위해 지극히 세심하게 선택한 속표지를 기억해야 한다.[70] 로빈슨 크루소는 그 진정한 배경, 즉 자연 속에 있지 않다(이때 자연의 처녀성은 결혼할 여인의 처녀성과 마찬가지로 부르주아지가 쾌락을 느끼며 가꾸는 것이라는 점에서 전적으로 인위적인 자연이다). 그랑빌은 조심스레 자리를 이동하여 로빈슨 크루소를 환상성의 낙원 속에, 완전하게 **진짜처럼 보이게 하는 것이** 바로 진실인 곳으로 옮겨 놓았다. 즉, 로빈슨 크루소는 공원에 있다. 그는 완전히 멈추고 움직이지 않는 조각상이 되어, 눈에 띄지 않게 구경꾼들을 바라보고 있다.

로빈슨은 그렇게 **우리를 겉모습으로 판단하는** 유령이고, 책은 수많은 역사적인 꿈들을 여는 열쇠이다. 경계가 분명하고 완전한 그 환영은 어떤 표상들의 한계, 어떤 지식(더 이상 자기 자신이 아닐 수 있고 또한 **나름의 방식으로** 불완전할 수 있는 한에서만 일관적일 수 있는 지식이다)의 한계를 확실하게 설정한다. 더 이상 단순히 이데올로기의 문제가 아니라 이데올로기의 **형식**의 문제인 것이다.

그 형식이 과거의 것이라고 해서, 또 쥘 베른에게는 필연적으로 전위적으로 보일 기획이 바로 그 형식을 통해 표현되었다고 해서 기획의 시효가 끝난 것은 아니다. 전혀 그렇지 않다. 오히려 개별적인 한 작품 안에서 테마들을 연결하기 위해서는 테마들을 그 역사적 질서 안에 동시에 — 암묵적이든 명시적이든[71] — 위치시켜야 하고, 그렇게 해서 테마들이 서로

---

69 그랑빌(J. J. Grandville, 1808~1847)은 만화가이자 삽화가로서 동물 머리를 한 인간 군상을 그려 낸 그림들로 유명하며, 디포의 『로빈슨 크루소』 외에도 발자크의 작품을 비롯한 많은 책에 삽화를 그렸다.—옮긴이
70 1853년 가르니에 출판사(Éditions Garnier Frères)에서 출간된 『로빈슨 크루소』에 들어간 그랑빌의 삽화를 말한다. 로빈슨 크루소의 동상 앞에 사람들이 서 있는 그림이다.—옮긴이
71 쥘 베른은 명시적인 것을 택했기 때문에 별도의 자리를 차지할 자격을 얻은 것이다.

연결됨으로써 그중 어떤 것도 독자적으로 **존재**하지 않아야 한다.

그런데 이 질서, 역사는 오직 **자기 고유의 속도**(당연히 기획된 작품의 속도가 아니다)로만 펼쳐져 나아간다.[72] 역설적으로, 그리고 거의 불가피하게, 역사는 그 역사를 기술하기로 한 기획보다 늦게 가고, 이러한 지체는 이야기에까지 영향을 미친다. 쥘 베른은 아마도 완전한 정복을 표상하고 싶었겠지만, '상징의 보고寶庫'는 그 수단을 제공하지 않았다.

이러한 방해는 기술적인 저항에서만 비롯된 것이 아니다. 오히려 전혀 다른 문제이다. 즉, 표상과 표현의 불일치는 기획 자체의 구조에 비롯되며, 또한 그 기획을 실현하기 위해 사용된 수단들의 문제이다. 작가가 처한 어려움을 작품과 현실 사이의 거리 **탓으로** 돌리는 것은 지나치게 단순한 태도일 것이다. 작품과 현실에는 각기 동일한 결함이 있다. 작품과 현실 모두 단순한 이데올로기적 모순으로 설명되지 않는 유사한 장애물이 있는 것이다.

그러므로 책이 현실보다 강력하다고 말해서는 안 된다. 그 역도 마찬가지이다. 18세기의 책『로빈슨 크루소』가 여전히 강력하게 살아 있다고 말해서는 안 되며, 반대로 이제는 시들고 무력해졌으므로 그 자리를 다른 책이 차지할 수 있다고, 즉 18세기의 책이 다른 책에 그 이면을 부여함으로써 새로운 실재를 부여하는 데 기여한다고 말해서도 안 된다. 모두 지나친 단순화이다. 그런 식이라면, 자기 시대의 이데올로기적 소명을 (대상과 **직접적으로** 일치한다는 점에서) 사실적으로 그려 내던 쥘 베른이 장애물, 즉 이데올로기적 수단들의 조작에 방해가 되는 것을 만났다고 말하면 끝

---

72 작품들의 역사와 일반적인 역사와 관련하여 스스로 어떤 상황에 놓여 있는지 이해하지 못한 채 전개되는, 심지어 그 몰이해로부터 시작되는 작품들도 있다(쥘 베른의 작품은 여기에 속하지 않는다). 그렇게 오해를 하면 작품들은 내적으로 불협화음을 이루는 것처럼 보인다.

날 것이다. 하지만 쥘 베른이 만난 것은 그 수단들을 단순히 수단으로 사용할 수 없다는 어려움이다. 표현적 모티프는 — 형상적이기만 한 것이 아니라 표현적이기 때문에 — 보기보다 다루기 어렵고, 단순한 대립 구조로 파악되지 않는다. 배경 같은 편안한 뒷자리 — 이것은 새로운 인물과 옛 인물을 구분하는 데 특히 효과적 수단이다 — 에 있던 로빈슨 크루소는 억제할 수 없는 어떤 움직임에 의해 다시 앞으로 나온다. 허구의 내부에서 허구 그 자체의 역할을 했던 로빈슨이 이제 실제적 주인공, 이야기의 진짜 주인공이 되어 **재등장**하는 것이다. 이번에는 한 명이 아니라 에어턴과 네모로 나타난다. 이들은 현대사회를 특징짓는 모험 정신의 두 형태인 사이러스 스미스와 그랜트 선장에 맞서서 가능한 두 방향의 고독을 나타낸다. 허구 안의 허구가 실제의 심급이 되어 허구의 실재성을 부인하는 것이다. 결국 허구는 허구적인 것이다.

이것은 이데올로기적 기획의 실현 문제가 제기되는 순간 기획의 타당성이 거부된다는 혹은 스스로 거부한다는 뜻일까? 그렇다면 의식의 형태에서 글쓰기의 형태로 이동하면서, 글쓰기가 진행되는 것과 동시에 모순이 드러나게 될 것이다. 다시 한번, 진짜 모순이 있다면, 그리고 모순이 있다고 말하는 것이 충분히 의미를 지닌다면, 그곳은 모순이 나타나는 곳도 모순이 실현되는 곳도 아니다. 쥘 베른의 부르주아들, 스스로 부르주아인 쥘 베른, 이들은 한 걸음 앞으로 나아가면 세 걸음 뒤로 물러선다. 이러한 흔들림은 책의 안팎에서 일어난다. 우선 책의 이편에서, 즉 작품들을 어떤 특화된 질서로 연결하는 역사적 관계 속에서, 그리고 책의 너머에서, 즉 역사적 관계들의 작용, 그것이 없었다면 책이 있을 수 없었을 작용 속에서이다. 책 속에서는 다른 일이 일어난다.

낡은 형태를 통해서 그리고 낡은 것과 새것의 대조를 통해서 현대적 형태(현대성)를 되찾으려는 노력은 실패한다. 글쓰기의 역사 전체가 지켜낸 수단들을 발휘할 수 있는 현실의 글쓰기는 존재하지 않는다. 결국 글쓰기의 글쓰기가 있다. 그러한 시도 속에서 가장 현실성을 지니는 것은 매개적 형태이기 때문이다. 암시의 윤곽 자체가 사람들이 그 윤곽을 채우는 데 쓰려고 하는 내용보다 더 중요해지고, 그것이 글쓰기의 대상이 되는 것이다.

새로운 세계의 표상이 이루어지는 순간에 그럼에도 불구하고 옛 책이 떠오르는 것은 그것이 표상 작업을 순순히 도와주는 도구로 쓰이는 움직이는 영사막으로 끝나지 않기 때문이다. 옛 책은 현실을 묘사하는 데만 쓰이는 것이 아니라 그 현실을 구성하는 요소이다. '문학'의 무게, 글쓰기의 무게가 바꾸겠다는 의지적 결정보다 더 강한 것은 바로 표현적 모티프 안에 형태 이상의 무엇인가가, 구실이나 단순한 형상 이상의 무엇인가가 있기 때문이다. 즉, 표현적 모티프는 미래의 작품, 새로운 책, 새로운 세계에 대한 결정적 암시를 담고 있다. 일시적으로는 옛 인간이 새로운 인간의 시도를 위태롭게 하는 것 같지만, 사실은 옛 인간이 새로운 인간을 깊숙이 규정하는 것이다.

이런 식으로 작가의 작업의 필연적인 형식을, 작품들의 역사에서 어느 시점이든 관계없이 모든 문학적 시도의 미리 결정된 일반적인 행보를 추출할 수 있다고 생각해서는 안 된다. 하지만 우리가 다루는 책은 오직 이 형태로만 나타날 수 있다. 책이 책의 힘을 빌리고, 결국 이전 것의 승리로 끝난다는 것은 현재의 현실이 **그것을 구성하는** 역사에 대해 종속적인 관계에 있음을 의미한다. 쥘 베른의 기획이 실패한 것은 새로운 책이 결국 그 출현 조건에 종속되어 있음을 드러낸다. 쥘 베른은 정복적 부르주아지의 허구적인 이미지, 그러면서 실제적 미래를 약속하는 이미지를 그려 내고자 했지만, 그 부르주아지는 모든 것을 남겨두고 떠나는 그런 여행자가 아니었다. 쥘 베른이 실제로, 그리고 실증적으로 그려 낸 새로운 인간은 혼자일 수 없고, 처녀지인 자연을 개척하는 절대의 정복자가 아니라 그저 몇 가지 관계의 지배자일 뿐이다. 그러한 인간의 가장 필연적이고 심오한 특징은 바로 무엇인가가 **함께 와야** 한다는 것이다. 그것은 다른 사람들일 수도 있고, 그의 기획에 의미를 부여하는 ─ 그와 동시에 그것을 첫번째로 반박하는 ─ 것, 즉 그가 기억하고 싶지 않다 해도 함께 붙어 다니는 역사일 수도 있다. 이러한 관계는 의식적 선택의 결과처럼 체험하고 인지하는 것이 아니다. 그것은 필연적으로 모순적이고, 찢겨 있으며, 은밀한 망설임에 짓눌리고 있다. 자신의 역사를 지우지 못하는 부르주아지는 자기들이 그 역사에 결정적으로 매여 있음을, 따라서 역사와 함께 완성된다는 것을, 절대 그것을 덜어낼 수 없음을, 그 의도의 선을 끊임없이 억제하는 무기력이 또한 모든 작품의(예를 들면 변화의 기획을 글로 표현하는 것의) 필수 조건임을, 이 모든 것을 지극히 암묵적인 방식으로 느끼는 것이다. 이것이 바로 역사의 점착성viscosité으로, 모든 결정은 그 필연적인 지체가 인정될 때만 진정한 의미를 얻게 된다.

새로운 세계는 고전적 정치경제학이, 심지어 문학이 힘겹게 부분적으로 기술해 낸 ─ 이를 위해 어떤 타협을 했고 또 어떤 근본적인 것을 눈감아 버렸는가! ─ 세계가 늙어 보일 정도로 새롭지는 않다. 다시 말해 낡은 조직을 생각하게 한다는 것만으로 교훈적 대상으로 사용될 수 있을 정도는 아니다. 쥘 베른에 의해 '표상'된 세계는 낡은 상업사회 ─ 그 역사적 조건은 과학적으로 기술되어 있다 ─ 의 속박을 여전히 벗어나지 못한다. 따라서 여전히 옛날의 꿈에 사로잡혀 있다. 부르주아지의 혁명은 그들의 앞이 아니라 뒤에 놓여 있다. 아무리 기술이 발달해도 부르주아지는 새로워지지 않을 것이다. 부르주아 이데올로기는 미래를 생각하고 표상하는 것이 불가능해진 것이다.

다시 정리해 보자. 쥘 베른은 지극히 이데올로기적인 표상을 재현하고 옮겨 놓으려 한다. 그의 작품의 중심에 놓인 노동, 정복의 개념이 그것이다. 그러한 이상理想은 그것이 되찾은 역사적 현실에 대하여 모순적이다. 노동은 당면한 가능성의 조건들로 인하여 소외되고, 절대적인 정복은 필연적으로 이전의 식민지화의 조건으로 귀결된다. 이러한 한계는 부르주아 이데올로기의 실제적 한계이다. 그러나 이데올로기 자체가 전적으로 모순적인 것은 아니다. 만일 그렇다면 이데올로기가 현실에 대해 완전한 묘사를 제공한다는, 즉 더 이상 이데올로기가 아니라는 뜻이 될 것이다. **충분하지 않은,** 미완성이라는 성격은 오히려 이데올로기에 일관성을 부여한다. 물론 부분적이고 편파적인 일관성이다. 쥘 베른의 작품이 흥미로운 것은, 나름의 이데올로기적 일관성 혹은 비일관성으로부터 빌려온 기획의 단일성 안에서 — 그러한 기획에 형상을 부여하는(혹은 그것을 시도하다 실패하는) 수단들을 통해, 전적으로 문학적인 수단을 통해 — 이데올로기적 '일관성'(필연적으로 역사적 현실에 대한 내적 불일치, 그리고 현실과 그 **지배적인** 표상의 불일치에 근거하는 일관성이다)의 한계를, 나아가 어떤 점에서는 그 **조건들**을 보여 준다는 것이다.

쥘 베른의 문학적인 실패, 그의 시도(그가 유일하게 시도한 것은 아니다)의 취약성, 이것이 바로 그의 책의 재료를 이룬다. 그것은 바로 근본적인 **역사적 결함**의 표시 — 이러한 결함이 역사적으로 가장 단순하게 표현된 것이 **계급투쟁**이다 — 이며, 그러므로 쥘 베른에게 있어서 모든 화해의 이미지가 갈등의 묘사로 귀착되는 것은 우연이 아니다. 오늘과 내일, '움직임 속의 움직임', 이렇게 소설은 두 가지를 동시에 포함한다. 그렇다고 두 가지가 동일한 것은 아님은 주의 깊게 읽어 보기만 하면 알 수 있다.

이렇게 해서 쥘 베른은 사용한 형식은 많이 다르지만 발자크와 마찬가지로 자신이 창조한 이미지들 — 작품의 경계 안에서 현실을 결정하는 이미지들이다 — 을, 또한 아마도 그냥 보여 주려고만 했을 이데올로기적 기획을 작품 속에서 만나고, 보다 정확히 말하면 그 만남을 지켜본다. 우리는 이미 이 두 심급 사이에 갈등이 있음을 보았다. 네모의 존재와 네모의 스타일은 식민지를 개척하려는 자들의 시도를 완전히 바꾸어 버린다. 모험의 대상을 파괴하거나 다른 것으로 바꾸어 버리는 것이 아니라 그 의미가 달라지는 것이다. 자연은 사람들이 생각하던 것과 다르다. 자연의 심오한 현실과 인간들의 행위 사이에는 노동과 과학이라는 매개만 있는 것이 아니라 역사적 신화라는 영사막도 있다. 그 영사막은 인위적으로 구성된 것이고 그 인위성이 바로 존재 조건이지만, 그렇다고 실제적이지 않은 것은 아니다. 『신비의 섬』은 바로 인간들이 자연의 힘을 시험하는 이야기이다. 네모와 함께 신화가 솟아오르고, 역사의 모든 무게, 다시 말하면 역사로 하여금 완성이라는 기계적인 전개로 끝나지 않게 하는 신중함과 자제력이 나타난다. 네모는 사람들이 이제는 사라졌다고 믿었던 — 이 사라짐은 현대성의 표시인 동시에 보증이다 — 영웅의 전형이다.

네모는 오직 이미 지나갔기 때문에 앞으로 나아갈 수 있는, 형벌에 처해진 비극적인 로빈슨이다. 허구가 반복되는 것이다. 그것은 바로 부르주아의 미래라는 선조이다. 이렇게 해서 기계적인 진보라는 관념은 이데올로기적 표상이라는 역할로, 부르주아 시대를 특징짓는 부르주아의 위대한 신화의 자리로 되돌아온다. 네모는 아들이 아니라 아버지의 운명적인 재출현, 부활인 것이다.

그런데 쥘 베른의 소설들은 이러한 대립이 장애물이 되는 구조를 특징으로 한다. 그렇게 해서 책의 탈신화화 시도는 결국 환상이며, 책이 바로 그러한 시도 자체라는 점에서 오히려 신화를 만드는 자들의 시도가 된다. 말하자면 쥘 베른은 자기 시대의 이데올로기적 상황을 알고 있었고 그 시대의 열망을 책이라는 물질 속에 구현함으로써 재현하고자 한 것 같다. 하지만 그런 식으로 함축된 것은 지식이 아니다. 이 책은 자기 시대의 모순들을 그대로 반영한 것이 아니지만, 주어진 어떤 순간의 사회계층의 기획이 갖는 역사적 한계를 의도적으로 묘사한 것도 아니다. 이 책은 현실에 대한 궁극적인 지각의 한 형태를 보여 준다. 그것은 예술의 본질을 규정하기보다는(쥘 베른이 예술가[73]라고 말하는 것은 별 의미가 없다), 책의 본질을 규정한다(반대로 쥘 베른이 진정한 작가임을 보여 주는 것은 의미가 있다). 지식이라는 말의 진정한 의미에서의 지식, 즉 앞에서 말한 대로 이론적 지식이 아니고, 그렇지만 현실에 대한 기계적인(이 경우는 무의식적이다) 재생산도 아니다. 그것은 현실의 심오한 본질을 표현하려는, 살아 있는 이미지들을 배열하고 선택된 파블을 전개함으로써 그 주름진 굴곡들이 보일 수 있게 하려는 노력이다.

    그러므로 쥘 베른의 결함은 **역사적 기획**의 결함이 아니라 **역사적 위상**의 결함이다. 이러한 차이는 모든 것을 바꾼다. 쥘 베른의 작품에 대한 새로운 '해석', 번역, 해설을 제시하는 것이 아니라 반대로 작품의 내적 일관성을 제공하는 불일치를 설명하는 것이다. 이러한 불일치는 이데올로기적 모순의 직접적인 결과가 아니라 역사적 대립의 징후이다.[74] 단순히 문학적인 암시에 지나지 않는 것처럼 보일 수 있지만 로빈슨을 거쳐 가는

---

73 이것은 논쟁적인 가치밖에 없고, 그렇다면 이론의 여지가 없다. 그 역시 다른 사람과 마찬가지로 예술가라는 말이 되기 때문이다.
74 동적인 의미(옛것과 새것), 정적인 의미(현재의 갈등들) 모두에서의 대립이다.

우회는 그 어떤 다른 형태의 의식意識보다(물론 진정한 이론적인 생산은 예외이다. 그것은 더 이상 엄밀한 의미에서의 의식이 아니다) 실제의 상황을 잘 드러내 준다. 지극히 단순하면서도 기이하게 가려져 있고, 통찰력 있으면서도 기만적인 나름의 방식으로, 책은 그것이 **말하고** 있다고 이야기하는 것을 — 이야기하는 것과 다른 방식으로 — 우리에게 **보여 준다**. 그것은 바로 당시 현실의 조건들이다.

테마적 선조: 로빈슨 크루소

① 1719년, 그러니까 **시대를 앞서서**, 재능이 뛰어난 기자 대니얼 디포가 섬에서 살아가는 인간이라는 테마를 던진다[75]('던진다'라는 말이 갖는 모든 의미, 역동적이고 유희적이고 홍보적인 의미에서이다). 디포로 인해 섬은 막 태어나려고 하던 이데올로기적 모티프 ── 기원에 관한 몽상 ── 의 필수적인 배경, 궤적이 되었다. 사실 이데올로기적 형태는 디포가 은연중에 제시한 모습 그대로가 아닐 것이다. 그러므로 『로빈슨 크루소』에 대한 읽기의 역사를 별도로 연구하고, 사람들이 거기에서 무엇을 보고 읽었는지, 디포가 말하지는 않았지만 완전하게 그려진 기원의 이데올로기에 부합하는 것이 무엇인지 알아낼 필요가 있다. 간단히 말하자면 디포는 그러한 이데올로기에 빠진 적이 없다. 그는 오히려 제일 먼저 그리고 명시적으로, 기원의 이데올로기를 비판할 수 있는 요소들을 제시했다. 그러므로 로빈슨의 섬은 역사 이전의 형태이고, 나중에야 그에 부응하는 대상이 나타날 것이다. 실제적인 **예견**인 것이다. 이 형태는 잘못된 독서들(그 대상이 기계적으로 복제된 것으로 보는 독서이다)에 의해 반복적으로 왜곡될 것이다. 따라서 쥘 베른과 그 이전의 많은 사람들이 듣고 있다고 믿은 것은 디포가 정말로 말한 것이 아니다. 다시 한번 말하지만, 디포는 아마도 미리

---

75 이 글에서 직접적인 선례들을 찾지는 않을 것이다. 그렇지만 디포가 그 테마의 선사(先史)로부터 어떻게 이 형태를 실현했는지, 즉 아직 존재하지 않는 것의 역사를 어떻게 테마로 만들었는지는 흥미로운 문제이다. 역설적이지만 그것은 연극무대의 역사일 수 있다(가장 중요한 순간은 소포클레스와 셰익스피어이다). 하지만 이것은 가설일 뿐이다.

앞서간, 즉 뒤에 오는 사람들에게 이미지들을 제공할 수 있었던 유일한 작가이다.

② 『로빈슨 크루소』는 잘못된 독서들의 결과로 만들어진 끈질긴 전설에도 불구하고 단순한 모험 이야기가 아니다. 그것은 탐구의 수단이며 하나의 이데올로기가 점진적으로 구성되는 데 있어서 중심이 되는 테마이다(적어도 테마들 중 하나이다. 중요한 다른 테마들도 있다). 『로빈슨 크루소』의 '스토리'는 기원 개념을 아주 일찍 형상화하고 미리 퍼뜨려 대중적인 것이 되게 한다. 하지만 맑스와 엥겔스는 속지 않았고, 그것을 경제적 이데올로기를 표상하는 예로 여러 차례 지적한 바 있다. 여기서 18세기 철학에서 기원의 상징들이 행하는 중요한 역할을 다시 증명할 필요는 없을 것이다(기원의 상징들은 사전과 문법으로 체계화되어 정리되었다. 특히 콩디야, 뷔퐁, 디드로, 모페르튀가 그랬고, 루소는 후에 부정적이고 비판적인 시각으로 최종적인 전반적 체계화를 시도하면서 상당히 중요한 역할을 하게 된다). 섬에서 살아가며 사회, 예술, 산업, 사상, 풍속의 기원을 놀라울 정도로 순진한 시선으로 살피는 인간은 어린아이, 미개인, 맹인, 조각상과 함께 '형이상학적 수단들'(분석, 개념적 해부의 가시적 이미지들)의 저장고에 자리를 잡는다. 그 자체로는 부재하는 이러한 존재들은 그것들이 받아들이는 의미 외에 다른 의미가 없다는 점에서 중립적이며, 특성들을 순수하게 묘사하는 것보다는 하나의 질서를 철저하게 분명히 드러낸다는 점에서 더 중요하다. 그렇게 볼 때 필연적인 구성, 즉 기원의 요소들이 조직되는 원리로서의 위계가 드러난다. 섬의 인간이라는 테마는 디포에게서 이미 그러한 가치를 지녔고, 다른 테마들에 형태적 모델을 제공한다고 말할 수 있다. 하지만 질서가 드러나는 것은 그 누구보다도 디포에게서 가장 비판적인 가치를 갖는다. 그래서 디포는 그 이상적인 이야기 안에 신과 타인

을 한참 후에야 등장시킨 것이다. 그 '스토리'는 일화를 넘어 교육적 의미를 띤다. 그 위에서 이론이 전개될 수 있는 가시적 형체로 완전하게 모습을 드러내는 것이다. 로빈슨과 관계를 맺으려 한 사람들(쥘 베른도 그중 하나이다)은 모두 그러한 관계가 기원에 대해 비판할 수 있게 해주기 때문에 그렇게 한 것이다. 다시 말하면, 로빈슨을 가지고 기원 개념을 비판하는 것이 가장 간단하고 가장 설득력이 있다. 이러한 비판의 원리는 **기원의 순환성**을 명백하게 드러내는 것이다(이 문제에 관해서, 쥘 베른의 작품과 함께 엥겔스의 『반듀링론』*Antidühring*을 볼 것). 기원은 첫 출발 지점에서 그것이 낳고자 하는 것을 스스로에게 부여한다. 로빈슨의 표류물이 좋은 예이다.

하지만 디포의 작품을 주의 깊게 읽어 보면 그러한 비판이 이미 저절로 드러난다는 것을 알 수 있다. 기원은 왜곡된 기원, 즉 설명하려 하기보다는 그저 **보여 주는** 것을 기능으로 하는 기원으로 확실하게 나타난다. 따라서 개인적 테마를 성급하게 이데올로기적 환경과 동일시할 필요가 없다는 것을 다시 한번 강조해야 한다. 책의 여백에서 이루어지는 독서는 언제나 대상과 지평을 뒤섞는다. 물론 테마는 이데올로기적 영역으로 옮겨 가야 하지만, 그렇다고 그 **개별성**을 잃어서는 안 된다. 기원의 이데올로기 내부에 있는 기원의 표상들이 모두 같은 가치를 지니는 것은 아니다. 각기 고유의 지형 속에 주어진 표상들이 질문을 제기하는, 적어도 **제시하는** 방식은 모두 다르다. 따라서 철저하게 방법적인 태도는 로빈슨 크루소를 오히려 그것을 둘러싼 이데올로기로 이끌어 가게 될 것이다. 그역이 되어야 한다.

③ 제일 먼저 로빈슨이 사물을 바라보는 **최초의** 시선의 특징을 보자. 그것은 순수한 시선이라기보다는 어떤 수단도 **갖지 못한**, 모든 수단을 **빼앗긴** 시선이다. 즉, **궁핍한** 시선이다. 텅 빈 섬에는 텅 빈 시선이 살고 있는

것이다. 이것은 우리를 단숨에 경제체제의 한계 속에 자리 잡게 한다는 점에서 상당히 중요한 특징이다. 고전적 정치경제학에서 로빈슨 크루소의 위치는 인식론에서 조각상, 즉 최초의 인간과 같다. 로빈슨의 시선은 바로 그 시선을 위해 만들어진 세계 ── **쇠퇴하는** 세계 ── 를 만난다. 어떻게 해서 디포가 저절로 번성하는 자연(이것은 자연의 조건 자체에서 나오는 특성이다) 대신에 사물들의 고갈이라는 이국 취향을 제시했는지 살펴보는 것은 흥미롭다. 자연은 풍요와 정반대로, 즉 재화의 부재로 나타난다.

④ 최초의 명백한 테마, 즉 강박관념처럼 기계적인 특성으로 되풀이되고 또한 그렇기 때문에 온전히 그 자체의 표면에 머물면서 영사막의 역할을 하는 테마는 바로 프롤로그 부분부터 아버지와 동일시된 신의 섭리이다. 바로 그 테마가 이야기를 출발시키고 일화들을 연결한다. 신의 섭리는 환상적 테마들의 희미한 윤곽 ── 막연한 예감, 악마 ── 과 이어져 있다. 희미한 이신론理神論이 퍼져 나가 모든 것을 단단히 다진다. 이와 같은 표면의 테마들은 우리를 깊이 파묻혀 있는(그리고 나중에야 밝혀질) 기원 개념으로부터 멀어지게 한다. 줄거리는 일련의 "기적들"로 채워진다. 섬에서의 삶은 "경이의 연속"일 뿐이다. **호교론적** 시도를 보여 주기 위한 기획으로 보인다. 적어도 이러한 양상이 ── 그 스타일은 상당히 느슨한 형식이지만 ── 제일 전면에 놓인다. 그저 구실, 순전히 홍보를 위한 위장일까?

⑤ 사실 기원이라는 문제틀은 환상적인(게다가 수준이 낮은) 테마들을 모두 몰아낸 다음에야 진정으로 나타난다. 경이로움을 다루는 작업들은 설사 반복의 방법에 의해 전면에 놓인 경우에도 모두 가볍게 암시적으로만 다루어진다. 심지어 환상적 테마들을 몰아내는 과정은 해석의 단계를 거치지 않아도 된다. '스토리'가 알아서 악마를, 즉 식인종, 늙은 야생

염소 등을 쫓아내 주기 때문이다. 그리고 신의 섭리는 금방 잊혀진다. 하지만 사실의 시험을 거쳐 환상을 몰아내는 그러한 과정은 호교론의 유혹에 대한 해석적 비판이기도 하다. 환상적인 것 뒤에는 자연 혹은 자연의 **술책**이 있는 것이다. 그러한 비판에서 가장 중요한 순간은 식인 풍습을 만날 때이다. 그것은 악惡과 그 이데올로기적 여파가 결정적으로 무너지는 순간이다. 식인 풍습은 자연이 인간을 잡아먹는다(뒤에 다시 나온다)는 근본적인 발견에 근거하며 문명과 **같은 가치를 갖는** 형태로 용인된다. 선과 악에 대한, 그 구분을 완전히 뒤집는 프라이데이의 질문은 식인 풍습과 문명을 같은 가치로 보는 비판적 생각에 부합한다. 그렇게 해서 종교에 대한 비판과 함께, 에스파냐 식 식민지 건설에 대한 비판이 주어진다.

결국 표면에 나타난 이데올로기 비판과 더불어 자연 개념에 대한 성찰이 등장하는 것이다.

⑥ 궁핍한 시선은 자연을 '증명하는' 수단이다. 새로운 특징을 발견하기 때문이 아니라 질서를 탐사하고 살피기 때문이다. 그렇게 해서 필요성들 간의 위계가 밝혀지고, 그 위계를 아는 것이 가장 중요해진다. 사물들은 궁핍한 시선의 욕구에 따라서 하나의 시간적인 선 위에 정렬되는 것이다. 질서라는 모티프는 당연히 중요하다. 사물들은 그 자리, 즉 언제 이름이 불리느냐에 따라서 가치가 결정된다. 신은 더 이상 제일 첫 자리에 있지 않다. 나중에 앵무새가 로빈슨의 이름을 부를 때가 바로 신의 자리이다. 그러므로 자연상태[76], 즉 탄생의 순간 — 섬에 도착한 것은 새로운 탄생이며 그것은 로빈슨의 실제 생일과 일치한다 — 은 출발점을 표시하

---

76 "그곳에서 나는 세상의 타락으로부터 멀어졌다. 육신의 탐욕도, 눈의 탐욕도 없고, 삶의 영화도 없었다."

면서 질서의 사다리를 고정하는 기능밖에 갖지 못한다. 질서의 전개는 나무 기둥에 새겨 놓은 선 — 경험의 시간을 나타낸다 — 의 연속과 연결된다.

㉠ '궁핍한 시선'으로부터 "나의 섬"에 이르기까지, 탄생은 소유권을 얻는 단계들을 표시한다. 처음에 아무것도 소유하지 못했던 로빈슨은 "자기 왕국의 왕"이 되고 "나의 재산"이라고 말하게 된다. 로빈슨의 모험은 결국 경제적 구성의 역사인 것이다. 사실 섬은 자급자족 경제가 이루어지는 **자연적 장소**이다. "나의 왕국, 나의 섬에서 나는 나에게 필요한 것 이상의 밀이 자라지 않게 한다." 기원으로서의 섬은 질서의 발견인 동시에 **절제**를 드러낸다. 기원의 장소와 함께 책의 초반에 아버지가 찬양하던 검소함이 발견되는 것이다. 그 검소함은 매번 다르게 나타나는 신의 섭리를 지배하는 원리가 된다. 로빈슨은 구하던 것을 얻고, 그렇게 균형이 이루어지면서 로빈슨은 자기 자신을 되찾는다. 그는 신의 섭리가 그 균형으로부터 떼어 놓기 위해서 자기를 이 섬에 보냈다고 생각했던 것이다. 여기서 우리는 온갖 형태의 편견에 대한 비판이라는 모티프를 발견하게 된다. 로빈슨은 절제에 대항하여 모험을 선택했다. 그런데 모험이 그에게 절제를 주었다. 경제적 정복의 계획은 바로 이렇게 요약되는 것이다. 도덕인 동시에 희미하게나마 경제 학설이기도 한 이러한 절제의 강박관념은 끊임없이 나타난다. "자연은 우리가 소비하는 것 이상으로 씨 뿌리는 것은 쓸데없는 일이라고 말한다."

모든 과정을 탄생의 이미지로 만드는 이러한 과정의 순환성은 자명하다(이 순환성으로 인해 과정은 결국 탄생의 이미지일 뿐인 것이 된다). 그것은 숨어 있지 않다. 디포는 로빈슨을 그의 부富 — 배, 그리고 그가 떠날 때 사회가 그에게 준 모든 것 — 로부터 "나의 재산"으로, 즉 주어진 것으로부터 그가 획득한 것으로 데려간다. 이러한 이동은 동시에 "일련의 기적" 개념에 대한 비판이기도 하다. 결국 주제 제시의 순환성은 분명하다. 그것은 또한 시간의 테마에 부합하는 것이다.

⑧ 탄생의 동력은 **노동**이다. 『로빈슨 크루소』는 무엇보다도 노동에 관한 소설이며, 심지어 최초의 노동 소설이라고 말할 수 있다. 소설 속에는 한 인간의 노동에서 출발하여 기본적인 기술들이 재발명되는 과정이 그려진다. 노력하기만 하면 기술들을 다시 복원할 수 있는 것이다.

> 그래서 나는 작업을 계속했다. 여기서 내가 하고 싶은 말은, 이성이란 수학의 본질이요 근원이기 때문에 모든 것을 이성으로 처리하고 사물을 가장 합리적으로 판단한다면 누구나 저절로 모든 기술을 습득할 수 있다는 것이다. 이전에 나는 기구를 써본 적이 전혀 없었지만, 결국에는 열심히 일하고 적용해 보고 기술을 터득한다면 웬만큼 필요한 것은 거의 만들 수 있다는 것을, 특히 기구만 있다면 무엇이든 손쉽게 만들 수 있다는 것을 알게 되었다. 나는 연장도 없이 많은 물건들을 만들었고 어떤 것은 손도끼만 사용해서 만들었다. 전에는 한 번도 해본 적이 없는 일이었고, 그만큼 엄청난 노력이 필요했다. (4장)

> 그때 나는 그저 처량한 일꾼에 지나지 않았다. 하지만 시간이 가기도 했고 또 어쩔 수 없이 필요한 것들이 있었기에 나는 곧 완벽한 장인이 되었다. 나와 같은 상황에서라면 누구라도 그렇게 되었을 것이다. (5장)

예를 들어 회전 숫돌을 '발명'한 이야기를 보자.

하지만 나는 연장이 없었다. 인디언들과 거래할 목적으로 손도끼들을 가져왔기 때문에 큰 도끼 세 개와 작은 도끼가 많이 있었지만, 그동안 단단하고 옹이가 많은 나무들을 많이 베고 다듬었더니 무뎌지고 이가 빠져 버렸다. 그런데 숫돌이 하나 있었다. 하지만 숫돌을 돌리면서 동시에 도끼를 숫돌에 대고 갈 수가 없었다. 나는 이 난제를 해결하기 위해서 정치가가 중요한 정치 문제를 해결하기 위해서, 혹은 재판관이 사람을 죽일 것인지 살릴 것인지 결정하기 위해서 고민하는 것만큼, 한참 동안 고민을 했다. 마침내 바퀴에 실을 매다는 것을 생각해 냈다. 그렇게 하면 발로 돌리는 동안 두 손을 자유롭게 쓸 수 있었던 것이다.

(* 주: 나는 영국에서 이런 식의 기계를 본 적이 없다. 설사 그것이 아주 일반적으로 사용된다는 것을 알았다 하더라도 어쨌든 나는 특별히 주목한 적이 없다. 게다가 이 숫돌은 굉장히 크고 무거워서 기계를 완성하는 데 꼬박 일주일이 걸렸다.) (5장)

기술적 세계의 핵심은 다시 만들거나 다른 것으로 대체할 수 있다는 것이다. 예문에서 보았듯이, 그러한 과정에는 그러한 기술이 어떤 원리로 시작되었는지 합리적으로 따져 보는 성찰이 동반된다.

이러한 노동 이야기는 어려움을 하나씩 극복해 낸 과정을 가장 잘 환기하는 긴 시간에 따라 제시될 수밖에 없다. 절대 서두르지 않는다.

그 일이 내 손에 얼마나 고된 일이었는지 아무도 알지 못할 것이다. 하지만 다른 많은 일이 그랬던 것처럼 노동과 인내로 해낼 수 있었다. 이 일을 특별히 언급한 것은 어떻게 그렇게 대수롭지 않은 일을 해내느라 내 시간의 그렇게 많은 부분이 흘러가 버렸는지 보여 주기 위해서, 다시 말하면,

연장이 없으면 아무것도 아닌 일이 엄청난 노동이 되고 손으로만 해내려면 엄청난 시간이 필요하다는 것을 보여 주기 위해서이다. (8장)

다시 말하지만 연장이 없었기 때문에 모든 작업이 더디고 힘들었다. 하지만 달리 방도가 없었다. 더구나 할 일에 따라 시간을 다 나눠 놓았기 때문에 그 일만 하고 있을 수도 없었다. (8장)

연장이 없어도 **얼마든지 많은 시간**이 그것을 대신할 수 있다. 시간, 오래 지체되기, 이것은 결국 연장에 의한 매개가 길어지는 것과 같은 것이 된다. 그렇기 때문에 『로빈슨 크루소』는 노동 소설인 동시에 지속(지나가는 시간)에 대한 소설이다. 그것은 로빈슨이 섬에서 하루하루 세어 가며 보내는 20년의 이야기이고, 그렇게 끝없이 이어지는 날들을 이야기하는 것("그해, 그날, 나는 무엇무엇을 했다")이 소설에 형식적 틀을 제공한다. 그러므로 이 책에 담긴 것은 만들어 내는 기술에 관한 성찰이 아니라 얼마나 고생했는지에 대한 느린 평가이다. 인간의 이성뿐 아니라 시간이 기술의 기원으로 제시되는 것이다.

또한 일하는 시간은 신을 잊게 해준다.

나는 마음이 아주 편해지기 시작했다. 내가 처한 이 상황이 하늘의 심판이라 생각하며 괴로워하는 것이 아니라, 또 신의 두 팔이 나를 짓누르고 있다고 생각하는 것이 아니라, 어떻게 하면 나를 지키고 살아남을 수 있는지를 연구하기 시작했다. 이전에는 별로 떠오른 적이 없는 생각이었다. (9장)

⑨ 1부의 마지막 일화(폭동이 일어난 배)는 섬에 거주하는 동안의 로빈슨의 태도 혹은 전술을 분명하게 드러낸다. 그것은 바로 술책이었다. 무엇보다도 그는 위장 기술에 능숙해졌다. 사실 궁핍한 시선은 남의 눈에 띄는 것을 두려워한다. 그래서 몸을 감추는 것이 가장 중요한 관심사가 되는 것이다. 이렇게 실제로 몸을 숨기는 것은 "모습을 드러내지 않겠다"는 결심에 물질적이고 물리적인 의미를 부여한다. 하지만 그러한 결심에는 다른 동기들이 있다. 로빈슨에게 있어서 그 결심은 **있는 모습 그대로 드러나지 않겠다**는, 더 이상 인간으로, 로빈슨으로 나타나지 않겠다는 욕망에 부응한다. 그것은 처음에 제기되고 이후 끊임없이 전개된 문제가 바로 자연을 벗어나는 것이었음을 보여 준다. 로빈슨이 우리에게 말하는 것은 바로 **자연상태란 존재하지 않는다**는 것이다. 자연상태는 그가 하나씩 고발한 호교론적 신화(섭리, 신, 선과 악 등)와 같은 층위에 놓여야 한다. 그는 그저 경제를 세우고 왕국을 획득할 뿐이다. 다른 한편으로 보자면 순수함이라는 것은 절대 존재하지 않는다. 오히려 두려움과 의혹이 있을 뿐이다.

특수한 시간적 구성 역시 이것에 부응한다. 섬을 벗어난 로빈슨은 **다른 재산**을 얻게 된다. 그가 남겨 놓은 자본이 저절로 늘어난 재산이다. 그는 브라질의 플랜테이션 농장에서 나오는 부를 손에 넣게 된 것이다. 결국 자연적이고 동시에 허구적인 기원 동안에는 아무 일도 일어나지 않은 셈이다. 왕국은 그의 "근원적 상황"과 무관하게 ─ 마치 근원이 존재하지 않는 것처럼 ─ 이루어진다. 20년, 섬에서 지낸 오랜 시간은 자연상태와 마찬가지로 환상일 뿐이다. 기원으로서의 섬은 그것을 넘어서는 경제적 과정 속에 완벽하게 재통합된다. 그렇게 해서 섬은 "나의 새로운 플랜테이션 농장"으로 불리게 된다.

완전한 이야기의 형태를 통해 테마를 실현하는 작업은 결국 테마를 테마의 목적과 분리시킨다. 섬에서의 모험은 기원으로서의 섬의 신화를 배반하는 것이다.

⑩ 우리가 『로빈슨 크루소』만을 다루면 우연히 한 작품을 고른 것으로 보일지도 모르겠다. 하지만 그렇지 않다. 디포는 자기 시대의 사회에 형체를 부여하는 표현 형태들, 특수한 이미지들을 탐구하고자 했던 것 같다. 그의 소설들 중에서 관심을 덜 받는 다른 소설 하나가 『로빈슨 크루소』에 버금가는 흥미로운 예를 보여 준다. 『몰 플랜더스』*Moll Flanders*는 뉴게이트에서 태어나 사교계와 화류계를 드나드는 여인 몰 플랜더스가 로빈슨 크루소가 한 것과 마찬가지로 (런던에서 아메리카 식민지에 이르는) 18세기 영국 상업사회를 보여 주는 이야기이다. 그녀의 삶의 행적을 따라 사회적 관계들, 계급갈등, 자본의 축적 등이 적나라한 모습을 드러내고, 그러한 특성으로 인해 『몰 플랜더스』는 사실주의를 연 소설들 중 하나로 여겨지기도 한다. 몰 플랜더스도 가난하고, 말 그대로 경제적인 의미에서 아무것도 가진 것이 없다. 하지만 그녀가 가난한 것은 로빈슨 크루소에 비해서 덜 소설적인 방식에 의해서이다. 즉, 그녀는 전과자의 딸로 가난하게 태어났다. 그녀의 지위가 '신의 섭리'를 매개로 하여 도구적인 형태로 나타나는 것은 설명 혹은 비난하는 절대적인 힘을 감추고 있기 때문이다. 창녀, 부르주아로 신분 상승한 여인, 소매치기, 대농장의 주인, 수많은 세목으로 분류된(어디서 왔든지는 상관없다) 상품 목록을 언제나 들고 다니는 주인인 그녀는 자기 나름의 방식으로, 즉 더 이상 바랄 게 없는 여인의 단순하고 분명한 방식으로, 자신이 그 이면을 잘 알고 있던 사회의 핵심 범주들인 사랑, 사업, 결혼을 비난한다. 그녀에게 사회적 관계는 사물과 마찬가지이다. 그녀는 다른 일에 있어서와 마찬가지로 그것들을 아무

런 중개 없이 직접 다룬다.

로빈슨과 마찬가지로 몰 플랜더스는 **증명하는** 인물이다. 하지만 또한 로빈슨과 마찬가지로, 그녀는 모든 형태의 상상적 지위를 벗어나서 단 하나의 실재가 출현하는 장소가 된다.

보르헤스와 허구적 이야기

여기서 무언가가 자신에게로 되돌아와 휘감으며 돈다. 하지만 그렇게 감긴 것은 닫히는 것이 아니라 오히려 그 휘감김으로 인해 자유롭게 열린다. (하이데거, 『이성의 원칙』)

보르헤스는 무엇보다도 이야기récit의 문제들에 관심을 가진다. 하지만 그 문제들을 자기만의 방식으로, 즉 지극히 **허구적**으로 제시한다(그의 단편집 중의 하나가 '픽션들'Ficciones이라는 제목을 갖는 것은 우연이 아니다). 보르헤스는 이야기의 허구적 이론을 제시하는 것이다. 그 때문에 쓸데없이 심각하게 혹은 지나치게 다루어질 위험성이 있다.

책의 이미지에 형태를 부여하는 강박적인 관념은 '필연성'과 '증식'으로, 특히 각각의 책이 정확한 자리에 놓여 있고 일련번호로 나타나는 '도서관'으로 실현된다(「바벨의 도서관」을 볼 것). 책(다시 말하면 이야기)이 우리가 알고 있는 형태로 존재하는 이유는 오직 가능한 모든 책들 전체와 암묵적인 관련을 맺고 있기 때문이다. 책은 그 전체의 한 요소이기에 존재하고, 책들의 우주에서 자기 자리를 차지하는 것이다. 그렇게 해서 보르헤스는 무한의 모든 역설을 펼쳐 놓을 수 있다. 책은 실재성이 없으며, 그것의 가능한 증식을 통해서만 존재할 수 있다. 외적으로든(다른 책들과의 관계를 통해서) 내적으로든(책은 내부적으로 하나의 도서관과 같다) 마찬가지이다. 책이 그 고유의 정합성을 지니는 것은 자기동일성 때문이다. 하지만 그러한 동일성은 변이의 한 한계 형태일 뿐이다. 도서관의 공리

중 하나로 라이프니츠적이라고 할 수 있는 것이 있다. 즉, 동일한 책 두 권이 없다는 것이다. 그 공리를 책에 적용하여 책을 '단일성'으로 특징짓는 것이 가능하다. 즉, 같은 책 안에 동일한 책 두 권이 없다는 것이다. 모든 책은 끝없이 "두 갈래로 갈라지는" 가능성을 내포하기 때문에 자기 스스로와 다르다. 이 '같은 것'과 '다른 것'에 대한 조소 어린 성찰이 우리가 알고 있듯이 바로 『돈키호테』의 두 장章을 '쓰는' 피에르 메나르에 관한 이야기이다. "세르반테스의 텍스트와 메나르의 텍스트는 한 자도 다르지 않다"(「피에르 메나르, 『돈키호테』의 저자」). 하지만 이러한 유사성은 전적으로 형식적일 뿐, 사실상 근본적인 차이를 포함한다. 새로운 읽기의 기법, 예를 들면 『그리스도를 본받아』*De Initatione Christi*[1]를 마치 페르디낭 셀린이나 제임스 조이스의 작품인 것처럼 읽는 "의도적인 시대착오"가 그저 우리를 놀라게 하려는 일화적인 의미만을 갖는 것이 아니다. 그것은 필연적으로 **글쓰기**의 기법으로 연결된다. 그렇게 되면 메나르의 우화가 갖는 의미가 분명해진다. 즉 '읽기'는 결국 '쓰기'가 내건 내기를 반영하는 것이다(역은 성립하지 않는다). 읽기의 망설임은 **이야기 자체에 새겨져 있는 변형들**을 — 아마도 변형시키면서 — 재생산한다. 책은 언제나 자신의 방식으로 불완전하다. 무한한 다양성의 약속을 지니고 있기 때문이다. "그 어떤 책도 각 권마다 조금의 차이도 없이 발간될 수는 없다"(「바빌로니아의 복권」). 조금만 물질적으로 부정확해도 그것은 이야기가 내적으로 불충분하다는 것을 환기한다. 또한 이야기는 우연에 의해 시간이 결정되어야만 우리에게 말을 하는 것이다.

이야기는 내적 분열로부터, 즉 이야기가 그 자체 속에 비대칭적 관계

---

1 14~15세기에 토마스 아 켐피스(Thomas à Kempis)가 쓴 것으로 추정되는 종교서.——옮긴이

이면서 또 그 관계의 한 항으로 나타나게 되는 순간으로부터 시작한다. 모든 이야기는 이야기되는 순간과 동시에 모순적으로 스스로를 되풀이 하고 있음이 드러난다. 허버트 퀘인의 작품에 대한 연구에서 우리는 대표 적인 문제 소설 『미로의 신神』을 접하게 된다.

> 시작 부분에 수수께끼 같은 살인이 오고, 중간 부분에 사건에 대한 긴 논 의가, 이어 끝 부분에 해결이 온다. 사건의 수수께끼가 풀린 후에 다음 문 장을 포함하는 회고조의 긴 단락 하나가 나온다. "모두가 체스를 하는 두 사람의 만남이 우연이라고 믿었다." 이 문장은 앞에서 제시하고 있는 사 건의 해결이 잘못된 것임을 암시한다. 어리둥절해진 독자는 그것과 관련 된 앞 장들을 다시 들춰 보게 되고, 진짜로 올바른 해결책인 **다른** 해결책 을 발견하게 된다. 이 기이한 책의 독자는 책에 등장하는 탐정보다 더욱 명석하다. (「허버트 퀘인의 작품에 대한 연구」)

어느 순간부터 이야기는 그 이면에서 이루어진다. 즉 이야기라고 불 릴 자격이 있는 이야기는 모두 역행 지점을 — 비록 은밀하게 감춰 둘지 언정 — 포함하고 있다. 그리고 그 순간은 이야기를 해석하려는 사람에 게 생각지 못했던 여정을 열어 준다. 이 점에서 보르헤스는 해석의 편집 증을 작품의 중심축으로 삼은 카프카와 유사하다.

미로의 알레고리는 이러한 이야기론을 이해하는 데 별로 도움이 되 지 않는다. 그것은 지나치게 단순하고 몽상의 위험에 쉽게 빠지면서 오히 려 우리를 길 잃게 한다. 수수께끼라기보다는 미로로 전개되는 이야기는 그 끝 — 무한한 갈림이라는 개념이 구체화되는 지점이다 — 으로부터 역방향으로 비추는 반사상이다. 이야기의 미로는 대단치 않은 출구를 찾아 거꾸로 가는 길이며, 그 출구 뒤에는 아무것도, 중심도, 내용도, 목적지의 그림자조차도 없다. 결국 앞으로 나아가는 것은 곧 뒷걸음질 치는 것이다. 이야기의 필연성은 이야기 자체로부터 멀어지고 그 분신으로 이어지는 이탈에서 나온다. 이야기가 처음의 조건으로부터 점점 더 멀어진다는 것을 깨달을수록 그 이탈은 점점 더 필연적인 것이 된다. 이 문제에 대해서 우리는 허버트 퀘인의 작품일지도 모를 탐정소설 「죽음과 나침반」을 읽어 볼 수 있다. 사건의 해결을 위해 나아가는 뢴로트 탐정의 발걸음은 좀더 원초적인 문제를 예고한다. 수수께끼를 푸는 것이 수수께끼의 한 부분이었으며, 문제를 완벽히 풀고 함정을 해체하는 것은 사실상 수수께끼를 풀지 못하는 것이 된다. 이야기 안에 몇 가지 **버전**이 포함되어 있지만 그것들 모두 목적지가 있는 탈선이다. 이 대목에서 우리는 에드거 앨런 포의 소설 기법의 한 양상을 보게 된다. 이야기는 그 끝으로부터 전개되며 그 자체의 이면에 새겨지는 것이다. 하지만 이번에는 그 기법이 **철저**하다. 이야기는 끝에서부터 전개되어 어디가 끝이고 어디가 시작인지 알 수 없도록 구성되고, 그렇게 해서 스스로를 휘감으며 무한한 전망을 수립함으로써 일관성의 환상을 만들어 낸다.

그러므로 보르헤스는 답을 알아맞히는 수수께끼와 다른 가치를 갖는 것을 쓰고 있다. 보르헤스가 독자로 하여금 깊이 생각하게 만드는 것처럼 보인다면(이런 **장르**로 가장 좋은 예는 「원형의 폐허들」이다. 이 소설에는 자기 아닌 다른 사람을 꿈꾸는 남자가 나오는데, 그 역시 다른 사람에 의해 꿈꾸어진 환영이다), 그것은 바로 독자에게 생각할 거리를 빼앗아 버리기 때문이다. 그는 아무 생각도 들어 있지 않은 환상의 역설을 좋아한다(예컨대 술병 상표 위에 술병이 있고 또 그 술병의 상표 위에 다시…… 로 이어지는 식으로). 가장 쉬운 보르헤스 —— 아마도 우리를 속이는 보르헤스일 것이다 —— 는 말

줄임표를 무척 많이 사용한다. 그의 가장 뛰어난 이야기는 쉽게 **열려 있는** 이야기가 아니라 완전히 닫힌 이야기, 출구가 없는 이야기들이다.

"독자들은 한 범죄의 결행과 그 모든 준비 과정을 보게 될 것이다. 범죄의 의도는 알게 되겠지만, 마지막 문장에 이르기까지는 그 범죄를 이해하지 못할 것이다." 보르헤스가 「서문」에서 「끝없이 두 갈래로 갈라지는 길들이 있는 정원」을 이렇게 정의할 때, 우리는 그의 약속을 믿을 수밖에 없다. 이야기는 문제(꼭 **제기될** 필요는 없다)와 그 해결 사이에 에워싸여 갇혀 있다. 그리고 「서문」에 예고된 대로, 소설의 마지막 문단은 우리에게 수수께끼의 열쇠를 넘겨준다. 하지만 앞선 모든 것에 대한 끔찍한 혼란을 그 대가로 치러야 한다. 수수께끼는 막상 풀리고 나면 시시하다. 그것이 이야기의 무게를 지탱해 나갈 수 있는 것은 오직 인위적인 기교 덕택이다. 작가가 속임수를 써서 하찮은 것을 비밀스러운 것으로 만들어 낸 것이다. 수수께끼의 답은 그저 보여 주기 위한 것으로, 이야기의 의미 주변을 스칠 뿐이다. 답은 곧 새로운 갈라짐이다. 모험을 끝내는 동시에 그 모험의 내용이 무한히 이어질 것임을 보여 주는 것이다. 가능한 한 가지 출구가 닫히면서 이야기가 끝난다. 그런데 다른 문들은 어디 있는가? 제대로 닫히지 않은 걸까? 지극히 모호하게 중단된 이야기는 엉뚱한 창문으로 날아가 사라진다. 이제 문제는 분명하게 제기된 것 같다. 이야기에 의미가 있다고 치자. 그렇다면 가짜 해결은 알레고리일 것이다. 그런데 이야기에 의미는 없다. 그렇다면 가짜 해결은 부조리의 알레고리일 것이다. 이것이 흔히 보르헤스의 작품을 해석하는 방식이다. 즉, 작품이 지적 회의주의 양상을 지니는 것으로 파악하고 작품을 **완성하는** 것이다. 그 회의주의가 지적인 것인지는 분명하지 않으며, 보르헤스의 이야기들이 갖는 깊은 의미가 그 표면적인 교묘함에 있는지 역시 마찬가지다.

결국 문제 제기가 잘못된 것이다. 이야기에는 분명 의미가 있지만, 그것은 우리가 생각하는 의미가 아니다. 그 의미는 여러 해석들 중 가능한 선택으로부터 나오지 않는다. 본질상 해석적이지 않은 것이다. 읽기가 아니라 쓰기에서 의미를 찾아야 한다. 독자들에게 끊임없이 불쑥 주어지는 암시는 이야기가 전개되고 앞으로 나아가는 것이 커다란 어려움에 부딪히고 있음을 나타낸다. 마치 이야기가 멈춰 서 버린 것 같다. 그렇게 해서 암시를 많이 사용하는 단순한 기법이 나온다. 보르헤스는 글을 쓴다기보다는 이야기를, 그가 쓸 수 있을 이야기뿐 아니라 다른 사람들이 쓸 수도 있을 이야기를 가리킨다(예를 들어 『에른』지의 보르헤스 특별호에 실린 『부바르와 페퀴셰』 분석[2]을 보면 전형적인 메나르의 방식을 잘 보여 준다). 보르헤스는 이야기의 선을 그어 나가는 것이 아니라 흔히 연기되고 유예되는 그 가능성을 표시한다. 보르헤스의 비평 글이 실제의 작품을 다룰 때조차도 허구적인 것은 그 때문이다. 그의 허구 이야기들이 스스로에 대한 명시적인 비판을 통해서만 가치를 갖는 것 역시 마찬가지다. 글을 쓰고 생각할 때 자기가 무엇을 하는지 바라보겠다는 발레리의 공허한 시도가 그 절정에 이른 것이다. 보르헤스는 그 진정한 방법을 발견했다. 한 스토리가 무수한 변이의 가능성을 포함하고 있다면, 스토리를 위해 형태를 선택하는 순간 그 스토리를 감쌀 수 있었을 다른 형태들을 놓치게 된다면, 그럴 때 어떻게 가장 간단한 스토리를 쓸 수 있는가? 보르헤스의 기법은 이야기를 통해 답하는 것이다. 즉 이야기들 가운데서 그 불안정과 명백한 인위성, 모순을 통해 문제를 가장 잘 유지시켜 나갈 수 있는 형태를 선택하는 것이다. 그러한 효과적인 이야기들은 틀에 박힌 시학 이론가들이 주석을

2 Jorge Luiz Borgès, "Défense de Bouvard et Pécuchet", *Cahiers de l'Herne* 4, 1964.

달아 가며 뒤로 미루는 것과 전혀 다르다. 두 방법 사이의 거리는 입술과 술잔의 거리와 같다.

끝없이 두 갈래로 갈라지는 길들로 돌아가기 전에 보다 **투명한**(그리고 ─ 겉으로 드러나는 몇 가지 모습과 달리 보르헤스가 쓰는 것 안에 정말로 **무엇인가**가 있다면 ─ 비난할 수 없는) 예가 있다. 「칼의 형상」이 그것이다. 이 소설의 주인공은 애거서 크리스티(「애크로이드 살인사건」) 이래로 고전적이 된 추리소설 방식에 따라 자기 자신을 3인칭으로 떼어 놓고 이야기를 이어 간다(나는 그가 ~라고 말한다, 그는 내가 ~라고 말한다. 이 예문에서 나는 같은 사람이 아니다. 오직 '그'만이 서술을 가능하게 하는 공통적인 용어이다). 한 남자가 배신을 둘러싼 이야기를 들려주는데, 바로 자기가 배신자라는 것은 끝에 가서야 드러낸다. 그 사실은 한 가지 기호를 해독함으로써 밝혀진다. '이야기를 하는 사람'의 얼굴에 흉터가 하나 있는데, 이야기 안에 같은 흉터가 등장할 때 두 사람이 동일인임이 밝혀지는 것이다. 결국 그 어떤 설명도 필요없다. 너무나 의미심장한 지표(이야기는 그 지표의 담론이다)가 그 기능을 담당하는 것이다. 그 지표는 담론 속에서 펼쳐져야 한다. 그렇지 않으면 의미가 드러나지 않을 것이다. 지표가 온전한 의미를 갖기 위해서는 이야기의 결정적인 순간에 다시 등장하기만 하는 것으로 충분하다. 『페드르』*Phèdre*와 비슷하다. 1막 서두에서 왕비가 나와 자기가 죽을 것이라고, 거추장스러운 베일 때문에 숨이 막힌다고 말한다. 그리고 실제로 5막 끝에 가서 죽는다. 겉으로 보기에는 아무 일도 일어나지 않았다. 하지만 그 결정적인 행위에 의미를 부여하기 위해서, 그 언어적 진실을, 문학적 진실을 부여하기 위해서 무려 1500행이 필요했던 것이다. 이렇게 해서 담론 혹은 이야기의 기능이 분명해진다. 그것은 바로 **진실**을 가져다주는 것이다. 하지만 그러기 위해서는 긴 우회로를 지나며 그

대가를 치러야 한다. 담론이 진실에 윤곽을 부여하기 위해서는 스스로를 문제 삼아야 하고 순전히 인위적인 기교의 외관을 취해야 한다. 담론은 **필연적으로** 오직 스스로의 무용성을(모든 것이 미리 **주어져** 있으므로) 세움으로써만 결말을 향해 나아갈 수 있다. 담론이 전적으로 자유롭게 에피소드들을 즉흥적으로 만들어 내는 것은 듣고 있는 사람을 속이기 위해서일 뿐이다(어차피 모든 것은 **마지막에 주어질 것이다**). 담론은 대상을 휘돌아 감싼다. 단순한 진행 속에 두 이야기 — 이면과 표면 — 를 배열할 수 있도록 감싸고 그 둘레를 돈다. 예견된 것은 예견되지 않았다. 예견되지 않은 것이 예견되었기 때문이다. 이제 우리는 보르헤스가 어떤 특별한 관점을 선택했는지 알 수 있다. 그것은 바로 주제(줄거리)와 그 주제에 다가가게 해주는 글쓰기 사이의 비대칭을 표출하는 것이다. 스토리에 의미가 채워지면 그만큼 이야기는 여러 갈래로 갈라져 나가면서 모든 가능한 다른 이야기 방식들, 그리고 그것이 가질 수 있는 모든 가능한 다른 의미들을 가리키게 된다.

사실 스파이 이야기로 쓰일 수 있었을 「끝없이 두 갈래로 갈라지는 길들이 있는 정원」의 줄거리는 계획된 놀라움을 **향해** 간다. 원래의 줄거리에는 없어도 무관할 어떤 일이 이야기에서 **일어난다**. 스파이인 주인공은 아주 혼란스러운 방식으로 제시된 어떤 일을 해결해야 한다. 그 일을 하기 위해 알버트라는 사람의 집으로 가고 주어진 임무를 수행한다. 그가 일을 해낸 다음에야 우리는 그 일이 무엇인가를 알게 되고, 수수께끼는 약속된 대로 마지막 문단에서 풀린다. 줄거리가 완성되면서 정보를 주지만 그것은 별로 흥미롭지 않다(스파이는 알버트라는 도시를 폭격하라는 신호를 보내기 위해서 전화번호부에서 알버트라는 이름의 남자를 찾아내고 그를 죽인 것이다. 결국 모든 게 분명하게 밝혀지지만, 별다른 의미는 없다). 이 대수롭지 않은 의미는 자리를 옮기면서 다른 의미를, 심지어 다른 줄거리를, 앞의 것과 대조적으로 아주 중요해 보이는 줄거리를 만들어 낸다. 암호로 이용된 알버트라는 이름 외에도 알버트의 집에는 무엇인가가 있었다. 다름 아닌 미로이다. 다른 사람들의 비밀을 알아내는 것이 직업인 스파이가 **비밀이 있는 장소**로 간 것이다(알고 간 것은 아니다). 그가 찾고 있었던 것은 그 비밀이 아니라 다른 비밀을 전할 방법이었다. 알버트의 집에는 중국의 대학자가 만들어 낸 최대로 정교한 미로가 있었다. 그것은 한 권의 책이다. 책 속에서 우리가 혼란스러워지는 것이 아니라, 책 자체가 페이지마다 혼란스러운 『끝없이 두 갈래로 갈라지는 길들이 있는 정원』이 바로 그것이다. 알버트는 그 핵심적인 비밀을 풀었다. 비밀의 번역을 찾아낸 것이 아니라(뜻을 풀지는 못한 채 옮겨 쓰기만 하는, 그 어떤 해석과도 거리가 있는 일차적인 번역이었다), 비밀의 정체를 확인한 것이다. 그는 그 책이 절대적인 미로라는 것을 알았다. 그 안으로 들어가면 길을 잃는다. 그는 또한 그 미로가 책이라는 것을 알았다. 그 속에서는 무엇이든지 읽을 수 있다. 그렇게 씌어졌기 때문이다(정확히 말하면 그 책은 씌어지지 않았다. 앞으로 보게 되겠지만 그러한 쓰기는 불가능하다).

사실 박학한 취팽이 쓴 미로 소설은 이야기의 모든 문제를 해결한다(물론 그런 소설이 존재하지 않는다는 조건하에서이다. 실제의 이야기 속에서는 몇 가지 문제를 제기할 수 있을 뿐이다).

모든 허구적 작품 속에는 매번 여러 가지 가능성이 주어지고, 사람들은 그중 하나를 선택하고 나머지 전부를 버리게 됩니다. 취팽의 소설 속에서는 모든 것을 동시에 선택하게 됩니다. (「끝없이 두 갈래로 갈라지는 길들이 있는 정원」)

완전한 책은 자신의 모든 분신을, 그 책을 지나려고 하는 간단한 길들을 모두 없애는 데 성공한, 혹은 그 길들을 모두 흡수해 버린 책이다. 어떤 사건이든 모든 해석이 공존하는 것이다. 작중인물이 문을 두드린다고 하자. 이야기가 즉흥적으로 자유롭게 펼쳐진다면 무엇이나 예상할 수 있다. 문은 열릴 수 있고, 그렇지 않을 수도 있고, 또 다른 해결책도 가능하다. 미로라는 장치는 한 가지 공리에 근거한다. 즉, 그 해결책들이 열거할 수 있는 하나의 전체(유한하든 무한하든)를 구성한다는 것이다. 일반적으로 이야기는 그 해결책 중 하나를 선택해야 존재할 수 있고, 그렇게 선택된 해결책은 필연적인 것, 적어도 진실한 것으로 나타날 것이다. 이야기가 입장을 정하고 결정된 방향으로 들어서는 것이다. 미로의 신화는 전적으로 객관적인 이야기, 동시에 모든 입장을 받아들여 그 끝까지 전개하는 이야기라는 개념에 해당된다. 하지만 그러한 결말은 불가능하고, 이야기는 결국 미로의 **이미지**를 제시할 뿐이다. 이야기는 한정된 결말을 선택할 수밖에 없기 때문에 두 갈래로 나뉘는 모든 갈라짐을 감추어야 하는 것이다. 『끝없이 두 갈래로 갈라지는 길들이 있는 정원』의 미로는 바벨의 도서관과 유사하지만, 실제의 책은 오직 미완성 상태의 미로에서 길을 잃게 될 뿐이다. 마지막 문단은 보르헤스가 「서문」에 약속한 대로 해결책을 제시한다. 이를테면 그 미로의 열쇠를 건네준다. 미로의 실제 흔적은 오직 이야기의 형태 속에서, 불안정하지만 완결된 형태 속에 있다는 것을 알려 주는 것이다. 모든 이야기는 미로 개념을 드러내지만, 우리에게 주는 것은 오직 **읽을 수 있는** 반영뿐이다. 보르헤스는 전통적인 환상소설 작가들처럼(환상소설의 수사학은 18세기에 수립되었다) 나서서 설명을 하지 않으면서 자신의 논증을 마무리해 냈다. 매튜린의 『방랑자 멜모스』에서는 누군가가 나와서 멜모스 얘기를 하는데 그 이야기 속에 또 누군가가 나오고

하는 식으로, 서랍 안에 또 서랍이 나오도록 포개져 있는 것처럼 이야기는 끝나지 못한다. 진짜 미로는 더 이상의 미로가 없다는 것이다. 글을 쓰는 것은 미로를 잃는 것이다.

실제의 이야기는 결국 가능한 모든 이야기 ─ 그중에서 실제의 이야기가 선택되었을 것이다 ─ 의 **부재**를 통해 결정된다. 이러한 부재는 책으로 하여금 그 자체와 갈등하게 하고, 책의 형태에 홈이 파이게 한다. 그렇게 해서 길을 잃게 되는 도서관이라는 궁극적으로 유쾌한 알레고리, 그리고 너무 넓어서 그 안에서 헤매게 되는 정원의 알레고리 대신 잃어버린 책이라는 비평의 알레고리가 등장한다. 오직 흔적과 불충분함만이 남아 있는 책, 틀뢴의 백과사전이 그것이다.

제11권에서 발견되는 질서는 너무도 명백하고 정확하기 때문에, 겉으로 드러난 이 모순들은 결국 사전의 다른 권이 존재함을 증명해 주는 초석에 불과하다는 것을 상기시키고자 한다. (「틀뢴, 우크바르, 오르비스 떼르띠우스」)

부재하는 혹은 불완전한 책은 그 파편을 통해 여전히 존재를 드러낸다. 그러므로 모든 조합을 모으는 완전한 책 대신에, 불충분한 책, 너무 불충분해서 잃어버린 것의 중요성을 **분명하게 드러내는** 그런 책을 쓸 수 있으리라 상상할 수도 있을 것이다.

화자가 사실을 빠뜨리거나 일그러뜨리고 결국 모순 속에 빠져서, 몇 안 되는 독자들 ─ 그야말로 소수의 독자들 ─ 만이 잔혹한 혹은 진부한 현실을 간파할 수 있게 되는 그런 일인칭 소설을 쓰는 작법에 관한 폭넓은 논쟁. (「틀뢴, 우크바르, 오르비스 떼르띠우스」)

　보르헤스의 기법들은 궁극적으로 이러한 이야기의 가능성을 세우려 한다. 이야기의 불충분함을 통해서 보르헤스가 우리는 아무것도 잃지 않았다는 것을 보여 줄 때, 그러한 기획은 성공이면서 동시에 실패로 간주될 수 있다.

3

발자크의 『농민들』, 이질적인 것이 섞인 텍스트

대도시에는 볼거리가 필요하고, 타락한 사람들에게는 소설이 필요하다. 나는 내 시대의 풍속을 보았고, 그리고 이 편지들을 출간하기로 했다. 이 편지들을 불에 던져 버려야 하는 세기에 살았더라면 얼마나 좋았을 것인가. (루소, 『신엘로이즈』, 서문)

이곳에 오래 계신다면 자연이라는 책에서 많은 것을 배울 수 있을 겁니다. 신문에 글을 쓰시는 분이잖습니까……. (『농민들』, 1부 2장, 푸르숑 영감이 블롱데에게)

현장에서 빈곤의 문제를 연구하고자 했던 작가. (『농민들』, 1부 5장, 블롱데에 대한 말)

관찰하고 묘사하는 것으로는 충분하지 않다. 무언가 목표를 가지고 묘사하고 관찰해야 한다. (『인간극』, 1835년 서문)

발자크가 품은 소설의 기획은 단일하지 않고 나뉘어져 있으며, 서로 대립하는 몇 가지 선 위에 동시에 나타난다. 발자크는 책을 쓰면서 몇 가지를 동시에 **말하려** 한 것 같다. 우리는 실제 발자크는 자기가 원했던 것이 아닌 다른 것을 **썼**다는 것을 보게 될 것이다. 문제는 그러한 다원성의 시험을 작품이 어떤 식으로 겪는가 하는 것이다. 즉, 발자크의 작품 안에 나타나는 몇 가지 유형의 언술들의 괴리는 결국 작품을 해체하는가? 반대로 그 언술들의 대비가 발자크의 작품을 이루는 것이 아닌가?

『인간극』의 1842년 서문에 책은 서로 다른 몇 가지 모델에 부합해야 한다는 말이 나온다. 제일 앞에 뷔퐁의 예(자연사)와 월터 스콧의 예(역사소설)가 함께 제시된다. 전자는 발자크에게 주제(사회적 종種의 재현)를 제공했고, 후자는 그 실현 방법(연작소설)을 제공했다. 형식과 내용이 결합되고, 동시에 문학(소설)과 현실(사회적 관계에 의해 분명하게 구분되는 인간들)의 만남이 이루어진 것이다. 하지만 실제로는 그렇게 간단하지 않다. 이러한 이원성은 가짜 이원성이다. 저자가 재현하고자 한 현실, 자연사의 형태로 본뜬 현실은 독립적인 현실이 아니라 이미 그 형성 과정 자체가 객관성과 거리가 먼 유추를 통해 성립된 것이다.

> 오직 한 가지 동물밖에 없다. 조물주는 단 하나의 동일한 모형을 사용해서 서로 다른 생명체들을 만들었다. 하나의 원리가 외적인 형태를, 더 정확히 말하자면 변화하며 살아가야 하는 환경 속에서 형태의 차이를 취한 것이다. 동물학의 종은 이러한 차이에서 나온다. ……
> 이러한 체계에 관해 논쟁이 있기 전부터 그 문제에 관심을 쏟고 있던 나로서는, 사회는 자연을 닮은 것 같다. 사회는 인간의 행동이 펼쳐지는 환경에 따라서 동물학에서 볼 수 있는 것만큼 다양한 서로 다른 인간들을 만들어 내지 않는가? (1842년 서문)

생물변이설에 근거한 소설은 과학소설이 아니다. 과학의 신화가 그저 객관적 현실의 **이미지**를 보여 줌으로써 작가의 전반적 기획에 형태를 제공할 뿐이다. 과학과 소설이 대응한다는 것은 말할 필요도 없이 잘못된 관계 설정이다. 그것은 이론을 매개로 삼아서 이미 존재하는 인간학적 기획(인간을 그려 내야 한다)을 정당화하는 데 사용된다. 진정으로 새로운 내용을 수립하는 것이 아니라 이미 주어진 주제에 실현 수단을 부여하는 것이다. 자연사로부터 유추하여 결국 인간이라는 종을 그 다양성 속에서 재현하기 때문이다. 과학적 모델을 선택함으로써 객관성과 허구가 결합하면서 소설 속에 과학이 도입된 것이 아니다(이렇게 생각한 사람들이 있었을 것이다). 그러한 선택의 결과는 몇몇 형식주의자들이 '특징짓기' caractérisation라고 불렀고 우리는 **구별 짓기**distinction라고 부를 소설 **기법**이 제안된 것이다. 즉, 인간을 그려 내기 위해 인간을 다양한 '종'의 차이 속에서 보여 주는 것이다. 앞으로 보게 되겠지만, 자연사에서 빌려온 이 '종'이라는 이미지는 소설가에게 새로운 기법을 제안하면서 소설이 사용하던 전통적인 기법을 무너뜨린다. 과학은 발자크의 기획에 아직 개척되지 않은 현실의 영역으로 향하는 길을 열어 준 것이 아니라, 오히려 가장 일반적인 의미에서의 한 가지 스타일을 부여한다. 하지만 그 새로운 도구를 사용한다는 것은 동시에 전혀 과학적이지 않은 **학설**이 작품을 침범하였음을, 결국 작품이 뒤집어질 것임을 내포한다. 변이를 통해 **인간**에 대한 개념을 상정할 수 있게 되는 것이다.

이어 또 다른 형태의 이원성, 좀더 특징적인 이원성이 있다. 발자크는 정치적 이데올로기와 문학의 중간 지점에서 새로운 장르를 창조하려 했다. 여러 글에서 그는 스스로를 정치사상가로 규정했고, 이어 소설가로 규정했다. 『농민들』의 서문에서는 루소의 말을 고쳐서 "나는 시대의 진행을 연구하고 **그리고** 이 책을 출간한다"라고 썼다. 문장의 구성 형태를 보면 아무런 관계 없이 출발한 두 가지 다른 기획을 결합시키려 한 것을 알 수 있다. 도덕소설의 계획이 풍속소설의 계획으로 옮겨 간 것이다. 문학 작품의 생산은 한 가지 '연구'에 종속되어 있다. 그 연구는 아마도 소설이 구사하는 용어들로 결과를 보여 주겠지만, 적용의 장에 있어서는 소설을 넘어선다. 발자크는 스스로를 소설가라기보다는 '풍속사가'historien des moeurs로 칭했다. 역사적인 위대한 사상에 먼저 이끌렸고, 그런 다음에야 그 사상에 문학적 형태를 부여해서 전파하려는 생각을 한 것이다. 익히 알고 있듯이, 순서가 거꾸로 진행된 것이다. 발자크 자신이 말한 의도를 그대로 받아들인다면, 결국 작품이 갖는 정치적 내용이 가장 중요해진다. 작품에 통일성과 독창성을 부여하는 것은 바로 그 정치적 내용인 것이다. 이 지침에 따라 제대로 읽으려면 일시적인 것인 형태로부터 근본적인 내용으로 거슬러 올라가야 하고, 이야기의 가장자리에서 말해진 **교훈**을 들어야 한다. 작가가 소설가이면서 동시에 역사가가 되기 위해서는 또한 이데올로그가 되어야 하기 때문이다. 즉, 스승이자 판관이 되어야 하는 것이다,

> 작가를 작가로 만드는, 거리낌 없이 말하건대 작가를 정치인과 동등한, 아니 어쩌면 더 우월한 지위에 올려놓는 작가의 법칙은 인간의 일들에 대해 판정하는 것, 원칙을 위해 절대적으로 헌신하는 것이다. 보날드[1]는 "작가는 도덕과 정치에 있어서 분명한 의견을 지녀야 하며 스스로 사람들을 가르치는 사람이라고 생각해야·한다"라고 말했다. 왕정주의 작가에게나 민주주의 작가에게나 법칙이 되는 이 훌륭한 말을 나는 일찍이 규칙으로 삼았다. (1842년 서문)

뷔퐁과 월터 스콧에 이어 보날드는 작품이 본받아야 하는 세번째 모델을 설정한다. 자연사와의 유사 관계를 통해 생각할 수 있는 것과 달리 인간을 아는 것으로는, 다시 말해 '이야기들' 속에 인간들의 역사를 재현하는 것으로는 충분하지 않은 것이다. 소설가는 자신의 작업을 이끌어 가는 원칙들을 사람들에게 주입시키면서 가르쳐야 한다. 발자크의 작품을

---

1 루이 드 보날드(Louis de Bonald, 1754~1840)는 프랑스의 정치가이자 보수주의 사상가이다.——옮긴이

잘 알고 있었던 엥겔스는 작가는 질문을 던지지만 그 질문에 답하지는 않는다고 말했다. 발자크에 따르면 거꾸로 작가는 **답하기 위해서** 질문을 던져야 한다. 아마도 이 두 입장이 양립 불가능하지는 않을 것이다. 하나는 소설의 **기획**에 형태를 부여하고, 다른 하나는 실제 **생산물**을 특징짓기 때문이다. 발자크는 스스로 '대답을 해야' 한다고 생각했다. 하지만 실제로는 전혀 다른 일을 했을지도 모른다. 그럼에도 불구하고 『인간극』의 서문에 한 가지 **보편적** 법칙이 표명되었다는 것은 주목할 만하다. 그 법칙은 발자크만을 구속하는 것이 아니다. 민주주의 작가뿐 아니라 왕정주의 작가에게도 해당되는 법칙이며, 따라서 새로운 구속이라기보다는 객관적인 필연성이다. 개별적인 이데올로기의 형태로 문학 속에 억지로 이데올로기를 끌어들이려는 것도 과학을 끌어들이려는 것도 아니다. 문학작품의 위상은 그것이 이데올로기와 맺고 있는 관계에 의해서 결정된다. 이데올로기 없는 좋은 작가는 있을 수 없다. 자신의 이데올로기에 의해 좋은 소설가가 되는 것이 아니라 **하나의** 이데올로기적 언표와 **하나의** 소설적 언표를 만나게 하기 때문에 좋은 소설가가 되는 것이다. 그러므로 발자크에 따르면, 작품과의 관계에서 이데올로기는 독립적이고 분리 가능한 형태를 갖지 않는다. 이데올로기는 자기 층위에서 자율적으로 **문학적** 기능을 행한다. 그러한 기능이 없다면 소설의 교훈은 없을 것이다. 아마 소설도 없을 것이다.

그러므로 이데올로기는 소설에 대해 과학이 행하는 것과 동일한 역할을 행하지 않는다. 이데올로기는 모방 가능한 스타일이라는 전체적인 이미지를 제공하는 것이 아니라 소설의 짜임 속에 끼워 넣을 수 있는 개별적인 언표들을 생산한다. 하지만 이데올로기와 과학은 방식이 다르다 해도 모두 작가의 작업 속에 **포획되어** 내면화되어 있으며, 그 작업의 모델로 멀리 있는 것이 아니라 즉각적으로 변형 가능한 재료이다. 발자크의 기획 속에 분명하게 제시된 소설과 과학의 관계와 마찬가지로, 소설과 이데올로기의 관계는 실제적 관계가 아니다. 만일 그렇다면 각 항목이 독립적으로 존재할 수 있을 것이다. 과학과 이데올로기에 대한 소설의 관계는 유추에 의한 이중의 연루 관계로서, 소설 기획의 움직임 자체를 정의해 준다. 이데올로기는 사용되어야(또 그렇게 변모되어야) 하며, 과학은 모방되어야 하는 것이다. 소설가가 과학과 이데올로기의 힘을 빌리는 것은 그것을 자신의 목적을 위해 사용하기 위해서이다. 그러므로 발자크가 어떤 과학에서 영감을 얻었는지, 그의 이데올로기는 무엇인지 별도로 질문을 할 필요가 없다. 두 가지 모두 형태만 다를 뿐 사실상 동일한 질문, 즉 발자크는 어떤 소설을 쓰고자 했는가 하는 질문인 것이다. 간단히 말하자면, 발자크의 사상에 관한 연구는 이론가 발자크가 아니라 소설가 발자크를 보여 주는 데 기여해야 한다. 발자크의 '사상'은 오직 문학생산의 요소로서 관심의 대상이 되는 것이다. 사상은 텍스트의 여러 관계들 속에 포획되어 있으며, 그 텍스트의 중요성은 이데올로기적인 자질로 정해지지 않는다. 문학작품을 그렇게 부정적이고 환원적으로 읽어서는 안 된다. 비본질적이고 기만적인 표면을 벗겨낸다고 주장하며 작품의 바닥에 놓인 **본질**로 직접 가서는 안 된다. 그것은 작품을 이중으로 파괴한다. 작품을 해체하고, 또한 작품에 고유한 가치를 부여하는 것을 작품으로부터 제거해 버리기 때문이다. 만일 발자크의 사상이 그 자체로 의미를 갖는다면 작품은 그것을 전달할 뿐이며, 결국 사상에 대한 읽기 혹은 설명이 되어 다른 모습을 띠게 될 것이다. 사상 역시 핵심은 다른 데서 빌려온 것이기에 독창적으로 보인다 해도 사실은 그렇지 않다. 독립적으로 존재하는 사상은 문학생산의 기획을 규정할 수 없다. 결국 작품을 이해하기 위해서는 작품을 해체해서는 안 되며, 작품을 구성하는 요소들을 따로 연구해서는 안 된다. 그렇기 때문에 방법적으로 상당히 어려움이 있다. 요소들을 분리해서는 안 되지만 그렇다고 섞어 버리면 작품의 실제적 복합성이 사라지기 때문이다. 발자크는 소설을 씀으로써 어느 하나도 버릴 수 없는 **두 가지를 동시에** 말하고자 한다. 한편으로 발자크는 진실을 말하려 하고, 알려 하고 또 아는 것을 보여 주려 한다. 또 한편으로는 당시 상황에 맞는 진실을 선택하고 전파하려 한다(그것은 바로 군주제와 가톨릭만이 프랑스 사회에 미래의 전망을 준다는 것이다). 이 두 의도가 서로 연장선상에 놓일 수도 있을 것이다. 원칙의 제안(학설)은 실제 분석(상황과 본질에 관한 객관적 묘사)에 근거하면서 또 그 분석에 의미를 제공하기 때문이다. 하지만 실제로는 그렇지 않다. 두 가지는 별개의 움직임으로, 서로를 보완하거나 하나로 합쳐지는 것이 아니라 상반되는 길을 가면서 서로 대립한다. 작가는 **알려** 하고 **판단하려** 한다. 이 두 계획에 부합하는 두 유형의 언표가 작품 속에 나타난다. 하나는 구분해서 말하고 다른 하나는 섞임을 표현하기 때문에, 두 가지는 어긋난다. 발자크의 소설이 무엇인지 안다는 것은 그 두 언표의 **연결 관계**가 어떻게 이루어지는지 보여 주는 것이다. 발자크의 작품은 결국 두 가지가 대비를 이루는 자리라고 말할 수 있다. 바로 그 대비가 발자크의 작품을 규정하는 원칙인 것이다. 발자크의 작품은 단순하고 완성된 하나의 텍스트로 이루어지지 않았다. 가장 핵심적인 첫째 특징은 바로 **이질적인 것의 섞임**le disparate이다.

　실제로 발자크가 두 가지를 동시에 썼고 소설이 그 두 가지의 만남으로 이루어진 산물이라면, 그의 소설을 읽는 것은 결국 두 번 읽는 것, 분리되지도 반대로 하나가 되지도 않은 연계된 두 권의 책을 읽는 것이다. 소설 텍스트는 하나의 의미가 아니라 여러 개의 의미를 불러온다.『농민들』

의 헌사에 그러한 이중의 읽기의 가능성이 암묵적으로 잘 담겨 있다.

사회가 박애를 우발적인 사건이 아니라 원칙으로 삼고자 하는 한 잔혹한 진실이 될 이 연구의 목표는 너무도 많은 작가들이 새로운 주제를 찾아 다니느라 잊고 있는 민중들의 본모습을 부각시키는 것이다. 어쩌면 잊은 게 아니라, 민중이 왕권에 아부하던 사람들의 상속자가 된 이 시대가 신중해진 것인지도 모르겠다. 문학은 범죄자들을 등장시켰고, 살인자들을 동경했으며, 프롤레타리아는 거의 신격화되었다. 당파들이 일어났고, 이전에 제3계급에게 "궐기하라"라고 외쳤던 것처럼 "노동자들이여, 궐기하라"라는 외침을 써댔다. 그런데 이 헤로스트라투스[2]들 중에 그 누구도 용기 있게 시골 깊숙이 들어가서, 우리가 아직 약자라고 부르는 자들이 스스로 강자라 여기는 자들에 맞서고 농민이 부자에 맞서서 어떻게 지속적으로 힘을 합치는지 연구한 적은 없지 않은가! 오늘날의 입법자가 아니라 내일의 입법자에게 진상을 알려 주어야 한다. 이렇게 수많은 작가들이 앞을 보지 못하고 민주주의의 아찔한 도취에 달려들고 있지만, 소유권을 있으나 마나 한 것으로 만들며 법 적용을 불가능하게 만드는 농민들을 그려 내는 것이 시급하지 않은가? 여러분은 이제 지치지 않고 법을 흔들어 대고 갉아먹는 농민들, 그들을 조력자이자 먹이로 삼은 프티부르주아들의 잔치에 초대받아 땅을 잘게 쪼개는, 1아르팡의 땅을 수많은 조각으로 자르는 농민들을 보게 될 것이다. 프랑스혁명이 창조해 낸 이 반사회적인 요소는 부르주아가 귀족을 삼킨 것과 마찬가지로 언젠가 부르주아를 삼키게 될 것이다. 그 비루함을 무기로 법 위로 올라선, 머리 하나에 2천만

---

2 고대 그리스에서 자신의 이름을 남기기 위해서 아르테미스 신전을 불태운 방화범.——옮긴이

개의 팔을 가진 로베스피에르가 마을마다 웅크리고서, 지방의회에 들어 앉아서, 나폴레옹이 대중을 무장시키느니 불리한 상황을 선택했던 것을 잊은 채 1830년 프랑스의 모든 마을에서 '국민병'으로 무장하고서, 쉼 없이 일을 벌이고 있다. (『농민들』, 헌사)

　　주의 깊게 들어 보면 이 글은 정확히 두 가지 소리를 낸다. 우선 단순 명료한 의도가 있고, 그 의도는 표명되는 과정에서 조금도 모호해지지 않으면서 **원래의 것이 아닌 다른 것**이 된다. 즉, 의도는 말해지고 진술되는 것이 아니라 보여지고 멀리서 가리켜지며, 그렇게 해서 모든 직접적인 현전성을 벗어던진 채 **떨어져** 놓이게 된다. 그 의도는 무엇인가? "잔혹한 진실"을 말하는 것이다. 그것은 이중으로 잔혹한 진실이다. 우선 그것을 **비밀**로 만드는 심오한 이유 때문에 사람들이 그 진실을 알지 못하기 때문이고, 또한 여기서 발자크가 주장하는 정치적 선택과 관련하여 돌출할 **위험**을 예고하기 때문이다. 따라서 두 가지 단절이 소설을 통해서 이루어져야 한다. 즉, 지식 층위의 단절과 판단 층위의 단절이다. 하나의 동일한 움직임 속에서 작가는 정보를 주려 하고 동시에 불안하게 만들려 한다(하지만 정말 동일한 움직임인가?). 이데올로기적 명제는 지극히 명백하다. 하지만 바로 옆에 그 명제를 **반박하는** 사실 진술이 마치 그것을 실현하기 위한 조건처럼 놓여 있다는 것을 어렵지 않게 간파할 수 있다. 발자크는 민중에 **반대하여** 쓴다. 그러한 결정을 무시하고 혹은 고려하지 않고, 『농민들』의 저자를 그가 섞이고 싶지 않아 했던 빅토르 위고, 조르주 상드 같은 '민주주의 작가'들과 동일시할 수는 없다. 원칙적인 결정이 그 자체로 작가의 작업을 구속하는 것은 아니지만(민중에 반대하든 민중과 함께하든 그것만으로 글을 쓸 수 있는 것은 아니다), 그것을 드러내기 위한 받침대로서 분석의 선결 조건 혹은 상관항이 제시될 때 결정은 비로소 진정한 의미를 띠게 된다. **제대로** 말하려면, 민중에 반대하여 말하는 것과 동시에 민중에 대해서 말해야 하는 것이다. 민중을 보여 주어야 하고, 구성해야 하고, 즉 민중에게 **발언권을 주어야** 한다. 칭송도 비난도 그 자체로는 충분하지 않다. 이데올로기적으로 요구하기 위해서는 필연적으로 보여 주고 밝혀내야 한다. 그러면 논증은 문체style가 된다. 위의 글은 이중의 의미를 지니기에 이중의 읽기가 가능하다. 하나는 환원적인 읽기로, 오직 텍스트가 명시적으로 **공표하는** 것에만 관심을 갖는 것이다. 또 하나의 읽기는 그 언표가 가능하게 하는 조건들을 끌어내려고 시도하는 것이다. 즉, 언표와 계획을 분리하지 않고 그렇다고 서로 독립적인 것이 되게 하지도 않으면서, 그 두 가지를 상대적인 자율성 속에서 대조하며 보는 것이다. 발자크는 노동자들이 어떻게 궐기했는지 혹은 어떻게 방해받았는지 보여 줌으로써 빅토르 위고가 그랬던 것보다 맑스에 더 가까이 다가간다. 방향이 반대이고 수단이 다르지만 발자크는 결국 **같은 것**을 말하고 있지 않은가?

그러므로 이데올로기가 예술로 변신하면 중요하지 않은 것이 되고 그런 상태로 잊혀진다고 생각해서는 안 된다. 이데올로기적 주장을 분리해서 그 자체로 따로 판단할 수 없는 것과 마찬가지로, 작가의 예술만을 내세워서는 안 되며, 마치 베일로 가리듯 예술로 그 예술이 있게 한 것 — 그것이 없다면 예술은 존재하지도 않고 의미도 갖지 못했을 것 — 을 덮어 버릴 수는 없다. 발자크의 소설들은 이 이중의 기획에 뿌리박고 있기 때문에 비로소 존재하는 것이다. 그러한 **이중성**을 피해 가지 말고, 설명해야 한다.

* * *

이제 『농민들』에 대해 질문을 제기해 보자. 소설을 쓴다는 것은 무엇인가? 발자크 스스로 제시한 첫번째 답에 따르면, 소설을 쓰는 것은 중요한 현실 문제들을 푸는 것이다.

> 날이 갈수록 격렬해지는 부자와 가난한 자 사이의 논쟁이 어떻게 될까? 이 책을 쓰는 단 한 가지 이유는 바로 그러한 끔찍한 사회문제를 조명하기 위해서이다. (『농민들』, 1부 7장)

사실의 문제와 당위의 문제가 동시에 제기되어 있다. 소설은 가난한 자와 싸우고 있는 부자를 보여 주어야 하고 동시에 가난한 자로부터 부자를 지켜 주어야 한다. (자연적인) 역사와 (정치적인) 이데올로기가 만나는 것이다. 부자는 약하고 보호되어야 한다. 이러한 역설은 말하자면 작품의 근원이며, 그것 없이는 작품이 씌어지지 않았을 것이다. 그렇게 주어지는 질문은 수수께끼이며 스캔들이다. 어째서 부자가 그렇게 약한가? 질문은 두 가지 목소리의 제창이다. 출발부터 사실판단과 가치판단이 이어진 것이다. 결국 소설은 영감을 받은 이데올로기적 옹호의 길과 정확한 지식의 길로 동시에 들어선다. 그리고 이 최초의 역설을 설명하고 해결해야 한다.

스캔들은 처음부터 분명하게 나타나고 확인된다. 따라서 소설의 진정한 진행의 토대가 될 수 없다. 소설의 진행이 이루어지는 것은 수수께끼의 탐험을 통해서이다. 이데올로기적인 주제가 이미 하나의 대답이고 질문을 불러내는 구실이라면, 알기 위한 노력은 실제의 어려움을 해결해야 하기 때문이다. 해결의 이미지는 소설을 구성할 수 있게 해준다. 부자는 약하다. 따라서 다른 부자, 숨어 있는 부자, 더 강한 부자가 있다. 결국 소설 속의 시간은 둘로 나뉜다. 전반부에는 가난한 자와 부자의 대결이 (스캔들이 될 만큼) 극단적으로, 특히 저택과 초가집의 만남을 통해 주어진다.

> 화려한 에그 문뼐에서 오백 걸음쯤 떨어져 있는 오두막을 자세히 보았는
> 가? 마치 궁전 앞의 거지처럼 웅크리고 있는 그 모습을 보았는가? 그렇
> 다! 지붕에는 폭신한 이끼가 가득하고, 암탉들이 꼬꼬댁거리고, 돼지가
> 이리저리 돌아다닌다. 이 모든 전원의 정취는 끔찍한 의미를 지닌다……
> (1부 3장)

여기에는 한 가지 특별한 비밀이 있다. 그 초가집(저택이 폐허가 된 자
리에 세워진 "비운의 초가집")은 술집이고, 즉 당연히 나쁜 장소이다. 시적
인 전원의 배경 뒤에는 무언가 "끔찍하고" 예기치 못한 것이 도사리고 있
다는 위험이 예고되는 것이다. 이 희미한 비밀은 결국 작품에 주제를 부
여하는 커다란 비밀에 대한 알레고리이다.

두 힘의 싸움은 그 사이를 가르는 무한한 거리를 지나면서 **공허한** 싸
움, 기이하고 해결할 수 없는 인위적인 싸움으로 나타난다. 그리고 그러
한 상황으로부터(상황을 제시하는 용어들에 따르면 거짓된 상황이다) 서서
히 **끝없는 불안**이 생겨나고, 처음 몇 장章들은 극적인 어조를 띠게 된다. 이
러한 대조를 통해서 질문이 품고 있는 예리한 측면이 드러난다. 비어 있
는 연결고리, 모든 것을 설명해 주는 고리는 후반부에 — 앞의 것보다 더
길다 — 점차적으로 주어진다. 문제의 고리는 바로 부르주아지의 동맹,
'중산계급 정치'이다. 그것은 복잡하고 분열된 상태로 제시된다. 모두들
동일한 전리품을 취하기 위해 달려들어 일시적으로 모여 있지만 통합된
상태가 아니기 때문이다. 이제 어조가 변하고, 중산계급 정치를 묘사하는
내내 발자크는 매개적 세계의 범속한 모습을 들추며 환희에 젖은 듯 의

기양양하다. 초가집과 저택, 부자와 가난한 자의 양극단을 나누는 무한한 거리, 지탱하기 힘든 거리가 그렇게 **채워진다**. 바로 그곳에서 결정적인 행동이 일어나며, 줄거리를 이루는 모든 일화들은 그 **결과**일 뿐이다.

그러므로 이 드라마는 농민 지역으로부터 일어나 상층 부르주아들이 사는 슐랑주와 라빌오페이까지 파급될 것이다. 이 흥미로운 두 지역의 등장은 주제의 전개를 멈추는 것이 아니라 오히려 — 산사태에 휩쓸린 오두막집들이 주제의 흐름을 빠르게 만드는 것과 마찬가지로 — 가속시킨다.
(1부와 2부의 연결 문단)

이러한 진행의 움직임은 호기심을 채워 준다는 점에서는 우리를 충족시킨다. 하지만 동시에 우리를 불안하게 한다. 질주하는 분노의 이유를 담고 있기 때문이다. 예상대로 이야기는 서로 상반되는 두 방향으로 나아간다.

지극히 기본적인 이러한 첫번째 분석은 『농민들』이 발자크의 다른 많은 소설들과 마찬가지로 1830년의 사건들[3]에 대한 예견(줄거리는 1823년의 이야기이다)이라는 것을 보여 준다. 부르주아지가 역사의 표면에 등장하여 역사를 자기 것으로 삼기 위해서 앞장서서 역사를 이끌었던 시대의 이야기인 것이다. 갑작스러운 부르주아지의 도래는 그저 환기되는 것이 아니라 소설 전체를 통해서 **재생산**되어야 한다. 즉, 부르주아지의 도래에 대한 이미지가 아니라 등가물을 제공해야 하는 것이다. 그 순간 역사적 동기에 전적으로 소설적인 요구가 따라오게 된다. 그런데 **그것**(부르

---

3 부르주아 계급이 정치적 우위를 확보하는 계기가 되었던 7월혁명을 말한다.──옮긴이

주아지의 승리)을 보여 주기만 하면 있는 그대로 드러나는 상황이 아니다. 부르주아지의 승리가 존재하지 않는 것이기 때문이다(한편으로는 숨어 있고, 다른 한편으로는 그것이 실제로 존재한다면 소설은 더 이상 존재할 이유가 없을 것이다). 결국 적절한 수단을 동원하여 **대체물**을 제시해야 한다. 그렇게 해서 역사적 기획과 이데올로기적 기획 뒤에, 혹은 그 둘 사이에 —— 둘을 연결하건 분리하건 —— 작가의 기획이 특수한 형태로 모습을 드러내게 된다. 그것은 더 이상 아는 것 혹은 판단하는 것이 아니다. 작가의 기획은 그 출발부터 명시된다. 즉, **세계와 동등한 책을 쓰는** 것이다. 이 새로운 문제(이 의도를 실현할 수 있는 수단을 찾아야 한다는 점에서 문제이다)가 바로 소설의 진정한 기원을 이룬다.

　문제를 해결하기 위해서 상호보완적인 두 가지 해결책이 함께 사용된다. 하나는 책(개별적인 소설) 외부의 것이고, 다른 하나는 책 안에서 조직하는 것이다. 우선 소설은 **책들의 그물**에 편입되고, 그 그물이 실제 하나의 세계를 구성하는 현실적 관계의 복잡성을 대체한다. 하나의 작품이라는 전체 속에 자리 잡은 소설은 그 작품과 다양하게 특수 관계를 맺으면서 암시를 이어 가고, 그렇게 끝없이 되풀이 암시되는 것이 무한한 세계를 모방하기 시작한다. 이러한 원리로 이해된 작품은 한 군데 모임으로써 현실과 유사한 정합성과 복합성을 지니는 요소들의 조합이 된다. 소설의 세계는 진짜 세계의 반영이 아니라 현실의 한 가지 체계를 구성하는 것이다. 우리는 여기서 소설을 쓴다는 기획은 진실을 말한다는 기획과 필연적으로 거리가 먼 것임을 알 수 있다. "현장에서 빈곤의 문제를 연구하는" 것으로는 부족하다. 그것을 객관적인 사물로 구성해서 보여 주어야 하는 것이다. 인물의 '재등장', 다시 말해 반복등장 기법은 소설을 그 자체의 외부에 **위치시키려는** 이러한 의지에 부응한다. 하지만 이 기법의 사용을 동

일한 작중인물들이 상이한 줄거리들에 등장하는 것에만 한정시켜서는
안 된다. 중요한 것은 그 인물들(심지어 장소들, 상황들)이 **유사한** 역할을
한다는 것, 명시적으로든 함축적으로든 비교 관계의 항을 이룬다는 것이
다. 그 인물들은 서로의 관계를 통해서 규정되기 때문에 하나의 세계 안
에서의 그들의 **연결 관계**를 드러내 보여 주면서 바로 그 세계가 존재할 수
있게 해준다. "사르퀴 토팽이라는 제분업자는 계곡에 사는 뉘싱겐[4]이었
다"(2부 1장). 결국 작품 전체는 거대한 바탕을 이루고, 그 바탕에서 각각
의 요소가 모습을 드러낸다. 그렇기 때문에 발자크의 한 소설을 읽기 위
해서는, 그리고 읽은 것을 이해하기 위해서는, 언제나 다른 소설을 같이
읽어야 한다(어떤 소설이든 상관없을 것이다). 이러한 방법을 통해서 우리
는 부재하는 현실의 자리를 대신하는 의미의 필연적인 반복을 발견하게
된다. 작품은 너무도 광대하여 독서의 지점과 관점이 달라질 때마다 다양
한 관계와 여정이 가능해 보인다. 작품의 질서는 그러한 다양성의 환상을
생산해 내려 한다. 그렇게 해서 작품의 규모가 객관적으로 정해진다. 즉,
누구든 전체를 다 기억해서 제시할 수 없을 정도가 되어야 하는 것이다.
바로 그 때문에 발자크는 그토록 많은 소설을 서둘러 쓴 것이다. 미셸 뷔
토르가 『목록 I』에서 잘 보여 주었듯이, 『인간극』을 구성하는 핵심적 요소
들 중의 하나는 바로 그러한 힘, 즉 여러 의미로 읽힐 수 있고, 서로 다른
방식으로 접근될 수 있고, 한 항목에서 다른 항목으로 넘어가면서 다른
질서 속에 끊임없이 다시 세워질 수 있는 힘이다. 그렇게 해서 각 부분들
이 그냥 더해졌을 때의 정합성과 다른 정합성이 주어진다. 그러므로 작가
발자크를 알기 위해서는, 어느 입구로 들어가든 그것이 여러 입구들 중

---

4 발자크의 소설들에 등장하는 인물로, 인색한 금융가이다.——옮긴이

하나라는 것만 이해하면 된다.

하지만 이러한 첫번째 특징만으로는 부족하다. 작품 전체와의 관계, 즉 개별 소설을 그 밖으로 끌어내서 자리를 옮기고 현실의 움직임과 유사한 움직임을 부여하는 관계와 똑같은 등가물이 소설과 그 자체와의 관계 속에 있어야 한다. 소설을 다른 소설들 중 하나의 소설로 만드는 결합 원칙에 대응하여 구별 원칙, 즉 그 소설 안에서 다양한 소설적 요소들이 분리되고 합쳐져서 이야기의 세계를 만들어 내는 원칙이 있어야 하는 것이다. 그렇게 해서 소설의 내용이 결정된다. 어떤 것(그것이 무엇인지는 상관없다)을 드러나게 한다는 것은 바로 그 차이, 설령 동시에 말해진다 해도 다른 것과 섞이지 않게 해주는 특수성을 함께 보여 주는 것이다. 소설은 자체 안에 알레고리적인 **다양성**을 생산하면서 나아간다.

하나의 소설을 구성하려면 대립 관계를 드러내는 구별되는 요소들을 생산해야 한다. 그렇기 때문에 책은 그 내적인 구성에 있어서 여러 부분으로 **찢겨 있다**. 상반되는 항목들을 만나기 때문에 불균형한 상태일 수밖에 없고, 그 요소들이 적용되는 여러 지점 사이에 나뉘어 있을 수밖에 없다. 이 문제와 관련하여 『인생의 첫출발』*Un début dans la vie*은 특별히 의미 있는 예가 될 수 있다. 이동 시간이 정해진 합승마차라는 한 장소(세 가지로 개별화되어 나타난다. 즉 ①닫혀 있다, ②"한 시대의 사회적 재료"를 나타낸다, ③그곳에 있는 사람 중 일부에게만 어울리는 장소이고 나머지 사람들은 흔히 사용되는 방식으로 있을 곳이 아닌 곳에 와 있다)에 극명하게 다른 계층들(두 가지로 개별화되어 나타난다. 하나는 그들을 '이어 주는' 갈등과 유대를 통해, 또 하나는 다른 소설들에 등장하는 같은 유형의 개인 혹은 다른 유형에 속하는 개인들과의 닮은 점 혹은 다른 점을 통해)을 나타내는 전형적 인물들이 모인다. 즉, 다음과 같은 사람들이 나란히 앉는다.

- 부유한 농민(레제 영감)

- 하층 부르주아에 속하는 청년(오스카르 위송)

- 예술가 두 명(브리도와 미스티그리)

- 공증인 사무소의 서기(마레)

- 고위 관료(드 세리지 백작)

소설은 사회적 공간으로부터 지극히 상이한 영역의 요소들을 빌려오고 그것으로 새로운 공간, 즉 그 요소들의 **만남**의 공간을 구성한다. 이 모든 요소들(장소들과 인물들)의 차이와 대비가 소설의 주제를 제공하는 것이다. 하지만 여기서 잊지 말아야 할 것은, 이러한 구별은 그것들이 한 가지 동일한 세계 — 작품의 세계 — 에 속한다는 바탕 위에서만 가능하다는 것이다. 바로 작품의 세계가 그것들을 둘러싸고 있고 또 의미를 부여하는 것이다. 『오노린』Honorine에서 제노바 총영사는 옥타브 백작에 대해 이렇게 말한다. "그 사람은 아마도 여러분 모두가 알고 있을 **드 세리지 백작**에 버금가는 삶을 살았습니다. 하지만 그보다는 어두운 삶이었을 겁니다. 마레 지구[5]의 페이엔 거리에 살면서, 손님이 찾아오는 법이 없었으니까요."

이러한 차이 체계에 기반한 소설은 필연적으로 관심의 중심이 여러 개이고, 촉발하는 관심도 여러 개일 수밖에 없다. 『인생의 첫출발』은 사실 소설 두 개가 더해진 것 같다. 하나는 드 세리지 백작을 중심으로, 또한 백작과 그 재무 관리인 모로와의 관계를 중심으로 돌아간다(이 인물은 『농민들』에서 몽코르네 장군과 그의 재무 관리인들의 관계를 이해하기 위한 참조 기준이 될 것이다. 두 관계는 유사하지만 다르다. 『농민들』의 경우 파리 지역이 아

---

5 파리의 한 구역. 귀족들이 많이 살던 곳이다.—옮긴이

니라 조건이 전혀 다른 시골에서 일어나는 일이기 때문이다. 1부 7장 참조). 또 하나의 소설은 교육 소설로(시작 부분에는 거의 나타나지 않는다), 오스카르 위송의 이야기를 들려준다. 사실 이 위송이라는 인물은 소설이 끝날 때까지 앞에서 이야기된 내용들로부터 멀리 떨어져 있다. '의도적인' 결말은 같은 인물들을 다시 한곳에 모아 놓으며(하지만 인물들은 변해서 이전과 달라졌다) 이야기의 **의도적인 비일관성**을 더욱 강조한다. 소설에 형태를 부여하는 필연성은 조각들을 붙여서 소설을 구성하는 것이다. 자신의 계획을 실현하기 위해서 발자크는 한 가지 중심 주제를 내세워서 소설을 **잘 쓰는 것, 조화롭게 구성하는 것**으로 만족하지 못했다. 그 계획을 구체적으로 **형상화**하기 위해서는, 작품의 앞에 중요한 전경이 있고 그 뒤에 후경들이 연속적으로 이어지는 것이 아니라, 몇 개의 전경이 갑작스러운 단절을 이루며 차례로 나타나는 식이 되어야 했다. 사람들이 거의 주목하지 않았지만, 발자크의 구성 원칙은 브레히트가 다른 분야에서 사용한 것과 같다. 브레히트가 변증법을 연극 무대 위에 올렸다면, 발자크는 세계를 소설 작품 속에 넣은 것이다. 두 시도 모두 **깨진 플롯**이라는 동일한 결과에 이른다.

동일한 원칙이 『농민들』에도 적용된다. 이번에는 규모가 더 크다. 이야기를 움직이는 인물군은 이번에는 사회적 공간의 모든 영역에서 모아 왔고, 전경 역시 두 개가 넘는다. 『농민들』의 인물은 다음과 같다.

- 파리 장인계급 출신의 부유한 지주, 제정 시대의 백작이며 장군(몽코르네)
- 사교계의 여인, 거의 몰락한 정통왕조파 출신의 파리 여인(몽코르네 부인, 처녀 때 성은 트루와빌)
- 파리의 기자(블롱데)

- 정통왕조파 사제(브로세트 신부)
- 지방 부르주아들(도청소재지에 고베르탱 주위로 모임)
- 군 지역의 하층 부르주아들(둘로 나뉘어, 술랑주의 일급 사교계는 수드리 부인을 중심으로, 이급 사교계는 플리수 부인을 중심으로 모인다)
- 마을의 '부르주아'(리구)
- 농민들의 세계(여러 단계로 제시됨)

이상이 경우에 따라 무대의 전면에 등장하는 주요 인물들의 목록이다. 다른 사람들도 있다.

- 지방 행정에 속한 사람들(주교, 도지사, 지방검찰청장 부르락……)
- 정통왕조파 지주들(술랑주 사람들……)
- 오페라 여가수, 징세 청부인의 연인, 레제그의 옛 주인(라게르 양)
- 제대 후 산림 감시인이 된 사람들

이 항들 중 일부, 특히 농민들의 세계는 다시 많은 요소들로 나뉜다. 각 인물은 당연히 장소와 관련되어 나타나며, 장소가 인물에 적합할 때도 있고(예를 들면 브란지의 리구) 아닐 때도 있다(레제그의 몽코르네). 흔히 생각하는 것과 달리 발자크가 늘 장소와 인물 사이의 일치, 삼투현상을 보여 준 것은 아니다. 인물과 장소를 대립시키는 불일치가 더 의미 있을 때가 많다.

우리를 둘러싼 것들이 언제나 우리 영혼의 상황과 일치하지는 않는다. (1부 10장)

널리 알려진 원칙에 따르면 지리학적 구분은 사회적 종의 구분에 상응한다. 따라서 이야기의 배경이 되는 시골은 단순하고 독립적인 공간이 아니라 복잡하고 조각난 현실이다. 저택의 정원에서 마을까지, 마을에서 군청까지 지나가는 동안 연속성의 답을 찾을 수 없다.

구성 요소가 많기 때문에 그것들을 짜맞추는 것은 특히 복잡한 문제가 된다. 이야기 역시 관심이 다르고 끝없이 갈라지는 몇 가지 중심으로 나눌 수밖에 없다. 여러 가지 장소, 상황, 관심이 공존하는 복수성에 부응하여 소설의 다원성이 주어지는 것이다.

많은 사람들이 빛을 받아 번쩍거리는 옛 황제친위대 대령의 갑옷이 보고 싶을 것이고, 그의 불타는 분노가 소용돌이쳐서 이 작은 여인에게 쏟아지는 광경을 기대할 것이다. 그렇게 해서 이야기가 끝나갈 즈음에는 수많은 현대 소설들의 종결부에 오는 것, 즉 침실의 드라마를 만날 수 있기를 바랄 것이다. 문 위쪽으로 푸른빛의 단색화가 장식된 이 멋진 객실에서 과연 현대의 드라마가 피어날 수 있을까? 신화의 애정 장면이 재잘대는 곳, 천장과 덧창에 아름다운 환상의 새들이 그려져 있는 곳, 벽난로 위에 중국 자기로 만든 괴물이 목청을 드러낸 채 웃고 있는 곳, 더없이 진귀한 도자기들 위에 푸른빛과 황금빛 용들의 꼬리가 일본식으로 기발하게 색색으로 장식해 놓은 가장자리를 감싸며 소용돌이치는 곳, 안락의자와 장의자와 소파와 콘솔과 선반이 모두 이 관조적인 게으름을, 모든 기운이 처지게 하는 게으름을 불어넣는 곳에서 과연 그것이 가능할까? 아니다. 드라마는 사적인 삶에 국한되지 않고, 더 높은 곳에서 혹은 더 낮은 곳에서 분주하게 돌아간다. 정념이 등장하기를 기대하면 안 된다. 진정한 의미는 어차피 지나치게 극적일 것이다. 또한 모두 똑같이 등장시켜야 하는 것이 역사가의 임무라는 것을 잊으면 안 된다. 가난한 자든 부자든 역사가의 펜 앞에서는 평등하다. 역사가의 눈에 농부는 비참해서 위대하고, 부자는 어리석어서 비루하다. 또 부자에게는 열정이 있고 농부에게는 욕구밖에 없기 때문에 농부는 이중으로 가난하다. 비록 정치적으로는 농부의 공격이 가차없이 제압된다 해도, 인간적으로 그리고 종교적으로 농민은 신성하다. (1부 1장)

이야기는 여러 개의 '빛줄기'로 이루어질 것이다. 다시 말하면 조명이 여러 개인 것이다. 이야기는 사적인 삶의 소설도 아니고 야외에서 벌어지는 소설도 아니다. 은밀한 정념과 동시에 엄청난 음모를 그리는 이야기이고, 부자의 이야기, 가난한 자의 이야기, 또한 그 둘을 가르는 것에 대한 이야기이다. 또한 소설가는 '역사가'이기에 차례대로 "모두 똑같이 등장시켜야" 한다. 그것이 발자크가 인정할 수 있는 유일한 형태의 평등이다. 그것은 소설적 수단으로 가능해진, 똑같이 대조를 이루는 평등이다. 그 평등을 통해 정경scène의 주인공들은 마치 하나의 세계 속에서처럼 서로 맞설 수 있게 된다. 『농민들』은 ─ 예를 들면 『시골 의사』Le médecin de campagne와 달리 ─ 완전한 소설이다. 다양한 세계가 다양한 방식으로 주어져 있는 것이다.

이 드라마에서 농민들은 줄거리 진행에 꼭 필요한 단역을 맡고 있기 때문에 사람들은 어쩌면 단역들이 주역이 아닌지 망설이게 될 것이다. (1부 2장)

두 가지 혹은 더 여러 가지 줄거리가 있지만, 무대는 하나뿐이다. 닫혀 있고 독립적인 여러 개의 세계 혹은 영역들의 만남을 통해 하나의 현실 세계라는 환상이 생산된 것이다. 구성의 문제는 결국 어떻게 할당하고 분배할 것인가의 문제로 귀결된다(드라마 혹은 무대가 하나뿐이기 때문이다). 간단히 말하자면 누가 주인공을 맡을 것인가 하는 것이다. 이것은 간단하게 대답할 수 없는 질문이다.

소설 시작 부분의 장들에 어떤 답이 주어졌는지 자세히 살펴보자. 한 영역에서 다른 영역으로의 이동은 각 영역을 보여 줄 때 나타나는 내적 불균형을 기반으로 이루어진다. 이야기는 블롱데가 나탕에게 시골 생활을 묘사한 편지로 시작한다. 화자는 편지의 중요성을 지적하면서 이렇게 설명한다.

> 우리 시대 사람들 중에서 글을 쓰는 데 가장 게으른 자에게서 나온 이 편지가 기적 같은 우연으로 보존되지 않았더라면, 레제그를 묘사하는 것은 거의 불가능했을 것이다. 또한 그런 묘사가 없다면, 그곳에서 일어난 이중으로 끔찍한 이야기의 흥미도 떨어지게 될 것이다. (1부 1장)

그 편지에 무엇이 들어 있기에 이 소설의 시작이 다른 소설들의 시작과 다를 수 있었는가? 편지는 사건의 무대인 시골을 그곳에 사는 사람(몽코르네는 해당되지 않는다)의 시점이 아니라 외부의 시점으로 보여 준다. 외부의 시점은 왜곡이 심하기 때문에 오히려 더 많은 것을 보여 줄 수 있다. 블롱데는 자연을 있는 그대로 보지 않고(어떻게 그럴 수 있겠는가?) 연극의 무대로, 심지어 오페라의 무대로 바라본다.

> 나는 예술과 자연이 섞여 있는, 하지만 서로 망치지 않는, 예술은 자연스럽고 자연은 예술적인 그런 시골의 정경을 보았네. 우리가 소설들을 읽으며 그렇게 자주 꿈꾸었던 오아시스도 보았지. (1부 1장)

오페라의 무대장치. (1부 1장)

마을은 순박해 보이고, 토속적이라네. 모든 화가들이 보고 싶어 하는 바로 그런 소박함이 있지. (1부 1장)

"정말이지, 오페라에서 보는 것만큼 아름답군." 블롱데는 아본 강을 따라 올라가며 생각했다. (1부 2장)

블롱데의 눈에 비친 자연은 농민들의 삶의 터전이 아니라(또한 순결한 자연도 아니라) 정리되고 아름답게 꾸며진 자연이다. 그는 교육에 의해 습관적으로 보게 되는 것, 즉 그림, 소설, 극의 반영을 볼 뿐이다. 하지만 그러면서도 블롱데는 경치를 이루고 있는 실제의 구성 요소를 지각한다. 그 경치는 오랫동안 진짜 오페라 가수인 라게르 양이 살아온 배경인 것이다. 저택의 옛 주인이던 라게르 양은 그 경치에 피치니[6]의 추억을 새겨 넣는 데 기여한다. 따라서 이야기의 시작 부분에 주어진 자연은 **인위적인 상태**와 닮았다. 이 특징은 자연을 낯선 '영역'으로 바라보고 있는 기자 블롱데의 개인적 시점으로 주어지지만, 그것은 주관적 특성이라기보다는 객관적 특성이다. 시골은 순수하고 소박하고 자발적인 상태가 아니다. 우선 "끔찍한 비밀"로 인해 홈이 파여 있고, 또한 사회적 관계가 적용되는 지점이기 때문이다(시골은 무엇보다도 '대소유지'Propriété가 있는 곳이다. 대문자는 발자크가 쓴 것을 그대로 옮긴 것이다). 무대로서의 자연, 그것은 현실을 **직접** 눈으로 본 산물이 아니다(그렇다면 순전한 반영일 것이다). 하지만 환

---

6 니콜로 피치니(Niccolò Piccinni, 1728~1800)는 이탈리아의 오페라 작곡가이다.—옮긴이

상도 아니다. 블롱데 개인의 관점이 내포하는 변형은 몇 번의 우회를 거친 후에 결국 두 가지를 드러내게 될 것이다. 즉, 우리에게 기자들의 '영역'을 알게 해주며, 그와 동시에 기자에게는 절대 열리지 않을 영역을 알게 해줄 것이다(농부 앞에서 그는 "오, 개울!"이라는 말밖에 못한다. 1부 5장). 그리고 두 경우 모두 정작 시선의 주인은 눈앞에 어떤 것이 드러나는지 알지 못할 것이다.

결국 첫 장은 이야기에 (단순히 시작이 아니라) 진정한 출발점을 제공한다. 특수하면서도 복잡한 소설적 전망을 수립하는 것이다. 그러한 전망은 한계가 있거나 고정된 것이 아니라, 그대로 있지 못하게 만드는 내적 불균형으로 인해서 움직임의 근원을 이룬다. 다른 전망으로의 이동을 내포한 것이다. 결국 줄거리상으로 볼 때 상대적으로 부수적인 위치의 인물인 블롱데가 이야기의 구성에 있어서 결정적인 역할을 수행하게 된다. 소설적 요소가 현실에 선행하고 소설은 그 현실의 환상을 만들어 낸다. 결국 소설적 요소가 현실을 규정하는 것이다. 소설의 결말을 맺는 일 역시 블롱데에게 주어진 것은 우연이 아니다.

소설의 체계가 촉발하는 현실 효과는 그에 대한 묘사를 통해서(다시 말하면, 현실을 직접 모방함으로써, 즉 순수한 시각으로)가 아니라 대비 혹은 불일치를 보여 줌으로써 이루어진다. 발자크의 묘사들은 ― 흔히 잘못 이해되고 있지만 ― 언제나 **차이를 생산하는** 기능을 갖는다. 하지만 그것을 깨닫기 위해서는 발자크의 묘사들을 묘사의 **대상**으로 삼아 반복하는 것, 다시 말해 거기서 보고자 하는 것을 투영하는 것으로는 충분하지 않다. 문학 분석은 일반적으로 **묘사의 이데올로기**라는 진흙탕에 빠져 있다. 텍스트가 묘사하고 있다고 보거나 아니면 텍스트를 묘사해야 한다고 여기는 것이다.

이제 어떻게 블롱데의 시점에서 그를 시골 세계에 입문시키는 푸르숑의 시점으로 옮겨 가는지 이해할 수 있고, 또한 그렇게 해서 저택에서 초가집으로 **에둘러** 옮겨 가는 것 역시 이해할 수 있다. 이 새로운 시점은 분명하게 다른 방식으로 드러난다. 푸르숑의 편지는 불가능하기 때문이다(푸르숑은 원래 학교 선생이었으니 편지를 쓸 줄 모르는 것은 아니다. 그보다는 누구에게 쓴단 말인가? 체계 속에서 푸르숑이 차지하는 특이한 위치는 바로 그에게는 블롱데가 보낸 편지의 수신자였던 나탕의 역할을 할 사람이 없다는 데서 비롯된다). 하지만 여기서 지적해야 할 것은 시골 세계에서 푸르숑은 대소유지 세계에서의 블롱데와 유사한 역할을 한다는 것이다. 즉, 푸르숑은 전적으로 자기에게 맞는 자리에 있지 않고(몰락한 소작농인 그는 농민들에게 아주 가까운 공범자이지만, 농민들의 세계로 들어가지는 않고 가장자리에 머문다), 그렇게 해서 다시 한번 이야기가 다른 층위로 옮겨 가는 것이 가능해진다. 블롱데가 재산이 없기 때문에, 무엇보다도 글을 쓰기 때문에 완전한 지주가 될 수 없는 것과 마찬가지로, 푸르숑은 웅변가처럼 말을 잘하기 때문에 완전히 농부가 될 수 없고, 그렇게 대변인의 역할이 주어진 것이다. 그런데 기자 혹은 작가의 작품이 온전히 그의 것이 아닌 것과 마찬가지로(이 주제는 『잃어버린 환상』*Illusions perdues*에 본격적으로 등장한다), 푸르숑의 말은 말한 사람을 **벗어나서** 그가 직접 속한 계층이 아닌 다른 것을 대변하게 된다.

'필연성'의 법에 못 박히고 '봉건적 관습'에 못 박혀서 사람들은 영원히 땅을 벗어나지 못하죠. 우리는 지금 우리가 있는 곳에서 땅을 파고, 삽질을 하고, 비료를 줍니다. 가난하게 태어났으니 부자로 태어난 당신들을 위해 일하는 거죠. 농민들은 변하지 않을 겁니다. 언제나 지금 모습 그대로일 겁니다……. 우리들 중에 올라가는 사람은 별로 없고 추락하는 사람은 많죠……! 유식하지 않아도 우리는 잘 알고 있습니다. 우리를 비난하기만 해서는 안 됩니다. 우리도 당신들을 그냥 둘 테니 당신들도 우리를 내버려 두란 말이죠……. 만일 이대로 계속한다면, 우리의 짚단보다 더 편안한 당신들의 감옥에서 우리를 먹여 살려야 할 겁니다. 당신들은 여전히 주인이고 싶고, 우리는 늘 당신들의 적이 될 겁니다. 30년 전에도 그랬던 것처럼 오늘도 마찬가지죠. 당신들은 다 가졌고 우리는 아무것도 갖지 않았으니, 아직은 우리의 우의를 요구해서는 안 됩니다. (1부 5장)

이 놀라운 연설을 듣노라면 어쩌다가 발자크가 좁은 의미의 사실주의 작가로 간주되고 있는지 의아해지게 된다. 사실 이 페이지에는 있음 직하지 않은 것들이 모두 모여 있다. 우선 상황이 있음 직하지 않다. 이 장의 제목('대치 중인 적들')으로 주어진 상황이지만, 모순의 주인공들인 가난한 자와 부자가 실제로 한자리에서 직접 대치할 가능성은 거의 없다. 본질적으로 비현실적인 이러한 만남은 무엇보다도 상징적 의미로 가치를 지닐 뿐이다. 또한 어조가 있음 직하지 않다. 몇 가지 고유 어법이 연설에 농민들의 누더기 옷을 입히면서 사실적 토대를 제공하는 것은 사실이지만, 그럼에도 불구하고 일종의 과장법이 어조를 끌어올려 직접적인 재현성 너머로 간다. 표현이 형식적으로 확장되면서 예외적인 상황에 부합하게 된 것이다. 내용 역시 있음 직하지 않다. 예를 들어 "필연성의 법에 못 박히고"라는 대목을 보면, 평범한 농부가 아닌 이 농부는 자기 상황의 한계를 설명하기 위해 자발적인 의식이 아닌 다른 데서 빌려온 의식으로 말한다. 또한 이때의 한계가 현실적인 한계인지, (특수한 혹은 일반적인) 의식 형태의 한계인지 확인할 필요가 있다. 한마디로 말해 갈등을, 또한 그 갈등의 극단적인 성격을 이렇게 선명하게 드러내는 것은 현실에 속하는 것이 아니라 소설적 기획에 속하는 전이이다.

가난한 사람이 늘어놓는 이 연설은 이전에 전혀 다른 영역에 속한 브로세트 신부가 거의 유사한(적어도 같은 지점으로 수렴하는) 형태의 연설을 했다는 것을 기억하면 더 놀라울 수밖에 없다(말이 나온 김에, 바로 그 브로세트가 **전혀 다른 모습으로** 다른 영역에 나타난다는 것도 지적해 두자. 그는 발자크의 다른 소설 『베아트릭스』*Béatrix*에서는 주인공 베아트릭스의 고백을 들어 주는 사교계의 신부로 등장한다).

> 브로세트 신부는 소속 교구의 신자들의 관습을 연구한 후에 주교에게 의미심장한 말을 했다. "주교님. 농민들이 어떻게 가난을 무기로 삼는지를 보고 있노라면, 꼭 방탕의 열매를 잃어버릴까봐 전전긍긍하는 것 같습니다." (1부 3장)

> "백작 부인, 우리 지역에는 오직 일부러 받아들이는 불행밖에 없습니다." 사제가 말했다. "백작님께서는 좋은 의도이시지만, 그자들은 종교도 없고 머릿속에는 단 한 가지 생각밖에 안 들어 있습니다. 바로 백작님의 돈으로 살겠다는 겁니다." (1부 5장)

다르게 — 반대 방향으로 — 표명되어 있지만 결국 같은 생각이다. 푸르숑과 마찬가지로 브로세트에게도 농부는 그 조건이 제일 중요하다. 농부는 결정적으로 조건에 매여 있고, 심지어 갇혀 있는 것이다. 그러므로 부자들에게 맞서는 농민들의 투쟁은 일시적으로 저절로 일어나는 것도, 그렇다고 개인들의 결정에 따라 일어나는 것도 아니다. 그것은 필연적으로 계급 간의 갈등에 의해 결정된다. 소설 전개에 있어서 본질적인 이러한 생각은 적어도 **두 번** 제시되며(장의 제목까지 제공한다), 반복 과정에서 나타나는 차이에 의해서 의미를 띠게 된다. 푸르숑에게 **법인** 것이 사제에게는 의도적인 **악의**, 절도와 방탕이라는 주관적 **체계**에 해당하는 것이다. 결국 숙명 때문이든 타락 때문이든 이 상황은 뛰어난 관찰자인 푸르숑과 브로세트 신부의 말 속에 의식의 형태로서 제시된다. 그렇게 표명된 것이 책의 저자의 사상은 아니다. 브로세트와 달리 발자크는 빈곤의 체계는 객관적이라고, 개인의 자발적 의지와 무관하다고 생각한다(소설 속에 개인들을 향한 자선은 필요 없다는 비난이 등장하는 것은 그 때문이다). 하지만 발자크는 푸르숑과 달리 그것이 숙명이라고 생각하지는 않는다. 가난한 사람들의 세계는 경계가 그어져 고정된 것이 아니다. 반대로 그것은 역사 속에서 변천하고(그래서 그들이 부르주아들을 위협하는 것은 의미를 갖는다. 이제 곧 가난한 사람들이 당신들을 공격할 것이다) **변경될** 수 있다(이것이 훌륭한 사회소설 두 편, 즉 『시골 의사』와 『마을의 사제』*Le curé de village*에 의미를 부여한다).

소설은 현실을 일대일 대응하듯 반영하면서 그대로 묘사하듯이 기계적으로 구성되는 것이 아니다. 묘사 이전에 보여 주고 설명하고 구성하는 일이 필요하다. 비스듬히 놓인 거울의 상들이 깨지고 변형되고 조각나면서 새롭고 의미 있는 세계가 드러난다. 블롱데, 푸르숑, 브로세트. 이 세 **관찰자**는 다른 인물들이 이야기를 펼쳐 가는 중심 무대에서 살짝 벗어나 있다. 이들은 행동의 주체도 아니고 저자를 직접 대변하지도 않는다. 하지만 소설의 시도는 이 세 관찰자들의 말이 형성하는 삼각형 속에 투영되어 형태를 취하고 움직인다. 이들이 현실 혹은 현실에 상응하는 것을 가져올 수 있는 것은 그들의 실증적인 개별성 때문이 아니라, 그들이 중심을 벗어나 있고 자리를 옮김으로써 스스로에서 떨어져 있고 또 상황으로부터, 다른 사람들로부터 떨어져 있기 때문이다. 장소들과 상황들을 비롯하여 모든 소설적 요소들에 대해서도 같은 분석을 할 수 있다. 소설적 글쓰기의 핵심적인 문제가 모든 층위에 동일한 형태로 존재하는 것이다. 즉, **차이를 만들어 내야** 한다. 사물들과 사람들은 결국 그 안팎에서 자리를 이동시키는 변이에 의해서 무언가를 지시할 수 있게 된다. **구별하여 특징지으려는 그러한 강박관념**이 발자크의 작업에 있어서 모든 결정을 이끌어 간다.

관찰의 재능을 발휘하여 사회의 저지대인 계곡들과 고지대 언덕들을 관찰한 그는 라바터[7]처럼 모든 얼굴들에서 열정과 악덕이 새겨 놓은 흔적을 찾았고, 골동품상이 신기한 물건을 고르듯이 인간들의 시장에서 전형적인 인물들을 찾아 모았고, 필요한 곳에서 그 인물들을 환기했고, 그들을 그 가치에 따라 전면에 혹은 후면에 배치했고, 대조의 힘을 알고 있는 훌륭한 예술가의 마법으로 그들에게 빛과 어둠을 분배했고, 그렇게 창조된 매 인물 각자에게 고유한 이름, 특징, 사상, 언어, 성격을 부여했다. 그렇게 개성을 부여받은 인물은 수많은 무리 속에 끼어 있어도 혼동되지 않는다.[8]

쉬르빌은 1858년에 출간된 발자크 전기에서 이와 같이 핵심에 다가갔지만, 결정적인 한 가지를 놓쳤다. **작가의 작업의 산물**인 것을 '관찰의 재능'에서 나왔다고 간주한 것이다. 사실상 혁신적인 기법들이 관찰의 성실성으로 축소되었다. **주어진 현실에 충실하고자** 하면서 그대로 관찰하

---

7 라바터(Johann Kaspar Lavater, 1741~1801)는 스위스의 신학자이자 관상학자이다.——옮긴이

8 Laure de Surville, *Balzac, sa vie et ses oeuvres*, Paris: Librairie Nouvelle, 1858, pp.178~179.
　[로르 드 쉬르빌은 발자크의 여동생으로, 발자크가 죽은 후 이 전기를 써서 출판했다.——옮긴이]

는 데 그쳤다면, 아마도 발자크는 소설을 쓰지 않았을 것이다. 주어진 것은 작품 속에 하나도 남아 있지 않다. 또한 글을 쓰려 할 때 현실이 **최초의** 상태가 될 수 있는 것은 그로부터 **멀어지기** 때문이며, 그 자리는 다른 것, 즉 글쓰기에 부합하는 계획이 세워지고 나면 **해야만 하는** 다른 것이 대신하기 때문이다.

또한 소설가의 가장 훌륭한 도구는 실제의 구별적 특징과 같지는 않아도 그에 부합하는 것을 만들어 내서 **모방할 수 있게 해주는 전형적 인물**일 것이다. 이에 대해서는 나중에 다시 얘기하도록 하고 우선은 그 기법에 대해서 두 가지를 지적할 수 있다. 즉, 그것은 홀로 개입하지 않고 앞에서 언급한 다른 기법들과 함께 온다. 전형은 이미 존재하는 자연적인 현실, 다시 말해서 일반적이면서도 구체적인 상을 제시하면서 재생산하고 되풀이하기만 하면 되는 현실을 일대일로 복제하는 것이 아니다. 우선 전형은 유사성을 분명하게 내포한다.

통사르에 대한 인물 묘사, 그의 술집에 대한 묘사, 그리고 장인에 대한 묘사가 전면에 등장하는 것은, 이 장소가 바로 그 사람과 술집, 가족의 것이기 때문이다. 맨 먼저, 매우 상세하게 설명된 이 삶은 레제그 계곡의 수많은 다른 가족의 삶을 보여 주는 전형인 것이다. (1부 3장)

하지만 이 유사성은 차이를 바탕으로 할 때에만 의미를 갖는다. 통사르는 다른 어떤 개인들과 같을 수 있지만, 통사르와 그 다른 개인들이 함께 다른 그룹의 개인들과 다르기 때문이다.

역사의 세계와 소설의 세계의 상동 관계는 개별적인 **요소들**의 층위가 아니라 **체계들**의 층위에서 실현된다. **소설의 체계 전체가 현실 효과를 만**

들어 내는 것이다. 사회적 전형은 소설의 인물이 되어 많은 사람들을 대표하지만, 그렇다 해도 정확하게 일반성의 역할을 수행하지는 못한다. 그 인물은 이름 혹은 줄거리의 세부적인 사항을 통해서뿐 아니라 다른 전형적 인물들과의 관계에 의해 개성화되기 때문이다. 그 인물과 마찬가지로 일군의 사람들을 대표하는 다른 전형들에 의해 자리를 얻게 되는 것이다. 간단히 말하자면, 한 가지 주어진 일반성을 대표하는 전형과 인물이 단 하나만 있는 것이 아니라 여럿이 있고, 그 여럿은 그들 간의 차이를 통해 존재한다. 그렇게 해서 재산 관리인이라는 인물은 **모습을 달리하면서** 여러 소설들을 통해 나타나게 된다.

거기서 폴란드의 한 대귀족이 정의한 대로 집사라는 사회적 분류항과 자연사가 나온다.

"세 종류의 재산 관리인이 있습니다." 그가 말했다. "자기 생각만 하는 사람이 있고, 우리와 자기 자신을 같이 생각하는 사람이 있고, 본 적은 없지만 우리 생각만 하는 사람이 있습니다. 두번째 재산 관리인을 만나는 주인은 행복하죠!"

자기 이익과 주인의 이익을 같이 챙기려고 하는 재산 관리인은 다른 책에 나온다('사생활 정경' 중 『인생의 첫출발』을 볼 것). 고베르탱은 자기 돈밖에 모르는 집사이다. 세번째 유형의 재산 관리인을 보여 준다면, 옛 귀족들은 가끔 만난 적이 있지만 귀족과 함께 사라져 버린 있음 직하지 않은 인물을 보며 모두가 찬탄하게 될 것이다('시골생활 정경' 중 『고대 예술품 진열실』*Le cabinet des antiques*을 볼 것). 재산이 계속 분할되기 때문에 귀족들의 풍습은 변할 수밖에 없다. 현재 프랑스에 집사가 맡아 관리하는 자산은 스무 가지가 안 되고, 앞으로 50년 후에는 민법을 바꾸지 않는 한 관리인이 있는 대토지는 백 군데가 안 될 것이다. 부유한 주인들은 스스로 자기 이익을 지켜 내야 할 것이다. (1부 7장)

다시 자연사와의 비교가 나온다. 그로부터 공시적 의미로는 작품의 요소들을 나누어 분배하고 균형을 잡아 주기 때문에, 통시적 의미로는 역사적 변천을 암시하기 때문에 이중의 가치를 갖는 소설적 다양성이 수립된다. 다음의 예는 방법은 동일하지만 '수전노'라는 일반적 유형이 아니라 수전노 근성의 분화된 세계를 보여 준다는 점에서 의미가 더 크다.

앞의 장면들에 이미 그려진 인색함의 거장들을 기억하는가? 우선 시골의 구두쇠로, 호랑이가 잔혹한 것만큼이나 본능적으로 인색한 소뮈르의 그랑데 영감이 있고, 또 황금의 위선자로 권력을 음미하고 불행의 눈물이 그 원산지가 어디인지 시음하는 어음할인 중개인 곱세크가 있으며, 돈을 횡령하는 것을 정치의 수준으로 끌어올리는 뉘싱겐 남작이 있다. 또한 '살림 절약'을 보여 주는 이수뎅의 늙은 오숑, 그리고 상세르의 보드레를 기억할 것이다! 그렇다! 인간의 감정은, 특히 인색함은 우리 사회의 계층에 따라서 그 뉘앙스가 너무도 미묘한 차이를 보이면서 다양하게 드러나기 때문에, 풍속 연구의 강의실 칠판에는 여전히 수전노가 남아 있다. 자신의 쾌락을 지극히 아끼는, 타인에게는 무뚝뚝하고 차가운 이기적 수전노인 리구도 있다! 또한 수도자로 지내는 동안 호의호식이라 불리는 레몬즙을 짜내다가, 속세에 나와서 공금을 움켜쥔 사제의 인색함도 있다. (1부 8장)

블랑지의 수전노는 상세르, 이수뎅, 소뮈르, 그리고 여러 모습의 파리가 이루는 바탕 위에서만 구체화될 수 있다. 이렇게 해부를 통해 성격들을 나누고 대립시키면서 작품이 만들어지는 것이다. 하지만 이러한 분류는 정교한 심리적 관찰을 통해 얻어지는 것이 아니다. 현실을 기계적으로 그대로 옮기기(이는 생산의 기획에 해당하는 조건이 아니라 그 수동적 수용의 조건이다)가 작품을 만드는 핵심적인 수단이 될 수 없는 것과 마찬가지이다. 그리고 이때의 심리가 의미를 지니려면 한 소설의 연결 관계들 속에서 파악되어야만, 좀더 정확하게는 소설의 연결 관계들을 구성해야만 한다. 그러한 일관성을 실현하는 것이 바로 심리의 진정한 기능이다.

이제 소설은 교육적 기능을 갖게 된다. 소설은 교훈의 산물(교훈은 내용이고 소설은 형식만을 제공한다)이 아니라 그러한 교훈이 나타나는 조건이다. 그렇게 되면 교훈은 더 이상 같은 것이 아니다. 소설은 경험적 일반화에 기반하여 그 특수한 표현이 되는 것이 아니라 특수한 구성에 기반하면서(몇 가지 수단을 조금 전에 지적했다) 교육적 일반화를 가능하게 한다.

무엇보다도 탐욕적으로 이익을 추구하는 몇몇 사람들은 이 긴 설명을 비난할 것이다. 하지만 여기서 풍속사가는 사실을 기록하는 역사가보다 더 엄중한 법을 따라야 한다. 엄밀한 의미의 역사 영역에서는 아무리 있을 수 없는 일이라 해도 진짜 일어났다는 사실로 인해 정당화될 수 있는 것과 달리, 풍속사가는 모든 것을, 심지어 진실인 것까지도 있음 직한 것이 되게 해야 한다. 사회적인 혹은 사적인 삶의 변천은 수없이 많은 사소한 이유들에 의해 태어난다. 풍속사가는 눈사태가 일어나 마을들을 집어삼키면 그 눈을 치워 내고 눈 덮인 산을 만든 그 꼭대기에서 흘러내린 돌들을 찾아내야 하는 것이다. 이번에 문제된 것은 그저 한 사람의 자살이지만, 파리에서는 해마다 오백 건의 자살이 일어난다. 그런 멜로드라마는 이제 평범한 일이 되었고, 짤막한 이유만 주어지면 그대로 그냥 받아들여진다. 하지만 돈이 목숨보다 더 소중해 보이는 시대에 대소유지에서 자살이 일어난다는 것을 어떻게 설명할 수 있는가? 어느 우화 작가의 말대로, "당신과 관계된 문제다"De re vestra agitur. 무언가를 소유하고 있는 사람들의 문제인 것이다.

용맹을 갖추었음에도 숱한 전투의 위험을 피해 온 한 늙은 장군[9]에 대항하느라 군과 소도시 전체가 동맹을 맺은 것처럼 이미 몇 군데 지방에서 좋은 일을 하려는 사람에 대항한 동맹이 있었다는 것을 생각해 보라. 그러한 동맹은 천재, 위대한 정치가, 훌륭한 농학자, 결국 모든 개혁가들을 끊임없이 위협한다!

정치적이라고 할 수 있을 이 제일 뒤의 설명은 드라마의 인물들의 얼굴 생김을 부여하고 그 중요한 특징을 아주 세밀한 것까지 그려 낼 뿐만 아니라, 모든 사회적 이해관계가 작동되고 있는 이 '무대' 위로 강력한 조명을 비출 것이다. (1부 9장 끝 부분)

그러므로 최대한 다양화시키려 한다 해서 소설이 절대적인 특수성 속에 빠지는 것은 아니다. 오히려 개별적인 모든 인물들이 수렴되면서 '대소유지의 자살'이라는 일반적인 주제를 말하게 된다. 여기서 "중요한 특징을 아주 세밀한 것까지" 그려 내는 소설적 다양성을 온전히 느낄 수 있게 된다. "이번에 문제된 것"이라는 말에 담긴 대로, 분명한 경계 — 바로 이 경계 안에서 이야기가 구성된다 — 에서 출발한 이야기는 일종의 내적 증식을 통해 새로운 규모를 지니게 된다. 가장 개별적인 것과 가장 중

---

9 부유한 지주이자 군인으로 등장하는 몽코르네 백작을 말한다.—옮긴이

요한 것이 결탁하면서 각 요소가 체계에 속한다는 것이 드러나며, 그렇게 해서 소설은 정치적 교훈을 불러온다. "당신과 관계된 문제다." 소설은 또한 하나의 청원請願인 것이다. 소설은 세계를 건설하면서 동시에 그것은 아무래도 좋은 그런 세계가 아니라 바로 당신들의 세계라고 말하게 된다.

이러한 일반화는 그 어떤 뒤섞임도 내포하지 않는다. 섞임은 사후에 개입할 뿐이다. 소설은 정치를 생산하는 것이지, 정치의 산물, 발현이 아니다. 정치는 어떻게 해서 직접 소설적인 것이 될 수 있는가 혹은 소설화될 수 있는가? 다양성으로부터 일반성을 언급하는 것은 축소가 아니라 설명이다. 일반성이 다양성의 자리를 대신하는 것이 아니라 오히려 다양성에 영향력을 부여하는 것이다. "모든 사회적 이해관계"가 작동한다는 사실은 그것들이 섞여 있음을 내포하는 것이 아니라, 오히려 그것들 각각을 매우 정확하게 확인한다는 기반 위에서 구분되어 있음을 내포한다. 소설은 길을 벗어나지 않았고, 그저 그 움직임이 부각되고 강조되고 단순해진 것이다.

지금까지 말한 것을 모두 요약해 보자. 소설적 현실은 요소들 — 그것들을 나누면서 동시에 구성하는 차이에 의해서만 가치를 갖는다 — 의 배열을 통해 수립된다. 인간의 세계를 알고자 하고 그 대체물을 제시하려는 의지는 다양성을 생산하면서 실현되는 것이다.

"이 만화경 같은 작품을 다시 읽어 보라. 같은 옷 두 벌이 나오지 않고 비슷하게 생긴 얼굴이 두 번 나오지 않을 것이다." 펠릭스 다뱅[10]의 서문 (1835년판)에 나오는 말이다.

---

10 펠릭스 다뱅(Félix Davin, 1807~1836)은 소설가, 언론인으로 발자크의 『인간극』에서 '철학 연구'(1834)와 '풍속 연구'(1835)의 서문을 썼다.—옮긴이

이것이 핵심이 이미 세워진 의도를 실현하고 표현하기 위한 중립적 기술로서의 **기법**일 뿐이라고 생각할 수 있을 것이다. 하지만 전혀 그렇지 않음을 알게 될 것이다. 오히려 기법이 의도 자체를 구성한다. 그야말로 **다양한** 변이가 가능하기에 순전히 물질적인 도구로 간주할 수 없는 기법인 것이다. 사실상 전혀 다른 두 가지 의도의 수단으로 사용되든 혹은 그것을 반박하는 다른 기법과 함께 사용되든, 소설의 움직임 속에서 그러한 기법은 구성 요소의 하나, 심지어 그 진정한 주체가 되는 것 같다.

사실 그러한 체계적 통일성 속에서 구성된 작품은 일관성 있고 완전한, 즉 완결된 것처럼 보인다. 우리가 제기할 수 있는 한 가지 질문 — 왜 다른 통일성이 아니고 바로 그런 통일성인가? — 만을 제외한다면 그렇다. 작품이 정합성을 지니기 위해서는 체계가 있는 것만으로는 충분하지 않다. 그 체계는 아무 체계나 되는 것이 아니라 결정된 체계여야 한다. 그렇기 때문에 소설을 이해하기 위해서는, 보다 정확히 말해서 소설을 설명하기 위해서는 그 작동 원리를 분석하는 것만으로는 충분하지 않다. 한 걸음 더 나아가 작동 원리가 자연스런 방향으로 직접적으로 사용되었는지, 아니면 그것이 **소설의 대상**이 되게 할 특징적인 변형이 주어졌는지를 보아야 한다.

* * *

일단 작동되기 시작하면 체계는 스스로 생명을 이어 가며 예기치 못했던 효과를 만들어 낸다. 원칙적으로 구별하게(현실을 알고 보여 주게) 해주어야 하는 도구인데, **뒤섞는**(판단하는) 데 기여하게 되는 것이다. 하나의 동일한 수단이 서로 다른 양립 불가능한 용법에 부합될 수 있는 것이다. 마치 그 수단이 고유한 힘을 지녀서 의미 혹은 의미들을 만들어 내고, 그러한 복수성이 바로 수단을 구성하는 것 같다.

이 지점에서, 잠시 잊고 있었던 이데올로기적 기획의 문제로 되돌아와야 한다. 발자크가 생각한 대로의 이야기는 두 가지 조건을 동시에 실현해야 한다는 것을 기억할 것이다. **동시에 두 이야기의 역할을 해야 하는 것이다.** 이야기를 매개로 하면 보면서 판단하는 것이 가능하다. 이 두 태도는 각기 현실에 대한 상이한 분할을 내포한다. 그러므로 **작가에게 제기된 문제**는 그 두 가지 분할을 어떻게 조정하고 연결하고 맞추는가이다. 발자크가 제안한 답은 당황스러울 정도로 단순하다. 그냥 겹쳐 둔 채로 한 가지 의미의 수단을 다른 의미를 만들어 내는 데 사용하고, 그러한 일치를 통해 섞기와 구별을 조정하는 것이다.

기본적인 예를 하나 들어 보자. 묘사가 있다고 치자. 원칙적으로 그것은 처음에는 구별된 것이어야 한다. 하지만 동시에 무언가를 고발하는 밑받침이 되어야 한다. 그렇게 해서 민중에 속한 사람은 ─ 일반적인 관념으로서가 아니라 소설의 실제적 심급으로서 ─『농민들』의 서문에 선언된 것처럼 **야만인**이다. 이러한 은유는 분명 거리 개념을 내포한다. 농부는 다른 사람들과 같은 사람이 아닌 것이다.

> 저런 인간의 사상과 풍속은 어떤 것들일까? 저런 인간은 무슨 생각을 하는 걸까? 호기심에 휩싸인 블롱데가 생각했다.
> 나와 비슷한 인간일까? 우리가 같은 거라고는 겉모습뿐이고 또……. (1부 2장)

이런 이미지는 블롱데에 의해 계속 등장할 것이다.

"쿠퍼[11]의 황인종들이로군. 야만인들을 보러 미국에 갈 필요도 없겠어."
(1부 2장)

"아! 그렇군요! 우린 지금 쿠퍼의 주인공들처럼 야만인들의 함정에 포위
된 건가요?" 블롱데가 빈정거리며 물었다. (1부 5장)

브로세트 신부도 같은 말을 한다(소설 체계 속에서 브로세트는 블롱데
의 대칭점에 위치한 인물이다).

농민들은 그 사회적 기능의 특성상 늘 전적으로 물질적인 삶을 살고, 그
러한 삶은 자연과 결합되어 있는 야생의 상태와 유사합니다. (1부 3장)

주교님께서 절 이곳으로, 야만인들 사이로 보내셨습니다. 하지만 주교님
께 말씀드린 대로 야만인들에게 접근하는 건 불가능합니다. 우리의 말을
듣지 않는 것이 그들의 법입니다. 차라리 아메리카의 야만인들이라면 우
리에게 관심을 보일 듯합니다. (1부 5장)

매 경우 다르게 사용된(매 경우가 특수하다) 야만인의 이미지는 단지
한 가지 특수한 시점을 대표하는 것이 아니다. 그것은 익명으로, 이야기
전개에 외적인 시점, 즉 저자의 시점으로도 주어진다.

---

11 제임스 페니모어 쿠퍼(James Fenimore Cooper, 1789~1851)는 미국의 작가로서 『모히칸족의
최후』(The Last of the Mohicans)를 썼다.——옮긴이

야만인, 그리고 야만인과 비슷한 농민이 그 적에게 하는 말은 매번 덫을 놓기 위한 것이다. (1부 6장)

심지어 지엽적으로 등장해서도 이야기에 형태를 부여하기도 한다.

찢어질 듯한 외침이 야만인들의 부르짖음처럼 숲에서 울려 퍼졌다. (1부 11장)

이처럼 다양하게 사용된 야만인의 이미지는 일종의 자율적 가치를 획득하게 된다. 자연에 대한 농민의 원초적 관계를 보여 주면서 농민을 규정하는 것이다. 하지만 그 경우 이미지의 유용성은 우의적이며, 그래서 불충분하다. 농민은 진짜 야만인이 아니고, 농민을 품고 있는 자연은 전혀 자연적이지 않다. 다양한 방식으로 맞추어 나갈 수 있는 자연이고, 사람이 거주하는 자연이다. 사회라는 선행적 존재를 가정하는 것이다. 그렇게 해서 야만인의 비유는 특히 멀리 떨어진 장소에 있다는 특성으로 인해 이국적 가치를 갖게 된다. 그것은 이미 우리가 분석한 방식에 따라 비유에 의해 변형되어 제시된 현실에 그대로 부합하지 않는다. 이미지의 이러한 인위적 특성은 수드리 부인이 리구에게 적용할 때 잘 드러난다.

그 비쩍 마르고 키 큰 고리대금업자는 수드리 부인의 사교계에 중요한 인물이 되었다. 수드리 부인은 그에게서 강철 발톱을 지닌 호랑이의 모습을, 야만인의 사악함을 간파했다. (2부 2장)

농민과 야만인을 비슷하게 생각하는 것이 근원적인 **몰이해**의 징표라는 것이 분명해진다. 발자크의 텍스트가 비일관성을 통해 말하는 것이 바로 그것이다. 블롱데 혹은 브로세트처럼 농부를 야만인으로 생각하는 것은 있는 그대로의 농민의 모습을 제대로 본 것이 아니다. 그런 식의 이미지는 역설적으로 대상과의 거리를 통해 의미를 갖는다. 그 거리가 오히려 이미지와 대상을 이어 주는 것이다.

발자크의 『농민들』은 쿠퍼 식의 소설이다. 똑같이 '원시적' 난폭함을 그려 내고자 하기 때문이다. 모르방의 풍경, '시골'은 전원극에 등장하는 배경이 아니다. 그 풍경은 주민이 나타나기 이전에 이미 보는 사람을 불안하게 하고 당혹스럽게 하는 야생의 자연, 아메리카 인디언들이 살고 있다는 자연의 모습으로 주어진다.

그러나 야만인들이 있다고 치고, 또 농부가 야만인이라고 쳐도, 야만 상태의 장소가 없다. 『인간극』에 나타나는 모든 장소는 사회적 관계가 작동되는 무대의 배경이다. 그렇게 해서 장소와 그 장소에 있는 사람 사이에 지극히 원초적인 불일치가 드러나며, 그것이 바로 소설적 호기심의 출발점이 된다. 이와 같이 풍속 분석의 첫번째 대상인 **장소**의 중요성에 유념해야 한다. 여기서 인간과 자연환경과의 **관계** 개념은 엄밀히 말해서 문학적인 수단이다. 즉 주어진 여건이 아니라 작가의 작업에서 나온 산물이다. 하지만 그 수단은 이중의 가치를 지닌다. 즉, 그것은 소설에 형태를 부여하고, 또한 소설의 내용을 결정한다. 모르방의 숲들이 아메리카 대륙의 숲들과 같은 용어로 묘사되는 것은(그 과정에서 이국의 배경을 유행시킨 어느 작가의 흔적이 분명하게 드러난다) 무엇보다도 글쓰기의 인위적 기법이다. 예를 들어 리구가 엘라가발루스 황제, "왕좌를 빼앗긴 루이 15세", "아본 계곡의 티베리우스 황제"(이상 1부 8장), "블랑지의 루쿨루스"(2부 1장), "마을의 아슈르바니팔 왕"(2부 2장)으로 그려지는 것도 마찬가지다.[12] 그러나 "숲에 사는 사람"이 이러한 은유로 인해 어디서나 같다는 것은 역사적이고 위태롭고 논쟁적인 견해로, 앞에서 분석한 체계가 생산한 의미와 철저하게 대립되는 의미를 생산한다. 이제는 구별하는 것이 아니라 오히려 접근시키고 뒤섞는 것처럼 보인다. 앞으로 보게 되겠지만, 두 유형의 주장이 공존하는 것은 작가 발자크의 작업이 지니는 본질적인 특성이다. 바로 그러한 공존이 (구별되는 별개의) 지식과 (뒤섞여 혼동된) 이데올로기를 만나게[13] 함으로써 작품을 (때로 발자크가 말했던 것처럼 역사적이고 정치적인 작품이 아니라) 문학작품이 되게 하는 것이다. 그렇기 때문에 이론적 관점에서 볼 때 무엇보다도 **작품의 형태**를 연구하는 것이 중요하다. 그러한 연구를 통해 형태 안에 내포되어 있는 원칙, 형태를 채우는 현실 원칙을 분명히 발견할 수 있다.

소설에 주어지는 실제적(역사적)이면서 인위적(문학적 구성의 기법에 속하므로)인 논쟁이 어떻게 조직되었는지 그 형태가 논쟁의 내용까지 부여한다. 역사적 대상과 맞닥뜨릴 수밖에 없을 때 글쓰기 기법들에 대한 연구로는 부족한 것이다.

발자크는 이러한 **이중의 작용**이 제기하는 기술적 문제를 해결하기 위해 새로운 형태를 창안한 것이 아니라 우리가 앞에서 다룬 소설의 **전형적 인물**이라는 전통적인 형태에 새로운 효용성을 부여했다. 기술적 수단을 의식적으로 제어한 것이 아니라는 점에서 차라리 발자크가 이 문제에 대

---

12 엘라가발루스 황제는 폭정으로 국고를 탕진한 로마의 황제이고, 티베리우스는 옥타비아누스를 계승한 로마의 황제이며, 루쿨루스는 사치스러운 생활을 즐긴 것으로 유명한 로마 공화정의 군인이다. 아슈르바니팔은 고대 아시리아의 마지막 왕이다.——옮긴이
13 다시 한번 말하지만, 이것은 접착(collage)이 아니다. 소설 체계의 작동이 만남을, 그 요소들을 산출하는 것이다.

한 해결책을 만났다고 말하는 편이 나을 것이다. 재현 체계에 예기치 못한 용법을 부여하는 의미 변동을 시험하다가 그 해결책을 만난 것이다.

전형적인 대상들(인물, 장소, 상황, 시대 등)의 선택은 우선 묘사의 필요성에 부응한다. 그러한 선택을 통해 있는 그대로의 현실을 확인하고 상황을 구성하는 요소들을 하나씩 보여 줄 수 있게 되는 것이다. 『농민들』에서 성격의 다양성이 — 그 심리적이고 사회학적 기능이 구분되지 않는다 — 그 안에서 구별되는 차이를 통해 어떻게 부르주아 세계의 복잡성을, 서로 다른 영역(이 영역들은 서로 관계를 유지하고 있지만, 이는 늘 문제가 되는 일시적인 관계이다)으로 파급되어 나가는 특징을 규정할 수 있는지 보여 주는 것은 별로 어렵지 않다. '성격들'의 차이와 변화가 부르주아적인 공간을 온전히, 복합적이면서 동시에 실제적인 상태 그대로 완전하게 보여 줄 수 있게 하는 것이다. **'전형'을 통해** 얼마든지 자세하게 사회적 범주들을 분류해 낼 수 있다. 그런데 소설적 전형의 사용은 전혀 다른 효과를 낳는다. 소설적 전형은 주변 현실을 구성하는 데 기여하지만 그런 다음에는 그 현실을 판단하게 되고, 그렇게 해서 사회 이론으로 연결되는 것이다. 문학적 도구가 진정한 의미를 부여받는 것은 현실 그 자체를 반영하려는 필요성 때문이 아니라, 현실에 대한 관점들 중 가장 좋은 것이라 간주되는 소설적 체계 안이라는 위치 때문이다.

소설이 '전형들'을 끌어들이는 것은 그 전형들 사이에 실제적(전형들이 소설적으로 형상화하는 사회적 범주의 실제 **존재**로 결정된다) 관계 외의 다른 관계가 있기 때문이다. 즉, 전형의 본질 자체에 의해 결정된 관계, 관념적 관계이다. 그렇게 되면 전형의 기능은 구별하는 것이 아니라 섞는 것이 될 것이다.

발자크의 계획에 현실성을 부여하고 재료를 제공하는 것, **하나의 작**

품으로 만드는 것은 바로 소설적 대상이 갖는 이러한 이중적 성격이다. 두 의미가 하나씩 차례로 드러나고, 또 그 두 의미 사이에 끊임없는 미끄러짐이 존재한다.

이것을 좀더 간단하게 설명할 수 있는 예가 있다. 우리는 소설적 허구의 전개에 있어서 장소가 갖는 중요성을 알고 있다. 이제 그러한 전형적인 기능이 사실상 모호한 것임을 보여 주어야 한다.『프티부르주아들』 *Les petits bourgeois*의 도입부는 소설적 대상에 대한 첫번째 견해를 잘 보여 준다. 탐험을 하듯 이어지는 **사물들**(집, 가구)에 대한 긴 묘사(이것은 발자크가 이야기를 시작하는 특징적인 방식이다)는『인생의 첫출발』이 "한 시대의 사회적 재료"라고 지칭한 것을 제시한다. 집 안 구석구석의 세부적인 것들이 서로 구별되는 양상을 지니며, 그러한 바탕, 배경 위에서 프티부르주아들이 부르주아들에 대해 어떤 특성을 갖는지, 부르주아지에 의해 혹은 부르주아지에 맞서 어떻게 규정되는지를 보여 준다. 지극히 복잡한 이러한 관계는 소설 묘사의 배열을 통해 **구성된다**. 예를 들면 전형적으로 '프티부르주아적인' 가구들이 '부르주아적인' 벽 앞에 놓여서, 그 벽을 가리면서 동시에 보여 준다. 이렇게 물리적으로 가리고 있다는 것이 바로 현실의 이미지가 되는 것이다. 발자크에게 있어서 모든 묘사는 그러한 규범을 따른다.『농민들』에서는 이야기가 진행되는 핵심적인 장소들 중에서 세 곳이 대립 체계로 특징지어진다.

프랑스를 알고 있는 사람에게 리구의 집, 수드리의 집, 그리고 고베르탱의 집은 각기 마을, 소도시, 군청소재지의 완벽한 재현이 아닐까? (2부 4장)

각각의 장소는 사회집단들 사이의 관계가 고유의 방식으로 맺어지는 특수한 사회적 단위의 전형이다. 지방 부르주아들이 동맹을 맺는 세 가지 중요한 형태가 이렇게 세 가지 소설적 대상으로 변형된 것이다. 놀라운 것은 발자크가 이런 식으로 실현된 전형의 진실성으로 만족하지 못했다는 것, 전형을 결정적인 것으로 간주하지 않았다는 것이다. 전형은 소설마다 달라진다. 수드리의 집이 완벽하게 소도시를, 고베르탱의 집이 군청소재지를 나타낸다면, 시골 마을은 소뮈르일 수도 있고, 이수됭, 앙굴렘 혹은 베유일 수도 있으며, 『농민들』에 등장하는 상상의 지역일 수도 있다. 이렇게 달라지는 것은 이야기의 지엽적인 요구 조건(예를 들어 아름다운 경치를 보여 주려 한다)을 따르면서 이야기 전개의 틀을 그 정경에 가장 적합한 지리적 뉘앙스로 칠하려는 것이 아니다. 그것은 틀을 다양화하면서 보다 잘 채우려는 의지에 부응하는 것이다. 오직 파리만이 그 자체가 다양성이기 때문에 달라지지 않을 권리가 있다. 하지만 소도시가 정체성을 유지하기 위해서는 다른 소도시들이, 결국에는 그만큼의 소도시의 양상이 묘사되어야 한다. 이렇게 끝없는 묘사의 필요성은 『인간극』을 전체로 이해할 때 해결될 수 있다. 우리가 처음 생각하는 것과 달리, 전형은 더 많은 예들, 유일하고 독창적인 예들로 분열되기 때문에 더욱 대표성을 지니게 되는 것이다.

　하지만 이미 말했듯이 전형과 다른 전형들 사이에 차이라는 실제적 관계가 아니라 명백히 환상적인 유추의 관계가 성립되면서 전형은 그 기능이 흔들리고 모호해진다. 다시 같은 예에서 발자크가 —『잃어버린 환상』에서 말한 것과 똑같이 — 시골 도시는 좀더 느리게 움직이는 파리라고 말한 것이 바로 그 경우에 해당한다. 마찬가지로 『프티부르주아들』에서 처음 배경을 묘사하면서 분명히 말한 것과 달리 부르주아의 살롱은 포

부르생제르맹[14]의 축소판으로 그려진다. 다를 뿐만 아니라 실제로 대립되는 전형들은 우연히 연결된 것이 아니다. 반대로 그런 식의 연결은 발자크의 스타일을 구성하는 상수라고 할 수 있다. 전형은 현실성이라는 기능을 잃고 흔들리는 이미지가 된다. 더 이상 엄밀한 의미에서의 대표성을 지니지 못하고 체계의 동일성을 이루는 한 항목이 되는 것이다.

이러한 변화를 이해하기 위해서는, 이야기의 구성을 결정짓는 체계를 그 전체 속에서 보아야 한다. 발자크에게 있어서 소설은 '정경'Scène이라는 일반적인 틀 속에 주어진다. 정경은 장소의 단일성도 시간의 단일성도 아니다. 그것은 사회 이론으로부터 — 사회를 묘사하는 데 사용되는 차이들의 방법론과 무관하게 — 정의된 소설적 요소이다. 우리는 앞에서 말했던 발자크 소설의 구성, 즉 원칙적으로 **균형이 흔들린** 구성에 관한 고찰을 다시 한번, 하지만 이번에는 다른 방향으로 접하게 될 것이다. 이야기의 리듬은 일화들이 거칠게 연결되며 이어지기 때문에 끊어지고 흔들릴 수밖에 없다. 이것은 '정경'의 속성이라 할 수 있는 진행의 필요성에 부응한다. 『가재 잡는 여자』*La rabouilleuse*는 형식적 단절에 관해 좋은 예를 보여 준다. 이야기는 이수됭에서의 삶에 대해서 지극히 상세하고 정적인 설명을 제공하며 완벽한 통일성을 이루지만, 갑자기 필립 브리도가 데로셰를 따라서 도시로 오게 된 이야기가 등장한다. 변화를 예측할 수 있게 해주는 것이 전혀 주어지지 않은 상태에서 이야기가 갑자기 새로운 차원으로 넘어가 다른 층위에서 진행되는 것이다. 그리고 이번에도 같은 구조가 소설에 형태를 부여한다. 묘사를 구성하는 요소들이 그 자체로 장황하게 다루어지다가 별안간 예기치 못한 사건이 개입하면서 끊어지고, 사

---

14 파리 센 강 좌안에 귀족들이 모여 살던 구역을 가리킨다.──옮긴이

건이 충분히 묘사되지 않았기에 다시 새로운 묘사의 필요성이 생겨난다. 논증 체계 안에서 이런 식으로 진행이 이루어지는 것이다. 여기서 사건은 인물 묘사를 통해 이미 특징이 부여된 개인의 등장이다. 이야기의 모델, '정경'의 모델은 하나의 상황과 하나의 인물 묘사(역동적 개성, 발자크가 '정신의 힘'이라고 부르는 것을 제공하는 묘사) 사이에서 끝없이 다양한 모습으로 되풀이되는 만남이다. 이러한 만남 후에 상황이 변화하고, 이야기의 새로운 요소가 정경을 진행시킨다.

지극히 단순한 이러한 이야기 구성은 줄거리의 체계적인 재현에 종속되어 있다. 줄거리는 '정신의 힘'과 실제 상황의 충돌에서, 그로 인한 이동과 재적응에서 비롯된다. '정신의 세계'는 언제나 실제 세계와 대치하고 있다(그렇다 해도 여전히 자율적인 방식으로 결정된다). 상황과 개인의 '힘'은 절대 섞이지 않으면서 서로를 포함한다. 이렇게 해서 작품의 핵심 테마는 바로 **성공**과 **타락**의 테마가 된다. 그것은 '정신적'인 동시에 '사회적'인 테마이다. 그 테마에서 우리는 정경을 이루는 주된 대상을 규정하는 유기적 연결 관계를 확인하게 된다. 힘과 상황 사이의 거리가 멀어서 그 대결이 해결책을 찾지 못할 때 타락하게 되는 것이다. 『가재 잡는 여자』의 결말이 보여 주듯이, 막상스 질레가 그렇게 된다.

그리하여 좋은 환경 속에 살았다면 위대한 일을 하게 되어 있는 사람들 중 하나가 사라졌다. 그는 자연으로부터 용기, 냉정함, 그리고 체사레 보르자 같은 정치 감각까지 받은 운 좋은 사람이었다. 하지만 교육을 통해 고귀한 사상과 행동 — 이것 없이는 무엇을 하든 가능한 일이 없지 않은가 — 을 배우지 못한 것이다. (『가재 잡는 여자』)

교육은 분명 '상황'과 '힘'을 이어 주는 유일한 끈이다. 발자크의 모든 소설이 교육 아니면 몰락을 다루는 것은 그 때문이다.

『인생의 첫출발』이 적응 소설의 훌륭한 예라면, 『잃어버린 환상』은 부적응 소설의 예이다.

좋은 것이든 나쁜 것이든 뤼시엥한테서는 무엇이든 기대할 수 있다. (『잃어버린 환상』, 3부 중 다르테즈의 편지)

그렇다! 자기 환경에서, 자기 영역에서, 자기 하늘에서만 아름다운 천성이다. (3부 중 다비드 세샤르의 말)

상황과 정신적 힘의 만남은 화해로 끝날 수도 있고, 상황(『가재 잡는 여자』를 참조할 것)을 변형시키는 혹은 개인(뤼시엥)을 변형시키는 엉뚱한 결과를 낳을 수도 있다. 그렇게 되면 힘은 악덕의 형태로 피어나게 된다.

성공하는 라스티냑의 성격을 실패하는 뤼시엥의 성격에 포개 놓으면 우리 시대의 가장 중요한 사실의 많은 부분을 묘사하게 된다. 즉, 야망의 성공, 야망의 실패, 그리고 인생을 시작할 때의 야망이 그것이다. (『다비드 세샤르』, 초판 서문)[15]

"우리 시대의 가장 중요한 사실"과 더불어 풍속 묘사는 소설의 형태

---

15 『다비드 세샤르』는 후에 '에브와 다비드'(Ève et David)라는 제목으로 『잃어버린 환상』의 3부를 이룬다.—옮긴이

를 취한다. 적응과 부적응은 일반성, 즉 상황들이 얼마나 다양하든 관계없이 존속하는 전형적 요소들이다.

이 모든 것은 지극히 일관되고, (이때의 일관성이 앞에서 확인한 일관성과 같은 것이 아니라는 것만을 제외한다면) 지극히 단순하다. 모든 인간은 '정신세계'를 지니고 있다. 문제는 이 세계가 하나의 혹은 여러 상황과 접촉하면서 실현될 것인지 아닌지, 그렇다면 어떤 방향으로 실현될 것인지, 이런 것을 알아야 한다. 사실 정신세계는 서로 모순되는 여러 방향으로 전개될 수 있다.

> 자연의 모든 법칙은 서로 반대되는 방향으로 이중의 효과를 갖는다. (『잃어버린 환상』, 3부)

『인간극』의 이상적인 계획은 정신의 힘과 실제 상황 사이에 가능한 만남을 모두 실현하고, '정신적' 적응의 모든 형태를 보여 주는 것이다.

이러한 적응의 '이론'이 가장 단순한 형태로 나타나는 것은 『잃어버린 환상』이다.

이 시대 사회들의 구성은 그 톱니바퀴가 고대사회에 비해 훨씬 더 복잡해서 인간의 능력을 세분하는 결과를 낳았다. 옛날 뛰어난 사람들은 모든 방면의 지식을 가져야 했기 때문에 그 수가 많지 않았고, 고대국가의 한가운데서 빛을 내는 햇불과도 같았다. 이후 기능들이 전문화되었지만, 여전히 모든 것을 아는 것이 훌륭한 자질이었다. 그렇게 해서 루이 11세의 예처럼 뛰어나게 교활한 재주가 많은 사람은 그 능력을 어디에나 적용할 수 있었다. 하지만 오늘날에는 자질 자체가 세분되었다. 예를 들면, 직업의 수만큼이나 서로 다른 재주가 있는 것이다. 아무리 꾀 많은 외교관이라 해도 시골에서 일어나는 문제에 대해서는 별 볼 일 없는 소송대리인이나 농부한테 속아 넘어갈 것이며, 더없이 교활한 기자라 해도 상업적인 이해관계에 관해서는 멍청한 사람이 될 것이다. (3부)

그리고 아무리 훌륭한 소설가라도 사업에서 성공을 거두지 못할 수 있다. 일종의 기술적 분업이 **정신세계 안에서** 다양성을 수립할 때 적응의 문제가 제기된다. 이제 무대의 건축물을 지탱하기 위해서는 새로운 종류의 전형, 즉 정신적 전형이 필요하다.

본질적으로 이데올로기적인 이 모든 사유들은 한 가지 전통(스베덴보리, 생마르탱,[16] 철학 소설)과 연결하여 설명될 수 있을 것이다. 하지만 그것을 문학적 형태라는 문제틀에 연결시켜 해석하는 것이 보다 의미 있어 보인다. '정경', 이야기의 구성(상황-파열), 전형, 이런 것들은 세계와 인간에 관한 생각이기 이전에 소설적 대상이다. 발자크는 그 대상들이 진짜 실제처럼 보였기 때문이 아니라 무엇보다도 **허구의 전달 수단**이었기 때문에 선택 혹은 수립한 것이다. 이제 전형에 대한 두 가지 이해(실제적 전형, 정신적 전형)가 관계를 맺으면서 어떻게 문학의 문제가 제기되는지 이해할 수 있을 것이다.

『인간극』의 서문이 말해 주듯이, 발자크와 함께 소설은 더 이상 개인들의 관계, 일화적 의미에서의 만남을 보여 주지 않는다. 개인들의 관계는 다른 것으로 확장될 수 있을 때에만 새로운 소설의 대상이 될 수 있

---

16 에마누엘 스베덴보리(Emanuel Swedenborg, 1688~1772)는 스웨덴의 신학자이자 신비주의 사상가이며, 루이 클로드 드 생마르탱(Louis-Claude de Saint-Martin, 1743~1803)은 프랑스의 신비적 계시론 사상가이다.—옮긴이

다. 개인은 어느 한 부류에 속하는 항목이기에 소설 속에 자리를 가질 수 있는 것이다. 발자크의 작품 전체는 바로 그러한 확장에 대한 이중의 특징 규정을 바탕으로 한다. 개인은 우선 상황과 관련하여 존재한다. 그런데 상황은 겉보기와 달리 단순하지 않다. 그 상황은 실제의 환경(다양성을 통해 그려지며, 발자크의 첫번째 체계이다)과 정신적 세계(뒤섞임을 통해 그려지며, 발자크의 두번째 체계이다)가 겹쳐지면서 얻어지는 것이다. 이러한 이중의 새김으로 인해 소설의 요소는 이중으로 드러낸다. 개인들의 만남은 줄거리의 재료를 이루며, 그러한 만남은 개인이 바로 그 만남의 산물이기 때문에(개인은 이중으로 결정된다) 의미를 갖는다.

'정신적 전형'은 '실제적 전형'과 마찬가지로 문학적 수단이다. 사실 허구적 담론이 전개될 때 두 가지 전형은 대부분 뒤섞인다. 동일한 한 가지 전형이 정신적 전형이면서 동시에 실제적 전형일 수 있는 것이다. 차이가 드러나는 것은 두 전형의 관계가 문제될 때이다. 두 가지의 연결이 가능하다. 하나는 차이와 대립의 관계로, 실제의 관계를 표현한다. 또 하나는 이상적인 단일성으로, 가장 광범한 보편성을 환기한다. 첫번째 연결에 대해서는 이미 충분한 예를 제시했다. 그 경우 정신적 세계는 "완전성의 정도 말고는 언제 어디서나 동일한" 라이프니츠적인 세계이다. 건물 관리인이나 공작 부인이나 마찬가지이고, 사제들은 다른 유형의 독신자들과 닮았다. 부자와 가난한 자도 구별되지 않는다.

> 농민들과 노동자의 농담은 아주 세련되었다. 속내를 털어놓으며 그로테스크하게 과장하여 표현한다. 살롱에서도 같은 일이 일어난다. 그곳에서는 거친 표현의 생기 대신 섬세한 재치가 있다. 그 차이밖에 없다. (『농민들』, 1부 4장)

꾸밈이 많은 말은 특징이 될 수 있고 전형적이지만 또한 보편적인 것이다. 따라서 차이는 부차적인 것이 된다. 문학은 대조하면서 동시에 한데 모은다. 실제적 경계를 무시하고 사회적인 차이를 넘어 인간과 인간을 이어 주는 모호한 동일성을 되찾는 것이다. 그렇게 해서 한 사람이 실제적 부류에 속하면서 또 정신적 부류에 속할 수 있다(수드리 부인은 시골 소도시의 특징을 보여 주면서도 동시에 인간 본성의 어떤 양상을 특징적으로 보여 준다).

그렇다. 어차피 삶은 사회의 모든 계층에 존재한다. 표현만 바꿔 보라. 파리의 휘황찬란한 살롱들에서 말해지는 것 역시 더도 덜도 아닌 바로 그것이다. (2부 2장)

『투르의 사제』*Le curé de Tours*에서도 소설 속에 은근슬쩍 끼어드는 이러한 새로운 교훈을 볼 수 있다(이제 구별이 아니라 동일시에 의한 것이다).

아주 흔한 이야기이다. 이 인물들이 행동하는 배경의 좁은 범위를 조금 확대하기만 하면 사회의 최상층에서 일어나는 사건들의 계수비율을 알 수 있다. ……
말하자면 이 부르주아 드라마의 무대 전면을 구성하는 사건들. 하지만 그 사건들에서 열정은 중대한 이익이 걸린 이해관계로 촉발된 것만큼이나 격렬하다. (『투르의 사제』)

정경은 가장 단순하면서 가장 확실하게 결정된 문학의 요소라는 점에서 그 자체가 전형적이며, 정신세계의 모든 다양성이 그 안에 반영될 수 있다. 실제 세계의 다양성을 향하는 문이나 창문이 없이 무한한 정신 세계를 담고 있는 것이다.

어쩌면 사람들은 이 노골적인 묘사를 비난할 것이다. 그리고 '가재 잡는 여자'가 그 성격을 격하게 드러내는 장면에는 화가가 어둠 속에 남겨 두어야 하는 진실의 흔적이 찍혀 있음을 알게 될 것이다. 그렇다! 놀라울 만큼 다양한 변이들로 나타나며 수없이 되풀이되는 장면, 거친 형태에 끔찍한 진실을 담고 있는 그 장면은 여자들이 무언가를 얻기 위해 평소의 순종하던 삶을 벗어날 때, 그리고 권력을 손에 넣었을 때 보여 주는 장면들의 전형이다. 위대한 정치가들이 그렇듯, 그녀들이 보기에 목적은 모든 수단을 정당화한다. 플로르 브라지에와 공작 부인 사이, 공작 부인과 가장 부유한 부르주아 여인 사이, 그리고 부르주아 여인과 가장 사치스럽게 사는 여인 사이에는 어떤 교육을 받았는지 그리고 지금 어떤 환경에서 살아가는지, 그런 차이들밖에 없다. (『가재 잡는 여자』)

그리고 그 차이들이 **본질적으로** 중요해 보이지는 않는다.

하지만 '정경'은 이렇게 보편성 속에 뒤섞여 "계수비율"을 나타내는 동시에 실제 세계와 유사한 세계의 배열을 수립하고, 같은 수단을 사용하여 구별하기와 뒤섞기라는 **모순적이고 상보적인** 작업을 수행한다. 다시 『투르의 사제』를 보면, 관념적인 측면에서 쓰였던 전형들은 또한 갈등과 연합의 유희를 통해 실제적 관계를 증명하는 데 기여한다. 처음 시작할 때 비로토 신부, 그리고 리스토메르를 중심으로 모인 사람들은 지방 도시의 옛 귀족계급을 대표한다. 반대로 투르베르 신부, 그리고 가마르 양의 친구들은 부르주아 계급의 전위부대에 속한다. 소설은 뒤돌아보면 이러한 결정들이 일시적이며 불안정한 것으로 나타나기 때문에 진행될 수 있는 것이다. 투르베르 신부 뒤에는 신도 조합이 있다. 비로토 신부는 점차 "전통적인 지지 기반"을 잃고 결국 자유주의 변호사의 도움을 받게 된다. 그렇게 해서 1830년을 만든 역사적인 모순이 표출된다. 즉, 왕정복고 체제하에서 와해된 옛 지배 계급이 살아남기 위해 부르주아 계급(반동의 진정한 수장이 되었다)의 도움을 구하는 상황이다. 가마르 양은 세밀하고 정확한 이 역사적 분석의 한 항목이지만, 또한 "노처녀라는 부류의 전형적 모습"이기도 하다. 전형은 묘사하는 데 기여하고, 또한 가짜 보편성의 틀 안에서 해석하고 판단하는 데 기여한다.

실제 세계와 정신세계의 불균형은 작품에 의해 생산되는 동시에 작품에 의해 축소된다. 그것은 작품 밖에서는 아무런 위상을 지니지 못하고 존재하지도 못한다. 그렇지만 이러한 괴리로 인한 불균형은 사후에, 즉 소설이라는 장치를 거꾸로 돌리는 것과 같은 작용을 통해서 만들어진다. 그것은 이차적인 효과이며, 우연적인 것이 아니라 결정된 효과, 작품을 구성하는 효과이다. 이렇게 해서 우리는 **문학작품 속에서** 이데올로기가 차지하는 위치를 더 잘 이해하게 된다. 저자가 이데올로기로부터 출발했다는 것은 중요하지 않다. 이데올로기는 글쓰기의 기획에 대하여 본질적으로 외적이다. 중요한 것은 소설적 체계가 작품화되면 결국 이데올로기적 효과(섞기)가 일어난다는 것이다. 그렇게 해서 이데올로기는 체계의 일부가 되고, 체계로부터 독립적이지 않다. 다른 분석들을 바탕으로 하여 우리는 그러한 이데올로기의 출현은 작품 안에 들어 있는, 작품을 의미 있는 것이 되게 하는 간격, 결여, **복합성**을 보여 준다고 말할 수 있다. 모든 작가가 처한 상황, 즉 무언가를 말하기 위해서는 동시에 다른 것을 말해야 하는 상황을 발자크의 작품은 그 어떤 작품보다 더 잘 보여 주는 것이다.

발자크 이야기의 구성에 대해서는 두 가지 설명이 가능하다. 이야기가 동시에 두 가지 형태의 일반화를 실현하려고 하기 때문이다. 두 가지 설명 중 하나를 선택해야 할까? 그러면서 하나가 다른 하나보다 심오하기 때문이라고 말해야 하는 걸까? 그보다는 두 가지 의미를 세우면서 그 두 의미 사이의 거리를 세우는 이중적 설명을 밀고 가야 할 것이다. 발자크는 정치가가 아니고 마찬가지로 예술가도 아니다. 그는 동시에 예술가이고 정치가이며, 그 둘이 서로 맞서고 있다. 예술적으로 읽기 혹은 정치적으로 읽기로 분리하는 것은 잘못된 읽기이다. 두 읽기가 함께 가야만 한다.

발자크의 이야기 속에서는 일반적인 방식으로 두 가지 유형의 언술을 구별할 수 있다. 하나는 직접적으로 소설 체계의 조직 및 기능에 연결된 언술들이다. 다른 하나는 '분리 가능한' 언술들, 즉 그 상태 그대로 이데올로기에서 소설의 조직 안으로 옮겨 온 것처럼 보이는(다시 원래의 장소로 간단하게 돌아갈 수 있을) 언술들이다. 두 언술들은 구분될 때가 많지만 그래도 떼어 놓을 수는 없다. 소설은 그 둘의 대비로 이루어진다. 문학 텍스트는 동질적인 전체를 구성하지 않는다. 문학 텍스트는 한자리에, 즉 문학 텍스트를 받아들이기 위해서 미리 준비된 한곳에 있지 않다. 하지만 분리 가능한 이 언술들이 분리된 언술은 아니다. 작품 속에서 그 언술들은 진정한 언술이 아니라 소설적 대상이다. 그것들은 지시하고 보여 주는 항목인 것이다. 겉으로 보이는 것과 달리 그 언술들의 위상은 직접적으로 이데올로기적이지 않다. 그것들은 스스로를 파헤치고 그 안에서 근본적 상이성을 명백히 드러내고 제시하며 존재하는 것이다. 결국 그 언술들은 텍스트에 끼어든 것이 아니라 결과로 주어진다. 오로지 그것을 소설 생산 과정의 한 요소로 만드는 변모에 의해서만 의미를 지니는 것이다.

바디우는 소설의 주관성에 관한 강의[17]에서 이데올로기적인 언술들과 소설 고유의 언술들의 관계라는 문제를 분명하게 제시한 바 있다. 소설 속에서 이데올로기적인 언술들을 분리해 내서 그것이 소설 속에 둘러싸여 있는 독립적인 실재라고 간주할 수 없다는 것을 보여 준 것이다. 이데올로기는 작품의 조직 속에 확실히 끼어 있다. 그 결과 작품 속의 이데올로기는 그 직접적인 본질을 벗어나서 새로운 위상을 부여받게 된다. 이미 사용된 어휘를 다시 사용하자면, 환상이었던 이데올로기는 허구가 되는 것이다.

이제 우리는 발자크의 작품에서 정치적 이데올로기를 잊어버리는 (존재하지 않는 것으로 보는, 변호하거나 비난하는) 것이 결국에는 그것을 문학작품으로서 제대로 이해하지 못하는 것이 되는 이유를 알 수 있다. 분개하면서 『인간극』을 읽는 것은 작품을 이데올로기적 과정으로 축소하는 것이고, 역사가의 작품 혹은 신문기자의 작품밖에 보지 못하는 것이다. 『인간극』에서 순수예술에 속하는 것을 분리해 내고 그 나머지는 부차적인 것으로 간주하는 것은 그 필연적인 복합성을 무시하는 것이다.

---

17 1965~1966년 고등사범학교에서 행해진 이 강의 중에서 우리의 관심을 끄는 부분들은 1966년 10월 『맑스레닌주의연구』에 게재되었다. Alain Badiou, "L'autonomie du processus esthétique". *Cahiers Marxistes-Léninistes* 12/13, 1966, pp.77~89.

옮긴이의 말

마슈레는 1938년 프랑스 동북부의 벨포르에서 태어났다. 1961년 조르주 캉길렘Georges Canguilhem의 지도 아래 스피노자 연구로 석사학위를 받았고, 이듬해 교수자격시험에 합격한 후 고등학교 철학 교사를 거쳐 1966년에 파리1대학에서 강의를 시작했다. 알튀세르가 기획한 '이론'Théorie 총서의 『자본론 읽기』Lire le Capital(1965)에 발리바르, 랑시에르 등과 함께 참여하였고, 이후 '생산'을 맑스주의 문학이론의 중심 개념으로 제시한 『문학생산의 이론을 위하여』Pour une théorie de la production littéraire(1966), 스피노자 이해의 고전으로 평가되는 『헤겔 또는 스피노자』Hegel ou Spinoza(1977)를 출간했다. 이처럼 문학을 둘러싼 철학적 사유와 스피노자 연구라는 두 갈래 흐름을 따라온 마슈레의 지적 여정은 90년대에 이르러 '문학적인 철학'에 천착한 『문학은 무엇을 사유하는가』A quoi pense la littérature?(1990), 그리고 『스피노자와 함께』Avec Spinoza(1992), 『스피노자 윤리학 입문』Introduction à l'Éthique de Spinoza(1994~98)으로 이어진다. 1992년부터 릴3대학의 교수로 재직했고, 은퇴 이후에도 명예교수로 왕성한 연구 활동을 이어 가고 있다. 최근에는 『문학은 무엇을 사유하는가』를 다시 엮은 『문학으로 철학하기』Philosopher avec la littérature(2013), 『프루스트. 문학과 철학 사이』Proust. Entre littérature et *philosophie*(2013)가 출간되었다.

마슈레의 『문학생산의 이론을 위하여』가 세상에 나온 시기는 프랑스에서 신비평 논쟁이 뜨겁게 달아오른 시기와 일치한다. 하지만 신비평 논쟁의 핵심을 이루었던 '문학성' 문제와는 다른 문제틀, 즉 "어떤 담론을 문학 담론으로 기능하게끔 하는 조건들은 무엇인가?"라는 '문학생산'이라는 문제틀을 설정한 마슈레의 이론은 신비평 논쟁을 비롯한 이후의 문학 논쟁에서 한 걸음 비켜서 있었다. 『문학생산의 이론을 위하여』가 정작 프랑스에서보다는 테리 이글턴이나 프레드릭 제임슨을 중심으로 한 70년대 영미권의 맑스주의 문학비평가들에게 영향을 끼친 것도 이와 무관하지 않을 것이다. 문학생산의 조건들은 무엇이며, 그것이 어떻게 작품을 문학적인 것으로 결정하고 그 생산을 규제하는가? 이러한 질문에서 출발하여 문학과 이데올로기의 관계, 문학 담론의 구조적 복합성 등의 문제를 제기한 마슈레의 이론은 문학작품을 개인적이고 미학적인 산물로 규정하는 전통적 문학비평의 입장을 거부한다. 그리고 구조의 폐쇄성에 근거하여 텍스트를 텍스트 외적인 요소들로부터 분리시켜 버린 구조주의 역시 거부한다. 맑스주의 문학이론 내에서도 마슈레의 생산 이론은 '반영' 개념을 중심으로 한 리얼리즘론과 갈라선다. 루카치는 문학작품을 개인의 창조가 아니라 역사의 산물 혹은 '초개인적 정신구조'의 산물로 간주하며 위대한 작가는 그것을 예술 형식 고유의 틀에 통일된 방식으로 재현한다고, 문학비평은 작가가 속한 사회계급의 이데올로기로서의 '세계관'을 어떻게 구현하고 있는지 알기 위해 문학 텍스트의 구조를 분석해야 한다고 보았다. 문학 텍스트와 세계관, 역사 사이의 일종의 '구조적 상동성'을 제시한 골드만 역시 마찬가지다. 알튀세르의 제자였던 마슈레는 이러한 방법론이 작품을 사회의 기계적인 반영으로 간주함으로써 문학 텍스트에 내재한 모순과 갈등의 요소들을 간과한다고 본다. 문학작품은 통합적이고 유기적인 하나의 총체나 구조가 아니라 역사적이고 이데올로기적인 현실이 중층적으로 작용하여 규정되는 복합적인 생산물이기 때문이다.

알튀세르는 이데올로기를 사람들의 정체성을 방향 짓고 미리 규정하는 '무의식적 표상 체계'로 정의한다(이러한 이데올로기 개념은 프로이트, 라캉의 이론과 결합하여 '호명' 이론으로 이어진다). '인간'이라는 이데올로기적 관념이 '사회적 관계'라는 과학적 개념으로 대체되는 것이다. 인간은 어떤 관계 속에 들어가느냐에 따라 다른 본성을 갖는 존재이며, 역사를 형성하는 것은 인간이 아니라 구조이다. 구조적 인과성이 이론 체계에 적용될 때 '문제틀' 개념이 형성된다. 개념들의 연관 체계 속에서 각각의 개념이 갖는 기능과 의미는 그 문제틀에 의해 규정되며, 그로부터 배제되는 부재, 침묵 또한 무의식적 '징후'들로 문제틀을 구성하는 일부가 된다. 이러한 철학적 개념들을 문학에 적용한 마슈레의 비평적 분석이란 진술되지 않은 것을 통해, 텍스트의 자기모순 그리고 침묵 속에 담긴 것을 통해, 진술된 것의 의미를 포착하는 작업이다. 텍스트는 외관상의 질서를 무너뜨리는 균열을 담고 있으며, 그러한 간극 혹은 괴리를 통해서 이데올로기를 숨기면서 드러내는 것이다. 텍스트의 깊이, 중심, 통일성은 존재하지 않으며, 문학작품은 그 생산의 복합적인 조직을 통해 객관성의 차원을 지닌다. 그리고 그러한 객관성을 바탕으로 문학생산은 "실제 세계의 역동성 밖으로 쫓겨나지 않고, 세계를 바꾸는 데 효과적으로 참여"하게 될 것이다.

『문학은 무엇을 사유하는가』와 함께 전개된 마슈레의 후기 문학론의 중심에 '문학적인 철학'이 놓여 있다면, 20대 후반 젊은 마슈레가 쓴 『문학생산의 이론을 위하여』에 전개된 것은 '철학적 문학비평론'이라고 말할 수 있다. 사실 『문학생산의 이론을 위하여』를 온전히 옮겨 내기 위해서는 맑스와 알튀세르 철학에 대한 이해가 필요하다. 여기서 마슈레 특유의 난해한 문체 외에도 이러한 철학에 대한 부족한 이해가 번역 과정에서 큰 장애물이 되었음을 고백하지 않을 수 없다. 미진한 부분을 채우느라 주위의 여러 사람들을 번거롭게 하기도 했지만, 그럼에도 불구하고 이대로 번역을 내놓아도 되는지 근심이 남아 있다. 많은 사람들이 공감하듯 외국 이론서의 부실한 번역이 우리나라 인문학의 침체에 일정 부분 책임이 있다는 생각까지 더해지면, 근심은 두려움이 된다. 그럼에도 불구하고, 90년대 처음 국내에 번역되었다가 절판되었던 이 책이 — 프랑스에서도 재출간(ENS Lyon 출판사)된 올해에 — 다시 세상에 나오게 된 것을 독자들이 기쁘게 맞아 주길, 그래서 모르고 지나친 오류들이나 알면서도 미처 다 못 채우고 지나간 것들이 더 나은 번역으로 가는 징검다리로 받아들여지길 바랄 뿐이다. 마지막으로, 세심한 작업으로 이 책을 책답게 만들어 준 박태하 씨에게 감사드린다.

찾아보기